須賀敦子の本棚 4
池澤夏樹=監修

Menzogna e sortilegio ELSA MORANTE

嘘と魔法［上］

エルサ・モランテ　北代美和子訳

河出書房新社

嘘と魔法（上）　＊　目次

わが家の歴史のための序章

第一部　ノルマンディの跡とり息子

第二部　いとこ関係

嘘と魔法（上）

アンナに捧ぐ
すなわち
作り話に

おまえの手で、虚構よ、わたしは絵空事の衣をまとう
失われたわたしの偉大な季節が
わたしの姿を輝く不死鳥！に変えるために
炎となって燃え立つ前
身を包んでいた黄金の羽根のペンで
わたしはおまえに彫琢《ちょうたく》をくわえる

針は熱い炎、布は煙
黄金の環たちのあいだで燃えつきて
うぬぼれた手は横たわる
「愛してる、愛してない」の遊びでも
わたしは天上からの答えに見せかける

わが家の歴史のための序章

1　生きたまま埋葬された女と堕落した女。

私の養母、私のただひとりの友であり保護者が世を去ってからもう二か月になる。両親から孤児として残され、養母に引きとられてその養い子になったのは、私がようやく娘時代の戸口にさしかかろうとしていたころだった。そのとき（十五年以上前）から、私たちはずっといっしょに暮らしてきた。

いまでは新たな死の悲しみも養母の知人の輪全体に広まっていたので、最初の数日間のように、亡くなったのを知らずにいた人が養母を訪ねて立ち寄ることもなくなった。私はこの古い住まいにひとり残され、しばらく前からもうだれもその階段をあがってはこない。お葬式から一週間もたたないうちに、たったひとりの使用人、最近うちで働くようになったお手伝いも口実をつけて出ていった。かつては人びとが集い、いつも賑やかだった家のなかが、無人で静まりかえっているのに耐えられなかったのだと思う。私としては、わが保護者の遺産で少しはゆとりのある暮らしができるけれど、新しい使用人は雇いたくない。だから何週間も家に閉じこもり、買物を頼まれてくれる門番のおばさんの顔と、わが家にたくさんある鏡に映る自分の顔以外に、人間の顔をまったく見ずに暮らしている。

ときおり、なにをするともなく部屋から部屋へとさまよっているあいだに、鏡に映る自分の影がだしぬけに私を迎えに飛び出してくることがある。私はこの陰鬱な孤独の水のなかを動く姿に驚いて、びくっと飛びあがる。それから自分だとわかると、メドゥーサを凝視するようにじっとしたまま、自分の姿を見つめる。華奢《きゃしゃ》な筋張った身体をじっと見る。いつもの赤っぽい服（喪のことは気にしない）を無造作にまとい、三つ編みにした黒髪を古くさいスタイルでぞんざいに頭にとめつけ、肌の色のちょっとくすんだ顔は憔悴して、燃える大きな瞳はいつも魔法と幽霊たちを待っているみたいだ。そして私は自分に尋ねる。〈この女はだれ？　このエリーザっていうのはいったいなにもの？〉子どものころからいつもしてきたように、ときどき鏡のなかの顔に触れてみる……もう一度、目を向ければ、そこにはまったく別の自分が映っているのではないだろうかと期待して。なぜならば、ただひとり、よろこんで私をほめ、美人だとまで思ってくれた二番目の母が亡くなったあと、私のなかに自分の容姿に対するかつての嫌悪感がよみがえり、日ごとに強まっているからだ。

　私がよく知るこの姿はかわいらしくはないかもしれないけれど、それでもふしだらにも放縦にも見えないことは認めなければならない。ムラート[*1]の女のような漆黒の瞳のなかの炎には浮世の交わりを好むところはさらさらない。その炎には、ときには野性の少年の瞳に認めうる鎮まることなき活力が、ときには瞑想者たちの神秘的な落ち着きがある。エリーザの名をもつこの不器用な子は、あるときは老成した少女に、あるときは発育不全の幼女に見える。でも、その物腰のひとつひとつのなかで、この子が臆病、孤独、そして誇り高き純潔を表しているのを、私は否定できない。

　事情を知らない訪問者がいまこの家にはいってきたら、きっと私の人柄と私の住まいとの奇妙なコントラストに気づいて目を丸くするだろう。読者のためにこの悪趣味と破廉恥の見本市をわざわざ描写するのはやめておこう。詰めこまれた家具の数々、ありとあらゆる様式の仰々しくて凡庸な模造品、けばけばしい色合いの汚れたタピスリーやクッション、気どった人形たちやがらくた。水彩で修整し、ときにつまらない献辞がはいった写真はほこりで黒ずみ、版画や小さな彫刻の人物やそのポーズは、高潔な人が視線を向ければ（そのような人がここにくるという、ありそうもないことが起きた場合の話だが）、顔を赤らめるようなものが多い。真実を言ってしまえば、この住まいのいまは亡き所有者であり装飾家は、自分の恥ずべき生活をわざわざ隠そうとはしなかった。そればかりか、むしろこれ見よがしに誇示し、この家すべての部屋によって、自分が私たちの国では「悪しき女」と呼ばれる者であることを、誇り高く、そして騒々しく言い立てていたように見える。そう、私の二番目の母はこんなふうだった。ごく若いころから女ざかりの四十四歳で突然、死に襲われるときまでこんなふうだった。そしていまや打ち捨てられて喪に服しているこの部屋たちが、母が住んでいた長い年月、ただひとりの女どころか一千人の女をも地獄に堕とすのに充分なほどのものを見てきたことを、残念ながら私は知らないわけではない。

　こう言うと、なおいっそう奇妙に、ほとんど信じられ

*1　白人と黒人のあいだの子。

ないように聞こえるかもしれないけれど、いまこれを書いている娘はこの同じ屋根の下で、子どものときここに迎えられた日から今日《こんにち》に到るまで、出入禁止の修道院とそっくりの隠棲と貞潔の暮らしを送ってきた。そして、私の養母はときにはその嘲笑（ほとんどいつも悪気のない、でも場合によっては辛辣で乱暴な）を遠慮なく私に投げつけはしたものの、それでも私の習慣を尊重し、それをかき乱すことは何人にも許さなかった。実を言えば、同居を始めた最初のころ、養母は人見知りで遠慮がちな私の性格を改めさせようとした。陰鬱で生彩のない色にとりかこまれているのに耐えられず、ほとんどすぐに私の喪服を脱がせ、顔色が青いと思えば、ときには頬にちょっと白粉《おしろい》を塗って生気をあたえた。そのうえに私の髪型も変えさせ、二本の三つ編みにしてまっすぐに垂らしていた豊かな髪をほどかせた。私のために小間物屋でさまざまな模造品の指輪やネックレスやブローチ、それにイヤリング一組……これも模造品を手に入れた。私が生まれたとき、実母が耳たぶに穴を開けさせるのを忘れたので、イヤリングはいつも絹糸で私の耳からぶらさがっていた。こうして私の髪を整え、ちょっとお化粧をして着飾らせ、養母は来客があると私を客間に呼び、友だちのご婦人たちに見せるのだった。そして私は従順さゆえに急いで客間に顔を出し、胸をどきどきさせながら黙って口を閉じていた。豊かな縮れ毛のせいで、私は厳しい気候に馴化して極小のちっぽけな手足とふさふさの毛をもつようになった小動物に似ていた。そこにいた人たちが、私のとっつきの悪さを笑いと冷やかしとで揶揄したのを思い出す。けれども、人びとは私の保護者が自分に属する者をいかに荒々しく、まさに獰猛に守ろうとするのかをよく知っていた。だから、たとえ大いにそうしたかったとしても、私に対してあまりにも残忍な振舞におよぶことは決してなかった。婦人たちの手加減にもかかわらず、それでもなぶりものにされて、私は恥ずかしさでまっ赤になった。私の途方に暮れた臆病な視線はわが保護者の視線を求め、私は熱があるみたいに全身を震わせながら、その服のひだのあいだに身を隠した。

繰り返すけれど、これと同じような情景が初めのころには起こりえたとしても、そのあと結局、私の保護者は私を物思いがちな孤独好みの気性のなかに放り出し、私の性格に逆らうのをあきらめた。それに、私を迎え入れた人にとっては、私の性格が世界でいちばん気に障ることというわけではなかった。養母の社交生活に私が姿を現すのは少しずつまれに、そして時間もほんの一瞬になっていき、家の常連はもはや私という人物、ほとんど目に見えない私の存在を気にかけなくなった。私のことをちょっと頭がおかしくて無害な女の子、ほかの人が物憂げな梟《ふくろう》や亀を飼うように、女主人が気まぐれから家においている子どもだと考えていたのだろう。

こういうわけで、過ぎ去った歳月に、この家のなかを動きまわっていた無数の人びと、その祝祭と言い争いと怒鳴りあい、奇妙な衣裳をまとって派手な身ぶりで話すご婦人たち、騒ぎと話し声は、すべての意味を失った乱雑で奇抜でめちゃくちゃな一枚の絵となって私の記憶に残った。決められた台本にしたがって、ある場面で一瞬のエキストラ役を務めなければならない小猿、あるいは小犬、もしかしたら兎の目に、背景や仮面や照明や俳優や踊り子をのせた舞台が見えているのと、そうは違わないと思う。

ここで私の読者は、私がどんな運命のいたずらに導かれてこの壁のあいだに避難所を見いだすに到ったのかを知りたいと思われるだろう。その答えはこの物語の流れのなかであたえられる。けれども私が想像するに、その同じ読者は、きっといくらかの皮肉をこめて、こうも尋ねるだろう。これほど内気で道徳家の娘が道理のわかる年ごろに達しながら、これほど自分にふさわしくない婦人の客にとどまって、その恩恵を受け続けていたとは、いったいどういうわけ？　それだけじゃない。これほど悪しき手段で稼いだ遺産で暮らすのをよしとしていられるのはなぜ？

このような問いかけに対して、私は自分を正当化するような答えはなにももちあわせていない。過去と現在の私の怠惰のことは認めよう。それについては、私の申し立てるどんな言い訳も、私の免罪には役立たない。私の日常と性格とを描くことで、その説明を試みるほか、できることはなにもない。けれども、そうは言っても、私の説明がたしかに私の赦免とはならず、むしろ有罪を確認することを、私は知らないわけではない。

いいだろう。私は赦しを求めているのではないし、他人の同情を期待しているのでもない。望むのはただ自分の誠実さだけだ。

養母の他の長所を言い立てるのはよしにして、読者にはまずこう言うことから始めよう。私の養母は、私が実母の次にもっとも愛した人だったのだ、と。いま私の心はあの古代の君主国に似ているのかもしれない。そこでは庶民には貴人とは異なる法律が有効だ。まるで貴人たちは罰だけではなく、罪そのものにもほとんど侵されないみたいに。そしてつましき者には犯罪となるのと同じ行動が貴人には合法であり、正義となる。

つまり私には愛した人びとの悪徳を赦す必要はない。なぜならば、私はあの人たちのなかに悪徳を一度も見なかったからだ。あの人たちの光り輝く実存のなかでは、私が他の人びとにおいては憎むのと同じ罪が、まるで炎のなかにあるかのように、その熱と清らかさに焼きつくされて形を失う。そして、愛した人の生は私の目に誇り高く輝いて映る。このようにして、わが保護者の犯罪は犯罪的な意味を失い、その不名誉なおこないに私は不名誉という名をあたえなかった。だれかが激しい口げんかの最中に、残念ながら養母がそれにあたいした名を叫ぶのを聞けば、私はそれが不敬の言葉であるかのように腹を立てた。そしてそのような愚かさのなかで、わが恩人の、だいいちユートピア的でもある贖罪を試みなかった、いや、望みさえしなかったとしても驚くにはおよばないだろう。ひとことつけ加えておこう。今日でもなお、私の理性が故人についての正しい評価を私にささやく一方で、不本意ながら、私は養母を、その存命中に私がずっとあたえていた無垢で輝かしい姿のなかに見続けているのだ、と。そして〈あの人はたしかに地獄に堕ちた〉と断言するまさにその瞬間に、まるで私の断言が冗談であり、そして心のなかでは、私のよく笑う、贅沢好みの故人が天国にいること、ほかの場所にいるのはありえないことを疑ってはいないかのように、私は一種の鋭い歓びを覚える。これは実のところ、私の愚かさの究極の証拠であり、私の罪にひとつを加えることになる。天が私の共謀者だなどと想像するとは！　天が天自身の正義を私の特権に合わせて変更し、愚かなエリーザの愛する人びとに栄光を授けるなどと思いあがるとは！

保護者の側も優しい愛情をこめて私を愛してくれた。その愛は、このあと見るように、私の子ども時代のあの悲劇的な夏のあいだに生まれ、養母の死まで続いた。実のところ、養母は本人の性格と嗜好によって（社会、あるいは運命の悪意によるのではなく）、放縦な冒険者でありながら、その真の感情においてはつねに一定で誠実であり続けた。それが養母の性格のもっとも愛すべき矛盾だった。けれどももちろん、その愛情にもかかわらず、そのさまざまな込みいったお楽しみのせいで、私のためにはその一日とその心遣いのほんのわずかな部分しか割けなかった。

このことが少女のあいだずっと、私には苦い悔しさと痛みの種となっていた。だから、まったくうしろめたいところなく、私がわが愛する人の放埒を、ほんのわずかも嫌悪していなかったと言うことはできない。ただ、亡き人のなかで私が憎んだのはその魂の破滅ではなく、私の嫉妬心だった。

この嫉妬心が私の孤独好みをいっそう強めた。そして孤独のなかに、私はとても有効な薬と慰めとを見いだしたので、ついには保護者を愛してはいても、私はその肉体をもつ存在よりもその想像上の存在（私の望みに従い、私の想像力によって変容され、飼い馴らされた）を好み、しばしば養母本人のそばから逃げるようになった。

そしてようやくここで、私は読者にわが怠惰のもっとも秘めやかな理由を説明するところまでたどりついた。それは、こうも主張できるのだろうけれど、この本の、そしてこの本のなかで動きまわる大勢の人物たちの存在理由でもある。

2　私の部屋の本棚の聖人たち、スルタンたち、偉大な船長や隊長たち。（謎のアルヴァロ登場）

私たちの住まいを構成するわずかの部屋は、一室をのぞいてすべてが長い廊下に面する。廊下は直角の曲がり角から始まってビロードのカーテンで隠された狭い物置で終わり、そこには積み重ねられたトランクや用済みの古ランプその他の古道具がおかれている。物置の一方の壁に、以前はお手伝い用だった小部屋の扉が開く。私がきたとき、この部屋は私が使うように整えられ、お手伝いは台所に追いやられた。私の保護者はこの機会に小部屋にさまざまな装飾を施し、それをいまでも目にすることができる。たとえばトルコ石色と金色の壁紙とか聖水盤（翼を広げて頭から四方に光線を発する黄金の鳩の形）。聖水盤には養母が自分のと同じように、みずからの手で熱心に聖水を注ぎこんだ。このとき（十五年前）から、ここが私の部屋で、私の部屋であり続け、いまでも私の部屋だ。

物置をふさぐがらくたが、バリケードよろしく小部屋の出入りをほとんど妨げ、扉はようやく半分しか開かない。この扉と、私の部屋のごく狭い入口の空間にかかる厚いカーテンのおかげで、ほかの部屋の物音はかなり弱まって私の耳に届く。

小部屋のただひとつの窓は中庭に面しているけれど、でも広くて騒々しい建物中央の中庭ではなく、おまけのような狭い中庭で、そこを通る人はほとんどいない。建物は十階の高さにそびえている。中庭は四方をセメントの高い壁に囲まれ、てっぺんに屋根のない塔に似て、季節や時間を問わず陽の光はまったく射さない。地面では、散乱するごみのあいだから、色あせた草が顔をのぞかせる。

私の窓のほかに、わずかの窓がぽつりぽつりと中庭に向かって開き、田舎出の哀れな女中さんがときおり身を乗り出して、絨毯をはたきながらうたう郷愁に満ちた歌が聞こえてくる。日曜になると、女中さんは、ガラスがわりに布を張った窓に小さな鏡をつるして、自分の姿を映し、髪を整える。鳥かごのなかのカワラヒワ、陽の射さない家のお客が、ときおり中庭の空気にあてるために窓の外に出され、屋根がなく、ほとんど目も眩むほど高い中庭のてっぺんを、燕たちがぴいぴいと鳴きながら飛びかう。ときには遠くの部屋から蓄音機のかすれ声が聞こえる。

この家で暮らした時間の大部分を、私はほとんど埋葬されたようにして、この小部屋で費やした。中世の修道士みたいに私の本たちと私自身とを仲間にして、すぐ近くの部屋で起きていることとは無関係に、どんなおつきあいもお遊びもなく、ふつうは素朴きわまりない少女でさえ免れえない軽はずみにも染まらずにいた。だからと言って、この孤独な部屋をひとりの聖女の隠れ家だと思われては困る。それはむしろひとりの魔女の隠れ家だった。

そしてたしかにいまの私には、ここに閉じこもって暮らしていたあいだ、時間のたつのが速かったのは魔法の結果に思える。十五年という歳月すべてがあまりにも早足で走り去ったので、思い返してみるとただ一日のように、それどころか物憂い夏の午後、太陽のない光のなかで過ごした一時間のように思える。光は屋外では石灰を塗った中庭の壁に白く反射し、屋内では壁紙に反射してちらちらと電気のような黒い色調を帯びる。部屋にいるたったひとりの仲間、それはアルヴァロ。そう、命ある生き物だけれど人間ではない(それがなにか、それがだれか、アルヴァロについてはいまのところ、ほかのことを読者に話すつもりはない。探偵小説みたいに、謎の解決はこの本の最後にとっておく)。

でも人間たちにとっては、アルヴァロといることは数にはいらないから、ひとことで言えば、私はひとり。ときどきカワラヒワの歌が聞こえ、その声に哀れな田舎娘が応え、遠くの部屋からはくぐもったこだまが届くけれど、こういった声たちも数にははいらない。私のまわりには静寂がある。

ほんとうのところ、私の人生(「人生」という言葉で、ひとりひとりの経験を構成するあの試練や邂逅や事件を意味するとして)、私の人生は十歳の少女のとき、ここに初めて足を踏み入れた日にぴたりと歩みを止めていた。私は瀕死の重病から回復中で、悲しい、そしてひとりの小さな少女にとってはかつてないほどに奇妙な冒険の結果として、この家にきたのだった。夏が終わりかけていた。けれども私は異常な興奮のために感じやすく、また病的になっていて、いまだに自分の思いを、あとに残してきた季節、私の少女時代をねじ曲げ、私の運命を変えた灼熱の季節に向かって、風に逆らって進む旗のように掲げていた。いまでもなお、ある点では、私はあの少女時代の夏にじっととどまったまま。私の魂はそのまわりを、ともったランプに近づく一匹の虫のように、休みを知らずにまわり続け、ぶつかっていく。

私が父と母の両方から、孤児として残されたのはあの夏のことだった。父を、それから母を、ふたりがおよそ三十歳のときに不意に襲ったあっという間の死は、私を財産もなく、ただひとりにした。けれどもふたりの最期の状況は、そのときがきたら見ることにしよう。ここではただ、両親の死は、生きていたら私を両親に縛りつけたであろう力よりもずっと強い力で私をふたりに縛りつけたとだけ話しておけばいい。さらに両親の死の直後、私のなかで残酷な変容が起きた。それ以前、私は思慮深くて、慎重、杓子定規とさえ言えるような子どもだった。ところがなんと、私のもとを奇矯で邪悪な霊たちが訪れるようになり、私は月の毒気に包まれた。生まれつき臆病で神経質、自分と同じような人たちの友だったのに、悪魔に取り憑かれ、正気をなくして世を捨てた修道女みたいになった。

私のこの変化は唐突ではなく、でもまるで体力を奪っていく病のように、ゆっくりと、そして大きな苦しみをともなって進行していった。そのすべての源は両親が私に遺した遺産だった。手には触れえないけれど、でも多種多様。そして、私が間違っているのでなければ無尽蔵。遺産を消費するのと同時に、私は自分自身を消費するのだから。

なによりもまず、両親は私にひとつの謎を遺した。ふたりの死に先立って、たしかに大人の目で見れば、異常でもなければ、おとぎ話じみてもいないかもしれないけれど、幼い私の目にはそんなふうに映ったいくつかの状況があった。わが家に起きたさまざまな出来事は、時を経てもなお私には解読不能のままであり、私が手もとに残しておいた書類や証拠は空想力にたっぷりと仕事を提供したので、その謎を説明するどころか、いっそう不可解にした。私の幼少期が続くあいだ、目の前に、はかなく現れていた両親の姿はあまりにも深く心かき乱したので、そのあと私の記憶は両親の小市民的なドラマをひとつの伝説に作り替えた。そして歴史をもたぬ庶民に起きることがあるように、私はその伝説に興奮した。

両親が遺したふたつ目の遺産は奇妙な恐れだった。めぐりあわせゆえに、私はいつも回復不能の極端なやり方で恋に落ちる人たち、そしてだれからも決して恋してもらえない人たちの仲間だったことを知っておいていただく必要がある。私の母は、私の不幸な愛たちの最初のひとつであり、もっとも深刻なひとつだった。そして母のおかげで、私はごく幼いころから、ないがしろにされた恋人たちのなかでもいちばん苦い試練を知ってきた。それでもなお、私はわが運命の試練ひとつひとつに勇敢に耐えた。なぜならば、たとえもっとも残酷な試練に遭っていたとしても、私にはひとつの希望が許されていたからだ。すべての希望の終わり、そう、母が死んだとき、そこには私のいまだ知らぬ試練があった。死者たちの冷酷な無関心が信じがたく、私は長いあいだなおも母との再会を心待ちにし、冷淡な母のそばにいることを、母の不実を期待した。けれども私にはなにひとつ、不幸な愛の責め苦さえも許されなかった。なにひとつ。母は私に軽蔑さえ拒否し、私のもっとも小さな、最後の希望からも逃れた。それ以前、一度も想像したことのなかったこの残酷な経験は私を生き物のなかでいちばん弱く卑屈にしたので、そのことを思い出すたびに、ある憐れみを感じさえしなければ、きっと笑い出したくなっただろう。私は身体の自由がきかない人のようになった。傷口は開いたままで、どこかにぶつかるたびに、また血が流れ出す。身近な人のひとりに、初めて刺すような愛を感じるとき、死の最後の淵に到るまで果てしなく続く愛の苦悩の風景が目の前に広がり、その風景がまるでひとつの領土のように、私が愛した人の力がどれほど大きいかを見せつけるのだった。この瞬間から私はひとりの主人をもち、その主人は自分の命令好みを私で好きなだけ満足させることができた。例の夏に続く秋のあいだ、同じクラスのおもしろみがなくて横柄な女子生徒の命令を女奴隷のように聞いたことがあったのを思い出す。ひと目見て、この子がクラスでいちばんきれいだと判断したこと、それがただひとつの理由だった。それからこの同じ秋、ある日、通りで大好きな先生とばったり出会い、先生がぼんやりしていて私に気づかなかったとき、私はそのすぐあとを何メートルも追っていった。先生の足どりに合わせようと息を切らし、小さなしつこい乞食のように先生に向かって懇願の視線をあげ、先生の手のひと振りを黙って乞いながら。

けれどもだれもが知るように、限りなき権力の意識は、そこまで残酷ではない君主のなかにも残酷の嗜好を目覚めさせることがある。身近な人びとが私に残酷だったのは、私の隷属の避けがたい結果だった。そして私、私の側では反対に、あまりにも感じやすくなったために、無礼な言葉のひとつでも私を泣かせるには充分であり、小さな侮辱のひとつが重大な冒瀆であるかのように私を傷つけた。そして邪険にでもされれば、病気になった。

ある日、同じ年ごろの子どもたちのパーティに招かれたとき、私は泣きながら家に連れ帰られ、あまりにも動揺したので、そのあと熱を出した。原因はひとりの小さなインディアンの少年。全然知らない子だった。すてきな衣裳を着ていたので、仮装をしたほかの子どもたちのだれよりも気に入った。でも、私が部屋にはいるとほとんどすぐに、スペイン女に仮装した子と手に手をとってダンスの輪に姿を消してしまった。

ひとことで言えば、まったく偶然の出会い、まったく意味のない会話が私には劇的な事件になった。こうして私の心のなかに人間たちに対する絶えざる恐れが育っていった。いや、より正確に言えば、人間たちそのものへの恐れではなく、人間たちに対する私自身の熱情への、そしてこの熱情ゆえに人間たちが私におこなう復讐への恐れだった。私の臆病な不安はついに、人間たちのなかにその真の人格ではなく、私におよぼすその権力と私の苦痛の絵姿を見るようになった。たとえばすでにお話ししたように、養母の愛しい人格が、私に対しては私の嫉妬心の残忍な仮面をかぶっていた。

このようにして、ようやく娘時代の戸口に立つか立たないかで、私は愛しすぎるがゆえに人間嫌いになった。もし必要が私を人間たちのあいだに導けば、私はその人たちとの時間を、犬の群れのただなかの乳離れしたばかりの仔鹿のようにして過ごした。新たな恐れは私をそれほどまでに臆病にし、現実ばなれさせた。

このような理由から、私の保護者はすぐに、私に学問を続けさせるという野心をあきらめなければならなかった。その一方で、私がいつも本を読んでいるのを見て、たとえ先生なしでも偉大な女学者になるのを、養母は無知ゆえに疑わなかった。

けれども愛のために逃げた者は、孤独のなかに静謐を見いだすことはできない。そしてこのような状態で、私がどんなに不幸だったかはだれでも簡単に理解できる。郷愁と誘惑と恐れのあいだで永遠に引き裂かれ、影たちと現実ばなれした疑いたちとに包囲されて、私は日々を退屈と涙のなかで過ごした。

けれども成長するにつれてだんだんと、自分の意に反して逃れてきた隣人たちとの交流は、私にとってその魅力をひとつ、またひとつと脱ぎ捨てていった。周囲で繰り広げられる生活、目の前の生活にさえ加わることはますます少なくなっていった。たとえ社交の場にいても、まわりをとりまく人びとの声は、私の耳にまるでこだまのように届き、その姿形は鏡に映る影、そこにある現実のすべてが、私にははるか昔に過ぎ去った過去、はるか遠くの空間にあって、私の時間と私の空間、そして私に属するものとはなんのつながりもないように見えた。私の人格とはなんのつながりもないように見えた。私の狭い部屋のなかに流刑にされていた。

実は、私は両親が私に遺した最後の、そしてもっとも重要な遺産を手に入れていた。それは「嘘」。両親はそれを病気のように私にうつした。子ども時代、私の心をあれほど揺り動かした両親の致命的な症例は、私たちの遺伝性の病に対する免疫を私につけるのには、ほんとうにぴったりだった。実際に、両親の症例が私に見せたのは、この生においてみずからに授けられた運命を拒否した者のためにとっておかれた非人間的で孤独な最期だった。この種の人間は生の唯一の真実として嘘たちを選び、ひとつの台本と嘘たちの一座を想像する。劇場に連れていかれた愚者のように嘘たちに加わる。愚者は上演された悲劇に肝をつぶし、主演女優が刺されるのを見て悲鳴をあげ、舞台に飛びあがって暴君を殺そうとする。けれどもこの哀れな狂人には言い訳がある。そもそも虚構と演劇の経験がない、あるいは少なくともぺてんの準備に立ち会ったり、協力したりしたことがないのだから。一方、私が話題にしている者は、自分ででっちあげた仮面たちを熱愛し、本物だと信じた。そして、その仮面たちのために、みずからの地上の生を否定し、それゆえに天上における結末さえも否定した。この地上の生はそれを実現する手段なのだから。

たしかに、両親の運命は私への警告になりえたのかもしれない。けれども、両親の例も私たちの生まれつきの性格に対してはなにもできなかった。父方だろうと母方だろうと、病の毒が私の家族の枝葉に密かに広がっていた。病は素顔だったり仮面をかぶっていたり、この歴史物語のさまざまな登場人物のなかで多様な様相をとって読者の前に登場する。読者は、その病をこの物語の不徳のせいにしてはならない。なぜならば、まさにこの歴史物語の意図は、私たちの古い狂気について真実の証言を集めることにあるのだから。

しかしながら、先祖たちのあいだにこの疫病に感染した者を探せば、私はそれがふつうは良性の病態をとることに気づく。自分たちの実際的な目的に直接の役に立たないとき、嘘は多くの場合、先祖たちにとっては、虚栄、口実、ちょっとしたふしだらにすぎない。けれどももっと重篤な症状、死に到りさえする症状の場合においても、病人は自分自身の意識の奥底で、嘘を真実の代用品と見なすのをやめない。自分のほら話を、自分の願いにしたがって修正を加えた真実とよろこんで交換するのはたしかだ。そして嘘との契約は病人にはひとつの不当な仕打ち、ひとつの呪いに見える。

けれどもみずからを嘘の崇拝者、嘘の修道士にする！嘘を自分自身の瞑想、自分自身の叡智にする！　すべての試練、苦痛に満ちた試練だけではなく、非＝真実の外にありうるいかなる幸福をも認めず、幸福の機会までも拒否する！　これが私にとっての存在の形だった！　これが読者の目に映る私が、村の魔女たちに食べられたおさな子のように、げっそりとやつれて痩せている理由なのだ。子どもたちは魔女に、私はほら話、狂ったごろつきの妖術師に食べられた。

そして、ああ、読者の皆さん、皆さんはこの本を通して、私たちの風変わりな病に感染した人物をひとりならず知ることを期待されているにちがいない。けれども、どうかお知りおきください。あなたはもう、すべての登場人物のなかでいちばんの重病人をご存じであることを。なにを隠そう、それはこれを書いている本人。それは私、それはエリーザ。

これほどグロテスクで役に立たない症例に読者の興味を引きうるのであれば、私たちの古い病が私のなかでどんな形をとったのかについて、説明を試みてみようと思う。

すでにお話ししたように、この家のなかには、私が邪魔をされずに君臨することをつねに許されている領土がある。つまり私の部屋だ。聖画や肖像画、書物をとりのぞいてしまえば、この部屋は、私が初めて足を踏み入れた日から、たいして変わってはいない。この部屋を見る者はいまでもなお、ここが几帳面な女の子、とても勤勉で本好きの子の部屋だと思うかもしれない。とくに、思慮分別のある死ぬべき定めの人間たちの前に日常的に現れる地上の生を描いたのではなく、むしろ、奇蹟に、奇矯に、狂気に満ちる本たち。まるで生意気な作者が、神が創造したまいし宇宙にはおもしろみがないと判断し預言者というよりは酔っぱらった人形遣いのように、自分の調子はずれのどたばた騒ぎを、自然の音楽的秩序に対立させようと意図したみたいに。

　私の本棚を調べる人は、こんなふうに書かれた書物たちへの私の好みをひと目で見てとるだろう。本棚を構成するほとんどすべての作品が、さまざまな風土で生まれはしたものの、空想小説のジャンルに属す。ドイツ人たちの狂気の伝説が本棚を圧倒し、スカンジナヴィアの憂鬱な寓話や古代の幸福な叙事詩やオリエントの恋愛物語も、そのうえ数多くの聖人伝もある。けれども、信心深さを気どってはいるものの、私が聖人伝で好きなのは、神の恩寵のおかげで慎ましい人間の仲介によって現前する神の力の証拠ではない。そうではなくて、そのなかで私が好むのは不本意ながら、読書のあいだに私をとらえる一種の不吉な幻想。そして、私はその幻想によって、これら祝福された驚異を望まれ、それを実現された神を忘れて、最後には神の栄光を仲介者、つまり人間だけのものとする。まるで人間の意志が神の恩寵なしで奇蹟を起こしうるかのように。そして生きた人間の魂への頭からの信頼が死その他の不安に打ち勝って、神への信仰とおきかわることができるかのように。ひとことで言えば、私にとって、これら教化的な書物の数々は聖人の生涯ではなく、英雄の生涯を語っている。現実に対する私の激しい恐怖を癒すのは天による説明ではなく、ひとりの人間はみずからが望みさえすれば、私をこれほど恐ろしがらせている現象を治めうるというひとつの思いこみなのだ。この最後の文章から、読者には理解していただけるだろう。私の狂気は少なくとも私を、私自身、このエリーザも同じような試練を果たせるという期待にまでは導かなかった。反対に、私は卵を抱くように、自分の無能さ加減に対するほろ苦い軽蔑を温め、自分は無能だとの確信そのものが、私を他人の勝利を味わうようにうながす。

　私は少女時代から今日までをこのような糧で生きてきた。けれども飢えを満たすには、ただ空想物語を読むだけでは足りなかった。それどころか、私は苦い思いを抱えたまま、まったく満足できずにいた。自分のことを、しーんと静まりかえった自室でひとり、オペラの楽譜を読み返す落ちこぼれの歌手のように感じた。そして私を助けに駆けつけてきたのは今度もまた嘘の魔神だった。

　初め（私はまだほんの子どもだった）、嘘はお遊戯、あるいは楽しいレッスンにしか思えなかった。私は本を閉じ、空想のなかで、もちろんお気に入りのお話をまねて創作した出来事や物語を組み立てて満足していた。私の想像した筋立ては日々の気分で変化はしたものの、その主人公たちは反対にどの筋立てでもいつも似ていて（とにかくまったく同じでなければ）、親密な血族関係で結ばれているようだった。もちろん、いつも王さまや傭兵隊長、預言者、要するに最高位の人びと。鎧兜か法衣を身につけていないときには、比類なく豪奢な衣裳を身にまとい、後光が射していないときには、たいてい頭に冠をかぶっていた。けれどもどんな甲冑、あるいは軍服、あるいは晴れ着の下にも、いつも同じ目鼻立ちが見分けられた。それは、生きているか死んでいるかにかかわらず、私がよく知るわが親族の顔立ち、血のきずなで結ばれてはいないにしても、愛の、あるいは憎しみの深い刻印を私の過去に残した人たちの目鼻立ちそのものずばり。私自身は完全に影のなかにとどまり、したがってどんな衣裳をまとっても自分の想像のなかには決して姿を現さなかったにもかかわらず、自分がわが英雄たちの子孫、あるいは親族と知ることで、私は英雄たちの栄光を分かちあえた。ああ、並ぶものなき一族よ！　私の母は聖女、私の父はお忍びの大公、母のいとこエドアルドはあの世の砂漠の権力者、大叔母コンチェッタは女預言者にして女王。私のくだらない悲劇の仮面は、こんなふうに私になじみの厳粛な顔立ちのなかに固定された。私の想像はすぐにその断片的で散漫な性格を失い、私は心のなかの秘密の場所で、一日、また一日と叙事詩のようなものを織りあげていった。それは複雑で込みいった図案を描くにもかかわらず、ただ一本の糸を追い、その不動の主役たちは前述した私になじみの英雄たちだった。こうして、空想のレッスンに対する私の興味は二重になり、自分の風変わりな叙事詩（それは連載小説のように、決して終わりに到達しなかった）に魅了されたあまり、夜、眠りに落ちながらも、中断した冒険を続けるために朝が早くくるのを望むほどだった。

私が組み立てた武勲詩のほうは少しも独創的ではなく、このジャンルのなかで考えうるものとしてはこれ以上ないくらいにばかげていて野蛮で、たしかにそれについて語る価値はない。読者には、尊大さと芝居気とで群を抜き、祝祭と勝利とをなんとも言いようなくひけらかしていたと知っていただければ、それで充分。すでにお話ししたように、私の両親は亡くなるとき、私に謎を遺していった。そして、この未解決の謎のおかげで、私は両親の市民劇のあった場所に、一千もの空想物語を構築できた。だから自分の部屋に埋葬されて、私は私の死者たちのために、不可能な贖罪を、奇蹟の復活をでっちあげた。そしてあらゆる明白な事実によって、両親の最期は敗北の旗印のもとにあった一方で、いまこのお手伝い用の部屋のなかでは、両親は娘エリーザの手から勝利の冠を受けとるのだった。

言うまでもなく、生身の人間のだれにも自分の作り話は教えなかった。私の作り話はまさに秘密であるがゆえに、大きな、そして毒を含んだ魔力をもつに到った。お気に入りの作家たちのまねをして、私の幻視を紙の上に書きとめる誘惑にかられることさえなかった。なぜならば私の空想のもっとも不吉で異常な性格は麻薬に似て、私からあらゆる活力を奪い、私を恍惚の麻痺状態のなかに投げこみ、そのあいだ私には時間も自然の法則も存在しなかったからだ。

一日中じっと動かず、目を開けたまま夢を見ている私を目にする人は、この娘はなにか天上の瞑想にふけっているのだろうと思うかもしれない。とんでもない。私は躁状態の酒飲みのように、私の嘘っぱちたちの複雑怪奇な夜宴《サバト》のなかをぐるぐるとまわっていた。

思慮分別のあるどんな脳みそにとっても嘘っぱち。けれどもエリーザの脳みそにとっては違う。事実、時がたつとともに、私は自分の作り話を一種の天啓のように信じ、その登場人物は私にとってもはや亡霊ではなく、ほとんど受肉した魂のようだった。私の信仰が亡霊たちの空虚に実質と形をあたえた。亡霊たちは私の部屋にひしめき、この狭苦しい領土が果てしなく広がり、亡霊たちの紋章と花づなで燦然と輝き、その爵位をもつ名前が響き渡った。それはわたしたちの名前だった。私は新しい空想の感覚器官を授けられたも同然で、私の仮面たちが目の前で闘い、愛しあうのを見て、その美しさに見とれ、その抑揚のある声を聴き、その優美なる足どり、その華麗なる騎馬術にうっとりとした。物語の乏しい私の日々は、仮面たちの冒険に満ちた日々のなかで焼きつくされた。こんな子どもだましのなかにいて、私は祈りのなかにいるように高揚した。

結局のところ、天使たちとの会話を味わうために苦行をし、隠棲をする行者のように、私は生者たちを避け、空想のなかの死者のほかには仲間を望まなかった。

私の嘘のおかげで、私は応えられなかった私の愛のために復讐を果たし、地獄のように黒く、地下深くに隠れた密やかな自尊心を満足させることができた。私の仮面たち、この雅量高きイダルゴ[*1]たちだけが、私と同じように、誇りにおいては辛辣で尊大であり、軽蔑においては残酷だった。仮面たちは私と同じ血を引く者、私と等しい者、仮面たちをのぞけば、私と交際する価値のある者はだれもいない。

仮面たちの存在を信じ、自分はその領民であり忠臣であると偽善的に言い立てはしても、私は自分がその仮面たちの女帝、ほとんど女神であるとうぬぼれ、その尊大な生を私の指のあいだに握っているのを疑わなかった。そして、このことにこそ私の最大の栄光があった。

だが、この亡霊たちは私のうぬぼれに復讐し、同時に理性と現実が愚かなエリーザに復讐した。

初めは仲間だった仮面たちが私の暴君になった。しばしば夢というよりは悪夢に似て、私を休息のなかまで追ってきた。そして夜も昼も攻囲戦のようにまわりをとりかこみ、堂々として腹黒く、その陰謀を、その残酷な欺瞞を休戦なしで私のなかにそっと忍びこませた。私を自分たちの誇り高き階級に受け容れた代償に、自分たちの規律を押しつけ、下賤な者たちとの交わりを軽蔑させた。ときどき、なにかのレセプションか宴席にいるとき、私が自分を忘れ、気晴らしや世間の関心事にちょっと身を投じて、あたりの会話に加わろうものなら、ほら、私の嫉妬深い幽霊たちのひとりが戸口に姿を現す。軽はずみな女官を宮廷のしきたりに呼びもどす厳格な式部官のように、あの憂い顔の騎士[*2]が私の笑みと言葉とを凍りつかせる。その魔力のおかげで、まわりで聞こえる会話はすぐに不毛に思え、もっとも優美な顔も味気なく粗野に、そして生者は死者に見えた。気まぐれな私の幽霊といっしょに自分の部屋にもどりたいといういらだちで身を焦がしながら、私はもはやだれも見ず、だれの話も聞かなかった。見知らぬ客人の群れのなかで、恋人たちがふたりになる瞬間を待ちながら、たがいを目で探し、間近に迫る抱擁の思いでいまからもう身震いするのと同じように。

私の仮面たちは、自分たちが私の慰め、私の祝祭、不安な現実からの解放だと信じさせたあとで、その亡霊の世界と交換にすべての現実を否定するよう強要してきた。仮面たちはたしかに私を、人間に対する私の古くからの苦悩に満ちた熱情から解放してくれた。だが同時に、私を人間的な同情、慈愛に対してまでも無感覚にした。そのために、神よ、どうかお赦しください。私は養母の死にも涙を流さなかったぐらいだ。なぜならば、私の愛情のなかでは、養母はしばらく前から死んでいたからだ。そして現実の養母のかわりに、私はその空想の代役、私の部屋を足しげく訪れる肉体のない婦人を愛していた。その婦人は顔立ちは養母と同じ、養母同様に陽気で元気いっぱいできらびやか。でも養母とは違い、忠実だった。

＊1　イダルゴ（Hidalgo）はスペインの小貴族を指すが、ここでは作者はドン・キホーテをほのめかしている。セルバンテス作『才知あふるる郷士ドン・キホーテ・デ・ラ・マンチャ』のスペイン語原題 *El Ingenioso Hidalgo Don Quijote de la Mancha* のイタリア語訳は、たとえば一八四一年刊の Bartolomeo Gamba 訳では、*L'Ingegnoso idalgo Don Chisciotte della Mancia* となっている。Gamba 訳は ingenioso（会田由・大林文彦は「才知あふるる」、永田寛定は「奇想驚くべき」と邦訳する）を ingegnoso（才走った・創意に富む）とするが、作者モランテは generoso（雅量高き）としている。

＊2　ドン・キホーテのこと。

3　最後の憂い顔の騎士たち。

けれども保護者の亡骸を墓地まで送り、私がひとりこの家にもどったとき、私の暴君たちはみずからが背信者であることを明かした。かつては私の亡霊たちがひしめいていた私の部屋に、いまはだれもいない。この死者の家で私が救いようもなくひとりのいま、亡霊たちは私を見捨てた。そしてもし探せば、散らかった部屋のなかに、その目くるめく姿ではなく、命のないぷよぷよの脱け殻を見いだすのだと思う。ちょうど場末の劇場の舞台裏で、お芝居のあと、役者たちが脱ぎ散らかした衣裳と同じように。つまりこれが私の栄光の賞杯、私の大いなる愛だったのか？　自分が酔っぱらった乞食、自分は偉大な人物だという妄想から覚めて正気にもどり、わが身を包むぼろに気づいた乞食みたいな気がした。

けれども、私の作り話が霧散するのと同時に、私の五感は奇妙に鋭くなったように思えた。何年ものあいだ、現実で身近な出来事ははるか遠くに、ほとんど消え去ったように見えていたのに、いま、私の部屋の静寂のなかで、私の耳は建物のどこか遠くの部屋で響く声や物音をとらえ、目に見えぬ隣人や通りでおしゃべりをする人びとの会話まで聞こえてくることもある。会話は扉や壁を通して私に届き、たいていはまったくつまらないことを話題にしているにもかかわらず、私の脳のなかで驚くほどの鮮明さを獲得する。

門番のおばさんが食事を運んでくるとき、あるいは哀れな女中さんが向かいに顔を出すとき、私は聞こえるはずのないその心臓の鼓動までをも聞きとり、その思いを、まるでそれが自分の思いであるかのように読みとれると思う。ある種の神経質な動物に起きるように、空気と光の変化のひとつひとつ、立ちあがる一陣の風、突然の雨、夜の訪れが私を荒々しく揺り動かし、目を閉じていても頭上を雲が通るのに気づく。

このすべてが、私に超自然の能力が備わるというしるしではなくて、ただ私の神経が病んでいるしるしであることはよくわかっている。夜、私は不眠に苦しむ。でも、翌日、疲れは感じない。反対に、不眠、あの神秘的な夜の調律師が、よりよい響きを立てるようにと、私の神経の弦をぴんと張るみたいだ。

　眠れぬ夜、私には古い知り合いの嘘のかわりに新しい仲間がいる。それは思い出。私はひと晩中、過去の出来事を思い出して過ごす。私の過去、とくに幼い娘だったころ、そして両親と過ごした最後の一年。その一年はまるで昨日のことのように、手つかずのまま生き生きとよみがえってくる。そればかりではない。あの人たちの過去、私の父と私の母、いまは亡きわが家族の過去も。私には思い出すという以外の動詞は使えない。実際に、家族について私の知らないことはすべて、ひとりでに説明され、まるですべてが私の人生の出来事であるかのように、私はあの人たちの人生をふたたびたどる。昏睡状態の眠りから覚め、ちょっとぼんやりしたあと、目覚めた自分の生活の状況をひとつ、またひとつと見つけ出していく人と同じやり方で。

　私が生まれ、十歳のときまで暮らした南の古都がよみがえる。その昼が目を眩ませはしても、その壁は煤けて灰色。私はあの街を、南の日光をいっぱいに浴びた姿でしか思い出せない。あまりの光に脅えた住民はたいてい黒い服を着て、庶民の女たちは頭をむきだしにして外出することはなく、必ずスカーフやヴェールを巻き、ときには顔まで隠していた。その顔の美しい瞳、黒くて束の間の、そしていつもちょっと警戒をしている瞳があなたを見つめる。反対に、見栄っ張りの貴婦人たちは私たちのアフリカの太陽と競いあって、豪華に着飾って出かけるので、婦人たちが通ると街路は劇場に変わるように思える。

　この都会は私に、ときには地獄の穴のように、またときには反対に地上の楽園、エデンの園のように見える。そしてこの街が塵になって崩れ落ちずにいまもまだそのまま存在し、その名がわが国の地図に記されているのを知ってはいても、私はあの土地を、思い出だけでつくられた到達不能のトゥーレ[*1]としてしか考えられない。その群衆のあいだに、私の親類の人物たちが永遠に住んでいる。私の嘘があの人たちに着せかけた見かけ倒しの衣裳を脱いで、たいていは着古された慎ましい服を身にまとって。ほら、これが私のほんとうの一族！　読者はその何人かを知ることになる。忙しそうな商店主数名。大急ぎで帽子をかぶり頬をまっ赤に染め、声をからした女教師二、三人。身体の線が崩れ、汚れた身なりをし、熱心なキリスト教徒の顔をもつ一家の母親がひとり。黒いア

*1　古代ギリシャ・ローマ人が世界の北端と信じた土地。

ルパカのジャケットを着た青ざめた勤め人がふたり。小さな浮浪者、使用人、金もち観光客のポーターの群れさえも、そこには欠けていない。それから従順で偽善的なお百姓も何人か。こんなお仲間のあいだを、けばけばしく着飾った大貴族たちが野原の孔雀の群れのように、しゃなりしゃなりと動きまわる。

これがエリーザの地味な血統。この人たち、そしてほかにもこれと同類の人たちは親類＝英雄、読者はすぐにその名前と歴史を知ることになる。私はひとりまたひとりと全員の顔を見分け、私の心のなかでまるで蠟燭《ろうそく》みたいに、全員にふたたび火がともされる。けれども極小の通行人たちのなかの彫像のように、そのなかの四人が群を抜いて高くそびえ立つ。

最初の彫像はアンナ、私の実の母。その性格のいくつかの点、そしてこれから見てゆくその他の理由から、アンナは〈夜〉と呼べるだろう。大理石のように白い小さな手にはダイヤモンドとルビーを飾った黄金の指輪が輝く。私はこの指輪に見覚えがある。そのふたつの光は怪しい光を放つランプのように、何年ものあいだ私の記憶のなかで輝いていた。それを最後に見たのは十歳のとき。それ以来、指輪は私の誘惑をたくらむ幽霊たちのあいだに数え入れられていた。このふたつの宝石は、埋葬された鉱物が探求者を招くように、しばしばその地下の巣穴から私を招いた。けれども私に提供するのは富ではなく、眠りだけ。それでもなお、私を魔法にかける大きな力をもっていたから、私はよくその光をほかのもっと本物の光よりも好み、その墓のためなら天国をも捨て去るほどだった。

二人目はロザーリア、私の養い親。私はロザーリアを〈昼〉と呼べるだろう。なによりもまずその明るく輝く姿によって、それから世を去ったばかりなので、まだ影の顔をまとってはいないから。三人目は〈あばた〉。それを台なしにしている傷痕がなかったら、その顔はほとんど鏡に暗く映る私の顔そのもの。生き返ってきた人たちの群れ全体のなかで、この男はたしかにいちばん手ごわく、扱いにくい。

四人目は〈いとこ〉。真の犯人、そして私たちの事件すべての捏造者、私たちの陰謀ひとつひとつの腹黒い紡績工と言えるだろう。いとこは私にその顔を隠す。かつて私を罠にかけ、嘲笑したことを恥じて。あるいはもしかしたら、なにか新しい意地悪のために。

夜が立ち去り始めるとき、私はしばしば浅い眠りに落ち、夢のなかで私の思い出と同じ人びと、思い出と同じ都会と出会う。こういった夢の多くは細部がほとんど同じままで、幾晩も繰り返される。けれどもこの単調さが破られ、新しくてこれまでとは違う夢が訪れるとき、私は異常な感動を覚える。

夢のなかから、よく知る声が私を目覚めさせる。学校時代、朝早く起きていたときの急きたてるような調子で、私の耳もとで。エリーザ！　エリーザ！　けれども最初に目を開けるとき、私は弱々しい驚きの悲鳴を聞き、朝の最初の光のなかに、部屋からわれ先にと逃げていくはかなげな存在の群れをかいま見る気がする。まるでほこりだらけの洋服だんすを開けるとき、飛び出してくる衣《い》蛾《が》たちのように。

私は裏切られたという鋭い不安に刺されるのを感じ、奇妙な孤独のなかで愛した人たちの名前を呼びながら、しばしば涙を流す。

こんなふうに私はベッドで身もだえしている。そのうちに建物のなかで朝の最初の声、急ぐ足音、ドアの閉まる音が聞こえ、通りからは最初のトラックの轟音や労働者を職場に運ぶ自転車のベルが耳に届いてくる。

そうすると、まるで学校時代がもどってきたみたいに私はベッドから起きあがり、小さな机に向かって私の記憶のほとんど聞きとれないほどのささやきに耳を澄ます。記憶は私の思い出と夜の夢とをそらんじながら、私たちの過去の年代記を語って聞かせ、私は忠実な秘書のようにそれを書き記す。

たしかに、これが私の一族の意志なのだ。事実、私が耳にするしつこいつぶやきのなかに、私はあの人たちのさまざまな声を聞き分ける。この本を実際に私に書きとらせるのはあの人たち。私をとりかこみ、ささやきかけるのはあの人たち。私が目をあげれば、その姿は消え去る。けれどもちょっとうまいことやって、気づかれないように目のすみであたりをこっそりうかがえば、私はそのぼんやりとした奇妙な像を見分け、その薄い舌が熱を帯びて動き続けるのを見る。

これがこれから私が読者にお話ししようと準備している歴史物語の源泉。この歴史は偉人ではなく、哀れな庶民の一家を扱っているだけだ。けれどもその埋めあわせに、最初から終わりまでまったくの真実。たとえ読者には、あちらこちらでちょっと奇妙に見えようとも。

おそらくこのようにして私たちの人生のさまざまな出

来事を再構築する一方で、私はわが幼年時代の謎とそのほかの家族の伝説すべてをようやく捨て去ることができるだろう。おそらくあの人たちは私を私の魔法、作り話から解放するためにもどってきたのだ。思慮深いエリーザを嘘の病にした罪を、ほかのだれでもなく自分たち自身に背負わせることで、私の回復を望んでいるのだろう。

そう、あの人たちの声が聞こえるから私は書く。あの人たちの助けを得て、私はついにこの部屋を出られるかもしれない。

登場人物に捧ぐ

死者よ、壮麗なるあるじたちよ
あなたがたの王の館《やかた》にわたしを迎え入れ
細密画で飾られたあなたがたの書物の頁を
わたしのためにぱらぱらとめくってください

愚かで野蛮な女、わたしは知っています
わたしはあなたがたの臣下、召使でしかないことを
けれども、それでも、ああ、怠惰なスルタンたちよ
あなたがたの偉業と尊大な愛の黄金色のリボンが
わたしの奴隷の額を飾っています

あなたたち、隠された比類なき花たちのあいだで
わたしは仲立ちをする蜂にすぎません
けれども儚《はかな》いわたしの前翅《まえばね》のうえに
どんなにかすかであっても
あなたたちの天上の花粉のあとが残り
あなたがたの蜜はすべてわたしのものなのです！

第一部　ノルマンディの跡とり息子

1　時代に逆行する都会。わが家族の紹介。雪の上の食事。

わが家の年代記を書き始める前に、読者のために私の街の風景を描写し、私がごく幼いころの最初の記憶のなかで再会する姿のままに、私の家族を紹介しておくのがよいと思う。

私が生まれた都会、この本のなかのさまざまな出来事すべて、あるいはほとんどすべてが展開する街は、わずかの丘がぽつりぽつりと散らばる平野の中央に位置している。茨《いばら》が生い茂り、水に乏しいこの平野は、徒歩の旅人には果てしなく広く思われる。けれども、足の速い乗り物で走り抜ける者であれば二、三時間の旅で、北に向かえば海に出るし、南に向かえば山にいきあたる。たいして高くない山もこの南国の人びとには本物の山脈に見え、同じように山の住民は自分を本物の山岳民族と考えていて、平野の人たちからはちょっと見くだされている。

私が話している都会は、その広大な面積と多数にのぼる人口にもかかわらず、地方都市の慣習と様相とを残し続けている。それはひとつには古い迷信に忠実で、何世紀ものあいだ封建領主の絶対的な権力に隷属してきた住民たちの気質のせいでもあり、またひとつには痩せて干あがった農村地帯の中央にあって、あらゆる産業から遠い（硫黄の採掘場が数か所、あるいはガラス工場があるだけ）というこの都会の位置そのもののせいでもあった。市内に裕福な者は少なく、そのすべてが古い家柄で、みずからの富を先祖代々の広大な地所に負っていた。その領地はほとんどの場合、暮らしている街から遠く離れ、畑地と村々とを越えて広がり、あまりにも広大な空間におよんでいるので、暢気《のんき》な相続人が自分の所有地を名前だけでしか知らない、あるいはおそらく名前さえ知らないこともある。このような貴族の領地のほかに教会の所領があり、聖職者は貧民の群れからの見境のない神秘的な尊敬を大貴族と分かちあう。だいいち大貴族はおおかたが信心深い。

いま述べたような諸条件が、よく言われる言い方をすれば、わが街の時の歩みを止めたわけだが、過去の世紀には、どうやらそれも豊かで重厚な文明が花開く障害にはならなかったようだ。このことを、街のもっとも古い地区、〈旧市街〉と呼ばれる地区が証言する。旧市街の一方の側には、かつてそこをとりかこんでいた壁の一部がいまも手つかずのまま残っている。この地区を構成する建物は、ほとんどが荒れ果てたりなおざりにされたり。大理石その他さまざまな石で建てられ、気品のある堂々たる姿だが、豪奢のなかにあっても重苦しく陰鬱だ。ちょっとあとの時代に、壁がしるす境界線近くに建てられた貴族の邸宅数軒だけが、より優美で風変わり、そして言うなればより世俗的。

前世紀にはいると、旧市街を囲むようにしてより近代的な地区が出現した。一方の側、東のほうでは、空気をすがすがしく開放的にしている緩やかな丘の斜面にお屋敷町が広がり、陰鬱な大邸宅にうんざりした貴族や、気まぐれな、あるいは身体の弱い高位聖職者、そして憂愁に満ちた私の南の国に恋をした夢見がちの外国人が暮らす。この地区を椰子や鈴懸、夾竹桃の広い並木道が縦横に走り、どんな工房や商店も、下世話な者たちの往来も、その清潔な平穏を破りはしない。この地区は南側の公園で終わり、公園は丘のいちばん高い地点にあって、街全体がその足もとに広がっている。かつては大富豪の外国婦人の私邸で、婦人はこの土地を遺言で市民に譲るのと同時に、広大な敷地中央に建てられ、本人が生前暮らした小館が、公共の美術館に改修されるよう要求した。公園と美術館のどちらにも気前のいい寄贈者の名前、私が子どものころ発音に苦労した名前が冠されている。

公園の高みから街全体のパノラマが見渡せ、西のほうには農村地帯にはいりこむ鉄道の線路が見えた。線路沿いに多数のアパートが密集し、建造されてから一世紀もたたないのに、もうすでに侘びしげな建物ごと崩れ落ちそうに見える。アパートは、街の小市民、勤め人、労働者、つましい商店主のために安普請で建てられていた。高層の大きな建物に何百もの家族がひしめき、手入れの悪い狭い道がごちゃごちゃと走る。市に駐屯する兵隊の兵舎やさまざまな警察の施設もそこにある。店を開く居酒屋や大衆食堂も数多く、私が子どものころからさも憎々しげに話されるのを耳にしてきた評判の悪い家も何軒か。ロザーリアがごく若いころ、受け容れてもらったのはこの界隈。そしてロザーリアからそう遠くないところで、私の祖母チェジーラが、まだ子どもだった私の母とふたりで何年間も穢れなき生活を送ったのもやはりここだった。

最後に、街の北側には、いま描いた地区と同じように貧しいけれど、より近代的な地区がある。私の子ども時代にはまだ造成中で、大きな共同住宅には漆喰のにおいが残り、まあまあ幅の広い道路では、煉瓦の山や石灰の穴にいきあたった。家の戸口のすぐ外は野原で、鉱員や鉄道員、つまり庶民の子どもたちが騒々しい音を立てながら遊びまわっていた。一方、勤め人、貧しいけれどお高くとまった人びとの子どもたちは、そんなふうに通りでぶらぶらさせてはもらえなかった。街のこの地区は新しかった。だが、その雑多で惨めで遠慮のない近代性のせいで、おそらく街でいちばん侘びしかった。私が生まれ、父と母と、そして母方の祖母チェジーラと幼年時代を過ごしたのはそこ、アパート四階の小さな住まいだった。

最初に去ったのは私の祖母。祖母がいたのはごく短期間で、その存在はほとんど目にはいらなかったから、私の人生では無視してもよい人物である。

祖母と再会するためには、とても幼いころに立ちもどらなければならない。するとほら、おばあさんがいる。そこにいる。あのお台所のすみ、自分のわら椅子に。最初に私の目によみがえるのはおばあさんのブーツ。一列に並んだホックと小さな丸いボタンがきちんとはめてある。それから、赤みを帯びた黒のスカート。だれもそれにアイロンをかけたことはない。スカートのうえに黒絹の長い上着。薄くなった髪からは薄桃色の頭皮が黒っぽい銀色のキルトのヴェールをかぶったみたいにのぞき、髪は一本の分け目でまんなかから分けられていた。分け目もまた薄桃色だった。顔はまっ白で、自分のなかに閉じこもり、とても小さいので、半分に割った胡桃《くるみ》の殻に気まぐれで彫りこんだ小さな顔を思わせた。その姿全体もとても小さくて華奢だった。

祖母は私の家で、寄食者、招かれざる客として暮らしていた。実際に、この世になにひとつもたず、私の母がときおりつぶやいたとおり、〈その息のひとつに到るまで〉他人の世話になっていた。やはり母の言い方を使えば〈蠅よりも少ししか〉食べなかったのは事実である。食卓につくのを拒否し、不機嫌な魔物のように、そこ、そのすみにとどまっていた。しょっちゅう食事にはパンと水しかいらないと断言し、そう断言するときには、まるで〈あなたたち、あたしのことを金がかかりすぎると非難はできないでしょう〉と言おうとする人のように、ちょっと脅しの口調だったけれど、でも嫌がらせをしようとする子どもみたいでもあった。ほんとうを言えば、水に浸したパンをもぐもぐと食べるこの小さな人物は、いつも嫌がらせを生きがいにしているように見えたことを否定はできない。母がわが家の経済状況や困りごとをめぐって父と言い争っているその瞬間を……こう言えるだろうけれど……わざわざ選んで、その雌猫の足どりで抜き足差し足、突然、部屋の戸口に姿を現す。年老いた女の登場に、母は腹立たしげに言葉尻を引きのばし、話を中断して、わかっているわねというように父を横目で見た。母は、祖母が私たちをこっそり探っている、祖母は考えを表に出さず、腹黒くて、私たちみんなの敵だと信じこんでいた。私について言えば、祖母が私をけなすだけだったのは事実だ。私の悪口を言い、青白い頬や、〈顔を食べている〉ほど大きくてじっと動かない両の目をあざ笑った。そのうえ、洗礼名で呼びかけたことは一度もなく、私をいつも〈おちび〉と呼んだ。

ふつうは何時間も何時間も口を閉じていて、すみを背にしてその目鼻立ちの整った顔をまっすぐにもたげ、スフィンクスみたいだった。あるとき、祖母の態度に腹を立てた母が、それまで何度もこっそりとつぶやいていたことを声に出した。「考えてもみなさいよね。母さんが自分の好きにできるものはなんにもないのよ。吸ってる空気だって、口に入れるほんの小さなひと口だって、ひとさまのおかげなんだから！」その言葉に、祖母は魔法にかかったような微笑を浮かべて、頭をぴくぴくと揺すりながら椅子から立ちあがり、「ああ、おまえを呪ってやる！」と苦痛に満ちた鋭い声で母に言った。「忘れるんじゃない。おまえを呪うのはおまえの母親だ。お聞きください、神よ。あたしはこの女を呪います」そして、乾いたすすり泣きにとらえられて、自分の頭を拳で激しくたたいた。私はとめどなく涙を流しながら叫んだ。「おばあさん、おばあさん」すると母は立ちあがり、きらきらと輝く瞳でにらみつけながら、怒りにかられて私の腕を揺さぶった。

私は恐ろしかった。その理由はなによりもまず、この呪いのあとこれまで以上に、母が地獄に堕ちる人間だという確信を深めたことにある。私はしばらく前から、この確信に悩まされていた。当てつけるようにため息をつきながら、私にそれを吹きこんだのは私の先生、フランス人の修道女たち。たしかに母はミサにいかず、そのうえに母の態度は修道女たちの気に入らなかった。その娘時代の姓が街でもっとも威信のある名前のひとつだったにもかかわらず、母はそのつましい境遇ゆえに、ほとんど庶民のような粗けずりの態度を身につけていた。けれども気位の高さは手つかずのまま残し続け、それは神の巫女たちの前でさえも母から離れなかった。母は、たとえば女子修道院長の手であってもロづけをするのを断固として拒否し、修道女を院長さまとか修道女さまとかの敬称ではなく、いつもある種、見さげるようにただシニョーラと呼んだ。そして夜、私と並んで鉄のベッドに横たわるとき、お祈りを唱えもしなければ十字も切らなかった。私には母に注意をする勇気はなかった。けれども、白いモスリンの寝間着を着て、はだしの母が背筋をのばして、すばやい指先で髪を編むのを、掛布団の下で不安で震えながら見ていた。母はそのあと数分間、部屋のなかを動きまわり、そのしぐさは華麗、広く尊大な背中でおさげが黒く輝く。そして母もまた布団の下に身体を滑りこませ、神にひとことの挨拶もなく、あおむけになって額にしわを寄せ、じっと動かなかった。この瞬間、私は修道女から習ったお祈りをそっと小声で唱えた。〈主よ、あなたを信じない者たちを光でお照らしください。なぜならば、あの者たちは目をもちながら見ず、耳をもちながら聞かないからです〉この儀式のあいだ、私は不安に満ちた恥じらいに取り憑かれ、そのために、身を縮こまらせ、シーツの下に隠れたまま、祈りを聞こえないほどのつぶやきでぶつぶつと唱えた。そして十字さえも、あわててさっと切った。

ときどき、私は思いをめぐらせた。お母さんが眠るのを待ち、私が自分の指でお母さんの顔の上で小さく十字を切ったらどうかしら。お母さんが救われるように。でも私にその度胸はなく、だいいちいつも母より先に眠ってしまうのだった。修道女たちが私に〈目をもちながら見ず、耳をもちながら聞かない〉という言葉をささやいたとき、暗に母のことを言っているのはわかっていた。でも、それじゃあ、寝室の薄暗がりのなかで、消え去ることのない渇望の色を浮かべて開かれていた母の輝く瞳はいったいなにを見ていたのか？　わずかに赤みを帯びた小さな小さな耳、イヤリングのはまっていない小さな穴が開いた耳は、いったいなにを聞いていたのか？　毎年、降誕祭や復活祭のために父が倍のお給料を受けとるとき、母はふたつの真珠をふたたび耳につけ、夜にははずしてナイトテーブルにおいた。私は、ナイトテーブルで輝くふたつの真珠を、夢うつつでうっとりと眺めた。けれども数日後、最大でも二か月後には、母はあの優美で豪華なイヤリングを、金の結婚指輪そのほかの小さな宝石、そしてBとM（フランス語で「優秀賞《ボン・メリット》」）の文字が刻まれた銀のメダル（先生たちからご褒美として、私に授与された）といっしょに質ぐさとして質屋にもっていった。

それはともかく、母は私にキスもせず、私が少しずつ眠りに落ちるにまかせて、隣に横たわっていた。近くの居間からは、父が寝る前に読む新聞のかさかさという音が聞こえてきた。父は毎晩、居間のソファベッドで眠る。

祖母はと言えば、祖母には自分だけの部屋があった。とても狭いので、ベッドのほかにはたんすをおく場所もなく、持ち物は籠にしまっていた。祖母は自分の持ち物にひどく執着した。用事があって、母が祖母の部屋のなかを動きまわるとき、祖母は戸口から母のようすを疑り深く心配そうな目つきで追う。「心配みたいね」と母は顔をしかめながら言った。「あたしが母さんのぼろを盗むんじゃないかって！」毎晩、祖母はスカートと上着をていねいにたたみ、毎朝、ちょっとおずおずと台所に姿を現して、靴墨の小さな缶をくれと言い、それでブーツを磨いた。籠のなかには、繕った古い靴下が何足か、安物のレースの縁どりがある下着が数枚、古い書類といっしょにまとめた手紙数通がはいっていた。そのほかに、このあと見るとおり、いくつかの宝石をもっていて、宝石箱に鍵をかけてしまっていた。

祖母は早くに床についた。もっとも本人が言うところでは、ひと晩中、目を開けていたのだが。手足の、とくに関節の絶え間ない激痛、身体を数千本の針で刺されたように思えるほどの痛みが眠らせてくれない。よく昼間に、祖母は話を自分の病気に向けたけれど、だれも気にとめなかった。母は肩をすくめて断言した。おばあさんは何年も前から、自分の病気のこと以外なにも話さない、でもそれでも、将来、私たちみんなを埋葬するのはきっとおばあさんでしょうよ。

こんなふうに母は小声で言ったものだ。でも、年老いた女の耳は母の言葉をとらえられず、祖母は私たちを横目で見て、頭を片方にかしげ、話を続けた。あたしの血は水と毒。あたしの血管は、毎日、硬くなっていって、ある日、神さまのおかげで、枯れ枝のようにぱきっと折れるでしょう。そこで私は指を組んだその長い小さな手を見た。手の上には、残酷な、ほとんど邪悪な証拠のように、もつれた静脈が浮き出ていた。けれども、私はこの意地悪な老婆に憐れみを覚えなかった。ときおり、ちょっと注意を向けるのは、ただひとり私の父だけ。けれども情け心から祖母にいくつかの忠告、「たまには外の空気を吸いにお出かけなさい、この薬を試してごらんなさい」をするとき、父はそっと視線を母に向け、母が皮肉っぽく黙っているのを見て、顔を赤らめるのだった。

私の母、美貌の人、気位の高い人に対して、父は献身さえも超えた、奴隷にもふさわしい態度で接した。だが父に自尊心が欠けていたわけではない。母の側は父を下僕のように扱った。母が父に向かうとき、恨みで永遠に凝り固まったその声の調子から、人は母が、なにか赦すことのできない秘密の罪で、父を責めているのだと思うだろう。言い争いには怨恨と嘲りの哄笑が混ざりあい、母は父をときに〈男爵〉と呼び、この言葉を侮辱のようにその顔に投げつけた。私は母が父に〈あばた〉と怒鳴るのも聞いた。父の顔は疱瘡のあとで醜く損なわれていたからだ。

こんなふうに怒りながら、笑いながら、恨みの涙が母の頬を伝い、母は冷たい怒りをこめて、指で左手の薬指をなでた。薬指の結婚指輪がはまっていたところには、ほかより白い輪のあとがついていた。母が夫をあからさまに非難するひとつのこと、それは私たちの貧しさだった。

父は郵便局に勤め、しばしば時間外業務で職場に残り、最後のころには郵便列車の仕事を引き受けて、そのためにしょっちゅう真夜中に出かけたり、帰ってきたりしていた。すでにお話ししたように、父は母といっしょに寝室では眠らず、隣の居間で寝たので、ときどき夜中に、閉じた扉をとおして煙草のみに特有の咳が聞こえ、朝、父が出かけたあと、母は腹を立てながら、煙草のにおいを追い出すために、居間の窓を開け放った。

父がほとんど絶望の身ぶりで母を抱きしめ、「アンナ……ぼくのアンナ……」と繰り返す瞬間があった。けれども母はふんと言うように、煩わしげに身を振りほどいた。ほんのたまに、母はわれを忘れたように見え、物思いにふけるみたいに、夫の肩にぐったりと身をあずけた。そんなとき、祖母はその場に居合わせると、満足の笑い声をあげ、そのふたつの目は思いがけない幸福感で輝いた。祖母は人が愛しあうのが好きだった。なにか野生の生き物が音楽や炎に惹かれるように、祖母は愛に惹かれた。

ある午後、祖母は母に青春のある出来事をひとつ打ちあけた。あの午後を思い出すと、いつも必ず熱い歓びが湧きあがる。復活祭が近づき、父が復活祭の慰労金を受けとったところで、母はいつものように質屋から自分の宝石をすべて請け出してきた。だから耳にはふたつの真珠、指には結婚指輪。それから右手の薬指にも、小さな赤い石を散らした少し小さめの指輪をもうひとつ。首のまわりには澄んだ瑪瑙《めのう》のネックレス、胸のカメオには髪を高く結いあげた貴婦人の横顔が彫りこまれている。祖母と私は居間で母のそばにすわっていた。居間は西向き。陽の当たる遅い午後、西向きの部屋はすばらしい。けれども私たち三人ともをいちばんよろこばせていたのは、母の宝石だった（私たち、わが家の女たちはみんないつも、ごてごてしたアクセサリーや貴金属を崇め奉る）。とにかく、祖母と私は宝石で飾り立てた美女の前にいて、その美しい人は満ち足りて、厳しい額とお人形のそれのように濃いまつげを伏せていた。

突然、季節と光、自分の宝石とで心を浮き立たせ、母はちょっといたずら心を出して、愛の話がしたくなった。そこで、祖母に結婚前に恋をしたことはあるのかと尋ねた。すると愛が話題になるたびに、いつもそうであるように、祖母の目がきらりと輝き、その頰にぱっと赤みが差した。

「おまえの父さん、知ってのとおり、おまえの父さんのことは愛しちゃいなかった」と祖母は言った。「でも、まだ嫁入り前の娘で、お父さんとお母さんと暮らしていたころ、オーストリアの士官に言い寄られたことがある。直接、あたしに話しかけたりはしなかったけど、白ずくめの服を着て、窓の下をいったりきたり。ちらちらと目をあげて。それがけっこう長いあいだ続いた。とっても美男の士官だった。背が高くて、すらりとして、瞳にはめったにお目にかかれないほどの騎士道精神があふれてた。ある日、母さんとあたしが散歩に出かけて、母さんが広場に残って知り合いと話していたとき、その士官が通りかかった。あの人は品のいい顔を傾けて、小声であたしを呼んだ。〈チェジーラ！〉ほかにはなんにも言わなかった。あたしの名前をだれから聞いたのかさえ、あたしにはわからない。でも、〈チェジーラ〉と深い深い愛情をこめて、そう言ったから、ほら、あたしは年をとり、四十年以上がたっていても、それでも思い出すと鳥肌が立つくらいだよ。ごらん！」そして祖母はぞくぞくと震えながら、細くて白い腕を母に見せるために袖をまくった。「このあたしに、恋したことがあるかと聞くなんて！」と祖母は続けた。それからオーストリア人たちが町を出ていったので、士官も立ち去ったのだと説明した。

「じゃあ、二度と会わなかったの」母は目の覚めるような自分の美しさに心を奪われ、うわの空で尋ねた。祖母は一瞬、迷ったあと、いやいやながら、その青年とは二度と会わなかったと認めた。でも、そんな結末を聞いて母がちょっと皮肉っぽく、くすりと笑いをもらしたので、かちんときたようだった。奇妙な微笑を浮かべ、男女の仲をとりもつ女の目つきに似た下心のある目で、私たちをそっと見た。「ああ」と祖母はつぶやいた。「ほかにもいたよ。でも、ここじゃ、おちびの前じゃ話せないね」そして、熱狂とほのめかしいっぱいの小ずるそうなようすで頭を振った。秘め事の打ちあけ話が大嫌いな母は、「ああ」と言い、彫像のように身を硬くした。祖母は口を閉じた。

とは言っても、その後、家族のあいだで、たぶんあのオーストリア人士官の話は作りごとだよ、と話されるのを私は聞いた。わが親族の年代記には、ときおり、こんなふうに小説もどきの人物が登場する。私たちの想像のなか以外にはまったく存在しないけれど、それでもある世代から次の世代へと、私たちについてくる。私の曾祖母のひとり、陽気なコスタンツァは愛人たちにやきもちを焼かせるために、こんなふうな想像上の人物を利用した。大叔母のひとりは女友だちとの会話のなかで、婚約者をひとりでっちあげ、生涯を老嬢で過ごしたわが身を慰めた。流行の小説を引き写した悲劇、ここでお話しするのには長すぎる悲劇のあと、婚約者は大叔母のためにみずから命を絶ったのだ。

でも、話を祖母にもどそう。祖母が生きていた時期については、ほかにはちょっと幼稚で、どうということもないエピソードしか見つからない。最後のころには、耳が聞こえなくなり、そのことが祖母をいっそう黙りがちにしたうえに、いっそう疑い深くした。実際に、なにも聞こえなかったので、いつも私たちが自分の話をしているのではないかと疑い、私たちが笑うのを見れば、八月でも肩に巻いていた黒猫の毛の肩かけのなかで身を縮めて、脅えながら、敵意をこめて私たちを盗み見た。私はこのころ、いつも数え歌をつくって遊んでいた。たいていはばかげた単語の羅列で意味はない。ぼろの布靴を履いて突っ立ち、物思いにふけりながら、自作の歌を何時間でも繰り返す。それから、自分ひとりにうたって聞かせるのにあきあきして、祖母のそばにいき、歌の文句を耳もとで叫ぶ。祖母は苦労をして、なんとかぼんやりと聞きとった音から、私が自分になにを望んでいるのかを理解しようとした。私のほうは、祖母の間違い、的はずれの答えをおもしろがって、口を開けて大笑い。祖母はむっとして、その毛のショールの下で丸くなり、しなびたまぶたの下からあやふやな視線をちらっと投げつけてきた。

ある朝、私は修道女たちから、人間の一生の各時期の呼び方を教わった。そこで下校時に、それを数え歌にして、自分ひとり小声で口ずさんだ。

赤ちゃんは乳児期、それから幼年期
思春期がきて青年に
壮年、中年、熟年ときて
それから、あらあら、老年期
耄碌《もうろく》しちゃって、さあ、おしまい！

こんなふうにうたいながら、両親や先生をそれぞれ私が思っていた年齢にしたがって各時期に振り分け、自分ひとりでおもしろがっていた。そのなかには祖母もいて、私は家に帰り着くと、祖母に自分の知識を伝授しようと思った。そこでそばまで走っていき、一生懸命になって、その耳もとで告げた。「おばあさん！　おばあさんは耄碌なさったんですよ！」祖母は理解もしなかったし、答えもしなかった。指を組んだふたつの手を動かさず、まるでひとりの敵を見るように、その沈黙の領土から私を見ていた。

実のところ、幼かった私だけではなく、チェジーラを目にした人はみんな、その外見から、この女をよぼよぼのおばあさんだと決めつけただろう。ところが、とんでもない。亡くなった日には六十歳にもなっていなかった！

私とお父さんお母さんは台所で食卓につき、祖母はいつものようにひとり離れて、すみの椅子に腰をかけていた。ある瞬間、祖母がふっと目をあげ、私はその目が不透明な膜におおわれているのに気づいた。それはいつか通りで見つけた雀の目に似ていた。その羽毛はけばだって湿り、雀はまだ立ってはいたけれど、すでに死の震えに襲われていた。あの目つきが私を打った。けれども、私はなにも言わなかった。一分後、祖母はまぶたを閉じ、ぱたんと軽い音を立てて、椅子から滑り落ちた。母は短く叫んで振り向き、食卓のそばで背筋をぴんとのばしたまま、そのすみをじっと見つめ、父のほうは走り寄り、倒れた老女の腕をとって起きあがらせようとした。きちんとボタンをはめたブーツのなかの祖母の足が一方の側でぶらぶらと揺れ、反対側では、ごく小さなまげに結った滑らかな頭ががくんとうしろに垂れていた。

家族全員が祖母の寝室にいった。母は悲痛な乾いた音を立てながら、すすり泣いた。まるで〈だめよ、だめ、こんなのみんな、なんて醜い、なんて恥ずかしい〉とでも言うかのように。父はおばあさんをそっと横たえた。そして私はおばあさんを見ながら、恐ろしい憐れみの念に打ちのめされた。なぜならば、ちょっと前に、私ひとりがあの死の苦しみのなかの目を見たことを忘れられなかったからだ。耳のなかで「死んだ！　死んだ！」と繰り返す早鐘の音が聞こえるような気がした。

けれども、初めて私の前に姿を現したとき、死は恐ろしい顔も不吉な顔もしていなかった。祖母の欠点には、これからお話しするようなものもあったことを知っておく必要がある。祖母は宝石をもっていた。なによりもまず一本の鎖。鎖には小さくて優美な金の宝石箱がぶらさがる（宝石箱のふたを開けると、小さな孔雀を描いた極小のモザイク画が現れた）。そのほかにダイヤモンドのかけらをちりばめた細い金の指輪がふたつ。ところで、すでにお話ししたように、母は手もと不如意のとき、自分の宝石を質に入れるのが習いで、それは定期的に起きる出来事だった。けれども老女はご存じのとおり、なんの財産ももたず、私の両親に養われていたにもかかわらず、いつも最大限の頑固さを発揮して、自分の宝石を質屋にもっていくのを拒否した。宝石を身につけるというわけではない。けれども後生大事に、いつも宝石箱に入れて鍵をかけていた。そして、たとえ一時間だって、母に貸して身を飾らせることはなかった。

だから、柩に入れるために祖母に服を着せたあと、母は言った。あの宝石でおばあさんを飾るべきでしょう。あれほど愛した宝石を身につけて向こうにいけるように。母は有無を言わせぬ口調、尊大な目つきで、ほとんど自分の権利を要求するかのように、そう言った。

そのうえに、母は祖母に細心の注意を払って服を着せつけ、華やかに飾ることに決めた。祖母が生前、自分のおしゃれにこだわっていたからだ。母はその準備を、言葉にはできないすばらしい構想を、心のなかで育んでいる厳しい母親のしぐさでやってのけた。母の青白さは死者に劣らず、いまこの瞬間にも気絶するのではと思えるほど。けれどもその瞳は、ほかの日と同じように輝いていた。

だから私が祖母を見ることをふたたび許されたとき、祖母は着飾り、鉄のベッドにきちんと身を横たえていた。でもお葬式の飾りも蠟燭《ろうそく》もなし。ほかのなによりも私を驚かせたのは、その足の小ささなことだった。足は灰色の薄絹の靴下をはき、レース編みのベッドカバーの上で両方をきちんとそろえていた。祖母は老貴婦人のスタイルで、足まで届く長い黒絹のスカートとビロードの上着、レースの胸飾りを着せられ、首のまわりにはビロードのリボン。深い黒色の房がちらほらと混じるほぼ銀色の髪の下で、顔の表情は、よく起きることがあるように、繊細さと脆さのなかに花開いて見えたので、磁器でできていると言えそうだった。わずかにもちあがった両の鼻翼が祖母にちょっと怒ったような表情をあたえていた。閉じた極小の宝石箱がさがる鎖を身につけ、長い指にはふたつの金の指輪。この貴重なアクセサリーのせいで、私は祖母がうらやましかった。晴れ着をまとって私の前に姿を現したおばあさんは、お人形とそうは違わなかった。そしてこの秘密の準備は私に修道院でのお祭りを思い出させた。準備のあと母は私に言った。「見にいらっしゃい」修道女たちはキリスト生誕群像を準備したあと、私たち生徒を呼んだ。「いらっしゃい！　見にいらっしゃい！」すでに言ったように、死は初めて私の前に姿を現したとき、まだ幼かった私の心を悲劇的で惨めな顔で乱さないためというかのように、私には愛すべき儀式的な顔を見せてくれた。そして現実には、祖母の死が私に幼年時代のほぼ終わりを告げることになった。チェジーラの亡骸は私の記憶に残る最後の穏やかで夢のような穢れなき幻だった。

老女の死後、その存在がある意味で防護壁の役を果たしていたかのように、母は父に対する恨みをいっそう募らせていった。母は愛ゆえに結婚したのではなく、私に言わせれば、むしろ憎しみゆえに結婚をした。ちょうど祖母がその花の盛りで、愛ゆえに結婚したのではなかったように。祖母の死から十六年以上がたったいま、私は自分の記憶にはチェジーラの色あせた像しか残っていないと思っていた。ところがとんでもない。家族のなかで最初に私のもとを去った女が最初に私のところに帰ってきた。私の保護者ロザーリアが亡くなってから何日もたたないうちに、この本の序章で説明したように、私は夢のなかで初めて両親の家と再会した。私の見た夢はこんなふう。幼年時代を過ごした土地に雪が降り、父の家の前には、雪でおおわれた平らな大草原のようなものが広がっていた。そして、この大草原に食卓を出し、私たちはみんなで晩餐のためのごちそうを並べた。祖母までが私たちといっしょに食卓につき、私はびっくりして尋ねた。「でも、おばあさん、お寒くはありませんか？　凍えていらっしゃいますよ」おばあさんは小ずるそうな微笑を浮かべて答えた。「とんでもない。どんなに温かいか、さわってごらん」そして白い腕の袖をめくった。私は氷のように冷たいのを予想して、おばあさんの腕をぎゅっと握り、それがほんとうに、ほとんど火傷しそうなほどの熱で温かいのを感じてびっくりした。

さて、それでは、私たち家族の物語の始まりを、まさにこのチェジーラの思い出からお話しすることにしよう。

2 （私の家族の歴史、ここに始まる）私の祖母、打算で結婚する。

とても質素な家庭に生まれたチェジーラは、両親が死んだあと二十七の歳になるまで、村の小さな学校で教師の仕事をして糊口をしのいできた。けれども、この娘は自分がそこで生きていかざるをえない無知蒙昧の社会を子どものときからばかにしてきた。自分をその通りすがりの客と見なし、いるべき場所はほかにあると思いこんでいた。だから、求婚者の数に不足はなかったし、なかにはチェジーラのような境遇の娘ならだれでも、最高の縁談と判断したはずの相手もいたけれど、ご当人は自分にはふさわしくない社会内での結婚申込みを侮辱の言葉のようにはねつけ、みずからの価値に見合う幸運を待ちこがれた。しかし幸運は、女教師が日々を費やしている片田舎を、自分のほうから進んで通ろうとはしなかった。一方で、チェジーラは行動を前にするとき、その容赦のない野心に釣りあうだけの決然たる意志をもってはいなかった。というわけで一度も婚約せず、一度も村を出ず、二十七という歳に達したのだった。

けれども二十七歳（当時、未婚の女性としては高齢と考えられていた）のとき、変化の機会が訪れた。チェジーラはその機会を利用することに決めて、本人には英雄的とまでは言えないにしても、一か八かの向こう見ずと思えた行動をとった。都会に屋敷を構える貴族一家の管理人から、主人一家が幼い令嬢たちのために家庭教師を探していると聞いたので、学校から二日ほど休みをもらって都会に出かけ、家庭教師志願者として前述の貴族のもとを訪れた。嗜みのある外見と、よい評判が集まったおかげで採用と相成り、公共教育の教壇を捨てて、貴族の館《やかた》に住込みで働き始めた。

ところが、採用からまだ二か月もたたないとき、まさにこの家で、広大な領地をもつ家柄の貴顕紳士がチェジーラを知り、夢中になった。

男は五十代、独身で、名前はテオドーロ・マッシーア。実家のマッシーア・ディ・コルッロ家は、この地方でも、もっとも威信ある家名のひとつである。テオドーロは普段は自分と同じ身分に属す同輩衆の客間に、みずから足を運ぶほうではなかった。とくにチェジーラの主人一家には、この男の顔を年に二回以上見る習慣はなかった。けれども美しい家庭教師を発見したあと、テオドーロはこの家の熱心な訪問者となり、お勉強の進み具合を追ったり贈物をしたりなどなど、お嬢ちゃまたち（以前は目もくれなかった）に父親のような心遣いを見せた。

家庭教師はすぐに、この身分の高い優雅な人物が、自分チェジーラの姿を眺める隠れ蓑として、お嬢ちゃまたちを利用しているのに気づいた。当時のチェジーラは実際の年齢よりもかなり若く見え、ほとんど子どものような身体つきで、めったにお目にかかれないほどに、そして完璧に美しかった。いまは希望に酔わされて、生まれつきの魅力に媚びという手段が加わった。

たまたまテオドーロの前に出ることがあったりすると、とたんに態度を変えたので、小さな生徒たちは先生の変わりやすい気分にどう対応すればいいのか途方に暮れた。慣れ知っている厳格な人物が、一瞬にして、陽気な遊び仲間、なんでも許してくれる愉快な先生に変身する。けれども幼女の純真な心は、このさいわいなる変身を、偶然そこにいた中年の独身男と結びつけることはできなかった。だから男が遠ざかり、家庭教師の魔法にかかったみたいな陽気な気分が、盛りあがったのと同じように急激に落ちこむとき、少女たちの心は苦い失望を味わうのだった。

小さな女生徒たちと同じように、テオドーロ・マッシーアも、このわざとらしい愛想のよさにだまされるままになっていた。繊細な処女《おとめ》の顔色をした家庭教師の顔のなかで、ふたつの瞳が高揚の光を発して輝き、勇敢で獰猛な精神が優美な四肢に生命力をあたえていた。そしてその穢れなき生活（これは真実、見せかけではない）は、田舎っぽいぎこちのなさと結びついて、この並はずれた活力にどこか悲壮で奇妙なところをあたえ、それがテオドーロを魅了した。娘のあからさまな媚びもまた、この男を満足させた。実際に、それがテオドーロに捧げられていることに疑いの余地はなかった。媚びを吹きこんだのは、テオドーロの魅力ではなく、むしろ野心と打算。だが、テオドーロはそれに気づかなかった。この男はこの男なりに、青春のころから感傷的で、そしていまは、放蕩と享楽の人生を過ごした人間の一部に起きることがあるように、熟年の感傷癖を無邪気に大げさにしがちだった。その一方で、数年前までは放蕩生活で名を馳せ、ご婦人方面では大いなる成功を味わってきたので、自分の衰えきった魅力だけでも、哀れ一介の女教師の目を眩ませるのには充分だとうぬぼれるのも、この男には朝飯前だった。

チェジーラが知ったころ、男はすでに二度、妻をめとっていた。最初は、ようやく成年に達したばかりのとき。両親の意志に反した結婚で、お相手は貴族ではあるけれど、とても貧しく、また病弱だったので、結婚後二、三年でテオドーロを寡夫にした（不実な夫の過ちが、その心を粉々に砕き、その結果、時期尚早に墓地にいくはめになったとも噂された）。二度目は裕福で無鉄砲な異国の女性で、外国で知り合い、結婚をした。この人は夫の借金を気前よく清算し、自分の財産の一部を夫婦で湯水のように使ったあと、お国の法律のおかげで離婚を得ることができた。

若いころのテオドーロは、（男も女も、マッシーア家の大部分がそうであるように）このうえもなく美しい外見をしていた。堂々として背が高く、均斉がとれ、顔の輪郭は奇妙にぼやけていたけれど、目鼻立ちは整っていた。大きな目は濡れて光にあふれ、色の白さは女性の顔だったら、お化粧をしていると思われかねないほど。このようなロマンティックな美点に、一部の感傷的な南国人の特質であるあの愛の、半ば優しく半ば勇ましい雄弁が加わる。ときおり、たまにではあったけれど、とくに心を動かされた瞬間に起きる軽い発音の問題も、その雄弁をそれほど損なってはいなかった。発音の問題がテオドーロ唯一の欠点だった。けれどもこれほど好ましい人物にあっては、その欠点もほとんどもうひとつの魅力のように見えた。

テオドーロ・マッシーアは私たちの物語の主役級のひとりではないから、この男が五十歳になるまで送ってきた暮らしを語る手間は省くことにしよう。テオドーロは、若いときから、運命があたえる好意、そして階級の習慣と偏見には無頓着、いやむしろ軽蔑を示してきたと言っておけば充分だろう。でも、このことからテオドーロには聖人、あるいは英雄の道が適していたと想像するとしたら、それは間違いというものだ。残念ながら、この男は神に選ばれし者どもの部隊には属していなかった。反対に、自分自身のさまざまな悪徳を育むことしかせず、その悪徳のなかでは放蕩が第一の場所を占めていた。

それでもテオドーロは多くの罪を犯しながらも、その第一の性格、つまり分別のない騎士道的な気前のよさは捨てなかった。そのおかげで色恋では心変わりが激しかったにもかかわらず、自分の犠牲者から赦しを、そしてある場合には感謝さえをも勝ちえたのである。並ぶものなき心の寛さで、テオドーロはすべての情事、ほんの束の間の情事にさえ全身全霊を捧げた。ひとりの女を愛せば、それがたった一日であっても、その一日が続くかぎりは女の奴隷であり、行きずりのつまらぬ恋の炎のために、あらゆる種類の派手で金のかかるお祭り騒ぎを演じることができた。おまけに言葉の才能、なんと言っても言葉を信じる才能に恵まれていた。詩的でロマンティックな、そしてここのところが重要なのだけれど、嘘偽りのない言葉を魔法のように使うおかげで、テオドーロは自分自身の頭のなかで、そしておめでたい愛人たちの頭のなかで、ありふれた不倫関係を悲劇に変えた。愛人たちのどのひとりも（残酷な運命のせいで、テオドーロが加えた苦しみや責め苦がなんであろうとも）、最後には、ただの平凡な情事ではなく、すばらしい経験を生きた、至高の役を演じたのだという満足だけは手にしたのである。

テオドーロは人に後味の悪い思いをさせることを好まなかった。それはこの男の生まれつきの優しさのせいばかりではなく、だが、自分をそれに似せたいと願う理想の愛人像のせいでもあり、その理想像とは不誠実ではなく、騎士道精神にあふれ、高潔なのだった。要するに、あらゆる真実らしさを無視して、テオドーロはむしろ犠牲者の役を演じるほうを好んだのである。それに大いなる成功をおさめたので、この男に裏切られ、名誉を穢され、捨てられた愛人たちが、自分の運命よりもテオドーロの運命を憐れむなどということが起きるほどだった。

事実、愛人たちの目のなかで、そしてある意味では現実においても、テオドーロは裏切り者とかドンファンとかではなく、むしろひとつの理想のためにみずからを永遠に犠牲にし続けている男だった（私たちの側からは、こう指摘しておこう。この曖昧模糊とした理想像を明確にしようとすれば、残念ながら、ただ怠惰の、浪費の、無知の似姿を見いだすだけではないだろうか、と）。テオドーロは雇われの騎士、出発がその心を粉々に砕くとしても、とどまっていることはできなかった。なぜならば、その使命とはつねに新たなる武勲を求めて走ることだったからだ（そのあと、テオドーロの武勲の詳細を消息欄のなかに探せば、たとえば一件の不倫、あるいは物見遊山の旅、あるいはただのカードの勝負という結果になるだろう）。この男は、慣習と階級と金銭を軽蔑する反逆者であり、自分の生活を危険に陥れる無責任男だった（自分の生活を危険に陥れるのだから、テオドーロに他人の生活を危険にさらしてくれるなと言うのは頼みすぎというものだろう）。

こう言いはしても、テオドーロはそれでもやはり、いつも誠実に振舞っていたことを、だれも否定はできまい。言葉だけではなく、けれども行為によっても、この男は自分の変転きわまりない武勲に、美貌、若さ、健康、社交界、財産、つまりもっているものすべてを捧げた。チェジーラが知ったころには、この男のなかにここで述べたようなテオドーロの姿を見分けることはできなかった。いまでは五十になる。でも六十歳に見えた。ほとんど形の崩れた貧弱な容姿のなかで、かつての美貌の痕跡が目につき、それを認めるとき、美しく気高い邸宅が賭博場や娼家を迎え入れるところまで落ちぶれたのを見るように、侘びしさと憂愁の感覚はいっそう強まった。肩と背中は丸く彎曲し、たるみとしわで台なしになった顔は、形のない未成熟と老年の衰えとが混ざりあった奇妙な表情をしていた。重いまぶたの下の濁った目はいつも、犬の目みたいに濡れてねばねばとしていたけれど、ときおり青年のような熱狂の炎がぱっと燃えあがり、それはこのような顔のなかではほとんどグロテスクに見えた。そんな顔立ちと、無意識と頽廃と情熱がないまぜになった物腰のために、真実を言えば、テオドーロは最初から小さな女教師のなかに、無関心というよりは嫌悪に似た感情を目覚めさせ、共感などはもちろんお呼びではなかった。だがチェジーラは、人知れぬ魂のなかにおいてさえ、自分自身の感情を分析するのを避けた。もはやその心は、ほとんど強迫観念のように、チェジーラ先生から貴婦人への目くるめく変身の可能性しか見ず、問題のチェジーラ先生の感情には、いまはもう、偉大なファッション・デザイナーが木のマネキン人形の感情を気遣うほどの心配りも見せなかった。

チェジーラが強欲と狡猾に奇妙な純真を組みあわせていたことをつけ加えておくべきだろう。テオドーロは貴族だった。貴族の名をもち、貴族の服を着て、貴族の家に出入りしていた。こういったアトリビュート[*1]のおかげで、チェジーラにはこの男があらゆる至福への道を開く鍵を所有しているように見えたし、またこの魔法の公理から先を調べようともしなかった。召使のなかには、チェジーラのいるところで、テオドーロ・マッシーアをいわば終わった人物、あるいは爪弾きにされた人物、ある

*1　図像学で、描かれた人物がだれかを表す象徴的な持ち物。

いは没落した人物のように言う者もいた。けれども、まず第一にチェジーラの神話的な概念のなかでは、たとえ没落した大貴族でも、平凡な死すべき人間どもにとっては、いまだに高い高い絶頂点に等しかった。第二に、チェジーラは召使たちがこんなふうに話すのは、意地悪やねたみからであることを疑わなかった。そして最後に、召使連中に自分のことを打ちあけたり、その噂話を信じたりするには、チェジーラはあまりにも誇り高く、噂には、聖なる魔神に取り憑かれた巫女が、ぶんぶんいう蝿の羽音に向けるのと同じほどの注意しか払おうとはしなかった。

その純粋な心は、損なわれたテオドーロの顔に不摂生と頽廃の生活の明白な結果を見分けられなかった。実際に上流社会のことには無知だったので、この貴族の男性が自分の同輩衆をこれ見よがしに軽蔑し、同輩衆の側もそのお返しに、醜聞を理由にして、しばらく前からテオドーロと関係を断っていたのにも気づかなかった。なんとかこの男を大目に見ていたのは、ごくごく少数の人だけで、この家の主人一家はまさにこの少数派に属していた。けれども客テオドーロの老いらくの恋と、家庭教師の大げさな興奮とを、主人の目から長いあいだ隠しておくことはできなかった。主人はすぐさまテオドーロに、訪問を若干、差し控えていただくのが適当である、とそれとなくわからせた。そして、その少しあと、チェジーラがテオドーロ本人の手から手紙を渡され、それを突き返さなかったという話が耳にはいったので、主人は不注意な家庭教師を解雇した。幸運な偶然から、ちょうどこのころ、一家の親類筋の修道女が街の修道院の院長に任命された。この修道院は女子の教育にあたっていたから、主人はこの機をとらえてご令嬢たちを通学生として修道院に登録し、醜聞なしで家庭教師を首にする口実にした。このご都合主義的な言い訳は、チェジーラに礼儀正しく伝えられたので、若い女は自分自身に対してもそれを信じるふりができたし、時ならぬ解雇を大げさな屈辱感なしで受け容れた。支払われるべきお給料に加えて、主人から退職金として少額の金銭を受けとり、こうして、自分を数か月間、住まわせてくれた貴族の館をあとにして、頼るものもほとんどなく、ひとり街にいることになった。

地方や村だったら、新しい学校教師の職もけっこう簡単に得られたかもしれない。けれども、自分の希望のすべてが宿っている街を離れるのはまっぴらご免。なんとしてもここにとどまることに決めた。そして〈旧市街〉

の品行方正な未亡人宅に家具付の部屋を借り、待機がよりよい運命への仲立ちとなってくれるのを期待しながら、自分の働きで生計を立てるために、家庭教師の口を探しにかかった。

　これがチェジーラの人生で二度目の英雄的な行動だった。そして幸運がその勇気に報いたように見えた。運命はテオドーロ・マッシーアの名をもって、すぐに美しき失業者をその新居まで探しにきた。テオドーロはチェジーラをしつこく口説き始め、並々ならぬ熱のこもったメッセージを送った。けれども、メッセージが受取人の冷たい心を揺り動かせたのは、なによりもまず、それが書かれた紋章入りの便箋の力のおかげだった。恋する男は、一度お目にかかる歓びをおあたえくださいと一千回も懇願した。けれどもチェジーラは、媚びを売るためのの駆引というよりは、生来の引っ込み思案から、返事を書くのを数日間ためらっていた。テオドーロは若い男のようにいらだち、チェジーラの窓の下を、あるいは戸口の近くを、あの娘《こ》に会えるのではと、長いあいだ、いったりきたりし始めた。それは、ある日ついに、チェジーラが顔を赤く染めながら立ち止まり、テオドーロの話を聞き、翌日の午後、公園で会う約束をするまで続いた。

　ここで恐ろしい驚きがチェジーラを襲った。すでにお話ししたように、チェジーラは二十七歳という年齢にもかかわらず、いくつかの点では幼い子どもの無垢を残していた。そしてまさに幼い子どものやり方で、だれかが正しき婚姻以外の目的をもって、自分に言い寄るなどとは思ってもみなかった。実は、テオドーロは手紙のなかで、この点についてはまだなにも明言はしていなかったのだけれども、愛はあまりにも恭しく理想的な調子で表明されていたので、いかなる疑惑も浮かびあがる余地はなかった。いま、チェジーラの前にいて、男は新しいことを話し始め、それは娘の耳には曖昧模糊として、奇妙な言葉に満ちて聞こえた。テオドーロの声は熱情を帯びて誘うように甘ったるく、チェジーラをなんとはなしの居心地の悪さで満たした。そして若いときから、まれにではあるけれど、この男を苦しめてきた軽い吃音が娘の不安をいや増した。それはいまではよく起こるようになり、しかも聞くのがつらくなってきた。チェジーラが混乱し、答えずにいたので、テオドーロはその沈黙を、自分の意図を表明するようながしているものと解釈した。そして、その大げさな儀式ばった言葉遣いを通して、若い娘はついに、そして疑いの余地なく、テオドーロの破廉恥な申し出を理解した。

チェジーラの頬が激しく紅潮し、その顔からは一瞬前の抑えた偽善の表情がはがれ落ちて、ほんとうの驚愕、軽蔑、荒々しい拒絶の色に染まった。より鋭い観察者なら、この顔のなかに、ほとんど憎しみにも近い恨みが突然、浮かびあがるのを読みとっただろう。けれどもテオドーロは、隠されていた嫌悪がおのずから吹き出すのを見なかった。ただ傷つけられた名誉が反旗を翻すのしか読みとらなかった。というか、このかわいらしい怒りを目にする暇はなかった。というのも、チェジーラは一瞬の間をおいて、ひとこともなくそばを離れ、ほとんど走るような足どりで帰りの道を引き返していったからだ。

そのちょっとあと、チェジーラは下宿の部屋に閉じこもり、辱めを受けた自分の誇りと、粉々にされた自分の野心のためにすすり泣いた。一方テオドーロのほうは邸宅で、興奮と後悔とにかられ、芝居がかった手紙を書き、赦してくれと懇願し、チェジーラの夫となる名誉を求めた。

書き手の正体を知らずにこの手紙を読んだ者は、それを罪のためにほとんど醜悪になった熟年男のものではなく、若者の手紙だと思いこんだだろう。たしかにテオドーロは、家族の反対を押しきって最初の妻を祭壇へと導いたとき以来、感じた覚えのない感情に従っていた。それは青春の情熱と心の寛い義務感とに満ちた感情、ひとつの炎。その炎は、自分が燃え立っているのは美貌のためだけではなくて、武器を奪われた貞淑と誇り高き貧困を包囲し、守るためでもあるとうぬぼれていた。テオドーロは、破廉恥な提案にチェジーラが頬を赤く染め、それから目の前から逃げ去ったまさにその瞬間に、自分の心のなかにこの炎が燃えあがったのだと確信した。あの顔に浮かんだあからさまな嫌悪感を思い返すとき、あれほど無垢な娘を、まるで花柳界の女を囲い者にしようとするかのように扱って傷つけたことでみずからを赦せなかった。それから、娘の気どった、けれどもかなり貧しげな服装を心に思い浮かべた。そして、自分の軽率な振舞のために、娘の哀れな境遇をなおいっそう惨めにしたことでみずからを責めた。主人一家が娘を首にするためにもちだしてきた口実を、たしかに多くの人が信じたとしても、テオドーロの良心は、この突然の解雇のほんとうの原因を本人にささやいていた。つまり、テオドーロの炎は一千もの気高い思いを薪にして燃えさかっていた。そして、この男は、最初の結婚のときのように、高潔な婚姻の愛を心に抱いているのだと思いこんだ。

いま、これに先立つこと二十五年の消息欄を調べる人は、テオドーロが、貴族だが持参金をもたない娘、最初の妻となるべき娘をいいなずけと呼ぶ前に、よく使う言い方をすれば、その純潔を穢したことを知るだろう。娘には大勢の兄弟がいて、兄弟たちはテオドーロが妹の名誉を結婚で贖わないのなら、血で償わせてやると誓いを立て、それを街中に触れまわった。兄弟は妹の誘惑者にきっぱりと約束した。顔に拳銃の弾を撃ちこんでやる、と。そして、これは自分のした約束はすべて守ることを旨とする人たちだった。

この話を片づけてしまい、過去をわきにおいて、いま話題にしている時代とチェジーラの件にもどれば、私たちは自分にこう問いかけたくなる。美しき婦人への気まぐれな思いは結婚でしか満足させられないという突然の確信が、テオドーロ・マッシーアの気高き結婚衝動にどれほどの影響をあたえたのか、と。しかし、私のようにテオドーロを知る者は、みずからにこう問いかけたくもなる。でもご本人が、自分の徳高き理由を本心から信じているのだから、私たちにはその純真さを私たちの意地悪で穢す資格があるだろうか、と。

婚約期間はテオドーロの希望で短かった。婚約が続くあいだ、女教師の殺風景な部屋には、大公女か超高級娼婦にもふさわしい花籠やありとあらゆる種類の贈物が届いた。けれどもいいなずけの娘は、男がこのような敬意のこもった贈物に、言うなれば財布の底をはたいているのを知らなかった。実のところ、テオドーロの個人資産はかなり以前に底をついていたのだ。それでもまだ、表通り《コルソ》に面した小邸宅に住んでいたけれども、借金のために、自分をその邸宅の所有者と考えることはもはやできなかった。それから一台の馬車をもち、ひとりの御者がいた(御者はご主人の模範にしたがって、いつもよろこんで酔っぱらっては主人の悪口を言った)。このようないまはもう存在しない富の華やかな名残は、田舎出の貧しい町民チェジーラをだますには充分だった。そしてテオドーロ、男の側は娘に真実を告げれば、その愛がいささか冷めてしまうだろうと感じていたのか、あるいは借金と算段と幸運とで、これからも同じ裕福な生活を長く続けていけると思ったのか、チェジーラに真実を隠した。

いいなずけのほうは、自分のことを、過去に田舎の狭い自室でいつも夕方、そして夜も読みふけった大衆小説の主人公にも似たヒロインだと思った。そして、婚約者のそばにいるとき、腕を組むだけでさっと虫ずが走ることがあっても、この嫌悪感を偽善という技巧で隠した。その結果、テオドーロはチェジーラがだしぬけにちょっと冷たくなるのを、処女《おとめ》の恥じらいのせいだと考え、あるる種、興奮して、笑い、叫び、気が狂ったように見えるのを、愛情の爆発と信じた。そうではなかった。チェジーラを恍惚とさせていたのは、貴婦人となり、馬車に乗り、宝石を飾って劇場の桟敷席にいくという思いだった。この瞬間、女はたしかに恋をしていた。だが相手はほかの人間ではなかった。女が恋していた相手は、ナルキッソスのように、ぱっと一瞬輝く自分自身の絵姿だった。

こうして結婚式当日がやってきた。それはチェジーラがその虚栄に満ちた空想のなかで憧れえた、あらゆる豪奢をもって執りおこなわれた。けれども貴族の親類（花嫁は名前しか知らなかった）のだれひとりとして、祝いの席に顔も出さず、お祝いの言葉も品も贈って寄こさなかった。すでに以前から、一家の恥さらしと考えられていたテオドーロは、家族（慣習を厳格に守り、熱心に教会に通う者たち）からのけ者にされ、敵視されていた。だが、いま、この結婚はテオドーロと家族とのきずなのすべてを永遠に断ち切った。この貴族たちのだれひとりとして、テオドーロについても、その女教師についてもなにひとつ知ろうとしなかった。だれもこの女と知り合いになりたいとは思わなかった。実のところ、テオドーロは若いころから自分の友を家族とはまったく異なる社会に求めるほうをよしとしてきたのだ。

式に参列した招待客たちは派手な習慣ときらびやかな外見をしたごたまぜの奇妙な社会に属していた。けれども、世間知らずの花嫁は、客たちが正真正銘の貴族だと信じて疑わなかった。何人かは、式当日の朝、徹夜のために隈のできた赤い目をしていた。大勢が披露宴で酔っぱらい、卑猥な話をする者さえいた。ご婦人方は数は少なかったけれど、その数少ないご婦人たちはお行儀が悪く、花嫁には自分をあざけり笑っているように見えた。宴のあと、チェジーラは鏡の前で、すでにしおれかけた花冠をとり、それを小間使に渡した。信用がおけなそうで怠惰なようすの娘だった。娘が繊細な花冠を乱暴に片づけたように思えたので、チェジーラは主人面をしたくて、そしてすでにわが身をさいなんでいる隠された苦い思いをだれかの上にぶちまけたくて、足踏みをしながら娘にばかと怒鳴った。娘はかっと腹を立て、失礼なほどなれなれしく、気に入らないんなら、だれかほかの人にやってもらいな、と答えた。チェジーラは言い返したかった、もしかしたら平手打ちを食らわせてやりたかったかもしれない。でも、突然、まだぼんやりとではあったけれど、自分はひとりぼっちで、武器を奪われ、この無礼な召使と、下劣な列席者たちのなすがままなのだという感覚を覚えた。さっと赤く染まった肌は焼けるように熱く、口を閉じ、それでもこの女に助けられて服を脱ぎ、旅行着をまといながら熱病の女のように身を震わせた。

結婚が理由で、親戚一同がテオドーロを見捨てたとすれば、反対にある別の階級に属する人びとは、同じ理由からテオドーロのもとに殺到した。それはその数かぎりない債権者。おそらくこの日までは期待していたのかもしれない。借金男はもう一度、独身生活に見切りをつけると決め、威信高き自分の名前と交換にたっぷりの持参金を手に入れて、破綻した自分の財政を前回のようにうまい結婚話のおかげで立てなおせるのではないか。あるいは、年齢がついにその精神を矯《た》めて、元放蕩者は宗教的で質素な生活へと心を改めるのではないだろうか。そうすれば、親族はテオドーロを赦すようにと説得されて、せめてその借金の一部を肩代わりすることで、後悔しているテオドーロもろとも一家の名誉を救い出すのではないか。こんな期待が、たとえどんなにわずかなものでも、その貴族の家柄に対して街の人びとがもつ敬意とあいまって、邸宅についても、このときまでは債権者たちをまあまあ黙らせておくには充分だった。けれども、貴族の親戚たちはテオドーロと縁を切ったことを、軽蔑もあからさまに、ほとんど誇示した（両親は亡くなり、大勢の兄弟姉妹のなかで残ったのは、北の都会に住み、テオドーロにはほかのだれよりも厳しい兄がひとり、そしてずっと年下の嫁にいった妹で、この妹はテオドーロの敵だった）。したがって、テオドーロ・マッシーアが家族も希望もなく、完全に孤立したのを見て、債権者たちはすべての遠慮をかなぐり捨てた。新婚旅行からもどったテオドーロとチェジーラは、邸宅の扉に差し押さえの封印を見つけ、くだんの御者も含めて使用人たちが姿を消したのを知った。御者はいつもの居酒屋で、長い奉公のあいだにご主人さまから盗んだ金で酔っぱらい、御者に言わせればカフェの女歌手、髪を染めた厚かましい女と結婚した主人の秘密を暴露して、聴衆を煙《けむ》に巻いた。

結婚後数か月のあいだ、新郎新婦が邸宅のなかを動きまわるとき、家具の取り払われた無人の室内の壁に、足音がうつろにこだました。残されたのは、ベッド、そして大理石とモザイクの床にぱらぱらと散らばる数本のわらくずだけ。だいいち何重にも抵当に入れられていた邸宅も、すぐに債権者の手に渡った。夫婦は市壁の外、街の西側の地区の線路沿いにある、わずかの部屋数の狭いアパートに引っ越した。チェジーラはしかたなく家庭教師をした。テオドーロはやりくり算段でなんとかやっていこうとした。けれどもそれは、もはやかつてのうまい算段ではなく、つましくて落ちぶれた算段だった。なぜならば、テオドーロのいつもの仲間、つまり結婚式に招待された仲間は、この男の悲しげな顔を逃れ、幸運を道連れにして、あっという間に姿を消したからだ。

このころ夫婦のあいだに、ただひとりの子ども、アンナ、のちに私の母となる娘が生まれた。自然は奇妙な取り合わせを利用した。この哀れな結婚から、珠玉の子どもが生まれた。マッシーア家につらなるひとりの母親が自慢のできる、もっとも健康で、もっとも美しい子ども。テオドーロにおいては腐敗した父方の家系の美貌が、たしかにチェジーラの若い平民の血から新たな活力を吸いとった。けれどもこの手つかずの活力のほか、アンナは母親からなにも受け継がず、父方の女性の典型を完璧に引き写していた。アンナのなかに、あの肌の白さ、花のように華奢《きゃしゃ》な長い四肢をふたたび見いだすことができた。それは成熟とともに、純白の薔薇が花開くように、威厳に満ちた物憂げな肉づきに変化する。そしてあのふたつの瞳。一門の女においては、灰色から始まって黒までいろいろな色合いをとるが、アンナの瞳は暗い灰色で、ときには硬く金属的、ときには柔らかく夢見るよう。それからあの背の高い姿のなかの細い手首、小さな小さな手と足。私の母は、性格さえも他のマッシーアの女たちに似ていた。着るものにかまわず、だらしがない。宝石を熱愛する。女たちのなかには、この宝石愛を、神よりもむしろ祭壇に向けられた神秘的な宗教心のなかで焼きつくす者もいた。彫りを施した黄金の杯を、象眼の十字架を、宝石を織りこんだ祭服を教会に寄進するのは、この祭壇の崇拝者たち。何世紀も前から、その血の風変わりな歓びが、私たちの祭壇で輝きを放っている。

3　外国旅行の計画。「いとこ」、初めてアンナに挨拶する。

　チェジーラとテオドーロの家では、毎日は陽気でもなければ穏やかでもなかった。ふたりのアパートは大きな建物の一角にあり、住民はたいていが貧しい勤め人や労働者で、おかみさんたちは毎朝、だらしのない身なりのまま廊下で井戸端会議にふけった。石の階段は狭くて、汚れていた。周囲の通りでは、雑多な人びとが騒々しくひしめきあうなかを、はだしの子どもたちや雌鶏たち、行商人、山羊を連れた乳売りがうろうろと歩きまわる。街路は大部分に石畳が敷かれておらず、夏はほこりにおおわれ、冬はぬかるみになった。そのためにチェジーラは家庭教師の仕事からスカートを泥で汚してもどることが多く、それだけでもう、女を烈火のごとくに怒らせるのには充分だった。生徒はほとんどが界隈の庶民や名もなき市民の子弟。この貧しさから身を振りほどくには野心だけでは足りなかったチェジーラは、心のなかで子どもたちをこれまで以上に見くだした。みずからの運命に毒されて、チェジーラは厳しく、怒りっぽい先生だった。生徒たちは先生を恐れ、憎んだ。その尊大で子どもじみた造作のかわいらしい顔は、すでに恨みで損なわれて見えた。

　豊かな貴婦人の生活はわずか一か月ちょっとしか続かず、そのあと、チェジーラは喜劇で女王を演じた大部屋役者のように、わが身から美しい衣裳や宝石を一枚また一枚、ひとつまたひとつと、はぎとっていかなければならなかった。それでも相変わらず虚栄心が強く、毎晩、ひどく疲れていてもなお、翌朝のために髪をカールするのを決してあきらめない。その服装は女教師にしてはちゃらちゃらとして目立ちすぎ、そのせいで愛人がいると陰口をたたかれた。けれどもその陰口が事実だったことは一度もない。なによりもまず、ご存じのとおり、チェジーラは媚びを売りはしたものの、いつも身持ちが堅かった。そのうえに、唯一、自分にふさわしいと思えた貴顕紳士とはおつきあいがなく、同じ階級の貧しい男たちのことは軽蔑しきっていたから、そこまでは身を落とせなかった。

　いまはもう、打算から夫に自分の嫌悪感を隠しておく必要もなく、チェジーラは激しい怒りに染まった絶望を卵を抱くようにして温め、その絶望は爆発する機会を虎視眈々と狙っていたから、夫婦の会話はほとんどすべてが言い争いで終わるのだった。チェジーラはこの毒に酔いしれるように見えた。細く青い血管が繊細な肌の下で膨張し、自分自身の憎しみの絵姿に魅了されたかのように、まぶたが膨れあがった。乾いて色を失った唇で、夫を嘘つき、敗残者、いかさま師と非難した。破産を隠して、あたしをだまし、あたしの未経験をいいことに自分に縛りつけたと難じた。「で、あなた」と、ここまでくると尋ねる。「あたしがあなたを好きだと、ほんとうにそう思ったの?」そして、笑いに身をまかせる。その笑いは女のなかに鋭い痛みを生むように見えた。そこでテオドーロに明かす。あなたを金もちと信じたから、結婚するために、あなたを相手にずっと喜劇を演じてきたのだ、と。そして大声で言い放つ。あなたがいやでいやでたまらないから、手が触れるのでさえ、声のつかえがちの響きでさえ、耐えがたいほどにうっとうしい。ここでチェジーラは涙のない無益なすすり泣きの発作に襲われる。「ああ、あたしはおしまいだ! この男があたしをだめにした! もう希望もない。そう、希望もない!」と叫び、髪を振り乱し、身体をかきむしり、拳で顔をたたく。

チェジーラがこんなふうに猛り狂っているあいだ、テオドーロのほうは老年特有の奇妙な震えで痛ましく身体を揺すりながら、妻をじっと見つめていた。この男は最後の破産のあと、信じられないほどに老けこんだ。怒りで興奮すると、声がかれ、その声を絞り出すのも難儀で、顔色は赤黒く変化する。一度は清廉と信じた口から、苦い幻滅と侮辱よりもなおいっそうテオドーロを傷つけた。さもしく残酷な復讐の欲求のなかで、テオドーロはすべての節度を、かつての心の寛さまでをも失った。「ああ、狂ったのか! このわたしを責めるのか! じゃあ、おまえがわたしを!」と叫ぶ。苦労して発せられる言葉はただわあわあと響くだけで、ほとんど聞きとれない。「おまえが、おまえこそがわたしを破産させたんじゃないのか! おまえとの無分別な結婚が、わたしから親類縁者と友情とを奪ったんじゃないか! わたしがおまえを知ったころ、自分がなんだったか忘れたのか? わたしの友だちの家にいて、使用人に毛が生えたようなものだった! おまえとの結婚で、わたしは身を落とした……おまえの愛想笑いを、おまえの偽りの美徳を、おまえの愛らしさを信じたからだ……でも、鏡を見てみろ。いまはもう、そのなにも……おまえにはそのなにも残っていない。しわだらけ、醜い、おまえは醜い！」チェジーラは虚栄心を傷つけられ、売り言葉に買い言葉、テオドーロの肉体的な衰えを面罵し、その醜さを、その身体の不自由なところを、惨めなありさまを、ひとつひとつすべて、いやらしいほど細かく数えあげる。疲れ切るまで情け容赦なく責め立てて、力を使い果たすと、たいていはベッドに倒れこみ、何時間も髪をくしゃくしゃにしたまま、魔法にかかったような目つきをして、そこに横たわっていた。

反対に、テオドーロはけんかのあと家を出て、安酒場かカフェにいき、仲間といっしょになった。実のところ、この男は仲間なしでは生きていかれなかった。そして古い仲間のほとんどとは顔を合わせなくなっていたけれど、新しい仲間を見つけ出していた。それは最初の仲間たちよりは、かなり慎ましい階級の連中だった。それでも相変わらずテオドーロがひいきする社会、つまり出自が怪しげで、出所不明の収入で暮らし、怠惰と幻想を愛する者たちの社会に属していた。

テオドーロの仲間はチェジーラには赤の他人、まったくの没交渉。だいいちチェジーラは、仕事についても暇つぶしについても、夫になんの報告も求めず、ただそれが夫をできるだけ長く家の外に引きとめておいてくれることを願うばかりだった。実のところ、自分の心にわずかの休息と休戦を許すことができるのは、夫が留守のあいだだけ。テオドーロを見るだけで、チェジーラをいらだたせるのには充分だった。外の廊下に、帰宅する夫の疲れた足音、それから鍵のかちりという音が聞こえると、全身の筋肉に虫ずが走った。テオドーロのほうはと言えば、情熱と思いこんでいたけれど、実は荒々しい一過性の気の迷いにすぎなかったものの最後のひとしずくを、妻が演じる修羅場とその態度とがついに干あがらせた。それでも、テオドーロが妻を憎んでいたとは言えない。この男はその生来の気質から、憎むということができなかった。だが、陰気で意地悪な幽霊から逃げるように妻を避け、時間がたつとともに、妻を恐れるようにもなっていった。貧しさと病とが、この男を虚弱に、心配性に、臆病にしたからだ。

ときおり、こんなけんかのあと、チェジーラは、もう一度試したい、興奮を味わいたい、生きたいという強い願望にとらえられた。テオドーロが出かけてしまうと、熱に浮かされたように部屋のなかを動きまわり始め、髪をとかし、カールを巻きなおし、香水を振りかけた。顔色が青すぎると思えば、赤絹の切れ端を濡らして、頬を軽くこする。それから、できるかぎりの気配りをこめて、できるだけおしゃれに着飾り、いちばん派手な服を身にまとい、いちばん飾りのたくさんついた帽子をかぶり、いちばんほっそりとした靴を履く。こんなふうに忙しく動きまわりながら、苦い微笑を浮かべて、自分に繰り返す。〈とにかく……まだ終わっていない……とにかく〉けれども、口では言えない冒険に出発する人のように、ひとりで出かける勇気はなく、この当時はまだとても小さかった娘アンナの手をとり、いっしょに外に出る。その神経質な手はアンナの手を痛いほどぎゅっと握りしめ、母の飛ぶような足どりに、アンナが走ってもついていかれないときには、娘を引きずり、厳しく叱りつけた。この脱兎のごとき勢いは、目くるめく速さで流れくだる小川が、そのあとほかの水の流れと合流し、緩慢な大河となるように、目的地に到着したとたんに緩やかになった。そこはコルソ、街の表通り。チェジーラが家来としてではなく、女主人として住みたかったはずの邸宅が、お仕着せを着た守衛に守られてずらりと立ち並ぶ。商店のウインドウのうしろでは、こちらには金色の室内履き、あちらにはレースの扇子、またそちらには宝石のついた冠、さらに向こうには空中庭園か鳥の巣かと見まがうばかりの帽子が、ビロードとダマスク織りのクッションに鎮座していた。無蓋の馬車が半ば寝そべったご婦人たちを乗せて通り過ぎる。ご婦人方は微笑を浮かべ、たがいに挨拶をしあったり、小さな愛犬とふざけたり。褐色の髪、物憂げなようす、オダリスク［ハーレムの女］のように宝石で飾り立て、馬車の上から会話を交わし、お世辞をやりとりする。カーネーションの売り子が、花を入れた籠のそばの歩道にうずくまり、花を差し出しながら、単調な哀歌のように繰り返す。「奥さん！　いかがです、奥さん！」

科《しな》をつくり、つんとすまして、チェジーラはちょっと前まで痛いほど噛みしめていた唇を、気どったようすでとがらせて通り過ぎ、そのうしろをアンナがちょこちょことついていく。コルソと一本の横丁が交わる角、一軒の花屋の前で足を止め、白いカーネーションの小さな束を注意深く選び、品位のある愛らしいしぐさで胸にとめる。

ときどき、地上の楽園の閉じた門の前にいるエヴァのように、チェジーラはウインドウの前に立ちつくした。目の前に並ぶ禁断の宝飾品への欲望が狂気にも似て、この女のなかで身をよじり、女は頭のなかで、ガラスを打ち破り、高価な品を奪いとって身を飾り、バッカスの巫女[*1]のように笑いながら、叫びながら、そこをいく馬車の一台に飛び乗って懇願する。〈あたしを助けて〉この物狂おしい思いは、チェジーラの場合、一瞬、青ざめる顔色、謎めいた怒りとしてしか外に表れず、その怒りのために、すでに手荒に扱われていたアンナの指をなおいっそう力をこめて握りしめ、ことによるとこの子はなにも悪くないのに、なにか罪をでっちあげ、爪でその手首を引っかくことまでした。ときには、押しとどめられていた欲望がチェジーラを興奮させ、ついにはすべての自制心を失わせる。〈どんな代償を払っても！〉とチェジーラは自分に命じた。そんなときに、口ひげをみごとにカールさせ、髪をきれいに分けた紳士が単身で乗る馬車が通ったりすると、チェジーラは、突然、花柳界の女の厚かましい視線で紳士をじっと見つめた。紳士のほうは奇妙な誘いに啞然とし、このうえもなく美しい少女と手をつなぐ着飾った婦人のほうを、ある種の驚きとともに振り返った。けれども気を惹かれただれかが、微笑で、あるいはうなずきで応えたり、もしかしたら馬車を止めるよう命じたりすると、チェジーラは乗り越えがたい激しい恐怖にとらえられ、目を伏せ、歩みを速め、もはや馬車にも通り過ぎる人たちにも目もくれず、ほとんど逃げ去るようにして家に帰った。

家に着くと、娘の赤くしびれた手をようやく放し、自分の寝室で椅子にどしんと腰をおろす。両目を見開き、じっと一点を見つめたまま、うめき声をあげ始め、花束のカーネーションを一輪、また一輪と歯でむしりとり、「いやよ……いや……」と繰り返し、「もうたくさん……もうたくさん」と、すすり泣きながら血が出るほど強く手を嚙む。つむじ風のような散歩に疲れたアンナは、わけがわからずに母親をじっと見つめ、その視線は憐憫ではなく、ただ敵意のこもった好奇心だけをもって、嚙み傷から血を流すあの乱暴な手に注がれていた。何年もああとに、身体の痛みをこぼす祖母の両手を見ていた私と、なんら変わるところはない。

チェジーラはまもなく、この常軌を逸した無益な外出にあきあきした。そして、たしかにあきらめた、けれど

＊1　酒神バッカスを崇拝する女。忘我の境地で踊る姿で表現される。

も地獄に堕とされた亡者があきらめを知りうるのと同じやり方で、あきらめたように見えた。チェジーラが一日中、夫に言葉をかけないままに、何日もが過ぎていった。黙りこくり、敵意をむきだしにし、部屋から部屋へと動きまわり、アパートの隣人たちのあいだを、そちらに一瞥をくれてやることもなく、高慢なようすで通り抜けて、家庭教師に出かけていく。そのあとを、隣人たちの嘲りと辛辣な言葉とが追っていった。チェジーラをめぐって、意地悪な作り話や中傷が飛びかった。それでも生徒を見つけられたのは、生徒の家庭が貴族の称号をもつ家庭教師を自慢の種にしたかったからだ。

一方で、チェジーラは自分の仕事にすみずみまで気を配り、厳格であり、それは家事でも同じだった。マッシーアの女たちとは反対に、いつも整理整頓好きの性格。いや、それどころか、まさに杓子定規で、持ち物に執着し、出し惜しみをして、人にさわらせなかった。自分の引き出しには鍵をかけ、自分が家のほかの部屋にいるときに、娘か夫がその寝室にはいると、疑わしげに、不安げに、大急ぎで駆けつけて、侵入者が出ていくまで、敷居のところからじっと見張るその姿が見受けられた。

テオドーロから「おまえはしわだらけだ、おまえは醜い」と言われたその日から、死病に侵された病人が、毎日、差し迫りくる病の新たな徴候を、自分の顔の上に調べるように、鏡を注意深く見るのがチェジーラの習慣になった。怯えたと同時に厳しい目で、自分の目鼻立ちをひとつひとつ細かく調べ、アンナを呼んで尋ねる。「ここが見える？　これはしわ？」不安な気もちのまま、娘の回答を有罪判決のように待つ。鏡の前にいるときに、万一、夫から声をかけられでもしようものなら、返事をするのを避け、さっと青ざめて、目を大きく見開き、小声で奇妙な祈りをつぶやいた。夫が自分に呪いをかけたと思いこんだからだ。

鏡のなかのその顔が、一日、また一日と老けていくように見えたのは事実だった。そのついえた野心によって内側から焼かれていくかのように、チェジーラはしだいに消耗し、しおれていった。いま私が話題にしている時期すでに、乾いた青白さに包まれた顔に最初のしわが刻まれた。三十五歳になったときにはもう、見た目は老婆のようだった。私が知ったころには、ご存じのとおり、六十歳にもなっていなかったけれど、よぼよぼに見えた。

ごく幼いころから、アンナは父親の味方だった。父親びいきの理由はさまざまある。なによりもまず、チェジーラが娘のことを、すでに重すぎる人生のもうひとつの重荷としか考えていなかったように見えるのに対して、テオドーロは反対にアンナを溺愛した。いやむしろ、その人生で初めて、真実の、無垢の、そして決して治癒しうることのない愛で人を愛したと言えるだろう。小さな娘の美しさ（娘のなかに、幼い日の妹の目鼻立ちが、より美しく繊細になってよみがえったのを見るような気がした）、それがテオドーロの心に、あの家系と階級の誇りをかきたてた。この男はかつては他人がそれを自慢するのを非難していたのである。テオドーロの場合、年齢に消し去られなかったその性格のあふれ出るような熱情は、忠実な、そして罪を知らぬ感情のなかで、ついに燃えつきることができた。そのうえに、年齢が、そしてかつての魅力の数々を失ったことが、この男に情愛への郷愁と青春への熱狂とをもたらした。より不純な感情が入り混じってはいたけれども、純真な女教師と婚姻のきずなを結んだのは、ひとつにはそのせいでもあった。いまチェジーラからは拒否された真摯な愛情を、テオドーロは手つかずのまま、そしてより清澄な形で、アンナにあたえることができた。そしてアンナとの穢れなき純愛はこの男に、ほかのいかなるきずなも決してあたえたことのない歓びをあたえた。

つっかえつっかえのしわがれ声が幼い娘を倦むことなく愛撫し、愛称とほめ言葉で呼びかけた。それは父性愛を超えて、一種の神秘的な法悦を表明しているように見えた。だいいち、私たち南国人の流儀を知る耳には、さまざまな愛称もほめ言葉も奇妙には聞こえないだろう。「わたしの心臓ちゃん《クオーレ・ミーオ》」とテオドーロはアンナに呼びかけた。「麗しい聖女さま、わたしの肉、わたしの血、父さんの小さな聖母さま」そして子どもの手のいたるところにキスをしまくり、その指の一本一本に、それから指と指のあいだに唇を触れて、笑わせるために手のひらを優しくくすぐった。「小鳩ちゃん」娘の笑い声を聞くと、こう呼びかけ、ついにはアンナを讃えて、ちょっとしたマドリガルまで作った。たとえば「だれのもの？　街でいちばんの美女はだれのもの？　それはわたしのもの。通りすがりの人は言う。〈なんて芳しい香りがするのでしょう、この薔薇の園は〉そこでパパは言います。〈いいえ、薔薇の園ではありません。まっ白な薔薇がただ一輪。それはわたしのアンナです〉」。

アンナは父親がこんなふうに話すのを聞くのが好きだったし、テオドーロがメロディとモティーフとを即興でこしらえて、膝にのせたアンナを曲のリズムに合わせて揺らしながら、歌の形で自分をほめてくれるのを聞くのはもっと好きだった。アンナは歓び、きゃっきゃっと笑い、顔をうしろに向け、父親は小声でうたう。「薔薇の唇、ジャスミンの歯！」

私たちの土地の人ほとんどすべてがそうであるように、テオドーロには音楽家の気質があり、その声は音程が正確だった。けれども、いま唇のあいだから出てくる音は震えて弱々しかった。それでもアンナはその声にうっとりと聞き惚れ、どんなに有名なテノールでも、どんなに貴重なヴァイオリンでも、アンナの耳には父親よりも優れた歌い手には聞こえなかっただろう。

こんな浮かれた親子の会話が続くのは、たいていチェジーラが留守のときだった。妻の存在はテオドーロを脅えさせ、その血を凍らせるからだ。アンナがいなければ、この陰鬱な夫婦の家を永遠に逃げ出していたのは間違いない、と私は思う。テオドーロは少年が妹に言うように、ときおり娘に言った。いっしょに逃げよう、ふたりだけで、そして世界をまわろう。テオドーロはアンナを相手に時間をかけて、小説もどきの逃亡計画を立てて楽しんだ。実際、過去にはたくさん旅をしていたから、アンナが生まれる前に自分ひとりで訪れ、今度はふたりいっしょに再訪するつもりの国ぐにや都市の思い出を、目を丸くしている子どもに話して聞かせた。難しい名前で聴き手の幼い頭を混乱させないように、話のなかで、遠い異邦の国ぐにをただひとつの名前、外国でひとまとめにしてしまい、今度はアンナとふたりで、ふたたびたどるはずのおとぎ話のような旅路を描いてみせた。あるときは四頭立ての馬車、あるときは列車、またあるときは犬の牽く橇《そり》、またあるときは帆船や汽船、またあるときはなんと空の上を飛行船に乗って。滞在する都会、外国の都会はパリやヴェネツィアや北京やカルカッタやニューヨークやペテルブルグの名をもっていた。テオドーロは長い時間をかけて、あの街この街を描き出した。けれども、自分自身の衰えた記憶に空想の力で手を貸そうとして、そしてアンナの想像力をより上手に揺り動かしたくて、その描写のなかでは、地理学や自分のほんとうの経験には部分的にしか従わなかった。テオドーロが描いた街は、北の首都と南の首都とを奇妙に混ぜあわせ、その皇帝広場では、父親の愉快な作り話の群れのまんなかに、「伝説」と「理想郷」とが鎮座していた。けれどもアンナは、こんな描写や計画に、宗教に向けるような信頼をもって耳を傾け、父が遅かれ早かれ約束を守って、自分を外国に連れていってくれることを疑わなかった。テオドーロはアンナに、外国の都会というものは、どんなに想像しようとしてみても、いつも期待していたのとは違って見えるものだよと繰り返し言って聞かせはしたが、それでもアンナはその驚くべき地理学を父親の話の上に構築したのだった。

　アンナは、父親の語る驚異をたびたび空想し、父親が早く自分をさらい、ふたりで立てた計画どおり、外国旅行に連れていく決心をしてくれることを熱望した。ときおりおずおずとではあったけれど、思いきって催促をしてみることもあった。けれども父親は自尊心を傷つけられながら、娘の催促に、差し当たっては旅に出るのに充分なお金がないのだと答え、急いで言い足した。でもある案件に手をつけた、そこから大きな収入が期待できる。そのお金できっと来年には出発できる。それだけ言うと、憂鬱そうに押し黙り、物思いに沈みこむ。アンナは心のなかでため息をつき、それ以上、話を続けるのをあきらめた。

　テオドーロ・マッシーアが話していた案件とは、かなり怪しげな種類の案件だったうえに、実際にはごくわずかの収入しかもたらさなかった。そのほとんどをテオドーロは娘に服や贈物を買うのに使い、そのために何度も言い争いを引き起こした。家に必要な品が不足しているときに、こんな無駄遣いはチェジーラを激しくいらだたせたからだ。

　テオドーロはアンナに花嫁のような衣裳を着せて、街の人びとに見せるために散歩に連れ出すのを好んだ。父親との散歩は、先ほどお話ししたようなチェジーラとの外出とはまったく違っていた。父親とのそれはすべて、アンナの名誉と栄光とに捧げられた。テオドーロは自分の足どりをアンナの足どりに合わせ、娘と楽しくおしゃべりするために身体を傾けた。広場や大邸宅や通りを指し示してその歴史を語り、マッシーア家の栄華と富とを讃えて聞かせた。身体が小さいせいで、アンナによく見えないときには、子どもの軽い体重であっても、テオドーロには充分に重くて、息が切れたけれど、腕に抱いてもちあげた。街でいちばんおしゃれなお菓子屋に連れていき、アンナはいちばん欲しいものを、一人前の貴婦人みたいに自分で注文する。ボーイさんがただちに注文をとり、アンナにお辞儀をして、頼んだ品をずらりと全部、お盆にのせて運んでくる。コルソでは、父親は馬車で通り過ぎる紳士淑女すべての名前を知っていた。知っているどころか、ときには帽子をとり、儀式ばったお辞儀で挨拶をした。陽気なご婦人の何人かは浮かれたしぐさでごきげんようと挨拶を返したけれど、ほとんどは迷惑と言わんばかりに冷たく眉毛をあげて応えるか、それどころか挨拶をしなくてすむように顔をそむけた。アンナは恍惚となっていて、こんな侮辱には気づきようもなかったし、テオドーロの側も傷ついたようには見えなかった。〈ほら、きみたち、見たまえ、わたしのかわいらしい娘を〉と言わんばかりの顔つきで、みずからが属する階級からの軽蔑に挑戦するかのように、アンナの手をとった。

チェジーラと同じように、テオドーロも花屋の籠のそばで立ち止まり、アンナに花束をひとつ選ぶように勧める。それから、自分の手で花束を娘のベルトにはさんで言った。「わたしの女王さまのために」

ある日（このとき、アンナは六歳だった）、籠から紫色のシクラメンの束をじっくりと選び出したばかりのアンナは、花束を指のあいだでくるくるとまわしながら、じっと立って、父親が花屋に支払うのを待っていた。けれどもテオドーロは散歩道の光景に気をとられ、ぐずぐずしていた。そして突然、アンナのほうを向き、興奮して言った。

「ごらん、コンチェッタ叔母さんとエドアルド、アンナのいとこのエドアルドだ！」

おしゃべりに興じる人たちがこの花屋をとりかこんでいて邪魔になり、身体の小さいアンナにはよく見えなかった。そこで、テオドーロはアンナを腕に抱いて高く掲げ、人びとの頭の上にもちあげながら説明した。

「見えるかい。三番目の馬車、茶色の馬二頭に牽かれてる」

アンナは目を向けた。教えられた馬車のなかに、ものぐさそうな白い肌の豊満な婦人の姿を完璧にとらえることができた。額に深くかぶったビロードの帽子の下から、黒くて大きなシニヨンがちょっとほどけかかって、首筋に垂れさがっていた。婦人は慎み深く視線をさげていたが、その慎みは謙遜からというよりはむしろ高慢からのように見えた。ほとんどかまわないような、派手さのみじんもない服は、それでも婦人の属する階級の高雅を隠してはいない。婦人のそばに、アンナとほぼ同じ年ごろの少年が腰をおろしていた。この土地ではめずらしい黄金の髪をして、巻き毛がまるで女の子のように肩まで垂れている。そわそわと落ち着きなく輝く両の目は金を帯びた茶色。ふくらはぎの半ばまで届く白のブーツを履いた足をぶらぶらさせ、身体全体と同じようにふっくらとした小さな手で、ペンキを塗った太鼓を握りしめていた。少年はその太鼓をとりわけ自慢に思っているらしかった。「見えた。見えたわ」とアンナはささやいた。「さあ、ご挨拶しなさい、アンヌッチャ、エドアルドにご挨拶だ」娘をもちあげているのは重労働で、父親は息をはあはあさせながらうながした。「言いなさい。ごきげんよう、エドアルド、って」

アンナは興奮で青ざめ、笑いながら花束を振って叫んだ。「エドアルド、ごきげんよう!」

この呼び声に馬車の婦人が目をあげた。けれどもアンナとその父親の姿を認めると、ぱっと顔を赤く染め、挨拶を返さなくていいように、ぷいと顔をそむけた。婦人は小声で少年に注意した。けれどもこの子には言うことを聞く気はみじんもない。好奇心からアンナに目をやり、その姿を見て興奮したようだった。頬を赤く染め、笑いながら、自分も太鼓を振って叫んだ。「ごきげんよう!ごきげんよう!」

動揺した母親はさらに強い口調で、もう一度注意したけれど、少年は恐がるどころか、だめと言われてますます熱くなった。馬車が花屋の角を通り過ぎたので、椅子の上に立ちあがり、たたんだ幌のうしろから、また今度も太鼓を振りながら、ごきげんようと繰り返した。

「エドアルド!　エドアルド!」アンナも夢中になって叫んだ。でも、このとき、父親は疲れ果て、娘を地面におろしたので、もう馬車は見えなくなってしまった。

帰りの道すがら、父と娘はいとこの話しかしなかった。なによりもまず、アンナはあんなに黄金の色をした髪に驚いていた。父は説明した。街には、何世紀も前にこの地方を侵略したノルマンディの人たちの血を引く家系が数軒ある。そういう家では金髪はめずらしくない。エドアルドの父親、その名はルッジェーロ・チェレンターノはまさにそのうちのひとりだった。テオドーロの妹コンチェッタ・マッシーアと結婚し、ふたりの子どもをもうけた。上の女の子は修道女の学校で教育を受け、髪の色は母親のように濃い。反対にエドアルドはすみからすみまで、父親にそっくりだ。

それに、とテオドーロは言い足した。このいとこについては、アンナが自分の目で見た以上のことは、ほとんどなにも話せない。妹やほかの親類とは、何年も前にすべての関係を断ち切ってしまったから、その消息は人づてに届くだけだ。そして、ここで芝居がかった口調でそれとなく、謎に包まれた不和のことに触れた。それから、いとこの話をしているとき、アンナが関心を見せたのに気づいて、からかった。「おやおや、もう、あの子に恋をしたんだね。絶対にそうだ。けっこう、けっこう。あの子がアンナのだんなさまになるだろう。あアンナは社交界に自分の地位をとりもどせる。そうすれば、貴族に生まれたのだから、当然、アンナのものである地位を」アンナは顔を赤く染め、狂ったように笑ったので、目にたまった涙があふれ出しそうになるくらいだった。それでも笑いがおさまると、ほとんど侮辱されたように眉をひそめ、それ以上、いとこの話はしたがらなかった。けれども、アンナはいとこのことを何日間も考え続けた。こっそりと陽気な気分になりたいときには、あのぷっくりとしたふたつの手を思い浮かべる。あの小さな手は、その白さのせいでカーネーションか鈴蘭に似て、アンナに挨拶をするために振られていたのだ。それから、アンナのだんなさまになるだろう、という言葉を繰り返し、ひとりでくっくっと笑い声をあげた。あるいは、「エドアルド！　エドアルド！」と酔ったように大胆になって呼びかけたときのことを思い出して、頬を赤く染めた。内緒で、小さな小さな声で、そして畏怖の念でいっぱいになって、ときおりこの名を口にした。「エドアルド」と言うことが、自分に神秘的な権威をあたえるように思われた。この謎めいた名前を口にすればたちまちのうちに、アンナのために扉が大きく開かれる。アンナにとっては人間を超越した領域、コルソを馬車でゆき、邸宅で暮らす貴顕紳士の領域に引きあげられる。ここまでくると、アンナはほとんどそのことを自分に確認するかのように繰り返した。あたしたちはいとこ同士。そしてこの真実はこの子を口では言い表せない驚愕で満たした。それは、自分の出自を知らぬ貧しい羊飼いがついに魔物の口から、自分が半神、神の息子だと聞かされたときと似ていた。

それでもいとこはいつも空の国、アンナの国よりもずっと高いところにある国にとどまっていた。そして挨拶を交わした瞬間まで遡れば、ふたりのあいだの浮かれたやりとりがアンナにはひとつの奇蹟に思えた。この一瞬のはかない心の通いあいがこの子を歓びで身震いさせた。

自尊心から口には出さなかったけれど、散歩に出かけるたびに、アンナはいとこの姿を求めて、馬車のあいだを一生懸命に探した。ただ探すだけのことが、その顔から色を奪い、身震いをさせた。〈もしいとこを見たら〉

と考える。〈気絶して地面に倒れてしまうだろう。それとも逃げ出すかもしれない〉けれどもコンチェッタとエドアルドの馬車を目にすることは二度となく、とうとうある日、テオドーロが教えてくれた。アンナがその思いのなかで〈ノルマンディの人〉と名づけたエドアルドの父親が、長患いのあと、若くして世を去っていたのだった。一家は喪に服すため、街なかに姿を見せられなかった。

だからアンナは、散歩のときにもう一度、いとこと会う望みを捨てた。もう一方で、父親との散歩は、チェジーラとの散歩と同じようにだんだんと間遠くなり、ついにはまったくなくなってしまった。すでに深刻な打撃を受けていたテオドーロの健康は、この歳月になおいっそう損なわれ、テオドーロは子どもを連れて街に出かけるというこの最後の栄光をも、みずからに拒まなければならなかった。歩くのも難儀で、息切れに苦しみ、そのために自分の住む汚らしい界隈の外まで足を延ばすのは無理だった。たいていはその孤独な散歩を、近所にたくさんある居酒屋の一軒で終える。こうして、かつて美貌を誇った私たちの銃士は一日ごとに身を落としていき、ついにはみずからに対するすべての敬意、すべての尊厳ある外観を失った。何週間もずっとひげを剃らず、下着も着替えない。暗くなってから、ほろ酔い加減で家にもどり、服を着たまま横になることも多かった。チェジーラが揺すり起こして、(「文明人の習慣にしたがって」)服を脱ぐように厳しくうながすので、言うことは聞くけれど、見るからにつらそうで、ほとんど夢のなかにいるようだった。靴と服を脱ぐというこの習慣的なしぐさのなかで、その骨の浮き出た白い身体は、死ぬために倒れこんだ寝台から、無理やり立たせられている瀕死の浮浪者のように、恐るべき憐れみの対象に見えた。小さなアンナは、ぼんやりとそんな気もちを抱き、チェジーラの厳しさを赦せなかった。

実のところ、この当時、事情を知らない人が、よれよれの服を身体にはりつけて、やつれた憂い顔に無精ひげを生やしたテオドーロ・マッシーアの骨と皮の姿を見たら、施療院の寝台から起きあがった患者、あるいは屈辱と拷問の収容所から脱走した囚人だと思っただろう。ところがこの男は、ほぼ完全に自分の女房、哀れ一介の女教師に養われているただの飲んだくれにすぎず、いまは午後を酒と博打で過ごした居酒屋から家にもどるところなのだった。

アンナへの思いはテオドーロの頭から離れなかった。たとえ酔っていても、小さな贈物なしで帰宅することは一日たりとてなかった。悲しいかな、贈物は情けなくなる一方だったのだけれど。それでもアンナはありがとうと言ってよろこんだ。贈物のつましい外見にもかかわらず、父親からもらったという理由で、アンナはそれを高価で貴重な品だと思っていたのではないだろうか。私たちはそう疑ってさえいる。

テオドーロはときおり娘をそばに呼び、酒に酔って高ぶった声で、ふたりで散歩に出かけた美しい午後をまだ覚えているかと尋ねた。アンナは、ええ、とうなずき、父親をじっと見つめた。そして、テオドーロはおそらく、この幼い目のなかにひとつの問いかけを読みとり、悲愴な口調で言い添える。でも、あの美しい時代は終わってしまった、と。そして説明する。自分はあまりにも醜くなってしまった。アンナみたいに美しい子どもは、こんな醜い男と街に出るのが恥ずかしいにちがいない。この言葉を聞いて、アンナは肩をすくめ、半信半疑で苦笑した。要するに、アンナの目には、テオドーロは相変わらず最高の美男子に見えたということだ。

テオドーロが出かけるとすぐに、アンナは窓に駆けよる。階下の扉から父親がぬっと小さな広場に姿を現し、小路にはいっていくのを見るとき、アンナは鋭いねたみと郷愁とを覚えた。父親が歩いて向かう見知らぬ場所が、父がよくいくからという理由だけで、豪奢で壮麗であることを疑わなかった。そしていつも、ふたりで立てた計画にしたがって、でも自分を連れずに、父が外国に逃げてしまうのを恐れた。ある日、チェジーラがいないとき、そんな疑いにちくちくとさいなまれているのに耐えきれず、アンナはたったひとりで家を出て、界隈のあちらこちらの通りで父を探し始めた。半時間ほども空しくさまよったあと、とある小路で小さな食料雑貨店から出てくる父親とばったり顔を合わせた。父はこの店で、まさにアンナの贈物にするために、ピンクのお砂糖でできた粘っこいドロップを買ったところだった。アンナはその光景に顔を輝かせ、父親に手をとられ、右手にはお菓子の紙包みを握りしめ、かつてのふたりの美しい日々のように、一歩、また一歩といっしょに家路をたどっていった。

家では、テオドーロを前にしたときのチェジーラの態度は、裁判官の態度でもあり、被害者の態度でもあって、夫を絶えざる恐怖と依存の状態においた。酒だけがテオドーロをこのような窮屈な思いから、そしてそのほかすべての自制から解放した。自分の惨めな存在、自分の不徳、自分の不名誉がこのとき、テオドーロ自身の目のために、ひとつの見世物となったように見えた。自分自身の惨めな境遇を考えることで、一種の興奮に引きこまれ、胸を大げさにたたき、アンナを大声で呼んで証人にしようとした「アンナ、ごらん、お父さんはこんなになってしまった」と叫ぶ。「テオドーロ・マッシーア・ディ・コルッロに、やつらがなにをしたか見るがいい！　アンナ！　アンナが見る父さんは、いつも復讐よりも寛大を好んできた男だ。だが、不名誉よりも復讐のほうがましだ。罪は正義と償いを要求する！　アンナ、父さんはまだ終わってはいない。終わってなんかいない。あいつらはわたしが終わったと思ってる。だが、わたしはまだ終わっていない！　雪辱の鐘はまだ鳴ってはいない。いや、やつらはまだ知らない。だが、すぐに知ることになる。父さんがなにものなのかを！　アンナ、わたしをよくごらん。この追放者の、頭をおく場所をもたぬさまよえるユダヤ人の、あてずっぽうの冒険に出かけた傭兵の、その笑いがすすり泣きのこだまにすぎない呪われた男の外見の下で、ああ、この胸のなかでは、いつも同じ心が脈打っている！　それはアンナに偉大な名前をあたえた者の心、テオドーロ・マッシーア・ディ・コルッロの心、いま、その心は事物や運命の変転にも変わることなく、復讐を叫ぶ！」テオドーロが語っていたのがどんな種類の復讐で、口にした謎の敵たちがだれなのかを言うのは難しいし、おそらく本人自身にも言えなかっただろう。いつものようにその言葉を口にするだけで、それが意味する真の感情をテオドーロに吹きこむのには充分だった。傷つけられた正義への真摯な痛み、真摯な怒り、自分自身とアンナの敵たちに対する真摯な挑戦が、身ぶり手ぶりをする身体と酔った声とを震わせた。その一分後、反抗と憎悪の感情から、偉大さの誇示へと一気に落ちこむときも、同じように真摯であり、マッシーア家の女にふさわしい華麗な日々と名誉と富が、将来アンナに訪れることを約束した。自分、テオドーロがアンナのために、権利によってアンナに帰属するものすべてを奪還するだろう。アンナはなにも考えずにただ父親を信頼し、あと少し待っているだけでいい。なぜならば、自分が昼夜を徹してそれに取り組む、自分には絶対確実な計画があるからだ。アンナは貴族の名前をもって生まれてきた。だが、この父がアンナを女王の位に就けるだろう！　ここでテオドーロの大げさな演説はその最高潮に達する。

「変容」という言葉が理性を失った酩酊のイメージに不適当でないとすれば、私たちはこの男がキリストのように変容を遂げたと言うことにしよう。テオドーロはほとんど同時に、わっとすすり泣きを始める。愛する娘を、自分自身の不幸な境遇に巻きこんだという意識が、突然、その胸を締めつけ、その舞台装置は崩壊し、ご立派な言葉はテオドーロにとって、すべての威信を失う。すすり泣きの合間にアンナに赦しを乞い、激情に取り憑かれた熱い口調で、自分は呪われていると繰り返し、しまいにはその痩せた脚を折って子どもの前にひざまずきさえした。アンナはテオドーロを困惑して見つめた。なぜならば、父親のなかになんの罪も呪いも見ず、テオドーロが手足の衰えにもかかわらず、かつての優雅なしぐさでおこなう、この一種の神秘的な敬礼《きょうらい》を、懇願の行為ととるべきか、敬意の行為ととるべきか、判断がつかなかったからだ。魂を奪われ、気おくれして、アンナはこれにふさわしい答礼を見いだせずにいた。一方、チェジーラはと言えば、こんな光景を見ると、その疲れて老けた顔は、非難と皮肉の微笑を浮かべて石のように凍りつくのだった。

激しい口論の最中に、チェジーラが、酔っぱらい、と怒鳴るのを、アンナは一度ならず耳にした。けれどもこの言葉は、テオドーロに向けられるほかのすべての非難と同じように、アンナの目に父親の美徳を少しもくもらせることはなく、娘が母親に腹を立てるきっかけになるのだった。自分の住む貧しい界隈を通るとき、酔っぱらった男たちに出くわすのは珍しくはない。けれどもアンナには、こんな卑賤な人物たちを父親と較べるのは、背徳と狂気の行為に思えた。さらに、夫が午後を過ごす安酒場や居酒屋を、チェジーラが自尊心という理由から頑固に無視し続けたので、それはアンナにも秘密に包まれたままだった。でも、たとえそんなふうではなくて、父親が安酒場の一軒に腰をおろしているのを見たとしても、アンナは間違いなく、テオドーロがなにか父親としての神秘的な儀式を執りおこなっていると信じただろう。父親を囲むあまりぱっとしないお仲間のあいだに、変装した大貴族が身を隠していると想像し、この酔っぱらいの巣窟と、そのなかで人が吸いこむ汚れた空気とをうらやんだことだろう。

父親が見せる酩酊のスペクタクルが、アンナには一種の神聖で魅力的な病の症候に見えた。要するに、テオドーロは過去においておのれの反抗に胸を高鳴らせたように、おのれの敗北にも胸を高鳴らせることができた。この男はおのれの転落さえも荘厳な儀式で祝い、無邪気な動物が傷口の血の味を楽しむように没落の味わいを楽しんだ。結局のところ、ほかの誰でもなく、この男本人が、現在の破滅と醜態とを創りだしたのだ。その拡張型の性格には、生まれが用意しておいた名誉と無為徒食だけでは充分ではなかった。そしてテオドーロは人生という舞台で、より豊かな役を演じるよりは、おのれの悪魔の役を引き受けるほうを好んだ。それゆえに、テオドーロの絵姿は敗者のそれではなかった（敗者の絵姿だったら、アンナは軽蔑しただろう。なぜならば、この娘はいつも、敗北した者、屈辱を受けた者に対して、本能的な軽蔑感を抱いたからだ）。その絵姿は、自分がそのなかで焼きつくされたいと願う炎に薪をくべる、ひとりの狂信者のそれに似ていた。そしてその娘はいま描いたような情景が展開するあいだ、父親をつきることなき称讃の眼差しでじっと見つめていた。

それでもなお、幼年期が過ぎると、アンナはお酒が父親の、したがって自分自身の敵であることを理解し始めた。酩酊の、言うなれば英雄的な症状は、父親においてはなりをひそめる一方だった。前後不覚で家にもどり、死ぬほどに疲れて口もきけず、そのために、ときには数日間、ベッドに縛りつけられてしまうこともあった。ある晩は、黄昏《たそがれ》の直後に、ちょっとした傷をつくり、こめかみを血だらけにして帰宅した。妻は留守で、アンナには、照明の暗い階段を登っているとき、壁の角にぶつかったのだと説明した。実際にそのとおりのことが起きていた。けれどもアンナは、お父さんが飲みにいく場所に、敵となる人びとがいて、お父さんに襲いかかって傷つけようと、あるいは殺そうとまでしているのではないかと疑った。そこで必要になったらすぐにお父さんの身を守れるように、こっそりとあとをつけ、近くの物陰から密かに見張ったらどうかと考えた。とある一日、父親が出かけるのを待ち、その姿が扉から出てくるのを窓から見ると、急いで階段を駆けおり、あたりに気を配りながら、数歩うしろをついていった。けれどもわずか数メートルいったところで、犯罪者であるかのように父親を見張っていると考えて恥ずかしくなった。そこでテオドーロを追いかけ、顔を紅潮させて、自分の大胆な行動に感きわまったあまり、ほとんど泣きそうになりながら、どこにいくの、と尋ねた。テオドーロはびっくりして答えた。友だちのところだよ。お父さんがもう一度、金もちになるのを手伝ってくれる人たちだ。そして続けて言った。みんな、おじさんで、年をとっているから、アンナみたいな小ちゃな女の子の相手はしてくれないんだよ。でも、アンナがそうしてほしいなら、今日はみんなのところにいくのはやめて、いっしょにおうちに帰ろう。アンナがよろこぶのなら、お父さんは言うことを聞くよ。アンナはそれを聞くと、こんなすばらしい特別待遇を受けるのには気おくれがして、頭を激しく振り、父親をその場に残して、家に逃げ帰った。けれどもこの日から、テオドーロは外出をずっと減らし、必ず家にだれもいない時間を見計らって、いつもの目的地に出かけていった。だが、そこにいくまでにたどる道のり、そして帰りの道のりはなおいっそうのこと、テオドーロには過酷な旅路となり、とりわけ六折れか七折れの階段を登るのに、ときには三十分以上もかかった。よろめき、息を切らしながら家にたどりつき、わけのわからないことを繰り返し、家具に突き当たりながら、部屋から部屋へと歩きまわる。

テオドーロがこんな状態で帰宅するとき、チェジーラは自分の寝室に閉じこもり、なかからは罵りの声が聞こえてきた。幼い娘と酔った男のあいだでひとりぼっち、理性をもつ人間に怒りをぶちまけられず、ときにはほんとうに失神してしまうこともあった。失神の発作が起こりそうになるのを感じると、恐怖にとらわれ、まるで娘と夫に証人になることを求めるかのように、わざわざ寝室の扉をふたたび開く。そのあと、チェジーラが敷居のところで床に倒れこむのが見られるのだった。テオドーロは頭をぼんやりくもらせてはいても、驚いて妻を名前で呼んだ。アンナは母の腕を揺すり、額の汗をぬぐってやった。数秒後、母親は意識をとりもどす。アンナは軽蔑して考えた。〈みんなお芝居よ〉

時がたつにつれて、アンナはますます母親に敵対的になっていった。なによりもまず、夫婦げんかでは、テオドーロのほうがいつもおとなしく、これ以上ないほどひどい侮辱にも甘んじた。そのうえに、テオドーロが妻に投げつける非難の言葉から、アンナは母親の性格が一家を汚染しているとの確信を引き出した。アンナの心には、夫に対するチェジーラの非難が誹謗中傷と聞こえた一方で、腹を立てたテオドーロが返す答えは、同じように啓示となった。「おまえと結婚したために、わたしは身を落としたのだ」とテオドーロは繰り返し、アンナは母の人物像のなかに、自分と父とを、馬車のなかの光り輝く人びとからへだてている第一の壁を見たと思った。母親は父やアンナとはまったく違っていた。背が低く、目は澄みきった青。歩幅は小さかったけれど、ほとんど走るように歩き、早口でもあった。テオドーロのように、娘相手に心を打ちあけることも、自分自身や自分の過去を語ることも決してなかった。もちろん、その過去は曖昧であり、曖昧のままに隠しておくべきものだった。自分が払っている犠牲、自分が耐えている厳しい仕事、チェジーラはそれを、自分自身には憎むべき義務として、他人には非難あるいは復讐として課しているように見えた。意地悪な隣人たちの輪のなかを母が通るとき、アンナの耳はいくつかの声が母を魔女と呼ぶのをとらえた。そのうえに、チェジーラは奇妙な発作に苦しみ、それは父親の場合のように、その神秘でアンナを魅了するかわりに、不信感を増幅させた。たとえばあんなにまじめで陰気なチェジーラがときおり、なにかくだらないことでひっくひっくと笑い声をあげ、笑いを止められずについには涙を流す。最初はアンナもつられて笑った。けれども、そのあと目にするのは、狂ったように笑いながら、胸と額を押さえ、うめき声をあげる母の姿。「ああ、神さま、ああ、神さま、苦しい」笑いが苦いすすり泣きのなかに溶けてゆくのも、それほど珍しいことではなかった。

もうひとつ別の例をあげれば、チェジーラは完全に健康だったにもかかわらず、高熱に苦しむ人に起きるように身震いの発作に襲われた。両の手は冬の風に翻弄される二枚の葉のように震え始め、歯がかちかちと音を立てる。まるでこの現象がうれしいみたいに、チェジーラはかすれ声で言った。「アンナ、ごらん、見てごらん。こんなに震えてる。止められない。だめ、止められない……」そう言いながら、ほとんどこう意味するかのように、悪意のある笑みを浮かべた。〈あたしがこんななのは、おまえたちのせいだ〉

チェジーラは人間嫌いになった。頑なに自分のなかに閉じこもり、そこから出るのは侮辱するため、あるいは傷つけるためでしかなかった。まれに、たとえば人が訪ねてくるときなど、生気をとりもどし、すっかり着飾って髪をカールし、頬に紅を差して、陽気で活発になることもあった。けれども、このような軽薄な振舞のなかには、なにか人を居心地悪くさせるようないらだち、あるいは曖昧なものがあった。そしてすぐに、チェジーラはなにか意地悪なことを口にして、訪問者を敵にまわす結果となるのだった。アンナにとって、母親はまったくの邪魔者ではないとしても、ほとんど赤の他人。アンナは心のなかで母を軽蔑した。母親に対するこの感情は、アンナが、テオドーロを死へと導いた病の責任はチェジーラにあると考えたときから、いっそう先鋭になった。実のところ、テオドーロの運命はすでにしばらく前から定められていた。そして、アンナがその幼い心のなかで、発作の原因とした事件は、実際にはひとつのきっかけにすぎなかった。

いずれにしても、テオドーロの息の根を止めるために、運命が選んだきっかけはまさに、マッシーア家ではしょっちゅうのことだったあの夫婦げんかだった。ある日、酒のとりこになって家にもどったテオドーロは、妻がふたりの幼い少女に勉強を教えていた部屋までやってきてドアを開け、敷居のところから、酔っぱらった声でなにか滑稽なことを言った。ふたりの生徒はたがいに顔を見合わせ、必死になって笑いをこらえようとしたけれど、だめだった。けれどもチェジーラは夫の姿を見て、まるで幽霊を見たかのように悲鳴をあげた。それから、ふたりの少女のほうを向き、笑っているのが目にはいると、鞭で打たれたかのように、ぴょんと立ちあがり、怒鳴った。「出ていきなさい、恥知らず、ばかな子たち！ ここから出ていきなさい」少女たちは脅えて、大急ぎで逃げ去った。チェジーラの目の前にいるのは、その敵ただひとり（アンナは少しあと、叫び声を聞いて駆けつけた）。真実を言えば、この敵は見たところ影と大して違わなかった。けれども、攻撃的な性格のせいで影に襲いかかる狂暴な動物のように、チェジーラは身を乗り出し、叫び声をあげて、酔っぱらった幽霊を罵倒し始めた。われを忘れ、いつもながらのおなじみの侮辱の言葉に、聞いたこともないような下品な言葉をまぜた。最下層の庶民の女たちが、罵りあいのあいだいつも、交互に怒鳴りあう言葉。おそらく子どものとき、その家族のつましい世界で覚えたのだろう。いま、手綱のほどけた馬のように、女はあらゆる慎みからの解放感を味わっていた。この破廉恥な行為のなかで、尊敬すべきチェジーラ先生から本人がつくりあげたこの荒々しい責め苦のなかで、夫に対する女の憎しみはついに完全なるはけ口を見いだした。この瞬間、チェジーラが、このような満足が自分に許されるのは、今日が最後となることを予見していなかったのはたしかである。

奇妙な官能の歓びに包まれて、女は自分の敵をほとんど見ていなかった。敵は両開きの扉の一枚をつかみ、血走った目で女をにらみつけ、売り言葉に買い言葉でやりかえそうと、その頼りのない思考力をまとめようとした。けれども、熱を帯びて硬直したその表情は、一瞬のうちに、助けを求める人の無防備な恐れに変化した。テオドーロは話そうとした。けれども息を詰まらせた。そして頭をがっくりと落とし、近くの長椅子にばったり倒れこんだ。

数分のあいだ、妻と娘はテオドーロが死んだと思った。けれどテオドーロが脅えて濁った目をゆっくりと開いたので、父親の上に身をかがめていたアンナは、母を悪意のこもった目つきで見あげ、その視線でテオドーロのそばから冷たく追いはらった。この視線によって、十一歳の少女がチェジーラの混乱した心を支配し始めた。この瞬間から、女主人はアンナになった。アンナの少女時代は終わり、チェジーラは娘の前にいるとき、奴隷のような、そして脅えた服従の感覚から、みずからを解き放てなかった。けれどもその感覚は、愛によって課されたのではなかった。

テオドーロは四日間、手も足も動かせず、話もできずにいた。そのあと言葉を、それから上半身の動きの一部をとりもどした。しかし両脚の麻痺からは二度と回復しなかった。テオドーロは残された生涯最後の二年間を、不自由な身体で肘かけ椅子に縛りつけられて過ごさなければならなかった。アンナ、身近な人びとにはいつも冷酷で、自己中心的だけれど、愛に敗北を喫したときにはいかなる犠牲もいとわないアンナが、この長きにわたる死の苦しみの道連れになった。

4　ニコラ・モナコ、「いとこ」を誹謗し、いかさまをたくらむ。

愛はなく、無慈悲な義務感だけに駆り立てられて、チェジーラはこの時期、家族の生計を支え、助けがなければベッドから起きあがることもできない病人に必要な世話をあたえた。からかい好きの残酷な運命が、この女をひとりの男のために慈善病院の修道女の役目に縛りつけた。その男は女のなかに煩わしさと赦しのない恨みのほかは、同情さえも目覚めさせない。それでもテオドーロが病に倒れた瞬間から、チェジーラは習い性になっていた非難と愚痴とをぴたりとやめ、この日以降は、夫に対してみずからが果たすべき務めを決しておざりにすることはなかった。このような務めを、心に潜む独裁者に追い立てられるようにして、そしてその病んだ精神が将来、自分に科すであろう罰にすでに脅えているかのようにして果たしていった。だが、この氷のように冷たく、陰気な修道女の顔に、介護をより人間的にするような微笑のひとつ、同情と慰めのしるしのひとつが浮かんだことは一度たりとてなく、女の正確なしぐさにはいつも同じ皮肉と漠然とした嫌悪感の入り混じった無関心の表情がつき従っていた。病人はときどき自分に幻想をあたえたくて、この冷たい幽霊に自分の感謝で生命を吹きこもうとし、アンナと話しながらチェジーラの犠牲と熱意をほめたたえた。けれどもいつも、少女がそんな言葉を聞くと、眉根を険しく寄せ、身体をこわばらせるのを見るのだった。娘の沈黙から、テオドーロはその気もちを理解した。それはまたテオドーロ自身の気もちでもあった。そしてふたりのあいだに、一瞬、気まずい空気が流れた。

アンナは決して父親のそばを離れず、騒音と喧噪に満ちた広い野の上に浮かぶように思われたこの五階の部屋で、ほとんどの午後をふたりきりで過ごした。それは豊かで忘れがたき午後だった。あの五階の部屋で、自分のために犠牲にされたアンナの子ども時代を悔やむ気もちがテオドーロを絶えずさいなんだ。だが、アンナがほんのわずかの時間でも自分のそばから離れることを考えると、嫉妬と孤独への恐怖がこの男を弱気にした。だからテオドーロは娘の献身を受け容れた。それでも機智に富んだ愉快な仲間でいることで、娘の献身の重さをなんとしても軽くしたかった。もはやワインで毒することができなかったので、その頭脳はむかしの鋭さの一端をとりもどし、テオドーロの四肢を見捨てた精霊たちがその会話のなかに集まってきたように見えた。テオドーロは娘をよろこばせ、楽しませるために、征服者としての過去の資産に助けを求めた。当時、サロンで流行していた社交ゲームでいっしょに遊び、謎なぞや言葉当てのクイズを出しあう。少女の笑い声が遊びの最後をたびたび飾り、そのあとすぐに恍惚となったテオドーロの幸福の微笑が続いた。アンナが本を朗読することもあった。たいていはテオドーロの本棚の大半を構成していたフランス冒険小説の翻訳（実のところ、このころの南国の貴顕紳士にとって文学の糧はかなり限られていた）を読んだ。こういう小説の銃士や女王や高潔ならず者や天才的な探偵や波瀾に富んだ貴族や娘たちの話に触発されて、テオドーロは娘に自分自身の過去の冒険を語り聞かせた。この男はいつもほら話のよき友だった。けれど、要するに、こういった機会に娘の目を輝かせるためならば、心に浮かぶどんな作り話も拒否はしなかった。陰謀や決闘や謀反を語り、勝ち誇った勝者としてであろうと、気高い犠牲者としてであろうと、いつも最大の名誉を得てそこから生還する。このような偽りの思い出で気分を高揚させると、頬がこけ、四方八方にのびたひげに蝕まれたこの顔のなかで、病的な輝きがその瞳に火をともし、錯乱した額を照らし出した。テオドーロの物語はあるときは事件と事件がたがいに矛盾し、またあるときは支離滅裂で脈絡がなかった。なぜならば、すでに死の手に触れられて、男の精神はぱっと現れては消える幻影の混沌とした群れのなかにさまよいこみ、そのあいだを走りながら幻影のひとつ、また次のひとつに、次々とぶつかったからだ。けれどもアンナは愛ゆえになにも気づかなかった。そして小説もどきの父の思い出を頭から信じこみ、欠落して見えるところがあるのは、上流社会についての自分の無知のせい、馬車と馬を所有する者たちの非現実的な慣習のせいにした。

父と子が暗黙の了解のうちに、二度と口にしない話題、それはかつてのふたりの逃亡計画、ふたりそろっての旅のこと。この身動きのできない男の狭い部屋のなかには、あんなふうな賑やかで軽快な希望の場所はもはやなかったからだ。それでもアンナは例の旅に密かに憧れ続け、自分に言った。きっとお父さんは治ったらすぐに古い約束を思い出すだろう。そして、父親の約束を幼稚な遊びと作り話のあいだに片づけて、あきらめてしまおうとはしなかった。

ふたりの陽気な会話の最中にときおりテオドーロが物思いに沈み、憂鬱そうになることがある。それは正体がやや不明瞭な敵たちによる陰謀に話がおよぶときだ。テオドーロは主張した。やつらは悪意のある目的のために、こちらが人がいいのにつけこんで、わたしを父方の家族から遠ざけたのだ。過去にはみずから否定したこの家族に、テオドーロはたびたび子どもじみた郷愁を見せた。だが、それにもかかわらず、それから間もなくして、この男は家族との不和を最後の侮辱によってなおいっそう深めることになる。

階段をあがって病人に会いにくるわずかの訪問者のなかに、会計士ニコラ・モナコとかいう男がいた。テオドーロは何年も前から知っていたが、友だちづきあいをするようになったのは比較的最近だった。このモナコ、チェレンターノ家で管理人の職責を果たす。チェレンターノ家とはつまり、テオドーロの妹コンチェッタ、幼いエドアルドを連れて馬車で通るのをアンナが見たあの婦人の嫁ぎ先である。ニコラ・モナコがこの仕事をするようになってもう何年にもなるが、コンチェッタの夫ルッジェーロ・チェレンターノの逝去以来、一家の実務はすべてこの男の手に握られている。コンチェッタは最愛の息子エドアルドの世話を別にすれば、宗教の実践と修道院や教区への慈善活動に没頭していた。熱心なカトリック教徒だったからだ。この数年間、テオドーロは妹一家に関する情報の多くをまさにこのニコラ・モナコから得ていた。ニコラは主人一家の知らぬ間に、テオドーロが属する怪しげで放埒な社会との関係を育んでいたというわけだ。いくつかの共通する嗜好、いくつかの性格の不思議な一致がテオドーロの胸に、かつては主人として使用人扱いしていた男への共感と友情とを吹きこんだ。ニコラ・モナコはかなり年下で、いま話題にしている時期にはまだ花の男ざかり。妻帯者で、子だくさんの一家の父親だった。けれども、そのことは見た目ではわからなかったし、ニコラもそう見せるのを好まなかった。生きる歓びと熱い激情が、残忍な懐疑主義、あるいは率直にあからさまな悲観主義と交替で、この人物のなかを出たり入ったりした。体格は大柄で逞しく、その美しく調和のとれた目鼻立ちは健康と活力とでよりいっそう魅力を増していた。金色の髪と、短く切りそろえられてみごとに波打つ金色のあごひげは、赤みがかった光を反射し、大きな目は鮮やかな空色。よく響く音楽的な笑い声をあげると、青年のそれのように赤い歯茎のあいだに、美しくそろった健康な歯が見え隠れした。その笑いには、どこか獣じみたもの、けれども同時に涸れることなき若さのこだまが響き、それがこの男に対する共感を呼んだ。横顔は古代のメダルに刻まれた何人かの皇帝たちに似ていたけれど、その物腰、あの広い両肩、呼吸のたびに膨らむ胸はむしろオペラで皇帝か英雄の役を演じる歌手を思わせた。事実、自分の天職はいつも歌手だったのだ、と繰り返すのがニコラのつねだった。ところが小さな村の測量技師だった父親が無理やり会計士の勉強をさせ、まだ若いときに嫁をとらせ、そんなふうにしてニコラの職業上の、そしてその全人生の破滅の原因をつくったのだ。ニコラは正式な訓練は受けていないけれど、華麗なバリトンで、ロマンツァ*1やオペラのひと節をうたい、みずからの音楽の才能をたびたび証明して見せた。お気に入りは歌詞に異端や反抗や罵倒の響きのある曲。たとえばヤーゴの「残忍な神を俺は信じる」を好んでうたった。

ご自分に似せて、俺を創造したもうた
残忍な神を俺は信じる
怒りのなかで、俺はその名前を呼ぶ
俺は……卑しさから生まれた
俺は極悪人だ
なぜならば俺は人間だからだ*2……

その声は「名前」の最初の「な」で高まり、不敬と激情の味わいとともに「卑しさ」で下降した。まるでほんとうに神に向かって決闘を申しこんでいるかのように、嘲りの笑みがその唇を歪め、それと同時に、この美しく響く冒瀆の言葉のなかで、この男がいかに苦い奈落を凝視しているのかを聴衆に理解させた。同じように、ニコラは会話を懐疑主義的なアフォリズムで飾り立てた。たとえば「女《おんな》と言う者はお銭《ぜぜ》と言う」「人間は人間にとっての狼である」「人は見かけによるもの」。あるいは、こう言い放つ。「正義の人は日に七度、司祭は七十七度罪を犯す」あるいは、「心の貧しい人々は、幸いである。天の国はその人たちのものである*3」と引用する。けれど

*1 感傷的なアリア、声楽曲。
*2 ヴェルディ作曲のオペラ『オテッロ』、ヤーゴの独白の歌。
*3 「マタイによる福音書」5・3。

も福音書にある意味ではなく、辛辣な口調で自分がつけ加えた文句で皮肉な意図を強調して。「ついでに地上の国も」

嘲《あざけ》るように「うちの奥方さま」と呼ぶ嫁のことに触れるときには、なにか不治の病のようなものについて、あるいは永遠の邪魔者について話す人のような話し方をした。実際に、家庭、とりわけ自分の家庭は、男にとってこの呪縛であると断言した。けれども、実のところ、この男が自慢する数多くの情事、そして送っている生活からは家庭がその自由を過度に阻害していたとは言えないだろう。いやいやながら人前に出すその嫁は、聞くところでは、ただの下女の役目にまで貶められ、疲労と妊娠とで醜くなった哀れな女だという話だ。さらに証拠はなかったものの、ニコラが女房を手荒く扱い、子どもたちの前で侮辱の言葉を投げつけ、汚いとか、年をとってるとか、醜いとか、飽きもせずに並べ立てるとも言われていた。その姿を見たことのある人は、この嫁を太りすぎで身体の線が崩れた女だと言った。顔は反対にげっそりとやつれて、悪意を含んだ疑り深そうな茶色の目は話し相手を見るのを避けた。いつも原色の、だが色あせたファスチャンのスカートと、縁がほつれ、虫に食われた大きなショールをみっともなく身にまとっていた。結婚したのは十六のとき。ニコラは十八。若いころは、夫の嫉妬心が、まるで出入禁止の修道院の修道女のように、嫁を自宅の数少ない部屋のなかに閉じこめ、窓から顔を出すことさえ許さなかった。嫁は読むことも書くこともできず、自分の運命が自然の法則によって正当かつ不可避であることも、自分の夫が男のなかの男であることも疑わなかった。さらに夫と子どもたちにつくすのがみずからの義務であると信じこんでいた。夫は自分の異論の余地なきあるじだからであり、子どもたちは自分の血を分けた者たちだからだ。自分自身や子どもたちのおしゃれには気を遣わなかったが、夫が、ことによるとほかの女の気に入るためかもしれないけれど、優雅に見えるのを好むことを知っていたので、夫の着るものには大変に気を配った。同じように、自分の持参金を、夫がおそらくはほかの女のためにわずかの時間で使い果たしてしまってもとがめだてはしなかった。

ただひとつ、この女が夫に従わない問題があった。それは、宗教の問題だ。内緒でうまいこと子どもたち全員に洗礼を受けさせ、若いころ、夫から教会通いを禁止されていたときには、自分の枕カバーに大切にしまっておいた聖画の前で、ただひとり、ひざまずいては祈りを唱えることを果てしなく繰り返した。子どもは九人で、そのうち上の三人はいまごろはいくばくかの助けになっていたはずだけれど、数年前に生まれ故郷を壊滅させた地震で死んでしまった。残り六人のうち、年上の三人はみんな女でまだほんの子ども。三人の男の子はいずれも七歳にもなっていない。そのうちのひとりひとりがいつも聖画を服の内側に縫いつけて、身につけていた。それはニコラも同じで、上着の裏地に隠された聖画、聖母の七つの悲しみ[*1]を一枚、本人はそんなこととはつゆ知らず、でも身につけていた。ニコラの留守中、家事をするときには、ロザリオの祈りを唱えたり、聖母の連禱や典礼の讃美歌を痛ましいほどの単調さで繰り返して気を紛らせる。この絶えざる哀歌に、母親自身からしつけられた息子や娘たちがしばしば声を合わせた。母親は子どもたちに父親にはこういう祈りのことはなにも言うなと言い聞かせ、子どもたちは決して母親を裏切らなかった。全員が母親の共謀者であり、ただひたすら母に身を捧げていたからだ。子どもたちの外観は母親同様に汚らしい物乞いのようだった。

以上がパスクッチャ・モナコ夫人について、私のところまで伝わってきたすべてだ。

でもニコラに話をもどして、その輝かしい美点の数々が称讃を、なによりもまずご婦人やお子さまたちから呼んだことを指摘しておこう。私が言いたいのはニコラとは関係のない子どもたちのこと。なぜならば実の子たちは父に畏怖の念を抱きはしたものの、大大好きなお母さんに暴力を振るったり悪口雑言を浴びせたりすることで父親を赦せなかったからだ。だいいち父親は、どうやら子どもたちにも暴力暴言を差し控えなかったようで、短期間、自宅に姿を現すときには家族の上に残忍な専制を振るった。けれども、時間の大部分はチェレンターノ家、あるいはこの裕福な一族の領地を巡回して過ごした。その目的はさまざまな作業を監督し、利益や地代を集め、場合によっては売買をすること。巡回からもどるときにはいつも美しき女小作人や農場の娘、果てはなんと修道女相手の色彩豊かで奇妙な愛のアヴァンテュールをみやげ話に持ち帰った。話のほとんどはでっちあげで、すべてが本人の空想で修正、潤色されていた。それはニコラの人生が現実において似たようなアヴァンテュールに富

*1　七本の剣を胸に刺した姿、あるいは頭のまわりを七本の剣がとりまく姿で描かれる聖母像。

んでいなかったからではなく、この男にはひとつの事実を自分の手を加えずに語ることができなかったという理由からだ。この語り手の特徴はその登場人物個々の運命にはなんの重要性も認めないこと。風景や静物を描くのと同じやり方で登場人物を鮮やかな色合い、くすんだ色合いで描くことを好む。まるで登場人物たちがそこにいるのは、語り手自身の栄光を映す鏡、あるいは比較の対象となるためだけのようだった。たとえば、そのお得意の話でもとくにおかしい珍談のひとつにこんなものがある（もちろん読者の顔を赤らめさせたくはないから、この例はもっとも節度ある話のなかから選んできた）。あるお百姓、女房もちで、まだほんの小さな子どもを大勢抱えた男が家畜市に出かけねばならず、何日間か家を空けた。女房は亭主の留守をいいことに、そこから三キロ離れた小屋で待つニコラの腕のなかに飛びこんだ。けれども出かける前、子どもたちが迷い出ないように、全員を鍵をかけて家に閉じこめ、一昼夜分のパンをあたえておいた。それだけの時間をニコラと過ごすつもりだったからだ。ところがニコラはその魅力と手練手管とで、女に子どもたちと亭主と家のことを忘れさせ、三日以上も小屋に引きとめておいた。三日目、市で買った雌牛一頭と驢馬《ろば》一匹を連れて旅からもどった亭主は家の前までできて、まるで一家全員がペストで死んでしまったみたいに扉も窓もしっかり閉じられているのを見つけた。扉をたたく。だれも開けてくれない。なかからは煉獄の魂たちのような、かすれたきいきい声と弱々しいすすり泣きが聞こえてくる、驢馬と雌牛のほうは旅に疲れ、家畜小屋で休みたくて、地獄の悪魔たちのように吠えたり、がなりたてたりし始める。亭主は自分が魔女物語のなかにとらえられたのだと思いこみ、呼びかけ、ひっきりなしにたたき、家のまわりをまわる。やっとよい考えが頭に浮かび、隙間に顔をくっつけて、身体のなかに残っていた声で精いっぱい呼び始めた。この隙間を通してようやく長男が死にそうな声で説明した。扉と窓は閉じられてる。パンは食べちった。マンマがいっちった。そう聞いて、亭主は斧で入口をたたき破ることに決め、たくさんの蛙みたいに大きな口を開け、お腹をすかせて息を切らした坊ちゃん嬢ちゃんの前に出た。ところがまさにこの瞬間、ほらほら、女房のお帰りだ。両手を大きく広げ、頭を胸に垂らし、手に大きな蠟燭をもって小道をあがってくる。「おい！」と亭主は叫んだ。「どこからきたんだ、呪われた女よ、自分の子どもを見殺しにしておいて」

「なに怒鳴ってるの、おばかさん?」女房は亭主から距離を保ったまま答えた。「あたしが願かけと贖罪をしてるのがわかんない? 巡礼に出かけてた。聖ニコラさまに願をかけたから、そのお勤めをしにいった」

「で、家をほったらかしにして、子どもたちに断食をさせたってわけか!」

「ほったらかしになんかしてない。聖ニコラさまがお守りくださってたんだから。子どもたちに断食をさせたのは身体を浄めるため。聖ニコラさまが夢に現れて、こうお命じになった。〈亭主の驢馬と雌牛とが市から無事もどることを願うのなら、三日間、手に蠟燭をもち、聖ニコラのお祈りを繰り返しながら、巡礼に出るのじゃ。家の扉は閉じ、子どもたちには身を浄めさせなさい〉」

「それについては」と亭主はいささか気を鎮めて答えた。「なにも言うことはない。驢馬も雌牛も健やかそのものだ。残念なのは扉を粉々にしたことだな。さあさあ、子どもたち、我慢をしなさい。つらい思いをしたのは聖人のご恩を受けるためだったんだから。父さんが神の恩寵のなかで眠れるのなら、明かりを消して、食事はなし」

　最後のせりふを言ってしまうと、ニコラはこの種の話をからからと気もちのよい陽気な笑い声でおしまいにし、居合わせた人びともその笑いに伝染して、いっしょに笑った。もちろん田舎の情事と百姓女との色事だけを語ったのではない。あらゆる種類の女たち、花柳界や上流階級の女たち相手のアヴァンテュールも自慢できた。けれども上流婦人が相手の場合は、語り出すときに内緒話をするように謎めいた顔つきをし、主役たちの名前は頑固に明かさなかった。

　ニコラが会話を歴史や文学からの引用で飾り立てるのが好きだったことも思い出しておこう。引用するときの口調は〈わたしはなんと非凡な男なんだろう。わたしはなんと多彩な教養の持ち主なんだろう〉を意味していた。けれども、この男を隣人たちにとって好感のもてる人物にしていた美徳は、その並はずれた気前のよさだった。自分の家族に窮乏生活を強いる犠牲を払っても、花やお菓子の贈物をもたずしてご婦人のお宅を訪れることは決してなかった。カフェではニコラが全員分を支払うのを、テーブルにすわる友人たちが拒否でもしようものならば、侮辱されたと感じた。最新流行の装いを好み、自分の金を不要不急の品、がらくたに費やし、そのあとそれを女友だちに配って歩いた。いちばんお気に入りの女たちはいちばん金のかかる女たちだった。もっともこのご婦人たちのことを最大の皮肉をこめて語るふりはしたのだが。そのうえ、嫉妬深い性格にもかかわらず不実な女たちを偏愛し、それどころかなによりもまずその職業と身分によって不実であらざるをえない女たちに惹かれた。たとえば女優や歌手、花柳界の女たち。その最大の野心は、だれか派手に着飾った名高い遊び女《め》を連れているところを友人たちに見せること。だが、慎ましい懐具合はそれを許さない。許さないだけなおさらに、こういった女たちをその裕福なパトロンと分かちあい、たとえより甘い役ではあってもより目立たない役で満足するのはまっぴらご免。みずからがもつ資質のおかげで、この種のご婦人たちのなかにはよろこんでニコラに心を贈ろうという人が少なからずいたはずだけれど、ニコラが切望したのはほかならぬパトロンの役だった。そしてその役はこの男には拒まれていた。虚栄心につけられたこの傷が、しばしばニコラのなかに貴族や不公平な社会への罵倒と嘲笑を生み出した。特別に親しい知り合いを相手に金もちの愚かさ、無知、無能を浮かびあがらせるエピソードを倦むことなく語り、金もちを残酷きわまりない風刺の調子で描き出して、聴衆を大よろこびさせた。しかし、この男の姿を借りて話していたのが愛と正義でなかったのはたしかである。すべての人が奴隷であり、ひとり自分、ニコラ・モナコが主人であり独裁者である社会を、この男がためらわずに称讃するであろうことを、人は理解した。他方で、自分が糾弾する主人たちを相手に、恐るべき偽善の振舞ができたから、主人たちはほとんど全員がその忠誠と正直とを疑わず、ニコラに都合の悪い噂を中傷として退けた。ニコラは絶えず〈名誉、清廉な生活〉を口にし、その〈紳士の神聖かつ名誉ある約束〉をするにあたっても重々しい顔つきをして、胸の奥から深く説得力のある声を引き出してきた。いちばん用心深い人たちがときおりニコラを警戒したことは否定できない。けれどもそれは簡単に打ち負かされてしまうような少数派だった。その姿はそれほどまでに堂々として、その魅力はそれほどまでに強烈だった。

　このような資質をもちながら、この男がこれ以上の出世をしなかったのを意外に思うこともできよう。しかし、その性格の奥底にはあまりにも大きな無思慮と無関心と無気力があったので、完璧な自己中心主義にもかかわらず、ニコラは自分自身と自分の人生とを無駄に費やした。自分がなりえたかもしれない偉大な人物になろうと努力することよりも、その人物を想像することを好んだ。そして目の前のごく小さな楽しみのために未来の幸福のすべてを犠牲にした。その話を聞いていると、悪いのはみんな父親ということになる。父は歌の勉強のあと押しをせず、あまりにも急いで嫁をとらせた。けれども実際には、ニコラの全人生で唯一有効に働いた推進力は、亡き父親にあたえられたのだ。会計士の資格を得たのは父親のおかげであり、いまだにその時点にとどまっているほどにニコラのなかの怠け心は大きかった。もし父親が嫁をもたせなかったら、この男を最初に欲した娼婦とすぐに結婚していただろう。大いに自慢の美声については、歌の勉強を考えるよりも、友人たちにロマンツァをうたうことで喉を疲れさせるほうをよしとした。その鮮やかな資質を、毎日、毎日、おしゃべりと美辞麗句とはかない情事とで浪費した。狡知機略にも欠けてはいなかったけれど、それを毎日の小さな企てやぺてん、茶番と詐欺に使い、そのなかで自分の活力と知力の資産を浪費した。たとえ仮に凡庸であることに疲れて、より大規模な企ての下準備にとりかかると決めたとしても、意欲、あるいは慎重、あるいは忍耐の不足、手順の欠如、本人のあまりにも厚かましい自己中心主義が、終着点に達する前に、それを粉々に破壊していただろう。これが実際に、なにかこういった試みをしようとしたとたんに、ニコラの身に起きることだった。真実を言えば、ニコラは生まれたときから、運命のみならず、自然があたえた性格によっても、富を渇望しながら貧しいままにとどまり、権力を愛するにもかかわらず社会の底辺で無為に暮らす定めにあった。

ニコラがその魅力でとらえることのできたひとりにコンチェッタ・マッシーアの夫ルッジェーロ・チェレンターノが数え入れられる。ルッジェーロはニコラよりも若く、ニコラの精神、知性、そしてなによりもまず心の気高さを高く評価した。心の気高さというみずからの美徳をニコラ本人があまりにも自慢した結果として、ルッジェーロのなかに見境のない称讃と信頼とが生まれた。ルッジェーロは繊細で夢見がちな性格、病弱のために怠惰で神経質だった。自分の無気力な空想のなかに放っておいてもらう以上のことは望まず、実務や領地の管理はニコラにまかせた。管理人の壮健、あらゆる機会に見せる大胆さと自信はルッジェーロに、心休まると同時に活力に満ちた大いに好ましい感覚をあたえ、ニコラがいると生気をとりもどし、ニコラと話すと気が晴れた。使用人ではあったものの、ときおりともに時間を過ごすのをいとわなかった。反対にコンチェッタは夫の好感を共有はしていなかった。ニコラの偽善的な振舞にもかかわらず、コンチェッタはしまいにこの男が教会と宗教とを軽蔑しているのを知り、それを大変に不愉快に思った。ニコラが自分の家庭をないがしろにしていることも知らないわけではなく、その耳には管理人の色事の噂までも届いていた。けれどもルッジェーロはニコラに対するあらゆる非難を中傷としてはねつけた。ニコラの側もしばしば芝居がかった口調で、ひとりの紳士の名誉ある胸を毒矢で射ぬこうとするねたみ深き者たち、悪意ある者たちのことをほのめかした。自分は理解されない男なのだ。他の人たちとはあまりにも異なる素材でつくられているために、大多数の人からは評価されえないのだ。こういったすべてが、ルッジェーロの純真な称讃をいっそう強固にした。コンチェッタは道徳と素行にはきわめて厳格ではあったものの、心から愛していた夫の機嫌を損ねないように、管理人の私生活にはあまり踏みこまずにいることをよしとした。未亡人となったあとは、ニコラを首にすることでルッジェーロの思い出を傷つけるような気がした。だいいちニコラはいまではもう何年もチェレンターノ家でその職務を遂行していて、主人一家の利益に害をおよぼしたと非難すべきことがあったためしはない。すでに指摘しておいたとおり、コンチェッタは未亡人になってからというもの、このような地上の問題からはますます身を遠ざけ、ほとんど強迫観念のようになった宗教の実践と母性愛とに全身全霊を捧げていたことをつけ加えておこう。だが、この女においては、母性愛はエドアルドひとりに向けられていた（この種族の多くの母親と同様に、コンチェッタは男の子を偏愛し、女の子を蔑んだからだ）。実務や領地に関することについては、管理人からの上っ面だけの報告を駆け足で聞けば充分だった。

しかし、あるひとつの事実が、この男に対するコンチェッタの反感と不信にふたたび火をつけることになる。それはルッジェーロが亡くなってから四、五年が経過したころ、まさにテオドーロが病気になり、病人を見舞うのがニコラの習慣になった時期に起きた。

コンチェッタ付の小間使、修道院で育てられた孤児で、その慎み深く信心に篤い性格を奥さまに買われていた娘が、突然、人が変わったようになった。反抗的で怒りっぽくなり、いつも恐れか期待に支配されているように見え、なんでもないことで青くなったり赤くなったりした。そのうえ、予想もしていなかった色気を見せ始め、以前はいつもまっすぐのまま束ねていた豊かな髪のために、毎日、派手な髪型を試し、簡素な服を模造レースの縁飾りや色ガラスの首飾りでおしゃれに見せようとした。そんなちゃらちゃらした飾りはおとりなさいと、お小言を言ったコンチェッタに、これまでにない大胆な調子で口答えした。それからいやいやながら言いつけに従う気になったけれど、首飾りをはずすときの視線には口惜しさに加えて一種の淫らな挑戦が輝いていた。奥さまは日がたつにつれて、娘の顔が異常に赤くなったり青くなったりするのは、とくに管理人の名前が出たとき、あるいはその声を聞いたときなのに気づいた。あるいは近くのどこかの部屋に管理人がいるのではないかと思っただけのときもある。ほかの小間使たちのひそひそ話が奥さまの疑いの正しさを確認した。けれども、奥さまが脅しつけるようにして問いつめたとき、娘はわっと泣き出し、あらゆる嫌疑を懸命に否定した。しかし、その涙は無実の、というよりは恐怖の涙に見えた。そして、奥さまが聖書にかけて誓うよう命じると、動揺したようすを見せ、かつて願かけをして、どんな理由があっても決して誓いはしないという義務を自分に課したのだと言い訳をして、それを拒否した。コンチェッタの取調べは、とりあえずここで終わった。だが、コンチェッタは管理人に対する態度のなかに、冷たく、探るような関心を示し始め、それは女主人の警戒心を明かしていた。この変化をニコラは見のがさなかったが、奥さまの警戒心を真の理由とはまったくかけ離れた理由のせいにした(管理人には、さまざまな種類の罪の意識があった)。チェレンターノ家における自分の地位が危険にさらされているのを感じて、ニコラはある計画のなかに復讐と救済とを求め、その計画にテオドーロを引きこもうと考えた。病人のもとに熱心に通うようになったのはそのためだった。

テオドーロの家で、ニコラは女たちには人気がなかった。口説き落とそうと甘い言葉で言い寄ったにもかかわらず、チェジーラはこの男を、貴族の家の使用人という その地位ゆえに軽蔑した。それはかつてチェジーラ自身が占め、そして捨て去った地位だ。この女はいまだに、幻滅に終わった自分自身の野心の奴隷であり、そのために社会的特権にあてはまらない価値や美徳はすべて目にはいらなかった。しかもニコラが仕えていたのは、自分を目下の地位におき続け、見くだしているまさにあの親類たち。だからこの男に心を許すのはある意味で、親類たちの軽蔑を正しいと認めることのような気がした。こういった動機から、チェジーラはニコラがいるときは決してテオドーロの部屋に立ち入らなかった。立ち入らざるをえないときには他人行儀の慎重な態度を崩さず、ニコラがおそらくはチェジーラの好奇心をかきたてようとして、チェレンターノ一族の話をもちだすと、なおいっそう頑なになった。自尊心ゆえに、貴族の親戚に関心があるのを見透かされたくはなかったし、親しいつきあいを熱望しているのだと疑われるのはなおさらご免こうむりたい。この平民の男の前では大貴族の奥方らしく見せたいという思いに凝り固まり、ニコラの噂話には耳をふさぐように見えた。噂話はときに、チェジーラが冷たく挨拶して部屋を出ていく結果に終わる。

アンナについては、父親がニコラに示す友情と、この男のまばゆいばかりの資質ゆえに、たしかにニコラはこの子のお気に入りのひとりとなりえたかもしれない。けれどもアンナは、コンチェッタ叔母に対する、そしてなによりもまず、アンナにとってはいまだ偶像《アイドル》のままにとどまるいとこエドアルドに対するニコラの悪意ある言葉と愚弄とを赦せなかった。ニコラがそんなおしゃべりを始めると、少女はその幼げな顔を険しくしかめた。けれどもいとこへの秘密の愛を相手に知られるのを恐れて、あえて反論はしなかった。他方では、ほとんど消えかけていたエドアルドの面影をよみがえらせ、身近にするがゆえに、ニコラのもたらす消息はアンナの心を惹きもしたので、この男の訪問にはアンナにとってもほろ苦い魅力があった。いかなる隠されたきずなによって、この通りすがりの訪問者と死の時に到るまで結ばれることになるのかをアンナは知らず、またその後も決して知ることはない。

主人一家については、真の恨みからも、あるいはテオドーロにおもねるためにも、ニコラは嘲りと悪意とをはっきりと口にした。一家の人びとを自分で考え出したあだ名でしか呼ばなかった。コンチェッタは〈ふとっちょ尼さん〉。長女アウグスタは〈がりがり尼さん〉。エドアルドは〈お若さま〉。〈お若さま〉と発音するとき、その口もとは悪魔のような冷笑で歪んだ。事実、ニコラ描くチェレンターノの跡とり息子は、癪に障る人物、母親が甘やかすのをいいことに、悪さし放題の気まぐれで残酷な寄食者だった。コンチェッタ、自分の娘を、その階級の娘たちにはあたりまえの害のない簡素な装飾品さえ禁じるほど厳格にしつけたコンチェッタが、エドアルドのことになるとたんに、自分自身が立てた厳しい原則を忘れた。この子の衣裳はパリの最高におしゃれな子ども服専門店に注文された。コンチェッタは朝早く、恋する女のように、おはようと言うために息子のそばに駆けよったあと、倦むことなく繰り返しキスをし、愛撫し、情愛に満ち満ちた愛称で呼びかけ、その美貌を、その精神を、その優雅を一分ごとにほめたたえる。母親はエドアルドを、地上の子どものひとりとしてこの子に並びうる者はいないとの確信のなかで育てた。エドアルドがお絵かきに好みを示したので、その好みはこの子の偏愛の対象すべてと同じようにころころと変わりはしたのだけれど、天才かと思われるほどにほめちぎった。エドアルドのスケッチは立派な額縁におさめられて巨匠の絵画のように壁にかけられ、その子どもっぽい詩は母親によって客間で読みあげられてご婦人がたを驚嘆させた。ごく幼いころの父ルッジェーロの死の直後から、この子は家の絶対君主と考えられ、使用人のみならず、姉アウグスタも寄宿学校の休暇中は弟の命令すべてに従わなければならない。だいいち、この考えに基づいて母親に育てられた姉娘は、弟が一種の神権による君主であることを疑わなかった。

まだ二つか三つで、古い慣習[*1]に従ってスカートをはかせられていたころから、エドアルドはその不実な性格の明らかな徴候を示していた。次のエピソードはその一例となるだろう。エドアルドは自分付の養育係が大好きになり、この外国出身の若い女性をいつもそばにおいておきたがった。この人が別のだれかに愛情を示したり、あるいはただ親切にしたりするだけで泣いたりわめいたりして抗議するほど。歌の意味はわからなかったけれど、養育係がお国の歌をうたいながら、頭をなでてやらなければ眠らなかった。目が覚めるとすぐに、大声で呼び、熱をこめてキスをし、一千もの言い方で称讃の言葉をかける。「なんてきれいなの」と繰り返す。「おしゃれな服を着ているね、ああ、髪の毛のいい匂い……」などなど。養育係の栄誉を讃えて詩まで創作し、娘はその詩のなかで「美しい金髪娘」の名で言祝《ことほ》がれた。娘のほうはもちろん生徒の愛情の吐露に甘い甘い感謝で応え、一日ごとに愛情を深め、陽気な笑い声をあげながらその専制に従った。けれどもエドアルドがまったく正反対の気分にとらえられて、昨日はこの娘が大のお気に入りだったのと

＊1　ヨーロッパの上流階級では、幼い男児に女の子の服装をさせるのが習慣だった。

同じほどに、蛇蝎《だかつ》のごとくに嫌う日もあった。その姿を見るのも拒否し、娘を視野から消し去るために、ふっくらした小さな手で両目をおおい、金切り声をあげた。「あっちへやってよ！」あるいは、いつものほめ言葉のかわりに最悪の悪口雑言を投げつけ、ブスで汚いやつと呼び、もし娘がベッドのわきに立ちでもしようものなら、蹴飛ばして追いはらうことまでした。娘が繭の細い糸のような明るい金色の髪をしていたので、昨日はこの同じ髪を黄金と銀とに較べたというのに、今日は老婆と同じ白髪だと非難した。娘があるとき、笑いながら大胆にもお坊ちゃまだって金髪じゃありませんかと指摘すると、狂ったように腹を立て断固として怒鳴った。「嘘だ！嘘つき！　おまえなんかといっしょじゃない！」娘は楽天的で人のいい性格で、それでもすぐにエドアルドがもとの気分にもどるのを知っていたから、こんなひどい扱いも笑ってすませた。だがついに、エドアルドがなんの理由もなく娘を完全に嫌う日がきた。かつては称讃の理由だった長所のすべてがこの子の目には同じだけの欠点に変貌し、嫌悪感で身を震わせるほど。冬になると、娘は指の霜焼けに悩まされた。以前ならそれがエドアルドの同情を引いて、傷ついた手を心配そうになでたり、ちょっと温めるために自分の頬にこすりつけたり、寒さから守るために自分のスカーフやセーターや毛の帽子をあたえたりしたものだ。ところがいまは、気の毒な養育係の霜焼けは反対にただ嫌悪感を呼ぶだけ。「その赤い手でぼくにさわるな！」と怒鳴る。「気もち悪い！　さわるな！　いやだ、さわるなよ！」そして激痛に襲われたように憎悪ですすり泣いた。「追い出して！　追い出して！」と母親に命じる。とうとう母親はほんとうに娘を解雇することに決めた。だいいち、この解決策がコンチェッタの気に入らないわけではなかったと思われるふしがある。養育係に対する息子の大いなる偏愛はしばしばコンチェッタの嫉妬心をかきたてたからだ。だから、養育係は涙に暮れながら荷造りをした。けれども出ていく前に、かつてのふたりの友情をなにかの形で思い出させるような別れができないだろうかと考えて、最愛の生徒の部屋までこっそりと走っていった。朝だった。別の娘、小間使のひとりが服を着せていた。「さようなら、エドアルド」養育係は涙声で言った。「ほんとうにいってしまうのよ。もう二度と会えないわ」

「さよなら」エドアルドは娘のほうを見もせず、重々しい顔つきのまま、はだしの小さな足をぶらぶらさせながら言った。「キスを……してくれない」娘はおずおずと頼んだ。するとエドアルドは顔を反対側に向け、あからさまな嫌悪感で顔をしかめたので、娘はあえて近づくことさえできなかった。「それじゃ、さよなら」と娘は小声で繰り返した。「さよなら、さあ、もうあっちにいけ！」エドアルドはもはや我慢の限界だというように答え、その目に稲妻のような鋭い光が走った。娘は悲しみに打ちひしがれて、部屋をあとにした。この場に立ち会った小間使が、気の毒な養育係に対する意地悪な仕打ちを、お坊ちゃま、あんなにお好きだったのに、あんなにお坊ちゃまをかわいがってくれたのに、と叱った。「でも、あいつはブスだ。嫌いなんだ！」エドアルドは小さな笑い声を軽蔑で震わせた。「それに話ができない」娘の外国語のことをほのめかしながらつけ加えた。「ぺちゃくちゃしゃべりまくって、なに言ってるかわからない」ここまできて顔をくもらせた。おそらくは小間使が自分とは関係のないことに口をはさんだのを厚かましいと思ったのだろう。まるで小間使に自分の立場を思い出させようとするかのように、いばりくさって命令した。「おい、おまえ、黙れ！」このときから、二度と養育係の話はしなかったし、数日後には娘のことなどすっかり忘れていた。

別の例をあげれば、やはり幼いころ、家で生まれた仔犬、まだほんの子どもの犬が大のお気に入りになった。エドアルドの愛情はいつも利己的であり排他的だった。仔犬はエドアルドの寝室、そのベッドの足もとで眠り、その食事を分かちあう。けれども、こんな心遣いと引き換えに、仔犬には完全なる隷属が要求された。ご主人さまの乱暴な愛情表現に服従しなければならず、エドアルドは仔犬に馬乗りになったり、ふざけて耳を噛んだり、いっしょに地面を転げまわったりした。反抗すれば引き綱で打ち、怒りのなかで別のときには仔犬をその対象としている細やかな愛情を忘れた。同様に、エドアルドが病気で起きあがれないとき、犬はその若い本能が欲するままに庭を荒らしまわるかわりに寝室にとどまって、ご主人さまにつきそっていなければならなかった。そんな場合でも、庭で兄弟の仔犬たちの声がするのを聞いて、くうくうと声をあげたり、興奮したりすることがあると、エドアルドは仔犬を邪険にあつかい、罵倒した。庭にいるとき、同腹の兄弟たちが心ゆくまで遊んだり転げまわったりしているあいだも、仔犬は紐につながれて、スケッチをするご主人を称讃の眼差しでじっと見つめたり、ご主人のお散歩についていかねばならないことも多かった。生まれつき従順な性格で、密やかな反抗心を、くぐもったうめき声か神経質に地面を引っかくことで表すだけだったけれど、エドアルドには決して刃向かわず、むしろ日を追うごとにますますなついていった。どこにでもそのあとをついていき、優しさのこもった熱い視線でじっと見つめ、エドアルドの虫の居所が悪くて、その目の前から追いはらわれると、うめき声をあげた。ご主人さまが姿を現すと、犬たちが忠誠を表明するときのあの狂ったような陽気な動きであたりを跳ねまわった。

ところがある日、過剰な従属状態におかれたせいか、あるいは若くして死ぬ運命にあったのか、私にはわからないけれど、犬は病気になった。この出来事はエドアルドのなかに激しい絶望を引き起こした。愛犬がヴェールのかかったような悲しげな目をして、ぜいぜいと苦しそうな息のほかはまったく声を出さず、絶えず震えているほかはまったく動かず、ただ横たわっているのを見て、エドアルドはすすり泣き、激励を送るように友の名を叫んだ。この叫び声で、もう一度元気になって、かつての日々のように飛び跳ねろ、と犬を説得するためだったのだろうか。病気の犬は呼びかけられるたびに、崇高なる応答の行為として尻尾を弱々しく振り、それが不幸な所有者の苦痛をいや増した。どんな約束も、どんな甘い言葉も、所有者に癒しをもたらすことはできなかった。エドアルドを慰めようと、同じ腹から生まれた別の仔犬を連れてくることを思いついた人がいたけれど、エドアルドはその仔犬を見ると顔をそむけ、不謹慎者の犬を荒々しく蹴飛ばして怒鳴った。「こんなやつ、いらない！ぼくのじゃなきゃだめだ！ ぼくのだ！」一日中ずっと愛犬の寝わらのそばを離れるのを拒否し、病気の犬をなで、一千もの甘い言葉をささやきかけ、涙の合間にふたりの美しい思い出をその耳もとでつぶやき、薬やミルクを飲ませようとした。けれども太陽が沈むころ、エドアルドの気遣いは消え去った。犬の寝床を寝室から片づけるよう命じ、その世話は他人にまかせて、仔犬の運命にはもうまったく興味を示さない。あたかも最愛の犬は一度も存在しなかったかのように、二日のあいだ犬のことは尋ねもしなかった。三日目、ひとりの小間使が犬が死んだとうっかりもらしてしまったとき、エドアルドは青ざめ、震え始めた。けれども人はすぐに、震えを引き起こしたのが苦しみではないことを理解した。エドアルドをぞっとさせたのはただ死の思いだけ。事実、じれったそうにじりじりとして言った。「じゃあ、早く、早く。捨ててよ！　捨てて！」

　幼児から少年へと姿を変えていくときでも、エドアルドは性格を変える証拠を見せなかった。変わったとすれば、悪い方向に変わった。これから話題にする時期にはだいたい十二歳ぐらい。ふつうは恩知らずの思春期と呼ばれるこの難しい年ごろは、チェレンターノの跡とり息子の場合、まさにこのような形容詞にぴったりあてはまっていた。もはや幼児期のようにふっくらとして、健康な子どもではない。父親似だったが、かつてのルッジェーロ同様に痩せて神経質。その騒がしい陽気さからはしばしばほとんど病的な苦い不安が透けて見える。正規の教育課程に従うのを頑なに拒否し、個人教師をつけようという試みはすべて無駄に終わった。貧乏人の子どもには勉強させられる理由があるけれど、チェレンターノ家の人間は自分の好きなことをすべきである、と言い立てるのがつねだった。みずからの名に過剰な誇りを抱き、心のなかでは自分を王家の子孫とほぼ等しいと考えた。その振舞からは、召使、使用人、姉と母さえも、自分の気まぐれのままになる卑賤な廷臣としか考えていないのは明らかに見えた。ときにはひとりの召使、ときにはひとりの友、ときには一頭の馬、ときには一匹の犬に向けられる束の間の偏愛をのぞけば、ほんとうにはだれも愛さず、息子に対する母親の熱狂的な崇拝は報われなかった。息子は熱い愛の言葉を賑やかに浴びせかけて母親を至福の心持ちにさせたが、それさえもただみずからの血の過剰な激情を、だれかの上にぶちまけたいという渇望に起因した。このような愛情の吐露はだいいち変わりやすく矛盾していた。それどころか、エドアルドはしばしば他人の苦痛を見てよろこび、この苦痛を年齢よりもませた狡知と悪意とを駆使してかきたてた。たとえば、母親の宗教心を傷つけておもしろがった。すでにしばらく前から、典礼やお祈りを幼稚なおとぎ話あつかいしてばかにし、いまではベファーナ*1や魔法のように否定した。そしていまは母が息子に心やすいのをいいことに、おふざけ半分のふりをして、あらゆる種類の不敬の言葉をそれとなく投げかけ、母親がもっとも大切にしている領域で母親を傷つけた。母はぎょっとし、息子の魂を心配し、宗教を尊重するように説こうと無駄な努力をしたあと、しばしばわっと泣き崩れた。エドアルドはときにはこの涙にうんざりしたように見え、ときにはまるでいたずら、

*1　御公現祭前日に子どもに贈物をもってくる老婆。

あるいはくだらないことであるかのように母を抱きしめて、その涙と自分の子どもっぽい笑いを混ぜあわせた。姉がだれか女の子の友だちを好きになると、辛辣な言葉と嘲笑とでその子を憎たらしく見せかけようとした。このやり方で目的を達成できないときには、お願いと意地悪と涙と迫害とで姉に友情を犠牲にしろと要求するので、姉のほうは結局、その最愛の友との関係をすべて断ち切らざるをえなくなるのだった。姉アウグスタ、召使には厳しく他人には尊大で、母の前ではおずおずとして脅えているアウグスタが、弟には従順な愛情を見せていたことを、ここで指摘しておこう。家族全員が弟をえこひいきしても、アウグスタにはそれはあたりまえで公正なものに思え、心のなかになんらかの恨みを目覚めさせることはなかった。この世のだれよりもエドアルドを称讃し、愛した。けれども弟は姉の大きな愛の証《あかし》に決して満足しないように見えた。たとえばエドアルドとおしゃべりをするとき、アウグスタがタピスリーを刺すとか水彩画を描くとか、修道院で身につけた好ましい手仕事をすることがある。ところが、一瞬、自分の仕事に没頭して、会話がおろそかになると、エドアルドはそれを重大な侮辱と受けとめた。自制心を完全になくし、姉を罵倒し、苦い衝動に突き動かされて姉の小さな芸術作品を引き裂きさえした。エドアルドは自分が愛していない人たちにも嫉妬したからだ。例外は、その服従にようやく満足し、倦怠とともに嫉妬から解放されるときだった。

アウグスタが大人になったいまも姉を殴ることもあった。年上で、より頑健なアウグスタは弟をなんなく打ち負かせただろうに、自分の身を守ることも考えず、まだ幼い子どもであるかのようにわっと泣き出した。暴力を受けたのは姉だけではない。召使、献身的な友、エドアルドに異議を唱える者すべては、その怒りの法外な結果を思い知った。実のところ、大きくて力の強い相手が、一発で簡単に倒せるはずの華奢な少年の攻撃を受けるがままになっているのは奇妙な光景だった。けれども少年は武器として、その階級があたえる特権、不公平、財産をもち、これら一方的な武器で武装して自分の残酷と他人の脆弱を楽しんだ。

もちろんエドアルドに逆らおうとする者もいた。けれどもこの人たちは取り返しのつかない形で、コンチェッタ奥さまの不興を買う定めにあった。そのうえ反逆の試みはエドアルドのなかに、もっとも大胆な者たちをも思いとどまらせるほどの激烈な怒りの発作を引き起こした。

チェレンターノの家では、エドアルドの気まぐれにうんざりした女の先生が思わず軽い平手打ちを食らわせてしまった日のことを、いまだにだれもが歴史上の革命の日のように記憶している。エドアルドは怒りと傷つけられた自尊心から顔面蒼白になり、いまにも気絶しそうに見えた。先生がぎょっとしながらそれを見ていたとき、少年がものすごい勢い、先生が雌虎から身を守らなければならないような気になるほどの勢いで襲いかかってきた。先生の叫び声がコンチェッタ奥さまと召使の一部を呼び寄せた。奥さまはようやくのことで息子を気の毒な先生からなんとか引き離した。けれども復讐を遂げるには自分の非力では充分でないと悟ったエドアルドは、母の腕のなかで泣き、暴れまくり、狂ったようにわめいた。「殺せ！　こいつを殺せ！」その後、先生本人が語ったところでは、先生は憮然とした厳しい顔つきの人びとの小さな輪のなかで、ほんとうに石を投げつけられて殺されるか、リンチにかけられるかと思った。先生は泣きながら、集まった人たちに自分の軽罪を告白しようとしかけたが、エドアルドはそれを聞くとなおいっそう激しく怒り狂い、今この瞬間にぼくの手で殺されたくないのなら、その話はするなと命じた。ようやくあとになって、腹を立てたコンチェッタからの解雇命令がすでに届いていたとき、先生は泣きながら、自分が不興を買った理由を使用人たちに語った。自分の平手打ちはほんとうに軽くて、平手打ちとも言えないくらいだったと主張したけれど、だれも先生が嘘をついているのかいないのかを言うことはできなかった。エドアルドの口からは、この件について一切、触れられることがなかったからだ。

このような性格の結果として、貴族としての誇りにもかかわらず、エドアルドは身分が下の者、あるいは慎ましい階級の者、あるいは虚弱な者、あるいはご婦人、つまりなんらかの理由で自分よりも劣り、自分に完全に服従する者たちといるほうを好んだ。すでにお話ししたように、他人の弱さが自分の前で明らかになり、苦しげに震えるのを見ることに歓びを覚えた。そして、この自分の悪徳を隠すかわりに、それを自分の自慢と気晴らしの種にした。そのうえに、なによりもほめられるのが好きだった。しばしば若い娘のように鏡の前でぐずぐずと時を過ごし、母に姉に小間使たちに尋ねた。「ぼくの目の色は好き？　ぼくの髪は、ねえ、ずいぶん色が濃くなったよね？　覚えてる、ぼくが小さいときのこと？　いまよりずっと金色だったよね？　もしかしたら、あのころのほうがきれいだったかなあ?」そして物憂げで優美で慎ましやかな微笑とともに、ほめ言葉を乞うのだった。ある日は、だれのまつげがいちばん長いか知るために、自分のまつげとそこにいた人たちのまつげの長さを測りたがった。エドアルド本人がコンテストに招いた目の美しい皿洗いの小娘がエドアルドよりもわずかに長いという結果になったので、顔をくもらせ、コンチェッタ奥さまの耳に小声でささやいて、競争相手のまつげを切らせようとした。さいわいにも、哀れな皿洗いはたくらみに気づき、顔をまっ赤にして逃げ去った。

あるとき、そんなにうぬぼれて恥ずかしくありませんかと尋ねた小間使に、エドアルドは顔をくもらせながら、質問で答えた。「どうして、恥ずかしいなんて言うの? つまりぼくはきれいじゃないってこと? ぼくが不細工に見えるの?」そして、あまりにも不安げで無邪気なようすで返事を待ちかまえていたので、娘はわっと笑い出し、エドアルドにキスをした。

シャツの色、あるいは服のひだ、あるいは帽子のリボンのことで大騒ぎを演じ、だだをこねた。けれども生まれつき考えなしで、だらしのない性格だったので、自分で自分の着るものを選ぶ手間をとるのは好まず、他人の世話にまかせてよしとした。あらゆる実際的な問題を無視して、すべてのものが自分の趣味に合うように準備されていることを望んだ。世界は自分のお楽しみに合わせて、ひとりでに準備されるために創造されたと思いこんでいたのはたしかだ。

まともな脳みその持ち主がいちばんいらついたのは、エドアルドがいつも、無理やり味方にさせられるというわけではなく、味方になるのがうれしいからその味方になろうとするばか者と出会うのを見ることだった。召使のあいだにはエドアルドに頭から従う忠義者がいつもひとりはいた。小間使のなかに、エドアルドに服を着せ、髪をくしけずるのをみずからの栄誉とし、その名誉をめぐってとっくみあいのけんかをする愚か者が欠けることはなかった。友人たちのあいだには、自分の苦悩をほとんど味わうかのように、エドアルドの仲間の輪の外にいて悲嘆で憔悴する者たちがいた。そしてある日突然、エドアルドからはねつけられて、もはや奴隷ではないことを苦しむ者たちがいた。エドアルドがみずからにくだす高い評価を、奴隷根性や打算のためでなく、愚かであると同時に心からの確信をもち、果てしのない称讃と憧憬とによって、あらためて本人に確認する者たちがいた。

エドアルドはなんらかの決まった時間割に従うのを拒否し、時間を自分の気まぐれのままに使いたがった。ひとりの子どもの気まぐれに対応するために、家全体が予定と習慣を変えなければならないことをもままある。つまりエドアルドは規律も規則遵守も知らずに育ち、みずから進んでおこなう脈絡のない勉学をのぞけば山羊飼いのように無知だった。

ニコラはエドアルドが、明確に称讃とは言えないまでも、敬意を示すごくわずかの人びとのひとり。ニコラに対してはいつも感じよく振舞い、幼いころから音楽に燃えていたので、よくロマンツァをうたってくれるようにねだった。とにかく一度聴いただけでは満足せず、自分で覚えてしまうまで続けて二度、三度と繰り返しねだる。歌を姉のピアノ伴奏でうたうのが大好きで、ヴィルトゥオーゾ［名歌手］を装って、テノールやバリトンのパートをうたっているつもりになった。こんな思いあがりに、ニコラは笑いをこらえるのにひと苦労。〈お若さま〉の声は、まだ女の子の声みたいだったからだ。

すでに見たように、ニコラは幼いご主人からの好意にお返しはせず、これほど貴重なるご厚情を得るという特権になんの感謝も示さなかった。エドアルドに対しては慇懃に振舞わざるをえない。けれどもエドアルドをけなす機会は決して逃さず、もし自分にその権限があれば、あの子のしつけ方はよくわかっていると請けあった。横っ面をはり倒し、食事をあたえず、鞭で打ち、悪童専門の寄宿学校に閉じこめるつもりだ。ついでにこの子を甘やかしているあのばか者どもも全員もいっしょに監禁する。エドアルドの生活と人格をめぐるすべてがニコラをひどくいらだたせるように見えた。おそらくそうと告白はしなかったものの、自分が〈お若さま〉の地位にいて、〈お若さま〉のように振舞いたかったからだろう。

自分の偶像《アイドル》がこんなふうに扱われるのを聞いて、アンナは心のなかでニコラに腹を立て、この男を悪意ある中傷家だと考えた。たしかにあの優しい男の子、あの忘れがたき日に、自分の挨拶にあれほど賑やかに応えた子が、ニコラが描くような悪魔的人物であるはずはない。アンナの子ども時代は孤独のうちに過ぎていった。学校には一度も通わず、気短な母の授業をいくらか受けるだけですませていた（その後はテオドーロが病気になったあと、無秩序であるのと同じくらいに想像力に富んだ方法でアンナの教養を深める役を引き受けた）。社会階級に対するチェジーラのこだわりが、家を訪れる生徒や近所の子どもたちとのつきあいをアンナに禁じていた。だいいち階級意識から生まれる傲慢と軽蔑は母と娘が同意点を見いだす唯一の感情だった。そのために仲間のいないこの幼年期に一瞬、目にしたいとこの姿は、アンナの思いによってふたたび生命をあたえられ、その記憶のなかに住み続けることになった。アンナの気もちを密かに浮き立たせていた心地のよい夢のなかで、エドアルドのふたつのまっ白な手は二羽の小鳩に似て、いまもなおアンナを祝福するために振られていた。いま、ニコラのおしゃべりはこれらの幻影に肉体をあたえ、アンナの希望をより先鋭に、より苦痛に満ちたものにした。おしゃべりはエドアルドにおもねりはしなかった。けれどもアンナは、ニコラの非難を偽りとしてはねつけるか、さもなければ心のなかで一方的にエドアルドの側に立ち、その行動すべてを寛大に正当化した。いとこの近くにいて、その身体に触れるという特権をもつ人びとはすべて、たとえただの小間使や一匹の犬であっても、アンナには死すべき人間ではなく聖人や福者に見えた。ニコラその人も、不信や反感を吹きこみはしても、いとこのわきに姿を現し、いとこのためにロマンツァをうたうという行動をとるとき、アンナの目には変容を遂げた。さらにいとこのせいで苦しむ人たち、あるいはひどい扱いを受けた人たちさえもうらやんだ。姉アウグスタのように、エドアルドに殴られ、罵倒されるのもつらいことには思えない。「ああ、なぜエドアルドの妹じゃなかったんだろう！」と自分に繰り返し言う。そして目を閉じ、自分ではなくアウグスタになるために、意志と精神とを集中する。するとほら、エドアルドがそばにいる。ニコラがエドアルドに対するあの残酷な意図を表明したとき、アンナは最初、腹を立てた。そのあと、いとこがほんとうにニコラの思いのままになったときのことを想像した。ニコラがエドアルドをひどい目に遭わせ、痛めつける。でも、ほら、アンナがこの男に刃向かって立ちあがる。「なにをしてるの？」と怒鳴る。「あたしのいとこから手を放しなさい。さもないと、ただじゃおかないわよ。ただじゃおかない。悪人め！」ニコラは愚弄と脅しの哄笑で応える。アンナは逃げるふりをするけれども、すぐに武装騎兵の大隊を率いてふたたび登場。「降参しなさい！」と抑圧者に命じる。男はもはや笑いはせず、震え、慈悲を乞う。「命は助けてやりなさい」とアンナは部下たちに命じる。「でも、靴を脱がせて、手錠をかけ、しっかりと護衛をつけて、あたしたちの国境の外に連れていきなさい。この土地にまた姿を現したら、首をなくすことになるよ」それを聞くと、ニコラは手錠をはめた手首を掲げ、歯ぎしりをする。「仕返ししてやるぞ」けれどもアンナは肩をすくめて、その顔に笑いを浴びせかける。その間に、エドアルドが青ざめて、まだ血を流しながら姿を現し、白く小さな手を差し出す。「ありがとう。愛しいいとこ」と叫ぶ。「おかげで命拾いをした。かわりになにが欲しい？」「なにも」とアンナは言う。「さらば！　あなたの傷の手あてをしたら、あたしは闇のなかに姿を消す。あたしはそこからやってきたのだから」「だめだ！」とエドアルドは叫ぶ。「もう、きみなしでは生きていかれない。きみはぼくの花嫁になるんだ」そして、らっぱ手が結婚行進曲を奏で始めるなか、ふたりは騎士たちが剣でつくるトンネルをくぐり抜けて進んでいく。

チェレンターノ家の人びとをめぐるニコラの悪口と機智に富んだやりとりにテオドーロは注意深く耳を傾け、笑いと賛同とで必ず応じた。けれども、この同意の証を言わせていたのは、率直な感情というよりもむしろニコラに好かれたいという気もちだった。自分がコンチェッタを恨んでいる、とニコラがそう思いこみ、その恨みを満足させるためにこういうおしゃべりのすべてを惜しみなくあたえていることを、テオドーロは理解していた。ただひとりの妹との関係を考えれば、このような恨みは論理的であり、真実らしく見えた。けれども実際には、すでに述べたように、病気がきっかけで、テオドーロは遠い過去の、そしてかつて一度は否定したいくつかの愛情にぼんやりとした哀惜を覚えるようになっていた。チェレンターノ家をめぐるニコラの皮肉な言葉はときおり自分自身への直接の侮辱としてテオドーロを刺した。けれども混乱した頭のなかで、侮辱されたと感じることをほとんどひとつの恥と考え、この恥をニコラとの表面的な共謀関係の下に隠した。他方で、こんな自分の心の弱さに反撥し、コンチェッタその他の親類から受けた侮辱のすべてを思い返したので、その束の間の愛情は憎悪と入り混じっていた。いつもばかにしたり、浪費したりしてきたもの、つまり名誉と金とをいまはアンナのためにうらやみ、それを失ったことを嘆いた。

ニコラがチェレンターノの子どもたちの話をするとき、父親としてのテオドーロの競争心に火がついた。テオドーロはアウグスタが美人かどうかを知りたがった。そしてニコラの描写（アウグスタを美しいとは言わなかった。

血色が悪く、ちょっと猫背で、母親のと同じ目をのぞけば、顔立ちはきつく、優美さに欠けていたからだ）を聞くと、自分の娘を見た。その眼差しはあまりにも雄弁だったから、ニコラはその思いを読みとり、アウグスタに対する軽蔑で顔をしかめながら、すぐにつけ加えた。「お宅のお嬢さんの召使にだってもったいない！」父親としての満足、ねたみ、アンナに対する良心の呵責がテオドーロの顔の上で雲のようにぶつかりあった。そのあと、エドアルドの話になると、テオドーロは苦々しげに対抗心をむきだしにし、少年の輝くような美貌に嫉妬心を燃え立たせた。その輝きをくもらせるために、甥の欠点を情け容赦なく責め立て、ニコラに尋ねた。地上のすべての特権があの甘やかされた少年、あの問題児のものであり、うちの子ども、アンナのような娘がなにももっていないのは不公平ではないか？　これがアンナが唯一父親に対して頬を膨らませる瞬間だった。けれどもすぐに、天使のようなエドアルドのことを、お父さんは敵ニコラが語る中傷と偽りによって判断しているのだと考えて、父親を赦した。

テオドーロはと言えば、こんなふうに対抗心をたぎらせているあいだは、自分の娘に損害をあたえているこれほどの不公平の原因が自分自身にあることを忘れた。しかし、その良心はこの真実をしきりに思い出させた。これほどの苦い思いにひとりでは耐えられず、テオドーロはアンナを相手に心を打ちあけ、いやと言うほど説明した。アンナは自分の美しさのなかに、このうえもなく豊かで立派な持参金をもっているのだから、下賤な者たちに定められた運命を拒絶し、マッシーアの高名にふさわしい未来を志さねばならない。けれどもこんなふうに励ましながら、未来に対する自分自身の恐れを隠すことはできず、言葉は確信を装ってはいたけれども、すでにこの男を休む間もなく追い立てていた死の苦悩によってくもらされていた。その結果、アンナの目に運命はしばしば腹黒くて重々しく痛ましい人物の容貌をとって現れ、アンナはその幻想を追いはらうほうをよしとした。

ところでまさにこの時期、病人の狭い部屋のなかで、ひとつの計画が立案された。その計画をテオドーロは、なにかがチェジーラにもれてしまうことを恐れて、娘には打ちあけずにいた。それはニコラ・モナコが、この男、テオドーロ・マッシーアのことを考えて立てた計画だった。そして、さまざまな感情と意志が無秩序に混ざりあうなかで、病人はこの計画に自分自身のそこはかとない期待を託した。

すでに述べたように、ニコラは女主人の信頼が自分の手から逃れていくのに気づいていた。自分の管理状況について完全な報告書提出を求められる時が近づくのを感じており、それがこの男を不安にした。実のところ、このような事態は当然予測すべきであり、避けがたいにもかかわらず、ニコラは二年か三年前から、そのことは考えず、ほとんど忘れてしまうことを選んできた。コンチェッタの側からもまともな監査がなかったことがニコラ生来の無精に輪をかけた。

ニコラの管理体制がきわめて正直であったためしは一度もないことを指摘しておかねばならない。しかし、直近の二年か三年は、罰を受けずにすむという幸運が永遠に続くかのように、ニコラはその悪事をなんらかのうまい方策で隠そうとする手間さえとらなかった。いま過去の考えなしの行動の結果はすぐそこに迫り、そして確実に思えた。自分の過ちを償う、あるいはせめて隠す時間も手段もなかったし、その一方でチェレンターノからの復讐を無気力に待っているのもいやだったので、ニコラは奇妙な戦闘計画を思いつき、それは間近の敗北を避けさせてはくれないまでも、自分の主人である敵たちにいくつかの条件を課す可能性、少なくともその希望を提供した。この企てをニコラは眠れぬ夜に練りあげた。実は、もとになる着想は、ただの無意味な妄想としてではあったけれど、すでに二、三か月前に頭にひらめいていた。いまニコラはこの妄想にしがみつき、それはただの妄想であっても、とにかくこの男に行動の論拠を提供し、権威の最後の幻想をあたえた。

その数か月前、主人の領地を巡回しているとき、ニコラは無人の古い別荘に二日ほど滞在した。別荘は、コンチェッタが若いときに、父方の伯父のひとりから遺言で引き継いだ広大な所有地のまんなかに建つ。古い家具のあいだをなんとはなしに探しまわっていたとき、管理人は黄色く変色して忘れ去られた数通の手紙を見つけ出した。手紙のなかで、亡き所有者はまさしくこの所有地について、姪コンチェッタ（このころはまだ子どもだった）と甥テオドーロの名をあげていた。ここでその手紙の詳しい内容を記述する必要はない。管理人はその場では、こんな古い書類が当然もつ以上の重要性は見いださなかったけれど、もしかしたらなにかの機会に自分の役に立つのではと考えて手紙をもちだし、しまっておいた。そして、いままさにその機会が訪れたように見えた。ニコラはほかならぬこの書類に基づいて計画を立てた。私たちはその計画のなかに、私たちの登場人物特有の予断の欠如と狡知とともに、自己満足の、想像力に富んだ、軽率な、要するに大雑把に詩的なあの独特のスタイルを認めることができる。ニコラの企てすべてと、現世における職業人生の崩壊の原因はこのスタイルに帰せられるべきだ。

　ニコラの親しい友人のなかに、ひとりの若い弁護士がいた。この弁護士は、職業上の成功、あるいは報酬を得るには、良心の欠如と金銭への執着がまだまだ足りなかった。ニコラから相談を受けて、弁護士はその企てに加わった。例の手紙とニコラが集めた他の書類とで身を固め、ふたりは妹コンチェッタが過去においてテオドーロに対して正真正銘の横領を働いていたことを証明した。コンチェッタはニコラが所有する書類（反駁の余地はない、とふたりは言った）から結論づけられるように、きみ、テオドーロ・マッシーアに所属する莫大な遺産を横どりした。ここでニコラは蹂躙された正義を、貴族たちの飽くことなき強欲を語り、モロク[*1]とその子どもたちを大声で呪った。弁護士のほうはニコラの発見を証拠と法的な論拠で懸命に強化した。それに、とニコラはつけ加えた。やってみることでテオドーロはどんな危険を冒すというのだ。ここにいる弁護士先生は無料で正義の擁護に加わると申し出てくださっている。それに、そんなことはありえないが、うまくいかなかった場合でも、テオドーロにはなにか失うものがあるか？　どっちにしても、なにももっていないのだから。反対に自分、ニコラは自分がもつすべて、つまり自分の地位を危険にさらす。だが、それがなんだと言うのか？　惨めな仕事と引き換えに、自分を正義の守護者にしたという名誉をいつも誇りに思えるだろう。だから、テオドーロが自分の権利を主張し、いま説明したような道理に署名することを望むのなら、ここにいらっしゃる弁護士先生のご教示を受けて、自分、ニコラが、すでに自分が所有する書類に、新たな、そして確実な証言を加えるためにテオドーロの手足となって働こう。それと交換に自分はひとつの約束とひとつの希望しか要求しない。テオドーロ・マッシーア・ディ・コルッロがふたたび征服した土地の管理人に指名されるという約束、そしてテオドーロが自分の主人となった暁にも、相変わらず友人であり続けるという希望。とりあえずは、われわれふたりを信頼していればいい。われわれは極秘のうちに、可能なかぎりの証拠を集めにかかる。そしてしかるべきときに、弁護士先生がコンチェッタ奥さまに、規定どおりの召喚状を送り届ける。

手短に言えば、テオドーロに訴訟の正当性と妥当性を納得させるのも、必要なだけの証言をさせたり、署名をさせたりするのも、ふたりには難しくはなかった。この点については、病人の弱った頭と、愛娘アンナの運命に対するほとんど強迫観念ともなった不安がふたりの共謀者となった。これに続く日々、テオドーロと弁護士とニコラのあいだで長い密談が交わされ、資料や帳簿がじっくりと調べられた。それはいつもチェジーラの留守におこなわれ、ときにはとても低い声で話していた男たちがアンナに数分間、三人だけにしてくれと頼むこともあった。もちろんテオドーロは娘にチェジーラには話し合いのことはなにも言うなと注意しておいた。しかし、この秘密を守るという約束のほか、アンナは父親の計画には加えられなかった。このころのテオドーロは新たな希望に気もちを高ぶらせ、間近に迫る謎めいた復讐と古い約束の実現を、いつもただぼんやりとした言葉でアンナに告げるのだった。「ここにおいで」とアンナを引き寄せながら言う。「アンナ奥さま、わたしのアンヌッチャ奥さま。お父さんは約束したよね。覚えているかい。アンナのために持参金をとりもどさずに、アンナをおいてはいかない、と。いま、運命が完遂された。お父さんは死ぬ前に、貴婦人となったアンナの姿をふたたび見るだろう。そして喪服のアンナではなく、頭から爪の先まで黄金におおわれたアンナを残していくだろう」このような、そして同じような種類の豪奢をアンナに予告した。このような俗世の予言をするとき、奇妙にカールをとどめたまま豊かに残る灰色の髪の下で、憔悴したその額は予言の炎で燃え立った。アンナは知りたがりでも厚かましくもない性格だったので、それ以上は尋ねなかった。しかし話し合いのあいだ耳にした三人の男たちの言葉の端々から、男たちの計画にチェレンターノの叔母が関わっているのを理解し、そこからアンナの心に、不安をもたらすと同時に魅力的でもあったひとつの混乱が生まれた。紋章が飾られた自分自身の未来の大階段の上から、お仕着せを着た召使、棕櫚の樹、幻想の獣にも似た貴婦人たちのあいだを、エドアルドが近づいてくるのを目にして、アンナは飛びあがる。例のあの日以来、一度も再会はしていない。そしてあの日からおよそ七年の歳月が流れていた。ニコラからエドアルドが痩せたことは聞いていた

＊1　カナンの地の神。親が子を生け贄として殺すことを要求する。

から、その姿を前よりほっそりとして背は高く、でもあの馬車のなかにいるのを見た金髪を肩まで垂らした少年とまったく同じに想い描いた。エドアルドを醜い悪魔と呼ぶニコラのせいなのはたしかだが、ときには心ならずもいとこのかわりに、奇妙な生き物、あるいは竜、あるいはそのほかの怪物の姿をかいま見て、その姿にアンナ自身の想像力が、本人がいくら抑えつけようとしても、そのたびごとに新しい悪魔的なアトリビュートをつけ加えた。自分自身を苦しめ、からかうために生まれるこの想像力のいたずらに、アンナは脅え、心のなかで厳しく命じた。〈あっちへいって。消えなさい〉なぜならば、それはいとこを冒瀆するように思えたからだ。

いまほどに希望がテオドーロを引きずり、休みなく追い立てたことはなく、身体の自由がきかないことがこれほど残酷に思えたことはなかった。その熱い愛情にあふれる犬の視線は、周囲を動きまわるアンナの一挙手一投足を追っていた。娘が自分の足で歩いていく場所をうらやましがらずにすむように、アンナのように健康で身軽でいたかった。アンナは父が病気になった当初から、いつでも父親を助けられるように同じ部屋で寝た。不眠に苦しむテオドーロは、ひと晩中、暗闇のなかでこの幼い愛娘の寝息を聞いて心休まる思いを味わった。老人や病人によくあるように、夜明け近くに眠りに落ちる。するとテオドーロのもとを、子どもの夢のように、幸せな、そして噓みたいな妄想たちが訪れるのだった。

いま、テオドーロに最後に残された老人らしい思慮分別が希望にむさぼり食われている一方で、ニコラと弁護士は、テオドーロが訴訟に勝つなどとは思ってもいなかっただけでなく、自分たちの側としては実は提訴するつもりさえなかった。ニコラはテオドーロの支援を、ただ例の伯父の手紙（テオドーロの信頼を得て、預かり続けていた）の力を借りて、自分の主人であるチェレンターノの奥方を脅すのに利用したかっただけだ。ニコラはこの最終兵器をコンチェッタ奥さまが管理人の不祥事に気づいて、こっちに牙を剝いてきたときのためにとっておいた。そのときがきたら、機智としかるべき方策とで、そして弁護士の支援も得て、コンチェッタの前に兄からの訴訟という幽霊を登場させ、その不意を襲い、警告する。訴訟の知らせを受ければ、コンチェッタは長い訴訟の面倒と危険を回避するために、おそらくニコラが所有する書類と交換に譲歩をして、管理人の犯罪行為を不問に付し、そのうえに避けがたい解雇に対する退職金としてある程度の金銭を差し出すだろう。コンチェッタ奥さまを相手にして、自分の目的を果たしたあと、テオドーロにはなにかほら話をでっちあげて、訴訟が露と消えた、あるいは書類が紛失したと説明するつもりだった。そのあとは、テオドーロとマッシーアの一族すべてをその運命の手のなかに置き去りにする。

　これがニコラが想像したつましい脅迫だった。ほんとうのところ、最初から、自分が手にしている剣はかなり脆弱で頼りなく思えた。ニコラがその剣を磨いて、戦闘準備をすると心に決めたのは、もっとよく切れる剣がなかったからにすぎない。けれどもテオドーロと弁護士と三人で計画を立てているうちに、この男はしまいに想像上の訴訟をほんとうに信じるようになった。そしてわずか数日で、コンチェッタとその一族に対して恐ろしい武器をもつと思いこんだ。いま述べたような身を守るためのちょっとした脅迫のかわりに、コンチェッタに対する、テオドーロに対する、そしてマッシーア家全体に対する壮大な復讐を想い描いた。亡き伯父上の手紙を、最初に想定したつましい退職金（弁護士に支払をし、なにか自分で小さな事業を始めるのにようやく足りるかどうか）ではなく、人生の残りを無為徒食の大貴族の暮らしで過ごすのに充分な途方もない金額で売れると考えた。頭のなかにこのような幻影があっては、もはや黙ってはいられない。カフェで友人たちと飲みながら、しばしば悪魔による正義をほのめかした。それは永遠の父、神の傾いた天秤を足のひと蹴りで平衡にもどす。友人たちにそれとなく言った。この手である貴族たちの首根っこを押さえている。貴族一家の没落はただ自分の慈悲にかかっている。人前でこのように公言する一方で、私生活では自分の借金とりや強欲な愛人たちを謎めいた約束で引きとめておいた。ついには、かつてチェレンターノ家で働き、元の主人には敵対的だとわかっているある農場管理人に話を打ちあけ、近々の、そして多大な謝礼と引き換えに、コンチェッタに対する証言を求めた。けれども、ニコラ・モナコの夢をいつまでも描いているのは、意地悪な遊びということになるだろう。ニコラはそのたくらみのもっとも慎ましいものでさえ実現できず、武器を奪われ、破滅によって身を射られたからだ。読者がご関心あるとおっしゃるのならつけ加えておくけれど、破滅は、私たちの物語のなかでこの役を演じなければ、ニコラにも私たちにもゼロ以下の意味さえなかったひとりの娘の手を使って、この男を背中から射ぬいたのだ。

5 コンチェッタ、地獄堕ちの悪人どもの手を逃れる。ある詐欺師の最期。

ジネーヴラ、すでに一度話題にしたコンチェッタの小間使はますます挙動がおかしくなった。痩せて醜くなり、数週間のあいだ大仰におしゃれをしたあと、いまは必要な身だしなみにさえ気を配らない。あらゆる礼儀作法に反して、髪に櫛も入れず、ぼさぼさ頭のまま、赤く泣きはらした目をして奥さまの前に出る。言いつけを聞きもらしたり忘れたり。つまらないことで仕事仲間に腹を立て、仲間たちはこの娘を嫌うようになった。ある朝、奥さまの耳に、ジネーヴラがかなり前から日曜に聖体拝領を受けるのをやめ、ほかの娘たちが祭壇に近づいているあいだ、祈禱台にとどまっているという話が届いた。コンチェッタは娘を呼びつけ、ふたりきりで自室に閉じこもって、おまえの態度を出身修道院の尼さんたちに報告しますよと脅しながら、あらためて娘を問いつめ始めた。コンチェッタがニコラの名を出したとき、娘は青ざめ、頭から足の先まで全身に震えが走った。女主人はますます疑いを深め、最初のときと同じように、聖書にかけて誓いなさいと強く迫った。あのとき無実だと言い張ったのはほんとうに嘘ではなかった、と。ジネーヴラは顔の表情を変え、そして誓った。

その日の夜、ぐっすり眠っていたコンチェッタは寝室の扉を繰り返したたく音で目を覚ました。反射的にベッドに身を起こすと、取り乱したジネーヴラがはいってくるのが見えた。娘は全身汗まみれで大きな目からは驚愕と狂気があふれ、シュミーズ姿で両脚をむきだしにし、足ははだし。すべての恥じらいを忘れたかのように、身をおおうことさえ考えていない。女主人のベッドに走り寄り、ぱたんと膝をつき、助けを求めて言った。あたしは地獄に堕ちました。今夜、自分の部屋で、地獄の炎が燃えあがるのを見たんです。炎は奥さまのお部屋の戸口まであとを追ってきました。その炎に全身が焼かれるように熱い。渇きで喉が焼けるよう。ジネーヴラは憐れみを乞い、偽りを誓ったことで冒瀆の行為を犯しましたと告白した。真実を言えば、ニコラ・モナコを愛し、そのお世辞に乗せられるままになって、ついには夜、自室に迎え入れてしまったのだから。ところが男のほうは何度か逢瀬を重ねたあと、もはや娘を求めもせず、関心も見せなかった。しかし、それだけでは娘の熱情を冷ますのには充分ではなかった。それどころか、娘は自分の罪についてよく考え、それを後悔するかわりに、ニコラが妻帯者だと知りながら、自分が死にあたいする罪を犯していると知りながら、あらゆる手段を使って男を自分のもとに引きもどそうとした。この罪に取り憑かれるままになり、ついにはほかのすべてのこと、神さえも、神のおあたえになる罰さえも忘れた。告解でこんな気もちを打ちあけたので、罪の赦しを得られず、聖体を拝領できなかったのだ。

これが、娘がはあはあと荒い息づかいを立てながら語った脈絡のない話から、コンチェッタが知りえたことだった。娘は熱意を見せようとするあまり、奥さまにお気をつけくださいと警告までした。ニコラが奥さまへの脅し文句を口にするのを聞いていたからだ。あの人には、奥方さまもろともご一家すべてを破滅させる方策があるんです。コンチェッタはすでに管理人にいくばくかの疑いを育んでいたけれど、怠惰と実務嫌いから調査を遅らせていたので、この言葉を聞いてさらに多くを知ろうとし、娘に矢継ぎ早に質問を浴びせかけた。実のところ、小間使には、これまでニコラが使ってきたさまざまな不正手段のかなりを明らかにすることもできた。愛の逢瀬に身をまかせるなかで、ニコラ自身が軽はずみな打ちあけ話をしていたからだ。けれども奥さまのしつこい問いかけに、ジネーヴラは言を左右に託し、おろおろとして矛盾したことを言った。逆上してはいたものの、自分の衝動的な告げ口がいまだに愛している男の損になるのを理解していたからだ。このような感情が聖なるものへの恐れと混ざりあい、娘はなにも考えられなくなって口を閉じた。この沈黙から、女主人は娘の力がつきたのだと判断し、義憤と嫌悪に満ちた目でベッドから娘をにらみつけ、尊大なる怒りをこめて言った。おまえは、あらゆる罰をもってしても罰し足りないように見えるほどの罪を犯した。おまえ、ジネーヴラは呪われている。人間からも神からも赦しは期待できない。もちろんこの家はもはやおまえの家ではない。明日すぐに出ていくしたくをしなさい。おまえがきた修道院の院長に、おまえの行状を、わたくし、コンチェッタが自分でお知らせします。院長さまがおまえの運命をお決めになるでしょう。ここまで言って、娘がぶるぶると身を震わせ、熱がありそうなのに気づいて命令した。ここから退出して、ベッドにはいり、明日の指示を待ちなさい。娘は夢遊病者のように立ちあがり、言いつけに従った。女主人は、娘に一刻も早く姿を消してほしくて、シーツの下でいらいらと手足をよじり、大急ぎで視線を娘から逸らした。けれども娘が部屋を出る瞬間、いくぶんかほっとしたこともあって、コンチェッタは復讐の捨てぜりふを投げつけずにはいられなかった。ここまで使っていた不屈の正義の口調を捨て、突然、恨みと悪意を含んだ声で、ジネーヴラに向かって叫んだ。「出ていけ。向こうでおまえを待つ炎のただなかにいくがいい！」

自分自身の怒りに満ちた声の響きで、コンチェッタはこのあからさまな憎しみの表明が自分の威信を失墜させることに気づき、こんな乱暴な振舞を余儀なくさせた娘をなおいっそう憎んだ。ジネーヴラは小さな悲鳴をあげたが、厳格なコンチェッタを地獄の炎よりもなお恐れたのか、あるいはすでに熱で朦朧としていたのか、躊躇するかわりに足どりを速め、薄暗い廊下に姿を消した。

ここで、罪に情熱を抱く女たちに対して、徳に情熱を抱く女たちが相反するふたつの感情をもちうる点を指摘しておくことができる。まずひとつ目は大きな愛。そのために有徳の女たちは罪深き女たちを自分の信仰に改宗させることを熱望する。それは自分たちのと同じように激しく燃えている罪深き女たちの炎によって、みずからが身を焼く火刑台の炎をいっそうかきたてるためだ。ふたつ目は、競争相手としての情け容赦のない頭からの憎しみ。競争心が有徳の女たちのなかに生まれるのは、自分のと同じように熱い情熱、けれども対立する対象に向けられた、それどころか敵に向けられた情熱を見るときだ。それはこの種類の有徳の女のなかに、反撥と嫉妬の入り混じった嫌悪をかきたてる。コンチェッタはまさにこのような有徳の婦人のひとりであり、情熱をめぐる競争心ゆえに罪深き女たちを憎んだ。聖人たちの崇拝に身を投じるのと同じ激情をもって憎悪に身を投じた。けれども私たちはみな、コンチェッタに赦しをあたえるだろう。なぜならばこの女の背中を押したのは理性ではなく、野生動物を導く無垢の本能だったからだ。

ジネーヴラに対して神の審判がいかなる措置をとったのか、それを知るのは私の能力の埒外にある。けれどもコンチェッタの、あるいは修道女たちの審判はこの娘にごくわずかのことしかできなかった。というか、まったくなにもできなかった。夜のあいだに娘を襲った熱病は、翌日、ますます重篤化し、そのためにコンチェッタは恥ずべき娘を家から放逐するのを先延ばしにせざるをえなかった。それまでのあいだ、看病にあたらなければならない小間使ひとりをのぞいたすべての使用人に、ジネーヴラを見舞うこと、あるいはその名を口にすることさえも禁じた。禁を破れば、巻き添えを食って、間近に迫る罰をいっしょに受けるはめになる。それでもなお、ジネーヴラが錯乱状態で休みなく話し続け、看護係は興味津々でじっと耳をそばだてていたので、使用人のあいだには事件の噂が広まった。病は未来の罰の光景、あるいは罰に対する恐怖のすべてをジネーヴラの目から隠し、最後には、不義の情熱が娘のなかで神の審判に対する畏れのすべてに打ち勝ったと言えるだろう。熱に浮かされたその言葉は愛だけを語り、その口調はあまりにも率直で官能に満ちていたので、看護係は本人がのちにはっきりと言ったように、それを聞いて顔を赤らめ、この恥知らずの娘の世話をほとんど拒絶したくなるくらいだった。愛のほかに、娘は愛するニコラに対する良心の呵責に苦しめられているように見えた。ごくたまに意識がはっきりしている瞬間に看護係に頼む。奥さまのところに降りていって、ニコラが赦されるように、ニコラが主人の金庫から盗んだお金と引き換えに、自分、ジネーヴラが貯えのすべてを差し出すと伝えてください。あるいは前言を翻し、自分は嘘をついたと断言する。あの人はなんの罪も犯していない。自分自身もあの人のことについては、正直な男であること以外なにも知らない。ニコラが自分を誘惑したことも、ふたりのあいだに関係があったことも真実ではないからだ。他の人がいる前でなければ、ニコラには近づけなかった。自分がニコラからばかにされているのを見てむかっ腹を立て、あの人を中傷した。別のときには悲しそうな目をしてつきそいの娘に慈悲を乞い、もはや自分に希望はない、死を望んでいるから、薬のかわりに毒をくれと頼んだ。看護係はこの問題について、たしかに、と指摘した。あなたはいまでは地獄に堕ちるとわかっているのだから、他の罪にこの新しい罪を加えるのに、なんの遠慮もいらないでしょう。でも、まっとうなキリスト教徒の人間を犯罪の共謀者にしたがるなんて、なんて破廉恥な!

手短に言えば、こういった合間合間に病人にふたたびともった理性の光は、悔い改めではなく絶望だけを病人に指し示し、まもなく完全に消え去って、もはやいかなる救済の手段もなしで娘を闇のなかに見捨てていった。

娘を二日前から消耗させていた激しい熱は頭にまで達

し、娘は激痛のなかで心神喪失者のように、もはやその罪の悔い改めをすることも、あるいは人間的な思いを胸に抱くことさえもできずに息絶えた。

こうしてジネーヴラのアヴァンテュールは終わりを告げた。いずれにせよ、ニコラに対する娘の不完全でごちゃごちゃの告発に危機感を抱いた女主人は、娘が夜中に訪れた翌日、自分、コンチェッタ奥さまよりも実務の問題に通じている親類数名に相談をもちかけた。ニコラは、管理人としての行動全般を報告するために呼び出された。勘定元帳、帳簿、受領証が調べられ、すべてが信頼のできる腹心の法律家の審査にかけられた。こうして、かなり重要な欠損が見つかり、ニコラ・モナコはそれについて明瞭な申し開きができなかった。帳簿、とくにこの数年間の帳簿の記載は詐欺的とも言えるほどめちゃくちゃで、捏造された数字や署名まである。非難に対してニコラは大げさな軽蔑で応えた。自分の胸をぽんぽんと拳でたたき、このような侮辱が紳士のわが胸を打ったことは一度もない、清廉このうえなきわが人生と十五年間にわたる忠実な奉仕にふさわしい報酬はこれではないと主張。あらゆる証拠に立ち向かい、そのうえ公言していた無神論に矛盾しながら、みずからの揺るぎなき清廉潔白を証言するよう神に呼びかけ、もし自分が嘘をついているのなら、担保と人質として自分の女房の命と子どもたちの無垢の頭を差し出そうと申し出た。けれどももちろん、その抗議にもかかわらず、結局は真実がニコラに勝ちをおさめた。

ニコラはいつもの習慣どおり、自分のカードを取り分の少ない博打に賭けていた。不法に得た利益の総額はかなりの金額にのぼったけれど、それはさまざまな少額の横領の総計で、ニコラはそれを、自分の楽しみのために次から次へと浪費した。横領を隠しておくことを考えて、まさに少額にとどめておいたのだ。したがって、この男はすべてを危険にさらして、ちょっとした郷愁以外の戦利品を獲得することがなかった。

その犯罪はチェレンターノの財産に深刻な打撃をあたえるほどではなかったが、数年間の懲役には充分にあたいした。コンチェッタは最初から、受けた損害、傷つけられた信頼に報復し、完全なる正義を達成するためにニコラを告発する気になっていた。親類たちもコンチェッタにそう勧めた。けれども、まさにちょうどこのころ、ジネーヴラを納めた柩が家を出ていき、奥さまは突然の嫌悪感と、罪人《つみびと》たちの苦々しい影を一刻も早く遠ざけたいという迷信的な気もちに圧倒された。そのうえに、生前、ニコラ・モナコを保護し、評価していた夫ルッジェーロの思い出にもいくらかの敬意をはらわねばならなかった。こういった理由から、ニコラを訴えるのは放棄し、屈辱をあたえて首にすることで満足した。もちろん、その過去の勤務に対するなんらかのお手当の話が出ることなどはなかった。

これこそまさにニコラが例の脅迫を試みるべき時だった。しかし、テオドーロとの共同の訴訟もまた、すでに露と消えていたのだ。

ニコラの身辺調査は、所有地についての異議申し立てというその創意に富む計画も明るみに出していた。そこでチェレンターノ家腹心の法律家が、その無分別な要求の真意を尋ねるためにテオドーロ宅を訪れた。けれどもテオドーロの病身を知っていたので、まずその話をチェジーラにした。すでにお話ししたように、チェジーラはこの件についてなにひとつ知らず、夫が不心得者の使用人と結託して、実の妹に対し正当な根拠のない訴訟を起こそうとしていると知って大いに恥じ入り、また腹を立てた。この訴訟でテオドーロが手に入れるのは、結局のところ訴訟費用の支払、おそらくはその結果としての新たな破産と差し押さえだけだろう。法律家はテオドーロ・マッシーアの要求がいかに考えなしであるかを証明する証拠書類を持参していた。しかし、この人は、敵対者と思っていた者たちを説得するのにたいした苦労はしなくてすんだ。チェジーラは打算や好奇心からというよりは夫に対する怒りで燃え立つ目を、熱に浮かされたように書類に走らせた。その証拠を見るまでもなく、夫が間違っていることを確信していた。なんとか抑えこんだ怒りでぴりぴりしながら、チェジーラは法律家を連れてテオドーロの寝室にはいり、病人は妻の震える唇から、ニコラが自分をもてあそんだ盗人であり、自分の遅まきの要求が酔っぱらいの夢であったことを知ったのだ。あなた、テオドーロはさらにもう一度、妻と娘とを最低限の生活に追いこむために陰謀を企てたのよ、とチェジーラはこう言いながら、法律家が持参した書類の主要部分を、告発者の指先で夫に指し示し、辛辣で勝ち誇った笑い声をあげて書類の証明力を説明した。法律家のほうがこの予期せぬ協力者の熱意に歯止めをかけなければならないほどだった。実のところ、敵と推定されていた者のかわりに法律家の前にいたのは、幽霊か操り人形のような形のなかに、かろうじて生者の姿を見分けられるだけの人物。そしてその人物は、茫然として黙ったまま、非難の言葉を浴び続けていた。その場面に立ち会っていたのは、およそ十三歳ぐらいの少女。この朝の時間、その黒髪はまだ櫛も入れておらず編まれてもいなくて、夜の野性の乱れをとどめる。少女は擦りきれたソファベッドにすわり、口を閉じていたけれど、嵐の灰色をしたその眼は注意深く、そしてとがめに満ちて、母親と闖入者《ちんにゅうしゃ》とに注がれていた。法律家はここで礼儀から自分の義務、すなわちチェレンターノの利益の擁護を引き合いに出して、訪問の釈明をしようとした。この話を、おそらくテオドーロは新たなる非難と受けとったのかもしれない。頭を片方に傾け、顔面蒼白になって、老人特有のすすり泣きを始め、つぶやいた。「いや、ちがう。ちがう。妹の破産なんて望んではいない……望んでない……妹を破産させるなんて……」

するとと少女は椅子から立ちあがり、自分の産んだ仔たちを守るために檻を横切る若い野生動物の慎重な足どりで、父親に近づいた。見知らぬ男に脅えてはいたけれど、横目で男を見た。その灰色の虹彩が怒りで色を変えた。それから病人のほうに向いたとき、瞳はふたたび色を変えたように見え、物憂げになり、憐れみをたたえていた。少女は低い声で叱るように父に言った。「なぜ泣くの?」おそらくは父親の身体をなでてやりたかったのだろうけれど、母親と見知らぬ男の存在が少女を落ち着かない気分にさせたために、肘を肘かけにのせて、椅子のそばでじっとしていた。

この美しい顔に激しい怒りを目覚めさせたことに当惑して、訪問者は会見の結論を急いだ。テオドーロは法律家が前もって用意してきた書類に、異議を申し立てることなく署名をした。その書類のなかで、テオドーロ・マッシーア本人が、チェレンターノ家に対してはなんの要求もないことを明確にし、断言していた。そのあと、法律家は自分のたやすい勝利の証拠をコンチェッタに届けるために、いとまを乞うた。チェジーラが法律家を出口まで送った。その火花を発する目は言っていた。〈さあ、あたしがお宅のお金をどう考えているのか、あなたにはわかったでしょう、ご主人さまにそれを伝えなさい〉チェジーラはこの機会に、自分の振舞について義妹に報告がいくことをほんとうに願っていた。義妹もついに認めざるをえないだろう。たとえ元女教師でも、自分と同じように立派な貴婦人になりえることを。

みじめに終わったテオドーロの試みがあげた効果はた

だひとつ、兄に対するコンチェッタの敵意をいっそう激しく燃え立たせただけだった。この不届き者が、醜聞まみれの人生のあと、女教師に生ませた娘のために、エドアルドが将来手にする財産の一部を奪おうとしたことは、コンチェッタの目には赦しがたき罪と映った。腹心の男から、マッシーア側がすべての要求を放棄したと聞いたとき、この不都合な親類をめぐるほかのいかなる話をも回避するために、この女は冷たく厳しい沈黙に閉じこもった。コンチェッタは福者たちが地獄の亡者たちを無視するのと同じやり方で、地獄に堕ちた魂たち、その名前さえも無視したい魂たちのあいだに、兄を永久に追いやった。

ニコラ・モナコはマッシーア家の人びとの前に二度と姿を現さなかった。おそらくはチェジーラからあまり温かな歓迎は受けないことを見抜いていたからだろう。堂々と胸を張り、告発者たちのはかない勝利のなかで、みずからの清廉潔白の意識を胸のうちに保ち続ける男が見せる尊大な態度で、チェレンターノ家を永遠にあとにした。ジネーヴラについては、この娘のことをほのめかすのに、あのスパイ、あるいはあのばか以外の呼び名は使わなかった。これがジネーヴラが愛人から贈られた告別の辞のすべてである。

解雇後のニコラが自分と家族を養うために、どんな種類の活動をしていたのか、私には正確なところはわからない。だが、いま語った出来事から何か月も隔てずして、ふたたび法律の手中に陥り、チェレンターノ家からは見のがしてもらった監獄行きを、今回は避けられなかったことはわかっている。四十歳をわずかに過ぎたところで、チフスのため獄死した。けれども、このあと見るように、私の物語のなかでニコラの出番はここでおしまいというわけではない。

私がいまだ知らずにいる運命は、ニコラの女房パスクッチャ・モナコのそれである。おそらくは、夫の死後は娘たちとともに、もっとも卑賤な商売で糧を得たのだろう。男の子たち（まだ乳飲み子だった末っ子はのぞく。この子の消息は不明。おそらく夭逝したのだろう）は、肌身離さず身につけている聖画に守られ、稼ぎを求めて街中を走りまわった。稼ぎを手に入れるために、あるときは施しを乞い、あるときは旅行者の荷物を運んだり、あるいは道案内を申し出たり。実際に、ときおり街の通りを、胸を張った優雅な観光客が小さな乞食に先導されていく姿が見受けられた。乞食はご立派な旅行鞄を背中に担ぎ、身体をふたつに折って、ポーターと伝令の任務を同時に遂行する。荷物の重さにもかかわらず、そのふたつの小さな足がほこりのなかをたがいに追いかけっこをする速さから、そしてかん高く響くトランペットの音にも似て、旅館のロビーで「外国からのお客さま、ごあんなーい」と告げる声から判断すると、このふたつの任務のどちらにも一心不乱、同じ熱意をこめている。

　別のときには、街をぶらぶらと散歩する旅行者の横で、同じような小さな乞食が歩調を合わせていく姿が見受けられた。旅行者が記念碑の前で立ち止まると、乞食も偉そうなようすで両脚を開いて立ち止まり、尋ねられもしないのに、旅行者がじっくりと見ている記念碑について、口から出まかせの嘘八百をとうとうとまくし立てる。しばしば外国人は警戒の、あるいは辟易の視線を投げかけて言ったものだ。「ありがとう。おちびくん。もうあっちにいきなさい。ガイドは必要ないよ」そんな場合、少年は声の調子を少しずつ落としていき、最後に慎ましく尋ねる。「だんなさま、一ソルド、お恵みをいただけませんか?」そして硬貨を受けとると満足し、必ず「お手に口づけをいたします[*1]」と言って去っていく。

　いま描いたふたりの小さな乞食をじっくり見ようとして身をかがめる者は、貧しさにもかかわらず、強靭な血と太陽の光に糧をあたえられたまん丸の顔を見いだすだろう。果物にも似たこの顔のなかで、生気に満ちた輝く瞳と機略縦横の楽しげな微笑がこちらの心を陽気に照らす。ふたりの小さな人物の態度について言えば、その無遠慮さのなかには、どこか傲慢であると同時に人におもねるところがあった。このような要素が生来の無邪気と混ざりあって滑稽な和音を響かせる。通りの角でパンと西瓜《すいか》を食べる前には、母親の教えにしたがって十字を切り、最後に指先にキスをした。それでも、このしぐさはふたりが魂の奥底では泥棒であり、ぺてん師であることを妨げなかった。賢明な観察者なら、ふたりのなかにニコラ・モナコの正統な後継者を認めうるだろう。

　私はふたりのあとをついていきたくなる。戦利品をめぐってつかみあいのけんかになるけれど、警官の姿を見たとたんにふたたび共謀者となるところを見るために。あるいはお大尽たちに一杯食わせようと、即興でひねり出す作り話を聞くために。あるいは〈大切なすてきなお祭り、降誕祭おめでとう。わたしたちの主がお生まれになりました。貧しき飼葉桶のなかで〉とうたう哀愁に満ちたかわいらしい声を聞くために。私はそうしたい思いにかられるけれど、でもここでふたりに別れを告げなければならない。この子たちが私の話に登場するのはこれが最後。私をこの人びとに結びつける秘密のきずなにもかかわらず、ニコラ・モナコの法律上の家族について、私の思い出のなかにはこの子どもの幽霊たち、そのはかなく未熟な幸福のことのほかはなにも残っていない。

＊1　シチリア独特の挨拶の言葉で、敬意を表す。現在はシチリア・マフィアが使う表現として知られる。

6　感傷的なある貴顕紳士の最期。雌鶏のアルミーダ。

前章で述べたチェレンターノ家使者の訪問からおよそ一か月が経過したとき、テオドーロが急死した。ある夜、明け方近く、チェジーラは不安に襲われて目を覚ました。夢うつつのなかで、病人とアンナが眠る隣室から声と物音が聞こえたような気がした。そこで起きあがり、ふたりの寝室にはいった。一本の蠟燭がナイトテーブルにともされ、いまにも燃えつきようとしている。テオドーロのベッドわきの椅子に、寝間着の上にジャケットをはおったアンナが腰をおろし、まどろんでいるように見えた。はだしの足をぴたりと合わせ、椅子の横木にのせている。すべてが動かず静かで、チェジーラが耳にした物音はもちろんその懊悩する想像力の産物だった。だが開く扉に向けられたアンナの目のなかに、チェジーラは見たことのない異様な輝きを認めた。その瞳は、ほとんど目の見えない人の瞳のようにじっと動かない。「どうして寝ていないの?」とチェジーラは大きな声で尋ねた。すると娘は椅子からぴょんと立ちあがり、神経質な身ぶりで黙れと合図した。寒さで青ざめているように見え（夜はかなり冷えこんでいた）、ぞくぞくとおののき、唇を子どもっぽく震わせる。「パパが……」と言い、ガラスのように硬化して見える目から、突然、堰を切ったように涙があふれだした。床にうずくまり、すすり泣きを始める。チェジーラはベッドに横たわる夫に近づき、恐怖の叫びをあげた。

テオドーロは一時間以上前に息を引きとっていた。おそらく四時半ごろ、低い声であえぎあえぎアンナを呼んで起こしたあとすぐに。アンナを起こすのはこれが初めてではない。実のところ、最近では、アンナが逃げてしまった、あるいは殺されてしまった夢を見て、はっと目を覚まし、不安そうに探すことがよくあった。アンナはいつものようにすぐに起きあがり、蠟燭に火をともした。病人はあおむけのまま、娘を目で探したけれど、でもその姿は見えなかった。「アンナ、アンナ」と繰り返す。少女が近づくと、急いで続けた。「苦しい。いかないで。あの人を呼ぶんじゃない」そこでアンナは、父親がチェジーラがここにくることを恐れているのだと理解した。

「アンナ、そこにいるの?」テオドーロはちょっと間をおいたあと、尋ねた。アンナはささやいた。「ええ、ここにいっしょにいる。恐がらないで。だれも呼ばないから」テオドーロはもう一度、きょろきょろと視線を宙にさまよわせてアンナを探し(アンナがそばにいて、身体をさすってやっていたにもかかわらず)、何度も言った。「どこにいる? 見えない」それから、アンナがほんとうはいないほうに視線を動かして、言った。「ああ、そこにいたのか。ふたりだけだよね。だれも呼ばないで……アンナが見える……」けれど、私たちが不安な夢から目覚めるときしばしばするように、四肢を軽く震わせて言葉を切ると、じっと動かず静かになった。

父親が不安で目覚めたとき、その心を鎮めるためにいつもするように、手のひらで父の額をさすっていたアンナは小さな手をそっとそっと放していった。放しながら父をじっと見つめ始め、その視線は一瞬のうちに野性の視線になり、そして知った。乾いた音のない嗚咽がアンナの内側を走り抜け、その身体をぴくんぴくんと揺らした。けれどもアンナは叫びをこらえた。そしてだれも呼ばなかった。それが父親との約束だったからだ。父親のベッドのそばで、寝室によどむ氷のような冷気にもかかわらず、身体をおおいもせずに自分の椅子に身を縮め、一時間以上も口を閉じてすわっていた。自分のごく小さな動き、足を床につけること、あるいは毛布をとることさえもが警鐘のように家中に響き渡り、父親と自分自身を暴き出してしまうのを恐れた。凍え、一種の明晰な茫然自失のなかで、ベッドの掛布団を執拗に見つめ続ける。布団の上には、父親の手、かつて小さな花束をベルトにはさんでくれたあの小さな美しい手がぽんと放り出されていた(ぼんやりとした直感がアンナに、お父さんは顔を見られるのが恥ずかしいだろうと教えていた)。そして、死の静寂のなかで、ふたりの共謀関係は風を孕んで膨らむ帆のように大きくなっていくように思われた。

アンナは勇敢な子で、幽霊たちが恐くはない。そして生前、病気が加えた屈辱にもかかわらず、父親の肉体がアンナに嫌悪感ではなく、愛情と尊敬とを吹きこんだように、いまこの子にとってこの遺骸は残りの全世界のなにものよりも親しく、愛しいものだった。蠟燭がゆっくりと溶けるのをうかがいながら、アンナは明日になれば、いまのこの時間をうらやむであろうことを予感し、別離前夜の恋人たちのように夜が永遠に続くことを願った。自分たちの夜の部屋に封印をされて、ふたりだけでとどまっているかぎり、この骸《むくろ》はまだ自分の父親、ふたりはおたがいのもの、父親のほんとうの死はまだ始まっていない。やきもち焼きのアンナには、そんなふうに思われた。時計が十五分を打つたびに、先触れの苦悶がその心を揺り動かした。ところが、チェジーラがはいってきて、ふたりの秘密のなかにいる父と娘をとりおさえたとき、アンナは死の魔法を運ぶ非道の妖精がはいってきたのを見たように思った。これまでこの子を支えてきた思い、まだ父に仕えているのだという愛情のこもった優しいうぬぼれが、アンナのなかで崩壊した。決定的な冒瀆の確信、差し迫った、そして避けがたい必要性がその幼い心を締めつけ、同時に侵入者に対する厳しく、獰猛な思いがアンナを支配した。チェジーラが両手でアンナにしがみつき、ヒステリックに泣きながら、「アンナ！　アンナ！」と繰り返していたので、アンナは嫌悪感に満ちてその手を引きはがした。〈この女はなんで泣いているの？〉と、自分に言った。〈なんの権利があって、泣いているの？〉そして、この迷惑な証人の目の前で自分自身の悲しみを見せてしまったことが恥ずかしく、すすり泣きをぱっとやめ、うずくまっていた床から身を起こすと、厳しく、嫉妬深い目つきでチェジーラをちらっと見た。「なんではいってきた？　なにをしにきた？」と、いまだに涙で唇を幼げに歪めながら小声で言った。

「胸騒ぎがした……」チェジーラは口のなかでぶつぶつと言った。けれど、このとき、アンナの視線は初めて遺骸の顔に落ち、その刹那、枕もとでつきそっていたわずか一時間ちょっとのあいだに父親がこうむった残酷な侮辱に気づいた。ほんの一瞬前には、アンナは父親がいまだに人間的で感覚をもつなにかであるかのように、その死を嘆き悲しんでいた。父親を愛していなかった者、人が死者たちを扱うように、父をふたりの部屋から、そして家からすぐに追い出すであろう者の手にその身体を渡すという考えは、目の前で屠場に連れていかれる動物の光景のように、アンナを茫然とさせた。けれど、ちょっと前までは、この仰臥する形態《フォルム》にぴったりとはりついて、感情と記憶とでアンナに生気をあたえていた生前の父親の愛しいしぐさと言葉とが、このすばやい一瞥で、まるで鱗のようにぱっとはがれ落ちた。ベッドにいるのはもはやアンナの父親ではなく、哀れむべきかかし、無なのだから。亡きテオドーロが生前に戦いを挑んだ上流社会の慣習のなかには、宗教上のそれもあった。そして、チェジーラは、その地上の小さな偶像たちをのぞけば、無関心で忘れっぽい無神論のなかで生きてきたから、アンナは来世と神について話されるのをほとんど聞いたことがなく、こういったものごとには、他の子どもたちが薬として傷口に貼りつける蜘蛛の巣についてもつのと同じ認識をもっていた。つまりそれを毒にも薬にもならないどころか、有害で、誇り高き精神にはふさわしくない迷信、おばちゃんたちのおまじない扱いをした。死について言えば、死はこの夜、父親の変わり果てた顔のなかに、身体をもつ外観としてアンナの前に初めて姿を現した。そして天国の伝説を欠くこの屈辱的な変容は、アンナに人をばかにした窃盗、ふたりの部屋のなかで犯された暴力の感覚をあたえた。その暴力に対して父は娘の防御と復讐とを要求する。けれどもテオドーロはだれと争っているのか？　そして争っている相手をどこに探すべきなのか？　この心神を喪失したいかがわしい脱け殻（いまアンナはそれを嫌悪し、ほんの一瞬前までは、それを愛していたことを恥じている）は、もはやテオドーロではなく、だが死そのもの。いまや軽蔑にあたいし、嫌悪すべきものとなったふたりの部屋のなかで、テオドーロのかわりには、死というあの欺瞞のほか、もはや敵、チェジーラしかいない。アンナの錯乱した視線が母親に注がれた。チェジーラは顔面蒼白で、口をぽかんと開け、不吉な存在への迷信的な恐れに満たされて、涙を流しながら、ひっくひっくとしゃくりあげ、それは子どもたちの涙みたいにこの女を消耗させているように見えた。寝間着の上に冬のコートをはおり、ボタンのはずれた模造毛皮の襟の下、そのむきだしの胸の上で、細い鎖にさげて昼夜を問わずお守りのように身につけている金属のペンダントが、すすり泣きに合わせてきらめくのが見えた。アンナは、母親が夫とのけんかの最中に奇妙な祈りをつぶやきながら、そのペンダントを手のなかに握りしめるのを何度も見ていた。それは、本人が夫からやってくると言い張る悪運を投げ返すためだった。とげとげしく引きつったしかめ面が少女の唇を歪めた。「いまごろになって泣いているの」アンナは意地悪くささやいた。そして不敬に抗いながら、死に抗いながら、荒らされた部屋に、ぞっとするような骸に抗いながら、少しずつ声を高め、ついには自分でも自分の声とは思えない悲痛な叫び声で続けた。「もうお芝居はよして！　パパを憎んでた、パパが死ねばいいと思ってたくせに、いまは泣いてる。パパが生きているからといって、母さんが小声で文句を言うのを、なん千回となく聞いてきた。思い出しなさい。

コンチェッタ叔母さまのあの弁護士、あの呪われた嘘つきが帰ったあと、自分がなんと言ったのか。『希望に満ちた美しい若者が大勢死んでいく』って言ったわね。『なのに、あなた、他人の重荷にしかならないあなたは死なない！』重荷、ですって！　そのお守りを首からはずしなさい！　ああ、恥ずかしくないの。今夜、それをぶらさげているのが恥ずかしくないの。笑いなさい。お願い。泣くかわりに笑いなさい。そうすれば少なくとも母さんは正直だと信じてあげられる！　パパはあたしのものよ、あたしのもの！　母さんが殺して、あたしから奪ったのよ！」

「なにを、なにを言うの……」とチェジーラはつぶやいた。汗を流し、部屋のひとすみに引っこんで、まるでベッドに横たわる遺骸から、あるいはその枕もとの錯乱する小さなエリニュス*1から、巨大な幽霊が分かれ出てきて、自分のほうに進んでくるのを見ているように、すみからちらちらと視線を投げかけた。呵責も哀悼も、恐怖と自分自身への憐れみに押しつぶされたその心のなかに、居場所を見つけることはできない。両の手は血を抜かれたかのように、両わきに重く垂れさがっていた。もしアンナのかわりに、そばに憐れみ深い娘がいれば、まるで生きた蠍《さそり》のように自分を恐怖に陥れているこのお守りを首からはずしてもらい、一千もの痛みをあたえているヘアピンを頭から抜いてもらおうとしただろう（朝、カールができているように、夜は髪を鉄製のヘアピンに巻きつけるのが習慣だった）。

けれども同情を得られないのを確信しているから、頼みはしない。「なにを言うの、なにを……」まるで呼吸が足りないかのように息をはずませながら、ふたたび繰り返す。それから突然、ときたま雄鶏がうたい出すときにすることがあるように、思いがけないすばやい動きで、そのやつれた小さな頭が首の上に高く掲げられるのが見受けられた。「ああ、そんな口のきき方をして……」チェジーラは復讐と怯えの声で話し始めた。「おまえのなかには悪意しかない。いまこのときも、あのたぐいの言葉を口にするのを……恐れていない……尊重しない……いいだろう、おまえの母親がなんと答えるか聞くがいい。呪われるがいい。これがあたしの返事だ。そうとも、おまえを呪ってやる。呪ってやる……」そして、恐怖に取り憑かれたと同時に歓びで輝く狂気の微笑がその血の気のない顔を横切った。

真実を言えば、チェジーラがアンナを呪ったのはこれが初めてではなかったし、これが最後でもなかった（おそらくご記憶とは思うが、私自身、何年もあとになって、チェジーラおばあさんが自分の娘を呪うのを聞いた）。このことが、私たち小心者の観察者にとっては、その叫びの厳粛なこだまをちょっと和らげてくれる。そのあいだに蠟燭はすっかり燃えつき、葬送の部屋を夜明けの薄明のなかに残して消えてしまった。アンナが恐れた日、世界のなかでテオドーロ・マッシーアなしの人生が始まる日が、打ち負かしえぬペストのようにいま街路を満たし、家のなかに流れこんできた。

　夜のあいだは、遺骸を憎んでいるような気がしていたものの、それを金で雇われた女たち、あるいは思いやりのある女たちにまかせるのを拒み、自分の手で服を着せ、したくを整えたのはアンナだった（チェジーラには、アンナを手伝うだけの心の強ささえなかった）。こうしてアンナは最後の最後まで父親の忠実な守護者であり、一人前の女になってもなお父親を愛するのをやめることは決してなかった、と私は思う。けれども父親が埋葬された日から、私がアンナを知っていた最後の日まで、どのような嫉妬心からか、あるいは誇り高き秘密からか、アンナはいつも他の人たちと父親の話をすること、あるいはその名を口にすることさえも拒否した。私が子どものころ、テオドーロおじいさんの思い出話を聞いたのはほんの数回、いつもチェジーラおばあさんの口からだった。おばあさんはおじいさんの昔むかしの罪をまだ赦していなくて、自分の不幸をおじいさんのせいにした。

　迷信からくるチェジーラの異常は、テオドーロの死後、しばらく続き、チェジーラは娘に同じ部屋で寝るように頼んだ。不眠に苦しみ、まどろみのなかで、夫が生前、夜遅く帰宅したときのように、ドアの鍵のがしゃりという音か、廊下をゆっくりといく足音を聞いたような気がして、ときおりびくっと目を覚ました。ベッドに半身を起こし、小声で娘を呼び、「足音が聞こえない？」と尋ねる。けれどもアンナはぶっきらぼうに寝たほうがいいわよ、と言った。あの夜の物音は母さんの心のなかから生まれるのであって、家のなかにはだれもいない。〈ああ、ほんとうにどんなにいいだろう〉と少女は考えた。〈たとえ幽霊の姿であっても、お父さんがいまでもここ、あたしのそばで暮らしていてくれたなら。もしかしたら、そのうちお父さんと会って、まるで生きているみたいに

*1　ギリシャ神話の復讐の女神。

おしゃべりができるかもしれない。どんなに姿形が変わっていようとも、あたしには絶対にお父さんがわかる。なぜお父さんの魂を恐れる必要がある？　それはむかし、あたしの魂とひとつだったんですもの〉そのあいだにチェジーラは恐怖で震え、ベッドから起きあがって明かりをともす。乱れた髪を肩に垂らし（いまではカールを巻くのを忘れている）、ドアから顔を出し、目を大きく見開いて廊下の暗闇を探る。「ちょっと、いつになったら眠らせてくれるの？」アンナがベッドでいらだつ。するとチェジーラは布団の下にもどり、蠟燭はともしたままにしておく。それはこの女の貧しさを考えれば大きな無駄遣いを意味した。一瞬ののち、ふたたび眠りに落ちた娘の静かな寝息を聞きながら、チェジーラは脅えた子どもみたいに頭を布団の下に隠した。幽霊のような実在のない不安と同時に、自分自身への憐憫に気もちを乱され、静寂のなかで涙を流し、自分の人生が最初からいかに惨めだったのかを、苦い味わいとともに思い返す。チェジーラは三人姉妹の末っ子に生まれた。父親は小さな店を営む商人で、娘二人のあと、今度こそはと男の子を期待していて、この三人目の娘の誕生が告げられると、腹を立て、娘の顔を見るのを拒否し、ごみ箱に捨ててしまうと脅した。けれどもそのあとは末娘をかわいがるようになった。なによりもまず、意地悪で気むずかしい子に育ったにもかかわらず、三人娘のうちでいちばん美人に見えたからだ。そんな性格だったので、真実を言えば、チェジーラが他人の好意を引くことはほとんどなかった。商人の女房も、この高慢ちきの娘にしばしば腹を立て、誕生の日の父親の脅し文句を繰り返した。「ああ、言うことを聞いておけばよかったよ」と女房は言い足した。「こんな悪い娘《こ》に育つのを見るくらいなら、ごみ箱に捨てておけばよかった」一家は中庭で鶏を飼っていた。雛がかえると、この世のだれも愛さないチェジーラ嬢ちゃんが、どういうわけか一羽のひよこをかわいがるようになった。ひよこが育って若い雌鶏になっても、愛情を注ぎ続け、アルミーダと名前をつけて、あらゆる世話を焼いてやった。けれども雌鶏のアルミーダは、中庭のお仲間たちのだれとも違って、一度も卵を産まなかった。そのために一家のなかでは、アルミーダには魔法がかけられていると言われていた。そしてある晴れた日、チェジーラの涙にもかかわらず、アルミーダはお鍋に直行と決められた。チェジーラは食べるのを拒否し、このお気に入りを犠牲にしたことを決して赦さなかった。尊大でうぬぼれた娘に育ち、絶えず自分の美しさをひけらかし、姉たちにその欠点をあげつらい、たとえば〈鼻でか〉とか〈曲がり足〉とか、その肉体のぶかっこうなところを思わせるあだ名で呼ぶことまでした。姉たちが怒って妹を乱暴にぶつこともあった。けれどもチェジーラは爪と歯で抵抗し、また一方ではだんだんと大きくなる父親の偏愛をあてにもしていた。チェジーラが小さいころ、父親はもう老人で、小さくて完璧な美しさゆえに娘の悪しき性格を赦した。娘を〈お人形ちゃん〉〈おちびちゃん〉と呼び、他の人たちなら腹を立てる意地悪な言葉を笑い、巧妙で機智に富むと考えた。姉たちが妹をいじめている現場を押さえれば、姉たちを殴った。そしてチェジーラを膝にのせ、涙をふいてやり、新しいチェンテージモ硬貨を一枚あたえる。するとチェジーラは自分の安全な避難場所で、泣きながら姉たちを罵り、いちばんよくできていて、いちばん失礼なあだ名を怒鳴る。それは姉たちをますます獣のようにし、父親をおもしろがらせ、父親はくすくす笑いながらチェジーラに言うのだった。「よしよし、さあさあ」父親は自分のいないあいだに犯されたアルミーダ虐殺を非難した。愛娘をどうやって慰めたらよいのかわからなかったので、どの商品にも一律に三十六チェンテージモの値がつけられているので〈三六《さんろく》均《きん》〉と呼ばれている雑貨店に出かけていった。その雑貨店で、父親は三十六チェンテージモきっかりで、ほとんど本物の雌鶏と同じくらいの大きさのぬいぐるみの雌鶏を買った。おまけにその雌鶏は、お腹のなかのばねのおかげで押すとしわがれた音を出す。「お父さんの背中になにがあるのかあててごらん。これはチェジーラのものだよ」買物のあと、父親は両手を背中にまわし、娘に言った。贈物をもらうのが大好きな娘がなんと言ったらよいのかわからずに、神経質に笑ったので、父親は娘の上に身をかがめ、小声で告げた。「アルミーダを連れて帰ってきてあげたよ」子どもはきょとんとしたけれども、それでもその目は輝いた。もしかしたらキリストのような復活を期待していたのかもしれない。ところがそのかわりに、このぶかっこうでばねじかけのアルミーダの模造品が目の前に登場したとき、チェジーラは口惜しさでわっと泣き出し、おもちゃを踏みつけて、地団駄を踏みながら叫んだ。「あたしをだまそうなんて思わないで！ あたしにわからないとでも思ったの！ これはアルミーダじゃない。にせものよ、布《きれ》よ、〈三六均〉で買ってきたんだ！」父親はがっかりして、この嫌われてしまった贈物で娘と仲なおりをしようと、そのいいところ、とくに声をほめそやした。けれどもチェジーラは自分の耳には悪ふざけとしか聞こえないこの慰めに腹を立て、地面を転げまわり、叫び、手足をばたばたさせ、招かれざる雌鶏を最悪の侮辱の言葉で罵り続けた。そのあいだに父親は地面から自分が購入した品を慎ましく拾いあげ、こんなにすてきな贈物がいったいどうしてこれほど嫌われるのかわからないという顔をした。そしてチェジーラに腹を立てた母親は、娘のことを「雌鶏のアルミーダみたいに魔法にかけられてる」と言った[1]。

父親はチェジーラを姉たちとは別扱いして、先生になるための勉強をさせたがった。姉たちは無学のままに育ったけれど、それでも慎ましい持参金があり、ふたりとも結婚した。ひとりの相手は植字工。もうひとりは小間物屋。もちろんチェジーラはこのような平民との婚姻を拒否した。その一方で、姉たちとかなり年の離れていたチェジーラが適齢期を迎えたとき、その持参金はけむりとなって消えていた。父親が金もちになれると信じて、娘の婚資をある投機に投資して失敗したからだ。というわけでチェジーラはかなり早くに両親を失い、自分の免状のほかは世襲の財産をもたなかった。姉たちの厄介になるのはまっぴらご免。だいいち姉たちとは、そのつましい階級に対する軽蔑をあからさまに示して、仲違いをしていた。どちらもが夫といっしょに遠くの街に引っ越したので、もはや姉たちの運命など気にかけない。自分の猛々しい野心に加えて、自分の免状と自分の美貌と自分の辛辣な機智とで武装し、こうしてチェジーラはたったひとりで世界征服の準備を整えた。

こういった過去のすべてを、チェジーラは夜の涙を呑みこみながら思い返していた。そして不幸な人生の登場人物すべてを非難した。あれほど貧しくて、チェジーラを産む資格もなく、そのあとはまるでそれだけでは足りないかのように、娘のわずかの婚資を浪費してしまった父と母。惨めな生活に満足し、妹の美貌をねたんで呪いをかけた姉たち。チェジーラをだまし、誘惑し、そして死んだあと、今度は亡霊やフリアイ[2]たちとともに自分を追ってくる夫。自分を残酷に扱うので、いまは恐れるべき存在となった娘。全員がチェジーラに対し罪があり、全員がチェジーラを容赦しなかった。そしてチェジーラは押し殺したすすり泣きの合間に、自分自身への同情に満たされて何千回となく失われた過去の場面を心のなかに想い描いた。チェジーラをごみのなかに捨てたがった父親。チェジーラを罰するために、火かき棒を手に追いかけてきた母親。ほとんど自分の目の前で虐殺された雌鶏のアルミーダ。それから自分の希望を思い出し、かつての自分の顔を、いま毎朝、鏡のなかに見る疲れ果て、しわの寄った顔と較べた。要するに、チェジーラはひとりの老女だった。そして、すべては失われた。自分の苦労と犠牲と没落と交換に、感謝や憐憫をあたえてくれる人はひとりもいない。「なぜ！ なぜ！」とチェジーラは繰り返す。そして、あまり大きな声ですすり泣いて、厳しいアンナの目を覚まさせることを恐れて、シーツの下で手を嚙む。家事で荒れてはいたものの、その手はまだ愛らしさをとどめていた。

けれどもこの瞬間、目の前に突然、慈悲深き人が現れ、その身体を抱きしめ、その涙に口づけをし、「愛しい、気の毒なチェジーラ」と言えば、この女は涙を呑みこみ、憐れみの愛撫を振りはらい、冷たく硬い表情を浮かべて身をこわばらせ、自分のなかに閉じこもったにちがいない、と私はそう確信する。

＊1 「アルミーダ」はトルクアート・タッソの叙事詩『解放されたエルサレム』に登場するサラセン人の魔女の名前。
＊2 ローマ神話で復讐をつかさどる三姉妹の女神。

7　商人の娘、恥を忍ぶ。一瞬、「いとこ」の声が聞こえる。

実際には、チェジーラは自分を邪険に扱う者をそれほど嫌わなかった。アンナ、母親の発作の前で、残酷な若者たちがときに大人の憂鬱に対して見せる冷淡な迷惑顔をするだけのアンナを相手にして、チェジーラは従順で素直に振舞った。死せるテオドーロの前でのけんかのことは、母も娘も二度と口にしなかった。けれどもおそらくチェジーラは娘のなかにいつも、あの夜の告発者と裁判官の姿を見ていたのだろう。そのことが、いま現在の苦悶のなかで、この女をアンナに服従させた。アンナはすでに背の高さでは母親をはるかに追い抜いていた。ときどき眠りの無頓着のなかで、その若い四肢があらわになり、生まれつつあるその美しさは、たとえ裸でも、淫らには見えないたぐいの美しさだった。かつて自分の優美を形作っていた女らしいか弱さとは正反対のこの荒々しい美はチェジーラに称讃と敬意とをもたせた。娘の前で服を脱いだり着たりするとき、チェジーラは臆病な羞恥心に取り憑かれ、娘の目から自分のしなびた四肢を隠そうとした。その身体は痩せすぎて、寝間着から出たむきだしの腕は幼い少女のそれのように細く弱々しく見えた。けれども、そのか弱さは以前のように優美ではなく、むしろただ侘びしいだけ。その顔は縮んだように見え、背中はすでに曲がっていた。朝、髪をくしけずりながら、髪が束になって抜け落ちるのを、そしてすでに灰色をしているのを見て、チェジーラは心に刺すような痛みを覚えた。

急いで家事をすませるとき、チェジーラは家のなかを風に吹かれてぴょんぴょんと飛びうつる小さな炎みたいに走りまわった。アンナには奴隷のように世話を焼く。家庭教師に出かける前に、アンナが怠惰にぐずぐずしているベッドまで朝食を運んだ。正午に帰宅すると、ふたり分の食事を料理した。ある日、息を切らし、顔をまっ赤にして、狂ったように笑いながらはいってきて、男にあとをつけられたと言った。背が高く、エレガントに装った男だったと説明したけれど、この瞬間、娘の目に疑いを帯びた軽蔑を読みとったような気がしたので、つけ加えた。「きっとひったくりをするつもりだったのよ」

育ったのを見ていらだち、「美人だからと言って」と言った。「世界が思いのままになるとは思いなさんな。あたしはもっときれいだった」と破れかぶれの見栄を張って嘘をつく。「あたしがどうなったか見るがいい」

だいいちチェジーラはあらゆる人のなかに欠点を見つけ出した。だれもが醜く、意地悪で、偶然、出会った顔がこの女には狂った、あるいは悪意のしかめ面に見えた。みんながチェジーラを避け、チェジーラはみんなを避けた。けれども自分自身への愛憎ゆえに、自分の苦悩をほとんどおいしく味わい、むしゃむしゃと食べた。

もちろんその健康はこれほどの異常によって損なわれた。失神とめまいに苦しみ、家庭教師の一部を断念しなければならなかった。他の生徒たちは、もはやかつてのように熱心ではない気まぐれな先生に失望し、チェジーラを捨て去った。そのために母と娘は金銭的に大きな苦境に立たされることになった。そこで、ある晴れた日、チェジーラは衝動的に例の英雄的な決心のひとつをして、チェレンターノの叔母さまのところにいくから、身じたくをするようにとアンナに言った。

叔母訪問という考えはアンナの気に入らなかったどころか、むしろこの子を天にも昇る心地にさせた。母親の正確な目的は知らなかった（母親はアンナにぼんやり理解させた。テオドーロが未解決のまま残していったある問題について、叔母さんと話し合わなければならないのだ、と）。まだ子どもだったから、二家族間の不和の真の理由さえ知らない。一方、チェジーラのほうは、もしかしたら、テオドーロの妹の前にひざまずくことで、夫の恨みがましい亡霊を鎮められると信じたのかもしれない。

邸宅に足を踏み入れると、チェジーラはすっかり青ざめて、謀反人の口調で義妹との面会を求めた。待つように言われ、アンナは胸をどきどきさせながら、これほどの富を目にして、一種の恭しい恐怖に圧倒され、エドアルドの姿がいまにも現れるのを心待ちにした。ようやく一枚のカーテンが引かれ、伝言をもたされた同じ召使が、奥さまはお目にかかれませんと告げた。それを聞くと、チェジーラは神経質な微笑を浮かべ、震える手でバッグから封をした手紙を取り出し、召使にこれをすぐにチェレンターノの奥さまに渡してください、と頼んだ。召使は一瞬、とまどったが、結局は新たな伝言を受けとり、姿を消した。

まさしく会ってもらえない場合に備えて、チェジーラが用意してきたこの手紙には、衝撃的な、そして絶望の口調で、チェジーラ本人とアンナがおかれた状況が描き出されていた。不吉な星に迫害された母親と、いまだ人生の戸口に立つ少女が、通りに追い出されて、ひと切れのパンを乞うはめになる危険にさらされていると書いてあった。マッシーアの名をもつ父親の幽霊のことがそれとなく触れられていた。父親は、みずからの名を継ぐ者が物乞いをしながら世界をさまようのを見て、おぞましさに震えるにちがいない。ラザロと金もちエプローネ[*1]が引用され、これはキリスト教徒の戒律に訴えるというよりはむしろ、信心深い義妹に恐怖心を抱かせるのが目的だったというのがほんとうのように思われる。最後には、縁は切られてはいるものの、ふたりの親族関係の名において、コンチェッタの敬虔なる慈悲の名において、金銭的な支援が求められていた。全編これ聖書の「詩篇」の文体で書かれ、その下を卑屈で巧妙な偽善が蛇のようにうねうねとはい進み、この作文のなかで、創意あふれる効果の追求に、目的に最適な手段の狡知に長けた使用とへつらいとが結びつけられていた。誇り高きチェジーラはこの荘重な調子によって、みずからの降伏文書を書き記したのだ。この数行を書いた震える細い手首には、いま隷属の鎖が巻かれていた。

アンナは手紙の内容を知らなかったが、空気のなかに、なにか自分ではわからない屈辱感を感じとった。「ここを出ましょう」と突然、ささやいた。「ばかじゃないの？」母はかつての威圧的な激しい口調で応じた。「ここでおまえの人生が決まるのよ」アンナはわからないままに従ったけれど、突然、自分自身の人生が憎くなった。

手紙を預けたあと、長い待機の時間があり、そのあいだに近くの部屋から、ピアノの音に合わせて、どちらかというとへたくそな娘の歌声が聞こえてきた。歌はすすり泣きのように思えた音でいきなり終わりを告げたけれども、そのあと、それはすすり泣きではなく、笑い声だとわかった。この女の笑い声に、もうひとつ別のよく通る笑い声、少年の、でもすでにちょっと男っぽい耳ざわりな声が混ざっていた。さっきうたっていた声が、叱るような口調で言った。「エドアルド、もう、エドアルド

*1 「ルカによる福音書」16・19－31。貧しいラザロは死後、天国に迎えられ、金もちは陰府で苦しむ。「子よ、思い出してみるがよい。お前は生きている間に良いものをもらっていたが、ラザロは反対に悪いものをもらっていた。今は、ここで彼は慰められ、お前はもだえ苦しむのだ」なお「エプローネ」は「利己主義的な金もち・大食漢」を表す名詞だが、「ルカによる福音書」に登場する金もちをこの名で呼ぶことが多い。

ったら！」この名前を聞いて、アンナはびくっとし、まっ赤になった。いま笑った声（それはもちろん、エドアルドの声以外ではありえない）が、陽気で気まぐれで、ほとんど抑制のきかないような話し方で話し始めた。なんと言っているのかはわからなかったけれど、すでに笑いのなかで聞いたように、話し声のなかにも思春期の耳ざわりな音色がふたたび聞きとれた。本来は甘美だけれども、まだよく調弦のされていないヴァイオリンのようなしわがれた音色。この奇妙な声はアンナに優しい同情の気もちを吹きこんだ。

アンナの心はあの未知の部屋へと勢いよく飛んでいった。けれどもまさにこの瞬間、ふたりが待つ玄関の間のカーテンが開き、見知らぬ紳士が緑色の封筒を手に姿を現した。それは、私たちが推測できるとおり、チェレンターノ家の実務管理におけるニコラ・モナコの後継者だった。アラブ人のような細い顔をして、黒い口ひげをたくわえている。紳士は、なにか秘密の知らせを伝える人のように、ふたりの女を連れて玄関の間のすみに引っこんだ。それから小声で話しながら、チェジーラに封筒を差し出し、おふたりにも簡単にご理解いただけるはずの理由から、奥さまはお会いになることはできませんと説明した。けれどもわたくしを通して、この封筒をお渡しになります。今後はおふたりのために、この封筒にはいっている住所に、毎月、これと同じものをお預けになる。このことはひとえにお嬢さま（アンナ）のことだけをご配慮になってお決めになった。奥さまはこの点をとくに強調されております。ただひとつの条件として、チェレンターノ奥さまとそのご一族とは、ふたりの女には、口頭、書面にかかわらず一切の関わりを慎むことが、今後、これ以上はっきりさせようがないほどはっきりと要求された。その存在さえも知らないふりをしなければならない。管理人自身がふたり宛の封筒を預ける役目を引き受け、そしてこれによって、問題には永久に片がつけられたと見なされる。

チェジーラは、この見知らぬ男の言葉に対して、唇に偽りの微笑を浮かべ、ほとんど殴打に差し出すかのように顔を勇敢に掲げた。そしてまさに殴打を受けたかのように、その頬のあちこちがぽつぽつと赤く染まった。男の手から封筒を受けとり、急いでバッグにしまう。それから慎ましやかでへつらいに満ちた声で、承知いたしました、奥さまに心の底から感謝申しあげます、と言った。母と見知らぬ男とのこの会話が、ついにアンナの目に、叔母宅訪問の真の目的を暴露した。血の色をした不吉な雲がアンナの上に降りてきて、黒い口ひげのあいだから小声で話すこの男のかしげた頭が悪魔の幻影に見えた。アンナはまっ青になり、その顔の筋肉がぴくぴくと引きつり始めた。その間に、見知らぬ紳士はふたりを玄関の間の戸口まで送り、ふたりを迎え入れたのと同じ召使が、面会を拒否されたこのみすぼらしいかっこうの女たちを、そこから出口まで冷ややかな態度で案内した。外に出ると、アンナはぱっと母のそばを離れ、家に向かって走り出した。血にまみれた絶壁に身を投げるような気がする。激しいすすり泣きのために、出会う者すべてが、歪み、ねじれたように見える。すでに大人の身体になり、その背丈には短くなった喪服姿の美少女を、通行人たちが啞然として眺めていた。少女は歯をくいしばり、自分の涙以外になんの記憶もなく、まるで乱暴にぶたれたかのように逃げていった。チェジーラが帰宅したとき、娘はベッドにあおむけになっていた。激しい怒りにまかせて脱ぎ捨てた靴と黒く染めた帽子が床にころがる。まるで自分自身の苦悩の襲撃に身を差し出すかのように、四肢をぴんと硬くのばし、爪を頰に立てながら、うめき続けた。「いや、いや、いや」……「ああ、なんてことしたの？」母がはいってくると、罵った。「恥を知りなさい、ああ、恥を！ なんてことしたの！」自分に恥をかかせた叔母に対して、アンナがなんの恨みも感じなかったのは奇妙である。叔母はチェレンターノ家の黄金のペディメントにもちあげられ、いつも変わらず、どんな叱責も届きえないように思われた。反対にその恨みと、どんどんと大きくなる軽蔑をかきたてたのは母であり、アンナはわが身を焼くこの恥辱に、母が腹黒く卑屈に服従するのを目にしたのだった。で、いとこエドアルドは……「ああ、絶対にお母さんを赦さない！」と、アンナは大声で叫んだ。

「あたしのなにを赦さないんだって」チェジーラはくくと笑い出しながら言い返した。「お腹をへらさなくてすむようにしてやったこと？ それであたしを赦さないって言うの？ 思いあがりの恥知らず！ 自分をなんだと思ってる？ これまで人が見たなかで、最悪の怠け者、無知で無学で、自分を養うのに充分なだけのどんな仕事もできなくて、人さまのお世話になるよりほかはなんの役にも立たない……髪もとかさず、一日中、ぐだぐだ過ごし、なんだか知らないけど、いつも夢みたいなことばっかり考えてる。で、今度は、あたしがおまえのためにもう一度、生活の糧を手に入れてやったからって、女王さま気どりかい。おまえのご立派なご親族さまたち、あたしは大嫌いだ。ああ、あたしの足に口づけをする価値もないやつら。あいつらの施しと交換で、あいつら全員、感謝のかわりにあたしの呪いを受けとるがいい！　そう、永遠に呪われるがいい！　きょう、ご機嫌をとるふりをしたのは、ただあたしの目的に利用するためだけ。もちろん、ほら、これ、あたしにはこの封筒を手に入れるのが大事だった。ひょっとしてこの封筒が嚙みつくとでもいうのかい！　あいつらなんて、どうでもいい！」ここでチェジーラは泣いているアンナにとっては侮辱にも等しい勝利のしぐさで、残酷な満足を味わいながら緑色の封筒をばたばたとはためかせた。それから窓のそばに近寄り、すでに傾きかけた陽の光のなかで封筒を破り、ちょっと視力の弱った目をすぼめて、いかにも商人の娘らしく、おどおどとけちくさい身ぶりで、わずかの紙幣を一心に数え始めた。

封筒にはいっていた金額は雀の涙ほどだったけれども、チェジーラとアンナのような貧しい女ふたりを、一か月間、養うのには充分だった。もちろんすべての出費に気を配り、最低限の必要に限っての話だけれど。だがチェジーラは大きな富にあれほど憧れてはいても、生まれつきの性格から細かく倹約することができた。

この金額といっしょに封筒のなかには、街のある事務所の住所だけが書きつけられた紙が一枚はいっていた。チェジーラは住所を手帖に書き写したあと、紙切れを紙ばさみにしまった。

いま、チェジーラは休息を求めた。両手が震え始め、震えを無理やり鎮めるために、両手を合わせて胸に押しあてた。

「ああ」この瞬間にアンナが叫んだ。「生まれてこなければよかった。貧しく生まれるくらいなら、生まれなければよかった！」

チェジーラは反逆者の娘を残して食堂に引っこみ、授業のときには書き物机にもなる食卓に腰をおろした。食卓をおおう油布はインクの染みだらけで、生徒たちのナイフで切り傷がついている。チェジーラは油布に両腕をのせ、これからは家庭教師の数を減らし、ときにはなにも考えずにベッドでぐずぐずしていられると思った。〈なんて疲れているんだろう〉と自分に繰り返した。〈なんて疲れているんだろう〉そして、自分自身の苦い疲労感のなかで、いまだに生者の外観はしていても、もはや現世の彼方にいる耄碌した老人や、生まれつき身体が不自由だったり、治療法のない病にかかって、いかなる地上の野心をもあきらめざるをえない人びとの運命を羨望し、憧れた。あるいは施療院に収容された者たち、あるいは物乞いをしながらさまよう者たち。こういう人たちには、だれもなにも要求しない。義務と羞恥心、あらゆる責任と未来への欲求から解放されている。絶望がその勝利。チェジーラは醜く、希望なく生まれればどんなによかっただろうかと考えた。たとえばある種の修道女たちの運命を切望した。無名で、乾ききって、青ざめて、修道院のなかで、もはや疑いにも選択にも譲歩することのない規律に服従し、いつも同じその生活を引きずっている修道女たち。チェジーラの頭にあったのは、修道女たちの人間を超えた確信ではなく、ただその影のような外観だけだった。〈ああ、影のように生きることができたら！〉と自分に繰り返した。そして、この夢想のなかで、幼い少女のように、不安げに泣き始めた。チェレンターノ家の玄関の間で、自分を辱めたあの黒ひげの人物がふたたび現れたとき、鋭いうめきが涙を中断させ、チェジーラはあの男を殺すことを切に望んだ。あの男だけではない。あの男といっしょにその主人たちも。そして誕生の日から今日《こんにち》に到るまで、自分、チェジーラに恥を忍ばせた者たちすべてを。その疲労はこの大虐殺のなかに休息を見いだせるように思えた。けれども現実には、哀れなチェジーラは、そのために血の気を失い、脅えることになるほどの執拗さをもって自分自身を殺しただけだった。他人に打撃をあたえられないだけではない。いまや他人たちのあいだにおかれ、病身の子どものように顔を手でおおい、殴打から身を守ろうとしていた。それでもこの防御の姿勢の下で、その歪み、悪意を含んだ視線は決して赦しはしないと言っていた。

約束に従って、チェジーラはこの日以降、コンチェッタ・チェレンターノから自分に宛てられた金額を、毎月、受けとることができた。自分でそれをとりにいき、アンナの側からこの話題に触れることはもはや二度となかった。たしかにアンナは、自分たちには他の手段がないことを理解した。そして時とともに、この憎むべき僥倖を受け容れることに慣れていった。アンナは怠惰と無知のなかで育ち、野性的で孤独を愛する気質を示した。けれどもその物腰は粗野にも物怖じするようにも見えず、反対に優雅と高慢に満ちていた。その物静かな顔は熱を帯びた夢みる眼差しと、すねたときに突き出されるちょっとふっくらとした唇とで、ふつう幼児期の終わりには失われてしまう、あの澄みきった無垢の表情を残し、そして、それはもはや少女ではなく、熟し切ってはいない繊細な女の身体とは対照をなしていた。私は、アンナが心のなかですでに、愛を空想していたと確信する。けれども恋する相手を、あるいは自分に恋をする相手を、だれひとり知らなかった。

一方、チェジーラは、一日また一日と、控え目で陰険な老年に向かって衰えていき、こうして少しずつ少しずつ、私がのちに知る定めにあったあの病んだ老女へと姿を変えていった。

第二部　いとこ関係

1　危険をはらんだ驚くべき偶発事件。

これまでお話ししてきたさまざまな出来事からおよそ三年ほどあと、いとこ関係にあるアンナとエドアルドのあいだで新たな出会いがあった。

アンナはいまでは満十七歳。奇妙な偶然がその通り道にいとこを立たせた。事態は次のような経過をたどって展開した。

とある二月の朝、街は雪の下で目を覚ました。この地方では、あまりにもめずらしい現象なので、一世紀が流れるあいだ雪が降るたびに、思い出に残すのにふさわしい日付として記録されるほどだった。生徒たちは雪遊びがしたくてしたくて、椅子の上でじっとしていなかったから、小学校では、大勢の先生が授業を休みにしなければならなかった。戸口から戸口へと、そして道ゆく人びとのあいだからも、口々に繰り返される声が聞こえてきた。「雪だよ！　雪だ！」いつもは無口な市民たちも、この凍りついた光とぶんぶんとこだまする自分たちの声の響きに酔いしれたよう。だれもがみな、一夜のうちに別の街に移り住んだのかと思った。建物と色彩とはほとんど見違えるほどで、そこから祝祭の気分が、けれども夢のなかで祝う祭りに似てはかなげに生まれ出てきたからだ。夢のなかのガラスの宮殿はいつも、いまにもひび割れそうに見える。お昼ごろまで寝床のなかでぐずぐずしているのが習慣の貴婦人の多くが、その朝は、好奇心と熱狂にあふれて早い時間に起きあがり、毛皮や鮮やかな色のショールに身をくるむと、バルコニーやテラスや屋上に群がって、花火大会を見物するみたいにぺちゃくちゃと陽気におしゃべりをしながら、双眼鏡で遠くを眺めた。シャーベットをつくろうと、カップに雪を集める人もいた。お金もちのお屋敷の門前では、守衛たちが箒とスコップで武装して、馬車のために道の雪をかく。ときおり御者とあれこれと意見を交わし、一方、この見知らぬ雰囲気に興奮した馬たちは、たてがみと尻尾をばたばたと振っていた。もちろん街の住人たちの経験不足のせいで、とくに正午近く、雪が溶け始めて道がぬかるんでくると、転倒者が続出した。

通行がもっとも危険な場所のひとつが、とてもよく知られた市場から街の中央に向かってくだる並木道だった。この坂のふもと、狭い空き地に面して、お菓子を食べさせるおしゃれな店が扉を開く。その朝、おふざけ好きの若者たちが待ち合わせたのはこの店だった。ここを選んだのは、すってんころりんを見物して楽しむのに絶好の場所だから。若者たちのお楽しみはなによりもまず、この並木道を通るのは、そして朝のこの時間に通るのは、大多数が買物籠をぶらさげて市場から帰る女たち、たいていが庶民の娘、お手伝いさんや主婦であるという事実に由来した。若者たちはお店のガラス窓にくっついて、並木道のてっぺんにご婦人が姿を現すたびに、ひとりひとりを好奇の目つきでじっと眺めた。かわいらしそうなお嬢さんがくると、順番でなかのひとりがこの娘《こ》は自分のものだと宣言する。宣言した若者は、雪の上で娘を言葉だけですってんと転ばせられるかどうか、仲間たちと賭けをする（仲間のほうは、賭けはするものの、でもこの若者のよき同盟者にとどまる）。お嬢さんが転べば助け起こす権利はこの若者のもの。運命の場所は坂道が終わり、菓子店の前の空き地が始まるところだ。勾配が急になっているために、半ば溶けた雪でぬかるんだ地面はこれ以上ないくらいにすべりやすくなっていた。仲間のひとりが選んだ娘が並木道を恐る恐るくだり、空き地の端までくると、若い友人同士の合唱に迎えられる。その合唱を、運命の騎士ひとりの声が、いちばん大きく、そして急きたてるように圧倒する。見物席の縁でじっとして、共謀者たちは言い始める。「転ぶほうに賭ける？　転ばないほう？」こんなふうに賭ける合間には、にやりと微笑みあったり、お嬢さんに甘い言葉を投げかけたり、転びそうな子にお助けしましょうかと申し出たり。お嬢さんはたいてい遠慮知らずの若者たちを見て見ないふり。ぷんぷんと怒るか、笑いそうになるのを必死にこらえるか。でも、これほどの賑やかな言葉の、これほどの視線の的になりながらバランスをとり続けるのは難しい。これでも三人の娘が、それぞれの称讃者の期待どおりに買物籠の中身もろとも地面に転がっていた。三回のどのときも運命の騎士は仲間の輪から抜け出て、自分の選んだ哀れなお嬢さんを助け起こしに駆けつけ、ありとあらゆる世話を焼く。お嬢さんは半ばべそをかき、半ば笑いながら、けれどもどこかを痛くすることもなく立ちあがり、騎士の手を借りて散らばった買物を集め、目をどちらに向けたらいいのかわからないままにふたたび歩き出す。こんな運まかせの遊びがこの小粋な若者たちの一団を楽しませた。仲間のひとりは自分が選んだ美女から助けと交換に、ほとんど愛ゆえの、と言えそうな微笑を受けとったと自慢した。もうひとりは、お嬢さんを助け起こすために、両腕でしっかりと抱きかかえた。三人目は、娘の耳もとで熱い称讃の言葉をささやいたので、困惑したお嬢さんは、立ちあがったかと思うと、また地面に倒れてしまった。でもほかのふたりはがっかりさせられた。ひとりは自分の犠牲者のそばに駆けつけ、腕を差し出したけれど無駄というもの。娘は怒ったように若者をはねつけ、自分ひとりで立ちあがり、怒りでまっ赤になって、胸にぐさっと突き刺さる重い言葉で若者を追いはらった。幻滅させられたもうひとりは、みずからに運命づけられた犠牲者を動揺させて転ばせようとしても骨折り損。娘はまるで若者たちなど目にはいらぬかのように、当の青年もその仲間たちも完全に無視した。そしてぬかるんだ地面の上でバランスをとり、綱渡りの芸人のように空き地を渡って姿を消した。

　集団のなかのひとり、みんなのなかでいちばん若くて、まだほとんどひげも生えていないような若者が、その優雅な美貌で一頭地を抜いていた。この青年こそ、まさにエドアルド・チェレンターノその人。見たところ、本日はご機嫌斜めのようす。そう、これまでのところ、仲間たちが称讃する美女のだれひとり気に入らなかったし、どの娘にも賭けていない。いま最後に話題にした綱渡りのお嬢さんはちょっと好みだったけれど、そんな気もちに気づくのが遅すぎて、そのときにはあの負けず嫌いの見知らぬ娘は曲がり角に姿を消していた。そこで今度はせっかくの機会を逃したことで、ちょっとがっかり。そのときようやく、ほら、並木道のてっぺんに好みのお嬢さんが姿を現し、エドアルドは急いで叫んだ。「あの娘《こ》はぼくのものだ！」娘は背が高く、赤いスカートと黒のジャケットを身につけ、やはり黒の帽子をかぶっている。この娘が自分のいとこであるとは、エドアルドのあずかり知らぬこと。まさしくそれがアンナだった。

　アンナの美貌はこの当時、最初の花を咲かせたところで、身なりはいささか投げやりに見えたものの、称讃を引き起こさずにはいなかった。髪を無造作に一本の太いおさげに編み、ありふれたヘアピンで適当にとめつけ、飾りのない帽子をなんの工夫もなく頭にのせていた。袖がちょっと短くなってしまったジャケットはボタンがひとつとれていて、片方の手袋は指先が破け、そこから凍えた細い指が顔を出す。アンナは並木道をまるで足もとそして笑いながら、手首にさげた小さなバッグを振った。それからいつもの奇妙な気分に流されるまま、わっと泣き出した。おそらくこの冒険譚はただの嘘だったのだろう。

またあるとき、アンナがお店めぐり（毎日の買物はこの子の仕事のひとつだった）の途中、街かどでばったり母親と出会ったことがある。母親は宿題の束を抱え、苦い微笑を浮かべて、ひっきりなしにひとりごとを言っていた。頭のなかにあることを声に出しながら、考えごとに没頭するあまり、スカートの裾をもちあげるのも忘れて、ほこりのなかを引きずり、アンナのすぐわきを通り過ぎても、その姿は目にはいらない。家でも、まるで身に受けた不公平な扱いと自分自身の悪しき運命とを見えない相手にぶちまけているかのように、ひとりごとを言うのもめずらしくはなかった。そのうえ、いつもの例の発作もいっそう激しくなった。自分自身に対する怒りの入り混じった憎しみにとらえられて、自分を痛めつけ、額と拳を壁に打ちつける。アンナは母親が自分の身体を傷つけないように、押さえていなければならない。「ああ、生まれなければよかった！」もがきながら繰り返す。「で、あなた」それから空中を見つめて叫ぶ。「なんであたしを見てるの、あたしにどうしろって言うの？」チェジーラは壁に寄りかかってじっと動かないテオドーロが見えると言い張った。テオドーロはその敵意を含んだ視線でチェジーラを呪縛にかけながら、この激しい不安のなかに投げこむのだ。別のときには、部屋のすみや家具の下に恐ろしげな犬が、あるいは蝙蝠《こうもり》が、あるいはぴょんぴょん跳ねる蝦蟇《がま》が見えると断言した。本人にもなんだかよくわからないけれど、自分を苦しめている悪霊たちを、こんなふうに動物の姿や幻影に具体化する。そんなとき、アンナは母親が正気を失ったと考えた。けれどもそれは反対に、いまだに希望と欲望と闘い、あきらめを拒否している魂の究極の、そして虚構の反乱だった。これはさらに何年か続き、そのあとチェジーラは早すぎる老いのなかに苦い平安を見いだした。

アンナに服従したにもかかわらず、娘にちくちくと意地悪を言うのをこらえることはなかった。アンナの美貌に対するチェジーラの称讃すら、少なくとも最初のころはねたみが混ざっていた。その悪意がアンナのなかの欠陥や欠点を見つけ出す。「痩せすぎだよ」と娘に言った。「顔色が青すぎる」あるいは「美人だけれど、男好きはしないね……」。ときには娘がこれほど誇り高く傲慢にの悪い道など自分とは関係がないというかのように、尊大で物憂げな足どりで無頓着にくだってきた。擦りきれた紐を急いで結んだ泥だらけの黒い靴のなかで、その小さな足は規則正しく落ち着いた足どりで歩を進め、一方、その暗く柔らかな瞳はだれかにちらりと視線を投げかけようともせずに、人知れぬ内面の誇りに満ちた輝きを追い、ぽっちゃりとした唇をまだ幼い少女のやり方でとがらせていた。膨れあがった大きな買物袋を腕にさげ、穴の開いた手袋をはめた小さな手に使い古しの財布を握りしめ、もう一方の手は身体に沿ってだらりと垂らし、ほとんど腕のことは忘れたかのように怠惰に揺らしている。その身のこなしに色気はまったくなかった。そして、この子は男好きはしないと言ったとき、おそらく母親は間違ってはいなかった。

　空き地のへりまできたとき、若者たちの集団からの騒々しい笑い声がアンナを迎えた。けれどもアンナはいつもの習慣どおり誇り高く、簡単には打ち解けず、そちらには目もくれない。心はここにあらず、気づきもせず、と同時に自分には大いなる自信がある。このとおり、アンナは難しい獲物に見えた。それがエドアルドの熱意に火をつけた。アンナが泥水のたまった小さな水たまりを越そうと片足をあげたとき、甘い声がその耳に届いた。声は言っていた。「ああ、かわいそうに！　転ぶよ……やあ、気の毒に！　さあ、転ぶぞ！」

　もちろんアンナはこの声を聞き分けなかった。その声を聞いてから、もう三年がたつうえに、あれ以来、青春の変容は完遂され、声は響きがよく男性的になっていた。それでも、どういうわけかはわからないけれど、その声はアンナを混乱させ、アンナは若者たちの一団のほうに視線をあげた。だれかひとりを見分けることはできなかった。だが、笑いを浮かべたあの瞳たちの炎を浴びて、ぱっと頬を赤く染めた。若者のひとり、アンナを混乱させたまさにその青年が呼びかけ続けていた。「気をつけて、気をつけて、ほら、さあ、転ぶよ、ああ、かわいそうに！　さあ、転ぶ……ほら、ぼくが言ったとおりだ！」実際、この瞬間、自分をいじめるのはだれかと、きょろきょろと視線をさまよわせているあいだに、アンナはバランスを崩し、溶けた雪に膝をついた。

　若者たちの輪から、同情の叫びがわっと一斉にあがる。一方、アンナを転ばせた青年は、仲間たちから離れて足早にアンナのもとに駆けよる。けれども、青年が駆けつけるよりも早く、もうアンナはその助けなしでさっと立ちあがり、坂道のせいで青年をちょっと見おろすようにして、その前に立っていた。もちろん若者がエドアルドだとはつゆ知らず。そしてまごついた視線を伏せてはいたものの、わが意に反して、たまたまその姿が目にはいったとき、思いがけず心を動かされ、そのことでいっそう動揺した。

チェレンターノの跡とり息子はアンナとほぼ同じ年ごろの青年だった。背は高いがほっそりと華奢《きゃしゃ》。それでも誇り高き物腰が青年をほとんど逞しく見せる。その身なり、とくにいくつかの細部に、男としてはあまりにも自意識過剰の雅趣が見られ、それがたしかに一種の女性的な媚びを思わせた。けれども、それとは対照的に、人はその容貌にある種の乱雑さがあるのに気づかされる。ビロード地のコートには泥のはねがついていた。それは、雪が私たちの街にめったにない不思議な出現をしたとき、普段は子どもたちだけにふさわしいと思われるあの乱暴な競争に、大人たちをも誘ったからだ。というわけで、いとこが連想させるのは、母親にていねいに晴れ着を着せてもらったあと、虚栄心を満足させなかったわけではないのだけれど、仲間との遊びにわれを忘れて、お祭りの美しい衣裳を乱暴に扱い、台なしにするのも気にかけない幼い少年だった。

エドアルドは帽子をかぶっていなかった。その髪はもはやかつてのように明るくはなかったが、栗色に近い濃い黄金の色をしていた。このときはくしゃくしゃに乱れ、一本の分け目で左右に分けられて、だらしなく額にかかる。その顔はと言えば、ふっくらとした卵形。大きな瞳には色とりどりの斑点が散らばり、いまはとても興奮していたものの、顔色はむしろ青白かった。そして目鼻立ちはあまりにも優美だったから、うら若き花嫁も、その秘密の思いのなかで、最初の息子のためにこれよりも愛らしい顔を夢見ることはできなかっただろう。さらに、いとこの物腰は、衝動的でちょっと落ち着きなく動きはするものの、あまりにも慇懃で細やかだったから、私が思うに、宮廷の式部官でさえ、文句のつけようがなかったはずだ。

それにもかかわらず、つまり私が言いたいのは、このような比類なき美点にもかかわらず、ということなのだけれど、私は恐れずにはいられない。自分の心の声よりもむしろ自分の理性の声を聞くのが習慣の正義の人は、エドアルドをひと目見て、大きな反感と、そして嫌悪そのものではないにしても、冷たいいらだちを覚えるのではないだろうか、と。実のところ、チェレンターノの跡とり息子は、厳格な道徳がその階級の甘やかされて育った若者にとがめる欠点すべての生きた見本に見えた。いま、私はひと目見て、と言ったけれど、それには理由がないわけではない。なぜならばエドアルドの容姿は、見るたびに、とくに正義の目ではなく、いわゆる母性の目で見るたびに、異なる感情を吹きこむことができたからだ。そして、だから、そう、あなたがさっきはその髪のちょっとした、でも言うなればこれ見よがしの乱れを傲慢と無頼と見なしても、いまは髪が無頓着に放っておかれているのを不憫に思い、くしけずってやりたくなる。眉が大きな曲線を描くのは、さっきあなたが思ったように、尊大な軽蔑ではなく、むしろ不安と驚きを表しているのではないだろうか？　そして、この大胆な熱い視線の奥底には、一種の厳しい問いかけ、ほとんどひとつの命令、ぼくのはかない特権を大目に見てという、不安と切り離されてはいない命令が見えるのではないか？　唇をとがらすのは、気まぐれな怒り、いらだったうぬぼれを表しているのだろうか？　あるいは反対に、口づけの味わいと習慣から生まれるのか？　ここでどうか認めていただきたい。口づけの習慣は、たとえそれが悪徳であっても、でもその反対の悪徳、つまりよそよそしく凍えきった禁欲よりも非難されるべきではないことを。エドアルドの両の手はと言えば、おそらくこの人物のなかで、もっとも心かき乱すものはその手だろう。それを見た人は少女の手みたいだと言うだろう。華奢で、無意味に神経質で、暴力と労働とを宣告されたその姉妹たちすべてを笑いものにする。その手は、軽薄なもの、官能をそそるものすべてに身を捧げるのを恥じ入るどころか、反対にそれを自慢し、いたずらで怠け者なのに、でも敵を打ち負かすと確信する者の好戦的な尊大さをあらわにしていた。自然が両の手を虚弱につくったとすれば、幸運はそれを最強の者たちに対してその特権で武装させ、臆病から救い出したからだ。そういうわけで、エドアルドは少女の手をしながら、自分を勇者と考え、自分自身の勇気と価値とを社会の不公平に頼っていた。

それはともかく、この両手のことをこれほど悪く言ったあとではあるけれど、私がそれをじっくりと眺めるのを許していただきたい。無垢とはかなさ、この手が表明しているのはそれだった。そして情愛のこもった悲しみのほかにはなにも表していなかった。まるであなたはもうすでに、運命に愛されたこのふたつの裕福な手たちが塵となる日を予感しているかのよう。ほんとうを言えば、これほどにはかなげな人物を、その人物が幸運だからと言って憎むことなど、どうしてできようか？　それは一匹の母猫から生まれ、始末される運命にある仔猫たちのなかでただ一匹助けられて、愛情深い女主人のもとにたどりついた仔猫に人が育むのと同じ恨みかもしれない。それどころか、人は寵児エドアルドの運命に助言をする不公平と慈愛とに、つい感謝をしてしまうほどだ。それに、別の言い方をすれば、あなたは自分と同じ人間のひとりが不幸な目に遭うのを許すのだから、別のひとりが特権をもつのを許していけないわけがあるだろうか？

　想像するに、いとことのこの幸運な出会いが私の身に起きるとすれば、私が若い娘として抱くのはこんな感情だっただろう。でも、これと似たような意見と考えとをアンナがもったとは思わないでいただきたい。まず第一に、青年に最初の一瞥を投げかけたときに、アンナにはこんな観察をする余裕がなかったのはたしかだし、二番目には、アンナにとって生まれによる特権は、それが生まれによる特権であるかぎり、大いなる美徳として好ましいものだったからだ。いずれにしても、この瞬間の混乱のなかで、アンナはその眼前に、光り輝く慈悲深い顔以外のなにものも見ず、たとえそれがぼろを着た乞食のものだったとしても、ひとつの顔とくしゃくしゃの髪のほかには、なにも見分けられなかっただろう。そしてこの瞬間に、その顔と髪に対して抱いた感情はただひとつ、赦し、だけだった。アンナはその場ですぐにこの青年を、ありのままのこの青年を、あるいは青年がそうなりうるかもしれないものを、そして青年が自分、アンナにしたことを赦した。

　アンナ自身はと言えば、恥ずかしさでいっぱい。転んだときにスカートが少しめくれて、いささか擦りきれたレースの縁どりのスリップが見えてしまったからだ。買物袋は腕から抜け落ち、なかのオレンジが坂道を転げていった。顔を赤く染め、ほとんどべそをかきそうになりながら、アンナはジャケットについた泥を落とそうとし、そのために手袋はもうすっかり汚れてしまった。「おけがはありませんか？　お手伝いできることは？」青年はたたみかけるように尋ねた。アンナは口ごもりながら、いいえ、けがはありませんと言い、それからわっと泣き出したい気もちを、自尊心ゆえに隠そうとする人のように笑いながら、お財布が見つからないわとつけ加えた。エドアルドはすでに自分を燃え立たせている愛に助けられて、すぐに財布を見つけ、それからオレンジのあとを追いかけ始め、この特権を競いあおうとする友人たちを激しい勢いで押しやった。青年の燃え立つ熱意と、奪還した戦利品をアンナに返すときの満足げなようすが、アンナの心をその意に反して動かした。アンナは、もともとはこの青年のせいで転んだのを忘れて、恥ずかしそうにお礼の言葉をつぶやき、それでも一刻も早くこの場を立ち去りたくて、見知らぬ青年の称讃の言葉をいらいらと押しやった。エドアルドのほうは娘が急ぐのを見て、この娘《こ》をほんとうに永遠に失うのではないかと気が気ではなく、引きとめるための新しい口実を探した。まずポケットから、とても上等のハンカチを引っぱり出し、それでアンナの手袋をきれいにすると言い張った。そのために、アンナの抗議にもかかわらず、無理やりその手をとり、片方、それからもう一方をハンカチで優しくそっとこすった。ふき終わると、ハンカチをていねいにしまい、あだっぽいと同時に臆病な小さな微笑を浮かべて宣言した。このハンカチは永遠にとっておきます。だれにもこの泥は落とさせません。けれどもこれで娘は逃げ出せるようになったので、エドアルドはぬかるんだ空き地をあなたひとりで渡るのは無理だと決めつけて、自分の腕を差し出した、いや、否応なく押しつけたと言ったほうがよいだろう。ふたりのあとを、仲間からあがる称讃のつぶやきが追いかけていった。けれどもエドアルドは娘の怒った顔とひそめた眉を横目で見ながら、娘が無理やり自分に身をあずけるはめになって、身体を震わせて振りほどこうとするのを感じた。エドアルドは心のなかで、永遠の別れがふたりを引き離すまでの歩数を数えた。そしてついに、ほかの方策が見つからなかったので、究極の選択をした。終着点まできたとき、わざと片足を踏み外し、大切なご婦人を道連れに、すってんと転んだのだ。

　仲間のあいだから陽気な驚きの叫びがあがり、友人たちがふたりのそばに駆けよった。エドアルドはつまずくときに、娘がけがをしないように気を遣って、そのウエストに腕をまわしていた。そのことが娘の困惑をいっそう大きくし、娘は全身を震わせ、唇まで青く染めながら、さっと立ちあがった。通り過ぎる人びとはこの情景を、ある者は眉をひそめ、またある者はあきれ顔でおもしろそうに眺めていた。アンナは逃げたかったけれども、エドアルドはまだ地面に転んだまま、身体をふたつに折り、痛そうな顔つきをして、悲しげにアンナをとがめた。ぼ

149　1　危険をはらんだ驚くべき偶発事件。

くをこのままにしていくの。これ見よがしに、立ちあがるのに苦労しているふりをし、片脚がひどく痛むと訴えかける。だいいちアンナのほうも、無傷だったとはいえ、立ち去れる状態ではなかった。帽子が脱げ、ピンが抜けて太いおさげ髪が背中にだらりと垂れさがっていた。途方に暮れて、アンナは目を加害者のほうに向けた。加害者のほうはよいしょと立ちあがり、足を引きずって見せながら、飽きもせずにアンナに赦しを乞い続け、雪とぬかるんだ地面を罵った。ご当人に言わせれば、雪と地面は、ふたりもろともを不愉快な事故に巻きこんで、エドアルドの善意を裏切ったことで罪があるのだった。エドアルドがそんなふうに話しているあいだに、他の若者たちはアンナのまわりで忙しく立ち働き、ある者は帽子を、ある者はピンの一本を、またある者はオレンジの一個をアンナに差し出した。けれどもエドアルドは、疑いの目つきで友人たちの一団を遠ざけた。友人たちは、この場面の続きについて小声で意見を交わしながら、空き地のひとすみに向かって去っていった。「さあ、シニョリーナ」とエドアルドはアンナに、まじめな、そしてちょっと気むずかしそうな声で話しかけた。「あなたが善い方なのか、悪い方なのか、ぼくにはわかりません。もし善い方ならば、あなたをお助けするためにけがをした者を、こんなふうにおいてはいかれないはずです。悪い方ならば、ぼくがあなたのためにけがをして、たとえ脚を引きずることになっても、もちろん、あなたにはどうでもいいことだ。でも、たとえあなたにはどうでもよいことでも、お願いですから、すぐにはいかないでください。それとも、せめてお名前を。教えてください。ここから遠くにお住まいなのか。けがが治ったら、そうお知らせしてもよいか。お名前は？　そして、お住まいはどちら？すぐに申しあげずに失礼しました。ぼくの名前は」（ここで青年は上品に頭を軽くさげた）「エドアルド・チェレンターノです」

その名前を聞いたとき、アンナの目の前から、周囲の人びととあたりの情景のすべてが消え去った。あごが震え始め、アンナは目を陶然とさせてつぶやいた。

「でも、あたしは……あなたのいとこです」

この発見はエドアルドをたいそうよろこばせた。そして、もう一度、名前を尋ねられて、アンナがアンナ・マッシーアですと答えると、エドアルドは有頂天になって、たしかにマッシーアは母の名字だと認めた。「じゃあ」と、そのあと、ほとんど不安になるような突然の幸福感に包まれて、エドアルドは言った。「いますぐに、名前で呼んでもいいね？」アンナは熱に浮かされたようなぐもった笑い声で応えた。「ねえ、教えて」とエドアルドは続けた「なにが好き？　ココアは好き？」そして急いで説明した。ちょうどあそこのお菓子屋はとってもおいしいココアを出すんだ。ぼくらはいとこ同士なんだから、雪で転んだあと、いっしょに温かい飲み物を飲んでも悪いことはなにもない。こう言うと、どう見ても脚のけがから瞬時に回復したらしく、いそいそとアンナを店のなかに案内した。虹色の輝くガラス戸がふたりのうしろで閉じられた。仲間のほうは、このような状況下でどう振舞うべきかを心得ていて、ひとり残らず姿を消した。

街の厳格な慣習によって、この青年と店内にはいったその瞬間に、自分の名誉が失われることをアンナは知らないわけではなかった。けれどもいま、この青年がエドアルドだと知って、もはやその心はほかのことには向けられず、たとえエドアルドにアメリカ行きを誘われたとしても、そのあとについていっただろう。小さなテーブルにすわると、ココアが運ばれてきた。いとこは尋ねた。おいしい？　アンナはええとうなずいたけれど、ほんとうのところは、ココアのかわりに苦いお薬が出されたとしても、取り替えられたことにさえ気づかなかっただろう。カップをもつ指がひどく震えたので、ココアがあごに少しこぼれ、アンナはすでに汚れてしまった手袋でふこうとした。だが、いとこが急いでお店の刺繡入りのナプキンをとり、自分の手でふきとった。そうしながら、エドアルドはアンナが泣いているのに気づき、もしかしてさっき転んだときにどこか痛くしたの、と尋ねた。いいえ、どこも痛くはしていない。そして自分でもなぜ泣いているのかわからない。けれども、いとこを安心させようとしたとき、涙はなおいっそう激しく流れ落ち、頭を振って、いいえと合図をするのがやっと。こんなに泣かせることになったという思いが、どういうわけかいとこの心を傷つけた。問いかけを空しく繰り返したあと、アンナが涙をふけるように、首から毛のマフラーをとった（ハンカチが泥で汚れていて、使えないのを謝りながら）。アンナは言うことを聞いたけれども、マフラーを顔に近づけるとき、刺すような強い歓びを感じたあまり、店内に他人がいるのも忘れて、弱々しいすすり泣きに身をまかせた。そのあいだに、いとこはアンナを慰めようとして、カウンターに走り、自分でお菓子を選び、手ずからお盆にのせて運んできた。けれどもアンナはエドアルドに感謝の視線を向けはしたけれど、身ぶりでなにも食べられないと伝えた。「でも、せめて教えて。なぜ泣いているの?」とエドアルドは何度も尋ねた。そしてようやく、答えとして、アンナはかぼそい声で告白した。馬車のあなたと挨拶を交わしたあの日からずっと、あなたのことを思い続けていたのだ、と。そして今日、あなたと会ったのがあまりにも不思議に思える。あまりにも不思議で、まさにほんとうとは思えないほど。だから、一度も泣いたことのない自分が泣き始めたのだ、と。

「馬車から挨拶した?」エドアルドは半信半疑で尋ねた。もちろん、あの十一年前の出来事はエドアルドの記憶からは消え去っていた。けれどもアンナがかすれた声でぽつりぽつりとあのときの思い出を語ったので、思い出したふりをし、すぐに自分のいとこだと見分けられなかったことに大いに驚いてみせた。ふたりはそのことで、どちらも狂ったように笑った。でもついに別れの時がきて、エドアルドはあきらめていやいや従ったけれど、その前にアンナに家の住所を尋ねなかったわけではない。それから娘がなんとか身なりを整えたあと、エドアルドは買物袋をもち、騎士のように優雅にアンナの腕をとって、ぬかるんだ道を送っていった。近くにチェレンターノ家の馬車が待っていた。でも、市の道徳規準に従えば、馬車に乗るよう誘うのは娘を侮辱することを意味した。だから、エドアルドはしかたなしにアンナにそんな提案をするのはあきらめた。アンナと別れることを考えると、それでも恐怖に近い激しい痛みを覚え、そこでさよならを言うのを遅らせる口実を探して、別れなければならない十字路までくると、握っていたアンナの手を称讃するようにじっと見て言った。「背のわりにはずいぶん小さな手をしているね。きれいな手、まっ白だ。針仕事は嫌いだろう。賭けてもいい。針仕事で刺し傷だらけの指をしている女の子たちを知っているよ。それにぼく、ぼくの手も見て。この黒い染み、なんのせいだかあててごらん。煙草だよ。十一歳のときに吸い始めたんだ。ほら、これは愛煙家のしるし。ぼくの手も小さいだろう。どう、男の手にしては。けっこうきれいだし。そう思わない?きみの手に似てる。そう思わない?　たしかに、もちろん、ぼくの手はきみの手の血続きのいとこだもの」ここでエドアルドはアンナの指と自分の指をふざけるように絡みあわせたけれど、その顔つきはうろたえ、悲しげだった。そして結局は、これ以上自分の感情に抵抗できず、ため息をつき、尋ねた。「また会えるかな。明日」

大急ぎで、ほとんど息を切らしながら、アンナは小声で、毎朝、一日の同じ時間にこの近くの市場に買物にいくと言った。「ぼくもだ」と、いとこはきっぱりと言った。「毎朝、この市場にいくのが日課なんだ。煙草を買いにいく。パイプ用の煙草」でも、そんな理由は、よく考えてみれば、少々嘘っぽく聞こえるにちがいないので、ちょっとためらったあと、つけ加えた。「それとキャロブ［イナゴマメ］。ぼくの馬にやるキャロブ。見て、あの赤みがかった毛の馬、馬車につながれている馬だよ。あれがぼくの馬車だ。紋章でわかるだろう、ねえ？　で、あの馬、左側の、なんとキャロブ食いって名前なんだ。さあ、どう？　明日、市場で会えると思う？」

　エドアルドがからかっているのか、それともまじめに話しているのかわからなかったから、アンナは答えに窮して頬を赤く染めた。でもいとこはすでに疑いと明日への不安にさいなまれて、アンナをじっと見つめ、「たぶん」と気落ちしたように小さな作り笑いをしながら言った。「明日からは別の市場で買物をする、それともかわりにだれかをいかせるのかな？　もしかしたらそう考えてるの、それとももしかしたら偶然まかせ？　で、ぼくはあの市場にいき、きみはいかないのかな？」

アンナは顔をまっ赤にして、絶対にそんなことにはならない、とつぶやいた。「じゃあ」と、エドアルドははやる気もちを抑えきれず、懇願すると同時に威圧するような口調で叫んだ。「じゃあ、きっとだよ。世界中のどんな理由があっても、かならずくるよね？」

　アンナが恥ずかしそうに約束すると、エドアルドはしぶしぶとではあったけれど、ようやくアンナの手を放し、買物袋を渡した。そういうわけで、ふたりは別れ、エドアルドは馬車に向かい、アンナは家に続く反対方向の道に足を踏み入れた。いつもは物憂げで尊大な足どりのアンナが、数歩歩くと、熱を帯びたように走り出した。なにか激情のなすがままになっているときに走り出すのはアンナの習慣、これが初めてではない。

　それは高揚の逃走、無意識の、そして地上の憂いごとから解放された逃走だった。私が想像するに、選ばれし者たちの魂が地上を逃れ、天に昇っていくのと違いはなかった。そのあと、家にひとりでいたから（母親は家庭教師の仕事で留守だった）、アンナの心は対立する、しかし荒々しさという点ではどれも等しいさまざまな思いのあいだをぐるぐると駆けめぐり始めたので、ひとつの思いにとめどもなく笑いさざめいたかと思うと、別の思いに錯乱した憂いへと引きずられ、涙を浮かべるのだった。最初に浮かんだ思いは、勝利と確信、不敬にまで到るような無鉄砲な確信であり、それが経験のない若者たちを高揚させるのはめずらしいことではない。さあ、とアンナは自分に言った。約束は果たされた。あなたはいいま気づいたのでしょう。あなたはいつも知っていた、と。あなたとあの人とは出会わずにはいられなかった、それは起こらずにはいられなかったことを。今日から、あなたの人生が始まる。それは掟、あなたの権利。でも、それじゃあ、あなたはなにに驚いているの？　アンナはときおり疑いを抱いたことでみずからを軽蔑し、この軽蔑のなかでひと息つき、けれどもそのとき同時に、まったく反対の思いに襲われる。つまり今日の出来事は続きのない束の間の挿話、まやかしではないかという疑い。もう二度と、エドアルドと会うことはないだろう。そして、すべてが昨日と同じように再開される……ここで、アンナはふたたびエドアルドの人柄をかぎりなく讃美し始めた。アンナは自分に繰り返し言った。たとえ想像したくても、あなたには想像できるだろうか？　あれ以上の優しさ、優雅、善意を。考えてもみてよ。エドアルドについて、あれほどたくさんの誹謗中傷を聞かされていたなんて！　それでもやはり、とアンナは自分自身を弁護するために、こう結論した。あたし、あたしはそんな話、一度も信じなかった……こんなふうに考えながら、エドアルドへの称讃へと引きずられ、その称讃はけたはずれに大きかったから、アンナにはそれに応えてもらうことも、その報いを得ることも不可能に思えた。自分とエドアルドを較べ、突然、謙遜して、自分には較べられる資格さえないと思う。そこで心を高ぶらせた英雄が、強すぎる相手との望みなき闘いのなかで、わが身を犠牲にすることを勝利と思うように、アンナはみずからの崇めるユートピアと自分とを永遠に結びつけるために、いまこの瞬間に死を望んだ。

母親が帰宅すると、心を高ぶらせた私たちのヒロインは落ち着きをとりもどした。そして家の生活はいつものとおり過ぎていったので、朝の比類なき出来事はすでに一世紀も前のことのように遠ざかって見えた。遠くに船の帆影を認めた遭難者に似て、それが自分を迎えにくるのか、あるいは姿を消すのかを知らず、アンナは希望に対して身を硬くしようとした。〈なにも起きなかったようなふりをしなければいけない〉アンナは自分に厳しく命じた。〈あれを信じてはいけない〉けれども恐れの入り混じった高揚感が、意に反してアンナをふたたびさっともちあげた。〈市場で、明日の朝〉と、アンナは自分に言った。〈でも、あの人はこないだろう。今夜、死んでしまったほうがいい〉もうすでに、いつもの世界はこの新しい希望なしでは耐えがたく思え、アンナは俗世間の顔をひとつも見ずに、一日中、家に閉じこもっていた。偉大なるいとこの住む天体のなかで呼吸をしたいま、地上の空気がアンナの息を詰まらせた。人びとはすべて俗悪で、愚かで、無知だった。アンナの甘美ないとこ関係に気づかず、今朝の出来事も、自分、アンナがもはや昨日とは同じでないことも見抜けないのだから。アンナがいまだに自分たちのひとりだと、あの人たちはどうしてうぬぼれていられるのだろうか！　街の住民はすべて、エドアルドとエドアルドのそばにいる人たちをのぞいて、今日からはアンナの目下、アンナの奴隷となるのだ、王座を追われて、自分の王国をとりもどすときを虎視眈々と狙っている暴君の身に起きるように、自分の運命に対する不信が人びとへのアンナの憎しみを、運命に対する信頼が人びとへの軽蔑を増大させた。そして待ちながら、アンナは心のなかでみずからの飢えを傲慢と残忍とで満たしたのだった。

私がこんな幼稚な振舞について長々と話すのを、わが読者諸氏には許していただかねばならない。ひとつの物語は、一本の植物のように、葉が生い茂り、実をつける樹木となる前は未熟な茎であることをわかっていただかねばならない。その本質はぱっとしない小さな葉っぱの形によって少し、ほんの少し見分けられるだけ。だから、私の物語が熟す前に、その未熟な年ごろのちょっと苦い味に、どうか慣れようとしていただきたい。

というわけで、結論を言えば、アンナは不安に満ちた一日を過ごした。けれども、疑いで憔悴しているあいだ、ある時刻に窓ぎわに立ち、視線を下の路地の角に向けていたら、ぬかるんだ地面にじっとたたずむチェレンターノの豪華絢爛たる馬車が目にはいったことだろう。

朝、ふたりが別れたとき、エドアルドは馬車に乗りこみながら、大声で御者にいとこの住所を告げ、だが、アンナが逃げるように去っていったのとは違う道を通るよう命じた。ほぼ同時に目的地に着くと、エドアルドは近くの小道の角から、アンナが一軒の戸口に姿を消すのを見ていた。そして正午の鐘が鳴り終わってしばらくして帰ることに決めるまで、なにを待っているのかわからないままに、長い時間、ただ待ち続けた。すでにそれとなく《ママ》お伝えしたように、アンナが物思いにふけりながら、尊大なようすで並木道をくだり、そのあと転び、恥ずかしさで頬を染め、あわてて立ちあがるのを菓子店の入口で見ていた瞬間から、エドアルドはアンナに恋をしていた。そのときからエドアルドは平安を失った（エドアルドの荒れ狂う人生のなかで、平安という言葉がなにか意味をもっているとすれば、の話だが）。

家には、自分の新しい突然の情熱を打ちあける相手はだれもいなかった。姉のアウグスタはすでに二年前に嫁いでいた。婚姻は、この時代とこの土地の慣習により、階級と財産の規準に従って、両家の親族の一致した同意により決定された。だからアウグスタは夫の家に移り、ときに起きることがあるように、すぐに夫を恋するようになった。その踏みつけにされた人生では、弟のあとは夫が人類の男性すべての唯一の事例、まさに象徴だったからだ。そのために弟に対する愛情が小さくなったわけではない。けれどもエドアルドは、アウグスタに捨てられたという最初の悔しさが通り過ぎてしまうと、退屈だからという理由で、とくに姉の相手をしようとはしなかった。コンチェッタについては、エドアルドには物心がついてからというもの、なにかを母親に打ちあけたいという気がこれっぽっちでも起きたことはない。そのうえすぐに、いとこアンナが親戚一同から爪弾きにされているあのマッシーアのいとこであることにも気がついた。それはエドアルドの決意を阻みはしなかったが、打ちあけ話をするよう背中を押しもしなかった。友人相手にさえ、感情をあふれさせることはできなかった。なぜならば、嫉妬深い性格のせいで、自分が心を射止めた娘を友人たちに過度に自慢するのを避けたからだ。

この点について、ひとつご注意を申しあげておこう。エドアルドは、読者諸氏が思われるかもしれないように、自分のなかに秘密を押しとどめてはおけないたちの人間ではまったくない。反対に、秘密と陰謀はしばしばその感情にこのうえもなく奇妙で甘美な味わいをあたえた。けれども今日、生まれつつあるアンナへの愛は、その若い人生ですでに感じてきたほかの愛とは違うもの、もっとまじめなものに思われた。そして、この愛がどう展開するのか、いまだに確信がもてず、まるで明日になる前にアンナが消え去りかねないかのように、それを失うことを恐れ、自分自身の不安を自分のなかに閉じこめてはおけなかった。明日という日が待ちきれず、家に帰るとアンナを讃える詩を作り、そのなかで、洗練された調子で、そして熟達がないわけではなく、自分は一陣の風になり、さっとアンナの部屋に吹きこんで、愛撫で髪をくしゃくしゃにし、その思いをかき乱したい、と書いた。さらに続けて、アンナの瞳の輝きで自分はすっかり目を眩ませたけれど、でも悲しいかな、広大な空に輝く星々のように、万人がその瞳を称讃できる。自分は反対にそれを、宝石箱にしまわれた宝石のように、孤独のなかで眺めていたい。エドアルドはこの詩行を一枚の便箋にひとつの言づてのように書きつけ、封筒に入れ、自分でアンナの住所に届けることにした。そこで、御者にこの日二度目に馬車を出させ、アンナが暮らす庶民の界隈まで走らせた。冬の午後、すでに薄暗い汚れた戸口に脚を踏み入れ、門番のおばさんに、言づてをシニョリーナ・アンナ・マッシーアに内密に届けるように頼む。おばさんは自分の小部屋で髪をくしゃくしゃにして、料理をしようとしていたけれど、エドアルドはお使いのお礼にたっぷりとお手当をはずみ、やはり内緒にしてほしいと言いながら、おばさんが火をおこそうとうちわをばたばたしているあいだ、そばのわら椅子に腰をおろして尋ね始めた。シニョリーナ・マッシーアはどんな暮らしをしているのか、よく散歩に出かけるのか、言い寄る男はいるのか、恋をしたことはあるのか。微に入り細を穿った質問の回答はエドアルドの望むとおりだったけれども、それだけでは充分ではなかった。馬車にもどると、エドアルドは自分とほぼ同い年の御者、献身的な友に心を打ちあけ、あの人の美しさをどう思うか尋ねた。アンナをその朝、ちらっと見るか見ないかだっただけの気の毒な若者は、凍えていたし、たしかに心のなかではこの厄介な巡礼のきっかけになった娘に感謝はしていなかったけれど、最高の讃辞で応じた。それがエドアルドの炎をかきたてた。エドアルドは寒さを気にもせず、その姿がちらっと見えないかと、愛しい娘が暮らすこの平民のファサードを立ち去りがたく眺めていた。そして、アンナがいまこの瞬間、動きまわっている室内を想像しようとした。アンナが眺めている品物、話している人。ようやく神さまのおかげで、恋する男は御者に出発を命じた。けれども家に帰ると、思いをほかのことには向けられず、ピアノに向かい、さっきアンナを讃えて書いた詩に合わせて、自分で曲をつけた。それからお気に入りの若い召使、ひとりはマンドリン、もうひとりはギターを弾く、を呼び寄せた。短時間でふたりに曲を教え、その夜すぐに、いとこにセレナータを聞かせにいく準備をした。

2　栄光のアンナ。指輪の贈呈。

同じ日の晩の十時ごろ、アンナは母と分かちあうベッドですでに横になっていた。でも、なかなか眠れなかった。門番のおばさんがそっと手渡した言づてを、いまではひとこと残らずすっかり覚えてしまった、と私たちは思ってよいだろう。心のなかでもう一度、その一節を暗唱する。「アンナ、きみの瞳は夜の宝／なぜぼくひとりのために輝かない／万人の目にさらされる星々の光は／ぼくにはなんの価値もない／鋼《はがね》の宝石箱に閉じこめられた貴い石／人目に触れえぬ秘密の輝き／ああ、ぼくはその輝きしか愛さない」近づいてくる眠りが、まどろみかけた意識のなかで、すでにこの忘れがたき詩の言葉と言葉をもつれさせているとき、通りから閉じた窓を通して、ギターの音の伴奏でこの同じ詩をうたう愛情に満ちた声がアンナの耳まで届いた。アンナは夢うつつのなかで、一瞬、自分が呼び出した詩の魂が、自分ひとりのために、音の形をして立ちのぼってくるのだと思った。通りから聞こえてくるにもかかわらず、この思いがけない歌声にはそっと忍びこんでくるような性質があり、耳もとでささやかれているのかと思われた。けれどもアンナの隣に横たわり、目を覚ましていたチェジーラがベッドに身を起こし、驚いて言った。「聞こえない？　ほら、聞こえない？」

アンナもベッドに起きあがり、つぶやいた。「ええ、聞こえる」いま、この奇蹟の一日の終わりまで到達し、アンナには新しく訪れるすべての驚異をあらかじめ信じ、受け容れる用意ができていた。だが、自分の栄誉を讃えるエドアルドのセレナータという思いに圧倒されたあまり、この瞬間、母親から距離をおきたいという気もち、秘密にしておきたいという思いを忘れて、アンナは震えながら思わず口走った。「あたしのためにうたってい るのよ」

「アンナのため？」チェジーラは疑わしげに、けれどもすでにもう、ちょっと興奮して繰り返した。その人生曲線が下降に向かって以来、この女は、他人の愛、恋人たち、恋の打ちあけ話に神秘的に惹きつけられ、それに歓びを覚えるようになっていた。私の母はその誇り高き恥じらいのなかに閉じこもり、祖母のこの無邪気な渇望を決して満足させなかった。そんなことに夢中になるのは、ぶしつけな老人の好奇心に思えて、うんざりだったからだ。けれども私は知っている。チェジーラはその最晩年、ときにはどこかの哀れな女工、あるいは洗濯女、あるいは日雇いのお針子の恋の打ちあけ話を軽蔑してはねつけはしなかったことを。愛の対象について語り、また語りたいという、すべての恋人たちに共通する切々たる思いから、娘たちは知りたがりの老婆によろこんで心を開いた。娘たちはこんなふうにして、仕事のあいだ時間をやりすごし、私の祖母にとって、愛の秘密を反芻して過ごす時間は至福の時間だった。

だからチェジーラはセレナータをもっとよく聞くためにベッドから起きあがり、肩に毛布をはおると閉じた窓に耳をつけた。通りからのぼってくる声は、優美な甘さに満ちてはいたものの、ヴィルトゥオーゾのそれではなかった。ちょっと太く、高音まで届かず、そのたびごとに音程をさげて高い音を避ける。アンナは歌のなかに、その朝すでにエドアルドの唇の上にとらえたとき、心を動かされたいくつかのシラブルの発音の癖をふたたび聞きとった。そして声のある種の抑揚さえも。これほど愛すべきアクセントはほかに存在のしようがなかった。〈あの人だわ〉と、アンナは自分に言った。〈あの人だ〉一行、また一行と、アンナはあの詩を聞き分けた。さらにエドアルドは、節の終わりごとにアンナの名前をリトルネッロ［リフレイン］として、美しい旋律のフレーズの頂点に浮かべて繰り返した。この「アンナ！」が自分のところまでのぼってくるのを聞くたびに、アンナは激しい衝撃を感じ、推測した。きっとセレナータはまさにあたしの栄光を讃えるためなのだということを、あたしにはっきりとわからせようとして、エドアルドはあたしの名前を繰り返すのだろう。この心遣いがアンナをほろりとさせ、感謝で満たした。けれども母の前では恥ずかしくて、思いきって自分も窓に近寄ることはできない。だが、この「アンナ！」というリトルネッロを聞いて、チェジーラは小さく笑い、言った。「おまえを呼んでる！ ほんとうにおまえのためなのね。どうする？ 応えないの？」

アンナは寒さも感じずに、寝間着のままベッドから出た。「どうすればいいの？」途方に暮れて尋ねる。「姉さんたちは」と、チェジーラは言った。「求婚してきた男……あとで結婚したけれど……求婚してきた男がセレナータをうたったときは、敬意を受け容れたしるしに窓を開けた」それから娘にこの求婚者を知っているのかと尋ねた。でも、アンナは秘密をひとり自分の胸にしまっておきたくて、知らないと答えた。「それじゃあ、もちろん、顔を出すわけにはいかないね」と、チェジーラは残念そうに結論した。

しばらくのあいだ、アンナは閉じた窓のそばでためらっていた。けれども、エドアルドが自分が顔を出すのを期待して、きっと外で凍えていると考えて、衝動的に窓を大きく開け放ち、頭を出し、手をばたばたと振った。眼下の月明かりの夜のなかに、長い外套を着た三人の演奏家たちの小さな姿を認めるのにどうにか間に合った。さっき聞いた詩の最後の一行の「ああ！」が、アンナのところまでよりはっきりと飛んできた。コルソで馬車に囲まれて初めて出会ったあの日のように、「エドアルド！　エドアルド！」と叫びたかったけれど、その勇気はなく、大急ぎで窓を閉じた。「なにするの？　なんてことするの？　頭がおかしくなったの」娘が顔を出しているあいだ、チェジーラはぶつぶつとつぶやいていた。それでも、外からの冷たい風を避けるために片すみに引っこむと、女学生みたいに笑った。反対に、アンナはほとんど悲しい気もちになった。急いで窓を閉じたことをもう後悔していた。そしてすぐに演奏家たちが沈黙し、夜のなかを遠ざかっていったので、その場で通りまで降りていき、いとこと逃げ出さなかったことを思って、まるで狂ったように嘆き始めた。〈臆病な愚か者〉と自分に言った。〈ほら、これがあなたのご立派な勇気！　さあ、どうするの？　もう一度、会えるかどうか、だれにわかる？　あの歌がもしかしたら別れの歌じゃないって、だれにわかる？〉こんな思いのなかで、寒さにもかかわらず、身体は熱くほてり、全身に汗をかいているような気がした。そして病んだ娘の眠りに似て、落ち着きのない空っぽの眠りに落ちた。

このすべてにもかかわらず、翌朝、いとこが約束を破るかもしれないことを恐れて、アンナは奇妙な荒々しい気分にとらわれた。どんな家庭内の対立のせいか、私にはわからないけれど、アンナとチェジーラのあいだで口げんかが始まり、チェジーラはこの機をとらえて、前夜の娘の振舞を非難した。歌い手を知らないくせに、恥知らずの女のように顔を出した。「あら、とんでもない。知っているわ」と、アンナは叫んだ。「でも、あたしの人生、母さんなんかには絶対に話さない！」チェジーラは、なにも知らなくったってけっこうよ、と答えた。自分は疲れている。なににも興味はない。休息しか求めていない。けれども、この宣言のあとすぐに、恋の秘密を知らされずにいる腹いせに、娘を侮辱し始め、おまえは恥ずべき女で終わるだろうよと予告し、続けて言った。だいいち、自分、チェジーラはそうなるのをみんな予想していた。でも、おまえは心得として知っておくべきだ。あの若者がだれであろうと、おまえをからかっているのはたしかだ、と。そうでなければ、おまえの手を求めて、母親のところにくるはずだ。でも、そう、おまえは男好きがしない。

買物の時間がきて、アンナは外に出た。市場の入口までできたとき、急いで目を伏せ、あたりを見まわしたら、エドアルドがいないのに気づくのではないかと、そのことを恐れて、じっと地面だけを見て歩いていった。でも、この策略にもかかわらず、意地悪な声がそっとささやきかけた。〈真実から逃れようとしても無駄よ。ここにいるのなら、あの人のほうからあたしに会いにきて、声をかけるはず。だから、いないのよ。はっきりしてる。いない、いない、いない、あの人はこない〉こう考えて、アンナは鋭い不快感にとらえられ、屋台のあいだに足を踏み入れ、弱々しい声で、あれやこれやの品物をせわしなく注文し始めた。突然、視線を斜めに向けたとき、こちらにやってくるいとこが目にはいった。アンナは急いで頭を反対側に向けた。

この動きは、アンナ本人にさえ、その理由を言うことはできなかっただろうけれど、最初はいとこエドアルドの気に入らなかった。けれども、近づくにつれて、アンナの表情をよりはっきりと見分けられるようになると、いとこの顔を勝利の輝きがぱっと照らした。〈ああ、ぼくを見て、まっ青になったね〉とエドアルドは考えた。〈かわいそうな女乞食ちゃん。ぼくの天使〉同時に声に出して言った。「ぼくがわからないの、もしかして、アンナ、ぼくのいとこちゃん?」

「いえ、わかった」と、アンナはつぶやいた。「わかりました……わかった、すぐに……遠くからすぐに見えた」

こう言いながら、視線をいとこのほうにあげた。この日、いとこは髪をきちんととかしつけ、外套のボタンを襟もとまできっちりとはめて、帽子をわきに抱えていた。「ぼくの買物は終わったよ」と、また話し始めた。「で、きみは?」「あたしも」とアンナは答えた。それは正確ではなかった。まだ大半の買物が残っていたのだから。けれども、あまりにも混乱していて、エドアルドの目の前ではそんなことはできない気がした。

「それなら」と、いとこは言った。「もしよければ、ここを出て、ちょっと歩かない」アンナはなんの反対もせず、寒くないかと尋ねるいとこに、いいえのしるしに頭を激しく振った。「どうか」といとこは優しく頼んだ。「買物袋をちょうだい。ぼくがもとう」そして得意げなようすで、この慎ましい荷をアンナからとりあげた。

朝のこの時間、女たちの大群が市場に押し寄せていた。そして、いとこ同士が通ると、その多くが、アンナの優雅で優しい同行者をうらやみ、好奇の眼差しをちらちらと投げかけたけれど、それはほとんど呪いを投げつけようとしているかのようだった。でも、アンナは女たちを見てもいなかった。そして、いとこのほうは、この日はアンナのほかの娘たちは見ないようにした。

この歴史的な市場横断のあいだ、アンナは比類なき至福の誇らしい感覚のなかで、心が広がっていくのを感じた。その感覚を、このあと見知らぬ人びとのあいだをいとこと並んで歩くたびに、ふたたび感じたにちがいない。それは奇蹟の感覚、けれども同時に古くからなじみのある感覚だった。まるでこれまで屈辱的な監獄のなかで暮らしてきて、今日、ようやく自分本来の境遇にもどったかのよう。まわりで動いている群衆は、醜くて惨めな賤民、卑しい地獄に堕とされる者たちの群れに見える。その群衆を、福者アンナは、良心の呵責なく、踏みつけにできるだろう。そのすべてが、このノルマンディの青年と連れだって歩いているからだ！

その日は散歩にはあまり適さないように思われた。前日の雪が溶けて、道をぬかるみがおおい、風が変わり、雲が入り乱れ、低くたちこめて雨を約束する。市場から出ると、いとこ同士は二本か三本の小道を渡り、教会の後陣と教会堂の側面で形成される四角形の狭い空き地に出た。奥には修道院の回廊の高い壁。だれもいなかった。アンナはいとことふたりきりになって、突然、恐慌に襲われた。まさにこの場所で、わが身に唯一無二の驚異の出来事が起ころうとしているのを確信した。そのあと、アンナの記憶が、それをより貴重なものにするために、細工を施し、彫りを入れながら、純金のように大切に保管しておく出来事。この確信が、アンナを躍りあがって歓びたいような期待、と同時に恐怖で満たした。

エドアルドはアンナを上から下まで見て、言った。

「顔色が青いね。昨日よりも青い。夜、よく眠れなかったの？」

「いいえ」と、アンナはつぶやいた。「眠ったわ」「眠ったの……ぼくが帰ったあと？」「ええ」と、アンナは繰り返した。「で」といとこは真顔で尋ねた「夢を見た？」

アンナはいろいろと尋ねられて、ちょっとどぎまぎしながら答えた。「夢は見なかった」

「ああ」と、いとこは屈辱といらだちのあいだで、頭を垂れて言った。「ぼくの夢を見たと思ったのに」

この言葉、そしてそれが言われた口調を聞いて、アンナはすぐに、エドアルドの夢を見なかったことで重大な罪、まさに裏切りの罪を犯したと感じた。この後悔とともに、甘い憐憫に打ち負かされ、まるでエドアルドが傷を負って目の前にいるかのように、この人を助けたい、その傷の手あてをしたい、それも対等の者としてではなく、目下の者としてそうしたいと望んだ。〈ああ、この人の従僕だったら、この人の使用人だったら〉と荒々しい自己卑下の感覚に燃え立ち、自分に言った。〈そして夜も昼も仕えることができたら、眠らずにその命令を待っていられたら〉こんな思いにとらわれながら、臆病な気もちを克服し、熱い口調で告げた。


「あなたの……あなたの詩、なんて美しいんでしょう！暗記したわ。全部、覚えた！」

「ほかにももっと書くよ。きみのために」とエドアルドは勢いよく、ご機嫌をとるように言った。「最初のよりずっと美しいのを。きみのために歌を書いて、昨日の晩みたいにうたおう……そしてきみにキスをしよう」

この言葉を聞いたとき、アンナの心臓は激しく打ち始めたので、まるで小さな広場を荘重な大騎馬行列が進んでくるように思われるほどだった。

「いやかなあ……ぼくがキスをするのは、いや？」エドアルドはふたたび話し始める。「いやなの、いやじゃないの？」

アンナは壁に寄りかかり、ほとんど防御の身ぶりで片腕を頭にあげ、顔を一方の肩のほうにまわして、このざらざらとした石に押しつけて隠そうとした。そうしながら、くくと臆病な笑い声を小さくあげた。けれども出しぬけにふたたび頭をあげ、瞳をほとんど刺すように鋭く光らせて、叫んだ。その口調は変化し、高揚し、恐れを知らなかった。

「エドアルド！　なぜ聞くの？　あなたをずっと愛してきた！　愛しているのよ！」

そこでいとこはアンナに口づけを始めた。ほんとうを言えば、最初、アンナには愛情深い兄さんに抱きしめられているように思えた。それほどに、その口づけは簡素で、抑制され、さりげなかった。けれども、この兄のなかに、少しずつ少しずつ、奇妙な獣のような生き物が形を取り始めた。ある種の夢のなかで感じるあの新鮮であると同時に錯乱した感覚とともに、アンナ自身がこの変容に混ざりあった。そのとき、私たち自身の意識は失われ、種と種のあいだの境界がぼやけて、私たちの身体は古《いにしえ》の野蛮の国にふたたび降りていき、眠れぬ夜、私たちがかつてうらやんだ野性の生き物、狼たち、仔山羊たち、あるいは猫たち、あるいはシェパードたちの身体と入れ替わるように思える。

ちょっと前に市場を横切っているときに感じた栄光のように、これもまたアンナにとっては見知らぬ、新しい、けれども同時に古くからの、とても古くからの幸福だった。だから、ほら、ちょっと前までは、ひとつの口づけがあまりにも巨大で神秘的な出来事に思われた。そして、いま、わずか一分が過ぎただけですでにもう、アンナにはエドアルドの口づけを数えることはできなかっただろう。

雨が降ってきたので、エドアルドはいとこを近くで待機していた馬車で送っていった。道中、静かに黙っていたけれど、ただときおりアンナの手をとり（前の日に汚してだめにしていたので、手袋をはめていなかった）、寒さで赤くなったあの小さな指たちをじっと眺め、手入れがされていなくてもとても優美な楕円形の小さな爪を、なついた猫のしぐさで軽く頬にあてた。

アンナは家の戸口で馬車を降り、近所の女にその姿を見られた。女はアンナを疑いの目で頭から足までじろじろ見て、それから挨拶をせずにすむように顔をそむけた。〈あなたの挨拶なんて、どうでもいいわ〉とアンナは考えた。すでに昨日、菓子店にはいったのと同じように、今日、幌をおろした馬車で若者に家まで送られたことで、自分がすべての人の目に恥をさらしているのはよくわかっていた。けれども、この思いは、アンナに一種の歓喜、破れかぶれの自尊心をあたえた。

こんなふうにして、エドアルドとアンナの恋が始まった。毎日、いとこ同士はどこか人通りのない田舎道で会うか、雨が降っていれば、あまり人の訪れない場所で馬車を際限なく走らせ続けた。御者は主人に忠実であり、主人から豪華な贈物で報われたので、この牧歌的な恋物語の秘密を守った。ときおりチェジーラがたまの授業の一回で留守にするとき、エドアルドはアンナがひとり待つマッシーア母娘のアパートまであがっていった。

差し向かいでおしゃべりをするあいだ、いとこ同士は燃えあがったいいなずけたちが、結婚のきずなで結ばれる前に取り交わすあらゆる愛の行為を交換しあった。けれども結婚がふたりのあいだで言葉にされることはなかった。アンナはエドアルドとの結婚という幼き日の夢をあえて思い出そうとはしなかった。みずからの身に許された幸福に、あまりにも大きな期待で影を落とすことを恐れたからだ。

雪の朝、ふたりいっしょに転んで立ちあがり、エドアルドが名を名乗った瞬間から、アンナはためらいも後悔もなく、心のなかで自分をいとこにあたえていた。事実、この瞬間に到達するためだけに生まれ、生きてきたのだと信じていた。それと交換に自分自身を差し出さずにいるのは、運命との幸福な協定を破ることに思えた。この魅惑的な協定はアンナには人生からの通達そのものに見え、その外には屈辱と有罪判決があるだけだった。マッシーア家の女の多くに共通する神秘主義は、アンナのなかでこのような形をとった。

もっとも単純なものであっても、いとこエドアルドを相手にしたアンナの行為のひとつひとつ、言葉のひとつひとつに、わが身をゆだねようという処女《おとめ》の意志が表明されていた。エドアルドがアンナを抱きしめ、口づけをするとき、青白く輝くアンナの顔は、ほとんど荒々しいまでの崇拝とともに、エドアルドに〈あたしを好きにして〉と繰り返すように見えた。けれどもエドアルドは、自分にはなにものも拒否はされていないことを知って満足し、天にも昇る心地にさせるこの愛撫の戸口で立ち止まり、それ以上は求めなかった。この点について、穢れなきいとこアンナに対する誠実さゆえのためらい、多くを約束しすぎることへの、あるいは面倒に巻きこまれることへの恐れが、エドアルドの心にあったなどとは考えないでいただきたい。能天気のエドアルドにとって、この種の恐れやためらいは存在しなかった。能天気、だがしかし、本人も説明できない気まぐれと衝動の犠牲者！　したがってその行動の動機を調べようと望んでも、それは不毛で不確実な作業となるだろう。私に提示できるのは仮説だけであり、根拠薄弱であやふやではあるものの、それでもそれを読者にお伝えしようと思う。つまりこういうことだ。ごくごく若いにもかかわらず、エドアルドにはその運命とその騒々しい想像力のおかげで、きわめて多様な愛の経験があることを、私たちは知っている。おそらくこの事実は、その移り気な性格と同盟を結び、すでにもう青年を有象無象の輩のそれとは異なる歓びの探求にうながしていた。おそらくその嗜好は、なにかちょっと苦い味がするとわかっているものを偏愛したのだろう。そしてエドアルドはほとんど穢れのない愛の甘苦い歓びを無駄に浪費してしまいたくはなかった。アンナの無邪気な捧げ物、〈あたしを好きにして〉をあまりにも愛していた。そして、自分の従順な犠牲者があまりにも気に入っていた。なぜならば、それは自分の手で別なものに変えることができるのだから。繰り返すが、これは仮説にすぎず、たしかに時期尚早であり、不完全だ。もっと微妙で深い動機がエドアルドを引きとめていたこと、あるいは本人自身が知らぬ間に、運命に服従していたことが推測できる。運命は、アンナとエドアルドとをいいなずけの状態のままにして満足していた。私が推測しか提供しえないことを、どうかお赦しいただきたい。けれども写真家にとって、とくに能力に欠ける場合には、無自覚で元気いっぱいのもの（たとえば小さい子どもや仔犬）を撮るのが難しいように、年代記作者、とくに私のような経験の浅い年代記作者には、不安定で変わりやすく軽佻浮薄な人物を正確な枠のなかにとらえるのは難しい。不安定で変わりやすく軽佻浮薄、それこそがまさにわれらがいとこなのだ。

　さらに知っておいていただきたいのだが、言葉に出しはしなくても〈あたしを好きにして〉と繰り返すとき、これ以上ないほどに穢れのない無知のなかで育ってきたアンナは、自分がいとこになにを提供しているのかを知らなかった。夫婦という言葉の秘めやかな意味を知らなかった。自分の無言の捧げ物が自分の身に死に到る傷を負わせ、その美しい色をたしかに保ってはいても実際にはつまらない脱け殻、無にすぎないすばらしい孔雀蝶のようにピンで突き刺されて死ぬと信じていたとしても、アンナにとってはそれがなんだというのか？　突き刺され、死に到る傷を負い、もはや無にすぎないことを望んだのだとすれば。アンナが望んだのはみずからを犠牲に差し出すことだった。そして、それは受け容れられなかった。

　ふたりの逢瀬はこんなふうに穢れを知らず、だから苦味を帯びてはいたけれども、たしかに、恋人＝いとこほどに優雅で優しい恋人を知る女はだれもいなかっただろう。エドアルドは約束どおり、アンナの名誉を讃えて、ほかにも詩や歌を詠んだ。けれども私たちは、このような作品のなかで、作者の感情が、当時は詩にもっともふさわしいと思われていた荘重で華麗なスタイルをまとっていることを残念に思わざるをえない。私たちの詩人は、差し向かいでおしゃべりをするときには反対に、愛情のこもった思いつきにただ身をまかせた。

　詩のなかでアンナに呼びかけるときの仰々しい呼び名は、エドアルドが自然界のすべてから盗んできて思いつく一千もの愛に満ちた愛称に場所を譲った。輝きを発するあらゆる種類の鉱物、もっとも獰猛なものからもっとも人になついているものまですべての生き物、もちろん棘《とげ》があったりなかったりする花たちも。さらには地上界を出て、あらゆる種類の光、惑星、星座。エドアルドにはすべてがアンナになった。そのうえに、エドアルドによって縮小辞や親愛辞をつけられて耳に届くとき、このような名前はどういうわけか音というよりも味、より正確にはエドアルドの唇の味になった。アンナにとっては、父親が愛称で呼びかけてくれたときと同じではなかった。あのときは自分がほめたたえられるのを聞いて満足した。いまはまるで炎になめられるように、このばかばかしい名前たちに焼きつくされるような気がした。愛撫も口づけも、この甘やかな火事を消すのには充分ではなかった。エドアルドの唇が手のひらでぐずぐずしていると、アンナの嫉妬深い唇が、瞳が、首が口づけを求めた。その四肢すべてが〈あたしを好きにして！〉と懇願しながら差し出された。ときにはエドアルドの手がうなじのカールをもてあそび、首筋をくすぐり、ついにはブラウスの襟もとのボタンをはずしにかかる。するとブラウスは肩から滑り落ち、いとこはその甘い唇をこの痩せた裸の肩に押しあて、あるいは薄いシャツだけがアンナの繊細な美をおおっている襟もとの下へとそっと忍びこませる。アンナは純潔を傷つけられて苦しむけれど、どんな歓びもこの苦しみ以上にアンナを恍惚とさせることはない。アンナはいとこの唇が、この破られた秘密たちに押しつけられるのを息を殺して待つ。だが、おそらくは意図的に、いとこは襟もとを開くのを遅らせる。ようやくその唇が触れたとき、アンナは激しい衝撃を感じ、小さな悲鳴、若い駒鳥が死に襲われたときのような悲鳴をあげる。残酷ないとこは、優しい声でなんの筋道もないばかげたおしゃべりをしながら、この心を乱す遊びをじりじりと引き延ばして楽しむ。エドアルドはアンナにではなく、自分が口づけをしているものに、まるでそれが自分の言葉を理解できる、魂をもつ生き物であるかのように語りかけた。たとえばアンナの肩に問いかける。いったいなぜこんなに震えているの、だれがきみの服を脱がせて、寒さのなか、裸のままにしているの。そしてすぐに甘ったるい愛称に小さな口づけを混ぜあわせて、肩を温めてやる。こんなふうに口づけとため息を混ぜられて、その口から出まかせの脈絡のないおしゃべりには蜜が練りこまれているように思えた。ときどき、その歯がふざけてアンナを噛んだ。そしてアンナは、奇妙なことに、この歯がもっと深くはいりこみ、血を流させることを熱望しながら、笑い声をあげた。

毎日、別れの時はあまりにも早く訪れた。エドアルドに別れを告げるとき、アンナはまるでこれが最後のさよならであるかのように、理屈に合わない遅ればせの後悔に追い立てられ、締めつけられて、自分の心が砕け散るのを感じた。自分といとこのあいだには、言うべきことがまだたくさん残っているように思えた。たとえば、謎めいた魔法のようなこと。アンナがふたりにかけられたと突然、信じた残酷な呪いを解くことができるような。けれども、ほら、こういったことを口に出そうとしたとき、ふたりの会話は中断される。アンナはすでに明日の約束に向かって前のめりになっている。でも、明日もまた、さようならを言う時間はあっという間に、約束よりも早く訪れる。まるでいとこ同士が魔法にかかった空想の荒れ狂う河に運ばれていくみたいに。そしてその河は決して河口には到達しない。

ときどきエドアルドは口実を作って、たとえば町はずれのお菓子屋のような、ふたりきりになれない場所でアンナと会った。そこでは束の間、手を握ることで満足しなければならないけれど、エドアルドはおしゃべりをしながら、いきなり例の愛情に満ちた名前で呼びかけ、アンナは別の日なら、この名と組みになっている口づけを思い出して身もだえするのだった。

おそらくはふたりのあいだの違いをなしにして、より強く兄弟のように感じるために、より強くアンナと結びついていると感じるために、ときどき腕をアンナの身体にまわし、同性の友だちに話しかけるように、ぼくの仲間、ぼくの友だち、忠実な友と呼んだ。けれども反対に、アンナの不実を疑い、心配で不快そうなようすを見せることもよくあった。

セレナータの夜、アンナが自分を夢のなかにともなわなかったことに、エドアルドがどれほど腹を立てたのかはすでに見た。ふたりの愛の初めの日々から、この種の恨み、しばしばこれよりももっと激しい恨みが、しきりにエドアルドをさいなんだ。たとえば、最初の約束の翌日、言い始める。「アンナ、ひとつ聞いてもいい？」アンナは慎ましく、ええ、どうぞと答える。「でも、気をつけて」とエドアルドは続けた。「危険な質問だよ。絶対に答えてくれる？　ほんとうのことを言う？」「あたし、嘘はつかない」と、アンナはつぶやいた。「嘘はつかない、だって！　じゃあ、聞いて。昨日、きみはぼくにキスをさせたよね。そうだろう。ぼくに抵抗しなかったし、逃げ出しもしなかった。さあ、思い出して。ぼくらがいっしょに過ごしたのは昨日が初めてだ。つまり、ぼくらはおととい会ったばかりだ。そう、そんなことを考えていたとき、ふっと疑問が湧いてきた。ほとんどひとつの合図のように思えた。つまりね、ぼくと会ったみたいに、今日、だれかと出会うとする。そうしたら、そいつは明日、きみにキスができて、きみはそいつにいやとは言わない。どう、そうだろう？」「なにを言いたいの？」アンナはつぶやいた。「別の人、ですって？　でも、あなたはあたしのいとこよ。あなたを昨日、知ったんじゃない。ずっと前から、あなたは……あたしは……あたしたちふたりはいとこ同士、血のつながったいとこだわ」「じゃあ、もしぼくがぼくじゃなかったら……きみのいとこじゃなかったら、ああはしなかったの？　絶対に？」「絶対に、ですって？　命を賭けてもいい。でも、それ以外のこと、どうしたら考えられるの！」「じゃあ、ぼくと……ぼくと会う前に、だれかほかのいとことは、つまりきみがキスを許すだれかとは会ったことがないの？」「でも、どのいとこ？」アンナは、これ以上ないほどの恥ずかしさと混乱とにとらえられて答えた。「ほかのいとこ？　でも、いとこはあなたしかいない。つまりお姉さまのアウグスタのほかに、いとこは知らない。お姉さまだってお名前で知ってるだけ。それからもうひとりのマッシーアの伯父さま、伯父さまは北にお住まい……あたしが言いたいのは、あなたはあたしのたったひとりのいとこということよ」「ああ、模範的な回答だ！」エドアルドはちょっとぎこちない笑いだったけれど、笑い声をあげながら叫んだ。「そんな答えは一歳の女の子からだって、百戦錬磨のやり手の女からだって期待できる！　きみはそこまで狡猾なの！」けれどもアンナの顔を見て、突然、疑ったことを後悔し、赦しを乞う。

だが、数日、いや、おそらくは数時間さえもたたないうちに、ほらまた、アンナに尋ねるべき危険な質問を新しく思いつく。「正直に言って」と、楽しそうに話し始める。「ぼくにはなにも隠さないで。雪の上で転んだとき、きみを助けたのが、ぼくじゃなくて、セバスティアーノだったほうがよかったんじゃない。あのぼくの友だち、巻き毛の、ぽっちゃりほっぺの。気がついたよ。あいつのことを見てただろう。当たり、だよね?」こんなばかげた当てこすりに、アンナは顔をまっ赤に染める。「ああ、まっ赤になった!」エドアルドは苦い笑いをもらしながら叫び、顔をくもらせる。「ぼくの思ったとおりだ」あらぬ疑いをかけられて、アンナは武器を捨て、弱々しい声で、ほんとうにそのセバスティアーノを見てもいない、と答える。「なんだって、見てもいない!」エドアルドは反論する。「ほら。言い逃れをするつもりで、尻尾を出した。きみが思い出せないふりをしてる事実を思い出させてあげよう。ぼくがぬかるみから立ちあがろうとしているとき、セバスティアーノはきみが落としたピンを渡した。きみは微笑みかけ、あいつは言った。〈どういたしまして。当然の務めです〉ほら、ぼくはひとこと、ひとこと、みんな覚えてる」「たしかに言うとおりだけど」と、アンナは答える。「でも、あたしはなにも気づかなかった。それくらいどぎまぎしていたんですもの」「知らなかった」と、エドアルドが意見を言う。「セバスティアーノの顔を見て、そんなにどぎまぎしたなんて。それにあいつを見なかった、って言い張るのはおかしいな。ひどいネクタイをしてたからね。オレンジの色、いや、卵の黄身の色、あれを見るだけで歯が浮きそうだ。でも、そう、忘れてた。かわいそうなアンナ。きみにはいままで趣味に磨きをかける機会があんまりなかったものね! あんなやつが気に入るなんて、そうでもなければ説明がつかないよ。ありえない話だけど、女のなかには(とくにあんまり上流ではない階級では)ああいう種類の、拳闘とか重量挙げの選手風の筋骨逞しいやつが好きなのがいるというのは事実だ。アメリカからきた流行だ。大衆のあいだで広まってる。ぼくはと言えば、もしぼくが女だったら、あんなタイプの男と街に出るのは恥ずかしいと思うだろう。犀かチンパンジー、少なくとも刺青をした囚人を連れ歩いているような気がするだろう。でも、ほんとうにセバスティアーノが好きなら、紹介してほしいって言うなら……」「言ったでしょ。

好きなんかじゃない、って。好きなんかじゃないわ！」アンナは自分を弁護する。「好きじゃない、って言うの！　でも、それじゃ、見てもいないっていうのは嘘じゃないか！」エドアルドは皮肉っぽく叫ぶ。そして辛辣な笑いとともにつけ加える。まじめそうなようすをしてはいるけれど、アンナもほかの女の子みんなのように二枚舌で猫かぶりだ。それから中傷をされて、アンナの目から涙があふれるのを見て、突然、後悔の念にかられる〈もしこの話が真実でなければ？〉と自分に言う。〈この子が正しくて、ぼくが間違っていたら？〉そして、大きなため息をつきながら、アンナの目を優しくなでる。「だめ」と、アンナに言う。「悲しまないで、ぼくのアンナ。セバスティアーノなんか、地獄に堕ちろ。それより、ねえ、明日は家でひとり？」「ええ」と、アンナはもう安心して言う。「じゃあ……」とエドアルドは話し始めるけれど、またもや疑いにさいなまれる〈こんなにすぐにぼくを赦してくれるなんて〉と考える。〈つまり罪の意識があるんだ。罰をあたえなければならない〉。そしてアンナに意地悪く言う。「明日、きみの家にはいかれない。五時にいつものお菓子屋で」

別のときには、エドアルドは昨日の午後はどう過ごしたの、と尋ねる（まさしく昨日は会っていなかったので）。アンナはほんとうのこと、つまり午後は部屋で読書をして過ごしたと答える。エドアルドはどんな本を読んだのか知りたがる。アンナはデュマの『三銃士』だと答える。どこまで読んだの？　正確に思い出すためにちょっと考えたあと、この質問にも答える。で、その本はどんな話なの？　アンナは小説の筋を要約し始めるけれど、エドアルドは皮肉っぽく神経質な笑いで話をさえぎり、口調を変える。「おかしいね」と言う。「きみは暗がりで読んでいたみたいだ。昨日の午後、きみの家の前をたまたま二度ほど通りかかったけど、薄暗い日だったのに、二度ともきみの部屋の鎧戸はしっかり閉まっていた」からかうようないとこの口調がアンナを当惑させ、それでもいっとき鎧戸を閉めたのを思い出す。頭痛がして光がうっとうしかったからだ。「つまり午後ずっと読書してたわけじゃないんだ」とエドアルドは反論する。「でも、そのうえにきみは家にいもしなかった。それも教えてあげられる。実は、門番のところに立ち寄って、きみがいるかどうか聞いたんだ。で、ちょうどその時間に出かけたのを知った」アンナは実際に出かけたことを認めたけれど、ほんの一分、薬屋にいくため。ちょうどその一分間に通りかかったにちがいない。その顔は信じてもらえない怒りとともに、エドアルドと会えなかった嘆きを表していた。「ちょうどその一分間に！　なんて偶然なんだ！」いとこは続ける。「でも、薬屋は右にあるのに、左に向かったのをどう説明するの？　遠くからあとをつけたんだ。みんなお見通しさ！」（この最後の非難を、エドアルドは目端の利く警官みたいに、アンナを罠にかけるためにでっちあげた。いとこのあとをつけたというのはほんとうではない。なぜならば、門番に尋ねるためにだしぬけに訪れたとき、アンナはすでに錯綜する路地にはいりこみ、視界から消えていたからだ）「嘘よ！」とアンナは言った。生まれつき正直なのに嘘つき扱いされるのを聞いて、もう怒りを抑えられない。そして眉をひそめ、顔をくもらせて続ける。「もう、あたしになにも聞かないで。これ以上どんな質問にも答えないから」けれどもすぐにかわいそうになって、子どもに甘い母親の憂いを帯びながら、つけ加える。「なぜいつもあたしを信じないの？　なぜ責めるの？」

たしかにわれらが恋する女にとって、自分の行動と思いのすべてを、いとこからこれほど執拗に調べられることには自尊心をくすぐられたし、ことによると天にも昇る心持ちにならないわけではなかった。けれどもすでに言ったとおり、この娘には媚びが欠けていた。エドアルドの絶えざる疑いは、愛の証《あかし》としていくらかの甘い歓びをもたらしはしても、アンナの耳にはいつも侮辱的に響いた。アンナのなかに、エドアルドに犠牲を捧げたというあの大きな自負がふたたび生まれ、そのまっすぐで情熱的な性格は、いとこがたびたびしかける網のなかでもがき苦しんだ。けれどもその身を焼いたのは、なによりもまず、自分がいかにエドアルドを愛しているのかを、エドアルドがわかっていないという思いだった。世界のなかにこの人以外に関心の対象をもつなどと、そしてこの人によって至高天にもちあげられたのに、地上にあともどりできるなどと、どうして考えられるのか？　けれども私たちの偶像《アイドル》崇拝者は自分の偶像《アイドル》が理解しないことを非難はしなかった。反対に理解させることのできないわが身の無能力のために、自分のほうに非があるのだと感じた。あの天使の額に怒りと悲しみが影を投げかけ、あの繊細なノルマンディの顔が苦い微笑に引きつり、しわを寄せ、青ざめるのを見て、心が締めつけられた。みずからを狂信する者の心を見ず、このうえもなく深い疑いを育む神を崇拝するのはきわめて残酷なことだ。

実際にはエドアルドはアンナから崇め奉られているのを疑ってはいなかった。けれどもすでに言ったように、この若者にとって、平安という言葉はなんの意味ももたなかった。恋に落ちた瞬間から、エドアルドの悪しき宿命は愛する人を服従させたいというその傲慢な欲求に火をつけた。だが、この欲求、いやむしろ意志は、自分の奴隷が逃げてしまうのではないかという絶えざる恐れと組みになっていた。受けるべき刑罰は、愛する人びとが（あらゆる明白な事実にもかかわらず）、不実で気まぐれで、ほとんど翼をもつように、いつも逃げようとしているのを見ることだった。エドアルドは愛する者たちの行為だけでなく、その思いも、さらに本人たちさえも知らない隠された意図までも信用しなかった。多くの想像上の罪について真実を発見するために、もっとも緻密な詭弁ともっとも複雑な心理操作を使って、自分の被告人たちを絶えず裁判にかけ続けた。けれども悲しいかな、エドアルド本人が自分がしかけた罠の最初の犠牲者だった。なぜならばこのような裁判に熱中することによって、その疑いはまったき確信に道を譲るかわりに、反対に不合理に増殖し、あらゆる方向からエドアルドを締めつけたからだ。この若者は狡猾な小妖精のように、自分に服従する人物のすべての思考に、すべての活動にそっと忍びこもうとしたらしい。そして、自分の完全なる支配に対するどんな種類の、どんな性格の障害もすべて、エドアルドを怒りで満たしたのだろう。私たちは、午後を読書で過ごしたというアンナの主張を、この青年がどのようなやり方で論駁したかを見た。けれども、私たちにはつけ加えるべきことが残っている。つまりエドアルドはアンナが真実を語ると信じはしても、それでもなお、自分、エドアルドを思うかわりに読書に向かったことが赦せなかったのだろう。そのために、アンナが読んでいた本、この場合は『三銃士』、と同様に、この事件に不当に巻きこまれたその尊敬おくあたわざるべき著者、いまは亡きデュマ父に対する突然の憎しみが生まれた。そして、これほど多くの無実の人びとに対する怨恨とともに、実のところ、あまりほめるべきではないが、アンナが文字を読めずに育てばよかったのに、という思いが生まれた。

けれどもそれでは、アンナをひとりにしておくかわりに、午後をいっしょに過ごさなかったのはなぜか？　悲しいかな、ここで私たちは例の心理学的な迷路のひとつにはいりこむ。その迷路のなかで、ある種の人物は私たちを魅了するために全力をつくし、その迷路については、残念ながら、かなり緻密なのではないかと、私は疑っている。実はなんの用事もないのに、これこれの日は用事があって会えないと言うことが何度もあり、このような嘘は、おそらく、思いがけない自由時間をアンナの側がどう使うのかを調べるという正確な目的のために使われたことを認めなければならない。事実、アンナがたったひとり、自分の部屋でいとこへの思いに胸を焦がしているとき、いとこのほうはアンナに知られずに、アンナがひとりで散歩に出かけるかどうかを見るために、道端で見張りに立つこともよくあった。アンナはエドアルドがほかの娘たちとほかのお楽しみに夢中になっていると考えて苦しみ、エドアルドはアンナが充分に苦しんでいないのではないかという疑いに苦しんだ。この喜劇が一度ならず繰り返された。

けれどもエドアルドはいつも、他人の自由をとりあげることを渇望しながら、しかし自分自身の自由は放棄しないという理由で、いとこをひとりぼっちにした。ひとつの対象が、ほかのなににもましてエドアルドを魅了しようとも、その落ち着きを知らぬ心は、自分を魅了する他の一千もの対象を、長いあいだ放っておくことができなかった。一日中、アンナをそばにおいておくかどうかは、ただエドアルドひとりにかかっていた。なぜならば、アンナはいまやすべての権威とすべてのためらいを脱却し、恋人の合図を待つだけだったからだ。だが、エドアルドは最初の一週間、いとこに完全なる献身を捧げたあと、舞踏会やレセプションや夜会通いを再開した。こういった気晴らしへの嗜好がエドアルドのなかに生まれたのはわずか数か月前で、アンナが突然、現れたときには、まだやりつくすだけの時間がたっていなかった。この嗜好は愛にとってかわられるどころか、むしろ愛ゆえにいっそう魅力的な味わいをもつようになった。事実、エドアルドは、アンナがいるにもかかわらず、この娘には手の届かない夜会にさかんに顔を出し、どんな楽しみも放棄しないことで、本人には愛と区別のできないあの優越感と専制とを、みずからのなかに育んでいった。絶えずそのことを意識していたわけではない。けれどもいつものように、自分の本能が自分自身だけにとってではなく、他人にとっても法律であることを疑わなかった。自分と過ごさない時間を、アンナは世捨て人として費やさなければならなかった。ただひとつの違反が真の不敬に、自分に向けられるのではないすべての思いが不正行為に思えた。しかしながら、デュマ父の尊敬おくあたわざるべき幽霊の前でさえも、心かき乱される一方で、われらがノルマンディの相続人は、自分が楽しみ、相手が分かちあうことのない夜会を、これ以上ないほど興奮した口調で、語り聞かせて楽しんだ。親しくつきあい、言い寄りさえするすばらしい令嬢たちをひとりひとり時間をかけて描き出す。肩と胸もとがむきだしの（エドアルドはアンナの服を脱がせるのを同じところまでにとどめておき、それ以上は手をつけなかった）すばらしい舞踏会用のドレス。遠い祖先から受け継いだ令嬢たちの宝石。それは夢のような象徴として、その家系の伝統と歴史の古さを裏づける。令嬢たちのしぐさのひとつひとつが叡智と優美にあふれる、とエドアルドは断言する。なぜならば、幼少のみぎりから、それ専門の先生の指導を受けて、その一挙手一投足に到るまでを雅な音楽のリズムに合わせてつくりあげてきたからだ。同じように、令嬢たちの言葉のひとことひとことが機智と詩情にあふれ、その声はハープのそれのように音楽的。あたりまえの話だ。なぜならば令嬢たちは生まれたときからまれなる運命に定められていて、真《まこと》の女性《にょしょう》とは上流の貴婦人、つまり芸術によって自然の美に価値をあたえる女性だけだからだ。こんなふうに話しながら、エドアルドは相手の顔の上に、よく考えられた自分の作り話があげる効果をこっそりとうかがった。アンナはいとこへの完全なる隷属のなかで、みずからには拒まれているこういった夜会に異を唱えるのを考えることさえも、狂気と見なしただろう。夜会はいとこの輝かしい運命の正当な領土として、アンナの目にいとこをなおいっそう貴重に見せた。エドアルドが言《こと》祝《ほ》ぐ娘たちについては、いとこが語るすべてが真実であることを疑わず、讃辞を聞くと、自尊心と称讃のあいだで引き裂かれ、なにも言わずに表情を硬くする。けれどもエドアルドはアンナが青ざめ、そのあごが震えるのに気づく。ほら、きらきらと輝き、じっと動かない点がその瞳にともったかと思うと、今度は視線が輝きを失い、ほとんど死んだように消えかける。エドアルドは自分の腕に押しつけられるアンナの身体を感じ、それが緊張したり震えたりするのを感じとる。そのすべてがエドアルドから優しい同情と官能的な憐れみの味わいを引き出した。ときにはついに嫉妬の苦悩で、アンナが身も世もなく泣き始める。「アンナ！　どうしたの？」エドアルドはわざとらしく驚いて尋ねる。「なぜ泣くの？　アンナ！　アンナ！」

アンナはうめき声だけで答える。そしてエドアルドは、この苦悩で引きつった身体を引き寄せ、雀が餌をついばむように、小さなキスを重ねて慰める。「ぼくのアンナ、かわいそうなアンネッティーナ」髪をなで、涙に濡れた目を愛撫しながら言う。「どうしたの？　教えて？　あぁ、きみの心臓、なんてどきどき打っているんだろう！　氷みたいに冷たいのに、汗びっしょりだ！　どうしたの、アンナ、もしかしたら……ちょっとやきもちを焼いているの？」

それでもまだ、うめき声以外の返事を受けとれないので、偽りの怒りとへつらいの声で続ける。「やきもちを焼いているの、かわいそうなアンナ？　ぼくとぼくのお友だちのお嬢さんたちがうらやましいの？　ぼくらが舞踏会にいくから？　ほかの人たちがモグラみたいに暗いところで暮らす運命にあるというのに？　ああ、かわいそうなぼくのモグラちゃん、そんな理由で泣くなんて、なにを考えてるの？　ぼくたちの運命が違うのはよくわかっているだろう。モグラに生まれる者、鷲に生まれる者、獅子に生まれる者がいる。たとえばぼくは黄金の獅子だろう……母親たちがぼくらをそんなふうにしたんだ。でも、アンナ、ぼくのモグラちゃん、きみがそんなにやきもち焼きだとは知らなかったよ！」

この言葉のひとつひとつが純真なアンナを傷つけているのを、エドアルドは知らないわけではなかった。アンナはいまは反逆の嗚咽で闘い、今度はこの意地悪な愛撫の甘さに身をまかせ、ときおり魔法にかけられた苦い視線をいとこに投げかけた。このような視線で見つめられると、いとこは自分自身の栄光と同時にこの娘への大きな憐れみに酔いしれる心持ちがした。〈なんと辱められているのか〉と自分に言った。〈そして、なんと美しいのか、この傲慢な女、嫉妬深い女は〉エドアルドは太陽のように輝いて慰めをあたえる自分の存在を、アンナが嫉妬の責め苦のなかにいながらも、休むことなく感じているのに気づいていた。自分自身の全能感を研ぎすますために、おばかちゃんの娘を辱めるための新たな話題を見つけ、この毒にこのうえもなく甘やかな愛撫を混ぜあわせた。けれども、結局、エドアルドの気まぐれな情熱が、アンナが打ち負かされるのを、アンナの絶望的な苦悩が歓喜の涙のなかに解き放たれるのを見ることを求めるとき、エドアルドはアンナの腕を激しく揺すぶり、その名を呼ぶ。「アンナ！　アンナ！」そして、その顔を両手ではさんで言う。「アンナ、なんでほかの子のことを考えるの！　きみは貴婦人じゃない。きみは天使だ。

ぼくの天使！」

けれどもそのあと、これ以上ないほどの意地悪で、こんなふうに愛情を爆発させた復讐をした。アンナの側は、時間がたつにつれて、自分の激情を抑制することを学んでいった。だが、この激情はアンナ自身のなかに閉じこもり、なおいっそう激しく燃えあがった。エドアルドはそれに気づき、倦むことなくその炎をかきたて、薪をくべた。

すでに別の場所で、エドアルドが自分の名前と家柄をいかに自慢に思っているかについては触れておいた。その同類たち同様に、この青年には、運命そのものが自分を特権階級のなかにおき、それによって、ほかの人びとに優ると見なしていることを示したがっているのだと思えた。まるで自分がほとんどめずらしい物質でできているかのように。優越したいという本能が、しばしば目下の者を愛するように導きはしても、愛する者を自分の階級に引きあげるという意志、いや、考えさえもが、その頭をかすめたことはなかった。神々も、死すべき定めの人間と結ばれたくなると、人間の、あるいは獣や雲の姿で、人間のところまで降りてくるけれど、地上の愛人をオリンポス山の名誉に引きあげようとは決してしない。

そのうえ、いま話題にしている事例では、エドアルドは社会階級による優越感から、あまりにも大きな甘い歓びを引き出していた。ふたりのあいだのこの差をとりのぞくことを考えるどころか、反対に、この誇り高き女が服従し、おののくのを見るために、アンナの心のなかで階級意識を強めることを熱望し、その目的に合わせて残酷な策略を練りあげた。

たとえば春めいたある朝、自分の同輩の若者たちと陽気でふしだらな娘たちの一団を集める。それから、まさにアンナを初めて見たあの同じお菓子屋で、その群れの中心にすわる。晴れやかな季節のおかげで、テーブルは戸外の空き地、花の咲く樹々のあいだに出されていた。エドアルドは、アンナが市場からもどるとき毎日するように、そこを通るのを知っていた。

実際に、いとこアンナがまもなく通りかかり、エドアルドはこれ見よがしに見ないふりをする。でも、まさにこの瞬間、小さな笑い声を立てながら、女の子のなかでもいちばん軽薄な子に腕をまわし、襟もとを閉じるリボンにキスをするか、その耳になにかささやきかける。別の娘がエドアルドのテーブルにすわり、足をぶらぶらさせながら、ふざけてエドアルドを軽く蹴飛ばす。この一団のあいだから、グラスのなかで小さなスプーンが立てるちりんちりんという音やおしゃべり、笑い声が聞こえてくる。アンナの目は、ぐるぐるとまわる霧のなかに、あのリボンたち、あの巻き毛たち、あの多彩色の飲み物を一瞬とらえ、そのあいだから、ひとつの顔がアンナに向かって稲妻のようにぴかりと光を放つ……けれどもアンナはすぐにそこから視線を引き離し、死人のようにまっ青な顔を高く掲げて通り過ぎていく。

別の日には、エドアルドは幌を開いた自分の馬車に同じような仲間を乗せ、まさにアンナの窓が面する小さな広場を通るように工夫した。馬たちの陽気な駆け足、鈴の音、女たちの陽気な叫び声、この場所にはめずらしいたくさんの物音に、なにごとだろうと、アンナが窓から顔を出す。エドアルドは下からその白い顔とおさげを盗み見る。そして、いとこが自分の姿に気づいたのを疑わない。なぜならば遠くの小さな姿は、まるで押し寄せる溶岩か、なにかほかの恐ろしいものが目にはいったかのように、一瞬のうちに姿を消すからだ。

ところが、ほら、この光景の直後、今度はエドアルドの気分が変化する。憂いに沈み、顔をくもらせ、女の子たちから身体を離し、御者に家に帰るよう命じる。その理由は次のとおり。アンナが窓から顔を出すようにわざと仕向けたのは自分自身であり、その正確な目的は、広場にいき、自分の姿を見せて、アンナをちょっと苦しめることだったのは事実である。けれどもそれにもかかわらず、エドアルドはこう考えずにはいられなかった。〈でも！　おい、見たか！　ほんのつまらないこと、車輪の一回転、どんな音でもいい。あの子はすぐに走って通りに顔を出す！　まさに尻軽女、軽薄な女みたいに〉そのあと、アンナがこの事実について、みずから進んで沈黙を守っているにもかかわらず、エドアルドは自分を抑えきれず、最初の機会に自分の思っていることを口にし、きみは窓のそばにいすぎる、通行人に見られるために顔を出している、若い娘にふさわしい慎みをなおざりにしている、要するにふしだらだと非難した。

エドアルドはアンナの知らないうちに、テオドーロ・マッシーアの未亡人と娘が、チェレンターノ家の慈悲で暮らしていることを知った。もちろんアンナの前では、この話題を口にはしなかった。けれども、その依存と屈辱はいまやより重大に思え、したがってアンナという人により心を動かされる気がした。アンナのほうは、エドアルドと出会って以来、あらためてあのコンチェッタの施しを思い、ふたたび密かに苦悶していた。恋人がこのことについてなにも知らないことを望み、けれども、そのことで気をもみ、この恩恵を永遠に断ってしまうことを考えた。このような決意を行動に移すのを引きとめていたのは、自分にはどんな仕事もできないという自覚であり、自分が腹をへらし、物乞いをするのを見て、いとこが自分をこれまで以上に軽蔑し、果ては捨て去るのではないかという恐れだった。こうしてアンナは、毎月毎月、チェレンターノ家のお手当をおとなしく受けとり続けた。あとで見るように、のちになってようやく昔からの決意を行動に移す。けれどもそのときには、すべてが変わっていたし、この切望された放棄には冷たく苦い味がした。

けれども、このことはその時がきたら見ることにしよう。要するに、エドアルドはいまでは、いとこアンナがその貧しき日々の糧に到るまですべてにおいて、自分に依存していることを知っていた。そのことがアンナをより愛すべきものとした。この点については、次のようにつけ加えておくのが妥当だろう。エドアルドは金銭に無頓着で、もしそのことを思いついたなら、アンナを助けるためによろこんでお金を惜しみなく使っただろう。けれどもこの若者は完全にこのような心遣いの埒外にいた。能天気で、贅沢のなかで育ったので、他者の欠乏を理解せず、それに気づくことさえできなかった。そのために、アンナの明白な貧しさのしるしを、同情することも驚くこともなく、ほとんど気づきもせずに受け容れた。見分けたときも、そのしるしは自分、エドアルドによりよく気に入られるためのひとつの媚びのように、宿命的で優美なアンナの身体から切り離しえないひとつのアトリビュートに見えた。だいいち恋する女、誇り高きアンナは、いとこからのどんな申し出も断っただろう。いとこにはできるかぎり自分の困窮を隠しておこうと努力した。エドアルドはコンチェッタの毎月のお手当がアンナの慎ましい習慣には充分に足りていることを疑わなかった。そしてアンナはその会話のなかで、エドアルドにその反対のことを決して疑わせなかった。

アンナがただひとつ、エドアルドから受けとった贈物は、同じ大きさのふたつの宝石、ダイヤモンドとルビーがはめこまれた高価で豪華な金の指輪。コンチェッタは、いまではもう聖体のほかには息子以外の主人をもたず、息子はすでにその豊かな収入をたっぷりと自分の好きに使えた。街の宝石商と、その他の商人すべてに絶大な信用があり、したがってなんの障害もなく、愛に満ちた独裁者としての封土授与のしるしに、この王侯にもふさわしい宝石を、アンナのところに持参することができた。アンナはそれを婚約指輪のように左手の薬指に、でもエドアルドとふたりのときか、部屋にひとりでいるときだけはめ、ほかの人たちのあいだにもどる前に、自分専用の引き出しの肌着のあいだに隠して、鍵をかけた。そうしたのは人びとの疑念からみずからの評判を救い出すためではなく、むしろ誇り高き羞恥心、あるいは自分自身の栄光に対する嫉妬からだった。

3　失意の女たち、悪意の女たち、悋気《りんき》の女たち。

謎めいた裕福な青年とアンナの純愛物語は、すぐにご近所中の知るところとなった。おしゃべりの門番のおばさんがエドアルドとの約束にもかかわらず、腹心の友数名に口をすべらせることがなくても、噂はじきに広まっただろう。実際に、チェジーラの留守中にあの美貌の青年がマッシーア母娘の家まであがっていくのを目撃した者がいた。また、アンナが家の玄関前で、豪華な自家用馬車から降りてくるのを目撃した者がいた。さらにはどこか町はずれの通りで、優しく抱きあうエドアルドとアンナに出くわした者さえいた。

このことは、以前からその傲慢さのためにマッシーア母娘を嫌っていた意地悪たちにとって、絶好の陰口の種になった。かつてチェジーラを誤って非難した者たちが、今度は「ほらね、母親のお手本が娘を導くってわけよ！」と言った。いまでは、界隈のいちばんぱっとしなくて、いちばんばかにされている若者でさえ、アンナとの結婚は拒否しただろう。

同じ建物に住む女たちのなかには、アンナが通りかかると顔をそむける者、わざとらしく上から下までじろじろ見る者、ひそひそとささやきながら隣の人を肘でつつく者がいた。そのすべてがアンナの内奥で誇り高く燃えあがる至福の炎をいっそうかきたて、その心を高揚させた。アンナは顔を輝かせ、目に歓びをたたえて、ほとんど飛ぶようにして通り過ぎていった。〈いまいるところにとどまっていなさい〉と言っているように見えた。〈侘びしい、惨めなあなたたち。あたしがもっているものを、あなたたちが知ることは決してないのだから〉

チェジーラには、娘の恋物語は長いあいだ秘密にされてはいなかった。ときおりエドアルドは、不意にアンナに会いたいという思いに襲われ、待ちきれなくて、母親がいるかいないかにかまわず、その家まで階段をあがってきた。こうして、チェジーラは甥を知ったのだ。青年の生来の優雅さに、その階級と富という特権が加わり、チェジーラを魅了するのには申し分がなかった。エドアルドはチェジーラに花を贈り、その手に口づけをし、上流階級の貴婦人のように扱った。このような敬意のしるしの数々が最後にはこの女の魂を征服し、チェジーラは青年の前で、家庭教師をしていたころに、ときたまではあったけれども見せたような、冗談好きで陽気な一面をとりもどした。エドアルドの訪問は、コンチェッタとチェレンターノ一族全員に対する復讐と雪辱として、その自尊心をくすぐった。ほら、この軽蔑すべき一族のいちばん大切な子どもがここにいて、あたしの家であたしといることを、ばかにして嫌がったりはしていない！ 思いがけないときに玄関のベルが鳴り響くのを聞くとすぐに、エドアルドの訪問を察して、走って自分の部屋に閉じこもり、おめかしをして、髪をていねいにくしけずる。一部の貴婦人がやるのを見て、華やかに装うとき、首にビロードのリボンを巻く習慣を身につけたのはこのときだ。

すでにお話ししたように、チェジーラは齢《よわい》を重ねるにつれて、他人の恋愛を楽しむようになった。エドアルドと自分の娘の恋を前にして、この楽しみは得意に思う気もちによって、いっそう増大した。そのふたつの目は、愛を意味する若いふたりのしぐさのひとつひとつに輝き、ときには無邪気な幸福の笑い声がその憧れを表す。この女の上を通り過ぎていった絶望のために、愛をめぐる社会的偏見は気にしなくなっていた。おそらくは臆病さゆえに、あるいは生まれつきの潔癖性のために、自分では決しておこなう勇気のなかったことを、娘にするな、と心のなかで言うことはなかった。アンナが母を傲慢に遠ざけなければ、よろこんで若い恋人たちの仲立ち役になっただろう。

他方で、当然の帰結として、チェジーラのなかには最初から結婚への大きな期待が燃えあがった。エドアルドと娘の婚姻は、自分を侮辱し、はねつけてきたあのチェレンターノ家への勝利の入場を意味し、チェジーラはしばしばこの夢を密かに慈しんだ。一度、そのことをアンナに言ってみたけれど、アンナは全身を震わせ、怒った声で、黙りなさいと命じた。

いとこの訪問に、母が同席することは、アンナには気詰まりとうっとうしさの種だった。ときに両親というものは、子どもたちからごく自然に信頼を寄せられ、その心を打ちあけられることがあるものだが、チェジーラとアンナのあいだにそのような信頼は完全に欠如していた。そのかわりにあったのは、荒々しい羞恥心、不信から生まれる用心。チェジーラの前にいるとき、こういった感情が、いとこに対するアンナの愛情のこもった動作のひとつひとつを、それが生まれる瞬間に凍らせてしまった。ほかのときなら、アンナを恍惚とさせるエドアルドの優しさの数々さえも、母の目が自分に注がれているのを感じて拒絶した。チェジーラがふたりの愛のしぐさのひとつひとつに向ける憧れの眼差しそのものが、アンナの動きを麻痺させた。そして母のあの尋常ならざる上機嫌が奇妙で場違いに思え、アンナをいらだたせた。恋人が心のなかで、退屈し、母をあざ笑い、ただ礼儀だけからその反対のふりをしているのではないかと疑い、着飾ってせわしなく動くチェジーラの姿を、めったにない楽しみに頰を赤く染めたその病んだような小さな顔を、煩わしさとともにこっそりとうかがった。いとこの言葉以上に、チェジーラの浮き立った質問と回答に、そのよそゆきのスカート（晴れの日のためにただ一枚だけ所有しているもの。ほかはもうもっていなくて、私が祖母が死の床で身につけているのを見たまさにあの一枚）の衣ずれに、そしてなによりも心を乱すもの、つまりその常軌を逸した幸福の笑い声に耳を澄ました。

チェジーラは、ココアを用意し、食料品棚に鍵をかけてしまっているビスコッティを、陶然として恭しく運んでくる。いとこはこれほど大きな心遣いをよろこんで受けとるふりをする。けれどもアンナは、エドアルドの目に見苦しく見えることを恐れさえしなければ、叫び声をあげて立ちあがり、部屋を出ていったことだろう。アンナはそれほどまでに母親の貧しい儀式を忌み嫌った。けれどもときには自分の悪魔を完全に抑えこんでおけずに、会話の途中でチェジーラの話をさえぎり、あるいは敵意を含んだ冷たい言葉で、母親の唇の上の笑いを、その目のなかの束の間の高揚を消し去った。チェジーラは口をつぐみ、突然、冷たくなった小さな両手をよじり、その生気を失った瞳はテーブルをじっと見つめる。エドアルドの前での社交的な慎みが、口惜しさと屈辱よりも大きくなかったのであれば、痛烈に言い返していたのはたしかだ。そのかわりに口を閉じ、一方、エドアルドは驚いて娘を見る。娘は悲痛な表情を浮かべ、彫像のようにじっと動かない。三人の上に沈黙が重くのしかかる。でもすぐにエドアルドが優しくて感じのよい言葉で、ふたたびチェジーラの心を浮き立たせる。反対にアンナは浮き立つどころではない。なんとなく泣きたいような気もちのなかで、心を締めつけられる。

チェジーラはアンナの恋物語の味方はしても、親子のあいだでなにかけんかが始まったとき、そこから娘を侮辱する口実を引き出すのをためらわなかった。そして、このふたりのあいだでは、チェジーラが老いて、完全に力つきてしまうまでは、けんかをする機会は、めったにないというわけではなかった。そんなとき、チェジーラは、この恋を口実にして、娘をもっとも恥ずべき名前で呼び、すぐにいとこから捨てられると予言した。いとこは、当然、見越しておくべきだが、あらゆる証拠から見て、おまえ、アンナを笑いものにしている。チェジーラは、いとことふたりきりの逢瀬、娘のふしだらな振舞、人びとの噂話のことでアンナを面罵し、体面を汚したいまとなっては、エドアルドに捨てられたあとはもう結婚はできないと繰り返した。こういったチェジーラの意地悪のすべてが、愛を打ちあけない娘に対して育んでいった告白のされない悪意から毒を汲みあげてきた。さらにはエドアルドに対する隠れた嫉妬心からも。なぜならば、チェジーラには愛がくじであたったことは一度もなかったからだ。アンナの側は言い返すための毒を、冒瀆された自分の愛から、自分の孤独な恐怖から汲みあげた。だからもうチェジーラに、エドアルドの前でのその態度を、自分がどんなに滑稽に思っているのか、怒鳴らずにはいられなかった。エドアルドはたしかに心遣いからそれを表には出さないけれども、心のなかでは、母さん、チェジーラを下品で調子はずれで狂っていると思っているにちがいない。このようにして、ふたりの女は敵同士となり、おたがい容赦なく責め立てあった。けんかが終わっても、どちらもたがいに投げかけあった魔法のとりこになったままでいた。アンナはいま、生きた四肢にからみつく蛇のように、いつも自分自身の愛のまわりに裏切りと放棄の不安がからみついているのを見た。チェジーラはエドアルドの訪問があたえる歓びが、解毒剤もないままに毒されるのを感じた。いまでもなお、この訪問の陽気な蜃気楼はチェジーラの心を惹いた。けれども若者ふたりの前に出ると、すぐにそこにいることを後悔した。途方に暮れ、つまらないことで感情を害され、いまやその言葉のすべてが恨みに蝕まれていた。チェジーラは少しずつ少しずつ顔を出すのを控えていき、ついには二度と姿を見せないことに決めた。エドアルドの訪問のあいだは寝室に閉じこもり、そこでときおり扉に耳をつけて、恋人たちの甘いささやきに耳を澄ます。あるいは窓のそばに立ち、大人たちが舞踏会に出かけているあいだ、ひとり家に残された幼女のように涙を流す。

これほどの苦しみ、母と娘はおたがいにそれを決して赦せなかった。けれどもチェジーラは母親としての謎めいた歓びに加えて、この愛の威信に打ち負かされて、近所の人びとに対しては、いつもアンナの味方をした。隣人たちはその戦いと引き換えに、敵同士のふたりの共謀者から侮辱しか受けとらなかった。時がたつとともに、チェジーラの共謀がますます不在に似てきたのは事実である。すでにこれほど残酷な義務をみずからに課してきた女は疲れ切り、すべての義務とすべての権利を放棄した。

そしてコンチェッタは？　いまではコンチェッタも、縁を切った姪アンナと息子との恋を知らずにいたわけではないのはたしかだ。だが奇妙ではあるが、若いふたりには口をはさまなかった。ふたりの恋に障害物をおこうとしたり、エドアルドを相手にこの話題をほのめかすことさえしなかった。要するに、息子への愛がコンチェッタを慎重にさせた。かつて早熟なエドアルドが女を相手にアヴァンテュールを重ね始めたころ、コンチェッタは母親の嫉妬心を激しく燃え立たせ、言い争いと涙とでエドアルドに攻撃をしかけた。息子の気に入るどの女も、自分から息子を奪おうとするのだから、コンチェッタには敵だった。最初の瞬間から、情け容赦なく宣戦を布告した。社交界でのエドアルドの成功には大いなる満足を覚えはしたが、サロンや宴の席は、その目に、堕落の場所としてだけではなく、なによりもまず女たちが息子を奪う目的で企てる陰謀の温床として恐るべきものに映った。けれどもすぐに、コンチェッタは苦い経験を経て、戦争、けんか、涙は自分が切望するのと反対の効果をあげることを思い知らざるをえなかった。エドアルドの気まぐれな本能は抑制されればされるほどますます燃えあがり、歓びは足かせをかけられると新しい味わいで豊かになった。エドアルドはときにはこのより豊かな味わいのためだけに、自然の成り行きにまかせればとっくにうんざりしていたはずの情事を引き延ばした。服従するようにしつけられてはいなかったから、たしかに母の苦悩の光景を前にしても譲歩はしなかった。それどころか、この子が自分の権力の証拠と証言にするためのように、他人の苦悩を引き起こすことはすでに見た。だがまもなくコンチェッタは、息子の愛すべてのはかなき運命を知って、みずからを慰めることができた。幼少期にこの子が抱いた愛と同じように、どの愛も荒々しく、短命で、倦怠のなかではないにしても、無関心と忘却のなかで終焉を迎えた。エドアルドを産み、乳をあたえた（このような考えは、コンチェッタを変容させた〉コンチェッタだけが、この女ひとりだけが大地、あるいは光そのもののように、宿命的に、そして必然的に、つねにエドアルドの人生にとどまり続ける。だからコンチェッタはエドアルドから愛される女たちを、息子の栄誉を讃えるために炎で焼かれる優美な生け贄と見なすことを学んでいった。嫉妬するかわりに、最愛の息子の祭壇でつねに新たにされる捧げものを、心のなかで楽しみ始めた。生け贄が美しければ美しいほど、いっそう得意になった。その炎が熱ければ熱いほど、捨てられたときの苦しみはいっそう苦かったから、なおいっそう得意になった。家中《かちゅう》の噂話、あるいはどこかの貴婦人の善意がコンチェッタにエドアルドの新しい罪を告発するとき、コンチェッタは眉をひそめるふりをし、でも手のうしろに甘美な微笑みを隠した。〈ほら〉と心のなかで息子の新しい生け贄に話しかけた。〈ふしだら娘、ばかなことをするからこうなるんだ。もしかして、自分があの天使にふさわしいと思っていたんじゃなかろうね。いま、おまえは罰を受けている。悪いのは自分だ〉ときおりエドアルドの留守中に、盗っ人のようにこっそりと息子の部屋に忍びこみ、エドアルドが無頓着から決して鍵をかけない引き出しを夢中になって引っかきまわした。そこにしまわれている息子の愛人たちの肖像画をじっくりと吟味し、献辞を読む。ゆっくりと時間をかけて、息子が乱雑に放りこんだ愛の記念を調べる。イヤリングの片方、黒ガラスの小さなボタン、白粉《おしろい》のパフ、繻子《しゅす》の肩ひも、コルセットから引きちぎられたチュールの縁飾り……赤くなりながら自分に説明する。〈これは白粉のパフ、ピンクの白粉がついている。これはフリル……下着の、そうコルセットの縁飾りみたい……おやまあ、なんてこと。なんて恥知らずな！〉ときには顔が熱くなるほど恥ずかしい品を見つける。〈なんて恥知らずな女、なんて恥知らずな！〉と繰り返す。けれども最後には微笑を浮かべる。なぜならばこれほどの恥をつくりだしたのは自分の息子だからだ。〈この女はあの子のために、魂を地獄に堕とした〉と考え、得意げに十字を切る。エドアルドが書いたいくつかの詩を見つければ、目に涙を光らせる。〈なんて美しいんでしょう！〉と心のなかで叫ぶ。〈なんて美しい詩！ ああ、わたくしが、わたくしがあなたを産んだ。あなたはわたくしの息子！ わたくしのもの！〉それから好奇心を熱くたぎらせ、愛人たちの手紙に目を走らせる。〈ああ、ずうずうしい。ああ、厚かましいったらない〉

と一節ごとに感想を言う。〈恥ずかしくないの、こういうことは言わないものだ。ああ、ばかな娘、妄想だ！〉ときどきわれに反して、いまでは消え失せた文章を読みながら小声で笑った。あるいは名残の嫉妬心にさいなまれた。けれども女たちの愛の言葉がどんなに熱く燃えていようとも、いかに常軌を逸していようとも、最後にはいつもこう結論をくだした。〈いいえ、だれもあの子をわたくしのように愛してはいない。わたくしの坊や、信じてちょうだい。だれもわたくしのようにあなたを愛してはいない。いま、あなたを愛している女たちは、あなたが一人前の男だから愛している。でも、わたくしはあなたが小さいころ、まだなんでもなかったころ、あのころからもう愛していた。自分の口で、あなたにおしゃべりを教えたのはわたくし。けれどもその前に、わたくしの腕のなかで笑いながら、あなたが口にしていた片言を、わかったのはだれ？　わかったのはわたくしだけ。そしてあなたとおしゃべりができたのはわたくしだけだった。あの女たち、あの罰あたりたちはあなたが美しいからと言って、あなたを好きになっている。でもわたくしは、産着にくるまれて産婆に抱かれたあなたを初めて見た瞬間から愛してきた。あなたをどうにかこうにか見分けられたときから（あなたはなんだった？　まだ小さな布の包み、お人形だった）……そう、わたくしはすっかり弱っていたけれど、枕に身を起こし、腕をのばして言った。抱かせてちょうだい！　なぜならばもう、あなたを世界でいちばん大切に思っていたから。あなたに話した美しいものごとを覚えているかしら。わたくしたちふたりだけのときだけでなく、みんなの前で。なぜならばあなたとわたくしのあいだには、恥ずかしいことはなにもないから。わたくしたちの愛は神聖なる愛。そしてだれもが、あなたはわたくしのものだと知っていた！　わたくしのほめ言葉を、わたくしのキスを覚えているかしら？　ほかの母親たちのように、あなたを乳母にまかせようとは決して思わなかった。そして寝室でふたりきりのとき、あなたを腕に抱きしめ、わたくしたちは見つめあった。ずっと見つめあっていた。ああ、わたくしに感謝をするあの黄金の小さな瞳を見るとき、わたくしは神に祝福され、自分の上に聖霊が降臨したと思った。そう、女たちはあなたの美しさゆえにあなたを称讃する。けれどもあなたをこんなに美しく産んだのはわたくし。あなたを身ごもったとき、今度は男の子だと確信した。聖体奉献のとき、主がわたくしにそうお約束くださった。そしてあなたが美しく生まれるように、昼も夜も祈った。いつもスカートの下にロザリオとお守りをつけていた。呪術使いのお婆たちに相談し、お婆たちはわたくしになにか苦い飲み物を飲ませた！　でも、わたくしはよろこんで飲んだ。なぜならばそれはわたくしの血に魔法をかけると知っていたから。あなたの美しい肉体を芽吹かせるために。ああ、わたくしたちの主は、あなたという姿で、わたくしにその奇蹟のしるしをくだされた。何度、祈ったことだろう。主よ、わたくしの声をお聞きください。わたくしの身体にあるこの美をおとりあげになり、そのすべてをわたくしのこの男の子におあたえください。それに自分が醜くなったって、それがなんだと言うの。いまは嫁ぎ、一家の母親なのだから。わたくしの美貌を、わたくしの血に、わたくしの乳に注いでください。生まれてくるこの小さな花の糧にするために。主よ、これから先、この子だけがわたくしの胸の飾りとなり、この子だけがあなたの僕《しもべ》であるこの女の黄金の冠になるでしょう。そして、神はわたくしの願いを聞き届けられた。わたくしのエドアルド、あなたの美の数々をわたくしはひとつひとつ知っている。小さなころはなんとふっくらとしていたことか！　体重が一グラム増えるたびに、それを手帖に書きつけた。両の手に、腕に、膝にえくぼができた。あなたと遊び、あなたを笑わせるために、えくぼを数え、また数え、数えながらそれにキスの雨を降らせた。あなたがようやくおしゃべりを始めたばかりのころ、あなたが優しく、「マンマ、ぼくの恋人、マンマがぼくの花嫁になる、ぼくのお嫁ちゃんになる」と言ったとき、わたくしは笑った、笑った。そしてあなたを見ていると、正気を失うような気がした。ああ、なんという歓びだったことか、エドアルド、わたくしのエドアルド！　わたくしの宝、黄金よ！〉

　ときどき教会の聖家族の絵の前で、コンチェッタはいつもの祈りを中断し、聖処女に向かって、おさな子イエスの美しさをほめたたえ始めた。けれども突然、〈わたくしの子のほうが美しい〉という思いが浮かび、自分の不敬な思いにぞっとして、全能の神がこの不敬をエドアルドにおいて罰せられるのを恐れ、急いで十字を切った。

　エドアルドとアンナの恋物語の知らせがコンチェッタの心に苦く響いたことは否定できない。このような偶然は運命からの侮辱のように思え、ふたたびマッシーア母娘に対する怒りをかきたてられた。母と娘が虎視眈々と狙いを定めているのはたしかだと考えた。最初の復讐の衝動に従っていれば、ただちに母娘への手当を停止するよう命じていただろう。けれどもコンチェッタは軽はずみな行動でエドアルドの相矛盾する情熱に油を注ぐことを恐れ、そのために、いつもの方策を使うことに決めた。つまり、なにも表に出さず、アヴァンテュールが終わるのを辛抱強く待つ。

今回、このようなやり方はコンチェッタにはなかなか努力を要するものに思われた。なぜならばマッシーア母娘に対する、そしてふたりの忘恩に対する憤りがコンチェッタの心をあまりにも激しく蝕んでいたからだ。よくありがちなように、だれかが悪意から、あるいはコンチェッタの好意を得ようとして、恋物語についてなにか内緒の話をもってくると、コンチェッタは顔をくもらせたが、今回はそのふりをしているのではなかった。そして相手の話をぴしゃりと中断させ、それは息子のことであり、自分はなにも知りたくないし、知りたいのであれば直接、本人に尋ねると言った。このことは、コンチェッタがほかの、より信頼のできる筋を通じて、こっそりと調べ、熱心さを嫉妬に燃え立たせて、この恋の行方を追うことを妨げはしなかった。夜になると、知ったことを長い時間をかけて心のなかで何度も何度も反芻したが、その胸に秘められた悲憤について、エドアルドがなにかを知ることは決してなかった。他方で、コンチェッタはアンナとの純愛がほかのすべてと同じように終わることを確信していた。自分の息子が新たな恋に障害なしで身をまかせることができているかぎりは、それを結婚で終わらせようとは考えないことを熟知していた。この点については、オリンポス山の住人たちとの類似をすでに指摘した。オリンポスの神々は、そう、死すべき定めの人間に夢中になり、人間の女のところまで降りてはきても、女を自分の天の住まいまで引きあげようとはしないのがつねである。エドアルドが自分の価値について生来、同じような考え方をしていることで、母が安心するには充分だった。けれども、そこに、エドアルドの、自分の気まぐれ以外の法が課すものすべてに対する嫌悪が加わった。コンチェッタはそのことをしっかりと認識していた。エドアルドはすべての権威を拒絶し、この拒絶に、不動の、不可避の、そして永遠のものすべてへの憎悪を結びつけていた。恐怖に近い憎悪、そしてそのために、幼いころから、宗教への信仰と献身を拒否してきたのだ。コンチェッタはため息とともに、息子が教会を、天国を、地獄をどのように拒否し、言うなれば手に触れるもの、服従させうるものだけを真実として受け容れたかを思い返した。いいえ、どんな愛も、どんなに激しかろうと、エドアルドから長続きのする約束をだましとることはできないだろう！　厳粛なる誓いの前に出るとき、エドアルドは看守の面前にいるように、あとずさりをするだろう。

休息を死の象徴のごとくに忌み嫌うエドアルドのような種類の人間たちのなかに、私たちは地上の楽園、エデンの園の元住民たちが、いまだに亡命の地に馴化できずにいるのを認めることができる、と私は思う。時間と空間に閉じこめられた死すべき定めの生は、元住民たちには牢獄であり、この人たちは狭い牢獄のなかを、おそらくは元の自由な原をふたたび走っているのだという幻想にとらわれて絶えず動きまわる。アダムが味わった果実から、この人たちのところには、智恵の味ではなく、ただ罪の味だけが遺産として伝わったかのようだ。事実、元の住人たちが渇望する自由はエデンの園の自由だけであり、ほかの、より真実の天国の自由はこの人びとには拒否されている。その束の間の興奮は、わたしたちにそわそわと落ち着かないある種の悲壮な野性の動物を思い出させる。生まれた森から引き離され、檻に閉じこめられた動物たちは、一方の格子から反対の格子へと休みなく走り続ける。なぜならば失われた自由が動物たちを追い立て、その獣の運命がアダムの聖なる贖いを拒否しているからだ。

エドアルドが幼いころ、だれかが気づいたのだが、死者の名前が出されると、この子はすぐに青ざめた。死者の名の響きで、子どもが青ざめたのは、なによりもまず死者たちが釘で打ちつけられたように永久に拘束され、永遠の禁域に束縛されているという思いからだった。エドアルドは病気でベッドに横たわり、武器をもたず、熱にとらえられていても、自分に言った。死はぼくを打ち負かせない、と。死に不意を襲われたと感じたまさにその瞬間、ぼくはすべての力を集め、狂暴に闘うだろう。そのあと、勝利者としてベッドから飛び出し、遠くへ、遠くへ、だれにもぼくを、死体に対してするように釘で打ちつけて拘束し、地中に埋めることができないように逃げ出すだろう。エドアルドは、すべての人が死に卑劣に服従し、逃亡しないことに驚いた。「魂は逃げていく」とアウグスタに賢そうに説明した。「でも、あの人たち、あの人たちは」と頑固に繰り返した。「なぜ死んでいることを拒否しないんだ。なぜ反抗しないんだ！」優しい恋人たちがふたりいっしょではない人生を思い描けないのと同じように、エドアルドは自分が自分の優美な肉体からなんらかの方法で分離して存在しうることを想像できなかった。

けれども幼年時代を過ぎると、エドアルドはこのような考えを自分の心から追いはらった。そしてほかの多くの子どもっぽい恐れもろともに、死者たちとその悲惨な運命を、狂った、見知らぬ、はるか彼方の伝説のなかに片づけた。

4　あらためて未熟な恋人たちのたわいないおしゃべり。ふたたび外国が話題になり、闘牛士マヌエリート、ロシアの皇子などなどが顔を出す。傷。

こうしてチェジーラに守られ、コンチェッタには意図的に無視されて、エドアルドとアンナの愛は、なんの障害も知らずに花開くことができた。

愛？　それはいったいどんな種類の愛だったのか？　実のところ、読者の皆さんに、壮大で劇的な愛人関係、呪われた波瀾万丈の陰謀をお話しできればどんなによいだろう。けれども、おしゃべりとお遊びと意地悪とででてきていて、大人の経験というよりはむしろ、子どもっぽいお遊戯に似たこの愛は、いったいどんな種類の愛だったのか？　もし私が、この見かけはたわいのない土台の上に、わが主人公の闇の城塞が出現し、天に向かってのびていくのだと予告しておかなければ、読者諸氏はきっとだまされたと思われることだろう。そう、ちょうどちょろちょろと流れる細い小川が激流に変貌するように。交響曲のなかで、いたずらっぽくて透明なアッレーグロに、ときに厳格で神秘的なアンダンテが続くことがあるように。

というわけで、私たちの恋の物語に話をもどすと、冬が過ぎ、春にはいり、いとこ同士の愛はおおよそすでに述べてきたような形で進行していった。アンナがひとりだとわかっているとき、エドアルドはマッシーア母娘の家まであがっていき、客間と同時に食堂にもチェジーラの生徒たちの教室にもなる部屋で、ときには午後早くから夜まで、ぐずぐずと時を過ごした。陽気な気分の午後があり、そんなときには、女の子がお人形で遊ぶように、アンナをおもちゃにして楽しむ。三つ編みをほどき、髪をとかし、ちょこちょこと手をとめてはキスをしたり、髪の毛をちょっと引っぱったり、首筋をくすぐったり。髪の毛をきちんととかしつけると、上流婦人たちから学んだ流行や、自分の思いつきにしたがって、一千ものスタイルに結いあげた。そんなふうにしてアンナを変身させたあと、アンナが自分の姿をじっくりと眺められるようにと、寝室の鏡の前に連れていく。アンナは虚栄心の強い性格ではなかったけれど、わが身の美しさを目にして、それをエドアルドのためによろこんだ。鏡に驚きの目を向け、それから目を伏せて笑う。するとエドアルドは魂を奪われ、アンナの頭をつかみ、髪をめちゃくちゃにし、丈の高い草むらに飛びこんでいく人の衝動的な歓びとともに、手と唇とをそのなかにもぐりこませた。あるいはアンナの長いおさげを、黒い毛皮のストールのように首に巻き、顔をアンナの顔に押しつけて、優しいほめ言葉を狂ったようにささやきかけた。

ある日は、アンナの髪をカールさせたくなり、額の上の房を少し切ったあと、チェジーラのこてを炎で赤く熱して、ひと房のカールに変えた。アンナの髪がこてを知ったのはこれが初めて。アンナがある種のおしゃれの手ほどきを、ひとりの青年から受けねばならなかったというのは、実のところ奇妙な話ではある。

別の日には、エドアルドの思いつきで、いとこ同士はたがいに服を取り替えた。隣りあった部屋のそれぞれで服を脱ぎ、半開きの扉のわずかの隙間から手渡しあう。ふたたび顔を合わせたとき、どちらも狂ったように笑った。けれどもアンナは、エドアルドの服を肌に感じて奇妙な感動を覚えたので、まっ赤になり、笑いながらもほとんど泣きそうになった。ところで、この変装の下で、これまで気づかなかったあることが、ふたりの目にはっきりと浮かびあがってきた。つまり両人の目鼻立ちの奇妙な類似である。いとこの服を着たアンナは、本物のエドアルドよりもわずかに小さくて、髪の黒いエドアルドに見えた。一方、エドアルドのほうは、女の子の装いをすると、アンナ・マッシーアの金髪の双子と思われかねなかった。この発見はふたりをよろこばせた。鏡の前に並んで立ち、笑い、自分たちの像を較べ、エドアルドは、恍惚となって夜の水に自分の姿を映すナルキッソスの奇妙な歓びをもって、自分の姿をアンナのなかに探し、アンナは愛する顔のなかにみずからの血の証を認めた者の誇らしい母性の喜悦のなかで身を震わせた。「ほら、ぼくらの目を見てごらん！」とエドアルドが叫ぶ。「色は違うけれど、形は同じじゃない、どう？　こめかみを見て、それに髪の生えぎわも！　同じじゃない？」こんなふうにいとこのどちらものなかに、青白い頬のいささか子どもっぽい丸みを帯びた線、突き出されてちょっと憤慨した表情をつくる上唇、高く曲線を描く眉、細い手首が認められた。「ああ、ぼくの小さな妹、いや、弟かな」とエドアルドは笑いながら訂正した。「ぼくに似てる。そっくりだ！　きみが女で、いつもひどいかっこうをしてるから、今日まで気がつかなかった。でも、実際のところ、ぼくらには同じ血が流れているんじゃないかな？　きみのお父さんはぼくの母のお兄さんだろう？　ぼくらはほとんど兄と妹のようなものだ！」この言葉に、アンナはいつもいとこの前では見いだせない大胆さ、おそらくは自分の新しい絵姿の男性美から生まれた大胆さで、エドアルドをぎゅっと抱きしめ、ちょっと口ごもりながら、しばしば覚える感覚を告白した。あなた、エドアルドをつい最近、知ったのではなく、ずっと前から知っていたような気がする、それも女友だちやいとことしてではなく、まさに妹として。まるでふたりが同時に生まれ、ほんの小さなころからいっしょに育ち、同じベッドで眠っていたかのように。

　このような話に、エドアルド、いや、女性形でエドアルダと言ったほうがよいだろう、エドアルダは大きな声で笑った。それから会話をするときのいつもの習慣で、話題を逸らし始めた。そして話題を逸らしついでに、こう言った。王や皇帝が自分の姉妹としか結婚できない国があるのを思い出した。民衆には犯罪になるけれど、王や皇帝には聖なる掟であり特権である婚姻のきずな。エドアルドはこのことを、冗談を言う人のように、あるいはおとぎ話を語る人のように口にした。けれどもアンナはそれを聞くと、ふっと覚えた動揺を隠しておけなかった。エドアルドのほうはそれに応えて、笑いながらアンナから身をほどき、つけ加えた。「ところがぼくはきみとは結婚したくはない。まったく別の皇妃を選ぶだろう」そう言うと、突然、女の服を着ているのが恥ずかしくなったかのように顔をくもらせ、アンナにすぐ服を返すように命じた。その言葉に、アンナはそこから走り出て、扉の隙間からの服の交換が繰り返された。娘が大急ぎで服を着て、ようやくスカートの紐を結んだかというところで、いとこが隣の部屋から呼ぶ。アンナは隣室で、まだ着替えの途中のいとこを見つける。だらしないかっこうでソファにひっくり返り、着替えを手伝ってもらうために呼んだのだと説明した。なぜならば、威張ってつけ加えたように、ひとりで服を着る習慣はなく、いつも召使に手伝わせているからだ。そしてソファから立ちあがりもせず、ぼんやりと黙りこくって、ものぐさに、幼い子どものように、アンナの震えるおぼつかない指先に着替えをまかせた。

　ふたりのいとこのあいだの劇がいつも、いま描いたように陽気だったわけではない。それどころか、このマッシーア母娘の貧しく殺風景な客間は、残酷劇の舞台になった。たとえばある午後、つぶれたばねがぎしぎしと音を立てるソファに、ふたりきりですわっていたとき、エドアルドはだしぬけに自分の婚約を告げた。いいなずけ（貴族階級の令嬢）の姿をアンナに描いて聞かせ、その人柄、家柄、富を称讃する。いいなずけの姓と名も口にする。アンナの知らない姓、けれどもエドアルドがそれを発音するもったいぶった口調から判断すると、きわめて威信のある名にちがいない。そして嫁入りの衣裳一式はすでにパリに注文済みで、結婚の宴のあいだは、わざわざウィーンから呼び寄せたオーケストラが、自分、エドアルドが作曲した曲を演奏するだろうと語る。そのために、まさにこの数日間は、想を得ようと未来の花嫁の肖像画を眺めながら、ピアノの前で長い時間を過ごしている……

　もちろんこの婚約の話はでっちあげだった。けれどもアンナは、エドアルドの真剣で、ちょっと沈んだ表情を見て、いとこが真実を語っていることを疑わなかった。微笑がアンナの唇の上をはい進み、顔からは血の気がさっと失せる。けれどもアンナはなにも言わない。するといとこはアンナをこっそりと盗み見ながら、婚約の知らせを聞いても動じないのをほめるのだった。この知らせは、一方ではチェレンターノ家の縁続きとして、そう、きみをよろこばせるだろう。でも、もう一方では悲しませるかもしれない……いいだろう、そんなにお利口なところを見せたのだから、ご褒美に、明日、いいなずけの肖像画をもってきてあげよう。きみが未来のいとこを、せめてその絵姿で知ることができるように。自分は本心からきみを花嫁に紹介したいけれど、それは不可能だ。きみもよく知るように、社会的な壁というものが存在する……エドアルドがここまで話したとき、アンナは肩をすくめ、脅えた弱々しい蒼白の顔のなかの暗い目をそむけながら言い放つ。「会いたくないわ」そう言う声はしわがれ、かすれているので、いとこはその言葉を聞きとるために、アンナのほうに身を傾けなければならない。けれども聞きとったとき、口では言い表せない喜悦（アンナには見えなかった）がその瞳を照らした。「会いたくない！」エドアルドは憤慨したように大声をあげる。「肖像画でも？」アンナはもう一度、肩をすくめ、拒絶を意味する微笑を浮かべる。「でもなぜ、どうして！」エドアルドは抗議する。「あの気の毒な娘《こ》がきみになにをしたの？」

「向こうはきみを知らない」ちょっと間をおいたあと、

ふたたび話し始める。「きみが存在してることとさえ知らない。で、きみは、賭けてもいい、もうあの娘を嫌ってる。ねえ、あの気の毒な人に、ひどいことするねえ。きみはあの人を憎むことでぼくを侮辱した。ぼくはそれについて、きみにあやまってもらわなければならない。実のところ、ひとりの男にとって、妻というのは愛し、慈しむべきものであるだけではなく、神聖なものでもある。夫は、自分が妻を愛し、尊重するのと同じように、すべての人が妻を愛し、尊重することを求める。もしきみが女の子じゃなくて、ぼくと同じ男だったら、ぼくはきみに決闘を申しこまなくてはならない。それじゃあ、きみはあやまらないと言うの?」エドアルドはちょっと眉をひそめた顔の裏に、ちくちくと刺す知りたがりの甘い不安を隠し、アンナの返事を待つ。けれどもアンナは返事をせず、輝きを失った目を大きく大きく見開いて、視線をエドアルドに釘づけにした。「ああ、なんて醜い顔をするんだ」とエドアルドはアンナをじっと見ながら言う。「すっかりしわだらけ。おばあさんみたいだ。意地悪をするから、こうなるんだ。たぶんきみを苦しめてるいつものねたみのせいでもある。ぼくにきみの考えが読めないと思うの? きみは一生懸命隠そうとする。無関心のふりをする。でも、きみの気もちは顔の上に読みとれる。見てごらん。鏡のなかの自分を見てごらん」エドアルドはアンナを鏡の前に立たせるけれど、アンナは自分の顔を見ないように身体をよじる。「結局のところ」とエドアルドはふたたび話し始める。「こういう場合、ぼくはきみに対してどう振舞うべきなのか、それを知りたいものだ。もしかして、婚約をきみには隠しておくべきなのだろうか? でも、遅かれ早かれ、きみは知ることになるだろう。ぼくのいとこ、きみはもっときちんとした振舞方を身につけるべきだ。きみの密やかな反抗は不当だ。ぼくたちの愛は(きみは知ってるはずだ。何度も言って聞かせたのだから)結婚では終わりえない。それに、男というのはいつの日か、自分のために生涯の伴侶を選ばなければならない。同じ社会に属する人、夫のかたわらで、夫にふさわしく輝く人……そう、ぼくが選ぶべき日がきた。ぼくは理想の花嫁を見つけた。いつも金髪で小柄な子を想い描いてきた、ぼくのラウラのように……背の高い子にはすぐに飽きる。で、きみ、ぼくのいとこ、きみのすくめた肩と無礼な微笑みは、この機会に、きみが本物の意地悪女であることを明かした。もういい。今日からぼくの結婚の日まで、あと二週間ある。そのあいだに、きみがお利口さんにしていたら、会うことにしよう……さあ、アンヌッチャ、安心したまえ、今日はもうそのことは考えないで」

こうエドアルドが話しているあいだ、アンナはあのまっ白な、冷たい、眩惑された沈黙を守り続け、そのうしろで最後の要塞に立てこもっているように見えた。話の終わりのほう、エドアルドが「ぼくのラウラ」と名前を呼んだとき初めて、奇妙な咳払いを始めた。エドアルドは、このこほんこほんという見かけ倒しの咳を見分けることを学んでいた。アンナはときにこの咳に自分の泣きたい気もちを隠す。でも、咳の発作は意志に反して、すぐに激しいすすり泣きに変わり、まるで泣くことの恥ずかしさを隠し、同時にいとこの残酷な話をやめさせるためのように、アンナはすすり泣きの合間に、こんな意味のない言葉を投げかけた。

「ええ、あやまる。あやまる。あなたにあやまる！」

最初の咳の発作で、エドアルドはすでに後悔を始めていた。そのあとアンナがわっと泣き出すのを見て、あやまると言うのを聞くと、表情を変え、アンナにキスをし、優しく笑いながら叫んだ。「ああ、ぼくのアンナ、どうしてそんなに信じやすいんだ！　じゃあ、ぼくがきみのお人好しをいいことにしたのに気づかなかったの？　婚約の話はみんな作りごとだって？」

「作りごと……」アンナは半信半疑で繰り返す。そして人を罠にかける期待のなかであがきながら、涙の合間にエドアルドをそっと盗み見る。

「ああ、でもきみ以外のだれだって、すぐに気がつくよ！　きみみたいに無邪気な人は見たことがない。でも、きみはちっちゃな女の子じゃない。ぼくと同い年だ！……ああ、ほら、もうご機嫌がなおった」

事実、この瞬間、エドアルドの目がいとこの目と合った。その目はふたつの孤独な精霊のように、打ちのめされた震える顔のなかで、不思議な光を放ち始めた。ふたつの精霊は、そう、光を放ったけれども、ほんの一瞬で、すぐに消えてしまった。なぜならばかわいそうなアンナは、相反する荒々しい感情に打ち負かされて意識を失い、ソファの背にがっくりと頭をもたせかけたからだ。

気絶は、ほんとうのところ、エドアルドの悪意ある目的を超えていた。エドアルドは激しい後悔に襲われ、この後悔を、かわいそうなアンナが聞くことができさえすれば、一回ではなく十回の気絶で報いるほどの優しい言葉で表明した。残念ながら、アンナはほぼ一分ほど、なにも見ず、なにも聞かずに横たわっていた。けれどもこの日、午後の残りに、エドアルドは穏やかで感傷的で細やかな気遣いを見せたので、結局のところ、アンナにとっては幸せな一日となった。

けれども後悔は、いとこがそのあともしばしば婚約についての残酷な話題に立ち返るのを引きとめはしなかった。エドアルドはアンナに繰り返した。自分の婚約の知らせは、あの日はまだ時期尚早だったとしても、いまこのときにも現実となるだろう。街でいちばん裕福で誇り高き母親たちが、エドアルドに自分の娘をあたえようと計略をめぐらせている。きみ、アンナは今日明日にもこの種の知らせを受けとる覚悟をしておかなければならない。こんなふうに、エドアルドは相手の心のなかで、密やかな戦いの炎を燃えあがらせて楽しんだ。檻に閉じこめられた雌獅子が、こちらには一頭の仔羊ほどの害もあたえられないことを知りながら、雌獅子をからかう高慢な少年のやり方で。あるいは別の言い方をすれば、ほかのみんなには獰猛だけれど、自分にだけは仔羊のようにおとなしい、とても美しいシェパード犬の飼い主のやり方で。

要するに、強くて完全な魂が恋に落ちるときに起きることがあるように、アンナは、自分自身だけでなく、自分の思慮分別までもを全面的に放棄した。エドアルドの行動と言葉を決して邪心のせいにはしなかったし、その善悪を判断さえもせず、信者が天からの通達を受け容れるように受け容れた。エドアルドの誹謗中傷に怒りをかきたてられれば、あまりにも愛している中傷家にではなく、むしろ自分自身に復讐するほうを選んだ。つまり、自分の怒りをエドアルドへのより甘やかな服従に変換させ、鞭で打たれているときのように、激烈な痛みによって自分を抑えた。わがままないとこの気をそそったのは、まさにこのゲームだった。実のところ、残酷な恋人にとって、誇り高き心がみずからを罰する光景ほどに好ましいものはない。

春がきて、エドアルドは間近に迫るふたりの否応なしの別れについて話し始めた。実際、チェレンターノ家は夏には田舎に移る。そして田舎から帰ったら、つまり秋には、自分、エドアルドはひとりで外国に出かける。いまエドアルドは、訪れるつもりのあちこちの都会の名を告げ、それはアンナが子どものころ、父親が話すのを聞いたのと同じ名前だった。けれどもテオドーロがいっしょに連れていくと約束をしたのに対して、反対にいとこは、自分のすばらしい計画にアンナが避けがたく不在であることに満足しているようだった。エドアルドの計画はすばらしくはあったけれども、ほとんど滑稽なくらいのその虚栄のせいで、アンナほど無邪気ではない聴き手なら、わっと笑い出したことだろう。いとこは、地球上のすべての都が、まさしくひとりの王侯君主の到来のように、自分の到来に感激するにちがいないと語り、アンナはそうなることを疑わなかった。そのうえに、エドアルドは、自分を待つ風習や経験やさまざまな新しい風景にはまったく関心がないように見えた。唯一、切望し、心待ちにしているのは、自分自身が異邦の地で集めるであろう名誉と、自分がさまざまな舞台であげる輝かしい成果だけ。たとえば、ひとこぶ駱駝の背に乗る自分の姿を描き出す。駱駝はアリという名で呼べば応える巨大な動物で、自分と較べればごくごく小さなエドアルドに、驢馬《ろば》の仔のように従い、よくつくす。エドアルドはそのお返しに、アリに鮮やかな色の高価な鞍をつけてやる。そんなふうにして、古《いにしえ》の東方三博士のように頭にターバンを巻き、宝石をちりばめた太い帯を締め、足にはビロードのバブーシュを履いて旅をする。ふたこぶ駱駝とひとこぶ駱駝の長い列が、どの駱駝も、エドアルドの献身的なアリほどではないけれど、豪華な馬具をつけ、大勢の若者や若い娘を乗せて、あとに続く。若者たちは自分の召使、娘たちは自分の花嫁。どちらも美しく、肌はオリーヴの色で、首飾りと薄物だけを身にまとう。エドアルドが停止を命じるとすぐに、若い男女は駱駝の背からさっと飛び降り、最高に豪奢な館《やかた》よりもなお豪奢で、風にたなびく赤とオレンジとトルコ石と黄金の色の旗をてっぺんに立てた純白のテントを砂漠に張る。はるか遠方から、スルタンやらワジール［宰相］やらがこのテントを見分けて、エドアルドの到来をたがいに知らせあい、すばらしい行列を組んで、そのもとを訪れ、エドアルドは宴を開いて豪華なごちそうを並べ、宴の席では召使がギターを奏で、花嫁たちは疲れて倒れるまで舞い踊る。

反対にスペインでは、闘牛士の装いをする。それから大きな赤いマントに身を隠し、闘牛の観衆のあいだにお忍びで腰をおろす。闘牛場では、一頭の雄牛、「アリーナの恐怖」、巨大なロッサノがすでに猛り狂い、ピカドール[*1]たちが雄牛に攻撃をしかけ、バンデリリェロ[*2]たちがあらゆる方向から雄牛を突く。けれども全闘牛士のあい

*1　馬上から牛を槍で突き、弱らせる役。
*2　銛で牛を突く役。

だから、盛大なる喝采に迎えられて、スペインの偶像、偉大なるマタドール、マヌエリートが堂々と進み出る。エドアルドは群衆に混じって、一千もの喉が発する名もなき叫びに、最愛の友マヌエリートへの自分の挨拶を紛れこませる。マヌエリートは、エドアルドの顔を見分けられないけれど、まるでその大切な、思いもかけぬ存在を見抜いたかのように、友がすわる桟敷に笑顔を向ける。それから、頭を高く掲げ、対戦相手の獣に向かって、笑いながら突進する。闘いは恐ろしい。すでにどの馬も腹を裂かれてアリーナに横たわり、雄牛の一千もの傷から吹き出した獰猛な血が、身軽なバンデリリェロや俊敏なピカドールの高貴な血と混ざりあう……マヌエリートひとりが残り、一対一の決闘に立ち向かうが、獰猛なロッサノは屈服しようとはしない。このとき、マヌエリートが一瞬、迷う。一種のごく短い放心……ロッサノは頭を低くしてマヌエリートに飛びかかる。広大な舞台に悪夢の沈黙がのしかかる。けれども、ひとつの声が叫ぶ。「だめだ、マヌエリート、きみは死にはしない！」それはわれらがエドアルドの声。赤いマントのなかから黄金のブロケード［絹織物・錦］の装束をまとった姿を現し、腕を高く掲げ、両手のあいだに大きなマントを広げて、ばたばたと振りながら、観客席からぴょんと軽くひと飛び、アリーナに飛び降りる。マヌエリートの胸をすでに怪物の角がかすめ、そのとき、怪物はエドアルドのマントの紅《くれない》のきらめきに引き寄せられて、鈍い目と黒い額をそちらに向ける。すでに死の確信で青ざめて、マヌエルはほとんど放心状態、すぐには介入の準備ができない。ほら、ロッサノは痛めつけられた大きな身体を横に逸らし、エドアルドに飛びかかる。けれどもエドアルドはさっと飛んで身をかわし、同時に、攻撃にもどったマヌエルが剣を雄牛の頭蓋に深く突き刺す。勝ち誇った驚きの叫びがアリーナに爆発する。「エドアルド！　きみか！」と優雅なマヌエリートは法悦の微笑を浮かべて叫ぶ。エドアルドはマヌエリートを抱きしめ、そんなふうに抱きあいながら、黒いリボンを巻かれた雄牛の死骸のそばに立ち、ふたりの勇者は歓喜の平土間に向かって帽子を振り、観衆の騒々しい愛の叫びは際限なくアリーナにこだまし続ける。マヌエリート！　エドアルド！　娘たちは笑い、泣き、レースのハンカチを噛む。そして熱狂したセビリア女たちは血まみれのアリーナに、自分のマンティーリャ[*1]を、刺繍をしたショールを、ベルトに挿した花束、太陽とその物憂げな身体の熱でちょっと色のあせた花々を投げ入れる。これほどの大きな敬意のしるしに、ふたりの勝者は投げキッスと微笑、慇懃に満ちたお辞儀で応えるけれども、ふたりのあいだでは皮肉っぽくささやきあう。「ほら、ごらん、エドアルド。この野蛮な連中、この狂乱した烏合の輩が、腕を振りまわし、叫んでいるようすを」「ああ、マヌエル。神さまのおかげで、ぼくらはすぐにこの馬と雄牛の虐殺現場から出られる。ぼくらの部屋でカルメンシータとパメリータ、ため息のように細く、オレンジのように新鮮なぼくらのお嬢さんたちが待っている。四枚の壁のあいだ、高い鎧戸のうしろに閉じこもり、ぼくらのジャケットに刺繍をしながら、そしてあの子たちのセニョーラ・デ・ロス・ドローレス、悲しみの聖母さまがぼくらの命を守ってくれるように、黒檀のロザリオをくり、涙を流しながら一日を過ごす。闘牛は見ないし、雄牛が大嫌いで、仔猫やカナリアやロゾリオ〔リキュールの一種〕味のボンボンしか好きじゃない。それはそうと、マヌエル、いっしょにあの娘たちのところにもどる前に、ボンボン屋に寄るのを忘れないようにしなきゃ」「で、耳はどうする?」「耳って、なに?」「見てないの。雄牛の耳を両方とも切りとる用意をしてるだろう。トロフィーとしてぼくらにくれるんだ」「そうだった。どうする、マヌエル、茹でたらおいしいと思う?」「いや、思わないね。ちょっと硬いだろう」「それじゃあ、途中でだれかに預けることを考えよう。ぼくらのかわいそうなお嬢さんたちに見せるわけにはいかない。恐がるだろう」抜け目のないふたりのマタドールは、アリーナのなかで腕を組んで、こんなふうにささやきかわし、一方、群衆は叫ぶ。「マヌエリート! エドアルド!」褐色の髪と、茶色のアーモンド形の目をしたマヌエルは、アメジスト色のビロードの装束を着ているので、金色のブロケードを着たお仲間の隣では、若枝にびっしりとついた黒葡萄の房のように見える。優雅このうえなきふたりの勝利者は、実のところ、目に心地よい光景を描き出し、セビリア中がふたりに夢中になっても驚くにはあたいしない。相変わらず腕を組みながら、ゆっくりとアリーナを一周する……

けれどもここで灼熱のセビリアを離れて、雪深きロシアの凍てつく草原と野に向かい、エドアルドは革の長靴を履いて、毛皮を身にまとう準備をする。私たちの猟師が身を包むような、牛追いにふさわしい粗野な毛皮でも

＊1　スペイン女性の伝統的なかぶりもの。レースや絹製で頭から肩をおおう。

なく、私たち西洋の紳士たちの味気のない単色の毛皮でもない。しかも紳士たちは、まるで見せるのが恥ずかしいかのように、そういった毛皮をウール地の外套の裏張りに使う。エドアルドはときには銀色がかった黒狐の毛皮を、またあるときには金色の貂《てん》の毛皮を着て、仕あげに黒い毛皮の帽子をかぶる。このような服装で、狼の殲滅者、屈強で脚の速いみごとな犬たちに牽かせた橇で旅をする。そしてロシアの皇子と絶世の美女の皇女と連れだって、鹿やトナカイを狩りにいく。アンナは知らないかもしれないけれど、チェレンターノ家はすべての宮廷の友情に恵まれ、したがって全世界のどこへでも旅をすれば、皇帝や国王たちから客人として、仲間として迎えられるからだ。

　虚栄心の強いエドアルドはこんなふうに断言し、アンナはその無知のなかで、いとこの一言一句を信用して受け容れた。それどころか田舎貴族のチェレンターノが、全世界の貴族階級の華であることを、そしていとこがすべての王室、すべての皇室の偶像であり、おそらくは、ある日、どこかの女王の愛ゆえに君主の座に就くかもしれないことを、確実な事実として信じた。

　こういった計画をアンナに話すとき、そしてジェントルマンの花園イギリスでは、自分がジェントルマンの模範となること、ドイツでは皇帝の御前で、親友たちが結成する四重奏団が自作の曲を演奏すること、スイスでは未踏峰に登攀し、それ以降は「エドアルド峰」の名を冠することになる頂上を征服すること、そう、こんなふうな計画を話すとき、いとこはまるでもうすでに全世界から喝采を浴び、祝われ、大切にされている自分を見ているかのごとく興奮し、鼻高々になった。身につけるつもりの驚くべき衣裳を描いて聞かせるとき、絶えずアンナに尋ねた。「これこれのふうに装うのがいいと思う？」そして、エスパダ[*1]の装束で品よく強調される自分の美点、細くて優美な自分の腰と足首を見せた。あるいは頭を誇らしげにまわし、自分の整った横顔を称讃させた。ターバンやスペインの三角帽や毛皮帽のどれも同じように優美に似合うだろう。賢い娘ならだれでも、こんな空疎な虚栄とエゴイズムの誇示にはうんざりしただろう。ところが反対に、それはアンナの見境のない称讃を燃えあがらせ、絶えず、そしてつねに新しいやり方で、エドアルドにあたえられた恵みと幸運とを思い出させた。恵みと幸運とは、残念ながら、アンナの敵、しかも邪悪な敵だった。なぜならば、アンナがそれらを失わなければならないと知ったまさにその瞬間に、その最大の輝きでアンナの目を眩ませたからだ。だから、アンナの称讃は激痛となり懊悩となった。そして驚きで見開かれた崇拝の目で、いとこの軽薄な態度をじっと眺めているあいだ、アンナは永遠の罰に運命づけられ、究極の死の苦しみのなかで、すばらしい聖画に目を釘づけにするひとりの悪人に似ていた。半ば開いた唇から苦しげな重い吐息がもれる。けれども、いとこがアンナに「これこれの服は似合うかな」と尋ねると、アンナは慎ましく、ええと応じ、エドアルドは尊大に陽気にパイプのけむりをぷかぷかとふかす。実は、言い忘れていたのだけれど、いとこは当時の流行にしたがって、この道具で煙草を吸うのを大いに好んだ。すでに海泡石や銀その他ありうるかぎりの素材で、このうえもなく創意に富み、このうえもなく奇妙な細工を施したパイプのコレクションを所有していた。いま話題にしているパイプは、火皿が豊かな髪を高く結いあげた女の小さな頭の形に彫られている。でも、いとこは、まるでありふれたパイプのように関心のないようす、せいぜいが異国風に考えこむような態度を得意げに装うだけで、煙草の葉を詰め、けむりを吸いこんだ。「で、きみ」それから目でけむりを追いながら尋ねた。「アンナ、きみはこの秋にはなにをするの？　家にいて、市場に出かけ、もしかしたら窓から外を見る、どう？　たぶんだれか別の男が通りできみを待ち、きみのためにうたうかもしれない。で、きみは……下におりていく……」アンナはこの言葉を聞くと、額にしわを寄せ、恥じらいと苦悩に満ち、ゆっくりと頭を振って否定する。それから視線をおろし、答える。「あたしは、あなたがどこにいっても、いつもあなたを待ち続ける。たとえあなたがもう、あたしのことを忘れてしまっても、あたしはあなたを、あなただけを思いながら生きる」「ぼくを待つ！　でも、ぼくは二度ときみのところにはもどらないよ！　別の恋人、それからまた別の恋人をつくって、妻をもつんだ。それから愛人もひとり。三十歳の貴婦人、赤毛の！　この小さな広場、この路地に続く道さえも思い出さないだろう」「で、あたしはここに閉じこもって暮らし、朝も夜もあなたを思う。あなたひとりだけを。死の日まで」

　こうして、純真なアンナはその勇猛果敢な、震える率直さによって、いま一度、いとこに屈した。いとこのほうはアンナが話しているあいだ、灰皿をパイプでぱんぱ

＊1　牛にとどめを刺す闘牛士。

んと神経質にたたき、まるで回答が言葉にされる前に、それをひったくりとろうとするためのように、目を凝らして、アンナの唇の動きひとつひとつを追っていた。実のところ（なぜそれを隠す必要がある？）、未来の栄光と愛の数々を夢見てはいても、自分が不在のあいだにアンナがなにをするのかという思いがエドアルドを追い続け、計画のひとつひとつを苦い嫉妬の味で台なしにした。もし私たちがほんとうにすべてを言ってしまうとすれば、実のところ、エドアルドはアンナとの、そしてこの小さな広場との、この路地との別れを、まるで胸を石で打たれるような激しい痛みを感じずに深く考えることはできず、そのためにその唇は小さなしかめ面に歪んだ。〈だめだ〉と、きっぱりと自分に言う。〈ぼくはいきたくはない。いい。自分の望むとおりにできるのだから。ぼくはいかない。夏中、ここにいる。お母さまが田舎にいきたければ、ひとりでいけばいい。外国には来年いこう。いや、もしかしたら別の年に。アンナ、ぼくのアンヌッチャ！〉こんなふうに考えながら、気のないようすで、パイプをたたき、そのあと、いまお話ししたようなやり方でアンナを不安に陥れて、このためらいと苦悩とのかたきをとる。もしアンナが泣けば言う。「ああ、なんだい。ぼくはいつまでも女のスカートにぶらさがっていなきゃいけないのか？」そして、毎日、上着のポケットに入れて持ち歩いている、刺繍をしたすばらしい煙草入れ（姉アウグスタの作品）から、傲慢なようすでパイプに煙草を詰める。

この数か月で、アンナは痩せ、ある瞬間には、ほとんど一人前の女のような新しい表情を見せた。エドアルドを失うという思いが、アンナを奇妙に大胆にし、以前なら絶対にできなかったようなしぐさをさせ、言葉を言わせた。たとえば、ふたりで楽しく静かに話しているときに、エドアルドの微笑のひとつ、まばたきのひとつを見て、突然、その顔を衝動的に両手ではさんで叫んだ。「ああ、あなたはなんてきれいなの！」そして額や唇に口づけをした。あるいは、いっしょに過ごした午後の終わりに、エドアルドが別れの挨拶をしようとしていると、指でその服をつかみ、切迫した苦悩の口調で懇願した。「だめ、だめ、エドアルド、もう少しいて！あたしをおいていかないで！まだ、いかないで！あなたに……あなたに話すことが……」

「なんの話？」エドアルドは興味をそそられ、優しく言い、すぐにアンナの言うことを聞いて、もう少しそばにいてやる（一羽の鳩みたいに。口づけとささやきを交わしていた鳩は、ふっと連れ合いのそばを離れ、胸を張ってちょこちょこと遠ざかっていく。けれども、連れ合いが嘆きの声でおずおずと呼ぶと、立ち止まり、小さな頭をそちらに向けて、翼をばたばたさせ、ひと飛びでまたそのそばにもどる）。

「なに？　ぼくにどんな話があるの？」とエドアルドは繰り返す。けれどもこの問いかけに、アンナは口をつぐみ、顔をその胸にのせて目を閉じ、まるで自分の呼吸でエドアルドの愛しい存在を自分のなかに取りこもうとするかのように、深く息を吸う。

一度など、アンナは意図的ではなかったのだけれど、そのあと、それを思い出すと茫然自失し、まっ赤になるほど大胆なことをした。ある午後、いとこが喉もと、ブラウスの丸い襟のそばに物憂げに口づけをしていたとき、アンナ（ソファにぐったりと身を投げ出し、半ば横たわっていた）は、無意識のしぐさで、ほとんどまるで夢遊病者のように、結んだ細い紐と一列に並んだボタンで閉じられていたブラウスを自分の手で少しずつ少しずつ開き始めた。エドアルドはそれに気づき、一瞬、黙っていた。けれども、そのあとアンナの軽率な小さな手を自分の拳で乱暴に握りしめて、やめさせながら叫んだ。「おやおや！」そして眉間にしわを寄せながら続けた。「ぼくのいとこ、きみの純潔はどこに逃げてしまったんだ？」エドアルドのこの怒りの下にどんな新しい術策が隠れていたのか、ほんとうのところ、私にはわからない。実際に、アンナを非難したこのしぐさを、エドアルド本人が何度もしていたことを、私たちは知らないわけではない。アンナのブラウスを自分の手で脱がせ、そうして肩と、わずかに見える胸もとにじっくりと口づけをするために。ところが今回は、アンナからぱっと身体を離し、口づけを拒否し、繰り返した。「おやおや、アンナ！おやおや、アンナ！」アンナは背もたれから頭をあげ、一瞬、思いに沈み、まっ赤になって、黙ったまま、ボタンのはずれた自分のブラウスに目を落としていた。それから、顔を両手でおおい、思いがけずひくひくと神経質に笑い出し、そのあとに滝のような涙が続いた。そして頭を苦しげによじりながら、ソファのクッションを強く嚙み始めたので、布が裂け、なかの毛が出てきてしまったほどだった。こんなアンナの姿を見るのは初めてだったので、エドアルドはびっくりしてアンナを見つめた。自分が切り、カールをさせた小さな髪の房が汗で濡れて、その額に張りついていた。エドアルドはアンナの額を指で優しくぬぐい、そしてカールをはがし、伏せた繊細なまつげのあいだからアンナをこっそりとうかがいながら、「おやおや、アンナ」と、痛ましい叱責を繰り返し、ブラウスのボタンをていねいにはめなおした。

別の日には、エドアルドがよくやる癖で、自分が征服した娘たちを自慢しているとき、黙っておとなしく耳を傾けていたアンナが、突然、細いうめき声をもらし、まるで失神したかのように頭をテーブルに打ちつけた。でもエドアルドが急いで揺さぶり、名前を呼び始めたので、またすぐに頭をあげた。引きつった顔のなかで、ふたつの眼がらんらんと輝いていた。「エドアルド、あなたは……」と、口で大きく息をしながら言うので、話すと歯がむきだしになる。「あなたはまるであたしには心がないように話す。あたしが石膏の像みたいに。でも、あたし……あたしには、もうそういう話は耐えられない。ああ、なんてこと！」立ちあがり、抑制がきかなくなったように、エドアルドがそれまで見たことのない歩き方で、うろうろと歩きまわりながら話を続ける。その衝動に突き動かされた歩き方は、アンナを突然、その顔までも庶民の娘のように見せた。「ああ、なんてこと！　あなたが話しているあいだ、あなたと別の女の子が抱きあっているのが見えるような気がする。それはだめ、だめ、あたしには耐えられない。あなたは女の子にキスをし……甘い言葉をかけ……涙をふいてやる。ああ、エドアルド、あたしはいやよ！　いや！　ほんとうじゃないと言って。じゃないと、その子を殺してしまうわよ！」こう言うと、エドアルドの前にふたたびどしんと腰をおろした。そして頭をあまりにも強く揺さぶったので、ピンで危なっかしくとめてあった重いシニヨンがほどけて、髪がぱらぱらと肩にかかった。しわがれた野性のうめきをあげ、それは暗闇のなかで自分の怒りを聞いてもらえずに、嘆きの声をあげるヤツガシラやほかの夜の生き物のうめきに似ていた。「なにを言ってるの？　だれを殺したいの？」いとこは眉を大きくあげながら尋ねる。そしてアンナがちょっと落ち着いたように見えたので、笑いながら続けた。「それじゃあ、殺人者になるんだね。でも人殺しをしたら牢屋に入れられる。そのあいだ、ぼくは自由だ。別の女の子を口説くこともできるし、やりたければ、きみの監獄の窓の下を、女の子たちと散歩だってするかもしれない。ほら、これがきみのご褒美、ってわけだ」こんなふざけた言葉を聞いて、アンナはまるでまだ形のない脅しがその心を横切っているかのように、ほどけた黒髪の房の下から、卑屈であると同時にけんか腰の目でいとこを見つめた。けれどもエドアルドを見ているうちに、その目は濡れ、アンナは目を伏せ、甘くて真剣で、そして涙で震える声で言った。

「そうしたら、頭を鉄格子に打ちつけて死んでしまう」

けれどもエドアルドに対するアンナのもっとも大胆な提案のことを、私たちはまだ話していない。それは六月初めの晴れて暑い朝におこなわれた。

このころ、マッシーア母娘が住むアパートで、工員の家庭の娘（ある若者と密かに会っていた）が妊娠して、家を追い出されるという事件があった。門番のおばさんは娘が愛人から捨てられ、ひとりで生計を立てる手だてもなく、赤ん坊が生まれるとすぐに、赤ちゃんポストにおいていったと話した。でも、それで自分の恥をそそいだわけではなく、娘は二度と姿を現さなかった。この娘についてそれ以上はなにもわからず、死んだという人もいた。このあまり珍しくもないドラマが、アンナの頭にひとつの目論見を吹きこんだ。つまり、エドアルドが、おそらくはアンナを永遠に捨てて出発してしまう前に、その息子をもつこと。たとえいとこに捨てられたあとでも、息子は自分の人生に愛が未来永劫、存在し続けることを意味するように思われた。アンナにとっては、自分の未来に愛する人の思い出だけではなく、その実質そのものをもち続ける唯一の手段。アンナはひとり残され、息子の誕生を待ちながら、子どもがその肉のなかにエドアルドの失われた姿をふたたび組み立てなおすように、裏切り者のいとこの身体を、顔を、声を休むことなく思い続けるだろう。この双子の花の片割れ、この魔法の鏡、エドアルド本人も、貧しさも、不名誉も、だれもそれをアンナから奪うことはできない。そして、この小さな四肢のなかに肉の形をとったアンナと愛とは、手に手をたずさえて、恥辱を、裏切りを、他人の協定と契約を、夫婦の貞節を、不実な愛人たちを、陽気に笑いものにするだろう！　この息子、絶対に男の子、この子にアンナはエドアルドと名前をつける。記憶をにっこりとひと飛びさせて、アンナはもうこの子のなかに、馬車から幼いアンナに挨拶をした感じのよい少年を見分けていた。肩にぱらぱらとかかるあの金髪をくしけずり、あのカーネーションに似る小さな手に、あの小さな足にキスをし、あの白い長靴の紐を結んでいるように思われた。もちろん、あたしの息子は赤ちゃんポストにはいかない。自分のそばで、立派な紳士として育つ。でも、どうやって？　あたしは貧しく、どんな仕事をしたこともない。いいわ。すべての人から追いはらわれて息子とただふたり、この子に知られずに、女乞食に身をやつし、息子が待つ家から遠く離れたところで施しを乞いましょう。家に帰る前に、息子に母親は貴婦人だと思わせるために、もう一度、服を着替える。息子は母親の生業《なりわい》が乞食だとは、ずっと知らずにいるだろう。そしてふたりが語りあう言葉、ものごと！　息子が相手なら、心に浮かぶすべての浮かれた称讃を、すべての優しい言葉を思いきって口にできる。毎分毎秒、呼ぶだろう。〈エドアルド、あたしのエドアルド！〉そして息子が走り、遊ぶのを見ながら考える。〈あなたはあたしのもの、そしてあなたのお父さんは……あの人よ〉このあなたのお父さんはあの人、という思いは、いまからもう、アンナのなかにあまりにも野性的な高揚感をかきたてるので、その心はそれを支えるのに苦労をするほど。アンナは、ある日、いとこエドアルドが馬車で通りかかり、窓辺に自分にそっくりのこの美しい子どもがいるのを見つけ、馬車をとめて、呼びかける可能性さえも予想した。「なんてふっくらしてるんだ！　なんてすてきな服を着てるんだ！　きみはだれ？　お父さんとお母さんは？」子どもは窓台からぴょんと飛び降り、室内に向かって叫ぶ。「マンマ、早く見においで。立派な殿さまと立派な馬車だよ！」そこでアンナが出てきて窓から顔を出す。だが、なんと変わってしまったことか！　エドアルドにはアンナがわからない。けれども左手の薬指のダイヤモンドとルビーの指輪を見て……

何日ものあいだ、アンナはこんなふうな物語を密かに夢に見た。ついにある日、例の新しい、並はずれた勇気の瞬間に、粗野で曖昧な言葉で、支離滅裂でないこともなく、つかえつかえ、いとこに次のようなお願いをした。あたし、アンナ自身は（と、こんな前口上で話を始めた）、エドアルドがいつも繰り返していること、つまりまもなくあたしをおいていかなければならないというのが正当であることを認めます。ええ、それは正当。エドアルドが貴婦人、自分と同等の女公爵や女伯爵と結婚するのが正当であるように。あたし、アンナはそのエドアルドの正当な運命の前で膝を折り、それどころか、あるひとつの、自分には死よりもなお恐ろしい考えさえなければ、涙を流すこともなく、受け容れようと欲するだろう。その考え（あなたには絶対に言い当てられない）は、あなたがあたしをおいていき、ほかの女と結婚し、すべての夫婦と同じように、あなたとこの女がいっしょに子どもをつくるということ。そう、ほら、そう考えると頭がくらくらし、身体が激しくぐるぐるとまわるような気がするから、ほとんど地面に倒れてしまいそう。それに、幻影のようなものが見える。たとえば、あたしはひとりの貴婦人とひとりの子どもがいる豪華な夫婦の寝室にはいり、貴婦人と子どもを虐殺しているみたい。この幻影を追いはらうかわりに、それを切望とともにじっと見つめ、貴婦人の髪をつかみたくて両手をよじり、すでにその喉に嚙みついているような気がして、歯をぐっと嚙みしめる。それほどまでに、この女を憎んでる！　そう、その女がどんなかを知らないままに憎んでる。それどころか、女がどんなかを知りたくもない。たとえいいなずけとなる可能性のあるあの子、この子を、あなたが何度描いて聞かせようとも、あたしはその顔を思い浮かべるのを拒否する。その女が存在しうると考えることさえも、吐き気を催させる。生きて、笑い、話す姿を想い描くだけで、すぐに自分が女を痛めつけ、殺す幻影がもどってくる。そしてあの狂乱の甘い味が……だからあの日、あなたに言ったの。殺すでしょう、と。あたしの憎しみの理由はなによりもまず、こういうこと。あたし、アンナが最初にエドアルドの息子をもちたいということ。そのために、だから、これがあたしのお願い。あなたが出発し、あたしを捨てる前に、あたしの夫になることなく、あたしに子どもをつくってちょうだい。この子をあたしはエドアルドと名づけ、夫のように敬い、愛するでしょう。それどころか、もう愛してる。この子がどんなかももう知ってる。どんな髪の毛、どんな目をしてるか。まるでもう生まれたかのように。結局のところ、あたしは金もちの貴婦人ではないし、半分しか貴族ではないけれど、それでもいつもあなたの、エドアルドのいとこ。だから、あなたは恐れることなく、この子をあたしとつくることができる。なぜならば、あたしたちふたりから生まれるのは、だれに対しても恥ずかしくないひとりの繊細な紳士。それにもしあなたがそのほうがよければ、だれも子どもの父親の正体を知ることはないでしょう。あたしはだれにも言わない。まるで息子はあたしひとりだけから生まれたかのように……

話のこの最後の部分を、アンナはまるで自分の混乱した情熱に引っぱられて走っているかのように大急ぎで話した。そして野性の臆病さと、勝ち誇る本能的な愛のあいだの闘争のなかで、その美しさはあまりにも清らかに、大胆に立ち現れてきたので、いとこは賛嘆に打ち負かされ、その足もとに身を投げたくなったほどだった。エドアルドは、アンナが自分の腕のなかに横たわり、音のない言葉で〈あたしを好きにして〉と懇願していた瞬間を思い出し、甘く身を震わせた。その願いを、エドアルドはこの瞬間に、黒いきらめきのなかで慎ましく輝くアンナの目のなかに読みとった。そしておそらく、この比類なき瞬間に、エドアルドはアンナの無言の奉納物をついに受けとったことだろう。もしいま描いた場面が人びとから隔絶され、愛の逢瀬にふさわしい場所で展開したのならば。ところが私たちのいとこ同士のこのおしゃべりは、どこで交わされたのか？　アンナの名高い演説はどこで発せられたのか？　それはふたりが最初に会う約束をしたのと同じあの広場、市場のアーケードの下、そして雑踏と騒音からわずか数歩しか離れていないところだった。おそらくはまさに、この雑踏と騒音のおかげで、アンナは自分のなかの秘密を明かす勇気を見つけ出したのだろう、海岸で、新参者の小さな海水浴客、臆病で引っ込み思案で、他人の前では話す度胸もなく、はい、いいえで答えるのさえまごついてしまう少年のように。少年は、ある時化《しけ》の朝、だれもいない海岸でただひとり、大地の声すべてをおおう怒濤の大海原の前で、酔ったように飛び跳ね、歌詞とメロディを即興でつくってうたい始める。

エドアルドのなかに燃えあがった愛の炎は、すでにアンナのために考えかけていた厳しいお小言を追いはらった。エドアルドはわっはっは、と高慢な笑い声をあげ、まだ鶏冠《とさか》が完全にできていない未熟な若い雄鶏のように頭を振った。若い雄鶏は年長者たちを無視して、そして年長者たちを挑発して、輝かしくて男性的で、あまりにも完璧な讃歌を投げかけるので、太陽は大人の雄鶏たちの合図を待たずに空に飛び出し、一日の幕を開ける。

それから目をちょっと細め、カールした長いまつげの間からアンナを見ながら尋ねた。「でも、なにを言ってるの、アンナ？　いっしょに子どもをつくるっていうのは結婚することじゃない？」

「いいえ、それはおとぎ話よ」とアンナは答えた。「子どもたちが信じること。でも、あたしはそうじゃない、って知ってる」

「だれがきみにそう言ったの？」エドアルドは問いかけた。

「だれが、ですって！　みんなが知ってることよ」とアンナは顔をまっ赤にしながらも、大胆に宣言した。「きみには驚かされるよ。そういうのは男だけが知ってなきゃならないことだ。女は知らなくていい。結婚するまでは」とエドアルドは言い返し、この言葉にアンナはなおいっそう赤くなった。不器用なアンナ！　あなたは恥じ入り、震え、いとこは一瞬のあいだ、ほとんどあなたの奴隷だったのに、あなたの弱さを見て、ふたたびその反駁と遊戯の魔物の手にとらえられる。「だれがきみをそんなに進歩的な女にしたんだ」と叫ぶ。「姉のアウグスタは」とお説教を垂れる手段として、そのもっとも口から出まかせで、面白半分の口調でぺちゃくちゃと言い始める。「姉のアウグスタは、もう立派な娘、寄宿学校の年長生のひとりだったとき、女は子どもをある女子修道院長のところにお願いにうかがって、手に入れるのだと信じていた。修道院長はそれでも、女からのお願いを受けつける前に、その書類、つまり結婚と洗礼と堅信礼の証明書がきちんとしているかどうかを確認する（異教徒の女、ユダヤ教徒やイスラム教徒は子どもをごみ捨て場に拾いにいく）。それから申請者が指に結婚指輪をはめているかを確認する。そのあとようやく、もし男の子を望むのなら、祝福されたバジリコの小さな株をあたえる。女の子が望みなら、やっぱり祝福されたミントの小さな株をあたえる。女は九か月のあいだ、毎晩、草に向かって父の祈りとアヴェ・マリアの祈りを唱え、新月のたびに草を夜気にさらし、そのまわりの泥を爪で掘り、涙で水をあたえ、ある朝、言う。〈坊ちゃん、お坊ちゃん、あなたの前髪を引っぱります〉（男の子を期待していたら）。あるいは、〈嬢ちゃん、お嬢ちゃん、髪の毛ふさふさくるくるちゃん〉（女の子なら）。それから草を全力で根っこから引き抜くと、ほら、根っこのかわりにかわいい子どもがついている。期待はずれの女もいる。たとえば男の子をもらうためにバジリコを手に入れたのに、毛深くて、乱暴で、色の黒い黒い女の子が出てくるのを見る。反対に、ミントを手に入れた女に、なよなよした繊細な男の子があたる。これが姉のアウグスタが寄宿学校でもう上級生のときに信じてたことだ。ぼくはと言えば、アウグスタより年下だったけど、すべての真実を知っていた。でも、もちろん、アウグスタにはなにも言わなかった。その役目は夫のものであり、弟のものではないからね。せいぜいが、仲間たちといっしょに、アウグスタにおしゃべりをさせて、修道院長と草とユダヤの子どもたち……などなどについての、知識を並べ立てさせておもしろがったぐらいだ。でも、作り話だと知ってはいても、姉の友だちのひとり、修道院の寄宿生のひとりが、ぼくを怒らせようとして、ぼくのことを〈ミントの根っこ〉と呼んだときには腹を立てた。それどころか、そういうときには、なにもかもしゃべってしまいたくなった。ミントとバジリコだってさあ！　そんな作り話を信じてるなんて、きみたち、なんてばかなんだ！　でも、じっとこらえて、答えたよ。『いまの侮辱を取り消したまえ。ぼくはバジリコから生まれた。ミントじゃない。信じないのなら、お母さまに聞くがいい！　それどころか、言っておくけれど、お母さまは男だけをお望みだったから、ミントは一度もお願いしなかった。アウグスタは間違ってバジリコから生まれてきたんだ！　ほら、頭にほとんど髪の毛がないだろう』こんなふうにして、自分の名誉を守りながらも、言い返すことでお嬢さんたちの名誉を穢したりはしなかった。なぜならば名誉あるお嬢さんたちは、夫から教えられるまでは、なにも、なにひとつとして知ってはならないからだ。ところが、今日、ぼくはなにを聞かされるはめになったのか！　ひとりのお嬢さんが、ご婦人の髪をひっつかみ、喉を切り裂き、殺すことを、ほかの子がサテンステッチやクロスステッチのことを話すのと同じように、自然に話すのを聞いたんだ。そのうえに、みんな知ってる、と宣言して恥じるところがない！」こんなふうに、いとこは話し、アンナは反論したり、自分を正当化したりするすべを見いだせなかった。実際には、アンナは、みんな知ってるからははるかに隔たったところにいたし、いっしょに子どもをつくるについての知識は、かなり曖昧で不たしかだった。事実、アンナはある種の謎めいた神秘について、一度も説明を求めなかったし、そこに心をとめることに密やかな怒りと恥の意識を感じたことだろう。いとこもまた、私たちが知るとおり、おそらくは神意からか、あるいはその歪んだ気まぐれからか、アンナを無知のなかにおき続けていた。したがって、いとこのお小言は不当だった。けれども、いとこはそれが不当であることを知っていたのだろうか？　もちろん、知っていた。だからこそ、そのおしゃべりとその表情の変わりやすい顔のなかで、眉をひそめた父親の態度が、腹黒い軽薄と軽やかで陽気な気晴らしと合奏をしていたのだ。その気晴らしで、エドアルドは巧みに自分を酔わせているように見えた。コンサートで、ほら、ぶっきらぼうで陰気なコントラバスが前面に出てくることがあるように。他の楽器はその声の荘厳な響きに、教会のお説教を聞く恭しい青年たちみたいに、黙って耳を傾けている。でも、耳を澄ませば、この尊大な老人の背後で、ヴァイオリンたちが小声でたがいにふざけあっているのが聞こえてきて、耳はこの優雅な対立を甘美に味わう。

けれどもアンナは心を乱し、あまりにも動揺していたから、いとこの唇のうえでスケルツォを奏でるヴィオラ・ダモーレ[*1]の、ヴァイオリンの、フルートの繊細な声を味わうことも、いとこの無意味なおしゃべりの筋を追うことさえもできなかったのではないか、と私は恐れる。いとこのおしゃべりは、要するに、今日の重要な会話が、これまでのほかの多くの会話と同様にいまではけむりとなって消えたこと、そしてアンナの慎ましい望みが聞き届けられなかったことを意味していた。

ここで、これを書いている者が、この日、運命は幸運な機会が通り過ぎるのにまかせていた、と指摘することをお許しいただきたい。実のところ、もしいとこがアンナの願いを聞いていたら、おそらくはいまここにいるエリーザが日の目を見ることは決してなかっただろう。この痩せっぽちの悲痛な思いを抱いた色黒の女のかわりに、金髪のふくよかなエドアルドが生まれていただろう。そして、その子はたしかに、哀れなエリーザの手には決して届いたことのないあの愛を、アンナから勝ちとっただろう。

けれども運命はほかの道を望んだ。ふたりのいとこの頭上高くで、教会の鐘が十二時十五分前を打った。エドアルドは自分の時計と突き合わせ、十二時ちょうどに約束があるのを思い出し、そわそわし始めた。そして、私たちが見たようなやり方で、哀れなアンナを恥じ入らせたあと、ひとり市場のアーケードの下においてきぼりにして、朝を別の女の子と終わらせるために立ち去った。

あと残るは、私の母の顔に長いあいだ残っていた小さな傷のほんとうの原因をお話しすることだ。それは私の子どものころにもまだ、ごく薄いあとを残していて、母はいつも、若いころにカール用のこてを使っていて、うっかり火傷をしたのだと言っていた。

これは完全な真実ではなかった。そして私の読者諸氏には、たしかにそういう経験がおありだと思うが、子どものころ冒険小説を読んで、ほかの子どもっぽい伝説と

*1　古楽器。「愛のヴィオラ」の意。

ともに、炎の焼き印の伝説のことをご存じであれば、すでにもう、アンナの極小の火傷の原因を言い当てているだろう。

自分をアンナから隔てることになる例の出発が近づくにつれて、エドアルドは、きみのもとからおそらく未来永劫去る前に、きみから永遠の忠誠の証を得たいと言い出した。エドアルドはこのことを衝動的と同時に、浮ついたようすで熱心に話した。その意図は、自分が考え出した脅しの効果を、アンナの顔の上に見ることだけだった、と私は推測する。たとえば、永遠のさよならを言う前に、自分のあとにだれもアンナを愛することが絶対にないようにするために、たぶん短刀でアンナの顔を傷つけ、醜く変えてやると予告する。それに対してアンナは、エドアルドと別れたら、醜かろうと美しかろうと、あたしにはもうどうでもいい、それどころか、自分の憎むべき顔をもう見なくてもすむように鏡を壊すだろうと答えた。実際に、エドアルドから嫌われた美貌が、どうして自分にとって大切なものでありえるだろうか？　だから、もしあなたがそうしたいのなら、あなたの手であたしの手足を折らせ、めちゃめちゃにさせるだろう。アンナはかすれた声と、苦痛と狂乱に満ちた目とでこう答えた。

そしてある日、エドアルドは、細工を施した金属の小箱を手にして訪ねてきた。箱のなかに例の短刀が隠してあると断言し、覚悟をするように言った。なぜならば、この日が定められた日であり、これがアンナを醜くするために定められた武器だからだ。それから、この殺人兵器について、神話のようなびっくり仰天の物語をたっぷり話して、ぐずぐずと時間を稼いだ。けれどもアンナが話の腰を折り、もう待たなくていい、覚悟はできてる、逆らわずにどんな痛みも受け容れると言ったとき、エドアルドはちょっと考えこんだ。それから大声で笑い、言った。「きみ、アンナ、きみは勇敢だ。でも、残念ながら、ぼくにはこれほど美しくて、ぼくがこれほど愛している顔を台なしにする勇気はない」そして憐れみのため息をつき、傷をつけるかわりに口づけをする。別の日、アンナの髪をとかしながら、愛の証におさげをくれと言い、アンナが同意したので、すぐに犠牲の準備をするようひざまずけと命じた。エドアルドは重々しい声で話し、アンナは相手がまじめなのか、ふざけているのかわからずに、自分のおさげ髪を思って青ざめ、それでも言うことを聞いて、煉瓦の床にひざまずいた。いとこは自分が司祭であり、アンナが修道誓願を立てる修道女であるかのように、片手でおさげをもちあげ、反対の手ではさみを宙に構え、そのあいだにインチキの祈りを唱え、この美しきおさげを嘆き、美しい髪を失う哀れなアンナに同情した。従順な犠牲者のほうはひっくひっくと弱々しい笑い声をあげ、青ざめて、目をぱちぱちさせ、視線をその宿命の床屋に向ける。けれどもアンナがつらそうに自分の髪への最初の一撃を待っているとき、いとこは突然、はさみを放り投げて叫ぶ。「ああ、だめだ！　こんなに美しい二本のおさげを切る勇気はない！　それに」とアンナのほうを向きながら、尊大につけ加える。「きみの髪を切ったって、ぼくになんの役に立つ？　髪はまたのびる。そして、ぼくがいまやっているみたいに、別のだれかがまたきみの髪をなで、とかすだろう」そして、アンナの上に身をかがめ、今回もそのおさげを盗むかわりに、口づけをした。

一瞬前にはさみに脅されて、激しい恐怖を感じていたアンナは、そのあと、恐れたことを深く後悔した。それはいとこに対する吝嗇《りんしょく》の行為に思えたのだ。

こういった喜劇のすべては、最終的に、ある日、炎の焼き印の儀式で絶頂を迎えた。おさげのときに感じた吝嗇の気もちを悔いて、アンナがこの野蛮な儀式を懇願した。純真で激しい熱意をこめて、アンナの肉体に残酷にしるしをつけるという約束を思い出させた。あなたがあたしをおいていく前に、あなたの思い出を永遠に残しておけるように。ほかの女が恋人から捨てられようとしているとき、金銭か黄金を要求するように、アンナは裏切り者のいとこから、火傷か切り傷を要求した。ふたりは同意のうえで、その子どもっぽい犯罪の準備をした。アンナみずからが、チェジーラのカール用のこて（犠牲のために選ばれた武器）を炎で赤く熱した。それをいとこに渡し、同時に口づけのためのように顔を差し出す。実のところ、もしかしたら、アンナはいとこがこの前のように、最後の瞬間に考えを変えると信じ、ほんとうにキスを待っていたのかもしれない。もしかしたら、それを待っていたかもしれない。けれども、それを望んでいただろうか？　私にはわからない。だが、どんなに正気をはずれ、無分別なことであっても、たしかなことがひとつある。恐怖に満ちた短い待機のあと、その優しい床屋が悪意のある外科医に変身し、この軽薄な武器をその頬、アンナが口づけを待っていた唇のそばに押しつけ、そしてアンナが自分の意志に反して、痛みで悲鳴をあげたとき、アンナは歓喜し、幸せだった。

こんなふうに、続く日々、小さな傷があたえる痛みがアンナを満足させた。そのあと、アンナは鏡のなかで、ごく小さな傷痕が薄れていくのをうかがい、それが少しずつ少しずつ消えていくのを見て、見栄っ張りの女たちが一本のしわができるのを見て震えるのと同じように震えた。

率直に言って、最初のころ、このしるしが頬にはっきりと浮かびあがっていたときでさえ、それがなんらかの形でアンナの美貌を損なっていたとは言いがたい。反対に傷はアンナをほとんどより可憐に見せた。けれども、それにもかかわらず、手を震わせもせずにアンナの野蛮な欲求をかなえたとき、いとこが冷淡で残忍な心をあらわにしたことは認めなければならない。

いずれにしても、もしこのすべてが十年後に私自身の人生に謎めいた奇妙な影を落とさなければ、私はたしかにこの神秘的な処女《おとめ》の蛮行をもちだしはせず、優しく愚かな儀式をその未熟な愛のリンボ[*1]で眠らせておいただろう。

＊1　洗礼を受けずに死んだ幼児やキリスト教以前の善人たちの霊魂がいるところ。

5 「いとこ」、意味不明の詩を暗唱する。

このころになるとエドアルドはアンナと会うたびに、永遠のさよならが近づいていることを告げるようになった。実際には、すでに夏が始まり、例年ならこの時期、チェレンターノ一家はかなり前から田舎に移っているはず。けれどもこの年は、六月が終わりに近づき、エドアルドはそれでもまだ出発を遅らせ、母親はいつものとおり、自分の決定を息子の意志に預けていた。コンチェッタがこの先長いあいだ、息子に向かって怒りの叫びをあげ、マッシーア母娘に復讐をするという衝動に抵抗できたかどうか、私にはわからない。けれども差し当たっては、逆らいたい気もちすべてを追いはらい、エドアルドが先延ばしにし続けるのを、抗議もせずに受け容れていた。コンチェッタは、法廷に呼び出された息子が自分に対してはっきりと反旗を翻し、アンナの側に身を投じるのをあまりにも恐れていた。同じように、母親としての自分の存在が、エドアルドをこの女の影響から守れるとほぼ確信し、息子をひとりで街に残していくのを恐れた。こんなふうにして、太陽とむっとする熱風の日々が一日、また一日と暮れていった。エドアルドはしばらく前から不眠に悩まされ、夜、昼の暑さが少し和らぐと、ときおりアンナの窓の下まで出かけていった。もはや恋人にセレナータをうたうためではなく、アンナの眠る身体のより近くにいて、影の姿でその夢のなかにはいりこむために。実際そのとおり、アンナは絶えずエドアルドを夢に見て、その嵐のように荒れ狂う亡霊に似た姿たちのなかに、ふたたび自分自身の不安を見いだした。一度はエドアルドが自分の頬に口づけをしたように思った。けれどもいとこは突然、目つきを鋭くして、口づけをやめ、いきなり噛みついてきた。実際には、痛みをあたえていたのは小さな火傷だった。またあるときは、せめてだれかが窓から手を振ってくれるのではという哀れな希望だけに追い立てられて、逃げ去る列車のあとを追っていた。そのとおり、ひとつの手がハンカチを振っているように思え、アンナの側も夢中になってハンカチを振り、この束の間の幻影に微笑みかけた。けれども近くでわっと笑い声があがり、アンナは驚いて飛びあがる。たしかに思い違いをしていた。手はアンナに向かって振られたのではなかった。意地悪たちがアンナの希望をこばかにする。アンナはぱっとわきを見る。だれもいない。列車も消え失せ、ひとり果てしのない線路のわき、乾いた草の原に立っていた。

またあるときは、人っ子ひとりいない夜の街を歩いていた。運河のように狭い路地を通り、数えきれないほどの段々をあがったり降りたりする。道に迷い、必死にだれかを探している。突然、階段のてっぺんに大きくて白い像が姿を現した。エドアルドだと思って、訴えかける。「エドアルド、なぜあたしをからかうの？　なぜそんなふうに仮面をかぶっているの？」けれども像は老婆の姿で前進してくる。そして、こわばった指でアンナの手首を握りしめて言う。「こんなふうに肌着一枚でなにも着ずに外に出て、恥ずかしくないのかい？」アンナは笑いながら答える。「知ってるわ。エドアルド、みんな、いたずらだって。キスをして、あたしにキスをして！」けれども最後にはエドアルドと話しているのではないことに気づく。エドアルドは近くの地下牢に囚われている。でも、どこに？　切り裂くような神経質な泣き声が聞こえる。「エドアルド！　エドアルド！」アンナは服で身を包もうとしながら、錯乱して叫ぶ。そして鉄橋を渡る夜行列車の汽笛で目を覚ます。

さらにエドアルドが夢のなかで、ベッドに潜りこんでくるように思うこともある。でも、動いても息をしてもいけない。さもないと逃げてしまうから。悲しいかな、軽い笑いをこらえきれない。するとすぐに、エドアルドは逃げようとする。でもアンナはエドアルドにしがみつき、エドアルドはアンナに口づけの雨を降らせる。「ああ、あなたはあたしを痛めつける」アンナはため息をつき、泣きながら、汗にまみれて目を覚ます。

エドアルドを失う夢を見たとき、アンナは目覚めるとすぐ自分に言った。〈嘘よ。これは夢。明日には会えるわ〉そして稲妻のようなこの一瞬の思いが、アンナに熱い幸福感をあたえた。ときには、意に反して、ひとつの名前を思うこともあった。アンナ・チェレンターノ。アンナはこの名に狂ったように憧れ、同時にその誘惑を心から追いはらおうとした。〈ああ、なにを考えているの！〉この厚かましいいくつかの音のつながりを恐れるかのように、眉間にしわを寄せて、自分を叱った。

一方、エドアルドのほうは、火傷の儀式のあと、以前にもましてアンナに恋い焦がれ、出発を決意するどころか、半日でさえ別れているのがつらいほどだった。けれども例の儀式以降、家まで会いにくることは二度となかった。街角やお菓子屋、要するにふたりが完全に自由にはなれず、完全にふたりきりにはなれない場所、せいぜいが手をつなぐのがやっとの場所で待ち合わせた。「こういうふうにして」とエドアルドはアンナに言った。「ぼくのキスなしで生きていくのに慣れてもらいたい」ふたりで歩いているあいだ、絶えずアンナの頬の小さな傷にちらちらと目をやり、顔を憐れみと歓びで輝かせた。これ以上ないほどさまざまな感情、背信の、繊細の、騎士の、残酷の、献身の、そして母性の感情までもが、蜜をもつ花に集まる蜜蜂の群れのように、その心からアンナに向かって飛び立ち、この小さな傷にとまった。エドアルドはアンナの横顔を、その身体全体を、額からちょっとすり減った靴の爪先まで盗み見て、考えた。〈この子はぼくのもの、ほんとうにぼくのものだ。ぼくの妻に、あるいはぼくの召使にできる。あるいはその名誉を穢すこともできる。身体じゅうに、これと同じような火傷を負わせ、殴り、鞭で打つことができる。そして、この子はこんなにも勇敢で従順で、雌兎のように素直に、ぼくになんでもやらせるだろう〉こんな思いに襲われているとき、エドアルドはそのいちばん繊細で無邪気なやり方でアンナを愛撫することで満足し、だがそっと触れることの手が、ふたりのどちらにとっても、まるで血が出るほど殴られたかのような荒々しい一撃となった。ふたつの身体は、反対方向から吹く風にあおられた二本の背の高い炎のようにおたがいに向かって差し出された。けれども、まわりの人びとが見ているので、その衝動はすぐに灰になって燃えつきる。アンナが青ざめるのを見て、エドアルドは突然、考える。〈明日、街を出よう。ここを立ち去りたい。ぼくが遠くにいるあいだに、ぼくの不在がきみを消耗させ、きみはここでひとり、ぼくを思って青ざめるという考えを味わいたい。でも、ぼくは？　ぼくもまた、きみから遠く離れたら、死んだように感じるのではないか。だめだ、きみをおいてはいかれない。きみをおいてはいかない。ぼくのアンナ！〉エドアルドは傷がふさがったらすぐに出発すると決めていた。だが、傷は閉じ、ふさがり、その場所にもう小さな傷痕が現れても、まだ出発を決意できなかった。熱帯の重い風が街の通りを吹き抜け、夏の暑さにもかかわらず、人びとはそのほこりだらけの黒服を脱ぎ捨てない。黒衣の人びとのあいだから、白服姿の優美ないとこがアンナに近づいてくる。夏はその髪の金茶色の房を明るい色に変え、その痩せた手を、暑さと不眠の夜とで憔悴した顔を、わずかに日焼けさせていた。足どりはちょっとふらつき、表情には倦怠と憔悴が浮かぶ。けれどもアンナに気づくと、その目に光がともり、アンナに向かって優しく輝く。すぐに離ればなれになっていた時間をどう過ごしたのか、夜、眠ったのかと尋ねる。なぜならば、自分自身が眠りを見つけられず、アンナの眠りに嫉妬したからだ。

六月の終わりにかけてのある晩、通りからひとつの声がアンナを呼び、アンナはぱっと目を覚ました。最初の呼びかけから、まだ夢に引きとめられてはいたけれど、アンナはエドアルドの声を聞き分けた。それから呼びかけは二度、三度と繰り返され、現実ではない面影すべてを追いはらう。アンナは目を覚まし、頭を混乱させたまま起きあがった。そして熱に浮かされたように自分に繰り返した。〈あたしを呼んでいる。あたしを呼んでいるのはあの人だ〉適当に部屋着をはおり、チェジーラの問いかけに答えず、階段を下まで駆けおりた。

月が欠けていく時期だった。そのため午前一時に近かったのに、月はまだ昇っていなかった。アンナは扉の鍵を開け、いとこは蝶番《ちょうつがい》のきしる音に呼ばれて、通りの闇のなかから近づいてきた。屋内にはいり、後ろ手で扉を閉める。この日の午後と同じ白い服を着ていたけれど、暑さを和らげようとして、シャツの喉もとのボタンをはずしていた。その身体には一種、投げやりなところがあり、ぼさぼさの髪は汗に濡れていた。

入口の通路は、壁にかけられた聖画をかすめるオイルランプの炎でどうにか照らされていた。ランプの光がエドアルドの高揚した瞳に反射して、それを赤く見せる。通路は中庭に通じていたが、ふたりはペンキがはがれ、染みで汚れた壁ぎわにとどまっていた。アンナはこの暑い夜の習慣にしたがって、首筋を出しておくために、髪を一本のおさげに編み、ピンで頭のてっぺんに適当にとめていた。花模様の短い木綿のガウンをはおり、スリッパを履いた足ははだし。知り合って以来、いとこ同士が夜、会うのはこれが初めてだった。

エドアルドがアンナに最初に言ったのは、明日の朝早くに出発するので、さよならを言いにきたということだった。ちょっとかすれた声でいらいらと話し、その身ぶりは奇妙に落ち着きがなく、隈のできた目に不自然な炎が燃えていた。気まぐれで幼稚な口ぶりで訴えかけるように嘆き、朝から晩まで汗まみれのような気がして、夜はもう目を閉じることができないので、今夜は全然、横にならないことに決めたのだと繰り返した。夜中の十二時に、郊外の寂しい界隈をあてもなく歩き始め、結局、何キロメートルもの道の上でただ一軒開いていたみすぼらしいカフェにはいり、恐ろしい顔つきの粗野な人たちといっしょになった。そこでひどいラム酒を飲んだ。酒のせいで汗をかき、喉が焼けた。そんなふうに話しながら、エドアルドは自分を安心させるために、いとこを抱きしめ、焼けるように熱い唇でキスをした。アンナはその息にラムのにおいを嗅ぎとった。「きみもぼくにキスをして。ぼくをなでて。なぜぼくをなでてくれないの」と繰り返し、嘆きの口調で続けた。「ぼくは疲れてる。喉がからからだ」それから頭をふたたびあげ、反撃の身ぶりで激しく振りながら、「明日」と言った。「明日、この呪われた街をあとにすることに決めた。田舎にいき、それからロンドンに、パリに……」でも、アンナがすっかり身体を冷たくして、壁のほうにあとずさったのに気づき、いきなり口調を変えて尋ねた。「ぼくが出発したら、きみはとても悲しむだろうか？」そして、その憔悴した優美な顔をアンナの肩にのせ、優しく笑いながらつけ加えた。その声はあまりにも大きな憐憫に満ち、アンナはまるでオリンポスの神々からの曖昧な知らせを聞いたかのように震えた。「ぼくが出発するのがすごくいやなんだね……ぼくのいいなずけちゃん？」

アンナの心臓が胸のなかで、狂った鐘のようにどきどきと打ち始めた。その鐘はもはや祝祭を告げているのか警告を告げているのかわからない。「手を見せて……」といとこはふたたび話し始めた。「ぼくがあげた婚約指輪はどこ？　なぜはめてないの？　きみには一度も言わなかったけど、知っておいてほしい。あのふたつの石には魔法がかけられている。石たちはひとつの言葉をもっていて、きみにあることを告げようとしてる……さっき、通りを歩きながら、心のなかで歌を一曲、つくった。石たちがもつ意味をうたった歌だ。聞きたい？」アンナは小さなため息をひとつついて、同意した。エドアルドは低い声でうたった。

ダイヤモンドとルビー

ひとつのルビーへの愛のために
白いダイヤモンド、純白の騎士は渇きで死にそう
「ああ、ルビーよ、ああ、娘よ

ああ、慈悲よ、ああ、赤い薔薇よ
ぼくにきみの血管から飲ませておくれ」
「わたしの血管、ああ、最愛の人
それはあなたのための泉
お飲みなさい、渇いた人
お飲みなさい、わたしの魂！」
ダイヤモンドは飲んだ
昇る月のように、ルビーはその色を失っていった
嘆かないで、ああ、愛しい人、
昼もまた青白い額をもち、愛も青白い頬をもつ

うたい終えると、エドアルドはふたたび頭をアンナの肩にのせ、アンナはこの詩がなにを意味するのかわからないままに、落ち着きのない指でいとこの髪をとかし始めた。そのとき、中庭の小さな窓に明かりがともり、人影が窓から顔を出して尋ねた。「だれかいるのか？」猛暑のために、人びとは窓を開けて寝ていて、だれかが歌と声とに呼び出されたのだ。「だれかいるのか？」と叫んだ男が引っこみ、明かりが消えるまで、いとこ同士はしばらく黙っていた。それからエドアルドは不意に訪れた新たな深い沈黙に興奮し、浮かれたかのように、突然、アンナを恐がらせようとして、謎めいた声で耳もとにささやいた。

「ぼくがだれか知ってるかい、ぼくのお嬢ちゃん？　ぼくはきみのいとこじゃない。吸血山羊[*1]だ。きみの血を吸いにきた」

そしてちょっと前の憔悴を捨て、一瞬ぱっと元気をとりもどして、早口で続けた。「気をつけて、気をつけて。さあ、きみをさらってくよ」そして扉を開き、アンナを抱きあげて、近くの路地、いつも馬車をとめるのと同じ場所まで走っていった。そのとき二軒の家のあいだの隙間から、鉄路が横切る乾いた野原に月が昇るのが見えた。その光はまだ赤く、長い線路、石炭のかけら、ぽつりぽつりと生える茨の茂みを照らす。エドアルドはさらに数歩進み、大きな建物からわずか数メートルのところ、野原の縁の小道で立ち止まった。「スリッパをなくしたわ」いとこが息をはずませながら、アンナを地面におろしたとき、アンナははだしの足を小道の土ぼこりにのせて、笑いながらささやいた。小さな広場と周囲の道路から夜遊びの人たちのわずかな足音と、ときたまの酔った声が聞こえてきた。アンナはエドアルドもまたちょっと酔っているのに気づいたけれど、それがいやでも恐くもなく、

それどころか自分もまた、みすぼらしいカフェで、いっしょにラム酒を飲んだかのように、浮かれた気分になった。荒々しい歓びがアンナのなかを通り過ぎていった。夜、エドアルドとふたりで、靴も履かず、ほとんど裸で戸外にいるのも異様なことではなくて、むしろあらかじめ定められていた幸福に思えた。この夜の幸運を完全に実現するためには、けれどもアンナは感じた。この人間の住む場所から鉄道の線路の彼方、すでに月の光で冷やされた原へと、エドアルドを引っぱっていかなければならないだろう。その原のどこかにふたりの家がある。だれもふたりの不意を襲わないところ。ふたりを神秘的な変容が待ち受けているところ。その変容のあと、ふたりは二度と離れられなくなるだろう。おそらくはその生命を一瞬のうちに使い果たし、世界から消え去る。あるいはもしかしたら、ただの動物に姿を変えるかもしれない(これは、実のところ、日暮れ近くにいとこと別れたアンナがしばしば望んだことだった。アンナは、雌山羊と雄山羊が連れだって小屋に向かい、小鳥たちの一家がふたたび巣に集まり、雄鶏が雌鶏たちを引き連れておおいの下に引っこむのを見る。それなのに、アンナはひとり、五階の部屋にもどり、いとこは自分の御殿に向かう)。

けれどもアンナには夜の逃避行の誘いを口にする勇気はなかった。それはしてはならないことだった。最近の苦悩のように、この新しい、言い表すことのできない歓びと驚きはアンナを圧倒し、口をきけなくした。「恐いの?」とエドアルドは尋ねた。そしてその返答として、アンナは胸をどきどきさせながら、おずおずといとこを見つめた。するといとこは、突然、熱い後悔にとらえられて叫んだ。「ああ、恐がらないで!」ひとりのキリスト教徒が一枚の聖画を見つめるやり方で、アンナを敬虔の目で見つめ、アンナがちょっと前に耳にした抑えた憐れみと歓喜の調子で続けた。「ぼくのアンヌッチャ、さっき言ったみたいに、ぼくが地獄の山羊というのはほんとうじゃない。ぼくはきみのいとこエドアルドだ。きみを傷つけるためにきたんじゃない。ごらん、ぼくはきみに触れようともしない。きみにはもう少ししたら部屋にもどり、眠りについてほしい……いいなずけとして。なぜなら、きみにさよならを言いにきたというのはほんとうじゃないからだ。ぼくはきみに結婚を申込みにきた」

そしてアンナがその答えとして、神経質に笑い、ちょっと肩をすくめただけだったので、ふたたび話し始めた。

＊1　山羊は悪魔の象徴。

「ぼくを信じないの？　ごらん、ほら、月が昇る。月に向かってお辞儀をして、今夜、結婚する相手を夢に見せてください、とお願いしてごらん。夢に現れるのがぼくじゃないかどうか、見てごらん」

それから「だいいち」と続けて言った。「ぼくと結婚したら幸せになれるなんて幻想は抱かないほうがいい。ぼくらが結婚したあと、ぼくは散歩に、訪問に、パーティに、世界旅行にいく。でも、きみは家に閉じこもり、ぼくを待っていなければならない。ぼくは外出する前に、窓や扉に細い紙を貼って、そのうえに署名をしておく。帰ったとき、きみが閉じこもっていたか、窓に顔を出しさえしなかったかを確認するためだ。ぼくらの家には、女の召使しかいない。万一、男の使用人を雇わなければならないのなら、きみがたまたまそのひとりを目にしても、ぞっとしてすぐに目をそむけるくらい醜い怪物を選ぶ。そのうえ、きみが美しいままでいることも望まない。なぜならば、きみの美しさはぼくの十字架になるだろうから。妻というのは美しくあってはならない。聖女でなければいけない。それで充分だ。年をとるまで、きみはいつも妊娠しているか、おくるみに包まれた赤ん坊に乳をやっているかだ。だから数年で太り、身体の線は崩れ、たるみ、どんな男にも欲望を目覚めさせることはできなくなる。一方、ぼくはいつもすらりとして、十八歳と半年のいまと同じように身軽なままだ。そして、きみが家で待つのをたしかに信じて、世界を飛びまわり、駆けめぐる。愛人たちももつ。でも、ぼくの真《まこと》の愛はきみだ。きみが太り、年をとったからといって、ぼくがきみをいまほど愛さなくなるなんて思わないで。反対に、ぼくはなおいっそうきみを愛すだろう。なぜならばきみを見るたびに、娘時代、あんなにきれいだったきみをこんなに醜くしたのはぼくだと考えるだろうから。この醜さは、きみの美しさよりもなおいっそう、ぼくのものだ。たとえばいま、きみの頰にある傷痕を、きみの髪よりも、きみの目よりも好きなように。なぜなら髪や目をつくったのはきみの母親だけど、傷痕はぼくがつくったからだ」

この忘れがたき演説をしたあと、いとこはちょっと息をはずませながら黙った。アンナのほうは目を大きく見開いて、いとこをじっと見つめ、その目のなかで希望がほとんど恐れと苦悩に変化した。そこでいとこはひと息ついたあと、説き伏せようとするような声でふたたび話し始めた。

「きみ以外のほかのどんな女と結婚できるだろうか？

ほかのどんな女も、きみみたいにぼくに似てはいない。きみはぼくの姉よりもずっとぼくに似てる。きみの血管にはぼくの母と同じ血が流れてる。ぼくは自分の血を、見知らぬ他人の血で穢したくはない。きみだけがぼくの妻になれる。そのために、ぼくは今日まできみを尊重してきたんだ。覚えているかい。ぼくらが服を交換した日、きみが服を脱ぐところを見ることさえ望まなかったぐらいだ。そう、きみを傷つけたくはなかった。なぜならきみを傷つけるのは、ぼくの血を傷つけることだからだ。きみを手つかずのままにしておきたかった。なぜならば、きみを手つかずのままにしておくのは、ぼくの妻を手つかずのままにしておくことだからだ。たしかに、きみはぼくのために生まれた。きみは貧しく生まれ、閉じこめられて育った。だれもぼく以前にきみを見て、きみを連れ去ることができないように。ああ、ぼくの愛しい処女《おとめ》、ぼくは自分が征服した女の子たちをあれほど自慢した。けれどもいまは、ほとんどきみのようになりたい。きみが男を一度も知らないように、女を一度も知らなければよかった。ぼくがきみの最初の男であるように、きみがぼくが最初に征服した女になるために。そうすればぼくらの婚礼はなおいっそう貴いものになっていただろう。

ぼくのアンナ、きみはなんと可憐なんだ。こんなふうに髪を乱し、きみには短くなってしまった寝間着姿で、舞踏会のドレスを着た貴婦人よりもなお優雅だ。考えてごらん。きみの寝間着が短くなったのを見るだけでも、ぼくは狂うほどの愛を感じる。なぜかわかる？　なぜならば、それが意味するのは、きみがこの寝間着をいまよりも子どもだったときに着ていて、きみはそのあと成長し、いまでも子どもであるのをまだやめてはいないということだからだ。こんなふうに、ぼくがきみに話すこと、きみはぼくの話が好き、ぼくのアンナ？　もしかしたらそれが気に入らないの？　なぜため息をつく？」

「ええ、好きよ」とアンナはささやいた。「でも、それはあなたが考えていること？　あなたはほんとうのことを話しているの？」

「ぼくを信じないの！」エドアルドは悲しげな苦悩の表情を浮かべて叫んだ。「でも、ぼくを見て。ぼくをきみ自身だと思って。きみの鏡だと。自分をぼくの顔に映してごらん。ぼくたちは同じじゃない？」エドアルドは夢幻の月明かりに高揚した自分の顔をさらし、アンナはそれを見ながらまた深い、ほとんど苦しみのため息をついた。そこでエドアルドはふたたび視線をアンナにもどし、繰り返した。「ぼくを信じないんだ。ねえ、明日、家にひとりでいる?」

　アンナはちょっと考え、それから、ええ、と答えた。翌日、チェジーラには家の外で授業があったからだ。

「よし、じゃあ、明日の午後、ぼくを待っていて。ぼくはいって、きみを連れだそう。そしてきみはぼくの妻になるんだ。ぼくの手できみの服を脱がせ、きみの髪をとかし、それから礼拝行進の像のように、きみにもう一度、服を着せよう。きみを黄金でおおい、指の一本一本に違う指輪を贈ろう。チェレンターノ家の宝石はすべてきみのものだ。どんな貴婦人もきみと肩を並べることはできない。貴賓席はいつもきみのものだ。きみにルビーとダイヤモンドのネックレスをつくってあげよう。そしてみんなの目の前で、きみを腕に抱きあげ、叫ぼう。これがアンナ、エドアルドのアンナだ!」

「あなたを信じる」とアンナは叫んだ。「ぼくを信じる。ほんとうに?」とエドアルドは幸せそうに笑いながら言った。月が昇ったいま、そのほとんど損なわれていない球面が投げかける光は、アンナの部屋着の花模様を、そして通りのまんなかの金色がかった黄色の紙くずと灰色の原を、一本の川面の反射のように浮きあがらせた。空っぽのブリキ缶が舗石の上で輝き、そのそばに、ほとんど光でもちあげられたかのように(空気の動きはほとんど感じられなかった)、雄鶏の小さな小さな羽毛が地面から浮かんで揺れていた。エドアルドの半ばむきだしになったトルソの上で、日焼けした首筋の色と、より白くて繊細で無防備な胸の色のあいだにはっきりと筋がついていた。アンナは愛に圧倒され、優しく秘めやかな色の始まるところにキスをした。するといとこはアンナの髪をつかみ、衝動的に首筋に、顔に荒々しく口づけをした。

「きみの肌はなんてみずみずしいんだ」口づけのなかに涼を見いだしたかのように繰り返す。「これはなに?」それから、襟ぐりにぐるっと通されて、アンナの寝間着の胸もとを閉じていたリボンを引っぱりながら尋ねた。

　アンナはちょっとどぎまぎして答えた。「それはストラップよ」「ストラップ!」エドアルドは繰り返した。「きみの思い出にもらっておこう」そして、リボンをひと息でさっと引き抜いた。アンナは本能的に手をあげ、胸もとを閉じた。エドアルドはそれを見て笑った。乱暴だったのが、穏やかになり、ピンクのリボンを指でくるくるとまわしながら言った。「なぜ、ぼくに恥ずかしがるの? それじゃあ、ぼくの奥さんではないの?」

アンナは赤くなったが、その赤い色はすぐに頬から消えていった。こんなふうにさっと青ざめながら、アンナは笑い、両手を襟もとから離した。もうリボンで閉じられていない胸もとが大きく開いて、胸をあらわにした。エドアルドはアンナの胸を見た。それはエドアルドの目に初めて、ここまで明かされたのだった。そして優しくうたうような声でまた笑った。「アンヌッチャ！」それから叫んだ。「なぜ下を見るの？　もしかして自分を見るため？　それともぼくに見られて恥ずかしいの？　自分をごらん。見てごらん」そしてまったく違う、アンナの顔を赤くさせるような声でつけ加えた。「ひと晩中、自分を見て過ごすがいい。なぜならばきみにとって、明日は終わりの日だからだ。明日からは、もはや以前のアンナではない。きみは遊び女《め》、穢れた女になるだろう」こう言うと、アンナの両肘をぎゅっとつかみ、腕を押さえつけて、ほとんど裏切りのように、極小の乳房の先端に口づけをした。アンナは小さなうめきをもらし、エドアルドはアンナを放すと言った。「さあ、いきなさい。いくんだ。おやすみ。さようなら」その声の変化を聞いて、アンナは困惑して言った。「こないんでしょう……明日は？」「もちろんいくよ。待っていて」とエドアルドは答えた。そしてこの約束とともに、アンナをそこにおいていった。アンナはエドアルドが線路を渡り、生け垣を飛び越え、草原を遠ざかっていくのを見ていた。エドアルドは口笛を吹き始めた。もはや姿が見えなくなってもまだ、ズアオアトリのような切れ切れの口笛が聞こえ、それから遠くから、とても人気があって、みんなが知っているシチリアの歌、囚人の歌をうたう声が聞こえてきた。

友よ、友よ、パレルモにいく友よ
ぼくのかわりに挨拶をしておくれ
美しき街パレルモに

エドアルドはまさに酔っぱらいが夜のなかをうろつくときいつもするように、物寂しい奇妙な大声でうたっていた。この瞬間、アンナは確信した。自分は欺瞞の犠牲者になったのだ、と。エドアルドがおこなったこと、言ったことのすべて、そのしぐさと大仰な演説が、アンナには正気をなくした人のうわごとに思えた。明日、出発するというのがほんとうなのは間違いない。自分はエドアルドを空しく待つのだろう。秋までは会えない。もしかしたら、もう二度と会えないかもしれない。

こう考えながら、アンナは家への道をもどり始めた。扉から遠くないところで、アンナはスリッパを見つけ、スリッパを履く前に、無意識的に身体を折り曲げ、寝間着の裾で足のほこりをはらった。それでも髪をきちんとしたり、胸を閉じることは考えなかった。突然、最上階の窓から、ひどく興奮した母の細い声が、声をかぎりに呼ぶのが聞こえた。「アンナ！　アンナ！」アンナは怒鳴った。「ここにいる！　いまいくから！」そして階段をのぼり始めた。

アンナが乱れた姿で、ぼうっとしたようになって寝室にふたたび姿を現したとき、母親は最悪のふしだらな行為をしたと非難しながら、娘を責め立てた。けれども、アンナは質問や非難に「あたしがすることは母さんには関係ない」と答えただけで、そう言いながら、顔をしかめ、沈んだようすでシーツの下に潜りこんだ。チェジーラはアンナが口をきかず、言い返しもしないのを見て、お小言をあきらめ、自分自身の苦しみを思いきりぶちまけ始めた。実のところ、娘が外に出ていたあいだ、一千もの恐怖に苦しみ、夜のなかひとりで娘を探しにいく勇気はなく、一分ごとに自分に信じさせようとした。アンナはあたしを捨て、二度ともどってこないだろう。アンナがふたたび姿を現したことは、チェジーラに大きな安堵をもたらした。けれども、自分が苦しんだ不安の代償として、チェジーラは慰められ、説明と打ちあけ話を受けとることを望んだ。ところが、すでに見たとおり、その不幸な性格のせいで、アンナがふたたびはいってくるとほとんどすぐに、打ち解けて告白をしたいという気もちにさせるのにはもっとも不適当な方法を使い、それによって、反対に娘の魂をさらにもう一度、遠ざけた。娘は自分自身の奇妙で謎めいた心の動揺の重さの下で、母の声を迷惑と恨みに近い放心状態で聞いていた。おそらくアンナ自身、その自尊心にもかかわらず、より大人の経験、愛情ある明晰な忠告によろこんで身をまかせただろう。けれどもそのかわりに、侮辱され、自分がもっともすばらしい特権だと思っていることをひとつの恥辱扱いされたために、さらにもう一度、影におおわれた自分の青春のなかに引きこもった。その青春のなかから、哀れな娘は母親の嘆きと非難とを、大空と大海原を渡るすばらしい旅のあと、傷ついた純白のユリカモメが身を横たえた岩の上から、遠く中庭の家禽どもの羽ばたきを聞いているのと同じやり方で聞いているように思った。チェジーラは、わが身の孤独を自分への憐憫でちょっと慰めるために、今度は、自分を夜も昼も苦しめている痛みを嘆いていた。実際に、その健康は衰え、めまい、偏頭痛、突然の発作に苦しみ、視力と記憶をふっと失うことがあり、長い耳鳴りがして、骨がずきずきと痛んだ。自分の病気に対してアンナがほとんど無関心なのを見て、毎日、その冷淡さを責めた。楽しい期待を育む若者たちは、老年と死の光景に長いあいだ、かかずらってはいられないことを理解しなかった。若者においては、慈悲が意識から生まれることはめったにない。若者においては、献身と慈悲はむしろ愛から生まれえるのであり、そのことをアンナ自身が父親の世話をしたときに証明していた。けれども気の毒なチェジーラが愛を吹きこむのに向いていないことはすでに見たとおりだ。そのうえ、他人の無関心を自分自身に休むことなく証明するためのように、自分の病気を絶えず嘆くのが習慣になり、そんなふうに習慣によって、隣人の痛みが私たちのなかに目覚めさせる束の間の関心までも無効にした。チェジーラを知る者は、その痛みをいまや周知の事実、不治のことと見なし、そのためにもはや耳を貸さなかった。チェジーラを偏執狂、厄介者と見なす者たちを考えに入れなくても、人はこの女をばかにした。

だからチェジーラが自分のことを嘆いているあいだ、アンナは耳を傾けてはいなかったし、聞くのをやめてさえいた。午前二時だった。部屋は整理だんすの上におかれた小さな常夜灯のランプだけで照らされていた。娘はふたたび眠りに落ちた。エドアルドが遠ざかりながらうたっていた物寂しい詩を、ふたたびぼんやりと聞いたような気がした。その詩に、若い娘たちが月に七回お辞儀をしながら唱える文句が混ざりあう。

お月さま、小さなお月さま
空で輝くお月さま
夢のなかで、わたしに見せてくださいな
いっしょに楽しく暮らす人のお顔を

けれどもエドアルドから勧められたこんな処女《おとめ》の儀式は、今夜は無効だという思いがアンナの心をかすめた。なぜならばこの儀式は満月の最初の晩に挙げるものなのだから。でもこういった思いやこだまたちはアンナを悲しませなかった。かつて苦しい夢から覚めて、自分がまったく別の現実にいるのを知ってよろこんだのと反対のことが、いまアンナの身に起きた。そのまぶたが少しずつ重くなるのにつれて、自分の恐れはばかげたことのように思えてきた。エドアルドのすばらしい約束がその心を膨らませた。なぜ恐れることがある？　夜によってみごとに描き出され、アンナの目の前に現れたものが真実だった。明日、エドアルドはくるだろう。そしてすべてが、エドアルドが告げたとおりに起きるだろう。「白いダイヤモンド、純白の騎士……」アンナの唇はつぶやいた。「ええ、そう」アンナは眠っていた。

横になって眠っているあいだに、エドアルドの指輪を隠し場所から出し、指にはめるために、ベッドから出たような気がした。その目的を達するために必要な動きをひとつ、またひとつとやり遂げている実感があった。つまり起きあがり、たんすに近づき、鏡のうしろから鍵をとり、最後に引き出しを開けて、輝く指輪を手にとる。けれどもこの同じ瞬間に、相変わらず夢のなかでではあったけれど、自分は眠りこみ、ベッドに横たわり、そこから動いていないのはわかっていた。そこでなんとかもう一度、起きあがろうと試みる。けれども最初のときのように、この試みもまた幻影で無益だ。なぜならば現実にはその四肢は夢のなかで釘づけにされ、眠っている自分の意志に従うことはできないからだ。それはまるでアンナのかわりに、ほかならぬその分身、つまりその夢の狡猾な精霊が動いているかのようだった。精霊はアンナが望むすべてのしぐさ、すべての動きをやり遂げる。けれども精霊だから、現実に手を加えることはできない。このことについて、アンナは無駄な試みを重ねたあと、遅ればせではあったけれども、自分の意識から警告を受けた。「あなたは眠っている」と意識は言った。「目を覚まさなければ。ほんとうに指輪が欲しいのなら」けれどもその肢体は、水が氷のなかにとらえられているように、眠りのなかにとらえられ、従うことはできなかった。一種の致死性の歓びがこの昏睡状態の激しい不安を和らげる。けれども指輪には近づけないまま。透明な壁がアンナを指輪から隔てている。

この夢、あるいは甘い悪夢はアンナのもとを夜明けごろに訪れた。朝、起きると、アンナはぴかぴかと光る指輪のところに走っていき、薄明かりのなかでそれを指にはめた。けれども先に起きていたチェジーラの足音を聞くと、急いではずし、ポケットに忍ばせた。

朝とともに、恐れがもどってきた。アンナはエドアルドの約束をめぐる疑いを午後まで引きずり、それを無視することで恐れと期待の裏をかこうとした。待ち望んでいる訪れのために、なんの準備もしなかった。お化粧やおしゃれをしようともしない。だらしなく、怠惰に、朝、起きたときに引っかけた普段着のスカートとブラウス、足には擦りきれたバブーシュ、髪を編みさえもせず、適当に束ねて結び、チェジーラが出かけたあと、エドアルドがいつも訪れる時間を待った。

時間がきて、エドアルドが姿を現さなかったので、アンナはもはやエドアルドとは会わないことをほとんど確信した。けれども黄昏《たそがれ》まで、午後のあいだずっと、下の通りに面した扉を窓から絶えずうかがった。何度も馬車道まで飛び出していき、そのあいだにエドアルドが別の方向から歩いてくることを恐れて、大急ぎで駆けもどる。おそらくこの短い一瞬に、すでに上にあがっているかもしれない！　ドアをたたいても返事がないので、踊り場で待っているかもしれない！　こんなふうに疑いながら、階段を駆けあがる。このいったりきたりが日暮れまで続いた。暗くなったとき、アンナはいとこにだまされ、からかわれたこと、いとこは街を出たことを確信した。けれども、この宵も、この夜も、そして翌朝も、エドアルドからはなんの合図もなんの知らせも受けとらなかった。

夜の帳《とばり》がおりるとまもなく、チェジーラが帰宅する物音を聞いて、アンナは他人と顔を合わせるという考えに嫌悪感を覚え、かつてテオドーロと自分の寝室に使われ、いまは客間としてエドアルドをいつも迎えていた狭い食堂に走っていき、鍵をかけて閉じこもった。そのなかで、一瞬たりとも目を閉じずにひと晩を過ごした。チェジーラは、そのあいだ何度もドアをどんどんとたたいて娘の名を呼んだけれども、なかから答える声はあまりにも冷たく幽霊じみていたので、それ以上は試みるのをあきらめ、真実の一部を直感的に理解した。というわけで、いつもはアンナと分かちあっているダブルベッドにひとりでもどり、不安に満ちた浅い眠りに落ちた。

ずっと遅くなって月が昇り、死の沈黙に沈んだ小道の上で輝いていた。夜遊びの人たちの最後の声も鎮まり、どこかの犬の悲しい吠え声と、遠く鉄道の通る野原から届くコオロギの声が、看守たちのあいだでもがく囚人のように、アンナが自分の疑いたちのあいだでもがいている小部屋までのぼってきた。通りで物音やざわめきがするたびに（そのざわめきの一部は興奮した自分の神経が聞く幻聴にすぎなかった）、心ならずも、そしていまはもう信じてはいなかったけれども、いとこが前夜のように下から自分を呼んでいるのではと期待して、ふたたび耳をそばだてたり、窓に走り寄ったりした。夜明けが訪れ、アンナは疲れ切って、窓の近くの長椅子に腰をおろし、目を茫然と見開いたまま、じっと動かずにいた。それから突然、奇妙な酩酊を感じて、なにをしているのか自分に尋ねもせず、母の質問にも答えず、外に出てチェレンターノ館に向かった。

館《やかた》では、あるじたちの部屋の多くが窓を開いていた。けれども、そこに姿を現すのは、仕事着の召使たちだけ。もしかしたら主人一家はもう出発し、召使たちは部屋を次の秋まで閉じる前に片づけているのだろうか？　実際に、館の玄関前や正面の小さな広場には、チェレンターノの紋章をつけた馬車は一台も見あたらなかった。けれども、馬車や徒歩で到着する訪問者を通すために、一度ならず正面の扉が開かれるのが見受けられた。訪問者たちはたいていが、いくらもたたないうちにまた外に出てきた。同じように、チェレンターノの友人や親戚筋の家のお仕着せを着た使用人が、館に近づき、通用口にまわり、またすぐに外に出てきた。この人の往来がアンナの疑いを強めた。玄関に近づく勇気はなく、目をあの禁じられた戸口に向け、一時間以上も館近くの小道をぐるぐると歩きまわる。ようやく厨房の下働きのようなつましい女が買物籠を腕にさげて、館わきの小さな扉から出てきた。女が目の前を通ったので、アンナは呼び止め、まるで女王さまに話しかけるように震える声で、もうご主人たちは田舎に出かけたのかと尋ねた。女は警戒するようにアンナをじろじろと見て、いいえ、まだ出かけていないと答えた。「だれも……若さまのエドアルドさまも？」と、アンナは口ごもりながら言った。「いいえ」と女はますます警戒を強めて言った。「いいえ、お出かけになってはいません。若さまも」そして会話を打ち切ると、アンナをそこにおいて、小道を遠ざかっていった。一方、アンナはいとこが出発していなくて、向こう、あの壁のうしろにいると知らされて、突然、説明不能の打ち勝ちがたい恐怖に襲われた。そして、その場を離れ、急いで家に帰った。

家で、ふたたび希望に胸を膨らませ、アンナは抵抗しようもなく、午後に向かって前のめりになり、午後になると、心ならずも、またいとこを待ち始めた。この告白されない待機、陰険な、そして一瞬ごとに否定される待機は、夏の長い午後を苦い夢に変えた。前日のように、絶えず戸口から窓へ、五階から通りに面した扉へといったりきたりを繰り返したのではない。そのかわりに待機の時間を、海岸に横たわり波の攻撃に無防備に身を投げ出す人のように、ベッドにあおむけになって過ごした。生命のきざしで運命の女神を刺激して、その残酷な顔をあらわにさせるのを恐れるかのように、動くのを避け、できれば息さえも止めたかっただろう。ときおり、短い臨終の苦悶に似て、軽くまどろんでは、はっと目を覚ました。

こうして二日目の宵闇が訪れ、前日と同様に、午後に外出していた母親が帰宅するのを聞いて、アンナは走って小さな食堂に閉じこもった。そこで、ひと晩全部を、いとこに手紙を書くのに費やした。文法の間違いだらけの燃える言葉遣いで、いとこに尋ね、いとこに呼びかけ、いとこをなじる。けれども一通書き終えるとたんに、それでは不充分、あるいは無駄と考えて、びりびりと引き裂く。前夜と同じように、通りで物音がするたびに息を殺し、それから幻想を打ち砕かれて、床の上、ソファの上にがっくりと腰を落とし、熱い声でエドアルドに小さく呼びかけた。そのあと休むことなくもだえ苦しみながら考えた。いとこの沈黙は、裏切りや意地悪ではなく、不幸か病気によって引き起こされたのではないか？　いま、この時間、あたしがあの人をそしっているとき、病気で、あるいは重傷を負って横たわっているのでは？　あまりにも重い傷だから、あたしに知らせることができない、知らせようと考えることさえも……こんな疑いに、ちょっと前までは人をばかにしながら逃げていったいとこの姿が、憐れみと憂愁に満たされて、こちらに近づいてくるように思え、アンナはこの幽霊を優しい言葉と後悔の涙とともに抱きしめた。

小さな部屋のなかを、疲れを知らずに動きまわり、一歩ごとに、ほとんど毒を飲んだかのように頭をくらくらさせ、酔いを感じる。なぜならば、ひとつの合図、ひとつのにおい、ひとつの痕跡が、エドアルドの肉体的な存在を思い出させたからだ。手紙を書くにせよ、あるいは歩くにせよ、あるいは通りを見おろすために窓から顔を出すにせよ、その不毛の活動は、現在の自分の状態の正確な像から、自分の気もちを少し逸らしてくれるように思われた。けれども、そのあと、手紙を破るとき、あるいはがっかりして窓から離れるとき、あるいは不意によみがえる記憶の奥底まで思いによってはいっていくとき、現在の像が、より見捨てられ、より打ちひしがれて、ふたたび目の前に立ち現れる。するとアンナは自分の痛みを打ち壊すために自分自身を殺したいと切望する者の荒々しさで、自分に抵抗した。それから発作がおさまるとすぐに、また手紙を書き始めるか、この狭い空間を休みなく歩きまわるか、あるいはエドアルドの姿を夜のなかに見分けられないかと、窓から外をうかがった。エドアルドは、ある瞬間にはすでに伝説の存在のように思え、その幼稚で英雄的な時代は貧しい路地とアンナの小部屋からははるか遠くで展開していた。けれどもアンナはすぐにこの伝説に、さっき自分の絶望に抵抗したときと同じ激しい怒りによって抵抗した。

こんなふうにして、二日目の夜も過ぎた。翌日の昼近く、チェレンターノ館裏側の厩舎の庭先で、馬たちの世話をしていたエドアルドの御者は、小さな格子のうしろから手招きをするアンナに声をかけられた。御者は、いとこふたりのために、街はずれの道をあれほど何度も馬車を走らせたあの同じ御者だった。けれども毎日見慣れていたはずなのに、御者がアンナを見分けるまでちょっと時間がかかった。四十八時間のうちに、アンナはそれほどまでに変わり果てていた。

娘の質問に答えて、御者は若いご主人が、先日、ひと晩中外出していたあと、夜明けに帰宅したと教えた。お母さまのコンチェッタ奥さまはしばしばするように、まったく横にならずにお待ちになっていたけれど、若さまは奥さまに寒さを訴え、いきなり毛布と火をもってくるよう頼んだ。高熱に見舞われ、まもなくうわごとを言い始めた。コンチェッタ奥さまは、まるで幼い子どもにするように、若さまの服を脱がせ、ベッドに寝かしつけてやらなければならなかった。それ以来、若さまのおそばを一分たりとてもお離れにならない。自分の存在だけが、息子に健康と生命とを吹きこめると信じ、休息をおとりなさい、降りてきてお食事をおあがりなさい、あるいはちょっと横におなりなさいと忠告する者に、獣《けだもの》のようにくってかかった。服を着替えもせず、息子が帰宅していたときに着ていた寝間着と部屋着のまま。病人を動揺させないように、表面上は落ち着き、平静を保っていたけれど、離れたところでは、両手をよじり、聖画の前にひざまずき、熱心に祈る。そのあいだに、若さまの熱はさらに高くなり、しばしば痙攣に襲われ、息を詰まらせ、医者は病人が危険な状態にあると判断して、他の医者たちの診察を要求した。けれどもまだ、病気について正確なことはなにも言えない。

ここで御者は話を中断し、じっと耳を傾けている娘を見た。娘の顔を見れば、この子もまた病気と言われれかねないほどに弱り、気が動転しているように見えた。ひとことも発せず、驚きの声さえあげない。けれどもすでにまっ青だった顔の色はさらに青ざめ、いまにも涙があふれそうな暗い目は大きく見開かれて、まるで一か所を見つめるのを恐れているかのように、館の窓と庭の塀に沿って、あちらからこちらへと視線をふらふらとさまよわせた。ようやく、もしご主人が理解できる状態なら、いとこアンナがお見舞いを申しあげ、早くご快癒されるよう祈っておりますと伝えてとつぶやいた。けれども消え入りそうな声だったので、御者はこの言葉を聞きとるのに苦労した。それでも答えた。「ご心配なく、お嬢さまのお言葉はお伝えいたしますよ」でもこの言葉を憐れみを欠いた一種、皮肉な口調で言った。御者はこの娘をよくは思っていなかった。自分の妹だったら、こんなふうに振舞うのを決して許さないだろうと考えた。そのうえに、その美しさを称讃もしていなかった。自分の好みとしては、顔色が青すぎ、痩せすぎだ。心のなかでは、若主人が娘をもてあそんだあと、捨て去ることを確信し、そのことで若主人をなおいっそう称讃し、反対に貧しいうぬぼれ娘を軽蔑した。それだけではない。御者に言わせれば、娘はチェレンターノ一家の市内滞在を長引かせ、そのために、御者である自分の夏期休暇を遅らせたことだけで罪があるのではなかった。自分が大好きな若主人の病気の原因もまた、大部分がこの娘にあった。こういった理由すべてから、従順な態度を装って、アンナを横目でうかがいながら考えた。へいい気味だ。お嬢ちゃん。こんなふうにして、高貴な殿方とのおつきあいを覚えるんだね。あんたはお高くとまってるけど、おれよりひどい貧乏人だ。そのきたないバッグにはおれの財布より少しの金しかはいってないのはたしかだ。他人はみんな蛆虫だとでもいうように、わざわざ目を向けようともしないで、重々しい顔つきで歩いてさえいれば、貴婦人になれるとでも思っているのかい？　御者や使用人は存在しない、同じように洗礼を受けた人間ではなく、ただの物であるかのように振舞っていれば？　何か月ものあいだで、身を落としておれを見たのはこれが初めてだ。おれが必要だからだ。でも、これまではその小さなお手てで馬を……馬はただの動物だ……馬をなではしても、あんたには御者なんて馬車の部品の材木並みだったんだろう。ところがおれのご主人さまはほんものの貴族だ。おれたちは年がだいたい同じ。子どものころはいっしょに遊んだ。おれを殴っても、自分と同等の者、友だちとして殴った。大人になったいまは、おれとふざけ、心を打ちあけ、自作の詩の感想までお尋ねになる。たまたまおれを働かせすぎたりすると、お聞きになる。「カルミネ、疲れたろう?」馬たちにさえ言う。「きみたち、疲れたかい?」お仕えして以来、おれにくださった贈物は、奥さまからいただくお給料の二十倍にはなるだろう。おれは絶対に若さまを裏切らない。若さまを尊重してのことでなかったら、お嬢ちゃんの伝言を伝える相手は若さまじゃない。コンチェッタ奥さまだ。奥さまが、なんとお答えになるか、見ものだね! いま、あんたはおれに話してる。たしかに涙まじりの小さな声で。でもこれまでは、お嬢ちゃんから、「右に曲がれと言ったのよ」とか「ご主人は待つようにご命じになっています」以外の言葉を聞いたことはない。高慢ちきの生意気女、ああ、情けない!〉

これが、黒い巻き毛の頭を傾けて、ふたたび馬にブラシをかけながら、遠ざかるアンナの姿を横目で見て、御者が考えたことだった。アンナは夢遊病者のように、あるいはまるでもはやいくべき場所、あるいは避難所をもたないかのように去っていった。病気と聞いて、アンナはここまで自分を動かしてきた失望よりも、ある面では、さらにいっそう苦しい失望感にとらえられた。三日前の夜は、いとこの大げさな落ち着きのなさを酔いのせいにしていたが、いまでは、むしろ熱によるものだったと気づき、その思いが憐れみと後悔の苦悩すべてを呼び覚ました。背信とは裏腹に、病はある意味で、すでに私たちが述べたように、エドアルドをアンナに近づけ、その目からこれまでの疑いすべてを晴らし、突然、より親密で肉体的なきずなでエドアルドに結びつけられているという幻想をあたえた。それはほとんど息子に対する母親の共謀関係のようなものだった。アンナはいとこがうわごとで自分を呼び、発熱だけではなく、自分、アンナの不在によっても消耗し、疲れている、そして自分の気もちを表せず、愛する娘に知らせを送って、慰めをあたえられないことでいらだっている、と空想した。こんなふうな空想に感激して、通りにいることも忘れて、つぶやいた。「エドアルド、あたしのエドアルド」エドアルドのすぐそばにいる感覚、感謝の感覚は、不安をほとんど蹴散らすほどに強かった。それでも一方では、いとこが自分をだましたのでも、からかったのでもなく、いとこを自分から切り離せるのは病気だけだと知ったことに慰められても、他方では、そのことがアンナの苦悩をいっそう深めた。ふたりの愛が最大の勝利に近づいたまさにそのときに、離ればなれになったのがとりわけつらく思われたからだけではない。以前、いとこを裏切り者と疑ったときは、アンナ自身が、非難によって、叱責によって、憎しみによってでさえ、自分自身の情熱をなんらかの形で方向転換させ、混乱させることができたのに、いままでは、その情熱が澄みきり、絶望的であることがあらためて明らかになったからだ。以前は、少なくともアンナが闘わなければならない敵はエドアルドその人だけだった。この敵はあまりにも親しく優しく愛すべきものだったので、闘いさえも、そこからわずかの恵みと甘さを受けとった。けれどもいま、ふたりの両方を脅かしているこの影は、いったいなんなのか？　なんと名づければよいのか？　アンナはその前で完全に武器を奪われ、立ち向かうことさえも拒否された。すべての感情と自然の法に反して、愛する人を守ること、あるいは助けること、いや会うことさえも禁じられている。いとこは自分のものなのに、そのようすを知るために、盗っ人のように忍びこんで、召使に尋ねなければならない。嫉妬深いアンナがこれほど強く嫉妬したことはなかった。御者が「コンチェッタ奥さまは、まるで幼い子どもにするように、若さまの服を脱がせ、ベッドに寝かしつけてやらなければならなかった」と口にした瞬間、アンナは血が逆流するのを感じた。これまでいかなる競争相手も、いまのドンナ・コンチェッタほどに、大きな憎しみとねたみをかきたてたことはなかった。運命はなぜある女たちにすべてを授け、ほかの女たちにはなにもあたえないのか？　コンチェッタはエドアルドを産んだことで祝福されていた。だれからもその権利に異を唱えられずに、近くの部屋で、そのそばで眠ることで祝福されていた。エドアルドの世話をし、看病をし、その声を聞いて駆けつけ、すべての人にこの子はわたくしのものと言い、すべての人から同情され、エドアルドの名によって正当化されることで祝福されていた！　そしてエドアルドの姉もまた祝福されていた。その女中もまた、そしてアンナに属するものをアンナの手からだましとっている者たちすべてが。アンナはエドアルドの親類関係のすべて、可能な人間関係のすべてを自分のものだと宣言し、それをわが身に引き受けたかった。エドアルドのほかの女たち、恋人や親類たちは場所を譲るべきだった。女たちみんなを追いはらい、とりのぞきたかった。そしてこの反抗と同時に、エドアルドの愛撫をあまりにも嫉妬深く欲したので、思わず叫び出したくなるほどだった。一日に一千回も、自分の顔の小さな火傷を鏡に映し、ほかの女が貴重なアクセサリーにするように、それに満足し、うっとりと眺めた。最後の逢引のとき、いとこが「なぜ下を見るの？」と言ったあと、ただ一度、禁断の口づけをした胸のところに、同じような火傷があるように思えた。そして、自分が助けることのできないままに、いまいとこが病み疲れていると考えて、館に走っていき、扉をたたき、叫ぶところを空想した。〈あの人はあたしのもの！　あたしの唇に、あたしの胸にキスをした。だから、あたしはあの人の妻、あの人はあたしのもの！〉もちろん、そばにいられれば、あたしがあの人を治すだろう。こんなふうに空想しながら、アンナはコンチェッタを殺すことを考え、心のなかで罵った。だが、一瞬ののちには反対にコンチェッタを腕に抱き、自分の感情とその感情とを混ぜあわせ、こう言いたいと思った。〈あなたはあたしの大切な人。なぜあたしを嫌うの？　あたしはあなたを愛しているのに〉

〈あたし大好き、おばあちゃまがあなた、なぜだか知っている？　だって、おばあちゃまがお母ちゃまをつくり、で、お母ちゃまがあなたをつくったからよ〉

それから指にはまったダイヤモンドとルビーの指輪を見て、もしエドアルドが病気にならなかったら起きたであろうことを、ふたたび嘆きながら思い始めた。ふたりの最後の出会いのときにエドアルドが約束したすべてを、自分に都合のよい色で描き出した。そして嘆きとともに希望がふたたび顔を出した。エドアルドは回復するだろう。約束された未来が実現するだろう。このすばらしい未来の計画、そのすべての様相をうっとりと見つめることは、ひとつの慰め。けれどもアンナはすぐにこの慰めを拒否した。なぜならば希望はアンナを恐れさせたからだ。そして心のなかからすべての甘い期待を追いはらい、自分に言った。〈ああ、だめよ、だめ！　エドアルドがよくなるだけでいい。エドアルドが生きてさえいれば、あたしなんてどうでもいい〉

一種の半睡半醒状態のなかで、束の間の幻影がしばしばアンナを訪れ、不安で満たした。たとえば病気で顔が醜くなったエドアルドが、記憶をなくし、自分の苦痛以外のすべてから隔絶して横たわる。小声で呼びかけるだけでも、エドアルドをいらだたせるのはわかっている。エドアルドは無関心で、眠りのガラスの壁の向こうに横たわり、その壁は、現実にエドアルドをアンナから隔てている壁よりもなお乗り越えがたい。あるいは遠くの坂道でひとつの姿と出会うような気がする。その姿はアンナに謎のように打ちあける。〈あいつはもう助からない！　もう助からないぞ！〉あるいはだだっ広い部屋のなかで、目も眩むような夏の月明かりに照らさせて、歩きまわり、揺れ動く人びとを見分ける。おそらくはエドアルドの親族たち。叔母コンチェッタ、いとこアウグスタ。人びとはこっそりとアンナにささやく。〈もうおしまい。助けられない。助けられない。終わりだ〉

汗にまみれ、苦しげに息をし、痛みに苦しむエドアルドの身体を、ときおり夢のなかで抱きしめるような気がして、枕を抱きしめ、それにところせましと口づけをしながら、はっと目を覚ます。こんなふうに、失望と苦悩と希望のあいだでもがきながら、アンナはその昼と夜を過ごした。もはや十全に生きている気がせず、自分が半分に縮められてしまった気がした。その心臓はまるでふたつの石のあいだで押しつぶされているかのように、血を一滴、また一滴としたたらせていた。

いとこの病気はひと夏中、続いた。初めのころは、御者のカルミネがアンナに病人のようすを教えた。相変わらず高熱を発し、だれも、母親さえも見分けられない。コンチェッタは、昼夜を分かたず祈りをあげてもらうために教会に多額の寄付をした。夜明け、ミサのために外出し、息子のそばにもどり、翌日の夜明けまでそのそばを離れない。数日のうちに、ほとんど見分けがつかないほどに年をとった。他の都市から名高い教授たちを呼び寄せ、教授たちに懇願し、脅し、あるときは神々のように扱い、またあるときは詐欺師扱いをした。

七月の中ごろ、御者は夏期休暇で故郷の田舎に送られ、そんなふうにして、アンナはエドアルドのようすを知るために残っていた唯一の手段を失った。毎日、館の近くを何時間もうろつき、辱められ、追いはらわれるのを恐れて、近づいてベルを鳴らす決心がつかなかった。けれどもついに（いとこが病気になってからおよそ一か月が過ぎていた）、その苦しみが自尊心を打ち負かし、アンナは嫌悪感を抑えて、かつて一度、ようやく娘になったばかりのころ、チェジーラとともにくぐり、泣きながら出てきたあの正面の扉に向かった。扉に達する前に、大理石の階段が数段ある。最上階に到達したときには、まるで長い長い坂道を通ってきたかのように、息を切らし、青ざめていた。

毎日、さまざまな階級の人が大勢、エドアルドのようすを尋ねにきたものの、扉を開けた召使は、みすぼらしい身なりをして、血の気の失せた娘がただひとり、このうえもなく尊大な口ぶりで尋ねるのを見て、驚かずにはいられなかった。ほこりで灰色になった布靴、しわくちゃの木綿の服、ありふれた麦わら帽子の下で輝く荒々しい視線を目にとめて、召使は疑わしそうに名前を尋ねた。娘は自分の名前はどうでもいいと答え、続けて、自分はただ病気の若主人のようすを聞きにきただけで、それを聞いたらすぐに帰ると言った。お仕着せ姿の召使たちが、自分よりもひどいかっこうをしている者に対するときにおなじみの、冷たく、ちょっと蔑むような態度で、召使ははほんとうは訪れる者がだれであろうと、名前を尋ねるように言われているのだと答えた。それでもシニョリーナには教えてあげましょう。お医者さまたちの話によれば、若さまは重大な危機を乗り越え、お助かりになる見込みが出てきました。二日前からお熱はかなりさがり、徹夜で看病する者たちを見分け、ふたたび正気をとりもどされたごようす。この知らせにアンナの顔つきが一変した。その表情は和らぎ、頬に薄い紅色が差した。興奮した声で、バッグから一通の手紙を取り出し、召使にそれを若さまご本人に直接、手渡すよう頼んだ。召使は頭を振り、ほとんど手紙に目もやらずに、残念ながらそのお役目はお断りしなければなりません、と言った。お医者さまがたは、病人にごく軽い刺激、ちょっとした会話や疲れるようなことは避けるようにと命じられています。ですから、若さま宛のお手紙はコンチェッタ奥さまにお渡しすることになります。娘はこの考えに震えあがったように見え、急いで手紙をしまうと帰っていった。

一週間以上ものあいだ、アンナは他人の手に渡るのを恐れて投函しないまま、このしわくちゃになった手紙を持ち歩いていた。そのあいだに、いとこが意識が回復するにつれて、自分のことを思い出し、ようすを知らせてくる、あるいはせめてひとこと送ってくるのを期待した。けれどもエドアルドの側からは頑固な沈黙が続いた。アンナがあの厳格な召使に尋ねるために、二度目の訪問をしたときには、すでに八月も終わりに近かった。召使はエドアルドの病状改善を確認した。いまでは回復は確実だ。熱は続いているが、以前ほど高くはなく、病人は静かに眠り、かなり痩せはしたけれども落ち着いて、頭もはっきりしている。「では、これを渡して」とアンナは、ふたたび拒絶される恐れを、その荒っぽく高慢な態度に隠して、新しい手紙を差し出した。もしかしたら気の毒になったのか、あるいはもしかしたら、そうしないとエドアルドの怒りを買うかもしれないと思ったのか、今回、召使はその役を引き受けた。だが、それに続く日々、アンナは空しく返事を待ち続けた。

アンナは三度目に、この敵意に満ちた扉をたたき、低い声で、若さまは自分宛になにか手紙を預けていないかと尋ねた。「いいえ」と召使は答えた。お病気は日ごとによくなっていいます。シニョリーナのお手紙は若さまの手に直接お渡ししました。でも、シニョリーナについて、若さまからはなんのご指示もありません。アンナはすっかり狼狽して言った。「今日、あたしがここにきたことを伝えて」「お名前は?」「アンナ、と言って。それで充分。アンナ、と」「承りました」と召使は答えた。アンナにはその口ぶりは皮肉っぽく聞こえた。このとき、入口の通路の端に女の影が現れ、年若い訪問客はまるで炎に襲われたかのように逃げ出していった。

アンナが最後にそこを訪れたときには、すでにもう秋が近づいていた。アンナは訪れる前に長いあいだ、近くの小道でぐずぐずしていた。そこから、玄関近くで待機するチェレンターノ家の馬車が見えた。召使たちが扉を厳かに開き、白髪で褐色の肌の堂々たる貴婦人が、おそらくは専属の小間使を連れて姿を現した。馬車近くに控える御者が馬車の扉を開き、お辞儀をする。アンナはその姿を見て、カルミネだと気づき、ほっと安堵した。カルミネがもどったおかげで、これからはエドアルドともっと簡単に連絡がとれるだろう。若い御者は、アンナの前では偽善的でよそよそしい態度をとってはいたけれど、それでもやはりよく知る人物、ふたりの散歩の証人、主人を愛する者だった。出てきた貴婦人については、コンチェッタ叔母だと推測し、それは間違ってはいなかった。叔母が今日は家にいないと知ったことが、アンナをより大胆にした。馬車は通り過ぎるとき、ほとんどアンナをかすめそうになり、アンナは叔母の目から隠れるために顔をそむけた。

馬車が通り過ぎたあと、黒っぽい服を着て、黒い巻き毛をした若者の逞しい姿が、チェレンターノ家の玄関前で立ち止まるのが見えた。若者はちょっとためらい、それからベルの紐を引いた。アンナは若者が招き入れられるのを待ってから、走って大扉に向かった。いつものように、すべての窓から、そしてカーテンのあいだから、意地悪な目が自分をうかがっているように思えた。でも、エドアルドはなんであたしに気づかないんだろう?

玄関の召使はアンナを見ると、アンナが話し出すのを待たずに、ちょっと待つように言った。若主人からなにかお渡しするものがある。アンナは窓のそばに立ち、待った。あまりにも興奮し、動揺していたので、玄関の間に、ほかにだれかいて、自分と同じように待っているのに気づかなかった。先ほど玄関の扉をくぐった若い訪問者が膝にのせた帽子を握りしめて、ひとすみに腰をおろしていた。すわっている場所が黄昏の影に沈みこんでいたために、たとえその存在に気づいたとしても、アンナは褐色の炎を燃え立たせて自分に注がれている憂愁に満ちた熱い眼差ししか見分けなかっただろう。実のところ、アンナがはいってきた瞬間から、青年は視線をその姿に釘づけにしていた。窓のそばで光をいっぱいに受けて微動だにしない娘のほっそりとした背の高い姿を、薄暗がりに守られて注意深く見ていた。娘は縞模様の木綿の安い服を着て、麦わら帽子の下で、痩せた顔をほとんど挑発するかのように前に突き出す。腕をだらりとさげていたが、召使がちょっと待たせたあと、お盆に小さな封筒をのせてもどってくると、その小さな手を熱っぽく差し出し、封筒をとった。「返事はいるのかしら?」とつぶやく。召使は、さあ、わかりませんと答え、娘は疑わしげに、震える指先で封を切った。手紙にはなにか恐ろしい知らせが書かれていたにちがいない。なぜならばそれを読みながら、まるで死が近づいてきたかのように青ざめたからだ。「いいえ、返事はないわ」と、待機していた召使にようやく言い、もはや色の失せた唇を魔法にかかったような微笑に歪めた。そして相変わらず微笑みながら、傷つき、青ざめ、目をフリアイのように輝かせ、なにも気にしていない高慢な人物の態度をとり、頭をわずかに傾けて、尊大に挨拶をすると、館を出ていった。その白い手はあの謎の紙片を握りしめていた。娘のうしろで召使が扉を閉じた。

紙片には、エドアルドのだらしのない筆跡でわずか数行だけが走り書きされていた。

いとこ様
ぼくは病気だった。もう治った。それを知るために何度も訪ねてきたのなら、そう伝えておく。もしかし

年は、手際のいい案内人のあとに続いて、小さな階段からなかにはいっていった。

たら、もう知ってるかもしれないけど。きみが知っておくべきもうひとつ別のこと、ぼくの沈黙で充分わかるだろうと期待していた。つまりぼくらの〈いとこ関係〉は終わった。でも、きみが頑固にわかろうとしないから、ついでに伝えておく。これでぼくらのやりとりはすべて終了だ。今日から先はここにくるのをやめてくれるといいと思う。きみに言うまでもない理由から、きみの訪問はあまりありがたくはない。だから、ごきげんよう、いや、永遠にさようなら、と言ったほうがいい。偶然がまたぼくらを会わせることはないと思うから。きみに幸運を、そしてきみにふさわしい結婚を祈る。

エドアルド・チェレンターノ・ディ・パルータ

アンナが手紙を握りしめて、戸口を出たとき、ひとりの召使が階段を降りてきて、玄関の間にはいり、名なしの訪問者にてきぱきと、ご主人がおはいりくださいと申しておりますと伝え、同時にその手から帽子を受けとった。訪問者は、この単なるお作法上のしぐさによって、ひとつの侵犯、あるいは犯罪をとがめられているかのように、どぎまぎとして帽子を渡した。それから黒髪の青

第三部　匿名の人物

1 あばた、舞台に登場。ほら話を始める。

前章で話題になった色黒の見知らぬ青年は、エドアルドが病後、初めて迎え入れた人物だった。エドアルドは数日前から、ベッドを抜け出して長椅子に移り、頭を背もたれにのせて半ば横たわっていた。長い発熱の数か月のあいだに細くなった指先で、ときどきぼんやりと髪をかきむしる。あるいはスリッパを履いた足をぶらぶらと揺らす。だが、こんななにげない動きにも疲れを覚えた。この数日、何度も起きあがろうとし、鏡までいくことができた。痩せた顔、色が濃くなって浮世離れした瞳、鏡のなかにいるのはほとんど見知らぬ人に見えた。でもすぐに力つき、吐き気とめまいにとらえられて、長椅子にどさりと腰をおろす。エドアルドのなかで、予後のけだるさと、動くこと、生きることへの焦燥とが交互に入れ替わり、そこから奇妙で気まぐれな気分が生まれた。退屈に押しつぶされ、いまは母や姉にいっしょにここにいるよう強要したかと思うと、今度は不意にひとりになりたくなって、そばから追いはらう。あるいは本を読み聞かせてくれと頼んでおいて、突然、癇癪を起こし、親切な読み手をさえぎり、声が単調だと非難したり、本が退屈でばからしいと言ったりした。自分は回復したのだと知る歓びが、ときどきその心を膨らませた。世界に、旅に、冒険に、人生と健康とが自分のような若者に提供するものすべてに思いを馳せた。けれども、この長椅子から、この部屋から離れたいという焦燥感にとらえられて、初めの高揚は自分の現状を腹立たしく悲しむ気もちに道を譲る。その短い人生で初めて、自分を弱く隷属的に感じ、自分の意志を法律にできなかった。そのために、折々の能天気が、いきなり怒りを帯びたいらだちに変容することがあり、その結果、世話をする看護婦や家族に衝動的に暴力を振るった。かつてと同じように浮かれて、愛情に満ちた笑いに身をゆだねるという行為のなかでさえ、突然、その憔悴した顔をくもらせ、なんの理由もなく話し相手を罵り、怒鳴ることもよくあった。「なんでいつもぼくのまわりをうろうろしてるんだ？　ほっておいてくれ！　あっちへいけ！　出ていけ！」息子の気を紛らせるために、母親はピアノを寝室に運ばせ、折々に姉がエドアルドお気に入りの曲を弾いて聞かせた。それはときにはエドアルドを慰めたが、また別のときには反対にそのいらだちと不安とを強めた。実のところ、音楽はエドアルドの想像力を、現実の事物の足かせと欲望からいつも解放したわけではなく、反対に、しばしばその想像力豊かな心のなかに、いまだに禁じられているあの動き、あの出来事を描き出して見せた。おまけにエドアルドは、気の毒なアウグスタにお礼を言うかわりに、ピアニストとしてのその演奏スタイルを、たびたびばかにしたように批判し、修道院の寄宿生みたいにどの音も単調にして弾くと非難した。自分で弾きたくてたまらなかったけれど、その体力がない。同じように、ときおり錯覚をして、病気になる前にいつもやっていたのと同じやり方で詩や曲をつくったり、絵を描いたりできると思った。でも、その頭脳の熱意は肉体の衰弱のために不毛となり、一瞬、できると錯覚した試みを嫌悪感とともに放棄する。医者たちは疲れるのを恐れて、相変わらず外部からの見舞いを禁じていた。それにエドアルドの側でも、昔の友だちにはだれとも顔を合わせたくなかった。病の夏はその記憶のなかで、脈絡のない幻影と声に満たされた灼熱の黒い通路に思え、この黒い谷のなかに、自分の過去のすべて、青春のすべてが埋葬されたように感じられた。新しいこと、知らないことを望み、かつては大切だった面影を、暗記してしまったので、もはや興味のわかない見世物の仮面みたいに拒絶した。病気のあいだ、発熱から生まれた異様な、だが生命と苦痛に満ちた人物たちが、稲妻が光るように目の前にぱっ、ぱっと浮かびあがってきた。あまりにもゆっくりと回復しつつあるいま、この人たちはエドアルドと出会うのを待ちながら、街の広場や通りを横切っているのかもしれない。けれどもエドアルドは約束を破り、幻影の人たちは、自分たちと同様に発熱から生まれた別の都会に消え去った。物体の輪郭をきわだたせて、望ましく貴重にする嵐の焼けつくような光が、その姿を包む。この光のなかで、恋人たちがエドアルドの前に、姿を現す。従順で豊満な若い娘たちが、手にその重いおさげ髪を握りしめ、エドアルドに向かって頭をさげる。あの貴い黄金のおさげ! エドアルドの知るどの娘も、これら幻想のなかの美女たちと競いあうことはできない。

こんなふうに、すでに過ぎた人生への軽蔑と生への渇望のあいだで揺れながら、エドアルドは回復期の毎日を過ごしていた。想像の歓びだけでは満足できず、けれども同時に、富という点では、現実はその物憂げな夢に並び立てないのにも気づいていた。おそらく私たちの落ち着きを知らぬ登場人物は、この夏の数か月のあいだに、死の瀬戸際に立ち、私たちを彼岸で待つと信じられているあの奇蹟の場所と民とをかいま見たのだろう。そしていま、本人はそうとは知らぬままに、その影を求めてあたりを貪欲に探しまわっている。そして、明日の計画を立てるとき、比較のためにその場所と民の美しさを絶えず呼び起こすのだった。

　季節がこの記憶の気まぐれに手を貸した。何日も前から太陽は姿を消していたけれど、濁った一様の空気はいまだに蒸し暑さで重かった。雨は到来を遅らせ、橙色と燃えるような赤の葉の色、秋咲きの大きな花々は、より苦く陰気な夏の署名のように見えた。このような日々に、情熱的な精神は欲望と予感に揺り動かされて、平安を知ることがない。みずからを解放して沖合に逃げ出すために、淀んだ陰鬱な空気のなかで秋の嵐を待つ。

　この午後、エドアルドの気分はいつもよりなお変わりやすかった。健康はかなり回復し、食欲もあって、食事をしたあと、部屋のなかを数歩、歩くことができ、庭に面したテラスまで歩を進めた。このことが自分の体力についてうれしい自信をとりもどさせた。これまで知らなかったまったく新しい愛、旅、夜会を計画した。自分の未来を語りながら、勝ち誇った反撃の視線でベッドを見る。その上であれほど大量に汗を流し、うわごとを言ったこの憎むべきベッドに、〈ぼくはもうおまえの囚われ人ではない〉と言っているかのようだった。〈長いあいだ、おまえに縛りつけられていた。だが、いま、呪いはとかれた。ぼくは治った。ぼくは自由だ！〉

　コンチェッタ、エドアルドの回復期の忠実な番人はこの幸福感を分かちあった。だが、息子のあまりの傲慢がコンチェッタを脅えさせた。コンチェッタは息子の回復はなによりもまず、自分のお祈りのおかげだと確信していた。病気のあいだ、一日たりとも欠かさず毎朝五時に起床し、第一回目のミサに駆けつけた。自分の宝石箱のもっとも豪奢な宝石を犠牲にし、供物として祭壇に捧げた。全市の教会すべてでコンチェッタが奉納した蠟燭《ろうそく》が燃やされた。最愛の息子の健康のために、かつてはいたるところでミサが捧げられ、今度はいたるところで感謝のテ・デウム「神の讃歌」がうたわれた。コンチェッタは息子の知らないうちに、レースで縁どった小さな四角の布（修道女たちの作品）を、息子の毛布とシャツの縁に隠し、マットレスと枕の裏に縫いつけた。布には聖画が印刷されたり、描かれたりしている。燃えるように熱い病人の痩せた首には、洗礼のメダイ[*1]をさげた細い金鎖をかけた。それはまだ子どもだったエドアルドがその早熟な不信仰のなかで、女向きのがらくたと考えて、つけるのを拒否したメダイだった。天の軍隊でもっとも強力で威信のある聖人や聖女はすべて、コンチェッタから嘆願の寄進を受けとった。そして、いま、コンチェッタは恩寵を受けとり、もはや昼夜分かたず病人の枕もとに縛りつけられている必要はなくなったので、この聖人たちの住まいへの巡礼を、日課としてみずからに許した。みずからの聖なる任務を誇りとし、馬車をあちらの教会、こちらの教会に走らせ、市民たちのへつらいの挨拶に応えて、頭をけだるそうにさげる。豪華な御堂のなか、神々しい住まいの半ば闇に沈んだ身廊を進み、あちらこちらにひざまずく慎ましい信者たちには目もくれず、王お気に入りの友が、羨望する宮廷人の群れのあいだを王座に近づいていくように、主祭壇に近づく。もしだれかが先に到着し、主祭壇に向かい合う大きな祈禱台にひざまずいていると、いつもコンチェッタにつきそっている小間使が、大急ぎでこの厚かましい人物に近づき、その耳もとに女主人の威信ある名をささやく。するとこの人物は大あわてで場所を空けた。ようやくコンチェッタは王座の前に進み出て、天の宮廷の儀典書に定められたとおりにひざまずく。権力、王との親交、特権の意識がその心を膨らませた。修道女の白い顔のなかで炭のように黒く燃える瞳で、みずからの名において燃やされる祭壇の炎を、みずからの紋章が刻まれた黄金の供物を、貴い杯を、みずからが奉納した刺繡の祭壇布をじっと見つめた。その階級と寄進のおかげで、自分がこの美しき天使の館《やかた》で貴賓席にあたいすることを確信していた。けれども、王の友情を利用して、夫のために厚遇を懇願する忠実な妻のように、天の恩寵を願い求めたのは自分のためではなく、エドアルドのためだった。息子の不信心はコンチェッタを身震いさせる。だが、自分自身の信仰心でそれを贖う自信はある。エドアルドは自分自身の一部、わが肉の宝なのではないか？　エドアルドに厳しい仕打ちをすることで、ご自分の忠実な信者を死に至らしめるであろうことを、主がご存じないはずはない。エドアルドの回復は、この天の賢い慈悲の証拠だった。それはコ

＊1　カトリック教徒が身につけるメダル。キリストやマリア、聖人などが刻まれ、教会で祝別される。

ンチェッタの心のなかで、感謝だけではなく、誇りをも増大させた。コンチェッタはより熱い心をもって、より恍惚となって、みずからの王の足もとにひれ伏した。みずからの奉納物が豪華すぎたことは一度もなく、その祈りの回数が多すぎたことは一度もなかった。息子をめぐる不安が消え去ったわけではない。だが、祭壇の前にいるとき、みずからの王との十全たる親密な交感が、コンチェッタからすべての不安を取り去った。そのだらしのない身なりのなかで、コンチェッタは祭壇の荘厳なる雅を思い、虚栄で輝く。だが、あの炎と黄金、あのオリエントのけむり、あの神秘の声たちはただひとつの名前、エドアルドだけを言祝《ことほ》ぎ、ただひとりの上、エドアルドの上だけに恩寵を願い求めていた。たとえ群れのほかの羊すべてが忘れ去られ、絶滅させられても、コンチェッタは神の正義を疑わなかっただろう。息子の優美な肉体、運命のあたえた特権、母親たちのねたみ、それらは天に書かれた掟の明白な結果だった。その掟は、寵臣たちの高慢と、他人に対するその軽蔑とを承認する。

　けれどもエドアルドは正気をとりもどすとすぐに、重さが耐えがたいと言って、洗礼の鎖を不愉快そうにはずし、ばかにしたような微笑を浮かべて母の手に返した。母は十字を切り、神の祝福を受けたメダイに口づけをし、自分の首にかけ、そうすることで息子のために、福者たちに向けられた冒瀆の赦しを得ることを期待した。それに、エドアルドはマットレスや枕に隠された小さな絵のことは知らない。母はそれを、息子が眠っているとき、あるいは錯乱しているときに、いちばん見つかりそうもない場所に縫いこんでおいたのだから。コンチェッタはいま、自分自身の抜け目のなさを自画自賛した。そのおかげで、息子は疑いもせずに、聖画たちに保護され、守られている。

　あの日の午後、エドアルドが自分の将来の計画を得意になって話しているとき、コンチェッタの勝ち誇った歓びは聖なる恐れと混ざりあった。そこで聖職者のように熱のこもった厳粛な口調で、息子に訴えかけた。あなたの回復にもっとも大きな功績のあった聖人たちに捧げるべき感謝を忘れないでちょうだい。けれどもエドアルドは、子どものときから母が習慣にさせてきた友だち口調で、母親を笑いものにし始め、狂人、妄想家扱いした。そして母を挑発してますますおもしろがり、母が崇め奉る聖人たちとその威信ある名前とをからかい出す。コンチェッタはあまりの冒瀆の言葉に震えあがり、息子に黙るよう懇願した。けれども、それがこの不心得者の気分を最高に浮き立たせたようで、息子は自分の傲慢な不信心を推し進め、ついには天の軍隊に挑戦状をたたきつけた。「皆さんを信じてなんかいません！」と目には見えない精霊たちに向かって怒鳴る。「ぼくが治ったのは、ぼくが治りたかったからだ。さあ、出てきたまえ。勇気があるのなら、出てきて、ぼくに反論するがいい！　ああ、だれも出てこない。みなさん、恐いってわけですか？」そしてコンチェッタを怒らせ、恐怖に陥れていると知りながら、まるで遊びごとであるかのように陽気に笑った。コンチェッタのなかに、ついに非難の怒りが燃えあがり、激しくすすり泣きながら、息子を厳しく叱責した。息子はふくれ面をして答えた。ご自分の聖人たちのところにいって、ぼくを放っておいてください。こんなけんかはぼくを疲れさせ、また熱が出る原因になるだろうから。こう言いながら、近くのテーブルから鏡をとりあげ、ふたたびゆっくりと花開きつつある顔の上の病気の痕跡をじっくり観察した。そのあいだに母親は息子をいらだたせるのを恐れて、平静をとりもどし、たっぷりとした袖に数珠を隠しながら、こっそりとロザリオの祈りをつぶやいた。エドアルドはいまだにひどく痩せ細ったままで、目に隈のできた自分を見て悲しくなった。

「なんて醜くなったんだ」この言葉は母の心に、先ほどの冒瀆と同じほどの不敬に響いた。「醜い、ですって！」とコンチェッタは、まだ涙で震える声に一種の獰猛さをこめて叫んだ。そして頭を振りながら続けた。「あなたは前よりもきれいよ、わたくしのエドアルド。マンマを信じなさい」この言葉で、コンチェッタは和平を結ぼうという愛情に満ちた意志を表明したつもりだった。まだ濡れたその黒い目は、教会の壁龕《へきがん》をじっと見るのと同じ視線を息子に向けていた。「醜い、ですって！」と自分自身の口が発した異端の言葉に反論するためのように、若くみずみずしい笑い声で繰り返す。そして、息子に近づき、南国の女たちが愛を語るときに特有のうたうような柔らかな声で、その美しさをほめたたえ始め、息子をすべての女の情熱の的、その母親の宝、街一番の美青年と呼んだ。それから衝動的にその頬を両手ではさんで、唇にキスをし、恍惚となって叫ぶ。「治ったのよ、家《うち》の小さな王さまはお治りになった！　わたくしの殿さま！お母さまの天使、わたくしの子、わたくしの小さな坊や」エドアルドは笑いながら、自分はもう子どもじゃない、大人だと指摘した。けれども、こんなふうに母親に反論しながら、母のほめ言葉、母のキスによろこんで服従する。実のところ、生来、甘えん坊で、いまは病気で弱り、甘いほめ言葉をなおいっそう必要としていた。母を笑う一方で、それでも母に腕をまわし、自分もそのしおれた顔にキスをし、同時に子ども時代からのいたずらな習慣にしたがって、母の髪をとめたピンを一本、また一本と抜きとっていく。かつてこんないたずらはコンチェッタを怒らせたものだ。しかし今回は、灰色になった美しい髪が肩にほどけかかるとき、コンチェッタは幸福のため息をついた。実際に、息子が熱に取り憑かれて横たわっているあいだに、息子のこのしぐさを思い出すことがあった。そんなときには過去のお小言への後悔と嘆きとで心が締めつけられたので、今日は、かつての愛情いっぱいの意地悪に服従することが奇妙な特権のように思われる。それでも、息子を脅すようなふりをしたけれど、すぐに恍惚の笑いに身をまかせ、最愛の息子をこのうえもなく甘い名前たちで呼んだ。エドアルドの側は、母の髪をくしゃくしゃにし、愛撫しながら繰り返した。

「この奥さんの髪はなんてきれいなんだろう。この銀の小さな頭はなんてきれいなんだろう」

このとき晩課を知らせる最初の鐘が響き、コンチェッタは姿見の前で大急ぎで髪を結いなおした。戸口に立ち、熱い命令口調で、自分が外にいるあいだに飲むべき薬、従うべき指示についてさまざまな忠告をあたえる。けれども息子はすでに母親の注意をうるさがり、「さよなら、コンチェッタ」と言って、その言葉をさえぎった。この子はごく幼いころから、それが母親を怒らせることを知りながら、ときおり母親をマンマではなく名前で呼んでおもしろがった。だが今回、母は息子のこの挨拶に笑い声で応え、そして姿を消した。

外に出て、馬車に乗りこみながら、コンチェッタは心のなかで、庶民だろうと貴族だろうとすべての女に共通する思いに浸った。つまり母親にとって、息子とはいつまでも小さな子どもであること。ごく幼いころにわたくし以外の手から食べるのを拒否したときのように、この病気のあいだも、わたくしのこの手で食べさせてやらねばならなかったのではないか？　いま終わろうとするこの夏のあいだ、絶えず息子を死と奪いあわなければならなかったけれど、エドアルドは遠い日々のようにふたたびコンチェッタのものだった。その枕もとから一瞬でも遠ざかれば、病人はたとえ錯乱のなかにあってもコンチェッタを求め、コンチェッタは不安のなかにあっても勝ち誇って駆けつけた。息子は力なく、途方に暮れ、その意志のすべてをふたたび母の手にゆだねた。あの寝室のなかでは、コンチェッタが女主人であり女王だった。息子宛の手紙を受けとり、その返事を書いたのはコンチェッタ。訪問者を迎え、追い返したのはコンチェッタ。だれもこの権利について、コンチェッタに異を唱えることはできなかった。コンチェッタは、自分のものである息子を偶像のように崇め、髪を振り乱して守りながら看病した。女中が上の階でなにか物を落とし、物が落ちる小さな音がエドアルドの寝室まで達すると、不運な女中は奥さまからの厳しいお叱りを覚悟しておかねばならなかった。家の全員が小声で話し、爪先立ちで歩かねばならなかった。外の女たち、エドアルドの女友だちは、そのようすを知るのに母親に問い合わせねばならず、不安で震え、へりくだりながら、母親に恭しく近づき、エドアルドの具合が悪ければともに苦しみ、よくなればお祝いを言った。女たちはコンチェッタの好意に感謝した。なぜならば病人はコンチェッタひとりのものだと知っていたからだ。ああ、危険が消え去ったいま、コンチェッタはこのつらい夏を思い返すとき、それが天の至福なしで過ぎ去ったわけではないことを認めなければならなかった！

こんなふうに考えながら、コンチェッタがぼんやりと馬車を走らせているとき、その敵アンナ、だれよりも憎んだ競争相手、エドアルドの母親にそのようすを尋ねるために、思いきって姿を現そうとはしなかった者を、その車輪がほとんどかすめそうになった。だが、コンチェッタはアンナには気づかなかった。そして数分後、娘は召使の手からエドアルドの手紙を受けとる。

いとこはこの手紙を二日ほど前に書き、封をしたあと、シニョリーナがまたやってきたらすぐに渡すようにと命じて、召使に預けた。私たちが見たように、エドアルドはいとこが一度ならず自分のようすを尋ねにきたことを知らないわけではなかった。もちろんアンナは、この家の扉を自分に閉ざすさまざまな理由にもかかわらず、不安には抵抗できなかった。エドアルドはアンナの訪問を無関心に聞いた。いとこアンナへの情熱を思い返すとき、それはどこか子どものころに住んでいた場所のように思われた。かつて私たちには果てしなく思えていた場所に、大人になってもどってみると、実際は狭いことがわかる。私たちは呆然として自問する。〈じゃあ、こんなだったのか？〉あの愛は、ほかの多くのものごとと同様に別の時代に属し、エドアルドはそれを嫌悪した。自分がどんなに変わったのかを、いとこの側が理解しないのが奇妙に思われ、手紙を書くことに決めたとき、わざとあの無慈悲で冷たい文体を使った。〈アンナは理解しなければならない〉と考えた。〈すべてが終わったことを。ぼくならない〉手紙はあの子を死ぬほど傷つけなければならない〉手紙はこうしてその使命を果たすべく、送り出された。けれどもそのすぐあと、エドアルドは一種の好奇心と熱意をもって、だが後悔はなく、その受取人のことを考え始めた。手紙は預けられた。それを撤回することはまったく考えない。手紙は運命の手先。そして運命とはエドアルド自身。この考えはいまでもなお、エドアルドに深い歓びをあたえた。浅薄な歓びではない。だが臣下たちの命を自分の思いどおりにできる暴君が感じるような、重々しく神秘的な歓び。エドアルドは、召使が渡す冷たい知らせに侮辱されたいとこの高慢な顔を想像した。あの小さな歯が、涙と叫びをこらえるために唇を噛むのを見た。そして、あの背の高い、はかない姿が、自分自身と自分の屈辱を隠そうとして、人のあまり通らない横道を走って遠ざかっていくのを見た。愛と同時に嫉妬の疑いすべてがエドアルドの心から消え去った。いとこが世界のほかのなにものも心にかけないほどに、自分を愛していたことに疑いはない。エドアルドはアンナの運命を自分の手のなかに握っていることを知っていた。だから、たとえば、いまは自分しだいで、娘の現在の絶望を、もし自分が望めば、予期せぬ幸福へと変えることもできる。そして回復したらすぐに、いとこが身を焼いている侘しいアパートにあがっていくところを想像した。アンナ自身がいつものように扉を開く。ぼくは言う。ここにきたのはアンナに直接、注意し、手紙では説明が足りなかったかもしれないことを言い添えるためだ。つまり、今後は世界中のいかなる理由によってもお館にくるのは差し控えること。このような訪問が不都合であり、無駄なのはよく知っているはずだ。もう一方で、ぼくたちふたりのあいだではすべてが終わったこと、それを最後に一度、はっきりと告げにきた。いかなる手段でも、二度とぼくを探さないように、きみにとってぼくはもはや存在しないことを理解するようにと忠告する。このすべてを敵対的で冷ややかな口調で言うだろう。そしてアンナが血の気を失い、声もなく、身体をふたつに折るのを見たあと、突然、腕に抱き、口づけを狂ったような笑いと混ぜあわせる。すでに口のなかにアンナの塩辛い涙の味を感じ、あの問いかけるような魔法の眼差しを見つめているような気がした。〈でも、こういうことは絶対に起こらない〉と自分に言った。〈愛していないのだから〉

エドアルドがこんなことを夢想しているあいだに、すでにお話しした召使が、一枚の名刺をもってはいってきた。用紙はありふれていたが、印刷には派手な飾り文字が使われている。召使は説明した。この名刺をもって訪ねてきたお若い紳士は、ご当主にいつお目にかかれるかと尋ね、玄関の間でお返事をお待ちです。召使は、お若い紳士と、けれどもどちらかと言えばばかにしたように言った。明らかにその判断によれば、本来の「お若い紳士」とはこの人物とは月とすっぽん。名刺には、男爵〈フランチェスコ・デ・サルヴィ〉と読め、その上に極小の王冠が印刷されていた。エドアルドはこの男爵を知らなかったし、一族のあいだでその名が口にされるのを聞いたこともない。病気がエドアルドのなかに、見知らぬ人物への恐いもの見たさ的な好奇心をよみがえらせていた。だから、すぐにこの人物と会う気になった。

秋の黄昏《たそがれ》はあっという間に暮れる。見知らぬ青年を案内してきた召使がランプを運んできて、エドアルドのそばのテーブルにおいていった。エドアルドは長椅子から身を起こしかけ、訪問者に満足した興味津々の視線を投げかけながら、寝室で迎えなければならないことを謝った。それから手を差し出し、相手はその手をおずおずと握った。

頑丈な体格の青年で、年齢は二十歳をちょっと超えたところか。目鼻立ちは美しく整った線を描いていたが、疱瘡の深い傷痕で損なわれて、台なしになっていた。青ざめた褐色の肌、額の秀でた顔のなかで、知的な黒い目が憂愁をたたえて燃え立つ。髪はすでにお話ししたように渦を巻き、まっ黒だった。服装はと言えば、アイロンがきっちりすぎるほどかけられていたが、着古され、色あせて見えた。へたな裁断が田舎の仕立屋を暴露する。安物だけれど派手な色合いのネクタイは、極小のRの形に模造真珠を飾ったありふれた金属のピンでとめられ、悪趣味と結託して、おしゃれで目立ちたいという欲求を明かしていた。

青年は長く柔らかなまつげに縁どられたビロードのような目で、いまはこちら、今度はあちらと、自分をとりまく贅沢な品々に、一種の侮辱と挑戦とをこめた視線をそっと走らせた。ほとんど脅すような口調で、急いで訪問の目的を説明する。かつてこの館を連絡先にしていたニコラ・モナコとかいう人物の消息、せめて現在の住所を知りたい。邪魔をしたことを謝り、続けて内密の問題なので、使用人に聞くよりはご当主にお尋ねするほうがよかった、と言った。

　ニコラ・モナコとかいう、と言いはしたが、いま名を挙げた人物が青年の思いのなかで最高の地位を占めているのは傍目にも明らかだった。とかいうと呼んだのは見せかけの軽蔑で、この人物に対する高い評価を隠すため。だいいち青年はこの評価そのものを、多くの人が共有すると考えていたにちがいない。そのうえに、攻撃的な態度にもかかわらず、ちょっと見栄を張っていないわけでもなく、正確で洗練された話し方を心がけていた。だが、簡単な話のなかで一度ならずとまどい、言いよどみ、そのことに目つきをくもらせるほどいらだつようだった。

　偶然がエドアルドのところまで導いてきたこの訪問者は、病弱な少年が横たわる都会の寝室に、風で運ばれてきた小鳥を思わせた。少年は驚きに満たされて、翼をもつ見知らぬ野生の生き物を迎え入れる。小鳥は閉じこめられているのに慣れていないので、翼をぎこちなくはためかせ、すぐに逃げ出そうとするけれど、同時に嵐から安全な場所にいるのをよろこんでもいる。少年は小鳥を羨望の目で見る。なぜならば、小鳥は自由で、飛べるからだ。この世間知らずの小鳥が動揺するようすは滑稽に見えるけれど、気の毒にもなる。だが、なによりもまず、少年はこの予期せぬ客をとりこにし、自分の仲間にすることを熱望し、すぐにそれをつかまえて羽を切る方法を検討する。

　青年の求めを聞いて、エドアルドは詮索の視線を投げかけた。それからちょっと考えたあと、たしかにニコラ・モナコとかいう人物が、五、六年前まで、この家で管理人として働いていたのは覚えていると答えた。ここでエドアルドは言葉を切り、相手にそのモナコという人は、ひょっとして親戚か友だちかなにかなのかと尋ねた。なぜならば、と急いで説明した。モナコについて自分が知る最後の消息は愉快ではないからだ。この質問に、相手はせっかちで皮肉な態度と、侮辱のように聞こえる笑い声とで請け合った。ご心配にならずともけっこう、遠慮なくお話しいただきたい。あの人物とは仕事の上で以外、なんの関係もありません。

　エドアルドは見知らぬ青年がこんなふうに話すのを聞いて、つらくて危険だけれども、まさにそれゆえに心を惹かれる冒険の準備をする人のように、心臓をどきどきさせ始めた。実のところ、その狡猾な知性は、青年が嘘をついたのを、そしてニコラ・モナコその人が、青年の心のなかで、強情からか、あるいは自尊心からか、あるいはどんな神秘からかはわからないけれど、本人が信じさせたいのとはまったく異なる地位を占めていることを見抜いたからだ。いま、この返答によって、青年はエドアルドに、禁じられた領域に好き勝手にはいりこみ、もしそうしたければそこを踏みにじり、めちゃくちゃにする自由をあたえた。このことが、意地悪ないとこに、この退屈な午後、コンチェッタの愛しい聖人たちを侮辱したときに感じた歓びに似た、情愛に満ちた無慈悲な歓びを予想させた。いかに奇妙に見えようとも、この歓びは残酷さだけから生まれてくるのではない。そこには優しい同情と愛とが混ぜられている。事実、愛の最初の幸福のひとつは、人が手に入れる、あるいは無理やり手に入れる許可、禁じられた神秘の聖域に侵入し、おそらくはそこを荒らす許可ではないだろうか？　少年が弟の大切にしているものを手ひどく扱っておもしろがっているのに、弟が自尊心から「ぼくにはどうでもいい」と頑固に言い続けるとき、少年が挑戦と同時に堕落のようすを見せるのをごらんになったことがあるだろうか？　悲しいかな、父アダムが私たちを相続人にしたわずかの歓びは、このような雑種の歓びだった。

というわけで、エドアルドが究極の良心的配慮からというよりは、自分の楽しみをぐずぐずと引き延ばすために、しつこく尋ねたとき、その猫なで声のなかには、ほとんど高揚の響きがあった。「でも……失礼ですが、その紳士の消息を長いあいだお聞きになっていないんですか？」（こう言いながら、まるで〈降参しろよ。そうしたら親切にしてやるよ〉と言わんばかりに、鋭く、ちょっと悲しげな視線をさっと投げかける）

「十年以上前から」と相手は勢いよく答えた。けれどもすぐに、まるでそれがなにか他人に知られてはならない告白であるかのように、それを言ってしまったことでいわば腹を立て、無礼につけ加えた。「でも聞いているのは住所だ。個人的な消息じゃない」

「失礼。あなたはまずぼくに消息を尋ねられた。だから不愉快なことを聞くはめになりますよ、とご注意申しあげた」とエドアルドは言い返した。それを聞いて、青年はすっかり当惑し、ぶつぶつと謝罪の言葉をつぶやいたあと、乱暴な大声をあげて失点を挽回しようとした。

「とにかく、わたしに言うべきことを話してください。はっきり言ってほしい!」そこでエドアルドは、ふつう主人が目下の者に話すときのよそよそしく事務的な声で、ニコラ・モナコについて知っていること、つまりこの男が長年にわたってチェレンターノ家に仕えたあと、その管理におけるある種の不正のために解雇されたことを話した。

「どんな不正ですか?」とフランチェスコはぶっきらぼうに尋ねた。「ええ、そうですね」とエドアルドは答えた。「ぼくが正確な言葉を使うことをほんとうにお望みならば、われらがモナコは盗みを働いた、と申しあげましょう」

この言葉を聞いて、フランチェスコは自分自身が侮辱されたかのように顔をまっ赤に染めた。相手は続けて、この事件のあと、当然のことながら、ニコラとチェレンターノ家の関係はすべて終了した、と説明した。ニコラについてはその後、もうなにも耳にしなかったが、一年前、家の召使のあいだに、その身に起きた悲しい運命の知らせが広まった。どんな運命かの話をする前に、エドアルドはまた話を中断し、首を片側に傾けて、知っていることを話すのはちょっとためらわれると言った。その知らせはあなたの耳には不愉快に響きかねない。けれどもフランチェスコはそんな推測をされてふたたび抗議し、エドアルドの疑いにほとんど侮辱されたかのように、経済的な問題のほか、ニコラとはなんの共通するところもないと繰り返した。ここでフランチェスコはもう一度、最初と同じ、侮辱するような皮肉な、けれども今回はくぐもった震える笑い声をあげ、冷たく言い放った。モナコは自分に金の借りがあるのだ、と。

「ああ、それなら」とエドアルドは目に微笑を浮かべながら言った。「残念ですが、あなたのお金はもう返ってきませんよ。いずれにしてもあきらめなければ」それから召使から聞いた知らせというのは、ニコラがチェレンターノ家を出たあと、残念ながら自分の悪癖を捨てはしなかったということだ、と説明した。予想されたとおり、結局は監獄行きになり、そこでちょうど一年前に死んだ。

エドアルドがこう告げると、フランチェスコの顔がさっと青ざめた。「なんですって? ああ、そうですか」と言って、穏やかに微笑み、ほとんど幼い子どもの歯のようにぱらぱらと生えた、欠けた歯を見せた。けれどもすぐに椅子から立ちあがり、一瞬の狼狽からの逃げ道を探そうとするかのように、険しく惨めな視線をぐるりとめぐらせる。「ありがとうございました」といらいらと荒々しい態度で続けた。「これ以上おじゃまはしません。知りたいことは知りました」先ほどの子どもっぽい微笑みを、別の、ばかにしたような微笑みに変えて、話を終えた。「探していた住所は墓地だった。ありがとう」こう皮肉を言うと、急いで戸口に向かった。

「なにをなさる！　もういってしまわれるのですか？　お待ちください！」とエドアルドはほとんど恐怖を覚えたかのように、長椅子から腰を浮かしながら叫んだ。そして相手が困惑して、戸口ではたと立ち止まったので、不安そうにふたたび必死になって話し始めた。「もう少しいてください。お願いです。どうかもう一度おかけになって。今日が初めての日なんです」とうろたえたような表情を慎ましく浮かべて続けた。「病気のあと、人とちょっと話をしたのは今日が初めて。二か月以上、病気で、ずっとひとりだった。少し話がしたくてたまりません。おつきあいくだされば、ほんとうにありがたい」そしてこの最後の数語を口にしながら社交的な笑みを浮かべ、だが相手の拒絶を恐れるあまり、その目はくもり、声にはお願いという以上に命令的な響きがあった。度肝を抜かれたフランチェスコがあえて拒絶はしないのを見て、すっかりうれしくなって、お礼を言う。その喉もとに薄く色が差した。

それから感謝と同時に、なんらかの形でお客の心遣いに報い、とどまる気にさせるために、ふたたびニコラ・モナコについて、だがさっきこの同じ人物に使ったのとはまったく異なる口調で話し始めた。私たちが別のところで見たとおり、モナコは幼い主人の子ども時代に、空想じみた魅力的な役を演じていた。いま、エドアルドは一種の告別の辞を織りあげるために、いまでは夢のように思えるあの姿を記憶からよみがえらせようとする。好かれたいという欲求から、その言葉はますます豊かに、ますます生き生きとなり、管理人をひとりの英雄の姿によみがえらせた。亡き人の美しい外見、黄金色のあごひげ、楽しげな笑い声を言祝ぐ。オペラの歌曲をうたい、自分の子どもたちを楽しませるためにダンス曲を演奏するときのその熟達を言祝ぐ。子どもたちは曲のリズムに合わせて、部屋のなかでぴょんぴょんと飛び跳ねた。幼いとき、ニコラが話してくれた滑稽な小咄をいくつか思い出す。その話はいまでもなお、思い出すと、思わず笑い出さずにはいられない。そしてフランチェスコが自分といっしょに笑うのを見て満足した。新たな言葉がニコラを称讃するたびに、フランチェスコの目はきらきらと輝き、ほめ言葉は、哀惜と苦悩が混ぜあわされたその秘密の思い出と一致するようだった。フランチェスコはもはやちょっと前のように攻撃的ではなく、むしろ無防備に見えた。へたに隠された臆病がほとんど苦い純潔のように、そのしぐさに影を落とす。主人の側からのもう帰れという最初の合図に備えるかのように、椅子の縁に腰かけ、たとえば「そう、たしかにいい声でした」とか「ええ、かなり背が高かった」のように、手っ取り早い同意の言葉でなんとか自分の満足を表明するのがやっとだった。だが、本人の意志に反して、この厳しい慎みは、ひとつの輝かしい雪辱にかけられた謙遜のヴェールに似ていた。それはあまりにも償いがたい共謀関係、あるいはより正確に言えば、あまりにも不条理な宗教とも言えるほどの崇拝を暴き出していたので、エドアルドはいま一度、意地悪をしてやりたいという誘惑に襲われた。その会話のスタイルはほとんど叙事詩的な称讃から、しだいにおふざけ半分に変わっていき、その声は、主人たちが自分の召使について語るときの、傲慢な軽蔑の調子をとりもどした。少しずつ少しずつ、これまではエドアルドに称讃を引き起こしたのと同じニコラの美点が、同じくらいに物笑いの種、嘲笑と侮蔑の対象になっていった。ニコラは芸術を、自分だけに寝室の鍵を渡してくれる貴婦人のように語った！　この気高い婦人は、実際にはご自分の寵愛を、ニコラのようなおしゃべりとはまったく違う型の人たちにあたえた。ニコラはご婦人に会うために、使用人専用の階段をあがり、ご婦人を鍵穴からのぞくだけで満足しなければならない！　けれども本人の話を聞いていると、罪はみな家族と嫁にある（嫁のことをニコラ本人がうちの奥方さまと呼んでいた）。家族と嫁とはニコラに芸術の王道を閉ざした！　ニコラは聞いてくれる人だれかれかまわず、たびたび自分は芸術家、理解されない者、紳士だと繰り返していた！　そのいかさまが明るみに出された日、絶大なる驚愕を覚える（この種の表現をよく使ったものだ）と言い放ち、自分の子どもたちの頭にかけて、自分の死者たちの聖なる思い出にかけて誓い始めた。まるでほんとうに、自分の子どもたちや自分の死者たちが、自分のような男には虫の食った林檎《りんご》よりも大切であるかのように。「そう」とエドアルドは結論した。「あれほどの嘘つき、偽証者、道化は見たことがない！　でもぼくは好きだった」とここで断言し、思わず挑発するような笑いをもらす。聞き手はそれになんとかこだまを返そうと努力した。

「ぼくの気もちを知りたいですか？」そこでエドアルドはなにげのない、懐疑的な口調を装って、だが相手の顔に自分の言葉の効果を探りながら、ふたたび話し始めた。「お話ししましょう。管理人が解雇されたとき、ぼくがまだ子どもだったのはつくづく残念でした。もしぼくが当主だったら、あの男はまだうちの管理を続けていたはずです。実のところ、ぼくはわれらがニコラが好きだった。ニコラが盗みを働いたか、働かなかったか、それを知ってぼくになんの関係があると言うんです？ ぼくの父もぼくのように考えていた。でも、残念ながら、早く死にすぎた。ぼくらの家は女たちのなすがまま。女というのはなにもかも台なしにしてしまう。想像力がない。菜園と果樹園の地面を引っかきまわすことだけを楽しみ、花園のことはなにも理解しない。女たちの宗教をごらんなさい。毎朝早くに大忙しで、まるで銀行に預金をするみたいに、アヴェ・マリアの祈りを、祈願を、跪拝礼を、フィオレット[*1]を、教会に預けにいく。そんなふうにして、天国で、未来永劫、利息で生きるのに充分な至福の資本を集めているつもりなんです。ほかの考え方には手が届かない。ぼくの御者がなんと言っていると思います？女王陛下もまた、雌犬か蟻か雌鶏だ。雌犬、蟻、雌鶏。たとえ一生を費やして探したとしても、そのあいだには一羽のナイチンゲールも見つからない。

　管理人に話をもどしましょう。ねえ、ぼくは貴族で裕福だ。で、富の第一の利点はお金のことを考えずにすむことだと思うんです。そうでなければ金もちも貧乏人と同じほどに金銭の奴隷になる。たとえば、今日、ぼくは上手に料理された鶏肉を絵皿で食べました。もちろん鶏がどんなふうにして絞められ、羽根をむしられ、料理されたかを気にすることはなく、おいしくいただいた。気にしていたら、まずくなっていたでしょう。ぼくは料理のことはなにも知りたくない。それは料理人の問題だ。ぼくの仕事はおいしく食事をすること。それで充分。同じことがほかの問題、管理などなどにも言える。ぼくにはニコラとかいう人物が紹介される。感じのよい美男子で、ぼくを楽しませ、歌をうたう。人はぼくに言う。〈この男がきみのお金を管理する。すべての種類の汚い、面倒な金銭的労苦を背負い、きみには収入を使うという仕事を残す。でも、この男は盗みを働く〉〈盗ませてやるがいい！〉とぼくは答えますよ。〈そして、ぼくを小

＊1　信仰と贖罪の行為として、自分の好物を断つこと。

うるさいあなたたちから解放してくれ！　昔の領主たちは自分に、道化を雇うという贅沢を許したではありませんか？　で、ぼく、ぼくは自分の盗っ人を雇っておきたい。盗っ人かもしれない。でも道化としての自分の仕事をあなたたちよりもよく知っている〉これがシニョール・モナコの告発者に対するぼくの回答です」

　このエドアルドの長口舌のあいだ、フランチェスコはひとことも口にしなかった。だが、自分が黙っていることを不快に思っているように見え、この不快感を無理やりの無遠慮なしぐさで隠そうとした。たとえば折り目が消えてしまわないように、膝のところでズボンをちょっとたくしあげるとか、手をネクタイにやって、結び目をなおすふりをするとか。エドアルドの目が一瞬、無骨で赤く、農民の手首をしているこのふたつの手にとまった。フランチェスコはこの視線に気づいた。その顔に赤黒い染みがぽつぽつ広がり、すぐに手をおろし、片方の手で反対の手を隠そうとしたけれども、そうしているまさにその瞬間に、突然の怒りがその顔を青ざめさせた。そしてまったく予期せぬやり方で、ぴょんと立ちあがると、脅すように拳を握りしめ、絞り出すような声で言った。

「許さない……だれにも許さない。あの人のことをそんなふうに話すことは……あの人を侮辱するのを禁じる……敬意を……死者たちに敬意をおはらいなさい！」

　この発言に今度はエドアルドのほうが青ざめ、騒々しい怒りに突かれて、表情を変えた。エドアルド自身が訪問者の反撥を挑発し、望んでいたのだから、この怒りは本人にも意外だった。「よくも……ぼくの家で……」と叫び、長椅子の肘かけに力をかけてなんとか立ちあがろうとした。けれども、この簡単な防御の動きさえも、顔を汗みずくにさせるほどに、その身を震わせた。

　このとき、エドアルドの復讐への渇望は、見知らぬ他人の前で自分がこれほど弱く、まったく無防備だと感じた驚きと混ざりあった。鋭い怒りのため息をつきながら、ふたたび長椅子に腰をおろし、相手を罰する方法を血眼になって探しているとき、その視線はちょっと前に召使から渡され、テーブルにおかれたままになっていた名刺に落ちた。その唇が小さな冷笑に歪む。エドアルドは言った。「失礼。男爵閣下。閣下とシニョール・モナコのあいだには、なんの共通点もないと思っていましたが」

　この言葉で充分だった。なぜならばフランチェスコの頬にまた赤黒い染みが広がったからだ。「なにをおっしゃりたい……」フランチェスコはふたたび困惑のなかに落ちこんだ。「もちろん……ええ……わたしはなんの関係も……すでに申しあげた！　申しあげました！」と見かけ倒しの大胆さで武装しながら繰り返す。「申しあげたとおりだ！　ふたつの問題のあいだになんの関係があるんです。わたしは一般的な原則を言っている。あの人のことではない。あの……あの男がわたしにとって、どんな重要性をもつというのだ？」

　けれどもこのとき、エドアルドの唇に薄笑いを見分けたように思えて、ふたたび怒りにかられた。「しかし、あなたは」とまた大げさに仰々しく話し始めた。「あなたにも、あの人を侮辱する権利はない。あなたは金もちで、王侯の館に住み、長椅子に寝そべり、だれからも尊敬され、名誉をあたえられている。働く者、不幸な境遇の者を裁くことはできない……もしかしたら、ご自分がモナコの立場だったらどう振舞うのか、たしかな証拠をおもちなのだろうか？　わたしは一般的な意味で、神聖なる原則の名において、権利について話している……」

　客の新たな暴言に、おそらくエドアルドの側もまた荒々しく言い返したかもしれない。しかしこのとき、階下でベルが鳴った。それはチェレンターノ家の習慣で、十五分後に食事の用意ができるのを知らせる鐘だった。この音がいとまの合図であり、自分に対して、おまえは余計者だと言おうとしているかのように、フランチェスコはそれを聞いて狼狽し、聞いた瞬間にお説教を中断し、調子はずれの声でつぶやいた。「おじゃまですね……おいとましましょう……失礼します……」もう一度、戸口に向かった。

「ちょっとお待ちください！」エドアルドはもう一度、血の気の失せた顔に苦痛と怒りの表情をさっと浮かべて引きとめた。「いってしまうんですか」と厳しい口調で言った。「握手もせずに」そして自分の手をお客に向かって、もはや共感しかない微笑、いやそれどころか優しく愛情に満ちた感動の微笑とともに差し出し、つけ加えた。「赦していただかなければならないのはぼくのほうだ。ぼくがみんな悪い。いらいらしているんです。病気だったので。お赦しください。赦してはくださいませんか？　お赦しください」と熱心に訴えかけた。これに対し、相手はエドアルドの呼びかけに応えて、重い足どりでとって返し、黒い巻き毛のかかる額にしわを寄せ、頭を傾けてエドアルドの前に立つと、人馴れのしていないしぐさで手をさっと差し出した。エドアルドを横目でちらりと見て、羞恥心に満たされてつぶやく。「ありがとう……ありがとうございました……時間です。いかなくては」けれどもエドアルドはその手をとり、逃げ出さないように自分のほっそりした指でしっかりと握りしめた。「いく前に、ひとつ聞いてください。ぼくたちが友だちになるのはいやですか？　ぼくの友だちになりませんか？」

どんな返事をつぶやいたのか、私にはわからないけれど、フランチェスコは臆病で従順な微笑を浮かべ、目をエドアルドに向けた。エドアルドを見て、その青白さ、その顔の不安になるような痩せ方にいまやっと気づいたかのように、憐れみの念に打たれた。「ご病気だったんですね」と慎ましく、だが一種、父親が子どもを守るような口調で言った。「ご迷惑をおかけしてしまいました……」エドアルドは愛情のこもった満足の笑い声だけで答えた。それからぱっと思いついて、急いで訪問者に言った。「ねえ、この街にお住まいでしょう。そうですね。でも名刺にはご住所がない。どうぞこの上にご住所をお書きください。ここにペンがあります。お願いします。治ったらすぐにお目にかかりにうかがいます。初めての外出の日にいきます。たぶん来週には外出できるでしょう。もしかしたら明後日にも。すぐにお宅にうかがいます。すぐに」そして不安でおののきながら、相手が書くのを待った。だが、訪問者は奇妙に気乗りがしないようにためらっていた。「よろしければ」とようやくもじもじしながら言った。「わたしがまたお訪ねするほうがよいでしょう」そして急いで、遠くに住む家族、自分の面倒な勉強、定まった住まいのないこと……などをそれとなくもちだした。

エドアルドは疑いと落胆で顔をくもらせ、不機嫌な表情を浮かべた。「でも、ちょっと前は」と眉をひそめながら言った。「街に住所があるとおっしゃった。今度は否定される……なぜ、ぼくがお訪ねするのをお断りになる？　ぼくがお嫌い、ぼくの友情は望まれないのですか。いまはぼくにまたくると約束されている。でも、おそらくもういらっしゃらない。ぼくはあなたを一日中待つ、また次の日も……」エドアルドは苦しげに顔をちょっと引きつらせた。それから短くいらいらと笑いながら、続けた。「でも住所がないとおっしゃったとき、ぼくはあなたの目のなかに嘘を読みとりましたよ」そして急きたてるようなわがまま口調で、ほとんどこの住所を無理やり手に入れることが人生の最高の目的であるかのように繰り返した。「お書きください。さあ！　書いて！」

フランチェスコはもはや譲歩しないわけにはいかなかった。これは「仮の住所、見苦しい下宿で、ある動機があって」などなどとつぶやきながら、震える指で自分の名刺の〈フランチェスコ・デ・サルヴィ〉と印刷された下に（ペンで短く線を引き、男爵の称号を慎ましく消すふりをしながら）書き入れた。

ソットポルタ小路八八番地
コンソリ気付

エドアルドはすっかり陽気な顔つきになり、肘をテーブルにつき、膝を長椅子の肘かけにのせて、フランチェスコに寄りかかり、その肩越しに、住所を書くのを見守っていた。それから口のなかで、一語ずつたどり、ため息をつき、名刺を受けとると、それを大事そうにポケットにしまった。

廊下で時計が打つのが聞こえたのと同時に、扉がちょっと開き、黒いフェルト帽をかぶったコンチェッタが隙間から顔を出した。コンチェッタは息子に、召使に食事の皿を運ばせてもよいかと尋ねた。それから見知らぬ人物に気づき、続けた。「あら、ごめんなさい。お客さまとは知らなかったわ」そしてすぐに顔を引っこめたが、それでも扉は半開きのままにしておいた。コンチェッタの登場がフランチェスコに残っていた厚顔の最後の微光を取り去った。「帰ります……ありがとう……失礼します……」とつぶやき、階下で召使に預けたことを忘れて、帽子を探した。「すぐにお会いしましょう！」エドアルドは友情と合意の微笑を浮かべて手を差し出した。そして相手がすでに戸口までいったとき、つけ加えた。「そのあいだ、ぼくがお訪ねするまでのあいだ、あなたのほうでもまたおいでください。お待ちしています！　また明日、きてください！」けれどもこの招待にフランチェスコの側からの回答はなかった。よく聞こえなかったのだ。すでに寝室の外の廊下にいて、夕食の皿を運んできた召使とあやうく鉢合わせしそうになった。

フランチェスコの訪問を（臆病ゆえに顔を出す勇気はないと見抜いて）ほとんどあてにしていなかったにもかかわらず、エドアルドは翌日、フランチェスコがこないことでがっかりし、腹を立てた。続く数日間、空しく待ち続け、このような空しい待機がまた会いたいという欲求をさらにかきたてた。訪問者が渡した住所は偽物ではないかという疑いさえ生まれ、カルミネをソットポルタ小路にいかせる。御者は学生フランチェスコ・デ・サルヴィがまさしくこの住所、辻馬車御者宅の家具付の部屋に住んでいるという知らせをもって帰ってきた。これがエドアルドをいくらか安心させた。エドアルドは家を出られるようになるとすぐに、約束したとおり、フランチェスコ・デ・サルヴィを訪ねていった。

2　ふたりは友だちになる。ロザーリア、「清く正しく」と「ふしだら」の岐路に立つ。

カルミネの情報は正確だった。デ・サルヴィ青年は、勉学のために家族から離れて、ひとり街で暮らし、辻馬車御者宅の小さな貸間に住んでいた。いま話題にしている時期には、年齢は二十一歳。高等学校を修了したところで、このあと本人の計画では、大学の法学部に入学するはず。だが今年度の入学期限はすぐそこに迫り、青年はまだ入学登録ができずにいた。両親が深刻な窮乏状態に陥り、入学に必要な金額を工面できずにいたからだ。ニコラ・モナコに関してエドアルドから得た情報は、この金を手に入れる望み、半ば空中の楼閣だったのだけれど最後の望みを、青年から奪った。だが、のちほど私たちにもよりよく理解できるようになるとおり、それは学生がチェレンターノ館から自分の孤独な部屋にもどったとき、怒りとともに身をまかせた陰鬱なすすり泣きのただひとつの理由ではなかった。このとき青年が口にした脈絡のない矛盾する言葉から、その感情を推し量るのはいささか困難だろう。青年は、だれかを同時に非難し、あざ笑い、崇め、その人のために泣いていたのだから。一瞬、鋭く苦しげな笑い、だが苦しいことに奇妙な満足を覚えている笑い声をあげる。私たちの血族をよく知る者は、おそらくその笑いのなかに、オペラ的な宿命の響き、レオンカヴァッロ作曲『道化師』のプロローグで響き渡る笑い、先祖から受け継いだ一種の子どもっぽい擬態（私たちのことをよりうまく説明するために、私たちはこの言葉を使う）に気づくだろう。そのうえに、青年は涙を流さなかったことで自分の目を罰するためにまぶたを引っかき、ちょっと前にこの右手が、ニコラ・モナコを侮辱した者の握手に応えたからと言って、血なまぐさい憎しみをこめてそれに噛みついた。こんなふうに数分間、身ぶり手ぶりをしていたあと、最後に自分の小さな寝台に身を投げ、無邪気で途方に暮れた苦い涙をとめどなく流し始めた。

けれども数日後、ニコラ・モナコを侮辱した張本人、すなわちエドアルドが御者宅に姿を現したとき、フランチェスコは手を差し出すのを嫌がらなかった。反対に、こんなに優しい握手にはふさわしくない、自分の無骨な手を差し出さなければならないことにすっかり恥じ入った。エドアルドが部屋にはいってきたとき、フランチェスコの心に最初に浮かんだのは、自分の惨めな住まいを恥ずかしく思う気もちだった。そこで急いで説明した。庶民の界隈の家に住む習慣なのは、経済的必要に迫られてではなく(自分は裕福な大土地所有者の家系に属すと断言した)、正確な目的があってのこと。つまり、何年も前から身を捧げている、ある社会学的研究を、実地の経験によって豊かにするためだ。こう言いながら、机に積みあげたさまざまな哲学書や社会学、政治学の書物をお客に見せ、これらの著作はいわばその上に未来の世界を建設すべき、理想的材料を構成しているのだと打ちあけた。こうして、フランチェスコは自分に会いにきた美しい貴公子に、御者宅のこの部屋は慎ましい外見の下で、実は隠れた才能形成の場であり、そこでは普遍的社会の運命がるつぼのなかに投げこまれて、前代未聞の形に鋳造しなおされていることを理解させた。

もちろんチェレンターノ青年に自分の経済的苦境、そのために勉学を中断せざるをえないかもしれないという懸念は隠しておいた。反対に自分は大学生で、法学部の一年に登録しているのだと断言し、子どものときに罹患した重病のために、一時期、休学を余儀なくされ、それで同級生に少しおくれをとっているのだとつけ加えた。これは事実だった。そしてフランチェスコがそれとなく触れ、十一歳か十二歳のころにかかった病とは疱瘡だった。だが、病名は出さず、それをほのめかしながら顔をまっ赤にした。

要するに、フランチェスコはいまでは遠いものとなった病気以来、美貌を損なわれた自分の顔を、自分の肉体が日常的に自然にもつ容貌としてではなく、一種の恥ずべき仮面、だがそこからは自由にはなれない仮面としてかぶり続けてきた。この仮面を忘れることは決して、あるいはごくたまにしかない。それでも、自分がそのことを忘れない一方で、ときおり相手がこの欠点に気づかないかもしれないというばかげた期待に身をまかせる。同じように、そのただ一着の擦りきれた服を着て、ソットポルタ小路の惨めな部屋に暮らしながら、自分の貧しさを隣人には隠しておけるという幻想を抱いた。

けれどもごくたまに、あばた面だとか貧しいとか、そのほか自分についての似たような屈辱を忘れられる機会が訪れた。たとえば酒を飲むとき。三回目に会ったとき、エドアルドは蒸留酒を飲もうと、新しい友を一軒のバールに誘い、アルコールがフランチェスコのなかに生み出す幸福な変化に気づいた。そしてこのときから、フランチェスコとバールや居酒屋で会う約束をするように努め、ふたりはほとんど毎晩、そこで落ちあって、夜遅くまで杯を傾け、語りあった。いつもは苦労しながらでなければ表明できないフランチェスコの生き生きとした情熱、その大いなる熱狂と野心が解き放たれ、私たちのぶっきらぼうな登場人物は雄弁になり、感傷的になり、炎のように燃え立った。しばしばバリトンの美しい声でうたい始め、その声が窓ガラスを震わせる。ふたりの友いきつけの安酒場の聴衆（たいていが貧しい職人や工員で構成されていた）はそんなとき、ご両人のテーブルを囲み、この無料コンサートを大いに楽しみ、高く評価した。フランチェスコがとくに好むのはオペラのロマンツァ、なによりもまず反逆、嘲笑、激情、悲劇的な対立を表現する曲。たとえば絶望がもつ真の官能性をこめて声を張りあげることができる。「終わった。もはや憎しみしかない。もはや憎しみと死しかない。妻を失った男の心には！[*1]」あるいはふざけた呼びかけを、激しい怒りのこもった皮肉の絶頂にまで高める。「黄金の神、この世の主よ！[*2]」あるいは有無を言わせぬ力をこめて「エルザ、あなたはわたしの言葉をきちんとわかっているのか？」と叫び、続けて壮麗に「わたしに決して尋ねてはならぬ、知りたいと思ってもならぬ、決してわたしに尋ねてはならぬ」、そして最後にほとんど恐ろしいほどの男性的な声で「愛している！[*3]」とうたい終える。しばしば、より好みではあるけれど、自分の声には合わないテノールのパートで、高音にきて歌を中断しなければならず、それに腹を立てて、拳をテーブルにたたきつけた。

　こういった夜のつきあいのあいだ、われらが学生さまは、エドアルドと会ってすぐに、自分はその学徒であり信奉者であると宣言していた有名な思想を饒舌な演説の主題にし、悲壮な先導者の重々しい口調で、ありえそうもない奇蹟の文明が到来すると断言した。自分をその先触れと擁護者だけでなく、将来の支柱と見なし、燃える視線を投げかけながら、厳しく熱く繰り返す。現在の世界秩序は多数者の無知と少数者の横暴のみによって統治されている（わかりきったことだが、後者の数に、エドアルド・チェレンターノをその血統まるごとひっくるめ

＊1　ヴェルディ作曲『仮面舞踏会』。
＊2　グノー作曲『ファウスト』。
＊3　ワーグナー作曲『ローエングリン』。

て入れていただけでなく、自分自身と、本人に言わせれば古い大土地所有者の男爵家で構成される自分自身の家族も含めていた)。だが、まさにぼく自身のように真理を知る者には、と言い放った。無自覚な人間たちが、なぜ何世紀にもわたってこのような不条理な牢獄に生きたまま埋葬されていられたのかと、驚いてみずからに問いかける日まで、真理を大声で叫び、それを広場で説く義務がある。フランチェスコは自分が偏愛する予言者の格言を好んで引用した。たとえば、「所有とは盗みである」[*1]。そして声を高ぶらせて、予言の言葉を繰り返す。その予言によれば、「かつて合法だった奴隷の所有が今日《こんにち》、われわれには不条理に見えるのと同じように、一片の土地の所有が残虐で不条理に見える日がくるだろう」。「その日ついに」と隣にすわるおしゃれな貴公子と、ふたりのテーブルを囲んで傾聴するぼろ着姿の貧乏人たちに予告した。「その日、男たちはみな自由になる。なぜならば、ぼくがきみたちに予告する法律は、使用人だけではなく、なによりもまず主人たちを、現在は主人たちを土地に縛りつけている所有の重荷から解放するからだ。富は共有財産となって、もはや卑劣で不毛な重荷ではなく、もはや目的ではなく、ひとつの手段となる! 空気のように、水のように、人間社会の構成員を養う目的のためだけに、自動的に、自然に、全員によって消費される。そして男は現在、吸いこむ空気を重要視しないのと同じほどに、富を重要視はしない。肉体労働は全員に平等に振り分けられ、もはや少数者の富を創造するために使われるのではない。だが、それもまた社会の構成員を生き続けさせるためだけに使われる。社会のために、男のひとりひとりが、今日、それぞれが毎日、服を着て、服を脱ぎ、食べることを配慮するように、自然に、そして単純に、自分自身の役割を果たす。この平等に分割された労働を実行するためには、男のひとりひとりが毎日、自由にできる時間と活力のわずかの部分だけで充分だろう。そして現在は、大多数が動物的条件に貶められている人類全体が、たっぷりと残された自分の時間と活力を、実り多き閑暇のなかで使うだろう。その閑暇は男たちの真の運命、精神的な運命に捧げられる。その時代の科学はみずからの役割、つまり男の肉体的疲労を最低限にまで減少させるという役割を果たしているだろう。アダムの呪い(それは実際には、不運な貧民に対する裕福な有力者たちの呪いだ)はついに贖われ、男は自由になり、ふたたび神に等しいものとなるだろう。そのとき、男は女のなかにもはや欲望と嫉妬深い情熱の対象ではなく、みずからとともに人類を永続させるという、高邁な任務を分かちあうように運命づけられた天使のごとき仲間を見いだすのだ！　こうして、競争、闘争、戦争のすべての理由が消え失せ、このような事業が完遂され、この真理が明るみに出され、一度も期待されたことのなかったこの運命が、思考の前にみずからを明かすだろう！　美か醜か、堕落か清廉か、利口かばかかは、このときただ判断の用語にすぎなくなる。社会と階級のいかなる要素もそれをくもらせることはない。男がある社会階級、あるいはある家柄の構成員であることを明らかにする名字さえも廃止されるべきだ。男たちは母親からあたえられたただひとつの個人名以外の称号をもたず、おたがいにきみ、ぼくを使って話し、同志と呼びあうだろう！」

　こんな演説を聞いて、聴衆の少なからぬ数が感動し、ある者は拍手し、またある者は目を輝かせてフランチェスコ・デ・サルヴィを見つめ、握手をし、祝福するために近づいてきた。しかしながらそれは、フランチェスコが表明した思想の功績ではなかった。踏みつけられた聴衆の哀れな精神には、そのほとんどがぼやっとしたままにとどまっていたからだ。それはむしろ、フランチェスコの歌とあまり違わず、聴衆の耳をくすぐった荘重で響きのよい言葉の手柄だった。だが一部の者は、フランチェスコの雄弁よりも歌のほうをずっと評価し、お説教の最初のひとことを聞くとすぐに弁士から遠ざかり、そっと自分のテーブルにもどって、中断していた勝負を再開した。

　エドアルドはと言えば、友の演説を楽しく味わったけれど、それはなによりもまず、友がそこに惜しみなく注ぐ生来の熱情と純真な熱意のためだった。それに友が説く突飛な話は、似たようなことを聞くのも初めて。おそらくエドアルドはそれを、フランチェスコ自身がワインに火をつけられてでっちあげた寓話、あるいは知的な空想として楽しんだのだろう。ときおり例の未来の立法について考察し、議論するよう誘うときのフランチェスコの厳しく重々しい顔つきは、友の素朴な面の新しい特徴として、エドアルドの心を動かした。けれども同時に、だれかがこのような諸問題に真の関心をもちうるのはばかげたことに思えた。すでに見たとおり、エドアルドは運命のあたえた特典をひとつの権利と見なしていた。人

＊1　フランスの思想家ピエール・ジョゼフ・プルードン（一八〇九－六五）の言葉。

は美しく、あるいは利口に、あるいは強健に生まれつくように、金もちに生まれつく。自然の法則をなぜ不公平と呼ぶのか？　なおかつ、この法則が自分、エドアルドを優遇しているとすれば、それに反論をするのは正統をはずれるように思えた。さらに未来のことは自分には関係がなかった。それどころかその思いのなかで、未来は死と混ざりあい、そのために非現実的で醜く見えた。未来の形成と改善に取り組むのは、すでにやりすごした過去を形成し、改善すると言い張るのと同じほどに空しく、ばかげたことに思える。事実、過去と未来は、ふたつの霧と眩惑の野原であり、生者は想像力と記憶によってでなければ、そこを探検はできない。けれどもおそらく想像力と記憶とは幻想の道具にすぎず、人間は人を惑わす遊びによってのみ、過去は自分の背後に、未来は前にあると信じられる。現実には、人間は初めから閉じられている不動の球体の上を歩いているのであり、過去と未来は一体化している。この死の王宮を探検してなんの役に立つ？　探査しようと試みるだけで、崖の上から身を乗り出すときのように、不安と吐き気を覚える。

エドアルドがたまたまその若き現在の外に身を乗り出すとき、その心をよぎるのは、この種の思いだった。けれどもこんな思いはめったに、そしてわずかしかその心を占めず、病から回復し始めたころに、ちょうど闇は恐ろしいけれど、それでも子どもを魅了するように、エドアルドを魅了しただけだった。だがすぐに疲れ、吐き気を覚えて、そこからあとずさり、ゆっくりと健康を回復していくとともに、活力があり、束の間で身近なものを、新たな好奇心をもって探し求めた。そういうものだけが、エドアルドに愛を吹きこむことができる。いまはかつてよりもなおいっそう飽きるのが早くなっていた。けれども、いとこはそれをひとつ、またひとつと捨てていき、そのひとつひとつがエドアルドの歓びを更新する。

というわけで、エドアルドはフランチェスコ・デ・サルヴィの演説を、田舎で家の若い衆が、自分の村の神話を大まじめで、確信をもって語るのを聞くのと同じ気分で聞き、それでもなお、その話を聞くのを楽しんだ。なぜならば、友の声はこういう機会に、熱く、響き豊かになり、その瞳は輝き、いつもは自分のあまりにも無骨な醜さを恥ずかしがっているかのような、その大きな手は、自分の言葉ひとつひとつの大げさなフォルムを空中に描こうとする踊り子に似て、自由に、そして絶えず動いていたからだ。しばしばエドアルドは、フランチェスコの熱狂に嘲笑と冒瀆とで異を唱え、挑発をしておもしろがった。たとえばフランチェスコに、男の大多数は使用人として生まれ、死ぬと言った。意気揚々と予告された自由が到来しても、鎖につながれた奴隷だったときより自由になることも、幸せになることもないだろう。さらにその多くは、解放されるのを拒否するだろう。ほとんどの人にとって、隷属状態がただひとつの目的、ただひとつの歓びであり、どう使ったらよいのかわからない自由を手にするよりも、よい主人だろうと悪意ある主人だろうと、主人に服従することをずっとよろこぶ。「まさにだからこそ、自由を教えなければならない！」とフランチェスコは叫ぶ。「でもどうして、このままでも幸せなのに？」とエドアルドは尋ねる。「幸せになれと言っているんじゃない。人間であれと言ってるんだ！」とフランチェスコは言い返す。「人間、人間、いっそ天使ではどうだい？」とエドアルドはからかう。「人間の奇妙な思いあがりではないかな。人間が天地創造の目的であり法であるというのは！　じゃあなぜ、馬や犬にも人間であることを教えないんだ？　多くが女から生まれ、きみが言う意味での人間であることを知ろうとはしない。もし強制されれば、みずからの犬の魂を主張するために、しまいには四本の脚で走り、わんわんと吠え立てるだろう。もういいよ、フランチェスコ、きみは酔ってる！　それに人をうんざりさせる！　要するにきみは大根役者だ。たとえば、きみはきみの偉大なる未来の時代に、隊長ではなく、一兵卒、いやむしろ同志の資格で参加することに同意するかな。さあ、白状しろよ。結局のところ、きみが欲しいのは冠、ほかのなにものでもない。王の冠だ。きみ、偉大なる解放者で王殺し！　主人たちと所有権すべての廃止論者であるきみが、世界のあるじになる野心を抱いている。これが秘密だ。でも、結局のところ、きみはあるじではなく、テノールになるのでもうれしいんだ。ふたりで劇場にいった晩、きみは音楽と拍手に興奮して、告白した。群衆の喝采には涙が出そうになるほど感動する、と。男にとって、一千もの陶酔の源、すべての人びとの偶像になることは、なんという法悦、なんという報償だろう！　さあ、言いたまえ、否定はするな。あのとき、きみは暴君の衣裳を着て、張り子の武器をもち、顔を塗りたくって、舞台の上にいることを切望していたのだろう！　大根役者！」

フランチェスコはこのような侮辱に青ざめ、無礼者に飛びかかりたかったはずだ。けれども、いまだに痩せて、病の痕跡をとどめるこの優しい、青白い顔を思いきって殴ることはできなかった。悪意と自負に満ちた美しい栗色の目には黒い隈ができていた。わずかに薄い薔薇色に染まったその口は、言葉を強めるとき、軽く息をはずませ、一方、繊細なこめかみでは、血管が弱々しく悲愴に脈打つ。エドアルドの暗い金髪の房は、ほとんど色が抜けたように艶がなくなり、その肩はフランチェスコの逞しい肩とは反対に、けだるそうで、ちょっと丸まっていた。けれども、このやつれた面影のなかでも、エドアルドの勝ち誇った美貌は輝きを放ち、この若者のもっとも意地悪な言葉をほとんど礼儀正しい言葉に変容させた。そしてそのいたずらな笑いのなかに、すべての恨みを癒すほどの情愛に満ちた若々しい音色が響いていた。そのうえに、フランチェスコはエドアルドの侮辱にあえて別の侮辱で応えようとはしなかった。なぜならば、わずかのあいだに大切なもの、よりよく言えば神聖なものになっていたふたりの友情を壊すことを、心のなかであまりにも恐れていたからだ。エドアルドの登場は、めったに現れない熱くて陽気な惑星が、その人生に突然、出現したようなものだった。美しい友の雅と富、その名、社会におけるその地位がフランチェスコを驚愕と誇りとで満たした。そして揶揄されれば、怒りよりもむしろ焼けつくような屈辱を感じた。まず第一に、その人の前には、栄光ではないにしても名誉に包まれた姿で登場したいと思うのに、まさにその人から、これほどわずかしか評価されないと悟るからだ。だからエドアルドの侮辱には応えず、張りつめた苦しい沈黙に閉じこもる。エドアルドはすぐに懸命になって、愛情に満ちたほめ言葉で友をふたたび目覚めさせようとした。実際に、フランチェスコに恥をかかせて楽しむのと同じやり方で、反対に大げさなほめ言葉でもちあげることも多かった。自分がいらだち、疲れていると感じる晩などは、フランチェスコにこう言い始める。「なにからたってくれよ、フランチェスコ。きみの美声を聴きたい。さあ、なにをうたってくれる。〈白い衣をまとった曙よ〉[*1]が聴きたい。いや、違う。〈きみがくれた花のなかにはなにがあるの……〉[*2]」友の声に伴奏をするために、よろこんでピアノに向かう。そして歌が終わると、弾くのをやめて、おもねるような熱狂をこめて叫ぶ。「もしかしたら、いつかぼくがどこかヨーロッパの首都の大歌劇場で、観客のひとりにすぎないとき、きみは舞台のうえで英雄のように勝利の拍手喝采を浴びているだろう」けれどもすぐに小さな笑いとともにつけ加える。「もしかしたら反対に、場末のカフェ・コンチェルト[*3]で、パントマイムや滑稽芝居のあいだに小唄をうたい、それからお皿をもってお金を集めにまわってるかもしれない……で、ぼくはやっとのことできみを見分け、叫ぶ。『フランチェスコ、きみか！　なんと落ちぶれてしまったんだ！』そしてすすり泣きながら、きみを抱きしめる！」

あるときには、そのベル・カントをもちあげるかわりに、この芸術への情熱に流されないように忠告し、フランチェスコがおそらくはそのために生まれたのであろう、より重大な任務を思い出させた。それから、（その学識、雄弁、偉大さへの意志を、口から出まかせの熱い誇張法を使って称讃し、フランチェスコのなかに非凡な男、天才を認めると主張しながら）フランチェスコの身に、みずからの名を世紀にあたえ、その名前によって思想が叫ばれ、戦争が戦われ、諸国が動く者たちの運命を予言した！　私には、このすべてをエドアルドが心から信じていたと断定はできない。しかし、自分の称讃で、友に自信をあたえたいと望んだ点では誠実だったことは、ためらわずに断定する。だが、この幻想を聞いて、フランチェスコの顔が変容するのを見るとすぐに、エドアルドは嫉妬心にさいなまれた。それは相手が、自分、エドアルド自身が除外されている未来を夢に見ているからだ。友の幸福が罪深く思われる。なぜならば、それは分かちあわれないからだ。そしてすぐに、それを粉々に打ち砕くことを切望した。というわけで、ちょっと前の途方もない称讃を、疑念と皮肉に変容させる。そしてフランチェスコの顔の上で、歓びが不安と落胆とに場所を譲るのを見るまで、気を鎮めなかった。それからふたり共通の未来、いっしょに世界一周に出ようと提案する。ふたりで大いに飲みまくり、うたいまくり、しゃべりまくる！　なんと多くの勝利の歓喜、なんとたくさんの恋！

ワインとユートピアのほかに、美と芸術もまたフランチェスコ・デ・サルヴィを激しく感動させる力をもっていた。けれどもその芸術的な鑑賞眼は実のところ、かなり怪しかった。たいていは、子どもや無学な人びとのように、よく目立ち、派手な色合いのものを優雅ですばら

＊1　ルッジェーロ・レオンカヴァッロ作曲のロマンツァ『朝の歌』の冒頭の歌詞。

＊2　フランチェスコ・パオロ・トスティ作曲の歌曲『Malia』の冒頭の歌詞。『魅惑』と邦訳されるこの曲のタイトル malia は、人の意志を自分に服従させたり、人に害をあたえたりする魔法を意味する。

＊3　飲み物つきで歌やショーを見せる店。

しいと思った。俗っぽい音楽がフランチェスコに激しい歓びを生んだり、へたに描かれたけばけばしい凡庸な絵にうっとりと見とれることもあった。もちろん、自分の過ちを知らずにいるから、このような場合には、普遍的に認められている傑作の前にいるのだと考え、ほんとうに傑作だった場合と同じだけの真摯な興奮を感じた。エドアルドは友の粗野な間違いを見ても、わざわざそれを訂正しようとはしなかった。無精と好意の感覚から、芸術作品の価値は、突き詰めてみればそれ自体というよりは、それが引き起こす感動にあるのだ、と考えた。だから、フランチェスコのかわいらしい感動を真理のために裏切るのは罪だろう。結局のところ、その真理もまた、虚偽であることが明らかになるかもしれないのだから。

けれどもエドアルドをよく知るようになった私たちは、この理由づけも口実なのではないかと疑ってみてもよいだろう。要するに、エドアルドにとって、フランチェスコの大きな魅力は、まさにその粗野で不完全なところにある。だから、友の不利益になるとしても、自分自身の気まぐれを守り、フランチェスコから得られる歓びを台なしにしないために、友を野性の状態のままにしておくほうがよかった。

エドアルドは、自分がフランチェスコにおよぼす魅力の大きな部分を、社会的特権に負っていることを直感的に見抜いていた。そしてこの理由から、愛において嫉妬深いのと同様に、友情においても嫉妬深く、街の上流社会に属するほかの若者とフランチェスコを会わせるのを避けた。友の目に、自分の輝きを、まれで無比のままに見せておきたかった。そしてねたみ深く、フランチェスコをあらゆる比較の機会から必死になって遠ざけた。ある晩、たまたまエドアルドの客間に居合わせた青年貴族が、フランチェスコを翌日、自宅に招いた。けれども、エドアルドはこのずうずうしい男を客間のすみに連れていき、そして怒りながら、ぼくから友だちを奪うなと強く命じた。友だちはぼく自身に、ぼくひとりに所属するのであり、初対面の者にではない。それを聞いて、この青年貴族は圧力を感じ、エドアルドを敵にまわしたくはなかったので、言い訳をつけて招待を撤回する方法を見つけ出し、数分が過ぎると、いとまを告げた。

だいいち、フランチェスコはエドアルドの家をたまにしか訪れず、レセプションや夜会のときには絶対に足を向けない。反対にエドアルドのほうがしばしばフランチェスコの狭い部屋を訪れる。けれどもすでに述べたように、ふたりは多くの場合、小さなカフェや町はずれの安酒場で落ちあった。そんな店では、チェレンターノ家の裕福な友人たちとはなかなか出会えない。この点について、エドアルドの嫉妬ゆえの方策はおそらく不必要だったことをつけ加えておく必要があるだろう。実のところ、だれかがフランチェスコの友情を求めるというのはめったに起きることではなかった。フランチェスコがワインで気もちを高ぶらせ、あれほどの熱意をこめて話すのを聞いて、若い学生や庶民のあいだにその信奉者が生まれることはあった。けれども、翌日の朝、信奉者たちがあの血気盛んな扇動者を探しても、見つかるのは猜疑心が強くて、人づきあいの悪い青年であり、怒らせるのは簡単だったけれど、信頼を得るのはそういうわけにはいかなかった。だいいちフランチェスコ自身が、生来、人から好かれることを必要としていたにもかかわらず、隣人たちを避けた。それは対立はするが、ひとつの残忍な同盟を結ぶことが多いふたつの理由、すなわち高慢と羞恥心のためだった。

けれどもいま話題にしている時代、つまりフランチェスコがおよそ二十一歳のとき、その人生にはあるひとりの人がいて、その人の前では、高慢、羞恥心その他すべての不自然な感情から自由になることができた。例のあばたの仮面さえ、この人物のおかげで、その不吉な重さを失い、些細なこと、ぼんやりとして親切で、まさに愛すべきでさえある影になった。いま私がお話ししている人物が、あばたを見ないふりをしたというのではまったくない。反対に、生まれ故郷の人なつこい田舎言葉（そのほかの言葉を知らなかった）でおしゃべりをしながら、いたずらっぽく愛称で呼びかけた。たとえば、クルミの鼻ちゃん、ぽつぽつちゃんなどなど。あるいはその傷ついた頰をなでながら優しく尋ねる。「どんな悪い虫ちゃんが、あたしのきれいな薔薇の花を、このマドンナのきれない百合をかじっちゃったのかしら？」こんなふうに心安く扱われて、フランチェスコの不安は、街中を恐れさせるけれど、若い娘が名前で呼ぶと、とたんに消えてしまう幽霊と同じように消え去った。

フランチェスコの幽霊を睦まやかな呼びかけで追いはらう人物は、まさにひとりの若い娘。二歳か三歳年下で、名前はロザーリア。エドアルドと出会ったときには、この娘を知ってからまだわずか二か月ほど（フランチェスコとロザーリアは通りで知り合った）。そしてこの二か月のあいだに、娘と最高に甘いきずなを結んでいた。けれども恋人がいると告白したのはエドアルドとの友情が始まってかなりの日にちがたってからだった。娘を自分のおしゃれな仲間に紹介するのにはあまりにも嫉妬深い性格で、恋人のことを長々と話すだけにとどめておく。黙ってはいられないほどに、燃えあがっていたからだ。娘は遊び女《め》、娼婦だ、とエドアルドに説明した。いやむしろ、数か月前まではそうだったというほうが正しい。フランチェスコのおかげで、自分の職業がいかに卑しむべきものかを悟った。だいいち、その仕事に誘いこまれるままになっていたのは、ただ世間知らずで、女たちが好むような贅沢に惹かれたからにすぎない。愛が娘を変えた。その恥ずべき稼ぎを捨て、貧困と労働の生活を始めた。娘が想像もしていないことなのだけれど、フランチェスコのほうは心のなかで、大学を卒業したらすぐに結婚すると決めていて、この計画をエドアルドに打ちあけ、こうつけ加えた。たしかに未来の理想社会では、婚姻は撤廃される。自由な恋人たちふたりを結びつけるのには、感情と意志の相互協定があれば充分で、契約と聖別の必要はない。だが、現在の社会が相変わらず婚姻のなかに、唯一尊重すべき正当なきずなを見ているのだから、街の女との結婚以上に、自分の軽蔑を表明するのによい方法があるだろうか？ それは社会にこういうのと同じことだ。〈わたしが、結婚によってこの女を貴族の地位にあげると信じて、こんな女と結婚するのだとは思わないでいただきたい。各人の貴族性というのは、人からあたえられるものからではなく、自分の力で得るものからしか生まれない。だが、きみがこの女をペストのように放逐するのだから、そう、ぼくは、きみがこの女をきみ自身の法の名において、迎え入れざるをえなくするのだ〉したがって、フランチェスコの結婚は、本人の意図では謙遜ではなく高慢、愛ではなく憎しみの行為となる。エドアルドとの会話のなかではロザーリアを、フランチェスコを愛するがゆえに、宮殿を、馬車を、宝石を捨てた高級な花柳界の女として描き出していたことを、つけ加えておこう。だが、実際には、フランチェスコを知ったころ、ロザーリアはその放縦にもかかわらず、文字どおりの極貧ではないにしても窮乏の生活を送っていた。子ども時代はまだそれほど遠い過去ではなく、ロザーリアはその波瀾に富んだ人生の敷居を越えたばかり、いまだに世間を知らなかった。百姓の娘で、畑の重労働を嫌い、貧相な帽子屋を営む親戚の女を頼って、街に出るほうを選んだ。この小さな帽子屋と隣接する薄暗い住居は、街でも最貧の人びと、帽子をかぶらない庶民が住む界隈にある。そのために、お客はほとんどいない。顧客はたいていが没落貴族の老婦人か、婦人としての尊厳を放棄していない小市民[*1]、あるいはあまり運のない娼婦。店は狭苦しくほこりだらけで、いまは色があせ、しばしば虫が食ったフエルト、艶を失った羽根その他、もはや光彩を放たぬ装飾品が、何年も前からほこりをかぶっていた。だが、田舎育ちのロザーリアはこの店のなかに、みずからの虚栄のための宝物を見つけ出した。食事と住居と交換に、店を掃除し、買物をし、あちらこちらに使い走りにいかなければならないうえに、婦人帽製造の仕事も覚える必要がある。けれども、あまりにもやる気がなく、能天気だったので、長い時間をなにもせずに過ごした。あるいは朝、使い走りに出かけたきり、夜まで帰ってこない。たしかに、できるかぎりは帽子づくりを学びもした。けれども本人がかぶるためだけに。なにしろ店にひとり残されると、自分の姿を鏡に映して倦むことを知らず、このうえもなく派手で奇想に富んだ帽子をつくり、ためしにかぶってみるのだから。親戚の女がこの虚栄のレッスンを禁止したので、いつ女に不意を襲われるかわからない店のなかで、それを続けるのはあきらめた。だが、小箱から古いフエルトやリボン、布製の花を盗むことを覚え、それを使って、共謀者になった女友だちの家で、自分や友だちのために帽子をつくった。ロザーリアは、すべてのお客のなかで、いまお話ししたような貧しい女たちをとくに好んだ。帽子の趣味を共有するのはこの女たち。そのうえ、この人たちがいちばん陽気で、ロザーリアを見くだしもせず、それどころか親切にしてくれて、おしゃれの仕方を忠告した。そのうちの何人かとはまさに友情を結んだ。そして、店を不在にしている長い時間を、この友だち連中の家で過ごし、くだらないおしゃべりや恋愛の話にうつつをぬかし、友だちの男友だちも交えて、あたりをぶらついたりした。要するに、ほどなくして道を踏み外したのだった。

店では、居合わせた男のだれかれかまわず、厚かましく媚びを売り、ばか話のひとつひとつ、ごくつまらない言葉にもわっはっはと大笑いした。髪の豊かな小さな頭を浮かれたように右に左にと振り、胸を突き出し、色気たっぷりに腰を揺らす。ずっと田舎で暮らしてきたのに、

＊1　かつて欧米では、身持ちのよい女性は外出するとき、必ず帽子をかぶった。

どうやってここまで男をたらしこむ術を学びえたのか、私たちは理解に苦しむ。気の利いたところを見せるために、ほら話をでっちあげる。自分のお国言葉しか話せなかったものの、うたうような甘い声は聞く者の耳に心地よく響いた。もちろんその会話には百姓娘の無知無学が聞きとれたが、そこにはなにか想像力豊かで、風変わりなところがあり、ときには詩人のような話し方をした。怒りっぽかったから、親戚の女が小言を言えば、汚い言葉まで使って口答えするのもめずらしくはない。そして殴られれば、ちょっと泣く。でも、殴打と涙はすぐに忘れて、またばかを始める。

背が高く、まだほんとうに太っているというわけではないが、生命力にあふれ、逞しい骨格をしていた。肌はそばかすだらけ。でも、みずみずしく輝き、全体が金色の産毛におおわれている。髪はそんなに長くはなかったけれど、たっぷりとカールし、色は赤毛に近い栗色。朱色の口はちょっと大きく、いつも笑っていて、まっ白な小さな歯がのぞく。頬は丸かった。脚と腕はどちらかというとずんぐりして無骨。でも、そのぶかっこうなフォルムのなかに、なにか愛すべきところ、ほとんど心を動かすようなものがあった。だが、その美しい肉体のなかで、もっとも美しかったのはふたつの瞳だ。仔牛の目みたいに柔和で、火花のようにきらめき、真心がこもる。好奇心旺盛だが、陰口はたたかない。怠け者で、かなり食いしん坊。欲が深く、貯めこんで満足するという意味で吝嗇《りんしょく》でさえあった。だが、同時に金を使うのも好きで、お楽しみをあきらめられない。利己的な性格だったけれど、衝動にかられて自分を犠牲にすることができた。

ロザーリアには抵抗のできないふたつの誘惑があった。ひとつは愛撫。フランチェスコが信じていたこと、つまり世間知らずと貧困のために身を持ち崩したというのは、真実を反映してはいない。実際には、飼い馴らされて飼い主に全幅の信頼を寄せるある種の動物のように、本能的に愛撫に身をまかせ、それに感謝で応えた。こういう動物は、その素朴な心のなかで、自分をかわいがる人が、醜いとか、意地悪とか、あるいは卑しむべきだとか気づいたりするだろうか？　若者と老人を？　金もちと貧乏人を見分けるだろうか？　もちろん見分けはしない。この種の色好みの人が歓びを得るためには、口づけとお世辞の言葉が優しければそれで充分。ロザーリアはそんなふう。だから、自分の歓びをどこにでも無頓着に見つけ出した。

この街にくる前に、愛撫と口づけを知らなかったわけではない。山のなかの辺鄙な小屋に住んでいたにもかかわらず、同じ年ごろの百姓たち、そして数か月だけ山で過ごす羊飼いの男たちの愛を、すでにこっそりと知っていた。けれども恋に落ちたことは一度もなかった。なぜならば、その虚栄に満ちた夢見がちの性格ゆえに、都会の男たちに憧れて、心のなかでほめたたえていたからだ。

抵抗できないふたつ目の誘惑は贈物だった。虚栄、大食、色欲、その罪はたくさんあったから、その欲望の数は無限であり、この娘を贈物で魅了するのはごく簡単だった。陥落させるには、たとえ慎ましくても、ひとつの贈物の蜃気楼があれば充分。けれども見返りなしで身をまかせることもよくあった。

店で、すでにお話しした盗みに気づくと、女店主はロザーリアを追い出した。店主は粗野でわがままな老女で、店を姉妹のひとりから相続したのだが、商売にはほとんどかまわず、そのかわりに日々をカード遊びに費やした。老女が気づいたとき、リボンや小さな麦わら帽子やそのほかちゃらちゃらしたものの窃盗は、すでに何週間も前から続いていた。盗っ人の正体を推定するのに時間はかからなかった。老女はロザーリアを罵り、殴ったあと、ためらうことなく激しいひと突きで店から通りに放り出し、二度と姿を見せるなと命じた。このけんか騒ぎにちょっとした人混みができた。老女は腹を立て、野次馬にあっちにいけと怒鳴ったけれど、野次馬たちが居残って、老女を鼻先で笑ったので、抗議のしるしに店の鎧戸をおろし、中断していた〈ソリティア〉にもどった。山にいるロザーリアの両親に葉書を書き、お宅の娘は恥知らずで盗っ人で、そのためにもう自分のところにおいておくのはご免だと知らせる。この瞬間、老女はロザーリアの運命と一切の関わりを断った。

ロザーリアは滂沱《ぼうだ》の涙を流し、半ばほどけた美しい髪をくしゃくしゃに乱したまま、あざ笑う野次馬の群れのあいだを恥じらいも見せずに通り過ぎていった。帽子なしで（悲しいかな）、ほかの衣裳はなかったから、相変わらず百姓女のスカートとブラウスを、黒の飾り紐を縫いつけておしゃれに見せて身につけていた。こんなふうにして、けんか腰で、無念な思いを抱き、幼女のようにすすり泣きながら、走って新しい女友だちのひとりのところに避難した。この友だちはロザーリアを慰め、ある婦人のところに家具付の小部屋を見つけてやった。大家は下宿人にお客を迎えるのを許したが、六か月分の家賃の前払いを要求。旅のセールスマンがロザーリアの涙にほだされて、自分の財布から六か月分を払い、欲しいものが買えるように、わずかの金額を足してくれた。人心地がつき、欲しいものはたくさんあったけれど、ロザーリアは頭を働かせて、このお金を両親に送ることに決めた。文字は書けなかったものの、より学のある女友だちのひとりが、ロザーリアのためにすてきな手紙を綴り、帽子店は出たけれど、別の店にずっと高収入の職を見つけたと説明した。自分は元気。給料の一部を同封する。この話は、老女の簡単で無礼な葉書よりも、ロザーリアの家族をはるかによく納得させた。思いがけないお金は、どうやって稼がれたのかについてはあまり詮索されないまま、たんすにしまわれた。

こうしてロザーリアはそのふしだらな人生を開始した。けれども、この最初のころに出会った男たちは、つまらない旅人、工員、警官やちょっとした勤め人。ときおり、食堂での夕食、一足の靴、模造真珠のネックレスのためだに身をまかせる。いまだに贅沢を、馬車での遠出を、おしゃれな界隈を知らなかった。けれども貧しい歓びやがらくたがロザーリアには豪奢に見えた。この女を酔わせるには一杯のアニス酒、あるいはグラッパで充分。酔うとうたい、笑い、カフェの踊り子のように服をみんな脱いだ。そして、そのお国言葉で、愛情いっぱいの、あるいは下品な、あるいは奇妙な言葉を、うたうような声で口にした。束の間の愛人のだれひとりとして愛してはいなかったけれど、全員が好きだった。だれに対しても母親のように振舞い、夢中になる。だが、この愛がひと晩以上続くことはめったにない。実のところ、ロザーリアにはただひとりの愛人しかいないようなもの。その愛人の名は「欲望」。短い恋のなかで、あるときはこの男、またあるときはあの男の肉体をとったのは、口づけへの、悪徳への、ばか騒ぎへの、ロザーリアの欲望だった。

ロザーリアの人生のこの時点(帽子屋を出てからまだ二か月にもなっていなかった)で、フランチェスコが大天使のように登場した。フランチェスコは男爵の称号をつけて自己紹介し、そのうえに教養のある青年、学生、つまりロザーリアが初めて知った紳士。だれもまだ、これほどの炎とこれほどの騎士道的敬意をもって、ロザーリアを愛したことはなかった。その美貌を損なう傷痕そのものが、ロザーリアには愛の動機となり、傷痕がなければあまりにも高いところにいると思われた者を、その同情の、その母性の手に届くものとした。フランチェスコの側では、娘の慎ましい境遇と娘が寄せてくれる信頼のおかげで、その前にいるとすべての気おくれと自尊心ゆえの抑制から自由になることができた。いっしょにいるとき、自分が称讃され、崇拝されていると知ることに由来するあの自然な自信、官能の幸運な一致から生まれるあの自己放棄を感じる。ロザーリアは恋人の言葉のひとことひとことを頭から信じた。賢さに欠けていたからではなく、無知無学で、フランチェスコを崇めていたからだ。フランチェスコが、デ・サルヴィ家が所有し、いつか自分が相続するはずの領地、森、馬たちの話をすると、驚きで目を丸くして聞き入った。フランチェスコは狩りや、黄金の地に赤い獅子のついた紋章や、伝説の先祖たちの話をした。そしてロザーリアは文字が読めなかったので、名刺の上の名前〈男爵フランチェスコ・デ・サルヴィ〉の上に印刷された小さな王冠を指さす。ロザーリアはこの小さな王冠を、フランチェスコが地球外からきたことの神秘的で、否定のできない証拠であるかのようにじっと見つめた。けれどもその目にフランチェスコがまとって見えた特権にもかかわらず、愛情のこもった気安い態度を決して失わなかった。なぜならば、たとえ自分の恋人が王さまご本人であったとしても、恋人と自分とは一心同体だと感じるような性格だったからだ。

最初のころから、フランチェスコは懸命になって、ロザーリアにその恥知らずの情事をやめさせようと努めた。自分の感情に身をまかせられるときには、自然に生まれ出てくる雄弁を振るい、慈悲に満ちたビロードのような目でロザーリアを見ながら、きみはブルジョワ社会の犠牲者なのであり、ブルジョワ社会は怪物のように、きみみたいな人たちを餌にしたあと、ごみ溜めに捨てるのだと説明する。フランチェスコはここで恋人に、自分自身の未来社会の計画を手ほどきし、人間の尊厳、自由、理性の名において話をしたかったことだろう。けれども、軽蔑すべきとみずからが説く栄光、つまり富と高貴な血を自慢して、ロザーリアの目に自分を立派に見せかけようとしたのと同じやり方で、この幼稚な頭によりよく納得させるために、今度はみずからの心のなかでは否定している神話を利用するのもためらわなかった。だから、厳しく神秘的な口調でロザーリアに言った。きみは罪で生きている、こんなふうにしていては、自分を魂の死へと追いやり、地獄で終わることになるだろう。ロザーリアは信心深くはなかった。その宗教は易者とカード占いへの頭からの信頼のほかは、ある種の聖画とある種の象徴に対する迷信的な崇拝に限られる。けれどもフランチェスコの言葉のひとことひとことが、ロザーリアにとっては教義であり、預言。その若き説教師の熱く響きのよい声、その黒い瞳が放つ光、詩的な叡智の言葉がロザーリアを激しく感動させた。自分が犠牲者であると知って得意になり、自分自身を哀れむ。地獄の脅しはロザーリアを恐怖で満たす。そして、こういった理由のすべてから、わっと泣き出し、すすり泣いた。フランチェスコの手に口づけをし始め、同時に言った。「お手に口づけをします」それから、使徒信条を思い出し、その想像に富む言葉を使って、かすれ声で、ええ、自分は地獄に堕ちている、けれどもイエス・キリストが三日目に地獄に降りた[*1]ように、あなたがあたしを地獄の手から奪いとり、天国に昇らせてくれるのだとつぶやく。こうしてロザーリアは自分自身のすべての気まぐれ、悪徳、強欲を、生け贄としてフランチェスコに捧げ、今日という日以降、あなたの意志に従って生きると約束した。そこでフランチェスコはロザーリアに口づけの雨を降らせ、娘は涙をため息に変えた。

　この日から、熱意と愛の衝動に突き動かされて、ロザーリアはその生活を完全に変えた。経済的な必要から、六か月分を前払いした小部屋にとどまらざるをえなかったが、フランチェスコ以外はだれも入れなかった。それまでに知り合った他の男たちを遠ざけるのはたいして難しくはなかった。すでにお話ししたとおり、男たちとは束の間の関係しか結ばず、嘆きなしで、いやむしろある種の尊大な満足とともに、フランチェスコの足もとにもおよばぬ競争相手たちをその祭壇に捧げた。より困難で、しばしばよりつらかったのは、軽薄な女の友だち連中から身を離すことだったが、フランチェスコにそう命じられたので、素直なところを見せたかった。いつもおしゃべりのために会っていたなかで、三人か四人とはとくに昵懇《じっこん》で、この女たちは時間にかまわずよくロザーリアの部屋にあがりこんできた。ロザーリアにほかの用事があるときは別。都合が悪いときは、駒鳥の籠を暗号がわりに扉前の廊下に出しておく。ロザーリアがフランチェスコとつきあい始めたあと、友だち連中はいつも、入口をふさぐ駒鳥を見いだした。すぐにこの大恋愛の噂が友だち連中のあいだに広まった。この種の女友だちをフランチェスコが嫌ったからか、あるいは嫉妬心からか、ロザーリアは恋人をだれにも紹介しなかった。それが友人連中の好奇心を倍増させた。けれども娘はもはや友人の輪に姿を見せず、ある日、そのなかのふたりとばったりいきあわせたとき、いつものようにうれしそうに立ち止まるかわりに、冷たくつんとすまして道を続けた。友だちのほうはびっくりして、ロザーリアを呼び止めた。ロザーリアは自慢ととまどいのあいだで説明した。あたしの恋人、ほんものの紳士が、あなたたちがあたしみたいに、罪深き生活から抜け出さないかぎり、つきあってはいけないと言うの。

ふたりのうちのひとり、ついていない時期を通過中だけれど、自分の運命を信じている美人は、この話を聞いてロザーリアを上から下までじろじろと眺めまわした。ロザーリアにお祝いを言ったあと、皮肉っぽく、ご自分の紳士とずっといっしょにいなさいねと勧め、うしろを向いて、ほかにはなにも言わずに近くの店にはいっていった。だが、もうひとりはおしゃべりなおでぶさんで、心が寛く人がよかった。いまや中年に達していたけれど、それでも色気をとどめ、派手好みのせいで、いつもべたべたお化粧のしすぎ、ちゃらちゃら着飾りすぎ。ロザーリアの言葉に不快感を覚えたようすはまったく見せない。でも、内緒話をするように娘を引き寄せ、玄関から中庭に通じる通路で、興味津々、この恋人のことを尋ねた。ロザーリアは熱い愛が言わせる甘い言葉で、その姿を美化して聞かせ、相手はすっかり心を動かされたようだった。けれどもすぐに気を取りなおし、保護者ぶって叫んだ。「ああ、ロザーリア！　ロザーリア！」それから油断するなと強く注意した。愛にはひとつ欠点がある。愛は時間を盗み、見返りをもたらさない。美しさと若さだけが女の資本だ。もしこの資本をなにか利益のあがる事業に投資するかわりに、この男、あの男への贈物にしていたら、あとにはなにが残る？　あたし自身、自分の脳みそのかわりに自分の心の声を聞いたために、不安定な生活を送っている。一方で、あたしより醜いけれど賢い女たちは、馬車と馬をもつ。こう言うとロザーリアにキスをし、その肌の自然な美しい色、その小さくてみずみずしい胸を優しくほめた。ロザーリアの側も女をぎゅっと抱きしめ、お世辞を返すために耳もとで、待っていれば幸運は訪れる、あなたはまだお人形のようにきれいとささやく。この言葉は相手をよろこばせ、相手はちょっと涙を流すと、ロザーリアの顔じゅうに何度もちゅっち

＊1　キリストが死後の三日間、地獄に降り、キリスト以前に生きたために地獄に堕とされていた義人たちの魂を解放して天に引きあげたという話を指す。（ダンテ『神曲』「地獄篇」第四歌参照）

ゅっとキスをして言った。「ひとつ約束して、あたしのロザーリア。いやなことがあったり、助けと忠告が必要だったりしたら、あたしのところにくると」そして、そう約束させると、恨みなしでその場を離れていった。

　ロザーリアがひとりの男への愛のために、仲間を拒絶しているという噂はすぐに女たち、そしてその男友だちの耳に届いた。けれども女たちのだれひとりとして、ロザーリアを悪くは思わなかった。この娘は貧しく、いまだに邪気がなかったから、ねたみを買うことがなかった。根は感傷的な女たちは、このロマンティックな恋の共謀者となり、顔を出して迷惑をかけるのを避けた。ただひとり、劇的な場面を演じた女がいた。

　それは破滅へと到るすべての道を縦横にたどってきたけれど、一瞬たりとも繁栄の記憶をもたない娘だった。老けて見え、冷笑的で辛辣なので、いまではちょっとした遊びにさえ、誘う人はほとんどいない。だがいつも、眠るためのベッドがもはや見つからなくなったら、犬たちといっしょに犬小屋に避難すると繰り返し、そのうえに、自分の死ぬ日にはふたつのことだけ、施療院の寝台と地獄での安全な場所しか望まないと断言していた。乱暴な女で、顔をしかめる気も笑う気ももはやすべて消え失せた。加えて、寒さに苦しめられれば、胸を古新聞でくるんでからブラウスを着たので、抱きしめると、かさかさと小さな音がした。

　この娘は追放令が出されていると知りながら、ある午後、それでも帽子を修繕してもらうために、ロザーリアの部屋にあがっていった。そして外に駒鳥の姿が見えなかったので、なかにはいった。けれどもロザーリアはちょうど夕方前にフランチェスコを待っているところで、禁じられている仲間のひとり、しかもまさにいちばん評判の悪い娘といるところを見つけられるのを極度に恐れて、高飛車に修繕を拒否した。そこで相手はロザーリアを鼻先で笑い、叫んだ。「おやまあ、気どっちゃってさ！　人をばかにして、奥さま気どりだよ！」そしてロザーリアの小部屋を意地悪な目で見まわして、さんざんご自慢のおえらいさんは、あんたを独り占めしようって言うんだから、大事なマッダレーナ*1に靴下の一足ぐらいは（まさしくこの日、下着姿だったロザーリアの靴下は穴だらけだった）、あるいはせめてきれいなブラウスを（ロザーリアがただ一枚だけもつブラウスは、どちらかというと大あわてで洗濯し、片すみの紐に干してあった）買ってやれるだろうにと続け、でも見たところ、このおえらいさんはあんまりお金をかけずに女たちを天国に送りこみたいようだね、と言って話を終えた。こう指摘されて、ロザーリアは激昂して立ちあがり、人のことに首を突っこむなと怒鳴った。相手は、おばさんに帽子屋を追い出されて、泣きながら走った日には、そんな高慢ちきなところは見せなかったよと指摘。そこでロザーリアは相手を非難した。うらやましくてそんなことを言ってるんだ。自分は醜くて、老いぼれて、だれも愛してくれないから。相手は言い返した。「自分にはすてきな恋人がいると思ってるの？　地獄みたいにまっ黒で！　しかもあばた面！」ロザーリアはわれを忘れて、怒鳴り返した。毒蛇、売春宿の残りもの、肺病病み、しわくちゃばばあ。女はロザーリアを、あばずれ、物知らず、百姓女と呼ぶ。ここでロザーリアは相手が修繕のためにもってきた帽子をテーブルの上からつかみとり、侮辱の行為として踏みつけた。ついにつかみあいのけんかになり、ぶったり殴ったりする合間に、最悪の罵倒を投げつけるのをやめず、とっくみあったので、突然現れた大家も、ふたりを引き離すのに苦労したほどだった。大家は怒り狂う訪問者を追いはらい、女はまっ青になって逃げていった。けれどもロザーリアはあとを追いかけ、廊下で、何年か待ってろと怒鳴った。あたし、ロザーリアは女王になって、あんたを怒り死にさせてやるから。

その少しあとにやってきたフランチェスコは、まだ震えるロザーリアを見いだした。でも、いくら尋ねても、なにも知ることはできなかった。ロザーリアはフランチェスコへの愛のために闘ったことを得意に思い、自分の武勇を秘密にしておくことで、心のなかでさらに自分を英雄的に感じたのだ。

けれども、女友だち全部のなかで、いちばん大切な友、ロザーリアが店を出た日に迎え入れ、部屋を見つけ、両親宛の手紙を書いてくれた友。この友だちは、私たちがいま話題にしている時期、近くの小さな街まで母親に会いにいっていて、不在だった。もどったとき、ロザーリアの消息を聞き、でも自分は例の追放令からは除外されていると信じて疑わなかった。たがいに用事のない夜は、あるときは自分の、またあるときはロザーリアの部屋で、ふたりいっしょに眠るのが習慣だった。幽霊が恐くて、ひとりきりで夜を過ごす勇気がなかったからだ。もどった晩、ロザーリアの部屋にあがり、まさにひとりで横に

＊1　マグダラのマリア。罪の女だったが、悔い改めてイエスに従ったとされる。

なろうとしているロザーリアを見いだす。けれども友だちを見たとき、ロザーリアは困惑したようだった。キスもしなかったし、もどってきたのをよろこびもせず、眠たいふりをして、問いかけにもいやいや答える。これまで何度もやってきたように、いっしょに寝ようという友の提案に、とうとう目を伏せて、できないのとつぶやいた。「でも、どうして?」と友は尋ねた。そこでロザーリアは、これまでの場合とは違って、高飛車でも荒々しくもなく、とまどい、ほとんどおののきながら、あなたにお別れを言わなければならないと告白した。それがあたしを愛してくれる人、偉大な紳士、聖人、その情熱と叡智の言葉で、あたしに天国への道を教え、罪を贖ってくれた人の意志だ。少なくともあなたが、あたし、ロザーリアのように、自分の罪を贖わないかぎり、もう会うことはできない。この演説のあいだ、友はひとことも発しなかったけれど、顔を赤く染め、あごを震わせ、ついにもはや耐えきれず、ベッドのそばの椅子にどしんと腰をおろし、わっと泣き出した。そんなふうに泣きながら、そしてハンカチを引きちぎれるほどに嚙みながら、ロザーリアに向かって、残酷な恩知らずと怒鳴った。じゃあ、あたし、あなたの友だちが、あなたにあげた愛情の証《あかし》を忘れたの。あなたを妹扱いして、あの男この男に紹介し、舞踏会にいくために自分の晴れ着を貸したのに。あたしが出かけるまさに前の日に、あなた、フランス風のハイヒールを買うために、あたしから四リラを借りたんじゃないかしら? ここでロザーリアは眉をひそめて、たしかにお金は貸してもらったけれど、借金のかたとして、お金と交換に自分のレース編みの掛布団を渡したと指摘した。この言葉に友はますます激しくすすり泣きを始めた。「ここにあるわ。恩知らず!」と持参してきた包みを指さしながら叫ぶ。「ここにある、あなたの掛布団! もってきたのよ。あたしったらばかみたい。あなたから借金のかたなんてとりたくなかった!」そして荒々しく包みをほどき、掛布団をベッドに放り投げた。包みはほどけながら、大量の干しイチジクとチャンベッラ・ドゥーラ[*1]を、それを包んでいた新聞紙ごと床にぶちまけた。ロザーリアはあっけにとられ、このごちそうを拾おうと身をかがめた。けれども相手は、荒々しいしぐさでそれを押しとどめた。「みんなばらまいたままにしておきなさい!」と本気でひっくひっくと泣きながら怒鳴る。「アーモンド詰めのイチジクと、母さんが焼いたチャンベッラよ。ベッドのなかで、おしゃべりをしながら、いっしょに食べようと思ってもってきた。でも、もう食べたくない。あんたが食べなさい。恋人といっしょに食べなさい。あんたたちふたりとも呪われるがいい。永遠にさよならよ！」こう言いながら立ちあがり、涙をめちゃくちゃにふいて、シャツの裾で洟をかみ、ぷんぷんと怒りながら戸口に向かう。でもロザーリアは心が粉々に砕けるのを感じて、ぴょんとひと飛び、そのそばまで駆けより、自分も泣き出しながら、友を胸に抱いた。「そんなふうにして、あたしをおいていくの？」とつぶやく。「あなたが望んだのよ」と相手は言った。「あたしが？ああ、アニータ、あたしのアニッタレッラ、いかないで。もう少し話しましょう！」こう言うと、ふたりはおたがいの美しさを最高に優しい言葉でほめたり、最高にかわいらしい愛称をやりとりしたり、たがいを愛撫したりし始めた。「あたしの小さなお手てたち。あたしの雌鶏ちゃんたち！」とロザーリアは相手の指の一本ずつにキスしながら言った。「あたしのかわいい赤毛！あたしの赤毛ちゃん！」と相手はふざけてロザーリアの髪を引っぱりながら言った。ロザーリアは友の顔をなで、「あたしのきれいで小さなムーア人、あたしのムーアちゃん！」。こんなふうに相手の欠点を、でも意地悪ではなく、愛情のこもった調子でとがめた。友はロザーリアを、そばかすがいっぱいなので、「トウモロコシの粒ちゃん」と呼ぶ。ロザーリアの側は、相手が均斉はとれているけれども小柄だったので、「あたしのおちびちゃん」と言う。ここで、たがいにからかいあい、笑い始め、笑いに涙を混ぜあわせる。とうとうロザーリアはアニータの涙を自分のキスでふきとりながら、つぶやいた。「じゃあ、あたしのおちびちゃん、今夜はロザーリアといっしょに寝たくはないの？」「で、あたしのロザーリア」と相手は答えた。「あたしの小さな町の女は、それじゃあ、かわいそうなアニータを追い出すの？」結局、床に散らばったお菓子を拾い集めたあと、またもう一度、いっしょに眠ることに決める。そして、称讃のしるしとして、夜も身につけたままの昼間の肌着はのぞいて、一方が他方の服を脱がせ、たがいに服を脱がせあいながら、その秘密の美しさをおたがいにほめあい続けた。

横になってしまうと、干しイチジクとチャンベッラを＊1むしゃむしゃと食べながら、おしゃべりを始め、おたがいにあたえあった友情の証をあらためて思い出した。たとえばアニータがひどい風邪で伏せっていたとき。感染

＊1　リング状の焼き菓子。

を恐れて、だれも見舞おうとはしなかった。なによりもまず、風邪をひくと、涙が出て目が腫れて、鼻は赤く、声はがらがらになるからだ。このような不都合は、この子たちのような娘にはたいへんにありがたくない。でもロザーリアは危険に挑み、何日間も一日中、友の部屋で過ごした。それから、ふたりで立てた将来のすてきな計画をいろいろと思い出す。なかでもいちばん野心的だったのは、お金を貯めて、中心街に美しいマンションを借り、家具をおくこと。それから部屋を上流階級の若者、役人や学生たちに又貸しし、若者たちのために、女中ひとりの手を借りて料理を出す。おいしい食事と陽気なもてなし、快適で洗練された安楽な暮らし！「でもいまはすべてがおしまい」とアニータは結論した。「ええ、おしまい」とロザーリアはため息をつきながら認めた。

ここでロザーリアは自分の恋をめぐり、告白を始めた。なぜならば、それについては話しても話しても話し足りなかったからだ。これほどに理解をする用意ができていて、自分がこれほど大好きなこの仲間よりも、よい聴き手がいるだろうか？　相手はやきもちを焼いてはいたものの、感動と関心に満たされて耳を傾けた。けれども告白を聞く歓びのなかに、あらゆる敵意が溶けこんでいた。アニータもまた、フランチェスコの貧しさをとがめ、これほどの窮乏を受け容れたロザーリアをおめでたい人と呼んだ。なぜならば、その仲間たちにとってと同様に、アニータにとっても、贈物の能力が愛人たちの最大の魅力だからだ。けれどもロザーリアは宣言した。「なによりもまず愛」そして人が、空想の世界にひとり遊ぶ子どもを、おばかちゃんと思いながらも称讃するように、アニータはロザーリアを称讃した。

結局、半分眠りかけながら、ふたりはフランチェスコの知らないところで、でもこっそりと会い続けることに決めた。ロザーリアはフランチェスコに背中を押されて、自前で帽子製造の仕事を再開することに決めていた。そのため、腕に帽子ケースを抱え、顧客の家に仮縫にいくと称して外出し、しばしば友の家を訪れることができる。そしてこのあと続く日々、実際そのとおりにした。

ただし、むかしの仲間をのぞけば、お客はたいして見つからなかった。それに、店にいたころすでにそうだったように、仕事をするのはあまり好きではなく、自分自身か自分といちばん親しい人たちのために帽子をつくることしか楽しくなかった。こういったわずかの製作品も、怠け心のために、細かい仕上げなしで、いきあたりばったり適当に片づける。だからたとえまともなお客をひとりでも見つけられたとしても、お客はロザーリアの仕事の受けとりを拒否し、この帽子屋と容赦なく縁を切った。ロザーリアの帽子は、そのうえに、あまりにも大胆で突飛だったから、本人のような田舎者や変わり者たちの頭をおおうのにしか向かない。ほんとうのところ、ロザーリアは自画像しか描かない画家のように、自分自身をモデルにするという誘惑に抵抗できなかった。すべての帽子を自分の頭にのせてデザインし、鏡の前で自分の姿に際限なく見とれ、その瞬間の思いつきのままに、形を変えたり、なにかつけ足したり、飾ったりした。そのために、どの帽子も結果として、お客、あるいは帽子屋本人の意図していたものにはならなかった。事実、張本人が大笑いしながら、その結果に驚嘆する。信心深い老女の頭をおおう運命に定められていた厳格な茶色のフエルトが、緑色のけばけばしい羽根がぴんと立つ、一種の山賊向きの大きな帽子になる。あごの下で結ぶうら若き人妻のボンネットが、リボンとスパンコールをつけられて、女歌手のための悪趣味な髪飾りに似てくる。門番のおばさん、大家さん、乳売りの世話で得たわずかの注文は、日を追うごとに少なくなっていった。フランチェスコも、

父親から受けとり続け、自分の生活費にあてなければならないわずかの仕送りでは、たいした助けにはならない。わずかの金を出して食品店で買う食べ物をロザーリアと分けあった。だが、そのほかについては、ロザーリアはフランチェスコが疑うことのないままに、すぐに女友だちからの借金に頼らなければならなくなった。フランチェスコが恋人が仕事に身を捧げていると幻想を抱いているとき、実際には、フランチェスコと分かちあわない時間を、のらくらと過ごした。なぜならば、なににも増して、無為と惰眠と、お菓子とおしゃべりのあいだでベッドに横たわっていることを楽しんだからだ。カードのゲームも好きで、文字は読めなかったけれども数字には強く、しかも狡猾なプレイヤーだった。顧客を訪ねるという口実で、しばしばアニータの部屋を訪ねる習慣をとりもどし、この部屋でちょっと前に縁切りをしたほかの仲間たちと集まる。この部屋でおでぶの中年女と再会し、女は約束どおり、気前よくお金を貸し、忠告をあたえた。この部屋で、けんかになった辛辣な仲間とさえ再会し、抱きあい、すすり泣きながら仲なおりをした。ときにはこの部屋で、男たちと出会うこともあった。けれどもフランチェスコへの熱い思いのほうが、それでも男たちの

懸念にもかかわらず、フランチェスコは大学に登録ができ、このころからその一日の大部分を勉学に費やした。

お世辞よりは強かった。この不器用な誘惑者たちはフランチェスコと較べれば、あまりにも、すでに読者諸氏にお話ししたように、あまりにも影が薄い。ロザーリアの幼い想像力はフランチェスコが不在のときでさえ、完全にその支配下にあった。罪の恐怖、救済の欲求は恐ろしく、また魅力的だった。そしてあの預言者の魅力的な声は、女友だちの不実な忠告と誘惑のすべてよりも強く響いた。だからロザーリアは自分の窮乏にもかかわらず、自分の軽薄な心にもかかわらず、妖術に抵抗できた。だがほかの欺瞞については、毎日、自分に尋ねた。女友だちとちょっとおしゃべりをし、カードで賭けをし、いくつかの必要な嘘をつくことのどこに罪があるのか？　たしかにそこにはなんの罪もない。そしてフランチェスコが、罪があると言うのはおそらく不当だっただろう。女たちはロザーリアにこの意見を休むことなくたたきこみ、みずからの冒険好きで嘘つきの性格にしたがって、フランチェスコをだますための共謀者となった。女たちはロザーリアに優しく、寛大でもあった。ロザーリアは友たちの小さな助けなしではやっていかれなかった。そのうえに、秋とともに、フランチェスコはこれまでの嫉妬深い監視を緩めざるをえなくなる。実のところ、金銭的な

3　母男爵夫人、街に来着。

すでに見たとおり（読者諸氏には、しかるべき時がきたら、すべてがより明確に説明されるだろう）、フランチェスコは学問を続けるために、ニコラ・モナコの援助を当てにしていた。実際には、それはひとつの希望というよりはむしろ、伝説にもとづく仮説だったのだが、若き学生に入学金を手に入れる手段はほかには提供されなかった。この突拍子もない計画は、短期間の実家滞在中に、フランチェスコ本人とその母アレッサンドラによって極秘裏に企てられた。だが、この最後の希望もついえたあと、フランチェスコには家族のもとに帰る以外の方策は残っていなかった。それでも、こんなふうに帰郷してしまう決心はつかない。それは自分の敗北を、そして大いなる野心の放棄を意味する。そのうえに、母を愛しく思いながらも、あの辺鄙な田舎をひどく嫌っていたので、夏期休暇も数日をのぞいては街で過ごすほどだった。

いま、この青年の男爵の称号、領地、その由緒ある血脈は虚栄以外のなにものでもない、と言うべき時がきた。実のところフランチェスコの法律上の父親、サルヴィ一族のダミアーノはただの農民だった。その領地はあまりにも慎ましいので、ダミアーノの年齢が許すかぎりは、本人がアレッサンドラと数人の日雇いの助けを借りて耕せるほどのわずかの畑地の枠内に収まっていた。いまでは八十を超える高齢で、その土地を耕すのには日雇いの男ふたりで充分だ。サルヴィのダミアーノは、おおよそ二十五年前にやもめとなり、農作業のために雇った日雇い農婦アレッサンドラと再婚。この二人目の嫁は、年齢から言えば自分の娘のようなもので、ダミアーノはこの嫁に父親としての哀惜の入り混じった感情を抱いていた。というのも、再婚の数年前にこの地方を壊滅させた地震で、年若い娘ふたり（この子たちが当時はダミアーノの血筋のすべてを構成していた）が、最初の嫁もろとも命を落としていたからだ。

アレッサンドラと結婚してすでに五年ほどが過ぎたときに、ダミアーノただひとりの跡とり息子、フランチェスコが生まれた。それ以来、ダミアーノはこの子への愛のために生き、働いてきた。同年齢のほかの少年たちよりも頭がよいのを見て、ようやく片言で話すようになったころから、この子に学問をさせようという野望を心に抱き、のちには、その労働の全人生の貯えとその土地のわずかな利益を、この愛情ゆえの野心のために費やした。フランチェスコは勉学のために、十二歳にもならないうちに親元を遠く離れて暮らさなければならなかった。ダミアーノとアレッサンドラはフランチェスコのつましい奴隷のようにして生きてきたから、ふたりにとって息子と離れる苦しみは耐えがたいほど大きかった。少年のほうは、なによりもまず、母と初めて離れるのがつらかった。幼いころから、ほとんど妻に対するような熱い愛情が、フランチェスコを母に結びつけてきた。だが、その心のなかではすでに、野心のほうが勝っていた。都会、学校での好成績、将来への期待、そして秘密の理想が、フランチェスコにこの幼い愛の炎を裏切るように仕向けた。

両親が毎月、送る仕送りはたしかにたいした額ではなかったが、そのために夫婦はほとんど飢えにまで追いこまれた。フランチェスコはそれに気づいていなかったし、息子に勉学を続けさせるために、ダミアーノが資産をほとんど使いつくしたことも、同じように想像すらしていなかった。アレッサンドラも、ダミアーノの破産についてはは大部分、知らずにいて、私たちがこれから見るように、ぎりぎりになるまでそれを知ることはなかった。なぜならば、ダミアーノはいつも、自分の取引や金銭問題については、厳しく秘密を守ってきたからだ。だれにも、自分の家族にさえも、口を出させたがらなかった。しかし、フランチェスコが大学入学前、短期間、実家に滞在したあいだに、父に入学に必要な金額を要求したとき、ダミアーノはとうとう恥じ入り、狼狽しながら、その金はない、と告白しなければならなかった。その金を手に入れるためにあらゆる手段を試みたが、だめだった。この予期せぬ知らせはフランチェスコをひどく打ちのめした。いまや登録期限が迫っている。この状況に対し、ほかにはどんな打開策にも恵まれなかったので、このとき、母親と内緒で話し合い、ニコラ・モナコを探すという例の決定をしたのだった。ダミアーノには街の友人に金を貸してくれるよう頼むつもりだと告げて、ただちに出発した。

五日か六日後、両親のもとにフランチェスコから手紙が届いた。アレッサンドラは文字が読めなかったから、いつものようにダミアーノが声に出して読んだ。そしてアレッサンドラは、息子の運命を占い師に尋ねるときと同じ心持ちで、黙ってそれを聞く準備をした。

フランチェスコの手紙には、理由の説明なしで、友からの借金はできないと書かれていた。だが、それでも自分は街に残るほうがいい。自分の稼ぎで勉強を続けるために、仕事を見つけるつもりだ。仕事が見つかるまで――すぐに見つかることを祈ってはいるが――まだしばらくのあいだは、もしできるならば、こちらにいつものわずかの仕送りをするという犠牲を、父さん母さんにお願いしなければならない。すでに家庭教師の職を探し始めた。だが、生活費には足りない。大学の入学については、いまのところあきらめなくてはならない。

このすべてが怒りと落胆とを明らかにする言葉で語られていた。だが、両親は三回か四回、読みなおして初めて手紙の意味を完全に理解した。ダミアーノは苦労しながら一語一語を区切って読み、一回読んだのでは話の筋道がつかめなかったので、同じ文章を何度も繰り返した。読んでいる知らせの内容が自分の心にとってはつらく、重かっただけなおさらに、その老いた頭はなかなか理解しようとはしなかった。

ようやく手紙の一行一行が読み解かれて、そのがっかりさせる内容に疑いの余地がなくなったとき、アレッサンドラの瞳がきらきらと反抗心で輝いた。手紙のなかのそれとない言葉のいくつかが自分に、そして自分だけに告げている謎めいた内密の意味は気にもとめない。だが、自分の息子を傷つけ、その同じ傷で自分にも血を流させる運命の意志に抵抗した。そして、この瞬間に、心のなかで、いかなる犠牲を払っても、息子を正規に大学に入学させると決めた。

まず最初、ダミアーノとふたりで、この数日間で一千回目に、例の入学金を期日に間に合うよう手に入れるために、自分たちの状況で案出できる方法がないかを調べあげた。だが、ダミアーノはいつもと同じように、説明を出し惜しみ、嫁のあらゆる提案に、脅えた表情を変えず、まるでまだどこかに希望は見つかるということを否定するかのように、ただ頭を振るだけだった。最終的にアレッサンドラは今回、息子が頼りにできるのは、あたしひとりだけなのだと理解し、そして究極の犠牲を払う決心をした。

この土地の嫁連中のほとんどのように、アレッサンドラはしゅうとめから結婚の日に贈られた重い金鎖と、ダミアーノからの結婚の贈物である彫金細工の金のイヤリングをもっていた。このふたつの品はアレッサンドラにとっては人の想像を絶するほどに大切なもの。なぜならば、美しいのに加えて、夫をもつ女にとっては、ほかの女たちに見せることのできる誇りと価値の象徴だったからだ。だからこそ、それを犠牲にすることを、いつも心のなかで拒否してきたのだ。そのうえに、アレッサンドラは生来、けちだった。それでもなおフランチェスコの手紙を読んだあと、この品々を売ることに決めた。だが、しまってある箱から出すときには（それで身を飾るのは晴れの日だけだったから）、アブラハムが天の意志に従って、イサクを犠牲にするときに感じたのと同じ、自負と混ざりあった焼けつくような痛みを感じた。*1

だが、買取値をごまかされるのを恐れたため、また知人の面前での屈辱を避けるためにも、地元では売りたくない。その一方で、郵便で、あるいは他人に託して街に送るのは心配でもある。ダミアーノが高齢で病気のために、旅ができなかったので、自分が街にいって、金製品をフランチェスコの手に預けることに決めた。フランチェスコみずから売却の手配ができるだろう。

ちょうどオリーヴの収穫が始まったところで、アレッサンドラは出発をしばらく遅らせた。大学の登録期限は、月末にならなければこないのを知っていた。けれどもそのあいだに、自分の決心も、自分の訪問もフランチェスコには知らせなかった。息子を驚かせるという考えが気に入っていたからだ。

結婚以来、この地方の首都である大都会には一度も足を向けてはいなかった。もちろんアレッサンドラにとって、単身で旅をし、都会の道路を通って、フランチェスコが住む界隈を見つけるのは簡単ではなかったと考えるのが妥当だろう。まさにちょうどこのころ、フランチェスコとエドアルドの友情が始まっていた。その朝、エドアルドはいっしょに散歩に出かけるために、馬車で友を迎えにいった。御者のカルミネがフランチェスコを呼びにあがっていくあいだ、若き主人はクッションに身をもたせかけ、扉越しにこのつましい路地を見ながら待っていた。そんなふうにして待っているとき、痩せているけれど、身ぶりと軽やかな足どりが優雅な百姓女がひとり、布をかけた籠を腕にさげて、路地の端に姿を現した。四十は超えているにちがいない。けれども南国ではめったに目にしないことだが、野性的な美しさをとどめていた。なによりもまず、目が若い娘の目のように深遠な輝きを放ち、その漆黒の美しさのために、まるで額にティアラが飾られているように見えた。

女は百姓女の身なりをしていた。たっぷりとひだの寄ったスカートから、足首とふくらはぎの下のほうがのぞく。黒の小さなコースレット、襟ぐりが丸く、袖が肘下までの長さのファスチャンのブラウス、その上に黒いウールのショールをはおり、胸の前で十字に交差させる。けれどもこの晴れの日のために、田舎で使うなめしていない皮の粗野な靴のかわりに、都会風の黒革の靴を履いていた。古めかしいスタイルの、でも保存状態のよい（結婚式の日に履いたのと同じ）靴だった。

同じように、田舎でいつもやっているみたいに、派手なハンカチで髪を包んだりはせずに、頭はむきだし。まっすぐに掲げたこの頭は、肉の削げた、どちらかと言えば厳格な顔立ちのために猛禽を思わせたが、優雅な足どりが女をむしろ一羽の白鳥に似せていた。

女は不安げに、けれども恥ずかしそうでもなく、どぎまぎしたようすも見せず、だれか道を聞く人を探すように、路地のまんなかで立ち止まった。あいにくだれもそこを通りかからない。広い道との交差点に自家用馬車が一台いるだけで、そこからエドアルドが顔を出していた。百姓女はもちろんこの豪勢な馬車に怖じ気づいて、一瞬ためらった。だが、そのあと勇気を出して馬車に近づき、若者にしわくちゃの紙を差し出し、田舎丸出しの言葉で尋ねた。「お殿さま。この道はここに書かれている道ですか？」そして得意そうに、数字は読めるんですけど、言葉はだめなんですと続けた。エドアルドは、〈ソットポルタ小路八八番地〉と住所だけで、人の名前は書かれていない紙をちらりと見て、ええ、住所は正しいですよと答え、片手で建物の入口を指した。すると女は顔を赤くし、得意そうにからからと笑い声をあげながら説明した。ひとりの博士さまを探しにきたんです。その博士さまは自分の息子なんです。「あたしの息子なんです」とまるで聞き手の頭に、この奇蹟的な出来事をしっかりたたきこむためのように、まじめな顔つきで繰り返す。それから恭しく挨拶した。「お手に口づけをいたします」そして、その軽やかにはずむような足どりで、大胆ななかにも、この煉瓦造りの大きな家々に少しばかり怖じ気づきながら、すぐに教えられた扉に近づいた。

ちょうどこの瞬間に、大きな建物の玄関にフランチェ

＊1 「創世記」22・1－19。神はアブラハムの信仰を試すために、息子イサクを犠牲に捧げるよう命じる。アブラハムが神の意志に従って、息子に手をかけようとするとき、天使が現れ、それを止める。

スコが姿を現した。お仕着せを着たカルミネが帽子を手にして、一歩うしろに続く。フランチェスコを見ると、女はほとんどお芝居のように大げさな調子で歓声をあげた。「フランチェ！」駆けより、胸に抱きしめる。でもフランチェスコは女に気づいたとたんに、すっかり動揺した。人が思うように、うれしかったからではない。なぜならば、この瞬間、その心のなかにおのずと流れ出る歓喜の泉を、ほかのより強い感情が干あがらせてしまったからだ。青ざめ、それから女にぎゅっと抱きしめられていたので、恥ずかしさで赤くなり、急いで身を振りほどき、同時にエドアルドの馬車に困惑の視線を投げかけた。「ここで待っていて」とアレッサンドラにほとんど悪意のある口調で冷たく命じ、いまこの瞬間に自分を恐怖に陥れている蜃気楼に近づくように、馬車に近づいていった。まっ赤になりながら、ためらいがちに友に説明する。あの、あれほど感情をあふれ出させた百姓女は家の使用人で、自分が生まれるのを見た女だ。間違いなく、家から知らせをもってきたのだろう。だから、いまはいっしょに散歩にいくのはあきらめなければならない。でも、もしきみがよければ、ぼく、フランチェスコのほうが夕方、チェレンターノ館に迎えにいく。エドアルドは事実を知る悪意の視線を、そのまぶたの裏に隠して同意した。そして頭をけだるそうに振って、カルミネに出発を命じた。

あらぬ怒りと恥辱の思いが、まだ数分間、フランチェスコを引きとめていた。アレッサンドラを歓迎するかわりに、エドアルドが真実を発見するのではという恐れを、卵を抱くように自分のなかで温めた。真実とはつまり、このつましい百姓女が、自分が信じさせたかったような召使ではなく、母であること、そして自分が大土地所有者ではなく、貧乏人の息子であること。この怒りから逃れるために、そして自分の振舞をなんらかの形で正当化するために、階段をあがりながら、都会では道のまんなかであんなふうに愛情を表現する習慣はないのだと、苦々しく厳しい口調で、さっき飛びついてきたことを叱った。アレッサンドラは息子からまったく違う歓迎を期待していただけに、がっかりはしたものの、息子の真の動機を疑うにはあまりにも素朴すぎた。なおかつフランチェスコが自分の訪問を歓んでいるのを疑わなかった。息子の言葉すべてを教義のように受け容れ、その神秘的な意図に慎ましく耐えるのが習慣だったので、叱責をされて謝り、いつも田舎で暮らしてきたので街の習慣には疎いのだと、自分の罪を認めた。そうこうしながら、あれやこれやを知りたい、そして馬車の美青年はだれかを知りたいという気もちを燃え立たせて、フランチェスコが暮らす家を熱心に観察する。けれども、大家の御者とおかみさんを知りたいという好奇心を満足させることはできなかった。実は、ふたりは秋の収穫のために、自分たちの小さな農園に出かけていた。フランチェスコはこの偶然の一致を、本心では残念には思わなかった。この百姓女の母親をだれにも見せたくなかったからだ。

　部屋でふたりだけになると、フランチェスコは母にニコラ・モナコの死を告げた。けれども、女は知らせを聞いても、まるでそんな出来事はもう自分にはいかなる形でも関係はないというかのように、まったく動じなかった。フランチェスコは母に、南国の女たちが死者を讃えるときの、いつもの叫びや派手な身ぶりを予期はしていなかったが、ひと粒の涙も流さず、ひとことの憐れみの言葉も口にしないのを見て、心のなかで驚いた。監獄でのあの恥知らずの死は母に明かさなかったし、母もなんの説明も求めなかった。いま、アレッサンドラの人生にはただひとりの偶像《アイドル》しかいない。そしてその偶像とはフランチェスコだ。そのうえに女は、おそらくは神聖な恐れと純潔とが入り混じった本能ゆえに、問いかけるのを踏みとどまったのだろう。ときにフランチェスコの声に聞きとれるのと同じ預言者の厳格な口調で、ようやく言った。「運命の女神がそう望まれた」それからこの不運がなによりもまず援助の期待をしているときに、自分たちふたりの身に降りかかったのだと言うかのように続けた。「でも、心配しなくていい。血を分けたわが子《サングェ・ミーオ》よ。この穴はおまえの母さんがみんな埋めてあげる」

　この言葉を口にしているあいだに、自尊心の悪魔がその頬を燃え立たせ、その瞳を輝かせた。そして、端を結んだきたないハンカチ包みを胸から出し、そのなかから金製品をとり出し、旅の目的を明かす。そうと知って、フランチェスコの感情は最大の混乱をきたした。一方の側に感謝と、ちょっと前の自分の卑劣な行為に対する後悔、もう一方の側に、学問を続けられる歓びと、このような犠牲を受け容れることへの自制の念。だが、高揚した柔らかな熱情が一瞬のうちにフランチェスコをとらえ、すべての恐れ、すべての懸念から解放した。「ああ、ぼくのきれいなお母ちゃま!!」と叫び、若い恋人にするように、母の腰をつかんで、高く高く腕に掲げて繰り返した。「ああ、魔女ちゃん、ああ、女王ちゃま、ああ、ぼくの女神さま!」アレッサンドラは、たしなみを捨ててげらげらと笑い、頭をうしろにそらせて言った。「おろして、おろして」息子は母をおろすと、その足に、その手にキスを始め、母は大げさな、ほとんど苦しげな調子で言った。「ああ、あたしの美男の博士さま、あたしの美男の博士さま!」

それから、警戒するような目つきをちらりと投げかけ、声を低め、金製品を安全な場所に隠し、気をつけてよい値で売るよう忠告した。名残惜しさのキスのために、最後に一度、唇を触れたあと、自分でそれを小箱にしまい、フランチェスコがその鍵をポケットにしまうまで安心しなかった。籠のなかに、いくつかの小さな甘パンと卵のほか、かまどで焼いた若鶏も入れてきていた(御者一家への贈物も忘れず、大きなフォカッチャをもってきた)。母と息子はこの食べ物の一部をいっしょに食べ、残りをフランチェスコはあとでロザーリアと分けようと考えて、しまいこんだ。アレッサンドラは食べながら、家のこまごまとしたことを話した。なぜならば、お百姓のあいだでは、これが会話の、唯一ではないにしても主要な話題だからだ。それから老人に対する母と息子の共謀関係をほのめかすように、忍耐と非難を混ぜあわせた口調で、ダミアーノの消息を知らせる。ダミアーノはあまりにもものにかまわず、不潔になったから、日曜日でさえひげを剃らず、夜に着替えもしない。お百姓のあいだでは、畑でつけた泥でシーツを汚さないように、毎晩、足を洗うのが習慣だというのに、ほとんどいつも足を泥だらけにしている。ほんの少ししか眠らず、まだ暗いうちに起き出す。でも、一方では、もうほとんど働かず、昼間の大部分を火のそばで過ごす。そして、地震や地震で死んだ最初の嫁と娘たちの思い出を以前よりもよく話す。アレッサンドラに言わせれば、このすべてが間近の死の予兆だった。やはりアレッサンドラに言わせれば、ダミアーノは平安と諦念のうちに死を待つことができた(最愛の息子フランチェスコの立派な立身出世と勝利に立ち会いたかったであろうことをのぞけば)。なぜならば、しばらく前すでに、最初の家族が埋葬されていて、その二番目の家族が埋葬の地を見いだすであろう土地の代金を払い終えていたからだ。そのうえに、自分の時がきたときに、亜鉛と胡桃材の棺桶と、貧しくはない人びと専用の野辺送りができるように、すでに何年も前から毎月、少額を葬儀屋に払っている。生者が自分の死の費用を準備する習慣は、あの土地の農民のあいだではかなり広まっていた。農民たちは死の日をそれほど恐れてはいなかったし、来世について厳格でたしかな信念をもってもいなかった。たしかに、その教会や墓地の壁には、ときには煉獄の悲劇の炎が、「オーラ・プロ・ノビス」、ラテン語で「わたくしたちのためにお祈りください」の文字とともに描かれていることがある。けれども、現実には、生者たちの思いのなかで、彼岸をめぐる想像はこの世の墓の境界から外には出なかった。そして死者たちの平安のために祈るときには、この小さな原で休息する身体のことを考えた。なにかの理由で埋葬されなかった者はこの休息を拒否されて、地面の下に横たわることを切望しながら、その恐ろしい不眠のなかで、あてもなくさまよう。

家で死者が出たときの女たちの悲鳴とすすり泣きは、苦痛の自然な、というよりはむしろ演劇的な表現、家族の宿命的な義務のようなものだった。最富裕の者たちのためには、親族のほかに、黒服を着た泣き女、この仕事をしつけている女たちが雇われる。痛ましい声で叫ぶ女たちは死者を称讃して、永遠の別れをより荘厳にする。この田舎では、大土地所有者の死は一種の魔女の宴のように祝われる。

聖職者について言えば、聖職者はこの野性の魂たちの目に、人間と死のあいだの神秘的なとりもち役に映った。その身ぶりと十字架によって、その謎めいた言葉によって、聖職者は闇のマエストロであり、和平協定に封印を押す。田舎者たちにとって、秘蹟は数字と黄金と同じように、価値の象徴、難解で魔術的な権力の象徴だ。

ちょっと前にニコラの死を知ったときのように、いまダミアーノの最期を予告しながら、アレッサンドラはいかなる憐憫も哀惜も、そして自分自身のひとりぼっちの未来への恐れも感じていないように見えた。だいいち何世代を経ても、男たちが避けがたい死をいつまでも受容できずにいるのは驚くべきことだ。だが、アレッサンドラやその同類の女たちのなかには、母から娘へと受け継がれてきた死の受容が根をおろしているように見えた。ただきわめてまれに、自然の法に反する出来事、息子の死だけがこの心の純朴な強さを粉々に打ち砕く。

フランチェスコの小部屋で話しているあいだに時間がたち、午後になった。するとフランチェスコの心のなかに、もう一度、朝の気がかりが忍びこんできた。フランチェスコはエドアルドが、あるいはロザーリアさえもが、自分の姿が見えないので、家まで探しにきて、自分が否定したこの母としゃべっているのを見つけることを恐れた。そして他方では、街なかで母といるのを見られるのが恥ずかしくて、母が切望するように、街を案内するのはきっぱりと拒否した。アレッサンドラは、息子に腕をとられてのこの華麗な散歩を期待していた。息子の隣にいれば、その百姓女の引っ込み思案はすっかり消え去り、自分が街の女主人であるかのように感じるだろう。その顔は失望でくもった。けれどもこの母をさらにつらい拒絶が待っていた。アレッサンドラはひと晩を息子と街で過ごすつもりで、ダミアーノにはたぶん二日間、留守にすると告げてきていた。小部屋のベッドを調べ、二枚のマットレス、一枚は羊毛、もう一枚は馬の毛があるのを見つけ、床に馬毛のマットレスを敷いて自分はそこで眠り、フランチェスコのほうはベッドで眠ったらどうかと提案した。この計画を妨げられるものがなにかあるだろうか？　フランチェスコが今日中に村に帰らせようとして並べ立てるいくつもの理由を、じっと目を凝らし、頑固な態度で黙って聞いていた。けれども、フランチェスコのあげる理由は、その場のでっちあげ、見かけ倒しで、アレッサンドラは納得せず、話を聞いたあと、まさにその田舎言葉独特の単調な嘆き節で繰り返した。「でも、たったひと晩、たったひと晩だけ！　こんな機会がまたいつくるか、マンマの心臓《クオーレ》ちゃん！　ひと晩だけ！……」結局はフランチェスコの意志に従わなければならなかった。汽車の時間を調べたあと、フランチェスコはそれほど遠くはない駅まで、母親を送っていった。母が腹を立て、重々しい顔つきをして、その揺れるような優雅な足どりで、空の籠を腕にさげ、息子の横を歩いているとき、息子は母といっしょのところでだれかとばったり顔を合わせるのを恐れて、盗っ人のように人通りの少ない道を選んだ。

　発車まではまだかなり時間があり、列車はほとんど空だった。そのスカートの何本ものひだを広げ、アレッサンドラはしばしば百姓女たちのあいだに見られる威厳に満ちた態度で、木の椅子に腰をおろした。恐れていた出会いの危険がほぼ過ぎ去ったいま、フランチェスコはふたたび元気になり、優しさをとりもどした。母を心遣いで包みこみ、ちょっと前に母をはねつけたことを、母に、だがそれ以上に自分の心に赦してもらうために、貴婦人に対するように世話をする。アレッサンドラは誇らしげに顔を輝かせた。だが、出発の笛が聞こえ、アレッサンドラが最後に一度、小声で金製品について念を押しているあいだに、フランチェスコはひと飛びで客車から降りた。列車が遠ざかると、鋭い痛みがその魂をさいなみ始めた。

　フランチェスコはその足でエドアルドのところにいったが、友はいなかった。こんなつまらないことが、このときのフランチェスコにはほとんど大惨事に思え、その山積みの不安をこれ以上ないくらいに重くした。こうとなっては、ロザーリアのところにいくしかないが、母親を裏切るような気がして、その家にいくのには奇妙な嫌悪感を覚えた。だから家にもどり、もう暗くなっていたので、ランプをともして、自分が失ったものについて、想像をめぐらせ始めた。床に敷かれた馬毛のマットレス、こんな初めてのことに若い娘のようにはしゃぐ母親を想い描く。そして未知の都会を訪れたときの母の驚き、母の奇妙な質問、自分の優しい答え。籠のなかの食物でのふたりだけの食事。それから子どものころ、いつもしていたように、母と並んで眠り、目が覚めるとすぐに隣に母がいるのを見つける。このすべてがいま、フランチェスコにはあまりにも甘やかに、魅力的に見えたので、最高に華やかな夜会でも、その埋めあわせにはならなかっただろう。でも、それらはなぜ、自分に拒否されたのか？　いまほどに、この部屋の汚さを実感したことはなかった。この部屋を、アレッサンドラの存在が一瞬のあいだ変容させ、照らしていた。フランチェスコは小箱からかつて母の胸を、その小さな褐色の耳を、華麗に飾っていた金製品をとり出した。そしてこの冷たい金製品に口づけをしながら、まるでアレッサンドラに向かってではなく、自分を捨てた不実な妻に呼びかけるように、希望のない苦い言葉を口にした。

　フランチェスコはその晩をロザーリアと過ごした。エドアルドはと言えば、その姿は馬車と御者ともども、翌朝、ソットポルタ小路で見かけられた。エドアルドは友を、前日できなかった散歩にふたたび誘い、今回はなんの邪魔もなしに出かけることができた。意図せずして発見したことに関しては、いまでは、どんな貴族的な腹が友の男爵を産み落としたのかを知っていた。けれども、一度ならず友に残酷なまでに率直な発言をしたことがあったにもかかわらず、エドアルドは友本人にもほかのだれにも、自分が知ったことを明かさず、家族についてのフランチェスコの嘘の自慢話を真実と信じているふりをし続けた。実のところ、エドアルドは信じたふりをしなければ、友との関係が取り返しのつかない形で損なわれるのを直感で知っていた。自分自身の社会的優越性がこの友情を利している一方で、フランチェスコの嘘がそれを守っていたからだ。なぜならば、この嘘は、貴族であるエドアルドの前で、若き下層民が救済の手段なく感じるであろう屈辱から、この下層民を救い出すからだ。さらに嘘が盾の役を果たすのは、友情に対してだけではなかった。一例をあげるとすれば、フランチェスコが「気をつけたまえ。ぼくは自分が擁護している下層民のひとりではない。ぼくは貴族、大地主だ!」という旗のうしろに身を守らずして、その共和主義的理想をこれほど大胆に擁護できたかどうか、私にはわからない。

だが、このようなへりくつはなんの結論にも導かない。エドアルドに話をもどせば、私たちは、もっとも不実な友も、もっとも率直で無慈悲な恋人も、あえて徹底的に不実で率直で無慈悲であろうとはしないことを指摘しておかねばならない。私が言いたいのは、友や恋人のなかに、愛の、あるいは友情の微光が残り続けているかぎりは、あるいは少なくとも、友情や愛といった感情が最後の保存本能に従い続けているかぎりは、あえて徹底的に不実で率直で無慈悲であろうとはしないということだ。すべての愛情関係は、たとえもっとも無鉄砲な関係でも、差し控えなければならない一打があることを知っている。つまり口にしてはならない言葉、もちだしてはいけない話題。私たちに関心のある事例、フランチェスコとエドアルドの場合、エドアルドの慎重な心が沈黙を守り、信じているように見せかけろとうながすふたつか三つの話題があった。ひとつはいまお話ししたこと、つまり、フランチェスコの高貴な出生。もうひとつはたとえばニコラ・モナコのこと。モナコについては、エドアルドは(この主題に、友がこれほど傷つきやすくなる正確な理由は知らなかったけれども)、あの例の最初の会話以降、二度と触れなかったし、その名を出すことさえ避けた。この禁じられた話題について独自の調査を否定するところまで慎重になった。エドアルドには、その種の秘密がぼんやりとした好奇心しか目覚めさせないことは言っておく必要がある。つまりこの若者が関心をもったのは、フランチェスコの出自や過去ではなく、だが、フランチェスコその人と、その現在だった。そしてこの領域においては、私たちが次の章で見るように、友が自分に秘密をもつことには耐えられなかった。

4　指輪、所有者を変える。

すでにお話ししたように、最初のころ、フランチェスコはエドアルドをロザーリアに会わせないようにしていた。それは嫉妬心に加えて、エドアルドとアレッサンドラとの出会いを恐れたのとあまり違わない動機からでもあった。すでに見たように、友とロザーリアのことを話すときには、この娘を、罪を贖うために花柳界の栄華を捨てた高級な遊び女の姿に描き出してきた。それなのに、この絶賛された婦人のかわりに貧しい百姓娘を見たら、エドアルドはなんと思うだろうか？　身なりの洗練についての知識は乏しかったものの、フランチェスコはロザーリアが、コルソを馬車で通り過ぎる華麗な囲い女たちからははるかにかけ離れているのには気づいていた。だから恐れている出会いをなんとか回避しようと努力した。でもすでに、ごまかし続けるのは無理だと思ってもいた。隠された恋人の謎はたしかにエドアルドの好奇心をそそり、エドアルドは友に意地悪く尋ねた。その遊び女とはいったいなにものなのだ？　街ではだれも話題にしていない。ぼくはあの魅力的な女たちの世界にはかなり通じている。そのうちのひとりが改心すれば、すぐに耳に届くはずだ。だが、フランチェスコは、その婦人は北のある都会からきて、ここではまったく知られていない、と答えた。でも、その気の毒なお嬢さんをなぜこんなふうに隔離しておくのかい？　誘惑にさらさないためだ。でも、それじゃあ、とエドアルドは癇癪を起こして叫んだ。もしきみがぼくを誘惑者と考えるのなら、それはつまりぼくを友だちと思っていないという意味、そしてその娘がふたたび堕落するのをそれほど恐れているのなら、それはつまり、娘が心から改心したわけじゃないという意味だろう。こう反論されて、フランチェスコはなんと答えたらよいのかわからなかった。エドアルドの側では、好奇心そのものよりも強いなにか、つまり友情ゆえのねたみ心にちくちくと刺されるのを感じた。エドアルドはどうして苦しむことができたのだろうか？　友が毎日、秘密の生活を送り、自分はその生活から閉め出されていることに？　自分、エドアルドの知らない別の人びとに、その心のもっとも内奥の、もっとも大切な愛情を、そしてその時間のこれほど多くを割り当てていることに？　エドアルドはフランチェスコにこの恋の謎を明かさせるために手練手管を使い、あるときはわざとロザーリアの美貌を疑ってみせ、またあるときはフランチェスコが四六時中話したくてうずうずしているこの話題に意地悪く口を閉じ、友がそれに触れると話を逸らした。あるときには腹を立て、本心を偽るのに疲れて、きみがなんと言おうと、隠棲した罪の女を見つけるまで、こっそりあとをつけてやると脅した。そして偶然がエドアルドを別のやり方で助けなければ、たしかにそれを実行していただろう。

　フランチェスコの大家である御者は、下宿人たちに女の出入りを禁じていた。このことをフランチェスコはロザーリアに告げて、自分を訪ねてこないようにさせた。最初のころはこの禁止令が悲しかったが、エドアルドと知り合ったあとはうれしくないわけではなかった。ロザーリアを友から遠ざけておくという自分の狙いには都合がよかったからだ。ロザーリアはいつもこの禁止令に従っていた。ところがある日、ひとりの仲間が、フランチェスコは女人禁制を口実に、恋敵をあなたの目から隠しているのよと吹きこんだ。疑念を抱いたロザーリアは、いちばん派手なぼろ着を身にまとい、フランチェスコの不意を襲おうと、その家まで走っていった。

　フランチェスコは家にひとりで（日曜だったので、御者の家族は外出していた）、勉強に集中していた。ロザーリアが言うことを聞かなかったのを厳しく叱ったが、娘のほうは自分の疑いがいわれなきものだったとわかって、たがが外れたように陽気になり、甘えかかった。フランチェスコは今回は赦した。だが、夕刻前にエドアルドを待っていたので、急いで帰らせようとした。恋人たちが並んで階段をおりているときに、ほら、玄関の通路からフランチェスコを呼ぶエドアルドの声がする。そして出会いが。

　エドアルドの目が驚きで輝いた。エドアルドは貴婦人に対するように、頭をさげて挨拶し、ロザーリアの手に慇懃に口づけをした。ロザーリアはこれまでだれからもこんなふうに挨拶されたことはなかったので、エドアルドのしぐさに笑い声をあげた。だが、この出来事にいらだち、腹を立てていたフランチェスコには、この敬意のしるしは不愉快ではなかった。その心のなかで、野心が嫉妬に勝利した。エドアルドはこの口づけで、ロザーリアを社交界の貴婦人と考えていることを示したからだ。

実際には、エドアルドは口づけをしながら、すぐにこの丸まるとした手がざらざらで、ちょっと汚れているのに気づいた。ロザーリアの服装ときたら、すでに私たちも知るように、目立ちたがりを貧しさと、そしてもっとも天真爛漫で粗野な趣味と結びつけている。なによりもまず帽子はロザーリアがこれまでに思いついたなかでもいちばん突飛なひとつ。寒さから守ってくれるビロードのジャケットは、すっかり擦りきれた猫の毛皮で飾られていたが、友だちの衣裳戸棚のお古で、帽子の修繕と交換で手に入れたもの。

けれどもまさにこんなふうなようすで、フランチェスコが描く偽りのロザーリアとは似ても似つかなかったからこそ、この哀れな縁日の女王はエドアルドの心を魅了した。

ロザーリアのほうは、自分の好みにはちょっと顔色が青すぎると思いはしたものの、この美しく優雅な騎士を称讃し、感嘆のあまり口がきけなかった。そこでエドアルドは三人そろって、楽団の演奏がある高級なカフェにいこうと誘った。ロザーリアがこのようなお上品な場所に足を踏み入れるのはこれが初めて。最初は、重々しい顔つきで遠慮がちだったけれども、お酒が運ばれてくると、すぐにいつもの陽気さをとりもどした。

私は、ロザーリアが、その山育ちのお国言葉で恥ずかしげもなく、大声で口にした愚かしい言葉やめちゃくちゃな話をすべて繰り返して、読者諸氏をうんざりさせたくはない。まわりのテーブルの人びとは振り返ってロザーリアを見た。フランチェスコは恋人にこんなばか騒ぎを禁じたかっただろう。だが一方で、服装と物腰から、この人びとの群れのなかでは王のように見えたエドアルドは、恥ずかしさの片鱗も見せないどころか、浮かれて楽しげだ。だから恥ずかしがる理由はない。フランチェスコの心のなかで、ひとつの感情が他のすべての感情に勝ちをおさめたのだからなおさらに、恥ずかしがる理由はなかった。その感情とは、つまり嫉妬である。

酒と室内の暑さがエドアルドの頰を燃えあがらせ、その優美な瞳はきらきらと輝いた。外套を脱ぎ、簡素な服のせいで、なおいっそうほっそりとして見える。ワインで陽気になり、冗談と笑い声をロザーリアと競いあい、ロザーリアはぼろ着のなかで孔雀のように気どり、大口を開けておしゃべりをし、大きな帽子をかぶった頭を振った。ここでも私は、この恋愛遊戯選手権の優勝者ふたりが、わずか三十分足らずでたがいに交わした一千ものばかげたこと、だじゃれ、お世辞、おしゃべりを繰り返して、読者諸氏を退屈させないよう、気をつけたい。そのひとつひとつにフランチェスコは、新しい証人たちが次から次へと壇上に現れ、自分の有罪をより残酷に証言するのを格子のなかから見る、哀れな被告が感じるのと同じ驚き、同じ味を感じた。ふたりの喜劇役者がでっちあげたおふざけの恋愛ごっこすべてのなかで、最後のひとつだけを語れば充分だろう。それがほかのよりも有益だからとか、語るだけの価値があるからとかでは全然なくて(田舎者の私の評価でも、かなりくだらなく思えるから)、不幸なフランチェスコの目には最終的な、そして残酷このうえない判決の意味をもったからだ。

というわけで、お楽しみの最中に、ロザーリアは金色の筋がはいった自分の紙ナプキンで小舟を折り、それからごく小さな勘定書の紙で、より小さなふたつ目の小舟を折り、テーブルに並べて、これはお母さんと娘なのだと説明した。エドアルドは、まるでこんなお遊びがすごくすてきだと思ったみたいに、わっはっはと大笑いする。この笑い声にけしかけられて、娘はテーブルの上が大海原のようなふりをし続け、太い指で極小の舟たちを動かしながら告げた。「出航！　大きなお船はあたしのフランチェスコのところに、小さいのはシニョーレ・チェレンターノのところへ」「なにを運んでいるの？」とエドアルドは尋ねた。「大きいほうは、キスを」「で、小さいほうは？」「教えない」とロザーリアは顔をフランチェスコの肩に隠しながら言った。「でも、なぜ教えてくれないの？　フランチェスコは知りたがってるよ。ねえ、フランチェスコ？」「ああ、教えてくれよ」「いいわ、そう、知りたいっていうのなら。あなたのお舟はもっと小さなキスを運んでるの」「もっと小さいのなら欲しくない」とエドアルドは宣言した。「ううん、あなたは欲しいはず」とロザーリアは笑った。「欲しくないなら捨てて」「大きな舟が欲しいな」と若者は頑固な微笑を浮かべて言った。「これはだめ。フランチェスコの。フランチェスコ、おとりなさい」けれどもフランチェスコは険しい顔つきで腹を立て、舟をとろうともせず、ひとことも口にしなかった。「おとりなさい。おとりなさい」とロザーリアは酔った笑い声で繰り返した。「黙れ」とフランチェスコはつぶやいた。「みんな見てるじゃないか」「それがどうしたの？」とロザーリアは顔を赤くして答えた。大きな帽子がいまにもずり落ちそうだった。そして続けた。「じゃあ、大きな舟はシニョーレ・チェレンターノに。さあ、どうぞ」そして奪いあいになった舟をエドアルドの胸に投げつけた。エドアルドは勝ち誇った視線をちらりと投げかけながら、それを拾いあげ、まるで恋文のようにポケットにしまった。

フランチェスコは考えた。これは避けがたいことだ。どんな女が、友の魅力、友の財力、友の礼儀正しいあしらいに抵抗できるだろうか? フランチェスコのなかでエドアルドへの情愛はあまりにも大きく、恨みの感情に屈服はしなかった。むしろ多くの気高く華麗で無垢な令嬢たちを知ってきた人物が、こんなふうにロザーリアに魅了されるのを見て驚きを覚える。この事実はフランチェスコの目に、ロザーリアの威信を巨大にして見せた。だが他方では、自分自身があまりにもぶかっこうでぶざまに感じられたので、たとえ一日でもロザーリアに好かれることはありえないように思われた。美貌の損なわれた自分の顔が焼けるように熱く感じられ、その嘔吐感はなにも飲みたくないほど大きい。自分が不動の醜いかかしのように思われた。カフェのお客全員が憐れみと冷笑でたがいにこちらを指さしあう。怒りがフランチェスコのなかで、自暴自棄の絶望感と交替で出たりはいったりし、その感覚によって、すべての人から、そして自分自身の屈辱から、静かで眠気を誘う岸辺へと遠ざかるように思えた。それは苦く忘れがたい夜だった。そのあと、夜は奇妙な出来事に満ちた終わり方をした。カフェの外に出ると、ロザーリアは、今度はどこにいくのかと楽しそうに尋ねた。そこでフランチェスコは、きみを家の戸口まで送ると答えた。そのあと、エドアルドとぼくはきみと別れ、ぼくは家にもどって寝る。翌朝早くから授業があるからだ。でもロザーリアはそれを聞いて、すねたように見えた。そしてエドアルドがいるのもかまわずに、フランチェスコに抱きつき、いっしょにあたしの部屋にきてとねだり始めた。あまりにも酔っていたので、フランチェスコがあれほど何度も言って聞かせた礼節を忘れた。そして恋人へのお願いのなかで、これ以上ないくらい厚かましく、そして言葉を飾らず、恥じらいも遠慮もなく、一度、ふたりで部屋にはいったら、いっしょにやりたいことを述べ立て、話しながらフランチェスコの肩にもたれかかり、その首や頬をなでた。いまにも脱げそうな帽子、くしゃくしゃに乱れた赤い髪、その猫の毛皮のなかで激しく脈打つむきだしの胸。ぽつりぽつりと立つガス灯の光に照らされるたびに、その放縦に満ちた姿が欲望をあらわにし、甘い言葉で誘うように浮かびあがる。フランチェスコは喉の奥から絞り出すような声で繰り返した。「おい、頭がどうかしたのか？　恥ずかしくないのか？」そしてロザーリアを突き放した。「じゃあ、あたしが欲しくないの？」と、ロザーリアはすすり泣きでとぎれとぎれの切ない声で言った（身勝手で厚かましい涙を流し始めた）。「あたしのドン・フランチェスコは自分の恋人が欲しくない。フランチェスコのために死ぬ恋人が。このきれいなお手てに、このお口にキスしたくない……」そして、自分の魅力をひとつ、またひとつと、もっとも隠されたものまで数えあげた。さっきエドアルドといちゃついたのを後悔し、自分の魅力の数々を約束して、ふたたび恋人の心をとらえることを必死に願っているように見えた。そうこうするうちに家の戸口までできた。フランチェスコが震える手で、ロザーリアのバッグから鍵を出し、扉を開く。玄関通路の青白い光のなかで、理性をなくした娘は壁に寄りかかり、顔をまっ赤にして笑い、大きな涙の粒が頬を流れ落ちた。「いきなさい。家に帰るんだ。さあ」フランチェスコは青ざめ、激しくいらだって繰り返した。だが、それまで口を閉じていたエドアルドが、ふたりといっしょに玄関通路にはいり、興味津々の笑い声をあげ始め、そして叫んだ。「どっちが勝つのか見ものだな。女が勝つほうに賭けるよ」

「いいえ」とロザーリアは笑いながら、でも涙で顔を引きつらせてつぶやいた。「フランチェスコはあたしが欲しくない。フランチェスコはもうあたしを愛してない」そしてまるでフランチェスコがその拒絶によって失ったものを見せるためのように、靴ひもを結ぶという口実で、スカートをたくしあげ、その下品で愛すべき脚を膝の上までむきだしにした。「いけよ！　いきなさい！」とフランチェスコは繰り返した。そしておそらくは騎士としてのすべての義務を忘れて、この恥知らずの娘を腕で無理やり階段のほうに押しやった。けれどもエドアルドが折悪しくこの瞬間を選んでロザーリアに近づき、勝ち誇った笑い声をからからとあげながら、その頭から帽子をむしりとり、通路の中央に放り投げた。「さあ、いけ！」と命じた。「走れ、ロザーリア。帽子を拾って、消え失せろ！」

この予期せぬ突飛な振舞にフランチェスコは青ざめ、友をじっと見つめ、自分でも自分のものとは思えない声（フランチェスコには、自分が狂気の喜劇か夢のなかで行動しているように思われた）で叫んだ。「なにをするんだ！　あやまれ、いますぐにロザーリアにあやまれ」

「これは失礼いたしました。奥さま」とエドアルドはばかにした口調で、頭をさげて言った。「さあ、帽子を拾いたまえ」とフランチェスコは続けた。「ああ、それはご免だ」とエドアルドは笑いながら答えた。「あれは自分で拾わなきゃ。この気どり屋のお嬢さん、これで罰を受けるってわけだ」そして身震いしながら、挑戦するようにフランチェスコを見た。

「拾え」とフランチェスコはほとんど憎々しげに繰り返した。エドアルドは肩をすくめ、眉間にしわを寄せた。「おやまあ、なんてこと」とロザーリアは、自分自身の狂気から目覚めた者のように言った。「どうしたっていうの？　けんかはやめて。帽子はあたしが拾う」すすり泣きながら続けた。「いくわ。ええ、いきますとも。おやすみ」こう言いながら、帽子に近づき、乱暴に扱われて羽根が汚れてしまった帽子を拾いあげ、階段のほうに、それでもフランチェスコのほうを振り向いて、こう言ってから、遠ざかっていった。「明日、午後にきてね。あたしのフランチェスコ。ごめんなさい。あやまるわ」そして背中を向けると、酔っぱらい女の千鳥足で暗い階段をのぼっていった。

ふたりだけで残されたとき、フランチェスコはエドアルドを見なかった。暗い顔をして、頭を垂れ、まるで相手に飛びかかる用意をしているようだった。「ぼくを殴りたいんだろう」とエドアルドは小さな苦い笑いとともに言った。「いいだろう。外に出よう。ぼくのほうが弱いし、ついこのあいだまで重い病気だった。でも、ぼくもできるだけ頑張ろう」フランチェスコはエドアルドを見もせず、動きもしなかった。ほころんだ手袋をはめた手を握りしめ、この瞬間、エドアルドをこれまでにはなかったように憎んだ。それでも殴るのはためらわれ、相手の言葉がフランチェスコをなおいっそう暴力から遠ざけた。病から回復しかけのエドアルドの前にいて、自分を血が出るほどに傷つけたひとりの娘の前にいるときに、男が感じるのと同じ、寛容の入り混じったためらいを感じていた。娘のか弱さが盾になり、人は娘を殴ることができない。けれどもエドアルドはこの苦い殴りあいを強く要求しているように見え、いらいらと扉を手前に引いて開きながら、外に出ようとした。そして突然、フランチェスコのほうを向き、「ばかなやつ！」と叫んで、フランチェスコの額にひとつ口づけをした。相手は怒りの視線をあげたが、その視線はすでにより寛容になっていた。「ばかなやつ！」とエドアルドは繰り返した。「ぼくの大ばか野郎！　ほんとうに殴りあいたいのか、あの……」そして、私がわが清廉な読者諸氏に対して礼を失することとなしには書き写せない、卑猥な言葉を口にした。「そんなふうに言うな！」と相手は押し殺した声で言った。「あれはぼくの恋人、妻となる女だ」「じゃあ、ほんとうにあいつと結婚したいんだね！」とエドアルドは言った。ふたりは話しながら外に出ていたが、いまはもう殴りあいは放棄していた。エドアルドは嘲笑と怒りに満ちた声で、ロザーリアの小さな欠点を数えあげ始め、醜い、滑稽、下品と呼んだ。自分の目に娘をいっそう愛すべきものに見せた（ほんとうはエドアルドはロザーリアが気に入っていたから）肉体上の欠点を、エドアルドは恨みと軽蔑の口調で友に描き出したので、その描写のなかで、哀れな娘はすべての魅力を失い、汚いぼろ切れにまで落ちぶれた。エドアルドはそのそばかすを、その縮れた髪を、赤い手を、太い足首を語り、その服装をだいぶ前からふと目にはいったもののなかでも、いちばん滑稽な見世物であるかのように愚弄した。エドアルドの優美な貴公子の口によって、ロザーリアにつけられた名前と称号については、私はここでもわが読者諸氏の感情を害さないために、繰り返すのは差し控える。読者諸氏には、娘を定義するのにエドアルドが使ったもっとも礼儀正しく良心的な言葉が、つぶれた雌牛のオッパイであったと知ることで満足していただきたい。「ああ、もうたくさんだ！それ以上言うなよ！　たくさんだ！」とフランチェスコは悲鳴をあげた。それでも、小声で指摘せずにはいられなかった。いまの言葉とは裏腹に、ロザーリアに対するきみの態度からは、あの子がきみの気に入らなかったわけではないと言えるんじゃないか。それに対してエドアルドは、自分はわざと喜劇を演じてきみに気づかせようとしたのだ、と答えた。きみが悔い改めたと信じている娘が、実はこの世でいちばん軽薄で、最小限度のお世辞にさえ、すべての清廉な意図を忘れる女なのだ、ということを。こう明かされて、フランチェスコは黙りこんだ。

けれども、すでにお話ししたように、ロザーリアを軽蔑していると断言したとき、エドアルドは嘘をついていた。この同じ夜に、万端怠りなく、ロザーリアが住む通りの名前、その家の番地を読んでおいた。翌朝、フランチェスコの授業の時間に、ロザーリアは温室育ちの花々の籠と一枚のカードを受けとった。カードにはこう書かれていた。〈貴女の最高におしゃれな帽子を地面に投げ捨てたことを、どうかお赦しください。ＥＣ〉このカードをロザーリアは大家さんに読んでもらい、フランチェスコに見つからないように花籠を大家の部屋に隠した。このような敬意のしるしを受けとるのは、これが人生で初めてであり、心をわくわくさせて、贈り主に帽子への無礼を赦しただけでなく、その魅力的な人物像に憧れ始め、大家を相手に贈呈者の優雅と気品とを称讃した。もちろんフランチェスコとの会話では、この話題については黙っていた。

エドアルドの言葉は、ロザーリアに対するフランチェスコの感情を混乱と不信のなかに投げこんだ。一方では、ロザーリアを軽薄さゆえに軽蔑し、その卑賤な生まれとその身なりを恥じた。かつては魅力的に見えたけれど、友に非難されたいまは、自分の目にこれ見よがしに浮きあがって見えるこういった欠点を、これから先は心のなかで批判せずに、娘を見ることはできないだろう。だが他方では、ロザーリアが哀れでもあった。以前のように、この娘が貧しく、見捨てられ、社会の犠牲者だからだけではなく、まさに友が娘を醜い、堕落している、無価値だと侮辱し、そして娘を擁護するために立ちあがる者がだれもいないからでもあった。一方では、救えると思い違いをしたことで娘を憎み、他方では、友が間違っていた、あの晩、娘がエドアルドに媚びを売ったのは、生まれついての無邪気な心の温かさゆえであり、悪徳からではないという幻想を抱いた。この感情の混乱は、けれどもフランチェスコが、熱烈な愛すべき恋人のそばにいるとき、歓びと幸福とを感じるのを妨げはしなかった。だが、その歓びには、エドアルドがありきたりのあばずれと評価した女に裏切られているのでは、という疑いが入り混じっていた。あの晩以降、フランチェスコはロザーリアを非難と疑いと問いかけで追いまわした。もしあまりにもけばけばしい服装で目の前に姿を現せば、不快感を隠さなかったし、しばしばだらしない、不潔だと露骨に非難した。それから厳しすぎたのを後悔して、これまでにないほどの熱情を見せる。ある日はロザーリアを捨てると決め、翌日にはいますぐに結婚すると決めた。ある日は授業に出るため、あるいはエドアルドと出かけるために、ロザーリアのもとを訪れるのをなおざりにし、翌日は嫉妬に狂って、娘がこの自由時間をどう過ごしたのかを調べようとする。だが、ロザーリアはフランチェスコのこういった気分をすべて赦した。生来、陽気で心が寛く、自分に満足していた。青年が敵意の目つきで、このネックレス、あのショールを炎にくべろとか、あの恐るべき帽子をかぶって、自分といっしょに外出するのは差し控えろと忠告するとき、娘は笑い、抱きつき、男にはおしゃれのことはなんにもわからないのよ、と言った。フランチェスコが不意に愛撫をやめ、「耳をきれいにしろ」とか「爪が汚い」とか言うと、爪をぼんやりと見たり、小さな銀のイヤリングをちょっと引っぱったりして言った。「ああ、あたしの聖母ちゃま《マドンニーナ・ミーア》、ほんとうだ。洗うのを忘れてた。でも、この汚れたロザーリアをフランチェスコはやっぱり好きなんじゃない？　違うかしら？　さあ、キスして、ロザーリアの心臓《クオーレ》ちゃん、キスをして」そしてフランチェスコがキスをするように耳を、あるいはそばかすだらけの小さな手を差し出した。浮気を非難されると憤然として否定し、大家を呼んで、自分が一日中、じっとしていたことを証言させた。そしてつけ加えた。「でも、あなた、あなたはなんで昨日、こなかったの？　なんでかわいそうなロザーリアを泣かせたの？」ここで、悲しいかな、ひとつ指摘しておかねばならない。これほどの善良と寛容とは、その心の寛い性格だけからではなく、ひとつの罪を赦してもらわなければならないという事実からも生まれていた。実のところ、数日前から、ロザーリアは浮気をしていた。

花が送られてきてから二十四時間もたたないうちに、重い外套に身を包み、尊大な面持ちのほっそりとした若者が、右手に優雅なパイプを、左手に小さな包みを握りしめて、ロザーリアの階段をあがっていった。ロザーリアが半ば裸のまま、ベッドでぐずぐずしているとき、大家がはいってきて、これ以上ないくらい興奮したようすでなにかささやいた。娘は驚きで顔を赤く染め、ベッドを飛び出すと、急いでブラウスとスカートを身につけた。一瞬ののち、目の前にエドアルドがいた。エドアルドはあたりが散らかっているのにはかまわず（部屋はまだ片づけられていなくて、ベッドは乱れたままだった）、パイプを洗面台の上におく許可を求めた。そのあと、ロザーリアに赦しをあたえてくれるかと尋ね、肯定的な回答を得ると、高慢なようすで小さな包みを差し出し、言った。「さあ、どうぞ、贈物です」ロザーリアはなにがはいっているのだろうかと興味津々、本能的に包みを拳のなかに握りしめた。だが、エドアルドは自分の手でロザーリアの拳を包みこみ、なにがはいっているのがいちばんうれしいか、と尋ねた。ロザーリアはしばらく前から指輪がすごく欲しかったのだと告白した。エドアルドはちょっとがっかりして、箱に指輪ははいっていないと言った。でも、別のもの。そこでロザーリアは急いで、ちょっと残念そうではないこともなくつぶやいた。贈物がなんだろうとお断りしなくては、それがフランチェスコの意志だから。この言葉に相手は腹を立て、顔をくもらせた。手をロザーリアの手から離し、もはやばかていねいではなく、けれども尊大で脅迫するようでさえある口調で、目下の者に声をかける人のように言い放った。フランチェスコはこの贈物を決して目にしてはならない、自分がここにきたのを決して知ってはならない。そしてロザーリアがなんと答えたらよいのかわからずにいたので、つけ加えた。「秘密を守らなければならないのはあなただ。さもないと後悔することになる。つまりぼくはあなたに仕返しをする」

ロザーリアが最初に覚えた衝動は、血気にかられた挑戦の行為として、ぱっと飛びあがり、こう言うことだったただろう。〈なに言ってんの？　どうしようっていうの？　さあ、どうぞ贈物をとりもどして、ここを出てってくれてけっこうよ〉けれどもこの小さな包みを開けてみたい気もちはあまりにも強く、そのうえに、この尊大な男を追いはらうのではなく、自分のそばに引きとめておきたいという激しい欲求を感じた。そのために、腰と頭を振りながら、そしていつもの習慣で、孔雀のようにしゃなりしゃなりと科《しな》をつくりながら、エドアルドをちらりと見て言った。「なんでそんな大騒ぎをするの？　フランチェスコがなにも知らずにいるのは、あたしにも都合がいいと思うけど」この言葉にエドアルドはほっとひと息ついた。だがまさにこの瞬間、ロザーリアの心に突然、ひとつの思いがこみあげてきた。〈ああ、なんてこと。あたしはまた罪を犯した。地獄に堕ちるだろう。地獄いきだ。ああ、あたしのフランチェスコ〉

小箱にはいっていたのは金の鎖を編みあわせたイヤリング。鎖からしずくの形をしたアメジストがぶらさがる。エドアルドはこれを買ったのは、この菫《すみれ》の色があなたに似合うと思ったからだと説明した。そして自分の手で、軽い銀製のイヤリングのかわりに新しいイヤリングをつけようとした、その指で柔らかな耳たぶに優しく触れているあいだに、エドアルドは娘の耳が羊のように小さいのに気づいた。そして同情の口ぶりで、耳に穴を開けられるとき、小さい女の子はさぞ痛い思いをするのだろうと指摘した。ロザーリアは笑いながら、才気をひけらかすために、もう覚えていないと言った。そこでエドアルドは、子どものころ母と姉の耳にある極小の穴がうらやましかったのだと話した。ぼくも同じような穴が欲しかった。そこでお母さまは、ぼくの気を逸らして、満足させるために、いつもご自分のイヤリングを二本の糸につるして、ぼくの耳に飾ってくれた。「お小さいとき、さぞおきれいだったんでしょうね」とロザーリアは称讃をこめて言った。エドアルドは、みんなが言うところでは、たしかにそうだったと認め、つけ加えた。「きみだって、かわいかっただろう」

要するに、そのふたつの主要な誘惑の種、贈物と愛撫がひとつになったものに、ロザーリアがどうして抵抗できようか？　この日から、エドアルドは予告なくしばしばロザーリアの部屋にあがってきた。娘が家にいないと、フランチェスコに署名のない手紙を書いて、あなたの禁止にもかかわらず、ロザーリアは通りをうろついていますと知らせると言って脅した。フランチェスコとの日常的なつきあいのおかげで、ロザーリアがたしかにひとりでいるとわかっている時間に訪れることができた。ときおり、馬車で大学まで友に同行することさえあり、友を授業に送り届けると、その足で娘のところに向かった。計算を間違えないように、細心の注意をはらい、慎重に行動する。そしてフランチェスコとの会話のなかではいつも、ロザーリアに対してわざと無関心を装い、それどころかこれ見よがしに軽蔑を示しさえした。そのうえに、きっぱりと（ロザーリアを知った翌日に）、あの女の話をするだけで腹が立つし、つきあうのはなおさらご免だと言った。だから、フランチェスコに頼む。（まだ頑固にあの女を愛しているのなら）少なくともあの女について自分に話すこと、そしてなによりもまず、あのばか女と同席させることは遠慮してほしい。フランチェスコにとって、このエドアルドの意志に従うのは難しくはなかった。自分のほうが最初に、エドアルドとロザーリアの出会いを避けたのであり、ロザーリアの話をすることについては、ここまで辱められた感情をもはや打ちあけたい気分にはならない。ロザーリアに対するエドアルドの嫌悪はまったく本心からに見えたので、フランチェスコは自分が友に嫉妬したことを思い出して驚くほどだった。ほんとうは、エドアルドはロザーリアではなく、ロザーリアのなかにいるフランチェスコの恋人を嫌悪したのであり、要するに憎むべきはこのふたりのきずなだった。私たちがこれから見るように、そこからロザーリア本人への憎しみに到るまで、道のりは遠くはなかった。差し当たってのところ、ロザーリアという人はエドアルドには大切であり、好ましかった。だが、自分の恨みの真の形を、フランチェスコに説明できなかったから、話のなかでは、この愛しい人を残忍に扱ったのだ。

フランチェスコは皮肉を言われるのを避けたいと思い、いまではロザーリアとの関係を恥じて、恋人のところにいくためにエドアルドと別れなければならないときには、口実をでっちあげた。けれどもエドアルドは肩をすくめ、気に障るような同情と嫌味の口ぶりで言った。「もしかして恥ずかしいの？　どこにいくのか、ぼくが知らないとでも？　きみがつまらないことで満足できるのがうらやましい。でも、あの女の手のなかのかかしでいるのがうれしいのなら、あいつのところにいきたまえ。ぼくにはどうでもいい」けれどもエドアルドは頭のなかで、新しい誘惑によって友の気をロザーリアから逸らし、この愛の逢引の回数を減らす方法を探した。

しかし、エドアルドは、フランチェスコが自分、エドアルドその人に裏切られていることを知るに到るのを、そして自分たちの巧妙な策略のすべてにもかかわらず、ロザーリアの無分別が陰謀を明かしてしまうのを極端に恐れた。だから娘をあらゆる種類の脅しで恐怖に陥らせた。ロザーリアに言った。もしいつか、フランチェスコの質問に追いつめられて、きみの唇からぼくの名前だけでももれることがあれば、ただじゃおかない。チェレンターノ家はこの街では全能なのであり、ほかならぬ自分がそのチェレンターノ家の当主なのだ。警察は自分の命令下にあり、わずか数時間でロザーリアを嘲りと責め苦とともに街から追放し、百姓の両親のところに送り返すか、あるいは矯正院か修道院に閉じこめるだろう。ロザーリアは自分の知らないこの謎めいた強力な世界に目を眩ませながら、恐怖で震えた。けれどもときには、この話のなかで、敵であることを明らかにするエドアルドへの怒りが優勢に立つ。激しい怒りで顔を赤く染め、仲間とけんかになったときにやることがあったように、エドアルドを殴り、その金髪と繊細な肌をめちゃめちゃにしてやりたい、エドアルドを罵り、血が出るまで噛みつきたいという衝動をやっとのことで抑えつけた。だがロザーリアの目には若者の威信はあまりにも大きく映ったので、まだ子どものその心は一種の敬意のなかで途方に暮れた。エドアルドとともに味わう歓びにもかかわらず、フランチェスコほどには親近感を覚えなかった。フランチェスコに対する親近感はふたりの会話を熱いものにする。偉大と高貴にもかかわらず、フランチェスコはロザーリアと同じ。だが、まるで精霊のようにやってきて去っていくこの男、本人に言わせれば、ロザーリアを自分の好きにできる男、絹のシャツを身にまとい、手と同じように白い足をしている男、この男は自分たちのようにパンを糧にしているのではない別の種族のように思われた。ロザーリアは、フランチェスコが魂を救うために、悪魔あるいは神の話をしたときに、悪魔や神を恐れたのと同じやり方で、その権力ゆえにこの男を恐れた。

他方で、ロザーリアを脅しで恐怖に陥れていないとき、エドアルドはとても優しかった。口づけをすれば、ロザーリアにほかの世界の人間なのだということを忘れさせ、そのほっそりとした白い肉体は、死すべき人間のそれのように、優しく従順に身をゆだねた。遊び好きで、ロザーリアとふたり、ベッドの上で、あるいは寝室の床の上で、笑いと叫びをあげながら、二匹の猫、あるいは山羊、あるいはほかの野性の生き物のように絡みあい、じゃれあった。そのうえにしょっちゅう贈物をもってきた。それをロザーリアはエドアルドも承知のうえで、フランチェスコに見つからないように隠した。部屋の整理だんすの上に、貝殻を象眼した木製の小箱がのっていた。大家の持ち物で、ふたに鏡がついており、内側は二重底で、赤い細紐を引くと出てくる秘密の引き出しがある。ロザーリアは上のすぐに見える箱に、帽子の羽根や造花その他のがらくたを入れ、秘密の引き出しに、エドアルドから贈られた宝石を隠して、ときおりひとりで眺めたり、鏡のなかの宝石を飾った自分にうっとりと見とれたり、大家に見せたりした。大家は陰謀の避けがたい証人、ロザーリアがただひとり心を打ちあけられる相手。エドアルドは大家の口を金で封じた。ロザーリアは虚栄心に負けて、宝石を仲間たちにも見せたが、その出所は明かさなかった。

エドアルドがロザーリアに贈った品のなかで、もっとも高価だったのは、以前すでにこの物語に登場し、このあとも再登場する運命にある指輪、金のリングにルビーとダイヤモンドがはめこまれた指輪だった。さて、いま、この名高き指輪がいかにしてロザーリアの手に渡ったのかをご説明すべきときがきた。

すでに見たように、エドアルドとフランチェスコは、夜、いっしょに音楽をすることがあった。エドアルドがピアノに向かい、フランチェスコの歌に伴奏をつける。こういった機会に、エドアルドはしばしば友に自作のロマンツァを教え、それをその口から聞くのをとてもよろこんだ。こうして、ある晩、いつもの悪意からなのか、あるいは郷愁からなのか、私にはわからないけれど、エドアルドは私たちがすでに知る一曲のロマンツァ、ちょうど一年前にアンナのために作曲し、ふたりが最初に知り合った日に、その窓の下でうたったあのロマンツァをよみがえらせて楽しんだ。その歌詞は、「アンナ、きみの瞳は夜の宝／なぜぼくひとりのために輝かない」。このロマンツァがなにを隠すのかを知らないフランチェスコは、歌詞とメロディをなんなく覚えたので、エドアルドはひとつ提案をした。ふたりで、自分の美しいいとこの窓の下にいき、その眠りをセレナータで楽しませよう。この時代、そしてこの土地では、セレナータはよくあるふつうの慣習だった。フランチェスコ自身すでに美声を見込まれて、学生その他の友人たちと連れだち、街に住む娘のために別のセレナータをうたったことがある。夜の闇に守られ、損なわれた自分の顔を眠れる美女が見ることはないとの確信でより大胆になり、フランチェスコは、いつもこういうセレナータをうたうときには、たとえ敬意を捧げる相手の娘を知らなくても、自分のいちばんロマンティックな感情をあふれ出させた。だからエドアルドの提案に快く応じた。ふたりの友は、エドアルドがあれほど何度もたどった路地、不安と好奇心と嫉妬とともに、あれほど何度も見つめた窓の下までやってきた。

一年前と同じように、冬の夜。だが、今回、空は雨模様で、空気は生暖かい。アンナの住む建物はすべての窓を暗く閉じる。路地はただひとつの街灯だけで照らされ、エドアルドはそのほのかな光で、フランチェスコにアンナの窓を教えた。友にロマンツァを教えるとき、詩節のなかに何度も登場するいとこの名前を偽の名前に替えておいた。だが、セレナータを始めるとき、いとこの名前はアンナだと説明し、だからどうだろう、もうひとつの名前とこの名前を入れ替えてうたったら、とささやいた。こう言ってしまうと、ギターにかがみこみ、いくつか音を合わせたあと、メロディを奏で始めた。フランチェスコのよく響く暖かいバリトンの声が、リトルネッロのたびに、見知らぬ娘の名前をメロディに乗せて叫びながら、歌を立ちのぼらせていく。建物の窓のいくつかに明かりがともり、物見高い何人かが窓をごく細く開けた。すでに見たとおり、マッシーア母娘はご近所で評判が悪い。だからアンナの名前を聞いて、この夜の野次馬たちがアンナのことで悪口を言ったのはたしかだ。だがマッシーア母娘の窓は閉じたままだった。最後の詩節が終わると、エドアルドは帰ろうと言った。帰り道では、ときにはひどく興奮したように、ときには考えに沈んでいるように見えた。

翌日の午後、フランチェスコと再会したとき、エドアルドは突然、ふたり連れだって、いとこを訪ねようと提案した。フランチェスコは、お嬢さんはぼくを知らないのだから、きっとぼくのことをぶしつけと思うだろうと反対した。エドアルドはそれどころか、いとこは歓ぶだろうと応じた。貴族だけれど貧しいために、ひどく孤独な暮らしを送っているのだから。というわけで、エドアルドとフランチェスコはふたりでアンナの家に出かけた。扉をたたくが、しばらく応答はない。それから、ふたつの木製のかかとが床を打つ音が聞こえてきた。耳に心地のよい物憂げな声が、だがほとんど怒っているように尋ねる。「だれ?」エドアルドは答えた。「いとこのエドアルドだ」数秒間、沈黙が続いた。だが、娘は扉のうしろにとどまっていたのだろう。木のかかとの音は聞こえなかったからだ。ようやく扉が開き、アンナが姿を見せた。そしていとこにその汗で濡れた小さな手を差し出して言った。「こんばんは、お元気?」

すでに夕闇が落ち、そのぼんやりとした光のなかで、アンナの姿ははっきりと見分けられなかった。だが、フランチェスコには見覚えがあった。しばらくしてようやく、チェレンターノ邸の玄関の間で目の前に現れたのと同じ娘だと気づいた。もちろんフランチェスコはそのことから、いとこ同士のあいだに親戚以外の関係があるなどとは思ってもみなかった。実際に、娘が叔母の家を訪ねるのはあたりまえではないか。あとになってエドアルドが、マッシーア母娘にはその裕福な親戚以外のほかに収入の道はないとわからせたので、フランチェスコはあの遠い日、娘はおそらく助けを求めてあの玄関の間にやってきて、拒否にあったのだと想像した。そうすればあの茫然とした悲痛なようすも説明がつく。同様に今回の訪問のあいだ、娘が自分の前でエドアルドに示した荒々しく奇妙な態度も、辱められた者の反抗、貧しき者の自尊心のせいにした。実のところ、フランチェスコはその性格から、そして自分を動かしている思想のために、自分には謎めいて見える他人の感情の多くを社会的動機のせいにしがちだった。

乱れた髪型は、ちょっと前まではばらばらにほどいていた豊かな髪を、娘が大急ぎで結いあげたのだと思わせた。色あせた薔薇色のジャケットも、同じようにストラップで適当に止められている。高いかかとがすり減った靴の片方はボタンがひとつとれて、そのために、娘はちょっと足を引きずるようにして歩いた。その身なりに見てとれるのと同じ貧しさと乱雑が、娘がふたりの若者を迎え入れた部屋にも表れていた。けれども娘はこの貧しさをまったく気にかけず、娘自身の部屋と服装とからはあまりにもかけ離れて見えたので、フランチェスコは立派な貴婦人の前にいるようにどぎまぎし、自分が無骨者に思われた。

娘は家にひとりでいて、部屋はほとんど闇のなかに沈んでいた。エドアルドは連れを、「こちらはぼくのいちばんの親友、フランチェスコ・デ・サルヴィ男爵だ」という言葉で紹介した。フランチェスコはすっかりどぎまぎして頭をさげ、娘が差し出した手を握った。背の高さと比較するとあまりにも小さな手、恐ろしく痩せて、汗をかき、そして氷のように冷たい小さな手を、自分の百姓の手のなかに感じたとき、フランチェスコは驚きと敬意とに打たれた。

「きみはずいぶん変わったね」とエドアルドは、ぼんやりとした明かりのなかで、いとこを見ながら言った。

「あなたも変わった」と娘は言った。「ぼくは」とエドアルドは、一種、子どもっぽい見栄を張りながら、優しく答えた。「きみも知ってのとおり、重い病気だった。もう治った。でも、医者たちからはもっと空気のいいところにいくように命じられている。だからもうすぐ出発しなければならない。今日、訪ねたのはお別れを言うためだ」

このとき、アンナはなにかを探してうしろを振り向いた。明かりをつけるためのマッチを探す。けれども、ちょっとあたりをうろうろしたあと、ようやく部屋中央のテーブルの上にあるのに気づいた。お客たちがその前に立って待っている。アンナは天井からさがる石油ランプをともすために、片手をあげたが、火をつける前に冷たい声で尋ねた。「いつ発つの?」「数日中に」とエドアルドは答えた。この言葉にフランチェスコは驚き、悲しくなった。出発の話はすでに友から聞いていたが、こんなにすぐだとは知らなかった。エドアルドはいつもよい季節を待つと言っていた。フランチェスコはおずおずと残念だなと言ってみた。相手は説明した。医者たちの勧めに従って、すぐに発つことを数日前に決めたばかりだ。きみを悲しませたくはなかったので、なにも言わなかったのだ。

　明かりをともすと、アンナは腰をおろし、ふたりもいっしょにテーブルを囲んで腰をおろした。アンナがしっかりと組んだふたつの手をテーブルの上にのせたとき、左手の薬指にはめている高価な指輪、すでに私たちが知る金のリングにダイヤモンドとルビーをはめこんだ指輪が輝くのが見えた。エドアルドは指輪を見て驚いた。ふたりが会っていたころ、いとこはほかの人に見られないように、この指輪を決してはめなかったからだ。けれどもすぐにこの石たちから視線を逸らし、それについてはまったく触れず、セレナータについてもひとことも言わなかった。しばらくのあいだ、三人は黙っていた。フランチェスコは、アンナを見て心を動かされていたにもかかわらず、友が予告した出発をひどく残念に思う気もちにさいなまれていた。アンナは軽蔑からか、処女《おとめ》の引っ込み思案からかはわからないけれど、お客たちには目を向けない。その曲線を描く黒い眉が白い肌に浮きあがる。色あせたフランネルのジャケットのなかで、その身体は憐れみを誘うほど痩せて見えた。首は細くなったので、前よりも長く見える。だが、はかなげに見えはしても、髪の豊かな頭を誇り高くまっすぐに支える。しかし、その顔は一瞬ごとに、目で見てもわかるほどに青ざめていき、まるでいまにも倒れそうだった。

　エドアルドは話を再開し、わが友、デ・サルヴィ男爵を紹介したかったのは、男爵がときおりアンナを訪ねることで（アンナはかなり引きこもった生活をしているから）、自分、エドアルドの不在の埋めあわせとなるのを期待したからだと説明した。こう言いながら、茶色の目を、ときにアンナに、ときにフランチェスコに向ける。フランチェスコは赤くなり、急いで同意の言葉をつぶやいた。アンナは反抗に満ちたふたつの瞳をまぶたの裏に隠したまま、視線をあげることなく、その唇に微笑を浮かべたが、それは途中でまるで忘れられたかのように凍りつき、痛ましく見えた。おそらくその微笑を口もとの小さな傷痕がより苦く見せていたのかもしれない。エドアルドはふっとこの傷痕を見て、なにも知らないふりをし、アンナにどうして顔にけがなんかしたのかと尋ねた。

　今回、赤くなったのはアンナだった。その厳しい顔は紅《くれない》に燃え立ち、アンナを突然、幼く、そしてお人形の頬に紅が差されたように、生気あるものに見せた。アンナは嵐のような目をきらめかせて視線をあげ、火傷をしたのだとつぶやいた。

「火傷！　そんなところを！　また、どうして？」エドアルドは尋ねた。アンナは相変わらず頭が混乱した人のように口ごもりながら言った。「カール用のこてで」

「カール用のこてで！」とエドアルドは、いけないねと言うように頭を振りながら言った。「ほらね。おしゃれに走るとこういう目に遭う」

フランチェスコにはこの言葉は言いすぎに聞こえ、心のなかでは友を非難したが、思いきって口を出す勇気はなかった。娘の顔に青白さがもどり、だが娘は自制心を回復するのに苦労して、ちょっと震えた。眉をひそめ、小さなしかめ面をしながら、つぶやいた。「その言葉、あたしにはあてはまらない」

「そうだね」とエドアルドは優しく笑いながら言った。それから目を指輪に向け、まるでいま気づいたかのように叫んだ。「婚約指輪！　じゃあ、婚約したのか？」

アンナは否定のしるしに頭を振り、肩をすくめた。そんな気軽な身ぶりは、その抑制された態度とは対照的で、心の混乱ぶりを暴き出していた。「いいえ」とアンナは言った。「でも、どうして！」とエドアルドは言い返した。「左手の薬指にはめてるじゃないか！　いいなずけのいる娘たちのように！」

アンナの誇り高き小さな口がちょっと震えた。エドアルドはアンナがいまにも両手で顔をおおい、すすり泣きを始めるだろうと思った。けれども、そんなことは起こらなかった。アンナはちょっと前のように、唇に無防備な苦い微笑を浮かべ、身体を硬くした。唇がまっ白になったので、その色はほとんど顔の色と区別がつかなかった。

こんな無遠慮な質問をして、娘の誇り高き純潔をたしかに傷つけたことで、フランチェスコは心のなかで友を赦さなかった。娘と向かいあうとき、ごく幼いころに母の前で感じたのと同じなにかを感じた。アンナの美しさは、死すべき人間の女が到達しうる美の高みを超えているように思われた。その物腰、繊細な四肢がアンナの高貴な生まれを証明する。フランチェスコ自身には知りえぬ天のものごとを熟知する聖女のように手に触れえぬもの、同時に自分よりもずっと幼い少女のようにかよわいものに見えた。

エドアルドはようやく、これ以上アンナを追及するのはやめたと決めたようで、礼儀正しい口調で、母親の消息を尋ねた。アンナは落ち着きをとりもどし、あっさりと母はまあまあ元気だけれど、すっかり老けこみ、例によって相変わらず気分が不安定だと答えた。エドアルドは伯母上さまによろしく伝えてくれと頼み、アンナは軽く感謝の会釈をして応えた。

ここで、エドアルドは上着のポケットから金時計を取り出し、彫りを施したふたを爪で開けて、もう遅い、帰らなくてはと言った。アンナはぱっと立ちあがり、フランチェスコも友と同様にいとまを乞うしぐさをしたが、エドアルドは、アンナが母親の帰宅までひとりぼっちでいなくてすむよう、ここにとどまったらいいと強く勧めた。フランチェスコはなんと答えたらよいのかわからず、困惑して娘に目を向けた。けれども娘はエドアルドの提案を聞いてさえもいなかったように見えた。拒否で娘を侮辱する恐れと、残って厚かましく見える恐れのあいだで闘いながら、青年は目でエドアルドに尋ね、エドアルドはあらためてきっぱりととどまるように言った。「ぼくはほかの約束があるから、帰らなきゃならない」と説明した。「でも、きみにはこんなに急いで帰る理由はない。アンナ、そうじゃない?」娘は気のないようすで冷たくうなずき、ランプを手にすると、いとこを玄関まで送り、一方、フランチェスコはひとりで部屋に残った。

部屋と玄関のあいだに長い廊下があったので、フランチェスコには踊り場でのいとこ同士の会話を聞くことも、ふたりの押し殺した声をとらえることもできなかった。玄関までくると、アンナはいとこに外套を差し出した。召使のようになって外套を着せかけているとき、アンナにはこの服から自分に向かって炎が襲いかかってくるように思われた。外套を着ながら、エドアルドはちょっと頭をさげ、アンナは髪の房のあいだに、よく知った分け目を見た。娘の意志のすべてがこの崇められた、繊細な目鼻立ちを凝視するために差し出され、だが木の長持においたランプのあまりにも弱い光がそれをアンナと奪いあっていた。すでにエドアルドが戸口に立ったとき、アンナはしわがれた声であわてててつぶやいた。

「昨日の夜、歌が聞こえた」

「うたっていたのはぼくじゃない」とエドアルドは頭を振りながら答えた。

「わかってる。でも、それじゃ、だれ?……」

「フランチェスコだ」そしていとこは向こうの客間に居残っているお客を手で指した。それからまた話し始めた。「いい声だろう、ねえ? ぼくはギターで伴奏した。でも、きみの窓は開かなかったから、きみは眠っていて、なにも聞かなかったのだと思った」

「いいえ、聞いていたわ」

「もしうたっているのがぼくの声だったら、窓を開けた?」

こう質問してから、エドアルドは好奇心いっぱいの表情でアンナを盗み見た。それから返事を待たずに、気が変わったように言った。「さよなら」そして外に出た。すでに踊り場に出たとき、アンナの手が激しい力をこめて、その肩をつかんだ。「ちょっと待って。あと一分だけ」アンナは早口で言った。そしてエドアルドは振り向き、輪郭をぼやけさせる影のなかで、恐怖と献身とに満ちて差し出されたアンナの小さな顔を見た。その顔はまるでだれかに殴られているかのように、激しく震え始めた。

「家に帰りなさい」そこでエドアルドは、本人同様に一家のただひとりの男の子で、女たちに愛されて育ってきた少年たちにときおり見られるような、ほとんど母性的な心遣いを示して言った。「帰りなさい。外套を着ていない。ここ、階段は寒い」けれども同時に、うんざりしたように、アンナの手から身を振りほどき、それからいらいらと続けた。「用事はなに?」

「いつ……旅から帰るの?」アンナは尋ねた。「いつ、だって? ああ、きみのところには二度と帰らない」エドアルドはふざけた調子で答えた。そしてまるでこの意地悪な答えから翼をもらったかのように、明かりのない階段をすたすたと駆けおり始めた。

それでも、階段を降りながら、エドアルドは踊り場で凍りついているアンナの激しい息づかいを聞いたように思った。そして、そう、アンナは鋭い声で叫んだ。「エドアルド!」そして走ってエドアルドに追いついた。「エドアルド……」声をひそめて繰り返す。そしてその手をとり、口づけを始めた。だが、エドアルドは手を振りほどき、反抗と挑戦の身ぶりで手すりに寄りかかり、尋ねた。「ぼくの手紙を受けとらなかったのか? 玄関の間で召使からきみに渡させた手紙を?」

アンナは黙っていた。「受けとっただろう? そうだね?」エドアルドはふたたび話し始めた。そしてまるで不当な仕打ちに苦しんでいるかのように腹を立て、高慢な口調で続けた。「じゃあ、なんでしつこくするんだ? なんでぼくを追いかける? 恥ずかしくないのか? もしかしてぼくが今日、ここ、きみのところにもどってきたのを見て、考えたのなら……ああ、それはきみの勘違いだ。最後にもう一度、きみに別れの挨拶にきたのにはわけがある。まずひとつ目は礼儀からだ。きみがぼくのいとこであることに変わりはないからだ。ふたつ目は、だが、こっちのほうが重要だ。ふたつ目のわけを聞きなさい。きみにあの最後の手紙を書いたとき、ぼくにとって、きみはもうなんの意味ももたないことをわからせるのには、これで充分だと考えた。ところが、そのあとぼくは、きみがまだぼくを待っているのを感じ、その夢を見る。そのことから手紙にもかかわらず、きみが頑固にぼくを待ち続け、ぼくを待つことだけで生きているのがわかった。いま、そうと知って、ぼくは昼も夜もきみを憐れみ、この憐れみがぼくには耐えがたい。なぜならば、ぼくはもうきみを愛していないからだ。愛している人への憐れみはとても心地のよい、甘やかな感覚だから、ぼくはそれと交換にあらゆるほかの歓びを差し出すだろう。実のところ、その人に憐れみを感じるのがうれしいとき、ぼくはその人を愛しているのだと気づく。そしてきみも知ってのとおり、その人をどれほど愛しているかをなおいっそうしっかりと納得するために、その人に対する憐れみを一千ものやり方で引き起こす。ところがぼくに属さない人、ぼくのものでない人、つまりぼくが愛していない人への憐れみは、あまりにも厭わしく、苦しみを引き起こす。まさに黒い魂、司祭たちのための感情だ！　ぼくは瘦せた。夜、ひとりでいるとき、この憐れみのせいで、ぼくは始まる……そしてぼくはベッドのなかで何度も寝返りを打つ……そして嘆く……憐れみのせいで熱が出る。醜い魔女よ、きみはなぜこんなにずうずうしく、嫉妬深く、無情なんだ？　ぼくはこの憐れみから自由になりたい、わかったか？　もう、ぼくを待っていてほしくない。だから、ぼくが出発し、きみがぼくと会うことは二度となく、要するにぼくを待っても無駄だと告げるために、ここにきたんだ。きみに言おう。この訪問を利用して、もはやきみをまったく愛していないという究極の証拠をもう一度、自分にあたえたかった。つまり、それがぼくにはうれしいかを見るために、わざときみに憐れみを感じてみたかった。きみを苦しめるような話をし、事実、きみが苦しむのを見た。そしてあまりにも強い憐れみを感じた！　恐ろしいほどの憐れみを！」

「で、その憐れみは……あなたをうれしがらせたの？」

哀れなアンナはほとんど自分でも気づかずに、最後のひと筋の希望のなかでつぶやいた。

「とんでもない！　それはぼくにうっとうしさと嫌悪感

をあたえた！　いま、この瞬間でも、あなたをうれしがらせた？と尋ねるきみの小さな声を聞くと、あまりにも狂おしく、耐えがたいほどの憐れみを感じる。そしてこの憐れみがぼくをうんざりさせ、吐き気を催させる。きみはぼくに吐き気を催させる、ぼくをうんざりさせる！　頼む、いってくれ！」

　こう言うと、階上の開けっ放しの扉から射す光がふたりのところまでは届かなかったので、いとこはマッチを一本擦り、それを掲げて暗い階段を照らし、繰り返した。

「いけ、いくんだ。家に帰れ！」

　マッチの光で、アンナが脅えた目を大きく見開き、あごを震わせながら、ためらっているのが見えた。それからアンナは笑い始めた。興奮でぶるぶると震える口は笑いながら、血の気を失った歯茎をあらわにした。突然、笑い声は弱まってとぎれ、傲岸の表情に場所を譲る。けれどもマッチが消えたので、エドアルドはいとこの姿をどうにかようやく見分けられるだけだった。そのとき、アンナが奇妙なかん高い声で言った。「降りてきたのは……これを返すためよ」そして荒々しく指輪を抜きとり、若者に突きだした。若者はあっけにとられて、それを手のひらに受けとり、一方、アンナはうしろを向くと、照らされた戸口に向かって階段を駆けあがっていった。

　エドアルドはまだ温かな指輪を手のひらに握りしめ、ふたたび階段を降り始めた。そのあいだにアンナは踊り場にたどりつき、家に近づいているとき、隣家の娘が戸口に姿を現した。アンナとほぼ同年齢のお針子。幼いころからミシンにかがみこみ、おくるみに包まれた弟や妹たちの重さを支えてきたために、年のわりには背中が曲がって見え、身体が縮まってしまっていなければ、醜い子ではなかっただろう。病んだような顔にもどこか老いを思わせるところがあり、瞳の青さは信用がおけず、濁っていた。踊り場にすわって縫い物をしながら、お針子はいま降りていった美青年がマッシーア母娘の戸口で立ち止まるのを、これまで何度も見ていた。そしていま、もしかしたらこの最後の会話を聞いたのではないか？　もしかしたら、その恨みとねたみに満ちた心のなかで、アンナが捨てられたのをよろこんでいるのではないか？　娘はちらりと視線をアンナに投げかけた。けれどもアンナは乾いた目をじっと前に向けたまま、娘を見もせずに、まっすぐ道を続けた。部屋で待つ見知らぬ青年のことはほとんど忘れていた。そしてフランチェスコが、アンナがはいってくるのを見て、ぱっと立ちあがったとき、アンナはこの色黒の人物がエドアルドのかわりにセレナータをうたい、いまはもうひとりが姿を消したこの同じ部屋のなかに腰をおろしていると考えて、忘却の、そして憎しみに満ちた視線を投げかけた。自分自身の苦悩を抑えようと努力はしていたものの、それでも険しい顔つきをし、とまどっているように見えた。フランチェスコには、ふたりきりの短い時間のあいだ、美しいと同時に獰猛な伝説のキマイラ[*1]といっしょにいるように思われた。会話はいくぶんぎこちなかった。だが、数分後、フランチェスコがいとまごいをしたとき、アンナは突然、また会いにきてくださいと頼んだ。「すぐにいらして」としつこく言った。「すぐにいらして」フランチェスコには、アンナが自分をいますぐに帰らせたいのと同時に、自分を失うことを恐れているように見え、この奇妙な熱意をどうとったらよいのかわからなかった。ほんとうのところ、アンナは別れの挨拶をしているときに突然、この人がいとことのあいだで自分に残る最後のきずなだと気づいたのだ。だが、このすべてをフランチェスコは知らなかったし、理解しなかった。そしてこの午後、フランチェスコの心にアンナの神秘的な輝きが永遠にともされた。いま、ああ、私のお気楽な読者諸氏よ。青春から出たばかりの魂が、いまだに冒険的な野心を膨らませているとき（退屈な死さえも英雄的行為に思えるほどに）、偉大で困難な愛が最初にみずからの到来を告げながら運んでくる豪奢と憂鬱を、ああ、わが友よ、このようなロマンティックな経験を私同様に知らぬ者は、訪問のあと、すでに自分自身のなかにアンナ神話を抱えて、照明の暗い路地を通り、家路についたフランチェスコのあとを追うのを、私のようにおあきらめなさい。

　翌日、エドアルドが最初に会話をこの話題に導き、フランチェスコの密かな渇望を癒してやった。フランチェスコはアンナが自分のなかに目覚めさせた称讃を隠しておけなかった。ここでこの奇怪な事実をどう説明したらよいのだろうか？　いつも友に対してあれほど嫉妬深いエドアルドが、この称讃に腹を立てなかっただけではなく、巧みにそれに糧をあたえようとした。もしかしてフランチェスコとロザーリアの関係に対する不快感があまりにも強く、そのためにエドアルドはふたりのあいだのこの憎むべききずなを断ち切るのに適した話題なら、なんでも性急に受け容れたのだろうか？　あるいはもしかして、かつてはアンナに、そしていまは友に感じるさまざまな感情たちは、大切なふたりをひとつの運命に結びつけ、その感情たちをただひとつの感情のなかに混ぜあわせたいと思うようなものだったのか？　おそらくはアンナをあたえることで、フランチェスコの運命を高みに引きあげると思ったのか？　あるいは反対に、破滅を引き起こす、と？　どちらの場合にしても、みずからが運命の役を演じることを楽しんだのか？　私はこういった説明をすべてまとめて提示する。どれも共通して、不たしかであるという特徴を有し、よくお考えになりさえすれば、私の介入なくしても、読者諸氏の心にも浮かぶものだろう。けれども反対に、なによりもまず、私がこの物語の続きを知っていること、そして私の登場人物エドアルドへの私の偏愛から生まれてくるのだから、私以外のだれにも提案できない唯一の仮説は、すべての仮説のなかでもっとも寛大で悲壮で、それどころか、もっとも優しく悲劇的であり、私はそれを知っているけれど、（読者諸氏にはお許しいただきたい）でも、言いたくはない。実のところ、それを言うには、私はいまここで、この物語のすべてを明かさなければならず、それは私には都合が悪い。他方で、しかるべき時がきて、物語の続きを知ったとき、読者諸氏はそれをご自分で推測できるだろう。けれども、もし推測できなければ、残念でし

た！　それは、あなたは私の読者にはふさわしくないという意味です。

*1　頭が獅子、胴体が山羊、尾が竜で、火を吐く怪物。

5　匿名の人物、破局を招く。謎のモノークル。美しき女、街を追放される。

というわけで、エドアルドの話は、生まれかけていたフランチェスコの炎に薪をくべた。エドアルドは誇らしげに（その誇りを、フランチェスコは親戚関係に帰していたが、実際にはエドアルドの密かな確信、ぼくが讃えるこの女は、ぼくがそう望みさえすれば、ぼくのものだ、から生まれていた）叫んだ。そうとも、フランチェスコは正しい。アンナは美そのもの、天使だ。もしあの子が金もちの令嬢のように着飾って、社交界に姿を現すことができたら、すぐにその輝きで、街の上流婦人を顔色なからしめるだろう。ここでフランチェスコは、そのねたみ心に生まれた質問をかろうじて抑えこんだ。「で、きみ、それができるきみは、あの人をその真の階級に引きあげ、街の女王にするという歓びを、どうしたら放棄できるのか？」だが、エドアルドは、友の内奥に隠された驚きに気づいて言った。「きみの気もちは察しがつく。実のところ、きみのように、財産と階級制度を軽蔑している人間が、それでいながらある種の考えに到るのは奇妙なことだ。だが、ぼくのいとこアンナは、いまのとおりに身を飾らず、貧しいほうがなお美しいことにどうして気づかない？　もちろんアンナは世に知られていないのだから、その美を味わうことを許されるのはわずかの人、おそらくはただひとりかもしれない。けれども美とは、大勢で分かちあわなければならないひとりの娼婦なのだろうか？　たしかにきみは娼婦好きだ。娼婦たちを立ちなおらせるのが趣味だからね」ここでエドアルドは笑った。そしてフランチェスコは赤くなった。なぜならば、実のところ、アンナを訪ねた日以来、ロザーリアと会うたびに、心のなかでふたりを比較し、その結果、勝利をおさめるアンナになおいっそう強く支配されるようになるからだ。

「アンナの美しさはただひとりのためのものだ」とエドアルドは繰り返した。「もちろんそのひとりがぼくだったら、アンナは金もちになり、上流の貴婦人になるだろう。でも、ぼくは愛してはいない。たとえぼくが贈物の雨を降らせたいと思っても、アンナは自分を愛していない者からの贈物は受けとらないだろう。それには気位が高すぎる」このときもフランチェスコは口をつぐんでいた。だが、心のなかで叫んだ。どうしたらあの人を愛さずにいられるのだ！

　こんなふうにとめどなくアンナの話を続けていることが、フランチェスコには、招かれてはいたものの、でも実行する勇気のない訪問のかわりとなった。娘を訪ねるのにふさわしい機会について友に忠告を求めたかったが、敬意と羞恥心とに引きとめられた。ひとつの情熱が始まろうとするまさにそのとき、ふつうは憧れの人の姿を見ること、その人と話すことのなかに、人が見いだすあの糧を、フランチェスコはその人についてエドアルドと交わす会話のなかに見いだした。エドアルドはフランチェスコにテオドーロの物語、自分の一家とテオドーロ一家との軋轢を語り、マッシーア母娘が自分たちの自由にできるつましい資産を、チェレンターノ家の慈善に頼っていることを、はっきりとは口にはしなかったけれど、でもなんとなくわからせた。だが、いとこは自慢げに、アンナは心も目鼻立ちも真《まこと》のマッシーアだとつけ加えた。そしていまはあの黒いおさげ髪とあの細い手首を、今度は野性的で怒りっぽいけれども、献身によってみずからを死さえも厭わずに犠牲にできる性格を絶賛した。このような言葉を聞くとき、フランチェスコの心の前で、ほっそりとした高貴な肩にあの黒髪が豊かにほどけかかり、あの嵐のような灰色の瞳が神秘的な情愛で火花のようにきらめいた。アンナという人についてエドアルドと語るたびに、フランチェスコは、炎のような思いと想像とで心を満たして家に帰った。孤独のなか、だれともアンナの話ができないところで、ただひとつの慰めは自分の記憶の遊びであり、それはフランチェスコの渇きを癒しはしなかったけれど、魔法のような歓びをあたえた。その思いのなかで休みなく、例の訪問のあいだのアンナのしぐさと言葉のすべてを、ひとつ、またひとつとよみがえらせ、そして、それらがこんなに魅力的なのをふたたび発見して、ああ、なんと大きな歓びを得たことだろう！なによりもまず、あるひとつの言葉がフランチェスコを希望で震えさせた。それはあの最後の瞬間の招待、あのときアンナはまたすぐにくるよううながした。オーケストラが沈黙したあと、音楽愛好家が自分のなかで、自分自身の精神の静寂のなかで、いちばん好きなフレーズを繰り返して楽しむように、フランチェスコはこの貴重な招待を一千回も繰り返した。この種の遊びは恋人たちには知られている。だが、恋人たちのなかで、その遊びを現実の、そして幸せな逢引と交互におこなえない者たちは、それがいかに不実かを知っている。火はつけられるけれど、炎は燃えあがらないからだ。その魅力的な幽霊たちは妖術と霧でできている。

その間に、エドアルドはもはや出発を語らなかった。実は、近々の出発を告げたとき、アンナには嘘をついていた。一方で医者たちが転地を勧めているのは事実だったが、他方では、あれほどさんざんに旅を夢見たあと、いまは本人にもちょっと不可解なさまざまの錯綜する、けれども魅力的な感情によって、街に縛りつけられていると感じていたからだ。春までは出発するつもりはない。けれど、嘘をついたと告白はしたくなかったので、フランチェスコの問いかけに、こう答えた。いとこを訪ねた日にはほんとうに出発するつもりだったけれど、いまは季節がよくなるのを待つという最初の考えにもどった。「でも」とつけ加える。「ぼくのいとこにそう言っちゃだめだ。ぼくがすぐに出発すると思わせておいてくれ。もう一度、さよならを言うのはご免こうむる」この言葉にフランチェスコは顔を赤くした。「いや」とつぶやく。「きみのいとことまた会う機会があるとは思わない」「どうして？　きみを招かなかったのかい？」とエドアルドは驚いて尋ねた。そしてあらためて訪問を勧めた。アンナはときたまの孤独の中断を絶対に歓迎するはずだ。

だが、フランチェスコはこの一歩を決断した瞬間に、その勇気を失った。たしかにアンナの家の近くまで出かけてはいった。そして長いあいだ、明確な意図のないままに、冬の霧雨の下で待ち続け、娘が路地から小さな広場に出てきて、玄関の扉をくぐるのを見ていた。アンナは気づかなかった。心ここにあらずのようすで歩を進め、傘をもっていないので、そのなおざりにされたみすぼらしい服が雨に濡れていた。小さな傷のある顔は反抗的で、すねているように見える。青白い顔色、痩せた身体、黒い隈に縁どられた両の目は、フランチェスコに愛を吹きこみはしたけれど、その心を締めつけた。一瞬、目にしたアンナの姿が、何度も繰り返された長い会話と同じように、フランチェスコの感情をより研ぎすまし、より暴力的にした。夕方、エドアルドと会うためにロザーリアとの約束を切りあげ、友といっしょに一軒の居酒屋にいき、そこで哀れなギター弾きと出会った。ふたりはワインで陽気になり、アンナのところにもう一度、セレナータをうたいにいくことに決めた。哀れなギター弾きがふたりに同行する。酒を飲むといつも感じるように、フランチェスコは自信と勇気に満ち満ちた気がした。エドアルド作曲のロマンツァをうたい始めたが、エドアルドは友を押しとどめ、別の歌をうたえと命じた。そこでフランチェスコは当時、かなり知られていたセレナータをうたい、エドアルドはその声のなかに、友がアンナを愛していることを、確信とともに聞きとった。動揺を覚えなかったわけではない。それを望んだのはエドアルド自身ではなかったのか？　エドアルドは秘密の鏡をつくり、興味津々、大得意でそれをのぞきこんだはいいけれど、自分の策略に震えあがった魔術師のようなもの。この苦い鏡がどれほどのあいだ、その天才を楽しませていられるのか、私にはわからない。これから私たちが見るように、運命は別のやり方でエドアルドをもてあそんだ。そうでなければ、私の物語はどうなっていただろうか？

続く日々、さらに二回ばかり、夜になると、フランチェスコは景気づけにワインを飲み、ひとりでアンナの窓の下にうたいにいった。だが、窓は開かなかった。チェジーラは、そう、たしかに、ほとんど窓を開きたかったことだろう。このセレナータを楽しんだし、美しいロマンツァを聞くのが好きだった。ギターの調弦の音がするとすぐに、アンナを揺すって言った。「聴いて、聴きなさい」それから一曲目のセレナータのなかでも二曲目のなかでも、アンナの名前がはっきりと叫ばれたので、母親は興味津々で、うたっているのがだれかを、とても知りたがった。けれどもアンナは面倒そうに知らないと答えた。チェジーラは見知らぬ男の声をほめ、それを若いころ、最初は両親と、そのあとはテオドーロとオペラ座にいったときに聞いた、最高の歌手たちの声と較べた。自分が大好きな数曲のロマンツァのフレーズを聞き分け、その事実がまるで青春がもどってきたかのように、チェジーラをひどく感動させた。起きあがり、哀れなおさげ髪を肩に垂らしてベッドにすわり、ときには窓に近づいて、通りになにか見分けられるのではと、曇ったガラスをぬぐう。けれどもアンナは激しい口調で、窓は開けないでと言った。そして、もしかしたら下でうたっているのはいとこかもしれないという思いで心臓を激しく打たせながら、ふたたび枕に頭を落とす。それじゃあ、いとこは出発していないのか？　だが、なぜ自分のかわりに別の人にうたわせているのか？　でも、あれほど残酷な別れのあとで、なぜこのセレナータを？　こういった夜の謎が、アンナの心をかき乱す。だが、おそらくは、侮辱と悪ふざけ以外のなにものをも意味しないのであっても、この謎はアンナにいくらかの希望をもたらし、少なくともエドアルドがアンナをそのなかに残していった自己放棄から目覚めさせた。そのあいだに、夜、最愛の人のかわりにうたう男に対する娘の恨みは募っていった。ぶかっこうな黒いかかしのようなあの姿が、動揺したアンナの心のなかで、エドアルドの優美な姿と混ざりあう。あの肌の暗い色、あの大きな手、あの美貌の損なわれた顔がアンナに嫌悪感を吹きこむ。アンナはいとこが身分が下の者たちとよろこんで友情を結ぶこと、男爵の称号は私たちの土地ではけっこうありふれていて、本物であるのがめずらしい商品であることを知らないわけではない。だが、それにもかかわらず、男爵の称号とエドアルドの友情が、フランチェスコの哀れな人物像にいくらかの威信をあたえていた。そのうえに、アンナはいまとなっては、いとこの消息を知る唯一の手段に思えたその訪問を期待していた。だが招待されたにもかかわらず、青年は一度も姿を現さなかった。ようやくある日、アンナは自分の住む界隈で、舗装のされていない泥道に青年がひとり立っているのに気づいた。青年は、両手を襟を立てたオーバーのポケットに突っこみ、物思いに沈んでいるように見えた。アンナは自分がしようとしている大胆な行動のために、顔をまっ赤にしながら、青年に近づき、高飛車に、でも同時におずおずと、なぜ一度もこないのかと尋ねた。青年はあわててポケットから手を出し、帽子を脱いで、烏《からす》の濡れ羽色をした黒い巻き毛の頭をあらわにした。この動作をしながら、あまりにも動揺して見えたので、アンナはなにか謎の知らせを隠しているのかと思ったほどだった。思いきって質問する勇気はなく、今度は自分のほうが言葉にできないほど動揺して、今日でももう少しあとで、家にくるように誘った（実のところ、チェジーラが会話に立ち会わないほうがよかった）。

決められた時間にフランチェスコが顔を出したとき、話は当然、エドアルドのことになった。アンナはこうして、エドアルドがまだ出発していないことを知ったのだった。繰り返されるセレナータですでにそのことを期待はしていたものの、この知らせはアンナを陽気にした。たしかにフランチェスコは急いで言葉を続け、友は今日明日中にも出発すると嘘をつきはしたが、エドアルドがいまなお街にいるという思いに、アンナはもはやさっきと同じアンナではなかった。柔らかな熱情がその頬に生気をとりもどさせ、その物腰は希望に活気づけられて、愛想よく、楽しげになる。セレナータのことは口にしなかった。けれどもフランチェスコが熱をこめてエドアルドの話をしたので、アンナはいとこのかわりにうたったことをほとんど赦した。フランチェスコはエドアルドの友情と情愛の深さ、その輝かしい才能を絶賛し、だが、このような才能が怠惰のなかで無駄にされているのを嘆いた。けれども、遠回しな言葉でこう続け、それはアンナの耳には予言のように聞こえた。怠惰が、そして同様に社会的不公正がもはや存在せず、富も貧しさも精神と心とを台なしにすることのない時代にはまだ到達してはいない。だが、多くの徴候から、その時代はもうまもなく訪れると言えるだろう！　この話を聞いて、アンナは怠惰に暮らしているのは金もちだけではないと指摘した。たとえば自分も金もちではないけれど、働いていない。自分も怠惰を好むとつけ加えて、顔を赤らめる。けれども、大人になったいま、なにか仕事を見つけなければならない。疲れて年をとった母親は、毎日のわずかの授業だけではもはや日々の暮らしに必要なものも手に入れられないからだ。この言葉は戦いを挑むような口調で語られたにもかかわらず、アンナが実際には生活費を稼ぐ自分自身の能力に絶望しているのが聞きとれた。フランチェスコはその小さな手を見て、この高慢な声のなかの激しい恐怖感に気づき、同年齢の人（アンナはだいたい同年齢だったから）ではなく、まだ幼くて、世話と助けを必要としている子どもと話しているように感じた。前回もすでに同じことを感じていた。今回は昼の光が照らす部屋をぐるりと見渡して、困窮のしるしを最初の訪問のときよりもはっきりと見てとることができた。反撥の感情がその心にむくむくと湧きあがった。華やかな富を憎むと言い、ロザーリアに清貧を説き聞かせたフランチェスコが、いまやこのうえもなく軽薄な欲望にとらえられていた。金もちになりたい！　すでに数日前から、目にはいるすべてのショーウインドウ、すべての虚栄の見本に、ほとんど女の心が抱くような欲望が燃えあがるのを感じた。こういった高価で、華やかで、もろい品物のすべては、まさにアンナのような娘をよろこばせるため、そしてその美貌をトロフィーのように祝福するために創り出されたのではないか？　そして、すべてのなかでいちばん美しい娘が、なぜそれを手にできずにいなければならないのか？　他方で、フランチェスコはこの貧しさを祝福すべきなのではないか？　アンナが裕福であれば不可能だったはずのつきあいと友情とを、その貧しさが可能にするのだから。それでもなお、アンナは到達しえぬものに思われた。しかし、心の寛い若者に起こることがあるように、到達しえぬものであるがゆえに、フランチェスコはなおいっそうアンナを愛した。少年時代から心を躍らせてきた野心的なユートピアはいま、愛との邂逅によってより人間的に、より魅力的になった。フランチェスコは偉大さを手に入れることを渇望した。自分自身と社会のためだけでなく、なによりもまず、自分がその人にふさわしくありたいと願う女性、自分のおかげで理想の絶頂を知る女性のために。その人は理想の絶頂にのぼるために生まれてきたのだから。とは言うものの、フランチェスコはロザーリアとのきずなを断ち切ってはいない。けれどもアンナと比較するとき、この娘はなんと影を薄くしたことか！　かつてはロザーリアを自分の伴侶にすることを考えたのではなかったか？　そしてこの意図は、ロザーリア本人に明かされたことは一度もなかったにもかかわらず、ひとつの約束のようにフランチェスコをあの娘に結びつけていたのではなかったのか？ロザーリアを捨てることはあえて考えなかった。新しい情熱にもかかわらず、この娘には、官能の歓びで、義務で、憐憫で結びつけられていると感じていた。けれども、アンナを目にしたいまは、認めざるをえない。ロザーリアを愛していると信じたのは間違いだったこと。あの娘がふさわしくないと証明したとき、エドアルドは正しかったこと。フランチェスコの人生の壮大なる計画のなかで、ロザーリアはひとつの対象。けれどもいま、アンナはその目標。蝶のようにあちらからこちらへと飛びまわる、当時の神秘主義的な青年たちには自然に思えたやり方で、フランチェスコはありそうもないいくつかの前提をたしかなものと決めてかかり、そこからあらゆる種類のばかげた、華麗な、そしてうぬぼれた結論を引き出した。そして、私の若き友たちよ、もし私が自分の意に反して、年代記作者の忠誠心のために、「擬人法」と「修辞学」と「ほら話」の王国の旗を、あなたたちの批判的な目の前で振りまわさなければならないとしても、どうか笑い出したり、腹を立てたりしないでほしい！　アンナの美点をひとつ、またひとつと発見し、見つめ、でっちあげさえしながら、フランチェスコはアンナのなかに自分の理想の伴侶、星々の幸先よい邂逅がこの世に生み出させ、私たちに出会わせ、似たものはほかに存在しない女を見ていることを疑わなかった。その机上の夢に従って、フランチェスコが完璧な社会のために考えている女、男の運命を理解し、自分自身の権利を男と分かちあうことのできる強い魂、それはアンナの絵姿ではないだろうか？　その白い額はフランチェスコに、もっとも困難で密かな真実を教えることができる知性を約束する。そしてロザーリアと同じように、アンナが社会秩序の犠牲者であるとすれば、ロザーリアを憐憫にふさわしくするこの同じ不公正が、フランチェスコの思想のなかで、アンナを美化し、よりよく準備された、より深い意識で豊かにした。ロザーリアと永遠に結ばれることで、フランチェスコは世界に挑戦するつもりだった。だが、アンナは反対に、フランチェスコが世界を救済するのを助けるのではないか？　ロザーリアがその思いのなかで、底辺に横たわっているとすれば、反対にアンナは自分よりも先をいっている、などなど。

すでに見たように、フランチェスコは貴族の生まれがもつ特権に無関心ではなかった。それはアンナという人を、その目により輝かしく見せる。ロザーリアのなかには、より人間的な精神を呼び覚まさせてやらなければならない一種の小動物を見ていた。だが、アンナは、自分を真の男に導く聖母《マドンナ》のようなものに思えた。あれほど魅力的に見えたロザーリアの自由で色気たっぷりの態度は、いまでも歓迎すべきものではあっても、頭のなかで、アンナの簡素で媚びをまったく欠いた立居振舞と較べれば、愚かで下品に見える。アンナの立居振舞のなかでは、ほとんど堂々たる既婚婦人の威厳がまだ幼い無垢と結びついていた。

ここまできて、私たちはわれらがフランチェスコがアンナのなかに、男の自由な伴侶、その理想的な概念のなかで想像している女をいつも見ていたわけではないことを告白しなければならない。フランチェスコは、しばしばアンナを夢に見て、妻として熱望しないではいられなかった。妻と言っても、ほとんどオリエント的な習俗をもつ私たちの土地で、この称号に現在でもなおあたえられている意味での妻。すでに見たように、フランチェスコはアンナを寵姫のように飾るために、金もちになることを切望した。そして、アンナを守り、他人の目から隠し、その幼い心が疲れと困難とを知ることがないように自分が働くという考えを愛おしんだ。自分自身が嫉妬深い当主である宮殿で、アンナを怠惰と豪奢のなかで花開かせ、熟れさせる。自分は勉強熱心な素質によって、アンナにふさわしいと思っていたけれど、もはやそれを自慢に思わなくなった。むしろアンナのように美しくなり、こんなあばた面はしていたくなかったのだろう。天使たちのように、アンナが魂だけを見ようとして、外見には目もくれないという甘い考えはもはやもたない。反対に、アンナが自分を嫌悪するのでは、あるいは貴族であるアンナが、フランチェスコの家系が百姓なのを知り、いつの日か自分を軽蔑するに到るのではという疑いを抱いて、ぞっと震えあがる。そこでアンナを頭から追いはらい、自分のすべてを許してくれるロザーリアのもとにもどろうとする。けれども悲しいかな、多くの場合、アンナの思い出はあまりにも強い力で襲いかかってくるので、ロザーリアとの約束をいつもより早く切りあげ、アンナを思うためにひとりになることを求める。フランチェスコは一方の口づけよりも、他方の幻影を好んだ。

短い時間のあいだ、眺めることのできたアンナの顔つきは、たしかに幸せな娘のそれではなかった。その目のなかに苦悶と憂鬱とが読みとれ、その態度は抑制されてはいたものの、それでも、紅潮した頬と突然の動揺によって、嵐のような精神と、娘たちが通常抱くそれよりも深刻な思いとを明らかにした。それでもなお、恋する男たちに起こることがあるように、フランチェスコはしばしばアンナの幸せをうらやみ、自分がアンナに変身し、アンナからその幸せを盗みたいとさえ思った。だが、いったいどんな幸せだったのか？　自分自身であることの幸せ。私たちが愛する人に着せかける炎と輝きは、私たちの目にはもはや私たちの欺瞞ではなく、その美徳に見える。私たちは愛する人を、輝きと炎に満ちた姿、そして私たちが、その人がその人であることに幸せを感じているのと同じほどに、その人がナルキッソスのように、いつも自分自身であることに幸せを感じている姿でしか思い描けない。もっともさいわいなるものさえも含めて、あらゆる愛の征服の苦さが、自分と相手を一体化したいという無益な欲求にあるとすれば、この欲求の究極の目標はまさに、この変身のなかに、所有、あるいは休息を求めながら、自分はもはや自分ではなく、愛する人なのだという狂気の主張ではないだろうか？　もしこのことが幸せな恋人たちにもあてはまるのなら、不幸な恋人たちは、それに加えて自分自身に対する憎しみも知ることになる。醜い（相手は美しいのに）、暗い（相手は輝いているのに）、不安な（相手は神々に似て、超然としているのに）、落ち着きはらっているのに）自分自身への憎しみ。

アンナの運命は羨望にあたいするものではなかった。そして、しばしばフランチェスコ自身がそれについて心を悩ませた。だがしかし、アンナであることがすでにひとつの美しい運命ではないだろうか？　同じやり方で、この数か月間、アンナは、自分がエドアルドを奪われたアンナではなく、病んだエドアルドであること、逃げていくエドアルドであること、とにかくエドアルド、エドアルドであることを望んだ。

フランチェスコがアンナをうらやんでいるあいだ、アンナは困難な日々を過ごしていた。エドアルドはただちに出発するふりをしたとしても、だが自分の訪問は永遠の別れを告げるためだと言ったとき、嘘はついていなかった。アンナに告げた別れの言葉はその心の意図に対応していた。おそらくその意図は、無関心な、あるいは敵対的なアンナを見いだしていたら、揺れ動いたかもしれない。だが、いまなお愛されていることを確信したので、もはやアンナに関心はない。すでに触れておいたように、いとこを訪問したあと、ロザーリアに例の指輪を贈呈している。だがエドアルドの側としては、この贈呈にはなんの象徴的意味もなかった。残酷な歓びから指輪を贈ったというよりもむしろ、アンナがその心から抜け落ちたいま、エドアルドにとって、この極小の品はすべての意味合いを失ったからだ。若い娘にふさわしい高価な装身具がたまたま手のなかにあった。だから、それを、もちろん、その由来は明かさずに、ロザーリア（指輪がものすごく欲しいと言っていた）にあたえた。そしてロザーリアの歓びようは、このすばらしい宝石たちにふさわしいものだった。

エドアルド自身に忠告されて、ロザーリアはほかの宝石を隠してある小箱よりも安全な隠し場所を探した。とても高価な指輪だったからだ。知るのは大家ひとりとしても、小箱の秘密はとにかく人に知られている。床の割れた煉瓦の下に極小の穴を見つけ、だからそこに指輪を隠した。この指輪は、どうやらめったに日の光を見ることなく、埋葬されている運命にあったらしい。

アンナ訪問と、訪問をめぐってフランチェスコと交わした会話のもうひとつの結果は、エドアルドが母に、マッシーア母娘にあたえている毎月の手当について問いただしたことだった。アンナとの恋物語が終わったいま、このような話題に手を出しても、もはや火傷はしないですむ。コンチェッタはアンナの星の輝きが消えたのを知らないわけではなかった。だが、この管理上の問題を扱うときの息子の冷たく横柄な口ぶりは、息子がもはやいとこを愛していないことを、最後に一度、きっぱりと確認していた。マッシーア母娘が受けとる金額を聞いて、エドアルドは顔をくもらせ、一族の名誉のためにも、手当をそれにふさわしく増額しなければならないと言った。コンチェッタは小声で、慎ましく暮らすにはこれで充分だと意見を言い、ほかの反論もつけ加えたかったけれど、息子の血の気が失せた顔がますますくもっていくのを見て言葉を切り、マッシーア母娘にどのくらいやるつもりなのかと尋ねた。若者は貧乏人にはいくら必要なのか、あまり知識はなかったので、なんと言うべきかわからず、勢いよく叫んだ。「二倍にしてやれ、三倍にしてやれ！」コンチェッタは、憎むべき競争相手から息子をとりもどした歓びは、ちょっとした犠牲に見合うだろうと考えて、望みがすみやかにかなえられるように指示すると約束した。数時間後には、すでに手配済み、マッシーア母娘は今月からもう、新しいお恵みを受けとれるだろう、と知らせた。

けれども、自分たちが安楽な暮らしのこれほど近くにいるのを、マッシーア母娘が知ることは決してなかった。その月、いつものチェレンターノ家管理人の事務所に預けられた封筒には、普段よりも二倍以上の手当がはいっていた。だが、今回、事務員が迎えたのは、いつもの小柄で痩せた婦人ではなかった。かなり擦りきれた流行遅れの服を、おしゃれなところがないわけではなく、大いに気を配って身につけ、もったいぶった物腰が、せわしない動きと、疲れ果てて病んだような顔と対照をなす婦人のかわりに、これまで一度もきたことのない娘が姿を現した。黒髪で白い肌の娘は冷たい声で、シニョーラ・マッシーアのために預けられた封筒を出すよう要求。事務員が、封筒はシニョーラの署名入り領収書と引き替えでなければお渡しできませんと断ると、娘は言い返した。封筒を受けとるつもりはない。そうではなく、委託者である叔母上にお返ししたい。事務員が不審な顔をしたので、娘は要求を高飛車に繰り返した。あっけにとられた事務員は封筒を娘に渡し、娘は封を切らず、見もせずに、それを持参してきたもう一枚の封筒に入れた。封筒の宛名はコンチェッタ・チェレンターノ。娘はその小さくてみずみずしい唇を縁にはわせて封をしたあと、手紙を事務員に手渡した。そして氷のように冷たく、戦闘的なようすで事務所を出ていった。こうして豪勢な手当は、一通の手紙がつけられて、コンチェッタの手に返ってきた。幼い筆跡で書かれた手紙は、文法の間違いだらけの文体で、こう告げていた。アンナとチェジーラ・マッシーアは、ふたりに対するこれまでの寛大な振舞をチェレンターノ家の親族に感謝する。この寛大な気もちを、これから先はもう二度と利用するつもりはない。高貴なる親戚関係とチェレンターノ家の善意から、自分たちにあたえられるすべてのいかなる恩恵も放棄する。そして、つけ加えた。テオドーロ・マッシーアの娘アンナは、その幼い年齢ゆえに、いまこのときまで充分な決意と思慮をもてなかったが、そうでなければ最初からこのようなお恵みは拒否していただろう。それはそうとして、自分と母はシニョーラ・チェレンターノと威信ある親戚ご一同さまに敬意を表する。そのあとに、小学生の文字のようではあったけれど、大きく、生意気な文字で署名があった。アンナ・マッシーア・ディ・コルッロ。

この手紙の調子はあまりにも尊大に響いたので、コンチェッタは侮辱されたように感じた。その頰を怒りが朱に染めた。最初は衝動的にエドアルドの部屋まで走り、無礼ないとこを助けたことで、息子に激しい叱責の言葉を浴びせかけようとした。だが、息子の部屋の戸口までいく前に、いま自分が犯そうとしている間違いに気づいた。実のところ、良識に欠けるエドアルドの判断力には、アンナの思いあがった態度がひとつの美点と映り、その心のなかでたったいま鎮まったばかりの炎をふたたびかきたてることがない、とだれがコンチェッタに保証するのか？　エドアルドにはあとになってから、なんでもないことのように、だが必要なことだけを冷静に知らせてもよい。こう決めて、母は普段の顔をとりもどし、息子とは話をせずに自室にもどった。その夜、息子になにも言わずに、管理人にマッシーア母娘宛の手当を中止するよう命じた。

コンチェッタはあとになって、自分自身の抜け目のなさを自画自賛した、実際に、エドアルドは貧しい親戚にあたえるお恵みについて母親と同意したあと、親戚についても手当についても一切かまわなかった。例によって能天気で、いまではこの件には片がついたのを疑わず、すべての話は無駄だと判断したのか、あるいはまさに、この数日間、より強い興味の対象がその頭を占めていたからか、この話題は二度と蒸し返さなかった。こうして、まさにアンナには拒まれていた祭壇に捧げられたその犠牲は、その祭壇に祀られた者のあずかり知らぬままにとどまった。エドアルドはそれをようやく数か月後、たまたま知ることになる。だがそのときには、一度は翼が生え、勝ち誇ったその精神を、不吉な不安が動揺させていた。そして犠牲のけむりはもはや、この若者のそばに恩寵を見いださなかった。

アンナが心のなかで、英雄的な決断を練りあげているあいだ、フランチェスコはより大胆になり、さらに二度ほどアンナを訪ねた。けれども二回のどちらとも、アンナは家にひとりではなかった。母親もいて、会話に口はさまなかったけれど、不安と好奇心にあと押しをされて、さまざまな口実をつけては、しょっちゅう部屋にはいってきた。数分間、腰をおろし、それから別室に引っこんだかと思うと、鬼火のようにまた姿を現す。心配りを示し、サロンの流儀を知らなくはない人のやり方で、慣習に従った機智に富む口調で話をし、フランチェスコを男爵と呼んだ。フランチェスコの訪問のたびに、必ずシロップを入れた小さなグラスをふたつお盆にのせて運んできた（自分は胃の調子が悪くて飲めなかった）。チェジーラは、自分でこのシロップを砂糖菓子屋で買い求め、お客をする機会を待ちながら、何か月も食料品の戸棚にしまっておいた。不幸な性格のせいで、自分のまわりに空隙をつくりはしたけれど、このところ数年間（その健康が急激に衰えていく前）は、自分の社会的うぬぼれを放棄し、貧しい町民を迎え入れるほどに、お客をするのが好きになっていたからだ。けれどもだれもこの女とのつきあいを求めなかった。チェジーラの目には、フランチェスコはひとつ以上の魅力をもつように映った。なによりもまず男爵の称号がその目を眩ませた（アンナほど鋭くはなく、フランチェスコの明らかに粗野なところを見ようとしなかった。たとえそれに気づいたところで、田舎には、ちょっと粗野な風貌の大貴族がよくいるものだと言い、若いころに知った例をあれこれあげた）。そのうえに、すでに見たように、この女は若さと他人の恋とに心を惹かれていた。ところでフランチェスコは、まじめで憂鬱質ではあったけれど、その動きのひとつひとつに透けて見える臆病で荒々しい情熱のために、同年齢の者たちよりも若く見えた。そして恋をしていた。この点については、チェジーラは娘よりも鋭く、最初からそれに気づいていた。アンナとフランチェスコの話をするとき、必ずそれとなく口にしてみたけれど、アンナはうっとうしそうに、チェジーラがうれしそうにほのめかす言葉をはねつけた。フランチェスコの美声（チェジーラはすぐに、夜、窓の下でうたったのがこの青年であることを見抜いた。ほかのだれでありえようか？）、バリトンの美声はこの女に称讃を引き起こした。さらにフランチェスコは田舎にもつ所有地、将来の大計画をほのめかしたのではないか？　たしかにこの人は悠々自適、おそらくは金もちで、将来性豊かな青年なのではないのか？　チェジーラの熱狂は、アンナの不信と冷淡に比例して大きくなっていった。アンナはほかの男——しかも、なんて男だろう！——が、いとこの場所をとりうると思ってみることさえも憎んだ。たとえときおり顔を出すだけではあっても、チェジーラがいるだけで、アンナが会話のなかでエドアルドに触れるのを完全に避けるのには充分であり、それがフランチェスコの訪問があたえるすべての歓びと慰めとをアンナから奪い去った。この数か月、チェジーラは娘と口げんかをするとき、いとこについての残酷な言葉を投げかけずにはいられなかった。いとこはおまえをもてあそんだ、と娘に言い、なぜならばアンナは男好きがしないからだ、と続ける。どんな男もおまえとは絶対に結婚しないだろう。そのうえに、アンナはいまでは名誉を失った、エドアルドはおまえを犠牲にして、ただ楽しみたかっただけ、その軽率な振舞は、この界隈の噂の的だと繰り返す。チェジーラの言葉を聞いていると、この女はアンナの失意に悪意のある歓びを感じていると言いたくなる。実際には、私たちの知るとおり、チェジーラは甥について無謀な期待を温めていた。そして甥の背信はなによりもまず、ご近所の人びとがそれに感じる満足ゆえに、チェジーラに少なからず苦い思いを抱かせた。この焼けつくような苦しみには、けれども、自分自身の愛情生活に失敗し、他の女の敗北に立ち会ったひとりの女の、曖昧で意地悪な勝利が混ざりあっていた。

このすべてがアンナに、母親の前での厳しい自制と、母には自分の恋愛問題をこれまで以上に隠しておきたいという気もちを吹きこんだ。フランチェスコは、一度も優しいアンナを知ったあと、娘があまりに敵対的で、口もきかないのを見て狼狽した。アンナは密かな反抗心を怒りとともになんとか抑えこんでいるように見えた。ときおり純真な自負心と入り混じった厳しさで、自分の不屈の運命と、その心を揺り動かしている曖昧な計画をほのめかす（心のなかで、フレンチェスコがエドアルドから打ちあけ話をされていることを想像していた）。黙ったままのときもある。フランチェスコが（アンナの家を訪ねる準備として、勇気づけに飲んだ少々の強いワインで饒舌になって）、自分にとっては大切な著作の例の論題について、懸命になって長口舌を振るっても、その憧れの生徒であり女隊長でもある人は、フランチェスコの啓示にも予言にも無関心のように見えた。アンナに神なき未来の神聖共和国、そのなかでは美、清廉、知性、つまりアンナ自身の美徳が唯一の女神であり女王である共和国を約束すれば、アンナは青年に気のない、だが同時に厳しい視線をちらっと投げかけた。〈なにを言いたいの？　あたし、アンナ・マッシーアはすでに女王、女神ではないとでも言うの？〉と言うかのように。

いまでは、またいらしてくださいと言うのはもはやアンナではなく、チェジーラだった。そしてフランチェスコは娘に歓迎されないのを恐れて、あえてたびたび訪れようとはしなかった。だが自分自身の感情を抑えこんではおけず、前よりもしばしば、夜、うたうために、その窓の下を訪れた。そのときだけ、この路地の冬の暗い静寂のなかで、昼間のあいだ自分を不安でさいなむ空想の欲望を解放することができた。大衆的なカンツォーネやオペラのロマンツァが詩に思え、この凡庸な歌詞に大きな炎をこめた。フランチェスコの歌を聞いた者はだれでも、その声をこれほど感情豊かにしているのは音楽への愛だけではないことを見抜いただろう。けれどもアンナはエドアルドが、自分自身の告白を舞台の上で道化に暗唱させている君主のように、恋の駆引のために、このセレナータのなかに隠れているという幻想を抱き続けた。どちらも触れはしなかったが、セレナータはアンナとフランチェスコの会話に、それぞれ異なる理由からではあったけれど、密やかな感動を注ぎこんだ。口にはされないふたつの問いかけが、ふたりのなかをぐるぐると動きまわっていた。フランチェスコの問いかけは〈ぼくがうたうのを聞かなかった？　ぼくの巡礼の意味がわからないの？〉。アンナの問いかけは〈あなたのお友だちのギター弾きさんから、あたしに宛てた伝言はないのかしら？〉。

冷淡なアンナに怖じ気づいたフランチェスコは、しかたなく数日前に訪問の中断を決め、ちょうどそのころ、ふたりの女の生活に、すでに述べた重大な経済的変動が起きていた。アンナは脅すように決然として、母親に自分の意志を告げた。チェレンターノ家からはもはやなにも受けとらず、自分たちの収入で生きていきたい。ところがこの収入ときたら、わずかの家庭教師の授業に加えて、チェジーラが蓄えた少額の貯金に限られる。しかも、その金額はごくつましかったから、母と娘をようやく二か月ほど養えるかどうかというところ。娘の意志はチェジーラの苦痛にも、驚きにも、厳しい予言にも、揺り動かされなかった。娘ははっきりと言った。チェレンターノのお恵みは自分、アンナひとりに向けられているのであり、自分は道理のわかる年齢に達して、この慈善を拒否することに決めた。だいいち自分はだれかの重荷になって生きるつもりはない。仕事が約束されている、と嘘をついた。あたしの稼ぎはあたしひとりだけではなく、母さんを養うのにも足りるだろう。もし母さんが、とつけ加えた。あたしをなにか絶望の行為に追いこみたくないのなら、正面切ってだろうと、隠れてだろうと、いかなる方法によっても、あたしが決めたことを邪魔しようとしてはならない。こう言うと、アンナは例の手紙を書き、それをもって、母のかわりに管理人の事務所に出かけた。

将来、なにをするつもりだったのだろう? 荒唐無稽な計画がアンナの心をよぎっていった。アンナにこの一歩を踏み出させたのは、傷つけられた自尊心だけではなく、迷信的な衝動でもある。この一歩によって、自分の犠牲が奇蹟に姿を変え、エドアルドをふたたび自分のもとに連れもどすように思えた。アンナをこれほど何か月もとりこにしてきた魔法を、おそらくは絶望が解くだろう。フランチェスコに助けを求め、仕事探しを手伝ってもらうことも考えた。青年の住所は知っていたが、その家を訪れるのには嫌悪を覚えた。たまたまこの数日前から、フランチェスコは顔を出さなくなっていた。

こうして、もともと無精なアンナは怠惰な毎日を送った。身なりにかまわず、ソファやベッドに横たわり、空想にふけったり、三文小説を読んだりして長い時間を過ごす。チェジーラはと言えば、いまやその精神は疲労に完全に屈していたので、チェレンターノ家に対するアンナの雪辱に、ようやくぼんやりとした満足をどうにか感じるのがやっと。ときには将来の不安から大胆な計画を立て、チェレンターノ家を訪れ、アンナの知らないところで、懇願によって新たな援助を得ることを考えたりした。しかしすぐに、このような計画のばからしさを悟ったし、他方ではそれを実行するのは、考えるだけでもうんざりだった。だから闘争から手を引き、アンナに服従するほうをよしとした。まるで一人前の女はアンナであり、もう一方は少女に返ったかのように、家長の権威はこのとき完全にアンナの手に移った。それでもチェジーラは不平不満を出し惜しみはしなかった。アンナはとげとげしく言い返す。すべてはすぐに解決するのだから、心配しないで。あるいは激しいすすり泣きを始めるのでなければ、腹を立て、フリアイのように口答えした。

こんなふうにして日々は費やされ、そのあいだに、アンナの予感によれば、その運命が決められていった。だが、それは希望がアンナに描いて見せたのとは異なる運命だった。


私たちがすでに見たとおり、フランチェスコはロザーリアと会うのをやめてはいなかった。だが、その心がそこにあったと断言はできない。この不安な日々のなかで、娘の奇妙な姿が二重写しになり、絶えず変化しながらフランチェスコを支配し、その眠りを訪れた。このうえもなく熱い抱擁でロザーリアを抱きしめながら、考えていたのはアンナのこと。だが、ぼんやりとしたアンナの幽霊との闘いに疲れ果てたとき、休息を求めるのは気心の知れた単純なロザーリアのもとだった。愛撫される必要とロザーリアへの軽蔑、アンナへの熱望、アンナを決して手にできないという絶望のあいだで絶えず闘い続けていた。そして、しばしばその甘やかな精神の錯乱のなかで、ライジーアとロウィーナ[*1]の夫のように、ロザーリアのベッドに近づき、するとほら、その赤い髪、その柔和で陽気な瞳が、アンナの灰色の瞳に、烏の濡れ羽色のおさげ髪に変容する。

義務感がフランチェスコをロザーリアに縛りつけているとすれば、自分自身と自分自身の選択に対するより強い義務感が青年をアンナへの愛に駆り立てた。自分の真のいいなずけはアンナであり、もうひとりではないと考えた。本能的な欲望が、フランチェスコをロザーリアの寝室に導き、そこには魅力が欠けていたわけではない。けれどもひとつのより荒々しい欲望、そのなかでは無垢の歓びが野心と希望、高慢な空想と混ざりあっている欲望はアンナの肉体をとった。

ロザーリアはフランチェスコの変化に気づいていた。最初から、良心のとがめのなかで、恋人がエドアルドとの関係にうすうす感づくことを恐れた。けれどもこの不安は、フランチェスコがときおり友に触れるときの信頼感あふれる称讃の言葉とは矛盾する。そして他方では、ロザーリアをより厳しく監視するどころか、しばらく前からは、これまでにはなかったように自由にさせていた。勉強と家庭教師の仕事を口実に、昼夜を問わず長い時間、そのそばを離れている。このことはたしかに、エドアルドとより落ち着いて会うことを可能にしたけれど、それでもロザーリアを悲しませた。ロザーリアは、フランチェスコに自分よりも好きな娘がいるのではと疑い始め、自分の嫉妬深い疑いを黙っていられなくて、それをフランチェスコだけではなく、エドアルドにも告げた。エドアルドは笑いながら、なにも心配するなと言った。フランチェスコは生来、忠実なたちだ。けれどもこう言いながら、なんとなく悪意に満ちた笑い方をしたので、ロザーリアは警戒心を増大させた。「なにか知ってるのね!」むっとし、声を強めて言った。それに対してエドアルドは、腹を立てて叫んだ。ぼくにほかの男の話をするなんてひどいじゃないか。ぼくじゃなくて、そいつを愛してると明かしてるようなものだ。そのうえ、きみだって、いままさにこの瞬間、フランチェスコを裏切ってるんじゃないか? だからなんで嘆くことがある? 「そうね」とロザーリアはつぶやき、けれども身もだえしながら続けた。フランチェスコを裏切ってはいるけれど、フランチェスコに裏切られることには耐えられない。「ああ、きみはなんて軽薄でわがままなんだ!」とエドアルドは大声をあげた。「自分の義務を果たしていないときに、どうして男からその権利を奪うと主張できるんだ?」ロザーリアにはこの言葉はちょっと難しすぎたので、一瞬ためらい、大きな目をきょとんとさせて、エドアルドをじっと見つめた。「あなた」とようやく口のなかでもごもごと言った。「あたしが義務を果たせないのは、あなたのせいじゃない」そこでエドアルドはわっと笑い出した。「まるで自分は罪に手を染めていないみたいだ!」とことばかにし、でも魅了されたようにロザーリアを揺さぶりながら言った。「じゃあ、なんでぼくと別れない?」こう問われて、ロザーリアはエドアルドに混乱した視線を向け、けれどもその視線のなかでは、この娘をある瞬間に雌山羊、あるいは若い雌牛に似せて見せるあの従順さが震えていた。要するに、ロザーリアはエドアルドとの関係を解消し、あらためて愛するフランチェスコにたいするものとなることを、ときおり考えはした。エドアルドがロザーリアを愛してはおらず、ただ歓びと遊びだけを求めているのはたしかだった。ただけになおさらだ。この歓びと遊びもしだいに魅力を失っているように見えた。なぜならばエドアルドの訪問の回数は、日を追うごとに減っていったからだ。だが、別れる決心はつかない。

*1 エドガー・アラン・ポーの短編『ライジーア』に登場するふたりの女。語り手は妻ライジーアを病気で亡くし、ロウィーナと再婚する。ロウィーナも病死するが、語り手の目の前で、ライジーアとなってよみがえる。

エドアルドを拒絶する勇気はなかったからでもあり、この訪問がもつ威信、高価な贈物をあきらめるのがあまりにもつらかったからでもある。「きみが金銭ずくの女だからさ、それが理由だ」とエドアルドはその心を読んで言った。「たとえ人に見せびらかすことは許されないとしても、ぼくがやった指輪を、美しい金のピンを、イヤリングを愛しすぎているからだ。夢のなかは別として、きみ、貧しい山の娘がこんなアクセサリーをつけている自分をいつ、いったいいつ、目にできると言うんだ」反抗心がロザーリアをさいなんだ。贈物の数々をエドアルドの顔に投げつけ、この男を追い出したかったことだろう。だが、ロザーリアはあの石たちへの愛、あの隠された富の吝嗇な歓びに支配されきっていた。これほど異なる衝動にとまどい、わっと泣き出す。「泣かないで、泣かないで」とエドアルドは言った。「なにを恐れてる。言っただろう。フランチェスコはきみに忠実だよ。あの男には忠実でいないことはできない。永遠に忠実だろう。そしてきみとの結婚を望むほどに、きみを愛してる」「あたしと結婚！　あの人が！」ロザーリアは涙に暮れながら、この荒々しい期待に顔を赤く染めた。「そうだよ。きみに話してはいない。でも、きみと結婚するつもり、きみを男爵夫人にするつもりだ。きみに言わないのは、きみが自分にふさわしいかどうかを見るために、きみをよく観察したいからだ。でも、きみはフランチェスコを裏切った。で、もはやフランチェスコにはふさわしくない。だから結婚はしないだろう」ロザーリアは笑うふりをし、心配そうにエドアルドを見た。「いずれにしても注意するんだ」とエドアルドは真剣な脅しの口調で続けた。「ぼくの名前を明かさないように。とにかくぼくとまた会ったことをうっかりもらさないように気をつけろ。もしフランチェスコがなにか感づいたら、どんな目に遭うかはわかっているな」「心配しなくていい」とロザーリアは恐れと後悔に満たされて言った。「あの人があたしからなにか知ることは絶対にない」ロザーリアは、フランチェスコが自分と結婚したがっていると断言したとき、エドアルドがからかっていたのか、そうではなかったのかを知ろうとした。フランチェスコの不実をめぐる自分の疑いから自由になることもできなかった。それどころか、信頼できる女友だちにこっそりあとをつけさせるとかなにか、ほかの似たような策略を使って調べることを考えた。

ここで、私は自分に問いかける。私たちがこれから見るように、謎の介入者が私の登場人物四人の錯綜する関係を終局へと急きたてなかったら、この四人のあいだではどんな情景が展開しただろうか、と。ある種、語り手の自己満足がないわけではないが、私の空想力は、ロザーリアが決心したとおり調査をし、恋敵の存在を発見した場合に起きた可能性のある、アンナとの邂逅を想い描く。ふたりの女は実際に顔を合わせることになるのだが、それは何年もあと、まったく状況が変化したときの話である。だが、そうではなく、ひとりの匿名の人物が決定的な介入をして、フランチェスコの背中を押し、おそらく自分ひとりでは切れなかった縁を切らせなかったら、四人の人生模様はどうなっていただろうか？　フランチェスコはアンナに愛されていないと感じ、その少しあとに友からも見捨てられて、犠牲と情愛を渇望し、そのためにほんとうにロザーリアと結婚していただろうか？
そしてもしその場合に……でもほんとうに、このような無為の推測にふけるために、紙とインクを無駄にする必要はない。現実は以下のように展開した。私がいま皆さんに報告したエドアルドとロザーリアの会話の翌日、フランチェスコは一通の匿名の手紙を受けとった。大家夫婦が語ったところでは、注意深く封がされた手紙を届けてきたのは、夫婦がこれまでに一度も見たことのない少年だった。使い走りの少年は大家夫婦の手に手紙を預けたあと、口笛を吹きながら姿を消した。それは上質の紙に、フランチェスコの知らない、とても規則的な筆跡で書かれていた。署名もなければ、上部に印刷された住所氏名もなく、文面は次のとおり。〈ああ、気の毒な空想家よ。あなたのためを思う者が明かす秘密を聞きなさい。あなたが信頼している女は、その真の性向を捨ててはいない。そして、あなたよりも金のあるだれかを相手に、あなたを裏切っている。証拠が欲しいのなら、シニョリーナ・ロザーリアの整理だんすの上にあるあの貝殻が象眼され、ふたに鏡のついた小箱のなかを探してごらんなさい。気をつけて。あの小箱には秘密の二重底がある。さあ、あなたに警告はなされた。あなたのためを思う者はあなたに敬意と挨拶を送る〉
こう伝言には書かれていた。それを読むと、フランチェスコはロザーリアのもとに急いだ。午後の一時だった。その午後遅く、今度はエドアルドが、前もってどこかの少年を送ってロザーリアがひとりなのを確認したあと、その部屋にあがっていった。たしかにひとりだった。だが、いつもエドアルドを迎える浮かれたロザーリアとはまったく違っていた。狭い部屋のなかはめちゃくちゃで、ベッドは乱れ、宝石の小箱は床の上でばらばらに壊れて、ふたの鏡が粉々になって散らばる。ロザーリアのわずかの衣類は地べたや家具の上に乱雑に放り出されていた。この混乱のただなかで、娘はだらしない身なりのまま、半裸でベッドに横たわり、顔はまっ赤、目は涙で膨れあがっている。「どうしたの?」エドアルドはあっけにとられ、あたりをぐるりと見まわしながら尋ねた。ロザーリアはすすり泣きに中断されながら、こう話した。数時間前に、フランチェスコが嵐のように部屋にはいってきて、ロザーリアにひとことの言葉もかけず、いつもとすっかり違う顔つきで、整理だんすまでいき、貝殻のついた宝石箱のふたを開け、そこからボタンやらリボンやら、そのほかなかにはいっていた小間物をばらばらととり出した。それから、宝石箱のまわりにいらいらと指を這わせながら、唖然として見つめているロザーリアに、秘密の二重底はどこにあるのかと尋ねた。この瞬間、ロザーリアは自分が魔法か妖術の犠牲者になったのだと信じ、叫び声をあげてフランチェスコに飛びかかり、宝石箱を奪いとろうとした。けれどもフランチェスコはロザーリアを押しのけ、もみあっているうちに、宝石箱が床に落ちた。フランチェスコはこの邪悪な回し者への憎悪に取り憑かれたかのように、それを激しく踏みつけて壊し、鏡を粉々に割った。ロザーリアのほうは、鏡を割るのは縁起が悪いと考えて、震えあがった。そして、ほら、破壊された宝石箱から、隠しておいたイヤリングが、ペンダントが、ピンが、光のなかに転がり出てきた。「だれにもらったんだ?」フランチェスコは尋ねた。そして女が途方に暮れた心のなかで、もうなにか嘘を探しているあいだ、男は狂暴な野獣のように部屋のなかを動きまわり、ベッドのすそのくしゃくしゃになった掛布団のひだのあいだから、なにかを拾いあげた。それは黄金の細い鎖に下げられたガラスのモノークル［片眼鏡］。社交人士(とくに、ちょっと放縦な嗜好をもち、どちらかと言えば中年の)が、視力を補うためというよりは、このガラスがその容貌に、まばたきをしたような、そして同時に威厳のある表情(有り体に言えば、もの悲しげな虎猫が片目をほとんど閉じ、反対の目を丸く見開いたときの表情に似た)をあたえるから、好んで身につけるようなモノークル。

ロザーリアはますます、邪悪な魔法が自分をその輪のなかにとらえているのだと思った。なぜならばエドアルドがモノークルをかけないのを知っていたからだ。だが、前夜、ロザーリアの部屋にいたエドアルドでなければ、いったいだれがこのガラス製品をここに忘れることができるだろうか？　ロザーリアはエドアルドに誓った。聖なる櫃にかけて誓った。ほかの男はだれひとりとして、この寝室に足を踏み入れてはいない、と。それはともかく、フランチェスコには、宝石だけでは充分と言えないにしても、モノークルはロザーリアに愛人がいることの揺るぎなき証拠に思えた。娘が心のなかで、部屋を片づけたり、ベッドを整えたりせずに、昼近くまで布団のなかでぐずぐずしていた自分の怠惰を呪っているあいだに、フランチェスコはまるでそれに触れるのも厭わしいというかのように、掛布団の上にモノークルを放り投げた。そして本人のものとは思えない冷たい声を喉から絞り出し、ロザーリアに言った。この瞬間から、ふたりの道は永遠に分かれる。ぼくはきみを、恥ずべき運命のなかに捨て去る。きみはその運命のために生まれた。ぼくは愚かな信頼のために、きみをその運命から引き離したと幻想を抱いていた。フランチェスコの言葉を聞いたとき、ロザーリアにはこの狭い部屋のなかで、地獄がその口を開いたかのように思われた。すでに外に出たフランチェスコに駆けより、ひざまずいてその身体を両腕で抱きしめる。だが、フランチェスコはロザーリアの肩をつかみ、強い力で突き放し、煉瓦の床に押し倒した。ロザーリアは茫然自失から気をとりなおすとすぐに、あとを追おうと踊り場に出た。だが、フランチェスコはすでに階段の下にいて、ロザーリアは半裸だったため、通りには出られない。このとき、大家の女が踊り場に姿を現し、あたしの階段で騒ぎを起こさないでくれと言った。ロザーリアを部屋に押しもどし、大丈夫、ひとりを失っても、もっといいのが見つかるわよ、と繰り返して慰める。焼けるような苦しみのなかで、ロザーリアはこの言葉にいらだち、激しい怒りをだれかにぶちまけたくて、この瞬間、自分はひとつの啓示に照らされたと信じた。そして大家のほうを向き、叫んだ。あんたが、あんただけが密告できた。あんたでなければほかのだれに、宝石箱の秘密、宝石の隠し場所を知ることができたのか？　たしかに、年をとり、盛りを過ぎ、だれからも愛されていないあんたが、ロザーリアへの嫉妬からそのただひとつの愛をとりあげようとしたのだ。たしかにあんたはフランチェスコが好きじゃなかった。あの人は、あんたのやり手婆の汚い強欲に見合うだけの稼ぎをもってこなかった。だから内緒で知ったことを明かして、あの人を片づけようとしたんだ。この非難に応えて、大家は秘密のことはだれにも、ひとことも言っていないと誓った。あの秘密については、なによりもまず、エドアルドのご親切に恩義がある。そしてつけ加えた。もしエドアルドのためでなければ、いま、沈黙を守ったお返しに受けとった感謝を見て、黙っていたことを後悔していただろう。こうして大家は非難から身を守ったあと、ロザーリアの侮辱に同じだけの侮辱で応じた。そこから激しい口論となり、それは大家がロザーリアに今日中に部屋を出ていけと命じることで終わりとなった。大家は怒り心頭に発し、自分の手で引き出しを開け、娘の下着を外に放り投げ、さっさと荷造りしろとうながした。このとき隣家の女が大家を呼び、大家はロザーリアを部屋にひとり、そしてエドアルドが見いだした状態のなかに残して出ていった。

ロザーリアがすすり泣きでとぎれとぎれの話を終えたとき、大家（おそらく閉じた扉のうしろで立ち聞きをしていた）が呼びかけた。「はいってもよろしいですか?」そして返事を待たず、部屋に慎ましくはいってきた。若者のほうを向き、従順な口調で懸命に言う。ロザーリアから投げつけられた残酷な非難から身の潔白を証明するのを、一分でも遅らせることはできません。そして、つけ加えた。ご自分がお許しになった信頼が裏切られたという疑いを、エドアルド若さまがほんのわずかでもおもちになっただけでも、あたしは夜、眠れません。うちの下宿人のお嬢ちゃんとエドアルド若さまについて知ることはすべて、若さまのご命令に従って、自分の意識の奥底に、まるで墓のなかに横たわっているかのように、永遠に埋葬され続けるでしょう。あたしのような良識と思いやりのある人間にはよくわかります。罪を着せかけられた瞬間、シニョリーナ・ロザーリアが自分がなにを言っているのかを考えずに話したのはたしか。絶望と怒りがそれほどまでにその心をくもらせていたのです。それにあたし自身も怒りに押し流されるままになり、シニョリーナに家を出ろと言ってしまったではありませんか？でも、たしかに、シニョリーナはこの立退き命令が本気ではないこと、単なる言葉のあや、怒りで口がすべっただけなのはおわかりでしょう。あたしはあらゆるやり方で、ロザーリアを娘のように愛していることを証明してきたではありませんか？　その部屋をいちばん使いやすいように整えて、家にあるいちばんお上品な装飾で飾っているではありませんか？　そしてあたし自身が、今日、踊り場で口を出したのは、よかれと思ってのこと、シニョリーナ・ロザーリアに無駄な苦しみと恥辱を避けさせるためだったのではありませんか？　言葉と同じほどに勢いのよい身ぶりと顔の表情をつけて、大いに熱弁を振るっていた大家は、ここで涙を流し始めた。そしてほとばしり出る自分の熱い気もちをこれ以上一分も抑えておけず、ロザーリアの首に腕を巻きつけた。ロザーリアの側もとめどなく涙を流しながら、慰めと共感を求めて女を抱きしめる。「さあ、元気を出して。あたしの魂《アニマ・ミーア》」と女はささやいた。「あなたみたいにきれいで若いときに、そしてこんな美青年のお友だちがいるときに、どうして泣くことがあるでしょう？　この人のほうがあっちよりも一千倍も美男子じゃないの？」けれどもこの言葉もロザーリアを慰めるのには充分ではない。ロザーリアは顔を大家の肩に埋め、なおいっそう激しく嘆き、すすり泣きを始めた。「お願いします。出ていってください」と、このときエドアルドが大家に言った。「あなたのしかるべき発言とよき意図とは心にとめました。密告したのがだれか、ぼくにはわからない。だが、いずれにしても、ぼくのこの訪問について、あなたが他人に秘密をもらしたりすれば、一生後悔することになるでしょう。シニョリーナに対する解約通告については取り消す必要はありません。あなたのお考えはすばらしい。お嬢さんは今日、ここを出ていきます。さようなら」「なんですって？」と大家はつぶやき、一方、ロザーリアはすすり泣きを中断し、涙で歪んだ顔を若者に向けた。「おやおや、充分に説明したはずだ」とエドアルドは大家に言った。「さあ、出ていってください」「まあ、ここよりいいところに移るっていうんなら……」と大家はつぶやき、部屋を出ると扉を閉めた。

エドアルドは床の煉瓦を見て黙っていた。娘はためらいながら、すでにもう、楽観的な希望に苦しみをちょっと慰められて、尋ねた。「なぜ……言ったの……あたしがこの部屋を出ていくって？」「なぜ、だって！」とエドアルドは肩をすくめながら答えた。そしてロザーリアを見つめながら、きっぱりと言い放った。「だって、このモノークルはぼくのものではないからだ」「あなたのじゃない！」ロザーリアは繰り返した。「どうして？……」「ぼくのじゃない。ぼくがここにおいていったんじゃない」「あなたじゃない！」ロザーリアはたまげて繰り返した。「でも、じゃあ……だれが？」「ああ、ぼくの天使」とエドアルドは言った。「まさにそれはぼくがきみに尋ねるべきことだ。だが、ぼくにはほとんど関心がない。要するに、このモノークルはぼくのではない。フランチェスコのでもない。だから、もうひとり別の男のものだ。そしてこのモノークルはまさにきみのベッドで見つかった」「なにが言いたいの？」ロザーリアは尋ねた。「言いたいのは、あなたは不実な娼婦だということだ」とエドアルドは答えた。「そんなあなたの面倒を、ぼくはもうこれ以上は見ない。あの大家が、ぼくが見放したと知ったら、さっきと同じように、あなたをこの部屋においておくことに熱心になるとは思わない。だからぼくは正直に、解約通告をあまり急いで撤回するなと警告した」ロザーリアは憤怒と驚愕とに息を詰まらせ、一音節も発することができずに黙っていた。「その一方で」とエドアルドは続けた。「ぼくにもまた、きみがこの部屋を、いやそれどころかこの街を今日中に出ていってほしいと思うだけの理由がある。きみの存在、きみの気まぐれは、ぼくやぼくの友人たちの名誉を穢しかねない。きみがどんなことを思いつくか、わかったものじゃない。心配するな。きみを慰めなしで追いはらったりはしないから。さっき母に銀行から金をおろしてもらった。母はぼくらの収入をぼくにたっぷりと使わせてくれる。この金はきみのものだ。ぼくがやった宝石と合わせれば、別の場所で小さな店を開く以上の資金となる……」こう言いながら、エドアルドは上着の内ポケットから札束を取り出し、たんすの上においた。だが、ロザーリアはわれを忘れたあまり、数か月前なら途方もない大金に見えたはずのこの札束にも心を動かされなかった。「あたしが不実な娼婦、ですって！」意志の力で、はあはあというあえぎを抑えこみながら、激しい怒鳴り声をあげた。「ああ、そのとおりよ！　でも、あんた、あんたはなにさ。裏切り者で嘘つき以外のなんだっていうの？　ここ、あたしのところにあたしを抱きにきて、友だちを裏切った。で、いまはモノークルは自分のもんじゃないって言い張ってる。嘘をついてるのはよくわかってるはず。なぜ白状しないのさ。あたしを捨てる口実を探してるんだって？　きっと、あんたがこの悪魔のモノークルをわざとあたしのベッドに落としていったんだろう。昨日の夜、あたしに偽りのキスをしてるあいだに。そうよ、あんたがもってきて、そこ、掛布団の上に半分見えるように、半分隠すようにしておいてった。今日、あたしから逃げる口実をつくるために。でも、あたしはしばらく前から気づいてた。あんたはもうすぐ腹いっぱいになるだろう、って。もしかして、自分があたしにとってなにか大切な人だとでも思ってたの？　とんでもない。ありがたいことに、あんたを愛したことは一度もない。フランチェスコがあたしの胸から心を取り出せたら、たとえ裏切りはしていても、あたしの心はいつもあの人のものだと知ることができるでしょう。でも、あたしが兄さんのように、大天使のように、父さんのように、母さんのように愛している人！　その人の前に出たら、あたしとあんたは二匹の蛆虫にすぎないのだから、あんたがその足に口づけすべき人！　あんたはその人を裏切るようにあたしをけしかけたあと、あげくの果てに、いまはあたしをばかにし、もてあそんでる！　ああ、フランチェスコ、あたしのフランチェスコ！　あたしの兄さん！　あたしの救い主！　なぜあたしのところにもどってきてくれないの？」ロザーリアは打ち負かされ、ふたたびすすり泣きを始めた。

「鰐の涙［嘘泣き］！」とエドアルドは、軽蔑したように顔をしかめながら言った。「涙はなしですませたほうがいい。いまさらなんの役に立つ？　ああ、清らかな乙女の涙はときにとても魅力的で、感動的な光景だ。だが、きみたち娼婦の涙ときたら！　さっき、もうひとりの女、シニョーラといっしょに、ふたりとも顔をまっ赤にして、息をはずませながら泣いてたとき、きみたちは見るも哀れで滑稽な見世物だったから、ぼくは笑っていいのか、それともぼくも泣き始めるべきなのかわからないくらいだった！　鏡を見ろよ。泣いてるとき、自分がどんなに醜いかを」

「ああ、そうですとも。あたしは醜い！」とロザーリアは怒り狂い、けんか腰で叫んだ。「で、あたしが出ていかなかったら？　もしあたしがフランチェスコに、あたしを誘惑したのはあんた、裏切り者はあんただと言ったら？」

「やってみろ」とエドアルドは言った。「結果がどうなるか、一千回目に繰り返して言う必要はないだろう」

「あんたはあたしにつけこんだ」とロザーリアは口角泡を飛ばしながら言った。「あたしにつけこんだ。あたしが守ってくれる人も助けてくれる人もいない貧しい娘で、あんたはあんたのおえらいさんたちをもちだして、あたしを恐がらせられるから！　でも、あたし、あんたなんか恐くない。ほら、このとおり」そして激しい怒りをこめて、ロザーリアはエドアルドの頬を打った。

平手打ちを食らって、エドアルドの顔があまりにもまっ白になったので、ロザーリアはすでに一瞬ののちには衝動的な振舞を後悔し、心のなかで恐怖に襲われた。若者は憎悪と驚愕に満ちて目を見開き、ロザーリアをにらんだ。「なにするんだ」と叫んだ。「ひざまずけ。教会でするように、ひざまずけ」ロザーリアは恐怖に負け、ぐずぐずせずに従った。「ぼくに赦しを乞え」とエドアルドはまるで自分自身の復讐の思いに圧倒されたかのように、整理だんすに寄りかかりながら続けた。「ああ、神さま、あたしはどうなってしまうのでしょう！」とロザーリアは大声で言い、つけ加えた。「お赦しください。なにをしているのか、自分でもわからなかったのです」「さあ、荷造りをして、出ていくんだ」とエドアルドは女中に話すように命じた。「馬車が駅まで送る」ロザーリアは二度とフランチェスコに会えないと考えて、繰り返した。「ああ、神さま。ああ、神さま」

だが、エドアルドは数時間、女友だち連中に挨拶する時間だけでもとどまることさえ許さなかった。そしてロザーリアに、商売女、育ちの悪い不潔な商売女と繰り返し、もたもたしてたら警察に突き出し、両親のところに送り返すか、あるいは同類の売春婦たちといっしょに監禁すると脅した。荷造りをし、夜になる前に街を出ろと繰り返し命じる。だからロザーリアは散らばった自分のぼろ着を拾い集めにかかり、激しいすすり泣きの声をあげながら、旅行鞄をもっていなかったので、故郷の山から街に出てきたときと同じ袋にぎゅうぎゅうと詰めこんだ。ロザーリアはこの大急ぎの準備を、侮辱されて腹を立てた自分の悪霊の無慈悲な視線の下で終え、最後に、その悪霊が手ずから贈った宝石と現金を胸にしまった。そこでエドアルドは用意はできたかと尋ねた。ロザーリアはうめき声をあげ、派手な大きな帽子の下で目をぬぐい、なにも答えなかった。「よく覚えておくんだ」とエドアルドは扉を開こうとしながら言った。「覚えておけ。ぼくの名前は出さないと誓ったのを。ぼくがきみのために祈る最良のことは、きみが二度とぼくの名を聞かないことだ」ロザーリアはぱっとエドアルドのほうを向いた。そして涙と恨みに満ちた荒々しい笑い声をあげながら叫んだ。「ああ、恐がることはない。あんたの名前は言わないさ！　あんたは自分のことしか考えない！　あんたを憎む。あんたを愛したことなんか一度もない。うらなりの、半病人の金髪坊ちゃん、雌鶏の腐ったの、女みたいになよなよして！　自分がどんなに哀れな姿になったのかわからないの、顔に死神がついてるよ！」こう言いながら、ロザーリアはエドアルドの顔の上で、勝ち誇った視線がくもるのに気づいた。ロザーリアが最後の言葉を発したとき、勝利の視線は無防備な問いかけの微笑に場所を譲り、それはその言葉の意味を尋ねているように見えた。だが、ロザーリアにはエドアルドを傷つけたという確信だけで充分であり、傷つけたことに疑いの余地はなかった。エドアルドは無視を装ってはいたけれど、実際にはあまりにも動揺していたので、大家にロザーリアの勘定を払うとき、指が震えていたほどだ。大家はおそらくずっと立ち聞きをしていたのだろう。事実、その熱のこもった儀式ばった挨拶は、人をばかにしたような好奇心をにじみ出させ、それは下宿人の振舞を探ることに向けられていた。そこで下宿人は落ち着きをとりもどし、堂々と胸を張って、満足をこれ見よがしにひけらかす。エドアルドが大家に金を払うとき、大家は失礼ながらと宝石箱の損害をそっと指摘し、エドアルドはなにも言わず、すぐに追加の金をあたえた。若者の態度は変化したように見えた。侮辱的、攻撃的だったのが、口数少なく、ほとんど従順になった。ときおり、ロザーリアを横目で見る。そしてロザーリアと馬車に乗りこむと、車内にかけてあった鏡をのぞき、探るようにじっと目を凝らし、まるでそれがスフィンクスの顔であるかのように、自分の顔に問いかけた。だがすぐに、敵をよろこばせるのを恐れ、鏡の前でかっこうをつけるために指で髪を整えた。駅までの道のり、ふたりはもう口をきかなかった。エドアルドは首都行きの特急列車の一等切符をあたえ、発車時刻が迫っていたので、ロザーリアがステップにあがるのを助けた。「さよなら」とロザーリアに言った。「幸運を祈る」そして発車を待って、ホームの屋根の下に立っていた。〈呪われたうらなり顔、地獄の悪魔〉とロザーリアは考えた。新たなすすり泣きが胸を焼くのを感じたが、生まれて初めてビロード張りの一等車に乗って、旅の道連れとなるおえらがたたちがはいってくるのを見ると、本物の貴婦人のような態度をとった。贅沢な客車で旅をするのに慣れた人のように、ぴんと背筋をのばしてレースの上に腰をおろし、発車の笛を待つ。このとき、エドアルドは、おそらく平手打ちを思い出し、そして、ロザーリアの陰鬱な言葉で自分に侵入してきた不安を忘れて、自分の勝利を完全に味わおうとした。旅の女を傷つけるよい方法が見つからなかったので、窓ガラスをたたき、陽気な笑い声をかん高くあげながら、怒鳴る。「お別れです、奥方さま！」ロザーリアは、この人をこばかにした挨拶が聞こえないふりをした。だが、エドアルドは繰り返した。「お別れです、奥方さま！」そこで、コンパートメントの旅行客はものめずらしそうな視線をロザーリアからエドアルドへと向けた。だが、ロザーリアはまばたきもしなかった。列車が動き出し、いまや遠くなった敵の小さな姿が屋根の赤い照明のなかに消えていくとき、ちらりと気のない視線を向けただけだった。

だが、その性格から言って、ロザーリアには闘わずして武器をおく気はさらさらなかった。だからいま述べた情景の数日後、エドアルドの手によって追放された街に数時間もどってきた。エドアルドの仕返しに勇敢に挑戦して、お忍びで列車を降りると、フランチェスコの住む家にいく。ふたたび首都に向かう前に恋人と再会し、もう一度、話をするつもりだった。りんりんと呼び鈴が鳴るのを聞いて、御者の小さな息子が扉を開く。息子はこの香水をぷんぷんさせた華麗なご婦人を見て、称讃のあまり気おくれし、婦人の問いかけにも口を閉じていた。そこで婦人は胸をどきどきさせながら廊下を進んだ。けれどもそのとき、御者の女房が姿を現した。ロザーリアは女房から、フランチェスコが数日前に出発したことを知った。けれどもどんなにしつこく尋ねても、それ以上は聞き出せなかった。実のところ、御者の女房は一家の評判を極端に気にしていて、毛皮を着たこの訪問客の外見が、ひと目見たときから女房を警戒させた。道徳に凝り固まった頭のなかで、この女との会話を不道徳で恥ずべきものと判断し、その質問をさえぎる。そしてシニョール・フランチェスコはお留守ですと繰り返し、ほかのことは知りませんと断ったあと、女を出口まで連れていった。

さらに数か月が過ぎた。そして、ほら、また同じ婦人が首都から到着するとすぐに、御者宅に顔を出した。今回は夏服姿で、胸が大きく開いていたので、ほとんど乳房が見えそうだった。挑発するように日傘を振りまわしながら、フランチェスコに会いたいと言う。けれども大家の女房は婦人を蔑むように上から下までじろじろと見て、おはいりなさいとも言わず、敷居のところから、フランチェスコはもうここにはいない、結婚して、別のところに住んでいると告げた。「結婚した？　いつ？　だれと？」と婦人は顔を赤く染めながら、ぶつぶつとつぶやいた。けれども相手は突《つ》っ慳貪《けんどん》に言った。「失礼します」そして鼻先でぴしゃりと扉を閉めた。その夕刻すぐに、向こう見ずな娘はまたしても、このもてなしの悪い街をあとにした。

さて、ここで私たちはロザーリアに別れを告げよう。再会するのはずっとあとの話だ。そしてフランチェスコを、私たちがおいてきたところ、つまりロザーリアの裏切りを発見し、その小さな部屋を永遠に立ち去った瞬間まで探しにいくことにしよう。

あの部屋から通りに出たとき、フランチェスコはあまりにもさまざまでてんでんばらばらの情念に引きまわされていたために、どれがいちばん本物なのか、あるいはいちばん激しいのかを判断できないほどだった。自分は恋人に裏切られた。その恋人にあまりにも純情すぎる信頼をおいていた。だが、裏切られたのは、もう愛するのをやめたまさにそのときだった。すでに見たように、ここしばらくのあいだ、フランチェスコがロザーリアとの関係を維持してきたのは、衰えゆく愛情にもかかわらず、いまだこの娘のなかに見いだす歓びのためだけでなく、なによりもまず娘に対して負う義務感ゆえだった。それでもやはり自分をロザーリアへと引き寄せる歓びは、その心から完全に消え去ってはいない情愛といっしょになり、フランチェスコのなかに苦痛と嫉妬とをかきたてた。かつてフランチェスコを娘に結びつけていた義務の意識そのものが、いまは傷つけられた自尊心と幻滅の感情に変化した。実のところ、エドアルドの皮肉な言葉がなければ、隠れて自分を欺き、侮辱した女の贖罪をちょっと前の出来事が起きるまでは信じ続けていたのではないか？　一方では、すでに不可避だと感じていた関係解消のきっかけとなったこの密告を、フランチェスコはありがたく思っていただろう。だが他方では、しばしば自分は偏見からは自由だと主張していたにもかかわらず、傷つけられた名誉の感覚にさいなまれた。そこで、あの不実な女のもとにもどり、足蹴にして殺してやりたいという衝動を感じた。見知らぬ競争相手を見つけて挑発し、そいつを殺すか、あるいは殺されるか。だがすぐに、あんな女の裏切りに復讐をするのは、正気を逸した滑稽な振舞だろうと言って、自分を笑った。実のところ、ロザーリアはみんなのもの。いちばんの金もちに身をまかせても驚くことはない。罪があるのはあの娘《こ》でも、名前がわからぬ競争相手でもなく、あんな娘を信じた自分だ。だがそれでは、かつてあの娘に託した期待のすべて、ふたりいっしょの正直で勤勉な生活の計画は？　すべては終わり、そしていま、フランチェスコはあの狭い部屋を思って嘆いた。あの部屋では、自分はもはや孤独ではなく、愛されていると感じ、あれほどの愛撫をあたえ、受けとった。それから突然、哀惜のあいだから、自由と慰めの感覚が前に進み出てきた。孤独はもはや重荷ではなかった。なぜならばいまでは自分のほんとうの情熱、いまやフランチェスコを支配しているあのアンナに身をまかせられるからだ。〈だが、アンナはぼくを愛せるだろうか？〉と自分に尋ね、謙遜と嘲笑とともに自分に答える。だれもぼくを愛することはできない。あの田舎女、あの商売女でさえ、ぼくをもてあそんだ。ぼくのこの顔で、ぼくの暗鬱な運命で、ぼくの空しい約束以外なにも提供するものはないのに、どうして期待などできようか、ひとりの王女から、アンナから愛されると、どうして期待できようか？　田舎女、王女！　もしみずからが称讃する原則に忠実でいたら、こんな言葉はフランチェスコには意味なく響いただろう！　だが、悲しいかな、頭が混乱した奴隷のように、フランチェスコは反対に、よろこんで前言を翻し、かつては輝かしい真理と思えたこれらの原則を陰らせるのには、もっとも愚かな情熱で充分だった。最終的にはひとつの、だいいち新しくはない感情が他の感情を追いはらい、フランチェスコを支配した。自分自身への不信、フランチェスコがみずからを差し出してもだれも受けとらず、フランチェスコにとっては空虚と放棄と軽蔑しかない敵意に満ちた世界のなかに、ひとりぼっちでいる自分を見ることへの激しい恐怖感。少年時代から、フランチェスコはこのような感情のなかにいつも一種の休息、実のところ、被告人のそれに似た悲しい休息を見いだしてきた。被告人は仮の独房と予審判事の執務室や法廷とのあいだを何度もいったりきたりしたあとで、何か月も何年もの不安や、体力と気力を奪う希望のあとで、ついにその残りの人生を過ごさねばならない独房に監禁される。自分自身を絶望的な姿に想い描き（それは要するに、卑怯者たちにとっては、自分自身を崇めるもっともありふれた、もっとも不体裁な方法となる）、その思いのなかに浸りこんで、フランチェスコは通りをぐるぐると歩きまわったあと、大きな広場の片すみで立ち止まった。朝には市が開かれるが、一日のこの時間にはだれもいない。下の道に続く短い階段のてっぺんに腰をおろし、街のこの汚いすみで、冷たい風から身を守りながら、残酷な目で自分自身を見つめているような気がした。色黒で、みすぼらしい身なりをして、粗野。その目の前には世界がある。このときフランチェスコはその世界を楽観的に、悲壮に、だが同時に脅威ある姿に描き出した。それは自分の意志に反して修道院に閉じこめられている見習い修道女が、自分のために描きうるであろう世界だった。〈さあ〉と自分に言う。〈ぼくのまわり、世界のなかで、ほかのみんなはたがいに出会いを重ね、愛を、共謀関係を、運命をよりあわせている。だが、その相手はぼくではない。家のなかでは明かりがともされ、家族が集まり、いいなずけたちは門のところでぐずぐずし、舞踏会場では楽器の音を合わせている。町はずれの店は扉を閉じ、中心街のウインドウでランプが輝く。一日の報告をし、みんな、共通の言葉でたがいに思いや計画を打ちあけあい、あるいは対等の立場で闘いあう。だが、ぼく、ぼくはみんなといっしょではない。そして、だれがぼくといっしょにいる？　エドアルドではない。あの男はぼくに部分的な友情を許すだけで、自分の社交的なつきあいや親類縁者からは、まるでぼくが身分が下の種族のひとりであるかのように、ぼくを閉め出している。ぼくの母親もちがう。文字の読めない貧しい百姓女、その純朴ゆえに、自分の息子よりも卑しい動物たちのほうに近い。ロザーリアは裏切った。そしてニコラ・モナコは死んだ！　ほかを探してみよう。ぼくが下宿をしている一家、御者の一家は、ぼくが学生で、自分たちとは違う立場だから、ぼくの前ではたぶん態度と話題を変えるのではないか？　そして、ぼくを受け容れてくれる人たちを、あの人たちはあれやこれやの理由で、ぼくの信頼に応えられないからと言って、ぼく自身が自分の信頼から除外しているのではないか？　ぼくはひとりぼっち、ただひとり、これが真実だ。ぼくは少年時代、自分の惨めな孤独を泣くために、野原をさまよったときのようにひとりだ〉

これが私たちの英雄が、その人生の痛ましい恋の冒険のとき、そして光と闇のあいだのこの憂鬱な時間に、自分自身にうたって聞かせた悲歌だった。さて、私の読者諸氏のなかでもっとも鈍い方でも、この悲歌の意味をよく調べてみれば、フランチェスコが要するに、この悲歌でひとりの母親に呼びかけていることを理解されるだろう。別に悪いことではない。あのアキレウスだって、私たちが関心をもっているのとそうは違わない状況下で、自分を慰めるために、海の底の住まいからあがってきてくれるように、泣きながら母に呼びかけた。*1 フランチェスコと同じように振舞うアキレウスを、ホメロスが私たちにためらわずに見せるのだから、私たちの英雄フランチェスコ・デ・サルヴィに対して、私たちも同様に遠慮のない態度をとってよいだろう。

けれども、このフランチェスコ・デ・サルヴィは、その実の母親アレッサンドラには、いかなる形でも呼びかける気にはなれなかった。すでに指摘したように、さまざまな理由から母が恥ずかしい。アレッサンドラのかわりにその助けに駆けつける母親とは、このような場合に、ちょっと臆病で未熟な若者たちをしばしば慰める母親。私が言いたいのは「想像力」のことだ。想像力はいつもの習慣どおり、フランチェスコを悲しみから救い出すのにもっとも適した姿、つまりアンナの姿をとった。もちろん本物のアンナではない。だが、完全に空想上のアンナの顔。本物が雲におおわれ、よそよそしいのと同じほどに澄みきり、慈愛にあふれる。そしてこのありそうもないアンナが、フランチェスコの耳もとでありそうもない婚姻の讃歌を歌い、その歌は（もちろんフランチェスコが大好きな大げさなスタイルで）だいたい次のように鳴り響く。

「ああ、あたしのフランチェスコ！　あたしのことを忘れたの？　それともあたしをほかのみんなといっしょくたにしているの？　なぜ？　起きたことすべてにはひとつの目的、あたしたちの出会いという目的があるのがわからないのかしら？　疲労と疑念の季節があり、休息と感謝の季節がある。あなたの美しい季節、それはあたし、あたしがあなたの美、あなたの正義、あたしがあなたの信頼。ここにあたしがいる。あなたのために。あたしのフランチェスコ。あたしはあなたを愛すでしょう。そして、あなたの前で、あたしの純潔を失うことなく、服を脱げるようなやり方で愛するでしょう。なぜならば、あたしはあなたの妻だから。あなたはあたしに、ほかのみんなには隠していることが言える。あたしはあなたの友となるのだから。かわいそうなデ・サルヴィ、あなたのように、あたしもひとりなのではないかしら、あたしはあなたよりはるかに美しいけれど、あなたと似ているのではないかしら？　でも、あたしの美しさに怖じ気づいてはだめ。夫と妻のあいだでは、すべての富は共有されるのだから。そしてひとりが美しければ、もうひとりは相手のなかに自分の姿を映す。夫と妻がその秘密の奥底に到るまでひとつに結ばれるとき、その姿形になんの意味があるでしょう。どちらも最後のときまで若く、感情は目鼻立ちと混ざりあう。ああ、あたしのフランチェスコ、なぜ疑うの？　あたしは啓示、告白、そして赦し」

　こういったこと、あるいはこれと似たことが、慰めをもたらす母がフランチェスコのところに運んできた空想上の理由だった。こんなふうにして、私たちの夢想家は、ひと息で絶望から歓喜へともちあげられた。同じやり方で、暗闇では私たちには恐ろしげに見える風景のなかの物体すべてが、昇る太陽の光を浴びて寛大で輝く姿を明らかにする。暗い水の渦が澄みきった滝になる。幽霊と夜の鳥たちが通っていった広がりが、広大な牧草地であることを明かし、その上に宝石をいっぱいにつけた樹々が、朝の到来をうたいながら立ちあがる。巨大な岩が天の階段のすべての色を映す。そして道に迷ったと思った者が、冒険に満ちた希望へとふたたび昇っていく。

　いま、屈辱の動機となるものすべてが、フランチェスコにとっては特別な魅力に変容した。自分自身の人間嫌い、あるいは他人への軽蔑のために、幼年時代からそのなかに孤立させられてきた孤独が、自分がめったにない選択の対象となる最初の徴候のように思われた。肉体的、社会的劣等感は、もっとも貴重な特権へとフランチェスコを押しやる口実、ロザーリアとの情事は自分をより大人にするための経験、ロザーリアの裏切りは自由にもどるための機会になった。そして不実なロザーリアを思うとき、自分の意志に反して、その胸を刺す肉体的な嫉妬は、みずからの真のいいなずけへの欲望の炎へと姿を変えた。

　こうしてみずからを敗者から勝者とし、フランチェスコは日が落ちてからしばらくたって家に帰った。家では、フランチェスコをロザーリアのもとに突進させた匿名の告発の数分後に届いた一通の電報が、その帰りを待っていた。電報では母親が、父親ダミアーノが重病で、そのためフランチェスコはただちに村に帰る必要があると知らせてきた。

　あの小さな駅に停車する普通列車は翌日の正午までない。それまでのあいだに、フランチェスコは電報を読むとすぐに、急な帰省を知らせるためにチェレンターノ家にいった。だが、エドアルドはいなかった。翌朝、あらためてチェレンターノ家を訪れたが、このときもエドア

＊1（361ページ）　ホメロス『イーリアス』第一歌。トロイア戦争でギリシャ軍の総大将アガメムノンに愛妾ブリセイスを奪われたアキレウスは、母である海神テティスに戦況をギリシャ軍不利に仕向けるようゼウスに頼んでくれと、泣きながら訴えかける。テティスは海の底から浮かびあがり、息子を慰め、願いを聞き届ける。

ルドは外出していた。ようやく二時間ほどあと、荷物をとりに自分の部屋にもどったとき、フランチェスコはエドアルドが自分を探しにきて、大家から友がすぐに帰省すると聞き、しばらく待ってさえいたことを知った。結局、エドアルドはほかに約束があったので、旅立ちの前にフランチェスコに挨拶できないのをたいそう嘆きながら帰っていった。

けれどもこの時間、エドアルドがフランチェスコを探し、空しく待っていたあいだのこの朝の数時間を、フランチェスコはどう過ごしたのだろうか？　エドアルドの留守にがっかりして、チェレンターノ館を出たとき、部屋にすぐ帰る気にはなれなかった。小さな荷物は用意ができていて、部屋にいてもやることはなにもない。電報の文面が不吉な意味を隠すような気がして、胸騒ぎを覚える。老ダミアーノにはわずかの愛情しか育んでこなかったものの、それでも草木の枯れた痛ましい田園風景を越えての旅、死者の枕もとに到着するという思いがその心を締めつける。だれか別れの挨拶をし、元気づけてくれる人といっしょにいることを切に願った。だが、魅力的な友は不在であり、かつてはあれほどよく知っていた小部屋のなかのロザーリアは、いまは自分には禁じられていた。もうひとつ別の訪問先が、必要なもの、一種の旅のお守り、奇蹟のように思われた。実のところ、街をもしかしたら長期間にわたって不在にするというのに、その前にアンナに挨拶せずにいくことなど、どうしてできようか？　アンナが口にするただひとことの希望の言葉が、自分を待つ日々を変えるのには充分だろう。だが、前夜の高揚した自信はフランチェスコのもとを離れていた。慰めをもたらす空想上のアンナのかわりに、フランチェスコはいま、最近数回、訪れたときの曖昧で冷たいアンナの姿をふたたび目にしていた。だから長い逡巡と、自分の臆病との闘いの果てにようやく、思いきってマッシーア母娘の家に続く階段に足を踏み入れたのだった。階段をあがるにつれて、その心臓の鼓動はより激しく、アンナと話すというその決意はより荒々しくなった。脅えた小さな少年のように、フランチェスコは出発前、たとえ遠くはあっても、甘い幸福の期待で自分を安心させなければならなかった。そうでなければ、孤独の星のもとでのこの旅は耐えがたく思われた。まもなく乗る汽車が自分を一種の極地の夜へ、その若き人生の境界線が引かれ、すべての勇気が自分を見捨てる氷と闇の圏へと連れていくように思われた。

フランチェスコはこの絶望的な決意とともに、アンナの扉をたたいた。長い間があり、それからようやく、ほら、床を打つ木のかかとの音が。アンナは家にひとりだった。そしていまだに夜の色をとどめるその顔から判断すれば、ちょっと前にベッドから起きあがったばかりにちがいない。前回の訪問のときよりもなおいっそう憔悴して見えた。そして隈のできたその目のなかに、涙の名残を見分けられるように思われた。かなりの日数が過ぎ、いつもと違う時間の訪問だったので、アンナはフランチェスコをちょっと驚いたように見た。そこでフランチェスコは急いで、街を離れるのでご挨拶にあがりましたと言った。この言葉でアンナが青ざめるのを見たが、その思いは読みとれなかった。その思いとは、エドアルドが出発するの、そしてあなたもいっしょに？

突然、青ざめた顔色を、フランチェスコは魅力的な告白と勘違いして、心を震わせた。すぐに続けて言った。早くもどってきたいと思っています。電報を受けとったんです、と説明した。父の病気を知らせてきました。看病のために帰らなければなりません。アンナの顔に生気がもどるのを見たが、今回もまた、この変化のほんとうの理由は見破れなかった。アンナは丁重にお見舞いの言葉を述べ、お父さまのお早いご回復をお祈りしていますと言った。それから、ほかになにをつけ加えればいいかわからず、ふたりは黙っていた。突然、フランチェスコの顔に勢いよく血がのぼり、頰を赤黒く染めた。そして、つかえつかえ言った。「このところお訪ねしていませんでしたけれど、おわかりになりましたか、ぼくが……だれがお宅の窓の下でうたっていたのか」アンナは頭をぱっとまっすぐにあげた。そして自分も顔を赤く染めながら答えた。「ええ、いとこから聞きました」

「エドアルドは最初の二回、いっしょにきました」とフランチェスコは急いで言った。「でも、そのあとは、わたしがひとりできた。だれにも言わずに」この言葉にアンナは表情を硬くし、その瞳に屈辱と恨みの稲妻が走った。自分の窓の下に巡礼にきたエドアルドを、それでもなお夢に見続けていた過ぎ去った夜々を思い出し、アンナは自分に言った。〈ああ、あたしったら、ばかみたい！〉そしていまは、自分に襲いかかってくる涙と怒りの波に打ち勝つことはできないと感じた。「お願い。ひとりにさせて」とつぶやき、あごを震わせる。アンナが顔色を変え、その胸がすでに嗄れたすすり泣きで膨れあがるのを見て、フランチェスコはこの奇妙な呼吸困難の理由をぐずぐずと探したりはしなかった。だが、あらゆる慎みを忘れて叫んだ。「アンナ！　なぜ泣くの？」今回、ここにあがってくる前に、（自分に勇気をあたえるためにしばしばやったように）ワインは飲んでこなかったけれど、熱情が一瞬のうちにフランチェスコをすべての恐れから解放した。こう続けたとき、崇拝の入り混じった優しさが、それでもその手を震わせる。「ああ、なにかきみを悲しませることがあるのなら……お願いだ。きみの苦しみをぼくにぶちまけてくれ。ぼくの名誉はきみの重荷すべてを背負い、きみを慰めることだ。ぼくはきみにこう言うためにきた。きみを愛してる。ぼくはきみのものだ。言ってくれ。ぼくを愛しているのか、希望はあるのか。そうすればこの地上で、きみはもう、きみを疲れさせる一歩を踏み出す必要がなくなるだろう。ぼくがきみを一本の羽根のように運ぶ。そしてたとえぼくらが火のなかをくぐらなければならなくても、炎がきみに触れることはない、ぼくの娘《フィリア・ミーア》よ！」

　このように発せられた言葉を聞いて、アンナは乾いた、そして同情のかけらもない目を見開き、フランチェスコを見た。失われた希望のもつれにからめとられ、残酷な反感と復讐への欲求がこの闖入者《ちんにゅうしゃ》に対して頭をあげ、すすり泣きで固まっていたアンナの舌を噛む。アンナはこの瞬間、自分自身が混乱し、辱められ、そのためにこの男を充分に辱められないことに腹を立て、ちょっと黙っていた。だが、この沈黙は青年を勇気づけることはできなかった。青年は娘の目のなかに、このうえもなく冷たい拒絶を読みとった。不吉な憂鬱が青年に襲いかかり、重く卑屈な微笑で言葉をとぎらせる。けれども、まもなくの旅を、そして到着時に約束されている陰鬱な氷の原を思ったとき、突然、まったく予期せぬやり方で、英雄的な、そしてほとんど挑発的な誇りが青年を燃え立たせた。「これがぼくの心だ」と叫ぶ。「それをきみに言わなければならない。出発の前に。いま、ぼくはここを去る。きみになにも、希望さえも求めはしない。ただ知っていてほしい。将来、なにかの機会に、守りが、助けが必要になったら、きみになんの見返りも、感謝さえも求めず、きみのためにみずからを犠牲にできることだけで満足する人間がひとりいることを。ぼくがもっているものはすべてきみのものだ。そしてぼくの命を差し出しても、きみにぼくの気もちを伝えるのには充分ではない」

　これほど大胆な言葉を聞いて、この不躾《ぶしつけ》な男を辱めたいという意志があまりにも大きな力で襲いかかってきたので、アンナはほとんどそれに頭をくらくらさせたほどだった。怒りと錯乱の微笑を浮かべ、それはその表情を異様に下品にし、アンナをほぼ少女からほとんど一人前の女のように変えた。「なんて厚かましい」と熱を帯びた遠慮のない声で叫んだ。「あたしをきみよばわりするなんて……あたしがまるであなたの……あなたの一族であるかのように話すなんて……あなたなんてどうでもいい！　あなたの歌なんてどうでもいい！　あなたの命なんて……あたしの命をあなたに捧げるくらいなら、悪魔に捧げたほうがまし！　ここになにをしにきたの？　ここはあたしの家よ……あたしの呪われた家！　出ていって！　さあ、出ていって！　いきなさい！」こう言いながら、膨れあがった青白い唇に怒りの泡をつけて、挑みかかるように頭を激しく振った。フランチェスコはほかの言葉をつけ加えることなく、アンナに従った。通りに出たときには、毒を、あるいは強すぎる睡眠薬を飲んだみたいな気がしていた。そのために自分を見失ったように感じ、まわりの壁が自分の上に、だが、不合理にゆっくりと、ほとんど愛しい音を立てて崩れてくるように思えた。あの髪を乱し、不作法で、人が変わったようなアンナは、甘やかな愛に満ちたひとつの新しい思いだった。すべての希望がついえたにもかかわらず、フランチェスコはアンナの横柄な支配から、自分自身の女性的な憐憫から自由になれなかった。アンナとの結婚を、いまや不可能となったひとつの奇蹟のように考えた。自分のものとなり、大人の女になり、年をとり、苦く、幻滅したアンナを思う。そして、ほら、ああ、気まぐれな奇蹟たちよ！　フランチェスコは娘アンナよりも、このやつれた秋の薔薇をはるかに深く愛した。〈アンナ、アンナ、アンナ〉と心のなかで繰り返す。まるで全世界が自分には恐るべきバベルであり、そしてこの美しい名前が、アンナとつながるために自分が所持するただひとつの音であるかのように。他の人は同じアクセントで、イレーネを、パオラを、エステルを、アルチェステを、あるいはほかの数かぎりない娘の、あるいは女の名前を呼ぶ。たしかにこれは、母の息子たち、地上の謎めいた民のあいだで迷った気の毒な息子たちのために、聖処女マリアが祈りで手に入れたひとつの慰めだった。

　フランチェスコが家にもどったとき、すでに正午は過ぎていた。だが、汽車に間に合う望みはなかったけれど、とにかく駅に向かった。旅行鞄を地面におろし、ベンチにすわって、午後三時に出る次の汽車を待つ。急行なので、村には停まらず、南に数キロいった別のより重要な街に停車する。ほかに方法はないし、いずれにしてもその日のうちに出発すると決めていたので、その街で降りて、そこからあともどりし、歩いてでも自分の村にいくことに決めた。実のところ、出発に脅えてはいたけれど、突然、敵対的で見知らぬものとなった街にとどまると考えるのは、なおいっそう恐ろしかった。その心はエドアルドと会うことさえも忌み嫌った。なぜならばふたりの友情は、信頼というよりもむしろ、威信と伝説から糧を得ていたからだ。そしてこの数日間、敗北からしか手を触れられていないフランチェスコが、あの勝ち誇った者と、どうして真っ正面から顔を合わせることができようか？　その前で、自信と力とをもつふりができようか？　あるいはなお悪いことに、相手に憐憫よりもむしろ軽蔑と退屈を引き起こす危険を冒して、自分の苦痛を告白できようか？　なぜならばエドアルドが、弱き者、侮辱された者を好まぬことに疑いはないからだ。独占的に支配できるときは別だが、真の憐れみは骨の折れる悲しい感情として、エドアルドを疲れさせた。

三時の汽車はこの街に数分しか停車しない。フランチェスコが三等に乗りこみ、座席に腰を落ち着ける準備をしていたとき、ホームから興奮した声が呼んだ。「フランチェスコ！　フランチェスコ！」青年はエドアルドの声を聞き分けた。三等で旅をするのが恥ずかしくて、身を隠したかった。だが、エドアルドは遠くからフランチェスコが乗りこむのを見ていた。客車に沿って走りながら、目をあげて友の姿を探す。すぐの出発のために扉がすでにばたんと閉じられたとき、フランチェスコは急いで身を乗り出した。「ようやく見つけた」とエドアルドはまっ赤になった顔をあげながら叫んだ。「これで四本目の列車だよ。きみを探して。ここに正午に、それからそのすこしあとにきて、それからきみを家までまた探しにいった……いったいどこにいたんだ？　ああ、なんてことだ」走ったこと、そしてこの数時間の長い不安のために、息をはずませながら続けた。「ぼくに挨拶もしないでいってしまうなんて、ひどいじゃないか！　いつ帰る？」「早く帰ってきたい。すぐに」とフランチェスコは答えた。「ああ、きみといっしょにいけたらなあ！」とエドアルドは深呼吸をして、息を整えようとしながら言った。「でも、まさにこの数日間はあることがあって……」エドアルドは笑い、目を輝かせた。「でも」と発車の笛が鳴るのを聞いて、一種の動揺とともに言った。

「でも、ぜひきみといっしょにいきたい……でも、ぼくはきみのお荷物になるかな?」と、不安と混乱したお願いの視線を友に向けながら、ためらいがちに尋ねた。

「いや、ぼくが……ぼくがひとりでいくほうがいい……たいしたことじゃない……」とフランチェスコは急いで言った。「すぐにもどる。すぐにきみに手紙を書くよ」

「すぐに手紙をくれる!」エドアルドはがっかりして、ちょっと疑うようなようすで繰り返した。「ほんとうにすぐに手紙をくれる? 忘れない? よし、それならさよならだ! 列車はもうけむりを吐いてる。いい旅を!」さよなら、いい旅をと言うとき、エドアルドは、まるで友がなにかの気まぐれで、あるいは観光旅行で自分をおいていき、何年間も不在にするかのように、自尊心を傷つけられた苦い顔をした。窓の外に差し出したフランチェスコの手をぎゅっと握り、強く振りながらつけ加える。「いいね。ほんとうに手紙をくれよ。嘘はつかないで。ぼくはほかの友だちのだれよりもきみが好きなんだ……ぼくの母よりも……姉よりも……恋人よりも!」こう言いながら、ちょっとのあいだ、列車と並んで走り、列車の逃走をこれ以上止められないのを怒っているかのように、ようやくまた一瞬、友の手を握り、息をはずませた顔に甘い信頼の微笑を浮かべて叫んだ。

「さようなら、美しい顔!」

〈美しい顔、そうともあばたの顔だ!〉とフランチェスコは答えたかっただろう。けれどもこの瞬間に、エドアルドの目に涙があふれそうなのに気づいて、心が揺れ動くのを感じた。

いま、逃亡する冒険者の亡国の悲しみを、ひと握りのダイヤモンド(しっかりと隠されているので、検札や税関の役人を逃れることができるのは確実)が和らげるように、エドアルドの美しい目にちらりと見えたこの涙は、同じやり方で、私たちの英雄の旅を慰めた。もはや現在も近い未来も、その陰鬱な専制でフランチェスコの思いを占拠はしなかった。その感情は激しい勢いで、甘い夢と希望に満ちた未来に向かって跳躍し、そのなかで、フランチェスコは優美な友のように大土地所有者となり、堂々と勝ち誇る自分を見た。そのとき、アンナ・マッシーアには、もはやフランチェスコ・デ・サルヴィを軽蔑する理由はなくなる。あの誇り高き小さな頭をちょっとさげて、フランチェスコに言うだろう。「ええ、あなたを愛している」おそらくある朝、エドアルド・チェレンターノ・ディ・パルータが、フランチェスコの果てしない領地を、ふたり並んで馬を走らせながら言うかもしれない。「ぼくのいとこよ。覚えているかい。あのぼくらが出会った秋のこと。きみが娼婦、赤毛の田舎女と寝ていたときのことを。あんな女のなかに、きみはなにを見ていたのか、とぼくは疑問に思うよ」そしてフランチェスコは、軽蔑の笑い声を立てながら答えるだろう。「あの女？　ああ……だれがまたあの女と会ったりするか？　それじゃあ、どうなったか話さなかったっけ？　捨てたんだ。たいした敬意もはらわず……あの子は思い違いをしていた、哀れな子。でも、女は知っているべきだ。学生の約束を信じてはいけないことを。ああ、死んだかもしれない。たぶんどこかの施療院で……」冷笑的で裕福なフランチェスコはこう言って話を終え、馬に拍車をかける。

似たようなすばらしい幻のあいだで、私たちの旅人には、列車が自分をアンナから遠ざけるかわりに、まるで時間のなかを走っているみたいに、アンナのもとに運んでいるように思われた。こんなふうにして、フランチェスコはうとうとと眠りこんだ。目を覚ましたとき、冬の黄昏《たそがれ》が田園におりていた。そして惨めな憂鬱がふたたびその思いのなかに忍びこんできた。

目的地に着いたときにはすでに暗くなっていた。フランチェスコは下車した駅からほど近い旅籠《はたご》に宿をとった。翌朝、反対方向からきて、通り過ぎてきた村の駅に停まる列車を待つこともできる。だが、夜明けに起き、歩いていくことに決めた。そうすれば汽車よりも数時間早く着ける。そのうえに、この孤独な道行きがフランチェスコには心休まる逃亡のように思われた。

第四部　あばたと呼ばれた男

1　話はニコラ・モナコの全盛期にもどる。

フランチェスコが生まれた村は、夜を過ごした場所から徒歩でおおよそ四時間の高地にあった。道はほとんど気づかないほどの上り坂で、海や河、あるいは山脈のような目に見える境界のない広野《ひろの》のあいだを通る。東の方角で夜明けを告げる血の色の筋だけがこの青白い巨大な輪を断ち切っていた。オレンジの樹も椰子も松林もそして海の岩も、要するにこの原に価値をあたえる南国の誉れはなにひとつない。単調で殺風景、茶色の耕作地と、水が乏しいせいで痩せた牧草地とが入れかわり立ちかわり姿を現す。まれに果樹園や裸の葡萄畑がこの怠惰な荒れ野を切断し、ときおりそのただなかで、風がないためにじっと動かないかかしが種を蒔いた土地を見張り、あるいは雑な造りがほとんど野蛮な木の十字架が人の背の高さで立っていた。別の場所には、家畜に水を飲ませるための石の井戸が見分けられた。泉は水量が乏しく、めったになかったからだ。あるいは冬だというのにまだ葉がすべて落ちてはいない樹木がぽつりぽつりと見える。いまの季節、生き残った葉っぱたちの鮮やかな色と、地平線の朝の炎だけが風景のなかの唯一の輝きだった。

この無人の原を三時間以上も歩くと、フランチェスコの村が位置する丘が見え始める。壁が土の色をした低層の家の一群が緩やかにくだりながら軒を連ね、遠くから見るとすべて無傷に見えるけれど、実際にはその一部、畑地に面した外郭の家並みは廃墟にすぎない。三十年ほど前、ダミアーノの最初の家族も犠牲になった地震で、屋根が落ちたり倒壊したりしていた。迷信的な恐れが住民たちの貧しさと無関心と合わさって、この廃墟が永遠に見捨てられ、いまや夜の鳥たち、野良猫、蛇の住まいとなる原因となった。漆喰がはがれ落ち、崩れかけた壁のあいだに灌木や雑草、茨が茂り、たまった雨水が形成する池には蛙や沼地の昆虫が住む。ときおりジンガロや、幽霊を気にしない浮浪者がそこにひとときの休息を見いだした。いまだにこの壁から逃げ去らずにいる血まみれの光景が人びとを遠ざけていた。通りかかるときに長い呼び声を聞き、夜の帳《とばり》がおりるころ、このあたりで小さな炎がかぼそい声で訴えかけながら、舌のようにちらちら揺れるのを見たという者の数に不足はなかった。そのなかを、好奇心からか、獲物を求めてか、ときおり犬たちがぐるぐると動きまわり、中庭の家禽たちも遠出をしてきて、石ころのあいだを探しまわり、羽をばたつかせた。少年たちが大胆な熱い心ですべての恐れに打ち勝ち、冒険ごっこと小説もどきの虚構のなかで、このだれのものでもない家々のスルタンとなったことも何度かある。

古い廃墟を通り過ぎると、「村」というより「集落」のなかは、何軒かのぼろ屋と山岳地帯の習慣にしたがって舗石が敷かれた小道で成り立っていた。勾配がもっとも急なところには粗末な階段が彫りこまれていたが、ここは山ではなく、平凡な高さの丘で、空気はほとんど平野と同じように重かった。

この粗雑ででこぼこの小道のあいだには、ふつうなら貧しい町民や村人共有のサロンとなり、人びとが取引をしたり祭りに集まったりする広場さえも開けていなかった。唯一の集会場は居酒屋を別にすれば教会で、居酒屋は「居酒屋」を名乗るでもなく看板も出さず、ある葡萄畑の所有者宅の地下室におかれたテーブル二、三卓で構成されていた。畑の持ち主は、そこで自家製のワインを、わずかの常連客、ほとんどいつも同じ人たちに売りさばく。客たちが顔を合わせるのはほぼ土曜の晩だけに限られた。密売の煙草数箱や塩の袋も買えるこの一種の食堂が、村でただひとつの店だった。ほんものの商店、あるいは販売所を見つけるには、薬局や医者、あるいは学校と同じように、平地にあるいちばん近い大きな村まで何キロメートルも歩かなければならなかった。

私たちの物語とともに、私たちがたどりついた時点から遡ることおよそ二十二年前、チェレンターノ家の管理人ニコラ・モナコが偶然、この場所を通りかかった。当時、〈ノルマンディの人〉ルッジェーロ・チェレンターノはまだ存命だったが、怠け者で空想にふけってばかり、蒲柳《ほりゅう》の質《たち》で、田園の所有地訪問には関心がなく、街の自宅にとどまっているほうを好んだ。だからニコラ・モナコが主人面をしてチェレンターノ家の所有地をまわり、地代を徴収し、購入や売却を扱った。法律上の所有者はほとんど顔を見せず、その束の間の登場も気のない短期間の訪問にかぎられた。ルッジェーロはニコラの決定すべてに同意し、実務に関する会話や目下の者たちとの会見のときにはいつも、人間から地上の問題を提出された天上の幽霊のように振舞った。こういった理由のすべてから、農民や小作人はニコラ・モナコを土地のほんとうの主人のように扱った。だいいちその風貌は、ルッジェーロの青白く、ぼんやりとして自信がなさそうな外見よりも、農民たちが心に描く主人の姿によく合致していた。当時は花の男ざかり、その活力に満ちた堂々たる体軀、貧しい農民たちの輪のなかでも惜しみなく披露した歌手顔負けの美声、生まれつきの陽気な性格によってだれからも称讃された。強硬な、それどころかまさに乱暴で冷酷な態度（部下を鞭で打ったり、奴隷扱いするのもめずらしくはなかった）と、楽天家の心の温かさ、ことによると親しげで感傷的、兄弟もどきの態度とを交互に使い分ける。それは、何世紀にもわたって服従と隷属に慣れてきた馬車馬の群れから威信を集めるのには、もっともふさわしい態度だった。この素朴な人びとの前で、ニコラは、いつも理解されるとはかぎらないにしても、称讃、あるいは崇拝さえも呼ぶことを確信して、その大言壮語のすべてを広げてみせることができた。まったく正反対の原則を、同じ確信から生まれる説得力をもって、同等の激しい言葉遣いでうまく並べ立てる。そんなことがどうしてできたのか、不思議でしょうがない。この貧しい農民たちが何世紀にもわたって持ち続けてきた狡猾さ（身を守り、生き延びる必要から生まれた）にもかかわらず、ニコラはその口達者のおかげで、望むときには農民たちをぺてんにかけ、この人たちが権利をもつわずかのものさえもだましとることができた。そのうちのだれかが自分は不正の犠牲者だと確信し、奪われた権利を要求すると脅したり、訴訟を起こしたりすると、ニコラは声高に叫んだ。所有は神聖である。所有者の権利は神からあたえられたものである。そして相手に破滅と追放と恥辱とを予告し、あらかじめ負けがわかっているのに反抗をすればどうなるか、その身に迫りくる運命をあまりにも痛ましく描き出したので、相手の卑しき民百姓は、最後にはすべての勇気を失い、ひざまずきまでして泣きながら赦しを乞うのだった。この光景に立ち会ったその同類の民百姓はいつもニコラの側に立ち、権力者たち、こちらを灰にできる者たちに刃向かおうとしたあの狂人を非難しながら、どんよりとした服従の視線、あるいは勝ち誇った侮蔑の視線を投げかけて頭を振った。どこかの頑固者が自分の利益をしつこく守ろうとすれば、ニコラは自分に忠実な者のなかから金を払って集めたにせの証人に助けを求めるのもためらわなかった。武力にこれほどの差がある闘いは、結局はニコラの勝利で終わる。

打ち負かされた相手は、土地と家から追いはらわれ、無謀なおこないの代償を自分と家族のための物乞いで払うはめに陥りたくなければ、ニコラの慈悲を懇願しなければならなかった。それにもかかわらず、私たちがよく知るとおり、ニコラは管理する所有地の清廉潔白な守り手ではなかった。それどころか金しだいの男。もしそれが自分の金銭上の、あるいは色事上の悪だくみに都合がよければ、もし共謀者が必要とされていれば、たいして良心のとがめも感じずに（その罪はここにかぎられたことではないが）、盗みや間違いをおおい隠し、不正直な農場管理人や小作人と結託して、おたがい共通の主人たちに損害をあたえた。他方で、私たちがたったいま描き出したのと同じニコラ・モナコ、強者の全能と道理、弱者の過ちを預言者の声でうたいあげるのと同じニコラが、ときにはどこかのお百姓の家の宴に招かれ、酒の勢いでまったく正反対の種類の罵詈雑言を吐き始める。つまりおえらいさんたちの特権に襲いかかり、同席の百姓たちをわが友、わが兄弟と呼び、この卑しき民百姓と自分との感傷的な共謀関係をほのめかす。隣席の男の肩を片手でたたき、美人の嫁の頬をつつき、今日、洗礼を受けてきた赤ん坊を軽く揺すり、その姿はほとんどつましき者たちの救世主、擁護者のように見え、ときにはその目に涙が光った。そして、ほら、集会を開き、長々と説教を垂れ、この貧しい人びとにはちんぷんかんぷんの哲学者の言葉遣いで、すべての人の平等を、人権を、土地所有者たちの卑劣を論証する。聴衆は甘ったるい小さな微笑を浮かべて頭を振ったが、それはこれとは別の正反対の状況下で浮かべた微笑と変わらない。まるで大領主たちのユートピア、ワインの蒸気から出てきたばからしいおとぎ話を聞いている人のようだった。そのおとぎ話は説教者の叡智と富の力だけによって美しく聞こえるけれど、つましき者たちの手には届かない。

さらにワインが出されると、宴席でのニコラはますます愛想がよくなる。わが手のようによく知ると主張するおえらいさんたち（慎みから名前は出さない、と言った）のあきれかえるような滑稽きわまりない話を語って、家のあるじたちを楽しませる。都会の女たちについての気の利いた小咄と辛辣で無遠慮なほら話を耳をつんざくような笑い声が迎えた。ニコラは百姓女を都会の女たちと較べてそのいいところをもちあげる。けれども笑い声はなによりもまず、同席者たちの素朴な浮かれ気分、滑稽な話や禁じられた話題への生来の好みから生まれてき

1　話はニコラ・モナコの全盛期にもどる。

た。こんなふうな気晴らしの折りには、ある種の残忍な復讐の歓びに、神聖な畏怖のようなものがともなわれていた。それは意志に反して冒瀆者を称讃させられた信徒団に見られる畏怖に似ていた。

田舎でニコラの身に起きる出来事には事故や危険も欠けてはいない。その威信や、ニコラが抱かせる恐れだけでは、本人を憎しみから免れさせるのにいつも充分というわけではなかった。とくにその色事の成功は、嫉妬が隷属に打ち勝つとき、土地の男たちを怒らせ、復讐を望ませた。男たちはやけくその言葉は口にしても、正面切って対決する勇気はなかったが、恐喝、間接的な脅迫、あるいは匿名の手紙でニコラを告発した。手紙の何通かはルッジェーロの手もとまで届いた。ルッジェーロは、まるでそれが別世界からの伝言であるかのように、解読不能の乱暴な筆跡で埋めつくされた粗末な罫紙にちらりと目をやり、明白な非難に対しても、子どもの、あるいは狂人の意見にあたえるのと同じ価値しかあたえなかった。ルッジェーロにとって、あの地下の住人たちは間違うことしかできないのだった。手紙をニコラに見せ、ニコラには無精で御しやすい主人の頭からすべての疑いを消し去るのは朝飯前。しばしばこの種の出来事を笑い話にし、ルッジェーロは笑いながら、ニコラの目の前で手紙をびりびりと引き裂いた。

別のところで説明したとおり、ルッジェーロには、健康できぱきと振舞うニコラが、自分に「行動」との面倒な邂逅を避けさせてくれる一種の神の摂理に見えた。エドアルドの金髪の父親、病気がちな夢の友、〈ノルマンディの人〉にとって「行動」とはひとりの幽霊だった。

のちにフランチェスコが生まれる村とその周辺の土地は、チェレンターノ家の領地の一部でもなく同家と関係もなかった。多くの小規模な土地所有者に所属し、そのほとんどが農民で、自分の腕で土地を耕し、暮らしは貧しかったけれど（土地は乾燥し、耕すのが難儀だったので）、どんな主人にも依存していなかった。いかなる動機、あるいは偶然がニコラを初めてこの土地に導いたのか、私にはわからない。おそらくはチェレンターノ家から新たな土地購入の任務を命じられて、この地方を訪れたのだろう。実際に到着後すぐに、この貧しい土地でもっとも裕福な農民のひとり、ダミアーノ・デ・サルヴィを訪ねている。しかし、ここではなんの取引もまとめなかった。土地の所有者たちが扱いにくすぎると考えたのか、この土地があまりに痩せて不毛なので出費には見合わないと考えたのか。けれどもダミアーノの家では、訪問客、とくにおえらがたを迎えるのにあまり慣れてはいないこの人びとの習慣にしたがって、大いなる名誉をあたえられ、敬意をこめてもてなされた。祭日のためにとっておいたワインが出され、ニコラがデ・サルヴィ家の台所（このあたりの粗末な家々では台所が客間を兼ねていた）によろこんでとどまったので、そのまわりをご近所の大勢がとりかこみ、ニコラを天使であるかのように見つめて、その話に耳を傾けた。この友人たちのなかでいちばんの金もち、村のちょっと外にかなり広い家をもつ男が、その夜は自宅に泊まるようニコラを招いた。黄昏《たそがれ》が近づき、駅は村から何キロも離れていたからだ。ニコラは招待を受けた。ダミアーノの年若い嫁アレッサンドラをひと目見た瞬間から、その美しさに惹きつけられていたので、この名もなき村に数時間とどまるのもいやではなかった。

当時、ダミアーノは齢《よわい》六十を超えていた。うら若きアレッサンドラと再婚してからすでに数年がたつ。アレッサンドラのほっそりとした腰は妊娠出産で損なわれてはおらず（ダミアーノの遅い結婚では子どもはできなかった）、相変わらず熟れきってはいない若い娘のみずみずしさを保っていた。やもめのダミアーノと若い娘の結婚の理由についてはすでにほかのところで触れておいた。アレッサンドラが日雇いとしてダミアーノの畑に通っていたころ、ダミアーノはちょっと前に村のまんなかに購入した家（畑により近いもう一軒の家はダミアーノの最初の家族を下敷きにしながら地震で崩壊した）にひとり住まいをしていた。いまは亡き女房と娘たちの思い出に忠実に、五年のあいだ、ひとり身を通してきた。だが、自分のために家を守ってくれる女房も、労働と倹約で貯めたこのわずかの財を楽しむ息子のひとりもなく、孤独のなかで人生を終えるのはつらかった。アレッサンドラはなにひとつもっていなかった。だがその埋めあわせに、丈夫で、どんなにきつい労働にも慣れ、倹約家だった。だいいち裕福な娘は老人との結婚に同意はしないだろう。そのうえ、若いアレッサンドラはまじめで自尊心の強い性格で、男のように畑で重労働ができるのに加えて、あらゆる機会に夫の利益を守れることを示した。気だては穏やかで移り気ではなく、老いた雇い主に気を配り、その家を掃除し、畑で合流する前にその食事を用意した。あたりの若者との不倫や関係を非難できる者はだれもい

1　話はニコラ・モナコの全盛期にもどる。

なかった。その物腰には節度があり、むしろ冷たく、ときには突っ慳貪《つっけんどん》。ダミアーノには、嫁であり娘でもあるこの若い女を自宅に迎え入れるという考えが気に入った。粗けずりではあっても、亡き娘たちには優しい父親だったからだ。そのうえに、アレッサンドラが後継ぎを産んでくれることを期待もし、この期待は暗い不妊の五年間のあとでもなお、その心を照らしていた。アレッサンドラのほうはこの結婚を運命からの贈物と考えた。自分が美しいことを知らなかった。なぜならば痩せて色白のために、同じ村の人びとからは美人と見なされていなかったし、土地の若者からほめ言葉をもらったこともなかったからだ。だいいち、美しさも持参金なしでは、この貪欲な田舎者たちからはあまり評価されない。アレッサンドラの心は愛を知ったことも愛を予感したことさえもなかった。その単純な人生は、動物の、あるいは植物のそれに似て、季節の、日々の、そして夢も見ない無垢の夜の回転と同じようにまわっていた。労働はほとんどその肉体の本能、その性格の掟であり、重荷ではなかった。畑で重い労働に携わりながら、この野性の空気を呼吸し、大地の芳香を吸いこみ、身を包む光と色彩と風を絶え間なく味わいながら、それに気づかなかった。雨が収穫の恵みとなるならば、ぬかるみさえも愛した。だが、小麦に損害をあたえる小鳥たちを憎み、大地を傷めるから、霜が降りれば心配した。

アレッサンドラは働きながらよく歌をうたった。声はまだ少女のようにちょっとかん高く、ある種、憂愁を帯びた調子は、だが内面の悲しみから生まれるのではなく、田園に伝わる古い旋律の流儀に由来した。単調な重労働に携わるとき、歌はそのリズムでアレッサンドラの身体の動きを楽にした。たとえば頭を地面からあげながら声を高め、そのまま音を切ることなくゆっくりと弱めていく。あるいは歌のカデンツァのリズムに合わせて、半月の形の鎌を振りおろす。だが、うたっていないときも、まるで音のない歌に従っているかのように、すべての動きに拍子と優雅があった。歩くときも縫物をするときも、あるいは家畜の世話をするときも、この女のなかには、動物の、子どもの、天国の最初の住人たちの、おのずと湧き出す気高さがあった。

雇い主との結婚後も自分の生活がほとんど変わらないのを知らないわけではなかった。だが、自分の畑を耕し、自分の金を数え、かつての使用人から女主人になったと感じること、それが気もちを高揚させた。アレッサンドラは金銭を、金銭によって手に入れられるもののためではなく、権力と尊厳の神秘的な象徴として崇めた。そのうえに、ダミアーノは善良で温和だった。アレッサンドラを手ひどく扱ったり、いかなる形でも辱めたことはなかった。たしかに年寄りだった。美男子であったことは一度もない。小柄で背中は丸く、木のようにごつごつとして、顔にはしわが刻まれ、空色の目はくもっていた。ぶかっこうなひげは四方八方にのび、歯のない口は大きく、めったに微笑まない。服装にかまわず、日曜日さえも着替えないので、ダミアーノに使われる日雇い農民のなかで最低の者でさえ、雇い主よりはよいかっこうをしているくらいだった。いつも頭に汚れた帽子をかぶり、家のなかでも脱がない。生来の無口のうえに、不幸な出来事以来、なおいっそう無口になったので、母親から教わった言葉のうち四つしか覚えていないと言われるほどだった。それでも読み書きはできた。そして最初に所有していたわずかなものから、いくつかの葡萄畑、オリーヴ園、麦畑、つまりこの村では裕福を意味するものの所有者になった。村で住む家も自分のもので、大金を貯めていると言われていた。なぜならばお楽しみや気晴らしにふけったことは一度もなく、その亡き女たち三人も、ダミアーノ同様に倹約で知られていたからだ。娘ふたりは宗教上の誓いからひとり身を守り、修道女になりたかったのだろうけれど、男の兄弟がいなかったので、夢をあきらめ、畑で父親を手伝った。自分のために出費をすることは一度もなく、在宅修道女のように暮らし、農園で収穫した麻を自分で織って服にし、足には日干しした皮を自分で裁断して縫いあわせた靴を履いた。

息子が再婚したとき、ダミアーノの母親はまだ健在で、ちょっと離れた村に住んでいた。花嫁に満足し、嫁がシャツの一枚ももっていなかったので、自分で簡単な嫁入り衣裳一式をととのえてやり、そのうえによそゆきの靴、それから結婚の贈物として金の宝飾品をあたえた。年老いた女をひとつ悲しませたのは、息子ダミアーノが教会での結婚を望まなかったことだ。実のところ、見た目は温和で静かなダミアーノが、家庭が破壊されたあと、天に対する反逆者となった。この男は頭のなかで次のように論じ立てた。もし地震が罰であるならば、なぜだれにも害をあたえたこともなく、悪口を言ったことさえもない自分、所有するものは正直にみずからの手で稼いだこの自分の身に降りかかってきたのか？　自分の娘たち、夜も昼も胸にありがたい聖画をつけ、夜暗いうちに起き

1　話はニコラ・モナコの全盛期にもどる。

だしてミサに通った娘たちが、なぜこんなに恐ろしい死に方をしたのか？　一度たりとて口答えをすることもなく、自分の義務を果たしていた女房が、なぜこんな最期を迎えたのか？　以上は天の通達が公正ではないことを意味する。だから、正義がなされていない王国の市民として、自分はみずからの意志でその王国を捨てる。司祭が訪れ、女房と娘たちは聖女だったので、天から望まれ、花嫁として天上に引きあげられたのだと説明しても無駄。司祭の説教に対してダミアーノは自分の考えを言葉にできず、その前では怖じ気づいてなにも答えなかった。けれども、目をかすませ、大きな口に微笑を浮かべながら、自分の決意に凝り固まって頑固に頭を振った。司祭が言って聞かせた道理に心のなかで異議を唱えた。〈あんたはうちの娘たちが聖女だと言う。だけどももし神が娘たちを天国においておきたかったのなら、なぜ生まれる前からおそばに引きとめておかなかったのか？　さもなければ娘たちがまだほんの子どもで、わたしが若かったときに？　なぜあの子たちをわたしにあたえておいて、わたしが育て、一人前の女にしたあとで、わたしの手から奪ったのか？　わたしには老年の道連れがほかにはいないというのに。せめてひとりはわたしに残しておけただろうに。さもなければせめてほかの息子をあたえてくれることもできただろう。息子が残れば、わたしの慰めとなっていただろう。あるいは、わたしもいっしょに呼ぶか。反対に、神はわたしダミアーノのこと、わたしの労働のこと、わたしの計画のことはまったく考えに入れてない。これが真実だ。あんたはわたしにヨブのたとえ話をした、だが、あんたは言った。ヨブは立派な殿さまだ。多くを奪われ、多くをあたえられた。反対にわたしは自分がもつわずかのものを、一チェンテージモ、また一チェンテージモと汗を流して手に入れてきた。わたしにはだれもなにもあたえてくれなかった。あんたの神は、まるで自分にとってはわたしが一匹の犬にすぎないかのように、わたしの身に降りかかったあの災厄のあと、わたしがどうなるかなど気にかけなかった。これが真実だ。あんたの神は、哀れな老人が世話をする者もなく、ひとりぼっちで取り残されることなど考えもせず、自分の栄光のために、わたしから女たちをとりあげた。わたしの汗、墓に閉じこめられたわたしの家族、神にとってそれがどれほど大切なのか？　いや、あんたの神はわたしを拒否した。わたしを手にすることはないだろう。だいいち神はわたしを忘れたのだ。わたしを手にすることに関心があ

るとは思わない。これほどたくさんの人間がいるのに、どうしてわたしのことをかまいたがるだろうか?〉

こんな考えを、ダミアーノが口にすることはなかった。二度と教会には足を踏み入れず、礼拝行列、神聖な儀式にも参加せず、教区司祭に自分の家では復活祭の祝福はしていただかなくてけっこうと知らせた。とはいうものの、冒瀆の言葉を吐いたり、言葉でも態度でも司祭への敬意を欠いたこともなかった。不道徳な行動でみずからを穢しもせず、その慎み深さと質素倹約を守り続け、厳しい労働と稼ぎをないがしろにしなかった。なぜならばダミアーノにとって、いまやこの世には自分の労働と地所しか残されていなかったからだ。

来るべき自分の死の準備、つまり野辺送りと柩の準備を、生きているうちに自分の手でしておこうと決めたのもこのときだった。家族が消滅してしまったいま、亡き自分のためにだれがその準備をしてくれるのだ? 生きているときにだれからも借りがなかったように、死んでからもだれからも借りがないのがいい。だから、すでに別の場所でお話ししたように、葬儀屋と契約を交わした。

そして以前よりもなお身なりにかまわず、不潔でぼろぼろの姿になった。神は男がいちばん愛しているものをとりあげる前に、わざわざ男本人の意見を求めなかった。その神の前で犬以下に数えられ、神から否認された者は、自分の身なりにあまり気を遣う必要はないとでもいうかのように。

二度目の結婚を決めたとき、ダミアーノはアレッサンドラに、役所での結婚式しか望まないと告げた。実際に、教会で式を挙げた最初の結婚は災厄のなかで終わった。だから今度の結婚には、神がいかなる形でも口を出すことを望まず、むしろ最初のときに花嫁をダミアーノのために祝福したあと、自分のためにとりあげた相手にはこの結婚を知らずにいてほしかった。

すでに見たように、外側にはなんの反抗のしるしも示さなかったけれど、ダミアーノは頑固だった。だが、その母、老いた百姓女は内緒でアレッサンドラを呼び、脅え、嘆きながら、もし子どもが生まれたら、罪のないおさな子を悪魔の息子にしないために、せめて洗礼だけでも、父親に隠れて受けさせると約束させた。話に立ち会ったご近所の女たちが、この陰謀ではアレッサンドラと老女の共犯者になった。アレッサンドラは性格から言ってたいして信心深くはなかった。村の習慣を受け容れてきたのと同じやり方で、つまりその起源や意味合いを尋ねることなく、子どものころから慣れ親しんできた信仰の儀式と象徴を受け容れてきた。その単純で、地に足のついた頭は、同類の女たちが見境なく信じる迷信も忌み嫌った。けれども神の名はこの女に、太陽信仰が古代人にかきたてたにちがいないものと同じ崇拝と聖なる畏怖とをかきたてた。アレッサンドラの神は太陽のように、四季を、雨を、収穫を、そして人間の運命を司っていた。この女にとって、人間の運命は肥沃な大地の運命と永遠に結びついていた。罪の概念はアレッサンドラのなかに根をもたなかった。その清純さは、清らかな子どもにおけるのと同じように、ひとつの心の特権、悩みから自由で、禁忌を知らず、禁忌を気にしない心がもつことのできる特権だった。アレッサンドラには洗礼の秘蹟は、おさな子が人間の光の王国にはいるのを祝う無垢で荘重な祝祭のように思われた。刈りとりや葡萄摘みのお祭りと違いはない。夫のダミアーノが未来の息子にこの歓びを拒否するのは気に入らなかった。だが、そのために穢れを知らぬおさな子が悪魔のものになるのは奇妙に思われ、その話は信用しなかった。母親としての自分の翼で息子を悪霊から守れると感じていた。悪霊がこの女のもとを訪れたことは一度もなかったし、女のほうもその姿を闇の、あるいは嵐の姿でしか描けなかった。だが悪霊は仔山羊や仔羊を見のがす。仔山羊たちは美しく自由に生まれ、生まれるとすぐにその純朴な家族と同じように野原を飛びまわり草を食む。仔山羊や仔羊を見のがす悪霊がなぜ人間の赤ん坊に悪さを働くのか？　頭のなかではっきりと表現はされなかったけれども、こういった理由づけが、生まれてくる自分の子どもの運命についてアレッサンドラを安心させた。それでもしゅうとめに従うために、求められた約束はせざるをえなかった。隣人の女たちが、この秘蹟なしでは、子どもは病弱に、あるいは醜く育つという恐れを吹きこんだので、なおいっそう強く心を決めた。けれども、こんなふうに秘密にされ、祝祭と歓喜とをはぎとられて、洗礼はその目にはほとんどすべての魅力を失って見えた。

　このしゅうとめとの会話の数日後、ダミアーノの希望にしたがって結婚式は役所で執りおこなわれた。式当日の朝、アレッサンドラは新しい衣裳を身にまとい、豪華な黄金の飾りを身につけて新居の戸口に立ち、女友だちからのお祝いの言葉を受けた。足には隣村で手に入れたかかとのある靴を履いていた。ダミアーノはご満悦で、何年も手を通していなかった晴れ着でみっともなく着ぶくれ、この日はひげを剃り、身体を洗っていた。うら若き花嫁に気晴らしをさせようと、一日だけ都会に連れていったけれども、アレッサンドラは一刻も早く家と畑とで女主人としての労働の暮らしを始め、貯蔵品を数えたかった。金銭についてはダミアーノの専有事項、秘密であり、嫁には手を出す権利はない。それでもアレッサンドラは卵の販売その他の細々とした収入で、自分のためにわずかの資産を貯めこんでいった。

この短い一日の中休みのあと、ダミアーノはふたたびみんなの知るだらしのない不潔な老人にもどった。けれどもアレッサンドラは老人を尊敬した。なぜならば倹約家でよき働き手、その小さな王国のよき管理者、だれに仕えるのでもないみずからの主人だったからだ。アレッサンドラは自分に対するときのダミアーノの優しく、温厚で柔和な態度に感謝した。なんの嘆きも嫌悪もなく、従順な嫁の義務に服して、ダミアーノとともに暮らすためにはこういった感情だけで充分だった。けれども息子をもつというふたりの期待は裏切られた。しゅうとめはその救済をあれほど心にかけていた孫を目にすることなく世を去った。このようにしてニコラ・モナコの訪問のときまで、静かな労働と倹約の数年間が続いた。

ニコラは約一時間ほどダミアーノの台所にとどまり、黄昏を過ぎ、ご近所たちが三々五々自分の用事にもどっていくあいだもぐずぐずと居残っていた。家の主人夫婦が注ぐワインを飲み、それを大声でほめ、いつもの習慣に従って一種の独白に熱弁を振るう。ほかの人たちはただ笑い声と称讃の言葉だけでしか会話に参加しないからだ。この人たちをこれ見よがしに友だち扱いはしていたけれど、田舎者たちのあいだに君主、あるいは預言者のようにどっしりと腰をおろし、ひとつひとつの動作で自分が自分をどう考えているのかを表現していた。特等席にすわり、田舎用のズボンの裾を革の長靴に突っこんで、重い絹の上着を着込み、ベルトにピストルをはさみ（田舎の旅はいつも安全というわけではなかったので）、話しながら派手な指輪をいくつもはめた美しい手を動かして、視線を聴衆のいまはこの人、今度はあの人、だがとりわけダミアーノのほうに向けた。ダミアーノは頭を前に突きだし、ベンチからニコラのほうに身を乗り出し、感服しきって崇め奉るかのように、そして完全に服従したようすで耳を傾けていた。もっとも客人がときおり提案する割の悪い取引を断るときは別だが。しかし、ニコラは仕事を忘れ、いまはただ聴衆を楽しませ、驚かせることしか考えていないように見えた。アレッサンドラには一度も言葉をかけず、見ているふりさえしなかった。反対にアレッサンドラのほうは、輪の外にすわるか、壁ぎわに立つかして、恥ずかしそうでも心動かされたようでもなく、ただあっけにとられてニコラを見つめ続けていた。この種の人物の話を聞くのはこれが初めて。大天使が描かれた絵、崇拝と感嘆の的にはなるけれど、愛の対象になることはめったにないもののように、ニコラを興味津々で、けれども冷静に注意深く眺めていた。ニコラのグラスが空になるたびに、長年、使用人の身分に慣れてきた女のすばやく従順な動作で、急いでそれを満たす。けれども心のなかでは、この機会に消費されたワインの量を計算した。ニコラはわざわざ礼を言う手間はとらず、心遣いをまるで自分が受けて当然の栄誉のように受けとり、田舎の一部の地域で女に対するときの習慣にしたがって、その存在には目もくれなかった。おそらくはアレッサンドラ相手に自分の意図を達成するためには、自分が女の目に誇り高き主人の光をまとった見知らぬ手の届かない存在に見え続ける必要があると感じていたのだろう。そのために、自分の目的にはより好都合だと思ったらしていたであろうように、アレッサンドラを〈奥さん〉とか〈美人の嫁さん〉とかは呼ばず、女中扱いした。

実際にはその輝かしい演説のすべてはアレッサンドラの名誉に捧げられていた。ワインで活気づき、陽気になり、ニコラはじっと自分に注がれているこの純真な目にますます炎をかきたてられるように感じ、ますます自信をもった。若い女を無視するふりをしながら、絶えずちらちらと横目で見た。

アレッサンドラはどちらかと言えば小柄だったが、掲げた頭と均斉のとれた身体のせいで、実際よりも大きく見えた。まっすぐに立てた細くて長い首、長い脚、颯爽《さっそう》として調和のとれた足どり。痩せた胴に較べれば逞しい肩、ハイウエストでひだのたくさんあるスカートが、その姿と動きにどことない威厳を加える。小さな三角形のハンカチで髪を包み、端をシニヨンの下で結んでいたので、複雑に結った髪の影の下ですべすべとした褐色の首筋があらわになっていた。シニヨンはその重さでちょっとほどけかかっているけれど、黒大理石でできているように緻密で、きらきらと光を発する。顔は青白く、形はほっそりとして頬はこけていたが、唇は濃い暗赤色。生き生きとした瞳がその顔にみずみずしさと健康の色合いをあたえていた。その造作のひとつひとつが大胆で繊細な絵画のように見えた。かなり濃い眉毛の下で曲線を描いて虹色に染まる目と、突きだされたあごのせいで、横顔は猛禽を思わせた。

茶色のスカートの上に、何世紀にもわたって変わらぬあの土地の習慣にしたがって、ダマスク木綿のビュスティエを着て、その下から菫《すみれ》色のブラウスに包まれた胸がほとんど未熟なまま、わずかにもちあがっていた。

ご近所の全員が立ち去った。一夜の宿を申し出た者も、ニコラの夕食と寝床を用意させるために先に帰っていった。亭主とアレッサンドラ、そしてよそ者だけが台所に残った。台所にとどまり、ニコラは暗くなるまでダミアーノとしゃべっていた。ダミアーノとご近所連中の言葉の端々から老人の教会嫌いに気づいたので、教会嫌いを共有するニコラはさかんにその話をし始めた。ダミアーノはみずからの敵《かたき》である神に対して、乱暴だったり侮辱的に響くような意見はひとことも吐かなかった。だが、ニコラの議論にうなずき、その論旨にはついていかれなかったのだが、茶色の目を異様に輝かせて賛意を表した。実のところ、ニコラは習慣にしたがって科学と哲学をひけらかし、自分たちのような無神論者を擁護するために、古代や近代の偉大なるあの賢人、この賢人を引用し、ラテン語の格言も出し惜しみしなかった。このような言葉はまさに曖昧で難解であるがゆえに、素朴な話し相手から大いに評価される。相手は無知無学ゆえに頭を混乱させ、まるで荘重な神託の前にひざまずくように、この神秘的な権威の前にひざまずく。ダミアーノは、自分の意見がこのような知の巨匠たちに認められているのを知り、ひとりのおえらがたが自分ダミアーノにこれほど高尚な言葉遣いで語るのを聞いて自尊心をくすぐられた。そのために色のあせた唇にはぼんやりとした満足の微笑が浮かんだ。一方、アレッサンドラは目をまん丸にして、客人の話を聞いていた。その演説の一言一句も理解できなかったけれど、それでも亭主がしばしばこっそりと語る考えを追認していることは理解した。よそ者の権威と叡智は議論の余地なき威信の証《あかし》をまとっていたので、すでに夫ダミアーノに反対され、寛大さゆえにどうにか大目に見られてきたアレッサンドラのわずかの信仰心を改めてぐらつかせることになった。

ニコラは宗教の話題を離れて、自分が管理する土地に触れ、偉大なるスペインのカルロス王のようにその上には「太陽が沈まない」と豪語して、広大さを自慢した。

1　話はニコラ・モナコの全盛期にもどる。

この言葉に、ダミアーノは尊敬のあまりほとんど口がきけなくなったかのように、ただ首をこっくりさせた。老人にとって、そしてアレッサンドラにとってはなおいっそうのこと、この伝説のような富はねたみの動機にはなりえず、その所有者に聖性のごとく崇敬に足る霊的な特質を着せかけた。「だが、しかし」とここでニコラはつけ加えた。「わたしたちの領地のどこでもこんなワインを味わったことはない」このほめ言葉にアレッサンドラは信じられない思いと満足とで反射的に笑い声をあげた。ニコラは最後のグラスを一気に飲みほすと、このワインを買うためにまたくると約束した。それから立ちあがり、訪問中初めてアレッサンドラのほうを向いて、自分を待っている家まで送れと命じた。暗闇のなか、ひとりでは道を見つけられないだろうから。

この命令に口答えする者はいなかった。ニコラが老人の手を熱をこめて握り、老人が慎みから手を引っこめ、「なにをなさるんです、閣下！　なにをなさるんです、殿さま」と繰り返すあいだ、女は黙って戸口に近づいた。ニコラはアレッサンドラに追いつき、そのあとに続き、アレッサンドラのほうは一歩手前を歩いて、あばら屋のあいだを案内していった。夏至の湿った夜だった。低い雲がシロッコのとりこになって月面を横切っていった。三日目の細い月影は西に傾き、ときおり雲の裂け目から暈《かさ》をかぶって赤みがかった姿を現す。村はずれの崩壊した家屋の近くにくると（すでに述べたように、宿となる家は村の外、畑のなかにあった）、ニコラはなぜこの廃墟の上に建てなおしを考えないのかと尋ねた。アレッサンドラは答えた。人の話では、かつてこの家に住み、地震で亡くなった人たちの霊が建てなおしを禁じているという。この言葉によそ者はからからと笑い声をあげ、あなたも霊を信じているのかと尋ねた。女は言った。自分はほんとうに一度も見たことはないけれど、みんながその話をするのだから、霊はたしかにいるにちがいない。だいいち自分の知り合いで、まさにこの壁のまわりで死者の姿と出会ったと言い張る人たちもいる。ニコラはまた笑い、自分はどんな幽霊も追いはらう魔法を知っていると言った。でも、と続けた。そういう幽霊は無知な人たちの空想のなかだけに存在する。なぜならば死者の霊はその肉体とともに埋葬され、はるかむかしに塵に返っているからだ。その姿は生者の迷信的な思い出のなかだけに残されている。だから、いっしょにこの崩れた壁のなかにはいって、勇気のあるところを見せよう、と女を挑発した。この提案にアレッサンドラは本能的に十字を切り、いやよというように立ち止まり、ちょっと笑った。だが、自分の臆病を恥じ、連れの自信満々のようすに勇気づけられて、手を引かれるままになった。ニコラは女が土の山を飛び越えるのを助け、廃屋に導いた。「さあ、出ていらっしゃい、魂のみなさん。わたしたちに名誉をあたえてください。わたしたちに会いにきてくださ い！」とニコラは陽気な口調で叫んだ。ただひとつ、この招きに応えたのは、シロッコに揺れる草むらのさらさらという音と、遠く雨を予告する雷鳴のかすかなこだまだけだった。「ほらね」とニコラは叫び、女は驚異の出現に胸をどきどきさせ、その不安に魔法をかけられたかのように四肢をこわばらせていたけれど、それでも笑い声をあげた。ふたりは一本の若木の近くで立ち止まった。その細い枝葉は闇のなかで黒く、風に吹かれてお辞儀をする。よそ者は帽子を脱ぎ、ベルトをピストルごとはずしてこの揺れる枝にかけた。それから若い女を抱きしめ、額からハンカチをとって、まるで眠りなさいというかのように、女のこめかみを愛撫し始めた。アレッサンドラは目を大きく見開き、この人がまるでひとりの男ではなく、この禁域の幽霊であるかのように、冷静に、そして従順にその意志のすべてに従った。家路についたときには、家を出てからたいして時間はたっていなかった。まだ沈んでいない月はいまはもう雲に隠れ、女は雨を避けるために走り始めた。

続く数か月のあいだ、アレッサンドラの愛人はワインその他の購入を口実にさらに二度ほどやってきた。訪問はごく短く、打ち捨てられた廃屋やその他無人の場所での逢瀬はほんの一瞬で秘密裏におこなわれたから、村ではだれもなにも疑わなかった。女が妊娠したとき、ニコラは訪れなくなった。だが、アレッサンドラは男を待ってもいなかったし、会えないことに苦しみもしなかった。男が女に抱かせたのは愛ではなく、ただ誇りと服従がひとつに合わさったものだけだった。この女の五感はまるで処女のそれのように封をされたまま、歓びや欲望を受けつけなかった。そして生涯ずっと、どんな男の前でもそうあり続けた。

結婚後（教会で聖別されていなかったので、この結婚は教区司祭にとって重大な訓戒、叱責、脅迫の対象だった）すでに、アレッサンドラは信仰生活をかなりなおざりにしていたが、あの情事の夜以降はすっかりやめてしまい、もはや告解でもミサでもその姿を見かけることは

1　話はニコラ・モナコの全盛期にもどる。

なかった。実のところ、教会の前では自分が罪のなかにいるのを知っていた。キリスト教に則らないその結婚も、司祭に言わせれば、教会の前ではひとつの罪だ。だがその罪はアレッサンドラの、というよりはむしろダミアーノのものだった。なぜならば、それはダミアーノの意志であり、女は夫の支配下にあるからだ。反対に、この新しい罪はアレッサンドラひとりのものであり、その秘密。それを司祭に明かしたくなかったし、悔い改めたくもなく、否定したくもなく、ふたたびその罪のなかに堕ちることはないと約束したくもない。それがアレッサンドラにもたせたのは後悔ではなく、だが一種の閉ざされた光り輝く歓喜だった。

数年前、村のある女が亭主と幼い子どもたちを捨てて、はるか南の土地出身の羊飼いと駆け落ちしたことがあった。羊飼いは高地の平原を羊たちと移動しながら暮らしていた。女の罪は村中から激しく非難され、教区司祭さえも説教のなかで女を大声で糾弾した。だが、この思い出もアレッサンドラの神秘的な歓びを乱しはしなかったし、不名誉という点については逃亡した姦淫の女と自分とを心のなかで同列に並べることもなかった。他人の面前ではなく、隠れて亭主を裏切ったことで自分は汚名を免れるかのように。そしてよそからきたおえらがたと罪を犯すのは、汚れたさすらいの羊飼いと罪を犯すのとは違うことであるかのように。

妊娠はアレッサンドラのなかで、この奇妙なうぬぼれをいっそうかきたてた。知らせを聞いたときのダミアーノの歓びも、嫁にはなんの後悔も、あるいは背信を恥じる気もちも目覚めさせなかった。それどころか、その気も狂わんばかりの歓びのなかで、女は老いた亭主にほとんどひとりの債務者の姿を認めた。自分ひとりだけに属するこの息子を分かちあうことで、ダミアーノにひとつの恩寵、ひとつの特権を許してやるように思えた。

まるで子を産むという運命が自分以前のいかなる女にも起きたことがなかったかのように、自分の状態を知ることがアレッサンドラに神秘的な休息と勝利の感覚をもたらした。この女はいつも大地の出来事と季節に調和して生きてきた。だから、自分のなかで完遂されるこの自然の掟を、季節がくると芽を出し、実をつける植物のように味わった。自分の場合には、この自然の掟が、人間の、そして神の掟と相容れないという思いにさいなまれることはなかった。それどころか、犯罪のなかでみずからの果実を身ごもったという意識が、おだてられて夢見心地となったその心を誇りで燃え立たせた。不従順、母性の神秘が、いま毎日アレッサンドラに付き従う奇蹟と権力の感覚を増大させた。そしてアレッサンドラは生まれてくるものをいまからもう自分と結びつけるこの共謀関係に、子どものように満足していた。

子どもが生まれたとき、アレッサンドラは女友だちの勧めに従い、そしてしゅうとめとの約束を守って、ダミアーノに内緒で洗礼を受けさせた。まるで自分をこれほど鼻高々にしている無信仰と反抗とを、息子についてはこ恐れているかのようだった。この機会に、教区司祭はこれが初めてというわけではなく、ミサと告解に欠席していることを叱った。アレッサンドラはなにも答えず、謎めいた満足の微笑を浮かべ、黙ってお叱りの言葉を聞いていた。

息子が生まれたいま初めて、アレッサンドラは処女《おとめ》のままにとどまっていた心のなかで、ひとつの情熱の炎と歓びとを感じた。他人の前では、腕にその美しい赤子を抱いて輝いて見えはしても、母親の羞恥心のなかに閉じこもり、人が知るアレッサンドラのままに慎み深く、落ち着きはらっていた。だが寝室で、あるいは畑で、子どもとふたりきりになるとき、みずからの栄光の証であり、源であり、立会人であるこの息子に、自分のなかの豊かな愛の泉を明かした。その泉を、小さくてまだなにもわからないこの子以外のだれも、この先、探査することは決してないだろう。愛の口づけを一度もあたえたことのないアレッサンドラが、穢れなき口づけをこの小さな身体に狂ったように浴びせかけ、無口な女から小夜鳴き鳥のようにおしゃべりになった。自分になじみがあり、無意識のうちに愛おしむすべての幼年期のなかに、大地と空の動物たちのあいだに、植物や星々のあいだに、新たな類似を探し、子どもに新しい名前をあたえた。子どもを仔山羊、草の小枝、小さなオリーヴ、昇る太陽と呼びながら、直感的な理解がひとりひとりにあたえる歓びとともに、古い不変の真実を初めて発見した。息子がほんとうに、自分が呼び起こしたすべての情景に、すべての子ども時代に参加し、だがその母親の勝ち誇った判断ではすべてに勝ることを発見した。そして、自分が産み、乳をあたえるおさな子が、小さくはあっても完璧で完全であり、極小の爪からようやく生え始めたまつげまで、まだ柔らかい髪から元気のよい足まで、なにもなおざりにされたり忘れられたりしてはいないのを観察して、幼い少女のように驚き、得意になった。この目鼻立ちのなかに、まったく恥じることなく、だが隠された歓びとともに、おのれの秘密をみずからに証するしと類似を見いだしもした。この秘密をだれかに打ちあけることは決してないだろう。だが、言葉を理解できない子どもには堰を切ったような勢いで明かした。たとえば子どもに言った。「大公のお子!」「公爵さまのお子!」「あたしの王子さま」「おまえはきれい、おまえの父さんのようにきれい!」あるいは大胆になって、「フランチェスコ」とその名前で呼ぶかわりに、「ニコラ!」と呼んだ。そしてこのような出生に由来する威信を前にして、もはや自分を息子の共謀者、女主人ではなく、ほとんどその召使のように感じ、夢のような贈物や特権、大理石の宮殿、羽根の寝床、指揮すべき軍隊、帝国の諸都市を約束した。生まれとたしかな勇気にふさわしい服装をした息子の姿を次から次へと想い描きながら、「あたしの小さな兵隊ちゃん、あたしの美男の隊長さん、あたしの小さなマエストロ!」と呼びかけた。

アレッサンドラ、一度も会ったことのない私のおばあさん、私がしばしばなおざりにし、忘れてきたこの祖母だけが、私の肉親すべてのなかでいまだに健在である。でも、生きてはいても、いまではひとりの亡霊のようにほとんど肉体をもたず、全能となり、亡霊と同じように生まれた村から私の部屋までの距離を越えてきて、調子のはずれた騒がしい死者たちのコンチェルトのなかで、私の隣にすわっている、私たち全員のなかでこの祖母だけが苦味の混じらぬ歓びの味を知る。そしてその代役、このおしゃべりな亡霊はみずからの歓びを言祝《ことほ》いで疲れを知らない。世界が世界であるとき以来、すべての母親たちが経験してきたたわいのないエピソードで立ち止まる。だが、私たちに共通する出自の孤独な領域から、私がそのおしゃべりに耳を傾けることを要求する。たとえば、赤ちゃん(ようやく生後一か月)をふざけてくすぐりながら、子どもが突然、笑うのを初めて見たとき、自分のなかに起きたことを、その田舎言葉で一生懸命になって私に描いて見せようとする。アレッサンドラは自分も賑やかに笑い出した。だが、この笑いの震える翼、あるいはふたりの混ざりあった吐息が、母と赤ん坊を高みにもちあげるかのようであり、母は自分もまた息子といっしょに生まれて初めて笑い声をあげたように感じた。

一日ごとに、アレッサンドラの歓びはますます豊かに大きくなっていった。なぜならば赤ん坊は笑うこと、見分けることを覚えるにつれて、ひとつひとつの動きのなかでアレッサンドラの熱情にお返しのしぐさをしたからだ。日曜日、アレッサンドラは赤ちゃんに都会から取り寄せたひとそろいの美しい服を着せた。そして胸に抱いて、婚礼の日のように家の戸口に立ち、称讃とお祝いの言葉を受けとった。そのあいだ、台所にいるダミアーノも開いた扉からこの行列と称讃とを楽しめた。ダミアーノはなにもせずにはいられないたちだったから、日曜の仕事、たとえば籠を編んだりとか、割れた茶碗を針金で修繕したりとか、履き物の修理とかに励む。赤ちゃんとその美しい服を称讃するために足を止めない女や娘はひとりもいない。少女たちはまるでひとつの恩寵のように、赤ちゃんをちょっと抱っこさせてくれと頼む。けれども赤長く抱いていようとして、いろいろご機嫌をとっても赤ん坊はすぐに母親の胸にもどりたがり、もぞもぞと動いて泣き声をあげた。ときおりアレッサンドラは友だちにそそのかされて、赤ん坊を捨てるようなふりをし、家の壁のうしろに隠れる。赤ちゃんの痛ましい怒りの泣き声が母親をそこから呼びもどす。これほど大きな愛の奴隷となって、アレッサンドラは眉根を寄せ、残酷な試練をそそのかした友だちを激しくとがめてはいたものの、陽気な顔をしてすぐにふたたび姿を現す。赤ん坊は女房連中のひとりの腕のなかで母を見ると、涙を浮かべた笑いに変え、言葉にならない呼び声をあげる。そしてこの見知らぬ腕から身を乗り出し、母が大声で笑いながら抱きとるまで、手足をばたばたさせ続けた。子どもはまるで二度と離れまいとするかのように、母の腕にしがみつき、落ち着きをとりもどしながら、嫉妬深い、脅すようなくぐもったつぶやきをあげる。まるで小犬が太い声を出すことで、より強く鍛えられた動物たちから自分の獲物を守れると思うみたいに。そのあいだ、ダミアーノは自分のベンチから、いまは愛情を独占しようとするフランチェスコを、いまは意志の弱いアレッサンドラを、いまは自分たちのお楽しみのために子どもを怒らせた女たちを叱りつける。けれどもこんなふうなお小言のあいだに、ちょっとくすくすと笑い声をもらす。その最初の家族を襲った災難以来、人がダミアーノから聞いたことがなかった笑い声を。

季節のよいときには、離れているのが耐えがたく、アレッサンドラはまだ小さくて歩けない赤ん坊を畑に連れていった。籠に入れて地面に、あるいは草の上におろし、畑仕事からしょっちゅう頭をあげて子どもに手を振ると、

1　話はニコラ・モナコの全盛期にもどる。

子どもはわかっているというようすで母に笑いかけた。母のそばにいるのに満足し、そこでじっとしていた。母は子どもが退屈しないためになら、生来の吝嗇《りんしょく》からとても大事にしている宝物を渡すのもためらわなかった。たとえば自分の珊瑚の首飾り、あるいは花模様の美しいハンカチ。飛ぶ生き物、小さな昆虫や蝶、きらきら輝くほこり、真っ昼間に子どものまわりで動きまわる羽毛のように柔らかい軽い花びらが、子どもにはまた別の退屈しのぎになった。子どもは飛んでいるものすべてを夢中になってわがものにしようとした。だが、そのお世辞や尊大な要求にもかかわらず、はかない放浪者たちが赤ん坊につかまるのはまれだった。そのためにときにはがっかりして、ええんと泣き出す。すると母が慰めに駆けつけ、歌で寝かしつけようとしたり、胸を差し出したりした。

暑い季節には、子どもを丸裸にしておいた。そのため日に焼けて、元気いっぱい。どの女もその母親をうらやましがるほど美しい顔色をしていた。黄昏に家にもどると、子どもは母が隣に横たわらなければ眠ろうとしなかった。母親は子どもがうとうとするのを見ると、用心深くそっとそっとそのそばを離れる。けれどもそのあと子どもははっと目を覚まし、裏切りに気づくとすぐに激しい叫び声で母を呼ぶ。

ときおりふたりのどちらもが遊びにわれを忘れた。母が言う。「お腹がすいた。おまえを食べちゃおう」母が足や手に噛みつくと、子どもは恐がるかわりに、だが至福の笑い声をあげる。母の腕のなかで飛び跳ねながら、浮かれて母のコースレットをめちゃくちゃにし、その珊瑚を、その黒い髪の房を楽しげに引っぱる。母のほうはめちゃくちゃにされたのがうれしくて、髪を乱したまっ赤な顔をうしろにそらし、この愛すべき攻撃から身を守る。母親は子どもの望みすべてを聞いてやった。ダミアーノはそんなに甘やかして、とアレッサンドラをとがめた。だが実際には、母親と同じほどにこの子の奴隷になっていた。自分で揺りかごをつくり、もともと勤勉なたちだから、編んだ細枝と材木とで子どものためにありとあらゆる種類の人形やおもちゃをつくった。子どもに最初の歯が生えたときには大得意で、一輪の薔薇に似た柔らかな歯茎から生えてきたあの小さな白い歯のことを考えて、仕事のあいだじゅう笑っていたほどだ。「ちょっと見てごらん、この狼くんを」と子どもに言った。「見てごらん、このかわいい赤ちゃん狼を！」幼いころのこの時期に子どもに起こるおなじみの身体の不調はダミアーノをかなり心配させ、一方、アレッサンドラはそれを自然で危険のない現象として受け容れて、あまり気にはしなかった。フランチェスコが乳離れをすると、ダミアーノは息子のために、いちばん甘い初物、いちばん立派な果実、いちばん濃い乳をとっておいた。いまやほとんど希望を奪われていた自分の老年期に、ひとつの価値とよろこばしい運命をあたえにやってきたこの息子のために自分の心を広げる感情を、言葉では表現できなかった。清潔な服を着て、美しく健康な子どもが母親の腕に抱かれているのを見て、ときおり微笑みながら歓びに満ちた優しい声で言った。「フランチェスコ！　フランチェスコはなんてかわいいんだ！　どうだい、ええ？　フランチェスコ！」ほかの言葉は思いつかなかった。そして子どもは王座から見るように、母の腕のなかから楽しそうに、あるいはまじめくさってダミアーノを見た。アレッサンドラはこのほめ言葉を、自分自身になされるべき感謝の行為として受けとった。この子どもは老人の究極の慰め、歓びではないか？　だからどこに罪が存在しうるというのか？　いまダミアーノはその労働と計画のひとつひとつに、幼い息子という明確で愛しい目的を見ていた。そして可能になったらすぐに、あの土地、この土地を買い入れることを考えた。そうすればフランチェスコは一人前の男になったときに、広大な所有地をもてる。子どもが自分になんの愛情も示さず、膝にすわるのをいやがって、すぐに母のところに帰りたがっても、腹も立てなかった。老人は考えた。子どもが母親が好きなのは当然だろう。この子をつくり、乳をやり、あやすのは母親ではないか？　いまダミアーノはアレッサンドラをより深い愛情、並々ならぬ心遣いで包みこんだ。なぜならば嫁が息子と幼年期を分かちあうように、それどころか息子の幼年期とひとつに結ばれているように見えたからだ。そして、その若さのなかでこの花を生み出した功績をアレッサンドラに負っていたからだ。ダミアーノは自分はこの花にふさわしくないと感じていた。

　お話ができるようになり始めると、フランチェスコはふたりきりのおしゃべりのあいだに、母が教える言葉で母に答えることを覚えた。「マンマはぼくのかわいいお友だち」と言い、母が「フランチェスコはだれのもの？」と尋ねれば、母の膝に抱きつき、うっとりと見つめながら答える。「マンマのもの」子どもが理解できるようになったいま、アレッサンドラはもはやかつてのように、子どもには隠しておかねばならないその出生の謎

1　話はニコラ・モナコの全盛期にもどる。

で、息子をほめたたえるわけにはいかなかった。けれども息子とこの秘密を分かちあえない苦い思いは（すべてを息子と分かちあうアレッサンドラにとって）、息子がその早熟な知性で、同年齢ばかりでなく年上の子どもたちをも凌駕するのを見る歓びで相殺された。ほかの母親たちはフランチェスコの天才を称讃するのが習い性となったほどだ。お話をはじめてからまもなく、経験不足のダミアーノに導かれてわずかの時間で読み書きを覚え、父親を唖然とさせた。そして、ほら、まだ乳歯を生やした幼児なのにもう台所のすみで、大きな少年たちの教科書を声に出して読んでいた。文字の読めない母には、それが息子を自分には謎の沈黙と崇拝にあたいする領域に運んでいくように思われた。アレッサンドラは、ねたみも知りたいという欲求もなく、ひとつの教義を前にした俗人のように、女である自分には解読不能でありながら、この思慮深い子どもには明らかにされた文字たちをじっと見つめた。そしてフランチェスコがすみで注意深く集中して、声に出して読んでいるものの意味は理解できなかったけれど、この現実とは思われない幼い声の響きに耳を澄ました。アレッサンドラにはもはやこの子が自分の息子とは思えなかった。自分の殿さま、自分に優る者、遠い世界から自分のところまでやってきた伝令官。この子の罪深き懐胎はいま、ほとんど伝説の出来事のように思われた。なぜならばニコラ・モナコは最初三回の訪問のあと、二度と姿を現さなかったからだ。

ときおり、夕刻、ダミアーノの台所でご近所連中がかまどのまわりのベンチに集まるとき、子どもは片すみにうずくまり、まるで人びとがいるのを忘れたかのように本を読んでいた。そして、ほら、子どもが気がつかないうちに、田舎者たちは全員が話をやめ、目を丸くして黙って子どもの声に聞きほれた。自分たちの子がどうにかお話ができるかできないかの年齢で、この子は先生もいないのに、大人である自分たちのほとんどが知らないことを知っていた。ダミアーノは街にいくと、息子のために鉛筆や本、帳面を買った。子どもはすでに活字体の混ざったまぜこぜの文字で作文を書いていた。こういった最初の帳面数冊は、小さな衣類や履き古した靴、産着といっしょに、アレッサンドラが村の婚家に保管している。

ダミアーノはいまもなお、むかしどおりの司祭嫌いを維持し、教区の学校には通わせたがらなかったし、もう少し大きくなったら、こういう場合、田舎でふつうやるように、神学校に入れることも考えなかった。なぜならば、幸福は老人の頑固な脳みそから、みなが知るところの例の固定観念を払拭はしていなかったからだ。それどころか、それをなおいっそう頭に深く根づかせた。この幸福が、教会からは離れているほうがよいというみずからの原則の正しさを確認すると同時に、神に対する個人的な復讐のように思われた。

だからダミアーノは司祭を除外したあと、いちばん近い町の公立学校の先生に助けを求めた。先生はフランチェスコを試験して、三年生か四年生相当の知識を有すると宣言した。だが、年上の少年たちの学級に入れるのは適切とは思わなかったので、農産物での支払を受け容れて、個人授業をおこない、また本も貸そうと申し出た。このときから、毎週二回、フランチェスコは勉強に通った。ダミアーノはときおり先生をわきに呼んで、子どもの将来について意見を求めた。実のところ、息子を裕福な農園主にしようという野心を、よりまれで、より威信のある医者か弁護士か学者にしようという野心と入れ替えていた。子どもが文学や歴史に特別の嗜好を示したので、先生は定められた年齢に達したらすぐに中等学校に送るようダミアーノに助言した。

すでに私たちが見たように、このときからダミアーノの心のなかでは、この野心が女主人となり、女王となった。フランチェスコには、たとえば羊の群れの番とかオリーヴの収穫のような同年齢の子どもたちにはおなじみのちょっとした畑仕事もやらせなかった。そのかわりに子どもの瞑想と読書好きとをのばそうとした。だがフランチェスコには長時間、母親と離れているのは耐えがたかった。毎日、母について畑にいき、母の重い労働を軽くするために、自分から進んでその小さな手でできるなりに母を助け、あらゆる種類の手伝いをした。やる気にもかかわらず、することがなにもないときには、人生最初の数か月のように地面にすわりこみ、自分の目には、労働の大地の中心で草のあいだのひまわりのように輝いて映る母の姿を見るのを楽しんだ。あるいは、同じ愛によって息子の視線を探すようにうながされた母とときどき目を合わせながら、本を読んだ。

いまではふたりだけのとき、ほとんどの時間を黙って過ごした。穢れなき年ごろの自由な愛情の吐露は終わり（なぜならば、母自身もまた息子とともに伝説の幼年時代を生きてきたと言えるだろうから）、したがって幸福な時代も終わりとなった。アレッサンドラは優しく落ち着いた立居振舞をとりもどした。そしてフランチェスコはたいていの時間、自分に閉じこもり、突っ慳貪で臆病。ごくたまにだけ、その燃えるように激しい愛情を明かした。たとえば母と息子がたったふたりきり、葡萄畑で葡萄の若枝を結わえたり、野原で夕飯のための野草を摘んでいるとき、突然、理由もなく、フランチェスコは母の首にぶらさがり、その幼い腕に全力をこめて母を抱きしめ、ぼくを好きかと尋ねたりした。アレッサンドラは心のなかでは幸せに感じても、田舎の流儀で身を振りほどいて、言う。「なんてこと聞くの！」そこで子どもは熱に浮かされたように興奮して、しつこく尋ね続け、自分のほうは、マンマ、自分の大好きな大切な人、自分にとっての空のお星さまを全身全霊で愛していると叫ぶ。アレッサンドラは、これまでだれの口からも聞いたことのないこんな言葉を心の奥深くで歓びながら頭を振り、自分のお母さんであるあたしにそんなふうに話したら、あとであなたのお嫁ちゃんはなんと言うかしらと、いたずらっぽく尋ねる。この言葉に子どもは眉をひそめ、真剣な顔で、マンマとじゃなければ結婚なんかしたくないと言い放つ。「あたしと！」とアレッサンドラは笑い声をあげる。「あたしはあなたのお母さんよ。お嫁ちゃんを探さなきゃ。あたしが死んだとき、ひとりにならないように」けれどもフランチェスコは憤然として、マンマといっしょに死にたいと叫ぶ。アレッサンドラが自分をおいていくという考えがつらくて、わっと泣き出すこともよくあった。「あらあら」とアレッサンドラはフランチェスコの額から重い巻き毛をかきあげながら言った。「泣いたりして、恥ずかしくないの？　死につける薬はないんだよ」すると子どもはその服にしがみつき、足を踏みならし、嫉妬の入り混じった怒りをこめて泣きながら叫ぶ。「マンマは死んじゃだめ、死んじゃだめだよ。ぼくはぜったい結婚しない。マンマといっしょにいたい。マンマと結婚するんだ」そこで母親はこの頑固な石頭をけらけらと笑いながら、スカートで涙をふいてやる。

ときおり子どもは母に、興奮したようすで、だが重々しく約束した。「ぼくが大きくなったら博士になる。そしたらマンマはもう働かなくていい。命令するだけ、奥方さまになって、女主人になって、百の領地と馬車と馬をもつんだ」朝、母が櫛をたらいに浸しながらその長くまっすぐな黒髪をとかすのを、子どもは目を大きく見開いてうっとりと見つめた。この子を母に惹きつけていたのはなによりもまずその美しさだった。村ではだれも評価することがなく、父親ニコラの気に入ったこの美貌を、子どもはほかのなにものとも較べることができないほどの驚異、魅力だと思った。絶えず母のうしろをついて歩き、母が炎と栄光の泉であるかのように、そちらのほうを振り向いた。ときおり、突然、ふたりで分かちあう沈黙を破り、宗教的ともいえる称讃をこめて母に言った。「なんてきれいなの！」そして額にキスをした。自分が美しいと思ってはいないアレッサンドラはそれでも、子どもがそんなふうに思っていることで幸せだった。だが無関心を装って肩をすくめ、答える。「きれい、だって！　ほんとうに！　そんなきれいな人、どこにいるの！」こう言いながら、顔つきを歓びで変えて、子どものキスに夢中になって応えた。

フランチェスコの心のなかで、アレッサンドラにはひとりの競争相手もいなかった。なぜならば子どもはどちらかといえば孤独に、友だちもなく育ったからだ。早熟で考え深く、同年齢の子どもたちとつきあう習慣がなく、その遊びにも加わらなかった。「なんでフランチェスコも遊ばないの？」ときおりアレッサンドラは、自分が料理やそのほかの仕事に励んでいるとき、息子が気むずかしい顔をして自分のそばにすわっているのを見て尋ねた。けれどもこの質問に子どもは顔をくもらせ、遊びたくないのだと答えた。ただごくたまに、子どもっぽい生命力にあふれた激情がほとばしり出て、その孤独な心を打ち負かすことがあった。するとフランチェスコは子どもたちの輪のなかに、異様に騒々しく飛びこんでいく。けれども子どもたちはあっけにとられ、まるでフランチェスコのなかにこの子をほかとは違うものにしているなにかがあるのに気づいたかのように、いつもの開けっぴろげな態度を少し変えた。それでも小さな百姓のなかには、フランチェスコの美しさと自尊心に惹かれて、この子に心酔する者が出ることもあった。だが、そのあと、頭の単純な少年にとって、フランチェスコといるのは不安を誘い、努力を要することであるのが明らかになる。少年は短期間でフランチェスコから遠ざかり、この人見知りの魂をひとり残していく。アレッサンドラは自分の仕事に集中しながら、そばにすわる子どもをちらりと見て、影と敬意に満ちたその頭のなかでぼんやりと自分に尋ねた。この額のうしろにはいったいなにが隠れているのだろうか、と。

2　あばた、愛の苦しみを知る。

フランチェスコが七歳ちょっとのある朝十一時ごろ、デ・サルヴィ家は思いがけない客を迎えた。三人そろって食事のために台所にすわっていたとき、戸口にニコラ・モナコが姿を現した。おそらくはなにかの偶然がニコラをこのあたりに導き、思い出が好奇心といっしょになって、この家までその背中を押してきたのだろう。

ダミアーノは手をひさしにして目を守りながら、光を背にしたこの姿をだれだろうかとじっと観察した。それから叫んだ。「これはこれはドン・ニコラ！」客人を迎えにいき、食事とワインをいっしょにどうかと誘う。アレッサンドラは口がきけず、八年たってもほとんど変わっていないこの姿をしげしげと見つめた。ニコラのほうはフランチェスコをしげしげと見つめ、立ったところを見たがり、右を向かせたり左を向かせたりして感心した。ニコラはアレッサンドラひとりがわかる暗黙の意味をこめて叫んだ。「アレッサンドラ、なんてかわいい息子を産んだんだ」アレッサンドラは赤面もせずに、幸福の歓びに微笑んだ。ダミアーノがそのたどたどしい口ぶりで、子どもの並はずれた才能を自慢したので、客人は子どもに質問を始め、その答えに目を丸くした。フランチェスコは最初はおずおずとして人見知りをしていたけれど、だんだん大胆になり、きらきらと輝く瞳で見知らぬ人を見つめて、その衣服と顔とを称讃し、その言葉の一音たりとも聞きのがさなかった。短い人生で同じようなものは一度も目にしたことがなかったが、この見知らぬ姿はフランチェスコの心を永遠に魅了した。ニコラのほうは、かつて会話のなかでアレッサンドラひとりのためにいいところを見せたいと望んだのと同じように、いまはただこのおさな子ひとりのためだけに、自分をひけらかしたかった。ぺらぺらとしゃべりながら、ときどきこの小さな顔を横目で見て、自分の話があげた効果をうかがった。そしてこの顔の上に、注目、信頼、あるいは浮世離れした驚きを読みとるとき、あるいは子どもたちが好きだからという理由でわざわざ選んだ滑稽話に、森の雄鶏のような無邪気な笑い声が自然にあがるのを聞くとき、その虚栄心は満たされた。ニコラは意図的に、貴婦人や王侯貴族、宮殿、馬の作り話を、まるでそれが自分の領土、住まい、奴隷の話であるかのように語った。そして自分がひとつの話を中断したので、子どもが好奇心に締めつけられて、われを忘れ、引っ込み思案を忘れて、夢中になって続きを求めるとき、ニコラの目は勝利をおさめたかのように輝いた。

ニコラが（またすぐくると約束して）帰ると、フランチェスコ坊やはあのすばらしい謎の人物はいったいだれなのか、と倦むことなく繰り返し両親に尋ねた。アレッサンドラはこれまで愛人について恐れなしで語るのを一度も許されなかったけれど、いまはこの自然の渇きを癒すことができた。子どもを連れて畑に続く小道をくだりながら、あの男は立派なお殿さま、公爵や男爵のために数かぎりない土地やお館《やかた》を管理している人なのだと説明した。こんな殿さまの訪問を受けるのは自分たちにとってたいへんな名誉なのだ。そして微笑みながら、子どもに尋ねる。「立派な服を着ていたの、見たでしょう？」「うん！」と子どもは夢中になって叫ぶ。「金の指輪をいくつもはめてた。腕輪も。それに胸にはペンダントやメダルがいっぱいついた金の鎖。なんてきれいな人なんだろう！」フランチェスコはつけ加えた。「ガリバルディみたい、フランス人の皇帝ナポレオンみたいだ！」アレッサンドラはナポレオンがだれか知らなかったけれど、この響きのよい名前に畏敬の念を感じてちょっと口を閉じ、子どもが新しい質問をして話をうながすまで黙っていた。翌日、フランチェスコは得意げな顔つきで近所の子どもたちにこの訪問をぺちゃくちゃとしゃべりまくった。ひとりの若者、八年前、ニコラにひと晩の宿を貸した家の息子が肩をすくめながら、あのおじさんならきみよりよく知ってる、うちに泊めたんだからと言ったとき、フランチェスコは若者を疑いの目で見つめた。「こいつ、信じないんだな！」若者は軽蔑するようなようすでほかの聴衆のほうを向きながら叫んだ。「そうだよ。うちの親父が自分の寝室を譲ったんだ。よく覚えてる。親父は兄貴のベッドでいっしょに寝た。翌朝、ドン・ニコラは姉さんに長靴を山羊脂で磨かせた。姉さんはそのあと、ニコラが長靴を履くのを手伝った。で、帰る前、おれになんでも好きなものを買えと言って二リラくれた。そのあともう一度、うちの馬たちを見にきたな。たぶん一頭、買うつもりだと言ってた。昨日も通りがかりにうちの前で立ち止まって、親父に挨拶をしてった。信じないなら親父に聞くといい」若者はどうだまいったかというように尊大な微笑を浮かべ、まるで自分の言い分の証人になれと言うみたいに、あらためて聴衆を見た。フランチェスコ坊やはなにも言わなかった。心のなかでは、ドン・ニコラが他の死すべき人間同様にただのベッドで眠れるのを信じなかった。それに二リラは途方もない大金に思われた。「名前はニコラ・モナコだ」と若者は、この無知な者たちに向かって恩着せがましく、自分の情報が正確なことを見せつけながら続けた。「住所を教えてくれた。P市の男爵宮殿に住んでる」「ぼくも知ってる、住所は！」とフランチェスコは叫んだ。だが、若者はフランチェスコにはかまわず、兄貴がむかし徴兵検査でPにいったし、おれも二年たって、兵隊の年になったらPにいくんだと続けた。そこでフランチェスコは心のなかで激しく望んだ。ニコラ・モナコを住まわせるという特権を有する都会を訪れるために、いますぐ大人に、そして兵隊になりたい。

　フランチェスコが母アレッサンドラに語ったところでは、その晩、夢のなかにニコラが出てきたという。ぼくは大都会にいて、背の高い石造りの家のあいだをひとりぼっちで歩いているみたいだった。すると、ほら、そのまんなかを、ドン・ニコラが大きな馬にまたがって通っていく。馬は両耳のあいだに黄金の房、黄金の薔薇とカーネーションを飾ってる。ドン・ニコラはあたりに目もくれず、硬貨をばらまき、道の両側で乞食や貧民が硬貨を拾い、ふところにしまう前にそれに口づけをした。けれども、ぼく、フランチェスコのためには、ドン・ニコラは馬からちょっと身を乗り出し、ジャケットの下、心臓の側からとりだした特別な贈物を差し出した。それは色刷りのとても美しい絵葉書で、絡みあったリボンと旗のフリーズのなかに、ドン・ニコラその人の肖像が描かれていた。

　ニコラ・モナコはまたくるという約束を守った。たしかにそうたびたびではなかった。続く数年間で、その訪問は全部で四回か五回だったからだ。二回は馬の背にまたがって到着し、馬を上り坂が始まる村の入口に手綱でつないだ。フランチェスコは大急ぎでそこまで走っていき、興味津々で馬やその蹄や馬具やまっ黒に輝くたてがみやらを観察した。この栄えある動物のために、自分の手でカラスムギの袋を運んでいきたがった。ほかの人びとの眼前で、自分がこのような名誉に加わっているのを感じて、いっしょにきた者たちに説明した。これはP市の馬で、モレッロと呼ばれる種類、戦場で闘うのに向いている。ぼく、フランチェスコも大人になったら同じような馬にまたがり、学生と軍人になりにいく。

ニコラ・モナコはいまはこれ、今度はあれと口実をつけてやってきた。だが実際には訪問の目的は子どもだけだった。このことをアレッサンドラも承知していたが、それにやきもちを焼くかわりに、むしろ得意に思った。だいいちたまたまある日、ニコラがこの美人とふたりきりになり、もう一度、むかしのよしみを通じようとしたことがある。だが、かつてはあれほど従順だった女がいまは頑として譲らなかった。宗教的な畏怖心がアレッサンドラにこの抱擁を拒否する力をあたえた。今回は、そう、身をまかせればわが身を背信と罪とで穢すように思えた。ダミアーノに対してではない。むしろ幼いフランチェスコに対して。

あいだに何か月も、ときには何年もはさんでのめったにない訪問は、フランチェスコには忘れがたきものとなった。ニコラは台所にはいるとすぐにフランチェスコに視線を向けた。驚きと好奇心をもってその成長を測り、その好奇心には父親としてのねたみのようなものが混ざっていた。よき父親だったことは一度もなかったにもかかわらず、自分の嫡出子たちをこの小さな百姓と較べることがあり、後者の勝利がちょっとした嫉妬心をかきたてた。ニコラのほかの子どもたちに頭のよさや魅力、あるいは健康が欠けていたわけではない。だが、しつけもされず、ほとんど街頭で野放しにされて育ち、全員が無知無学で、浮浪者のようなぼろをまとい、汚れていた。子どもたちをフランチェスコと較べるとき、このことがニコラの癪に障った。ニコラは心のなかで、罪を古女房のドンナ・パスクッチャに押しつけた。

ニコラが心のなかで「小さな私生児」と呼んでいた子ども、山羊飼いの村で生まれ、だれもニコラのだとは知らない子ども、息子だと宣言できさえすれば、この子は自分の虚栄心を満足させてくれるように思われた。それができなかったために、ニコラはときおり一種の攻撃に身を投じた。ちょっと軽蔑するような態度で、子どもの欠点、たとえばあまりにも色黒の肌、ちょっとずんぐりとした手足、赤くてざらざらの手、太い手首を並べ立て、アレッサンドラのいる前で皮肉な口調で言う。「おやおや、坊主、そういうところは母さんの一族から受け継いだんだな！」子どもはぽかんとして目を大きく見開き、この口調（ほめているのか、けなしているのか？）のなかに暗い意図を見抜いたかのようにニコラを見た。母親のほうは、この言葉に隠された悪意の嫌がらせを理解せずに、どっちつかずの笑い声をあげた。

　また別のとき、ニコラは生まれつき小さくて繊細な自分の手を自慢し、肌がいかに白いかを見せるために、ちょっと袖をめくって日焼けしていない前腕を出した。貧しいお百姓たちはそれをうっとりと眺めた。フランチェスコ坊やの未熟な判断力ではこういった美点を評価はできなかったけれど、坊やはそれがニコラに属するという理由で、議論の余地なきものと判断した。ニコラと異なるものはすべて醜く見えた。いまだに判決をくださずにいるただひとりの人間はその母親。母親は美しさにおいて不可侵の勝利者にとどまり続けた。

　フランチェスコは客人に対して、打ち解けた親しい態度をとるようになった。ときおり、その姿形とおしゃべりに惹きつけられて、ほとんど自分でも気づかないうちにそばに近寄り、その言葉に耳を傾け、その唇の動きを目を皿のようにして追い、小さな手でジャケットのすそを握りしめたり、鎖からさがる飾りをおもちゃにしたりした。ちょっと顔を赤らめながら、お歌をひとつうたってと頼むこともあった。ニコラはよろこんで、ぐずぐずせずにその願いを聞き届けてやる。ベル・カントと芝居への好み、メロディを難なく覚える能力、響きのよい声を、フランチェスコが自分と共有することにすぐに気づいた。ご満悦のていで、子どもに自分のレパートリーの大部分、まず最初に「美しき愛の娘」[*1]、「女は移り気」[*2]、そして尊大なヤーゴの「俺は信じる」を教えた。うっとりとなった子どもの前で、芝居の楽しみに身をまかせ、ひとりでオペラの全曲を演じることさえあった。劇場、桟敷席、平土間席を描くことから始め、それから舞台装置、きらめく照明、登場人物の衣裳。登場人物の人生の浮沈を大げさな言葉で語り、話の合間にお気に入りのロマンツァをはさみこむ。最後には立ちあがり、オペラ劇場の本物の歌手の身ぶり手ぶりで登場人物に変身し、さまざまな役をこなし、自分の声を、バスとテノールはもちろん、なんとコントラルトとソプラノにまで合わせた。ああ、奇蹟よ、この非凡なるパントマイムは増殖に成功し、そのただひとつの声だけで「帆だ、旗だ、有翼の獅子だ」[*3]と告げる群衆をよみがえらせた。あるいは酔った船乗りを。あるいは二重唱のなかでオテッロとヤーゴを一人二役で同時に演じる。軽薄なカッシオが蜘蛛の巣のように不実な小さなハンカチをひらひらさせながら、そこに加わる。だが、それだけでは充分ではない。今度はほら、赤味がかった金髪の頭を片方に傾け、目を細め、存在しないマンドーラ［大型のマンドリン］を指先で爪弾きながら、美しきトロヴァトーレ[*4]になる！　その少しあと、今度はトロヴァトーレのかわりに悲痛な司祭の一団が不安げに祈る。「憐れみたまえ、二度ともどらぬ旅へと昇る魂を！」[*5]

そして「復讐だ！　恐ろしい復讐だ！」[*6]と叫びながら笑うリゴレットもやはりまたニコラなのか？　そう、ニコラだ、不幸な反逆者！　それに対してはるか遠くから優しいフルート、「すべての祭日に、教会堂でわたしが神に祈っているあいだ」[*7]と、回想する者がこだまを返す。悲しいかな、思い違いをした処女《おとめ》よ！　悲しいかな、大公特権の犠牲者よ！　だが、一七八九年と一八四八年[*8]がやってくるだろう。民衆の娘たちの復讐を遂げるためにやってくるだろう！

子どもはこのような見世物にあまりにも魅了されたので、しばしば気づかないうちに、情熱にうながされた擬態によって顔をニコラと同じ表情にした。演技者が眉を寄せれば、自分も眉を寄せ、あるいは演技者と同じように目と唇を半ば閉じた。いつもデ・サルヴィ一家だけが観衆だったわけではない。しばしば村人たちが聴衆になって台所に侵入し、フランチェスコは一方ではそれを得意に思っても、他方ではちょっと腹を立てた。なぜならば自分の歌手を他人と分かちあいたくなかったからだ。ニコラは習慣で演目の感想を言ったり、あるいは演目のところどころに、批評やおしゃべりや、私たちがすでに知るところの大胆な格言を差しはさんだりした。フランチェスコはこういった言葉をその早熟な知性に無理やり理解させようとし、魅了された心のなかで言葉たちに荘重な威厳を着せかけた。ニコラの言うことすべてが、フランチェスコにとっては啓示であり法だった。世間の不公平を呪い、雪辱を予言するのを初めて聞いたのはニコラの口からだった。ニコラがフランチェスコの目に偉大に見えたのは、すばらしい貴族の殿さまだったからだ。

＊1　ヴェルディ『リゴレット』。
＊2　『リゴレット』「女心の歌」の邦題で知られる。
＊3　ヴェルディ『オテッロ』。
＊4　ヴェルディ『イル・トロヴァトーレ（吟遊詩人）』の主人公。
＊5　『イル・トロヴァトーレ』。
＊6　『リゴレット』。
＊7　『リゴレット』第二幕。ジルダの歌。リゴレットの娘ジルダは女たらしのマントヴァ公爵にだまされ、最後はみずから公爵の身代わりとなって殺されてしまう。
＊8　一七八九年はフランス革命、一八四八年はヨーロッパ各地で革命が勃発した年。イタリアでは、シチリアの暴動をきっかけに、各地で蜂起が起こり、イタリア統一運動が開始された。

だが、ニコラはまさに自分を偉大にしているものを皮肉に中傷したからこそ、なおいっそう魅力的だった。皮肉、反抗、軽蔑はニコラをフランチェスコがそれまでに出会ったすべての人ばかりでなく、いまだに知らない人びと、フランチェスコがニコラがその一員と信じていた王侯貴族の社会の人びとよりも高いところにもちあげた。ニコラがこの社会を軽蔑しているのだから、フランチェスコもそれを軽蔑すべきだと思いこんだ。ニコラと較べれば、学校友だちの親、フランチェスコが勉強に通う小さな町の商人、あるいは乾物屋、あるいは勤め人、最初のころは町に住むブルジョワという肩書のためにフランチェスコの目にはいくらかの威信を有して見えた人たちは、いっそうつましくさもしくなった。だが、すべての人のなかで、ニコラとの比較からもっとも大きな辱めを受けて出てきたのは、ダミアーノ老人だった。フランチェスコは人生の初めから母に対しては有無を言わせぬ愛情をもちながら、法律上の父親には一種の不信を覚え、無関心だった。アレッサンドラが美しく見えるのと同じように、子どもの厳しい鑑識眼には、ダミアーノは醜く、汚らしく映った。生来、几帳面で野心的な子どもは、歯のない口、灰色の強《こわ》いひげ、身を包むぼろ、脚に巻き、お祭りの日でさえもとりかえない黒ずんだ泥だらけの布きれを忌み嫌った。幼いころから父親がご近所で呼ばれているいくつかのあだ名がフランチェスコを傷つけた。近所の人びとはダミアーノを〈黒いけむり〉と呼び、あげくの果てには、土にかがみこみすぎていたために縮んだ小さな身体のせいで、〈ちびのせむし〉と呼んだ。フランチェスコ自身が（病気になって〈あばた〉と呼ばれる前は）〈ちびのせむしのところのフランチェスコ〉だった。近くの町の公立学校に通うようになり、校門で同級生を待つほかの親たちと自分の父親を較べるとき、その頬は苦く紅潮した。ダミアーノが自分の用事で町に降りてきて校門で待っているとき、父の姿を見るとフランチェスコ坊やは顔色を変え、同級生のあいだにからかいの目配せを見たような気がして急いで仲間のそばを離れようとした。手錠をかけられて連行される囚人みたいに屈辱に満ち、父親と並んでこの意地悪な小さな群衆のあいだを、逃げるように足早に通りながら、あの子、この子へと急いで「さよなら」と言い、この判事たちから逃れ、自分は自由だと感じるために村に続く田舎道に出ることを切望した。そんなとき、老人の寛大な心は、ちょっと前に自分を迎えたフランチェスコのいやいやながらの冷淡なあしらいと侮辱的な沈黙とを、お祭り騒ぎと心遣いとで忘れさせた。だが、それさえも必要はなかった。なぜならばダミアーノ老人は無邪気で善良で、自分の学生をけたはずれに得意に思っていたので、なにも気づかなかったからだ。空色の目をぱちぱちさせ、礼儀正しくおずおずとした微笑で、貴いわが子の恵まれた同級生たちに挨拶をした。わたしは自分の資力だけで、息子をこの子たちのなかに、この子たちと同等の者として送りこむのに成功したではないか？ このことがダミアーノを得意にし、幸福にした。フランチェスコは田舎の子どもたちが習慣づけられている両親への敬意に加えて引っ込み思案からも、不平やあるいは文句で、あるいは忠告で、自分の不快感を老人に明かすことはなかった。身だしなみにもっと気を遣い、自分をもっと大切にしろと思いきって勧めることとさえなかった。だがいつも自分の感情を厳しい額のうしろに隠していた。

けれども物心つくころから、いやそれ以前から、どことない気まずさがフランチェスコをダミアーノから遠ざけていた。その粗野な愛撫から身を守り、避難所に向かうように、すぐに母のそばに駆けよった。そして幼いころにはダミアーノが腕に抱くとしばしば悲鳴をあげ、まるで見知らぬ人に対するように抵抗した。ダミアーノは笑い声をあげ、甘い顔をして、からかい半分でお小言を言った。ときにはふざけて、マンマをいじめるふりや殺すふりをして、子どもを怒らせた。

そのあとフランチェスコが赤ん坊から少年になると、ダミアーノはしばしば息子の前で、ひとりの賢人、あるいは偉大な学者の前にいる人の態度をとった。この期待の星、自分の家を訪れた予期せぬ栄光はすでに大きなご褒美に思えたので、それ以上はなにも求めなかった。一方で、少年が自分に対してなにか敵対的な感情を育んでいるなどとは疑いもしなかった。この種の思いが一瞬、心をよぎることもなかったし、フランチェスコの内気で打ち解けない態度にもかかわらず、この子にはすべての息子がよき父親に抱く感情がもてないのではないかと怪しんだこともなかった。

フランチェスコの注意力は、ニコラ・モナコの訪問のあいだ、ダミアーノがこのよそ者に卑屈な態度をとるのを、またニコラがダミアーノをおだてあげ、上から目線でなれなれしくするのを見のがさなかった。それと同時に、まぶしいほどの光がものごとのすべての染みとすべての悪徳を明るみに出すのと同じやり方で、ニコラの輝かしい存在がダミアーノの無骨な惨めさを浮きあがらせた。フランチェスコにはわれ知らず空想することがあった。もしニコラが校門に迎えにきて、同級生たちがニコラを、自分の親戚、叔父、あるいは父親と思ったら、自分にとっての栄光はいかなるものか！　ああ、ニコラのそばでは、どんなに自分が優れ、どんなに強くて、自由だと感じることか！　これほどの確信があれば、ニコラと手に手をとってすべての境界を越え、大地を通り抜けていくだろう！　このような道連れのわきで姿を現すことは、権力の、恩寵の、高い階級の宣言となるだろう！　フランチェスコにはニコラが、ダビデ、あるいは大天使のように、つねに勝利を手にし、すべての人のなかでもっとも美しく、すべての人を卑しめるように運命づけられていると思えた。もし子どもがいるのなら（実のところ、ニコラは子どものことをときおりほのめかし、名前を言うことさえあった。男の子のひとりはヴィットー、女の子のひとりはリリアーナ）、この子どもたちはどんなに幸せだろう。ニコラと並んで散歩するときにはどんなに得意になるだろう！　そして、ニコラがしばしば話題にする領地のあるじたちは、ニコラとつきあい、空しく待たずとも毎日、ニコラと会い、次に会うのはいつかと思わずに別れを告げられるのを、どんなに誇り高く感じていることだろう！　ただの人と！　友だちと会うみたいに！

あるときフランチェスコが無邪気な興奮に身をまかせて、母に自分の感情を明かしたことがあった。夏の夕暮れ、ニコラ・モナコの二度目か三度目の訪問のあとで、ニコラは帰ったばかりだった。暑い一日が終わろうとするころ、母と息子は横になる前に、数分間の休息と涼気を味わうため、よく戸外に出た。たいていはふたりにダミアーノかご近所のだれかが加わる。だが、この晩はふたりきりだった。静寂のなかでアレッサンドラはひとつの石に腰をおろした。昼の最後の明るさが消え去るちょっと前まで子どもに手伝わせて糸を巻きとっていたかせをまだ手にもっていた。フランチェスコ坊や（当時、八歳ぐらい）は、母のそば、夏の暑さで焼けた草の上にあおむけに横たわった。目を天の蒼穹に向け、数日前に星座の図もはいっている地図帳を手に入れていたので、牡牛、双子、天秤の空想上の図形、星と星をつなぐ目には見えない黄金の糸を探した。宝石細工の匠が散らばった小石に糸を通すように、秩序と想像力が遊び友だちのこの小さな空想家は、無秩序に転がっていく星々にふたたび秩序をあたえたかった。ついには地図帳のように図形がぎっしり詰まった空がフランチェスコの上にたわみかかってきた。あおむけになっているので、どこに目をやっても空しか見えない。フランチェスコには、ときどき書物に描かれた都会のパノラマを見ながら、この極小の絵を拡大し、奇妙な見知らぬ建物のあいだをそぞろ歩く自分を想像して楽しむことがある。これと同じやり方で、いまは遠く下界にいるのではなく、この空中の住民たちのあいだを歩きまわる自分を想像した。星の船団と光の魚たちのあいだで、ぶんぶんとうなりを立てる戦車と彗星や星の尻尾をもつ野獣のあいだで、この野性の土地の冒険を楽しんだ。星空は、本で読んでいたアフリカやアジアよりも親しみがもてた。彼の地のものごとはあまりにも異常で突飛だった。そんなふうにして、ほかのやり方ではなく、このとき宇宙の曲線を想像し、それを通り抜けて楽しみ、自分にとって大切な人びとを星々のあいだの周遊に連れていくことを考えた。まずお母さん。それから、次はだれ？

母のことが頭に浮かんだので、フランチェスコはその姿を見るために顔をそちらに向けた。星影のなかで、アレッサンドラは若い娘のようにいつにも増して美しく思われた。そのため、子どもの唇に大胆であるのと同じくらい無邪気なひとつの質問が浮かんだ。「マンマ、どうして」と尋ねた。「そんなにきれいなのに、ニコラみたいな美男子じゃなくて、父《バッボ》さんみたいに醜い夫を選んだの？」

アレッサンドラは赤くなった。いきなりこう質問されたとき、自分もまたニコラを思っていた。ニコラを欲したり、その不在を嘆いたりしたのではまったくなく（愛の熱情をこの女は知らなかった）、だが兄弟のひとりが勇敢であれば、私たちは自分がその血縁であることを誇りに思うのと同じやり方で、称讃と誇りとともに思っていた。アレッサンドラは子どもの言葉にからからと笑い声をあげた。そして、そんなことを考えて、と叱った。だが、このとき以来、母と子はダミアーノに対する暗黙の共謀関係をほぼ意識するようになった。なぜならばアレッサンドラも自分の意志に反して、ときには心のなかでダミアーノをドン・ニコラと較べたからだ。これほど慎ましいと同時にこれほど誇り高いその魂が、恥じ入るかわりに誇りで震えたのは事実である。実のところ、美人でもなく、求婚者もなく、女乞食のように貧しかった自分の運命を思い返すときいつも、アレッサンドラは老人との結婚を幸運と考え、ダミアーノを恩人と考えてきた。だから死のときまで、自分が召使であったことを忘れず、ダミアーノに感謝し、服従するだろう。嫁となったいまもなお、自分をダミアーノと同等とは感じず、主人に対してもつべき尊敬を維持し続けた。したがって、ニコラ・モナコのような人物と貧しい召使のあいだの婚姻というフランチェスコの思いあがりが、アレッサンドラにはいかに常軌を逸して見えたかは想像にかたくない。このような思いあがりが芽吹きうるのは、母への愛に目が見えなくなった子どもの心のなかだけだ。だがそれでもアレッサンドラは心の奥底で、ニコラが罪においては自分の夫であることを知っていた。この秘密の婚姻は、みずからの運命に押された一種の王の印璽《いんじ》だった。そのために法律上の夫とニコラを較べ、心のなかで誇りに震えたのだ。

ニコラ・モナコがデ・サルヴィ一家を最後に訪れたとき、フランチェスコはだいたい十二歳ぐらいだった。ニコラは一年以上も姿を見せておらず、その間にフランチェスコは疱瘡にかかり、死線をさまよった。回復はしたが、しかし顔には病の痕跡が残り、それはその目鼻立ちを永遠に損なってしまった。フランチェスコがまだ新しい傷痕におおわれて目の前に登場したとき、ニコラは驚きを隠さなかった。驚きはした。だが、残念には思わず、関心ももたなかった。なぜならば顔を見せずにいたあいだに、ニコラの困難な生活には別の懸念が生まれ、それが子どもの愛しい面影をその心から消し去っていたからだ。いま、この男にとって、子どもとのきずなはもはやなんの意味ももたなかった。この訪問もこれまでとは違って、フランチェスコのためではなかった。今回、実務と利益は訪問の口実ではなく、真の目的だった。それがなければ、この小さな村までわざわざもう一度、山道を登ってはこなかっただろう。

というわけでフランチェスコが目の前に現れたとき、ニコラ・モナコは少年をよく見ようと、腕をつかんで通りに面した戸口まで引っぱっていった。そして醜く変わってしまった小さな顔がまっ赤になるのもかまわず、残酷に言い放った。「おやおや、なんてこった。いったいなにをしでかした？　面《つら》の皮がおろし金みたいじゃないか」それから屋内のアレッサンドラに向かって、ダミアーノはいるかと尋ねた。オリーヴ畑におりていると聞いたので、フランチェスコに走って呼んでこいと命じる。

身の置き場なく感じていたフランチェスコはこの命令をほとんどありがたく思い、それに従おうとしているとき、戸口からものめずらしそうに顔を出した近所の少年が勢いよく叫んだ。「おれがいく！」そしてはだしでぴょんぴょんと走りながら姿を消した。ニコラは待つあいだ、いつもの場所、ベンチに腰をおろし、フランチェスコがこの取調官の目から顔を隠そうとして、台所のあまり光のあたらない場所に引っこんだあとは、もうわざわざそちらを見ようともしなかった。腰をおろし、視線をさげ、いらいらと心配事がありそうなようすで、アレッサンドラの話を気がなさそうに聞いていた。アレッサンドラはフランチェスコの病気を、いつもの重々しい話し方で憂愁に満ちた抑揚をつけて語った。女がこの顔の傷痕を埋めあわせる価値があるとでもいうかのように、フランチェスコが上級の学校の生徒だと告げたとき、ニコラは興味も示さず、言葉でも身ぶりでもうれしそうなようすも見せなかった。だがまさにこの瞬間、ダミアーノが戸口に姿を現したので、ベンチから立ちあがり、いきなり老人に内密の件についてふたりきりで話したいともちかけた。そこでアレッサンドラとフランチェスコは台所から出て扉を閉め、ニコラの望みどおり男たちをふたりだけにした。

ご記憶だと思うが、これはニコラがその用心の不足とあまりの軽率のために、主人一家の信頼を失い、自分がチェレンターノ家における地位だけではなく、将来の希望すべてを危険にさらしていると気づいた時期だった。それでもまだいつもの金遣いの荒い生活を続けていた。だが、この不安定な状況下では以前のように管理している資産から金を引き出すわけにはいかず、借金を重ね、困窮のさなかにあった。だから絶え間なくやりくり算段を続けているなかでデ・サルヴィ老人に貯えがあると知って、あるたくらみをもちかけようと決めた。この企てをダミアーノには最上のもうけ話に見せかけるつもりだったが、つまるところ、もうけの保証はほぼなしで金を前払いさせようというわけだ。老人を納得させるために、ニコラはその説得と雄弁の才を全開にした。同じような状況でこの方法を使い、田舎者たちの吝嗇と警戒心を煙《けむ》に巻くことができたからだ。けれども私たちが知るとおり、ダミアーノは損得の問題については慎重で、どんなお世辞にも動じない。服従と敬意の下に拒絶を隠して、いかなる論証に対しても効力をもちうる唯一の戦略に助けを求めた。つまり、卑屈な嘆きの口調で、ニコラの顔を正面から見ずに、こんな好機を生かせないことを嘆き、怒り、絶望する。この話の利点はすべて理解したのですが。わたしのことを考えてくださって、ドン・ニコラのご親切に感謝します。しかしそれでも、わたしにはもう一チェンテージモの現金もありません。ですから、いまドン・ニコラがごらんになっているこのぼろを、お祭りの日でも着ていなければならないほどなのです。この夏の不作、息子の病気が貯えの最後の一チェンテージモまで使い果たしてしまいました。「おいおい」とニコラは笑い、老人の肩をたたきながら言った。「そんなことをだれに信じさせるつもりなんだ。わたしが聖三位一体だって信じないのは知ってのとおりだ！」けれどもダミアーノはその嘆きと抵抗と残念がりを二倍にし、突き通せない盾のうしろに身を隠すように、自分の貧しさを強調してそれで身を守った。ニコラのほうは、この頑固な偽善者に腹を立てながらも、いらだちを隠し、わずかの成功でもいいから手に入れるという考えをあきらめきれずに要求金額を少しずつさげ、反対に約束する利益を倍にしていった。もちろんその口調はいつもお世辞たらたら。どんな犠牲を払っても、自分が損をしてでも、ダミアーノに利益をあたえたいみたいだった。ダミアーノは新しい提案のたびに、ますます悲しげになった。「目が見えなくたって、ドン・ニコラ」と叫んだ。「気がおかしくたって、一チェンテージモでももっていれば、もうけを見てとって、おっしゃるようにその一チェンテージモを使うでしょう。でもわたしにはその一チェンテージモがないんです」とうとうニコラも敗北を認めざるをえなかった。ダミアーノは頑として拒否はしたものの、ニコラに悪いことをしたと真底、申しわけなく思って、この件を村の金もちのあの人この人に提案するように勧め、名前をあげたので、ニコラは腹を立てて怒鳴った。「あんたの忠告なんぞ、いらんわい！　この惨めな村で、あんたらが金のもうけ方を知らないっていうんなら、仲間はよそで探す」こう言うと、立ちあがって出ていこうとした。ダミアーノは急いで女房と息子を呼び、客人に挨拶させた。だがニコラは心のなかで、この野蛮で汚い村まで無駄足を踏んだことにいらだち、不機嫌を隠そうともしなかった。喉が渇いて疲れていたので、ダミアーノがいつものように勧めたワインを拒絶して、デ・サルヴィ家に恥をかかせることまではしなかった。だが、飲みながら不機嫌に黙ったままで、軽蔑と皮肉に聞こえるいくつかの言葉をぶっきらぼうに口にしただけだった。かまどのそばの石の上にすわり、視線をニコラに釘づけにしていたフランチェスコについてはその存在を忘れたように見えた。ニコラが戸口に向かったので、子どもは走って先まわりをした。ドン・ニコラがダミアーノと話しているあいだに、他の少年たちからニコラが馬できたことを聞いていたからだ。ニコラがくる前に自分の手で馬の綱をほどき、それから馬にまたがるのを助け、畑のあいだを馬に乗ってギャロップで遠ざかっていくのを見るつもりだった。このような機会にはいつもそうしてきた。そのたびに見物に駆けつけるほかの少年たちの前で、ニコラは高い鞍の上から身を乗り出し、からからと笑いながらフランチェスコに別れを告げた。その髪をちょっと引っぱったり、あるいは握手までして、「またな、ちびのムーア人」あるいは「坊主」あるいは「巻き毛くん」などなどの優しい言葉をかけた。一度などは、いっしょに馬で野原をひと走りしようと誘ったことさえあった。フランチェスコがまじめな顔を輝かせ、なんの恐れもなく、手綱をもつニコラの腕のあいだに身体をあずけているとき、そんなふうにしてギャロップで走っているとき、ニコラはふざけて言った。「さあ、この馬に乗って、ローマまでいくぞ」

けれども今日、これまでのすべての訪問とあまりにも違うこの訪問のあと、ニコラは足早に馬に近づき、手綱を渡すのがフランチェスコなのかほかの子なのかを気にもせず、その手から手綱を受けとった。いつものように、村の少年たちが大勢、まるでそれがただの馬ではなく、空想上の動物であるかのようにまわりに群がっていた。ニコラはそれを見ると、いらだって、この小さな群衆に悪態をついた。いちばん近くにいた少年たちを拳で乱暴に追いはらい、怒鳴る。「向こうへいけ、悪ガキども！馬を見たことがないのか？」それから鞍に飛び乗り、ニコラを見あげて待機していたフランチェスコには目もくれず、拍車をかけて走り出した。

アレッサンドラとフランチェスコが、ニコラのご機嫌ななめの真の理由、そしてその訪問の真の目的を知ることは決してなかった。前にすでに言ったように、金銭の問題については、だれにも、自分の家族にさえも話さずにひとりで対処し、解決するのが老人の習慣だった。他方で、ニコラがなにかの用件を片づけるために、老人とふたりきりになるのはこれが初めてではなかった。それどころか、私たちが見たように、用心のため、訪問のたびになにか仕事上の口実をでっちあげてきた。一度などは大瓶《ダミジャーナ》二本のワインの購入を決めさえし、自分で支払い、若い衆を引きとらせによこして、ラバの背で運ばせたことさえある。このときをのぞいて、ほかの場合はすべてダミアーノとふたりきりの交渉はいかなる実際的な取引にも結実しなかったようだが、そのためにデ・サルヴィ一家に対するニコラの態度が変わったり、機嫌を悪くしたりすることはなかった。アレッサンドラは訪問の真の動機を見抜いていたので、この点についてダミアーノには決して尋ねなかったし、だいいちダミアーノには金銭の話題については専制君主のような沈黙を破るつもりはなかった。女房と息子はダミアーノの貯えがどれほどなのかさえ知らなかった。老人はその貯えを、他人にとられまいとする警戒心から決して銀行には預けず、かわりに身近な隠し場所に保管していた。倹約家で、ほかのすべてにはほとんど吝嗇でさえあったが、息子の勉強と将来のための出費には糸目をつけなかった。心のなかでそれが自分の貯金の最高の使い道だと考えていた。

ニコラ・モナコに話をもどすと、要するにダミアーノだけが客の機嫌がすっかり変わった理由、少なくともその一部を理解できたはずだ。だが老人はそれを話す必要があるとは考えなかった。そのあと、ニコラが何か月も何年もたっても姿を見せなかったので、ときおりよそ者を思い出し、自分の拒否のせいで縁が切れたことで自分をとがめたかもしれない。そしておそらくはまさに罪の意識があったからこそ、ニコラとの最後の話し合いを女房と息子に語るのを避けたのだろう。ときおり頭を振りながら、ぼんやりとつぶやいた。「近ごろじゃあ、ドン・ニコラの姿を見ないな……」だが、この言葉に女房と息子が口をつぐんでいたので、ほかにはなにもつけ加えなかった。だいいちダミアーノはニコラ・モナコの訪問に自尊心をくすぐられてはいたものの、頭のなかではこの人物に大きな場所をあたえてはいなかった。あの羨望の的だった会話がなくなったのを残念に思いながらも、お世辞に抵抗して、確実に金を損するのを防いだことを自画自賛した。魔法を解かれた老人の心には、ニコラがずる賢い親爺で、威信を利用して自分をぺてんにかけようとしたという考えがすぐに頭に浮かび、それは明白に思われた。だが、この疑念は自分の胸の内にとどめておいた。魅力的なよそ者は、もともとそこからやってきた見知らぬ世界に姿を消した。その世界は遠いアメリカ(同郷の移民たちが祖国に帰ってきたとき、大いに称讃する)と同じように、ダミアーノには欲望もいかなる好奇心も呼び覚まさなかった。わが子が世界を征服するだろう。これがこの世界に対してのみならず、この世界への自分自身の無頓着に対するデ・サルヴィ老人の偉大なる雪辱だった。

アレッサンドラのほうは、もちろん、奇妙で不作法なニコラの態度に気づいていた。だが、その理由を、自分の目にはこの人物を包んでいるように見えた神秘のなかにしまいこんで、自分に説明しようとはしなかった。こんなに変わってしまった子どもと再会して、ニコラが不満を抱く、あるいはがっかりするという恐れが、ニコラが敵意を見せる前すでに、それどころかニコラの訪問以前に、アレッサンドラのなかに生まれていた。だからニコラに子どもの病気を、そしてそのすぐあとにその優秀な成績を語りながら、アレッサンドラは子どもの父親にこう言っているように見えた。〈もちろん息子が以前のように美しくはないのを残念に思っています。でも、あなたはあたしを侮辱してはいけない。息子をしかるべく看病しなかったと言って責めてはならない。フランチェスコは外見がちょっと変わった。それは事実。でも、あたしはあらゆる努力と心遣いとで死の危険を冒しながら、息子の命を救った。あたしのおかげで、あたしが意志と怒りとで守ったからこそ、フランチェスコは生きている。いまは前ほど美しくはなくても、でもあたしたちの子どもは父親にふさわしい紳士に、学者になる道の上にいる〉

アレッサンドラの言葉の裏にはこのようなことが隠されていた。けれどもニコラは無関心で心ここにあらずだったから、それに気づかなかった。私たちが見たように、脳みそのなかには別の考えがあった。それに母親の目には、フランチェスコの顔はそんなに変わったようには見えなかった。病気がいちばん重かったときには、ずっと恐ろしく、すっかりめちゃくちゃになって見えた。それでもなお、そのときもアレッサンドラはこの仮面のなかに美しく愛しい顔を見分けた。息子の目がすべての輝きをとりもどして、ふたたび見開かれ、目鼻立ちがあるべき形にふたたび組み立てなおされたいま、勝利と愛とがアレッサンドラの目をごまかして、わずかに変化しただけでほとんど手つかずの顔を見させていた。こんなごまかしの場合にだけ起きるように、アレッサンドラはフランチェスコが他人には以前と違って見えることを認めようとしなかった。そして何人かの隣人たちの憐れみ深かったり意地悪だったりする嘆きの言葉をねたみの結果だと考えた。女たちは自分の子どもとはあまりにも違うこの美しい息子が病気で死ぬのを望んだのだろうから。

要するに、アレッサンドラはこの無礼な短い訪問についてあれこれ詮索せず、ニコラの態度をおえらいさんたちの謎の気まぐれ、理解不能で一過性のいらだちと判断した。ニコラが一か月後、あるいは一年後に、もっと愛想のいい顔をしてもどってくることを疑わなかった。実のところ、自分の母性愛を比較の基準、鏡としたので、息子へのニコラの熱中度を測り間違えていた。ニコラが息子を忘れる、裏切ることがありうるなどとは考えなかった。

けれどもフランチェスコにとって、いつもと違うニコラ・モナコの態度は明らかな有罪判決の申し渡しに見えた。フランチェスコはなんの疑いもなく、あのよそからきた人はこんなに顔が変わってしまった自分を見て、ぞっとしたのだろうと判断した。ぼくの顔のなかにいまはもう、かつての友を見分けられず、忠実な思い出と親密な友情をぼくから永遠にとりあげて急いで出発し、二度ともどらないと決めたのだろう。ニコラ（もはや陽気でもなく、悲しいかな、もはやおしゃべりでも元気いっぱいでもない）が台所のベンチにすわっていたあいだずっと、こんな思いがフランチェスコの途方に暮れた心を占めていた。だが、このいまだに不たしかだった不安の重さはニコラが大急ぎでワインを飲み、家を出て、私たちが見たようなやり方で別れも告げず、馬で遠ざかっていったとき、突然、耐えがたい激痛に変化した。フランチェスコは、もしかしたら振り向くのでは、あるいはほんのちょっとでも、来るべき日々に希望をもたせるのに充分な身ぶりをするのではと期待して、遠ざかる馬上の姿を見えなくなるまで目で追った。だが、馬上の人が挨拶もなんの身ぶりもせずに姿を消したので、想像上の声、無慈悲なあまり人をばかにしているように思えた声がフランチェスコに向かって怒鳴った。「終わりだ！」フランチェスコはうしろを振り向いて、仲間の子どもたちの小さな群れにさっと目を向けた。熱に浮かされていたときのように、子どもたちは顔を引きつらせたかかしに見えた。敵対的で偽りのかかしたち。フランチェスコはすぐに、ほとんど走りながら子どもたちのそばを離れ、すでに視界をくもらせている涙を思いきり流せるようなだれもいない場所を探した。

フランチェスコの村を幾重にもとりかこむ丘の彼方には広大な平野が広がり、丘のところどころ、とくに頂上付近は岩場になっていた。そこではどんな耕作も不可能で、ただエニシダそのほかの強靭な野草だけが生える。岩はうがたれて洞窟を形成し、そのほとんどは狭いけれど、なかには地下まで広くのびる洞窟もあった。この手の洞窟にはそれぞれ名前がつけられていて、伝説によればそこを隠れ家、あるいは避難所とした迫害の犠牲者、逃亡者、無法者の名を借りて、ひとつは「山賊の」、別のひとつは「ガリバルディ一味の」、またもうひとつは「破門された者の」と呼ばれていた。その名前、そしてそれが記憶する冒険のために、想像力豊かな心には、この音の反響する黒い部屋が無人とは思えない。少年は恐怖心がないこともなく、とくに思いきってひとりで足を踏み入れるとき、この悲劇的で魅力的な過去の洞窟のあるじたちと自分を引き較べるにちがいない。そしてたとえば灼熱の日々に涼しい洞窟で休憩をとる行商人や旅楽師のように、この岩のあいだに隠れ場を求めてきた本物のあるじたちとの出会いさえもありえなくはなかった。あるいは仲間から離れたただの雌山羊。もはや首にさげた鈴の音もめえめえ鳴く声も聞こえないので、牧人がその名前を大声で呼ぶ。

まさにこのような洞窟のひとつに、フランチェスコはみずからの苦しみを叫びにいった。そのすすり泣きの声、その叫びに野性の石の壁が反響を返す。ひとりの仲間がそこにいて、いっしょに泣いているみたいに。だがその仲間には慰めることはできない。この苦しみには救済のないことを確認するかのように、ただ幽霊じみた孤独な声で同じ嘆きを繰り返すことしかできない。フランチェスコには、この仲間が自分のように顔を損なわれたひとりぼっちの大男、要するに成長し、大人になったときの自分自身に思えた。その顔の上には男をより幸せな者たちと区別する刻印が永遠に押されていた。

夏期休暇の時期だった。フランチェスコは午後のほとんどを、いまだに消耗しつくされてはいない夏のなか、燃え立つ丘の上でひとりで過ごした。疲れと眠気に打ち負かされたときには、洞窟や崩壊した家の中庭に避難する。それはダミアーノがひげ剃りに使うひびの走るくもった鏡に、回復したあと、自分の顔を初めて映した日から始まっていた。だが、モナコの残酷な出発のあと、孤独を求める気もちはいっそう強まった。フランチェスコは母からさえも逃れた。かつて愛情から生まれる衝動で自分の美しさをほめたたえてくれた母が、いまは厳しい裁判官のように思えた。けれどもときおり優しさを求めて母を探しまわる。なぜならば、それでもなお母はフランチェスコを愛していたからだ。けれどもほかの人はすべて敵だった。フランチェスコは乾いた暗い場所で動物たちといるときに、わずかの平安を見いだした。動物たちの優しい目は美醜を区別できない。そして、渇きを癒すために井戸の手桶に近づくときには、水に映る自分の顔を見ないようにまぶたをぎゅっと閉じた。

　フランチェスコの逃亡癖、孤独癖はアレッサンドラを驚かせた。これまでの夏はいつも息子は一歩ごとに自分のあとをついてきたものだ。ときおり息子の不在がいつもより長くなると、戸口に出たり、畑の縁まで足を延ばし、抑揚をつけた高い声で呼んだ。「フランチェースコオ！　フランチェースコオ！」するとご近所が顔を出して、子どもがあっちの方角に、あるいはこっちの方角に登っていくのを、あるいはまた別の方角に歩いていくのを見たと教える。そこでアレッサンドラは牧草地まで出かけていき、間をおいて繰り返す。その抑揚は引き延ばされ、ほとんど哀願のように芝居がかって響いた。探しても無駄なことも多く、アレッサンドラはがっかりして引き返す。けれども母の呼び声に、遠くの小さな声が同じ抑揚をつけて応えることもある。「マーンマ！　いまいくよお！」そして、ほら、フランチェスコが田園風景のどこかから走って姿を現す。母親の怒りに対して、フランチェスコは物思いに沈み、不機嫌に自分に閉じこもる。あるいは突然、幼いころにいつもしていたしぐさで母にしがみつく。そして目を崇拝で輝かせ、だが疑うように母を見る。まるでこの抱擁のなかに安らぎを見いだしはするけれども、それでも口にしたくはない思いを隠しているかのように。

　ある日、母が息子の人間嫌いをいつもより厳しく叱ったので、フランチェスコはわっと泣き出し、涙の合間に自分はひとりでいたい、ほかの子たちとはいっしょにいたくないと言った。みんな、ぼくが嫌いなんだ、ぼくをあばたと呼ぶんだ。この言葉を聞いて、アレッサンドラの瞳に炎が燃えあがった。「だれ」とアレッサンドラは息子に脅しを含んだきつい声で尋ねた。「だれがおまえをそう呼ぶの？　言いなさい。マンマの心臓《クオーレ》ちゃん。だれが？」フランチェスコは怒りに満ちたすすり泣きを二倍にしながら、いくつかの名前を口にした。アレッサンドラは頭をあげ、きらめく視線で一点を見つめ、唇をぎゅっと閉じ、その心が強く要求する復讐に向かって走った。

フランチェスコが名前をあげた少年のひとりが、〈崩れた家〉から遠くない原っぱに、友だちと並んで腰をおろし、遊んでいた。そのとき、鋭い声で、フリアイの目をしたひとりの女がいきなり姿を現し、フランチェスコをあだ名で呼んだのはおまえかと尋ねた。被疑者の少年はもじもじとためらい、あえて自分の身を守ろうとした。「そう呼んだのは、だって……」けれどもアレッサンドラは、ほこりだらけの縮れた巻き毛をした黒い小さな頭を荒々しく殴り始めた。仲間の群れがぺたぺたとはだしの足で大急ぎで逃げていくあいだ、女は被疑者をしっかりとつかまえて力いっぱい殴り続けた。この少年だけではなく、逃げた子どもたちも叱りつける。「おまえが、いいえ、ほかの子も、またこのあだ名で呼んだら、頭に嚙みついて、おまえたちの血を吐き出してやる！　この毒林檎《りんご》ども！」挑戦の口調でつけ加えた。「おいき、母さんに言いつけにいくがいい！」ようやく身を振りほどいた犠牲者が、わあわあ泣きながら急勾配の路地に向かって走っていったからだ。

数分後、アレッサンドラが幼い敵の意図を見抜いたことが証明された。実際に、夕餉のしたくをしている最中にけんか腰の中年女が戸口に姿を現した。たっぷりの縮れ毛を逆立て、太って老けた顔はアラブ女のように茶色。じっと動かず燃え立つ目は炭鉱の石炭のようだった。言うまでもなく、殴られた少年の母親で、子どもが侮辱を受けた説明を求めにきたのだ。実のところ、この村の母親たちは、こと自分の子の話となると、しばしば暴力的に、まさしく獰猛にさえなり、子どもが他人の手でぴしゃりとたたかれただけでも、まるで大変な侮辱であるかのように怒り狂った。デ・サルヴィの女房はこの訪問を予期していた。ひざまずき、かがみこんでいたかまどのそばからちょっと視線をあげ、訪問者をちらりと見た。訪問者は腰に両手をあて、一戦交える気で頭を振りながら、まるで魔法をかけようとするかのように相手をじっと見つめ、芝居がかったきんきん声で、だれもあたしの腹を痛めた子に手をあげてはならないと怒鳴った。乳をあたえたこのあたしだけが、息子を懲らしめることができる。

こう言うと、胸を突き出し、黙って相手の返事を待つ。けれどもアレッサンドラはかまどの炎を見張っているように見えた目のなかに、内面の激しさを集中しながら、女死刑執行人のように厳しく口を閉じたままだった。相手はそこで台所のなかまで歩を進め、なにか言うことはないのかと尋ねた。それを聞くと、アレッサンドラはぴょんと立ちあがり、まるで復讐の女神その人のように稲妻を発しながら、あたしは自分の血を分けた息子を守っているのだと答えた。息子を傷つけようとする者はだれであろうと、あたしの手の下をくぐらなきゃならない。「傷つける、だって！」と相手は怒鳴った。そしてフランチェスコのほうを向いた。フランチェスコは一戦交える気で額にしわを寄せ、母を守りに駆けつける準備をして、すっくと立っていた。女は少年に向かって、「言うんだよ。嘘つきの魂をもっているんじゃなければ！」と恨みをこめて怒鳴った。「言うんだよ。おまえこそ、だれかれかまわず傷つけてるじゃないか。ああ、返事をしないのかい、ええ？　口がきけなくなったのかい？　いちばんいばりくさって、けんかっ早くて、高慢ちきなのはだれなのか、言いなさい。ぶかっこうな石頭、悪魔の考えを隠してるみたいじゃないか。おまえこそ、公爵さまの息子みたいにみんなを見くだして、歩きまわってるだろうが！」

フランチェスコは眉をひそめ、青ざめてなにも答えなかった。けれどもその母親はこの罵詈雑言にまるで鋭利な刃物で刺されたかのように傷ついた。それはアレッサンドラの心を屈服させるかわりに、いらだたせたのだろう。ハンカチが頭から滑り落ちるほどの勢いで、輝く顔をうしろにそらした。「この子は公爵さまの息子だよ！」と見境もなく挑戦しながら叫んだ。「そうとも」と見境もなく挑戦しながら叫んだ。

相手はあっはっはとばかにしたように笑った。「はあ、公爵の！」皮肉をこめて叫ぶ。「アメリカの公爵さまだよ！」「アメリカの、そうとも、アメリカのだ」デ・サルヴィの女房は負けていない。挑発するように繰り返す。「で、あんたのとこの息子たちは」と敵に近づきながら続ける。「あたしがこのあたりで知ってる子どももみんなと同じ、あたしの息子を見る資格もない。だってうちの子のほうが上だからね！　うちの子は勉強して出世して、博士さまになるんだ。あんたの息子たちは相変わらず地べたをはいずりまわってるままなのさ！」「うちの息子たちは」とここで相手は、フランチェスコの損なわれた目鼻立ちを意地悪くほのめかして言い返した。「うちの息子たちはたしかに博士さまじゃない。でも、肌は筆で描いたみたいにすべすべだ！」

「あたしの家から出ておいき！」デ・サルヴィの女房は相手に厳しく命じた。この女には、世界中のどんな言葉でも、いま聞いた言葉以上に屈辱的に聞こえる言葉はなかった。「出ておいき、出ていくんだ！」と、握り拳を突き出しながら敵に近づき、繰り返した。相手はちょっとあとずさったが、おそらくは攻撃をよりよく受けとめるためだったのだろう。この瞬間に姿を現した亭主たちに引きとめられなかったら、ふたりの女がたがいに飛びかかりあっていたのは間違いない。訪ねてきた女は息をはずませながら、亭主によっていやいや外に押し出され、一方、ダミアーノはベンチに腰をおろし、事件についてはなにも言わずに靴の紐をほどき始めた。実のところ、男たちは女房たちの問題に口を出すのをできるかぎり避けた。デ・サルヴィ老人は、たしかにめったにないことではあったけれど、アレッサンドラがご近所のだれかと口げんかをするたびに、わきにのいていた。その性格ゆえに殴りあいや乱暴騒ぎを避けたからだ。

アレッサンドラのほうはかまどにかがみこみ、けんかについては口にすることなしに、ふたたび夕餉のしたくにとりかかった。もっともひそめた眉と暗い瞳は怒りがまだおさまってはいないことを示していた。フランチェスコは自分もこの怒りの対象であることをほとんど恐れるかのように母に近づき、その褐色の小さな手を母のむきだしの腕におきながら小声で呼びかけた。そこで母親は熱い愛情のこもった視線を息子に投げかけ、すばやくパンの捏ね箱に近づくと、朝、パンといっしょにかまどで焼いておいた甘いフォカッチャを渡した。フォカッチャは翼を広げた鳩の形をしていた。

この激しい口げんかに続きはなかった。実のところ、村の女たちは自分の心の秘密のなかに恨みの名残をとどめ続けてはいても、たいていの場合、けんかのあと顔を合わせると、まるでなにごともなかったかのように挨拶し、おしゃべりをした。続く日々、子どもたちがフランチェスコを「あばた」と呼ぶのを以前よりもうまく差し控えたこともつけ加えておこう。だれかがそう言いかけると、フランチェスコは母親に苦い思いを打ちあけはせず、ひとりで正義をなすほうをよしとした。だが、アレッサンドラは状況を見張るようになって、いま、同じ村の子どもたちのなか、そして大人のなかにも、最愛のフランチェスコに対する冷淡と敵意とを見てとった。母親はわが子は称讃だけにあたいすると信じていた。だが、この冷淡と敵意とは本物であり、いつも隠されていたわけではない。アレッサンドラは傷つき、このような不当な感情が生まれるのはねたみからだけだと確信して、他人の子どもたちに厳しくあたるようになった。この時期、田園をさまよう息子の長い不在が以前にもましてアレッサンドラの心に影を落とした。黄昏どきになってもまだフランチェスコがもどってこないと、探しに出かけ、嵐の海を見はるかすように野原に視線をのばした。けれども子どもだろうと大人だろうと、村のだれかが「あっちのほうに登っていったよ。こっちを通ったよ」と、少年を見た場所を教えるとすぐに、この親切な知らせのなかに、息子を非難する意図、あるいは息子に対する悪意のある判断を聞いたように思った。「フランチェスコには」と、奪われた権利を要求するような、あるいは挑戦するような口調でときおり応えた。「フランチェスコにはできるだけ歩きまわって、いい空気を吸っておくだけのわけがある。だって今度の冬、おたくの子どもたちが表に出てるとき、勉強のために学校の教室に閉じこもることになるんだから」

ご近所の女との口げんかから一週間もたたないある日、黄昏の時間に息子を探しに外に出て、空しく大声で呼んだあと、アレッサンドラは突然、フランチェスコが好んで歩きまわる荒れ地の岩のあいだに、頭を腕にのせてうずくまる息子の姿を見分けた。そこで叱責の口調で名前を呼んだ。だが、自分から数歩のところにいるにもかかわらず、息子が返事をしなかったので、困惑してそばに寄り、その肩を揺すった。フランチェスコは頭をあげ、アレッサンドラは叫んだ。「おばかちゃん。呼んだのに、返事をしないの?」でも、子どもが目を赤く泣きはらしているのを見て、ちょっと口調を和らげて続けた。「どうしたの? 今夜はご飯を食べないの?」フランチェスコは口をきかず、ようやく呑みこんだ涙を必死に押しとどめながら、頑なに首を振った。「さあ、おいで。うちに帰ろう」と母親はうながした。子どもはあごを震わせながら、かぼそい声で家には帰りたくない、ひと晩中、この場所で過ごしたいと答えた。「ああ、なにを言うの!」アレッサンドラは近くに腰をおろし、頭が暑かったので、ハンカチをとりながら、嘆きの声をあげた。「だれがこの子に魔法をかけたんだろう? 世界一いい息子がいまでは悪魔になっちゃった!」

実はちょっと前に、畑の縁の踏み固められた空き地を通っているとき、子どもは、同じ年ごろの少年たちの集団が、自分、フランチェスコをたがいに指で差しながら、小声で憎むべきあだ名を口にしているところにいきあたっていた。フランチェスコは子どもたちの声を聞いて、嫌悪感が入り混じった新しい種類の痛みに打ち負かされた。その痛みはフランチェスコのなかで、反抗の、そして怒りの息さえも詰まらせた。ほかのときのように、この意地悪たちに飛びかかりたいという気はまったく起こらなかった。だが、意地悪たちから顔をそむけ、洞窟のあいだの隠れ家に遠ざかっていった。まさにその場所で母は息子とふたりになった。いまは少年たちの新たな挑発を母に告発するという卑怯な行動に身をまかせたくはない。だから母の悲しげな言葉に震える怒りの声で応えて、怒鳴った。そうとも、ほんとうに死にたい、死んで悪魔になって、みんなをひどい目に遭わせてやる！

「みんなを、だって！　おまえの母さんもかい！」とアレッサンドラは言った。フランチェスコは癇癪を起こし、苦い痛みと闘いながら、お母さんもだ、お母さんももうぼくを愛していない、すぐにぼくをもう見たいとも思わなくなるだろう。みんなと同じように、ドン・ニコラと同じように。ドン・ニコラはぼくの顔がこんなふうにめちゃくちゃになったのを見て、さよならも言わずにいってしまい、二度ともどってこないだろう。

「なにを言うの！　それは神をも畏れない言葉だよ！」と母親は驚きと怒りに満ちて反論した。「ドン・ニコラ！」そして（おそらくはすでに自分自身の心をよぎり、いま息子の言葉で誘い出された疑いを打ち負かすために）勢いよく続けた。勉強好きの男の子、もう上級の学校に通い始めた子が、狂人や無知無学の者たちにふさわしい冒瀆を考えるなんて、驚いた、ものすごく驚いた。ドン・ニコラのような紳士、学のある人が、病気の結果であるこのわずかの傷痕を重大なことと考えたりするだろうか？　ひょっとして、疱瘡にかかったのはフランチェスコが初めてなのか？　病気になったのはフランチェスコのせいなのか？　いつも世界をまわっているドン・ニコラがどれほどの障害、どれほどの病気を目にしてきたのかは神のみぞ知る。だからドン・ニコラがこんなつまらないことを気にかけると考えるなんて！　ひょっとしてフランチェスコは相変わらず前と同じフランチェスコではなくなったのか？　もしかして、あの村の無知無学の者たちと、ドン・ニコラとをごっちゃにできるとでも？　村人たちはおまえが自分たちより優れているからと言って、やっかみ半分で話をする。ああ、フランチェスコはいろんなことを知ってる。でもおまえにはまだ理解のできないこともある。

「いまにわかるさ！」そこでフランチェスコはもはや絶望の涙を止められずに怒鳴った。「ドン・ニコラは二度ともどってこない。それをぼくが言い当てたかどうかは、いまにわかる！　でもぼくは」と、いまさっき死にたいと言ったことを忘れて、すすり泣きの合間に続けて言った。「大きくなったら、ドン・ニコラよりもずっとえらい殿さまになるんだ。そしてドン・ニコラの目の前を、目の前を通って後悔させてやる。いまに見てろ！」

呪縛するような微笑がアレッサンドラの唇を歪め、奇妙な光がその目を横切った。女は謎めいた信頼に満ちた小さな声で、おもねるように無垢の少年に言った。「おまえだって、ドン・ニコラと同じほどの殿さまだよ」

そしてまるで突然、魔法の奴隷になり、無邪気な少年を魔法の輪のなかに引きこもうと望むかのように、同じ口調で続けた。「こっちにおいで。そばにきなさい」フランチェスコはいやいや従ったけれども、実際にはすでに母の愛撫を欲していた。期待していたのは、よく知ったこの慰めであり、母がこれから言おうとしていることではなかった。けれどもアレッサンドラはいま、ひとつの霊に取り憑かれていた。そして、ほとんど心ここにあらずで、この哀れな顔の傷を愛撫した。その傷の上を大粒の涙が流れていた。アレッサンドラはいわくありげに話を続けた。「おまえはあの子たちみんなのように、百姓の血筋ではないんだよ」

こう言うと、言葉を失い、小さく笑い始めた。この女のなかで腹黒い地獄の歓びと処女《おとめ》の純潔とが闘っていた。そして勘の鋭いフランチェスコの心は予感でおののいた。フランチェスコはこの石だらけの傾斜地を、広大な黄昏のなかのこの乾いた黄色の灌木たちを、そして自分より高いところで一個の石に腰をおろした母の姿を永遠に忘れないだろう。母は頭を傾け、短い髪のひと房がシロッコの息吹にそよいでいた。一匹の犬が吠え、呼び声と山羊の鳴き声が平野を響き渡り、鳥のさえずりは逃げていく幼年時代の声のように、夜によってすでに鎮められていた。岩場の岩と石の群れのあいだに、洞窟の黒い入口がいくつも隠されている。母親は運命を予言するジンガラに似て混乱と栄光に満ち、こっそりと告白した。おまえの父親はダミアーノではない。おまえの父さんはニコラ・モナコだ！

アレッサンドラが、子どもの耳には異様に響き、その心を乱すような重大な告白をすると決めたわけを尋ねようとする者、尋ねたいと望む者はおそらく、本人の魂のなかでもあまり明白ではないさまざまな錯綜する動機を発見するだろう。息子にひとつの慰めを、村人たちの悪意に対する勝利の根拠をあたえたいという意図だけではなく、自分の偉大な情事をだれかに打ちあけるという女としての歓びも。この歓びを女は長い歳月、自分に拒否してきた。村では、自分をニコラに結びつける秘密を知るのにふさわしい者はひとりもいなかった。けれども女はついにひとりの打ちあけ相手を選んだ。それはニコラの息子、黒い巻き毛をした最愛の美しいわが子、あばた以外のだれでありえただろう？　この秘密の共有はいま、最初から息子をアレッサンドラに結びつけていた曖昧な共謀関係をいっそう強めた。だが、そこにはその女の、というよりはその幼い子どもの知性が照らすことのできない点がひとつあった。つまりアレッサンドラの告白はそのなかに、慰めと栄光のほか、ひとつの毒をもっていたのだ。告白が明らかにするのは不名誉な栄光だった。なぜならばそれはひとつの罪から生まれたのだから。罪から生まれたがゆえに、挑発を好む自尊心がどんなにそそのかしたとしても、それを他人に叫び立てるかわりに、ひとつの恥として黙っていなければならなかった。このことを、子どもは母親の言葉からだけではなく、まだ不たしかな自分の判断力によっても直感的に理解した。混乱と動揺とが子どもに襲いかかってきた。この夜以降、その法律上の父親からフランチェスコをすでに隔てていた不当な冷たさと差別感は、不快と嫌悪になった。このような苦痛はそのあと習慣と歳月によって弱められていった。けれども謎めいてたがいに向かいあう母と自分とを目にしたあの田園の黄昏と同じように、台所でのあの最初の晩の光景はフランチェスコの頭から消え去らなかった。フランチェスコは、自分の子どもの目が、曖昧で不安を誘う見知らぬ人に変身したダミアーノから逃れるところを、鏡のなかに見るように一生のあいだずっと見返し続けるだろう。そして、その子どもの目は、大人になった自分の意識、自分、驚いた子どもを圧倒しようとする闖入者《ちんにゅうしゃ》を目を大きく見開いてじっと見つめた。そのあいだ、心のなかでは、子どもの純真な性格がこの奇妙で邪悪な苦悩と闘っていた。

アレッサンドラはふたりの共通の秘密が一方では息子を自分に強く結びつけはしても、他方では自分から遠ざけたことを知らなかった。その告白によって、母は息子の目に、姦淫の女、罪人としての自分をさらけ出した。だが当時のフランチェスコは母の罪を裁くにはあまりにも未熟だった。罪の意識がその脳裏をよぎったとしても、それはあまりにも曖昧で謎めいて見えたので、すぐに神秘と赦しとがそれをふたたびおおい隠した。ニコラ・モナコを愛し、モナコから愛されたことで、どうして母を非難できただろうか？　フランチェスコはふたりのあいだに大きな愛があったのを疑わなかった。その空想のなかで、ニコラ・モナコの輝きが暗い罪に打ち勝った。けれどもあとになって、青年になり、自分の母に有罪の判決をくだすことができたときにも、判決は憐憫によって、意識的な悲しい愛情によって、そして最後にはその思いのなかでいつもニコラの面影に着せかけていた魔法のような豪奢によって打ち負かされた。結果として、ニコラの背信にもかかわらず、青年はいつも心のなかでダミアーノに対してニコラの味方をした。

この寛大さ、母と息子相互の犯罪的な赦しあいはたしかに毒だった。だが、そのなかには苦悩に満ちた尊大で避けがたい力があり、それはフランチェスコをいっそう母に近づけた。反対に、これとは異なる力には別の毒があった。私が言いたいのはつまり、アレッサンドラが「おまえはこの人たちとは違う」と勝ち誇って言うことによって、息子をそこから除外するこの粗野な社会に、この女本人もまた所属するという意識だ。この言葉によってアレッサンドラはもはや自分も息子と同等の者、その女主人ではなく、息子よりも劣るその召使なのだと主張する。何年も前、まだおくるみに包まれていたおさな子に、「あたしの小さな王子さま」と慎ましく言ったときのように。

そう、時がきたのだった。かつてフランチェスコには女のなかでもっとも美しい者、すべての女に先駆ける者、いちばん輝いて見えた者、たとえ慎ましい上着しか着ていなくてもほめたたえるべき者が、つまり私が言いたいのは、そんなアレッサンドラが息子にとって、ダミアーノがすでにそうであったように、告白できない恥辱の対象とならざるをえない時がきたということだ。

病気のあとの最初の秋、フランチェスコの人生に大きな変化が起きた。前年からフランチェスコは県庁所在地（村からは徒歩で二時間以上離れている）の公立学校で中学の第一学年に通い始め、よい成績をおさめていた。数か月後、病気になったために、それを中断しなければならなかった。短期間で終わった初めての高等教育のあいだ、先生たちはしばしば、生徒が一日に二回、徒歩で疲れる移動を余儀なくされることを嘆いた。移動は生徒を疲労させ、健康を害し、勉強から多くの時間を奪う。

先生たちはダミアーノに、少年を県庁所在地のどこかの家庭に下宿させ、家におくのは日曜だけで我慢するようにと忠告した。けれどもこの計画には費用がかかりすぎた。そのうえ、こんなふうに別れて暮らすのはデ・サルヴィ一家にはつらすぎるように思われた。ところが、反対に、ふたたび秋がきて、フランチェスコが中断した勉強を再開する準備をしていたとき、アレッサンドラは亭主に向かって、子どもの将来のためにこの新たな犠牲を受け容れ、先生たちの忠告に従う必要があるとまくしたてた。なにがアレッサンドラに意見を変えさせたのか？息子が死線をさまようのを見て、その健康を心配したからだけでないのはたしかだ。なぜならば、息子が実際には丈夫で、疲労に耐えうるのを知っていたからだ。その勉強をますますおもんぱかるようになったからでもない。アレッサンドラを身を切るようにつらい別離へとうながしたのはなによりもまず、フランチェスコを隣人たちの冷淡と敵意から救い出し、生活を変えることによって、最近の憂慮すべき鬱状態から回復させたいという望みだった。さらにこの新しい特権が近所の子どもたちのねたみに激しい平手打ちを加え、フランチェスコを近所の子どもたちの上におくことを思って、母親としてのアレッサンドラの野心はけたはずれの満足を覚えた。フランチェスコの最近の病気に加えて、勉強とあまりにも長い移動時間を口実にもちだし、アレッサンドラは熱をこめて、小さくはない負担を受け容れるようダミアーノを説得した。一時期、フランチェスコを寄宿学校に入れることも検討された。だが、世俗の寄宿学校はあまりにもお金がかかり、司祭の学校はダミアーノの家ではできない相談。そのため最初の計画にもどり、アレッサンドラは例の婚礼の日の靴を履いて、ダミアーノとふたり、次の土曜までは充分足りるはずの食糧の籠を頭にのせ、息子を県庁所在地まで送っていった。お百姓特有のおずおずしたふうもなく、だが貴婦人の威厳をもって、子どもを文房具店を営む大家の女にあずけ、初めて足を踏み入れる小部屋に落ち着かせ、長い話し合いのあと、家賃をわずかに値引きまでさせた。息子と別れるのでいちばん動揺しているのはダミアーノのようだった。「さあ」と、くもった目をして、くすくすと笑いながらフランチェスコに言った。「これでおまえも町の人だ」そして顔をなでた。フランチェスコはすっかり青ざめながら微笑んだ。アレッサンドラもまた、誇り高く毅然として微笑した。けれども両親が帰ってしまうと、フランチェスコはあまりにも大きな動揺を覚えたので、大家の質問に答えるのに声が出ないほどだった。大家はようやく自分の用事にもどり、フランチェスコはひとり残されて、この犬小屋よりもわずかに広いだけの小部屋の片すみで、すすり泣きを始め、手を噛みながら呼んだ。「ああ。マンマ!」あまりにも激しくしゃくりあげたので、外廊下に面したただひとつの小窓のガラスが震えたほどだった。

そのあと、苦い一週間のあいだ、十二歳の哀れな学生ちゃまは母親の存在を求めてしばしば涙を流した。だが、時とともに、ほら、そのなかに経験、野心、苦い判断力が育っていき、フランチェスコは母の訪問を恐れ始めた。だが、かつてのダミアーノのように、母がたしかにごくたまにではあったけれど、愛情に満ちた幻想に耳を傾け、週のあいだに校門まで息子を迎えにくることがあった。かつてのダミアーノのときと同じように、フランチェスコは毎日、放課後になると、以前は自分にとって世界中のだれよりも大切だった人が幽霊のように姿を現すことを恐れた。百姓女の衣服を着て、頭に籠をのせ、自信と幸福に満ちた愛と屈辱の使者。

この県庁所在地には高校がなかったので、このような責め苦は数年後、フランチェスコがその憧れの都会(州全体の首都)、ニコラ・モナコその人の街、私たちが初めてフランチェスコを知った街に移ったときに終わりとなった。村からは遠く離れ、そこにいくためには列車による長旅の費用がかかる。そのために、今回はアレッサンドラもダミアーノもフランチェスコの新しい住まいに同行しなかった。フランチェスコが毎週末、両親のもとに帰ってくることもなくなった。私たちがほかの章で語ったように、ただ一度、アレッサンドラがひとりで訪れたのをのぞけば、夫婦はその望みにもかかわらず、街に息子を訪ねる贅沢を自分たちに許すわけにはいかなかった。

フランチェスコの青春はその少年時代と同様にとても孤独だった。かつて幼い田舎者たちのあいだでもそうだったように、街の青年たちのなかにもほとんど友だちができなかった。級の首席だったので、ときには崇拝と称讃を受け、尊敬されたから、だれもここではあばたとは呼ばない。けれども、それがよいことだったのか悪いことだったのか私にはわからないけれど、同級生たちが、フランチェスコを絶賛する教師たちが、そして開けっぴろげでおしゃべりな大家のおかみさんたちさえもがこの青年と親密につきあうことを、フランチェスコのなかのなにかが許さなかった。フランチェスコのあまりにも誇り高い自負心のせいだったのだろうか？　青年はその自負心のために、愛だけではなく、まさに権力をも渇望していた。あるいはおそらく、自分はまだ未発見ではあるが、いつの日か、地球上の全天文学者の目を眩ませる運命にある星だといううぬぼれのせいだったのだろうか？悲しいかな、現実にはその心のなかでこの大いなる自負心は、高慢で強情な女の闖入者のようなものだった。その心の真の当主（猜疑心が強く、憂鬱で、いつも見張っている人）は、自分、フランチェスコは憎まれ、蔑まれるものなのだという疑いだった。実際に、実の父親ニコラも自分をひどく嫌ったので、二度と会いにこなかったのではないか？　同じように、愛想のいい同級生たち、その親切がフランチェスコには大切だったはずの同級生たちは、朝には甘い言葉で慎ましく宿題を助けてくれと頼み、休み時間になると遠ざかって、別の同級生の腕のなかに走っていく。よい服装をし、裕福で能天気、陽気で美しい顔をもち、フランチェスコのようにあばた面ではない同級生の腕のなかに。

フランチェスコは村ではいちばん豊かなひとりと見なされていた自分が、街ではいちばん貧しいことに気づいた。そして選択をすべき時がきた。その富の力でフランチェスコを辱める権力に仕えるか、自分と同等の者たちを権力者から守ることによって反抗をするか。私たちが初めてフランチェスコと出会ったときすでに見たとおり、その選択は次のようなものだった。フランチェスコは書物のなかで、そのさまざまな対立を大いに鎮める科学と信念を発見し、この魅力的な真実、偽りの王国の破壊者に恋をした。だが同時に、自分自身に嘘を着せかけ、偽りの王国を建設した。そして革命に対する信念と同時に、偽りの男爵の称号が生まれた。

けれども小さな百姓フランチェスコと同じように、男爵フランチェスコもなかなか気むずかしく、孤独な人物だった。ニコラ・モナコは二度と村にもどってこなかった。私たちの物語を最初から追っている人は、この忘却の理由を理解できるだろう。フランチェスコ坊やはニコラから嫌われたと確信し、同じ街に暮らしながら、ニコラを探すのも、他人にその名を出すことさえも控えた（かってはあれほどニコラをほめそやしたフランチェスコが）。そのために、ニコラのことを思わなくなったのではない。だが、裏切られた夫に起こることがあるように、ニコラへの思いは苦い恥じらいと敗北の感覚でその心を締めつけた。しばしば、とくに最初のころは道ゆく人のなかにニコラの面影を見分けたように思った。顔に血がのぼり、すぐに気のなさそうな厚かましいようすを装って、だが、その男をまっすぐ見ることはなく、そちらのほうに頭を向けた。まるで〈ほら、ぼくのあばた面だ！　自分の傷なんか、ぼくにはどうでもいい。気にしてない〉と言うかのように。けれども相手はフランチェスコを見分けずに通り過ぎていく。そしてフランチェスコはすぐに勘違いだったと気づく。実際には、この時期、ニコラは主人たちから追い出されて、別の場所に移り、自分の厚かましい活動を新しい領域で展開しようとしていた。

けれどもこういったすべてを知らないフランチェスコは、ある日、チェレンターノ館の近くまで足を延ばした。幼いフランチェスコのいる前で何度も、ニコラはこの華麗なる館を自分の住まいのように口に出し、ほんとうの家、古女房のパスクッチャが待つ貧しく狭い三部屋のことは黙っていた。フランチェスコは心臓を狂ったように高鳴らせて、紋章をいただく小宮殿を遠くから見つめ、空想と崇拝と反抗が騒音を立てるなかで考えた。「あの人がなかにいる！　もし窓から顔を出したら？　もしぼくを見たら？」この思いはフランチェスコを恐れで満たし、青年は走ってその場を逃げ出した。おそらくはまさにこれと同じころ、幼いアンナは母のチェジーラに手を引かれ、あの禁断の敷居を初めてまたいだのかもしれない。

そう、この歳月のあいだずっと、フランチェスコは一度もニコラを探さなかった。のちになってようやく、ある日（フランチェスコがこの本に登場を果たしたのと同じ日）、私たちが知るとおりに、ある日、心を決めた。だが、今回、その目的は愛ではなく利害だった。そしてこの利害の目的を、フランチェスコは反乱の旗のように自分自身にひけらかした。ニコラという男の前にひとつの権利、いや債権を要求するために姿を現すことによって、このさもしい要求によって、自分自身の過去の感情を否定し、自分自身の献身に、相変わらず血を流している自分の傷に復讐をするように思われた。これはニコラに投げつける挑戦状。フランチェスコは決闘を望んだ。だが、ある種の絶望したロマン主義者のように、挑戦者はこの決闘において、敵のではなく、むしろみずからの敗北を求めた。つまり、今日まで自分がそうであった者の、自分自身の無垢の、否定された愛の敗北を。けれども敵は、悲しいかな、もはやフランチェスコに満足をあたえることはできない。フランチェスコは、自分が雅量高きイダルゴに似て、はるか昔に塵に返った者に決闘を申しこんだことに気づいた。

いま、ちょっと前、フランチェスコの少年時代に（それに最後の別れを告げる前に）遡って、私たちはもうひとつのことを見ておきたい。街の部屋にひとりでいるあいだ、あるいは他人の寝台に横たわっているあいだ、若き学生にとって、幼年時代と生まれ故郷の村はなんだったのだろうか？　その思い出のなかで、どんな様相をとることになったのか？　みなさんにはこう申しあげておこう。多くの人に起こるのとは違って、フランチェスコの思いのなかでは、子ども時代の風景と場所を煩わしいひとつの不安の霊が走りまわっていた。このような理屈に合わない不当な感覚はしかしながらあまりにも強かったので、夏がきて、学年末になるたびごとにフランチェスコはまもなく村で休暇を過ごすという考えにいっそう抵抗するようになり、怖じ気づきさえした。そしてさまざまな口実で街での滞在をできるだけ引き延ばしたので、最後には家族と過ごす休暇を数日間の慌ただしい帰省にまで縮めてしまった。それでは、自分の家を憎んでいたのか？　もはや母親を愛してはいなかったのか？　そう肯定はできない。事実、ふたたび秋になり、授業が再開され、村をふたたび離れなければならないとき、ほら、突然、心が痛みで締めつけられるのを感じる。短い休暇のあいだは、街にもどる時をいまかいまかと待ちかまえていた。だが、その時がくると、突然、退屈と悲しみの丘がいまさらながらに啓示で燃えあがる。とがった釣針のように、恐ろしい愛情、後悔、手にしそこなった慰めが学生をこの岩だらけの小山に引き寄せる。嫌悪感とともにもどってきた場所。屈辱感からさまざまな口実を使って、高校の仲間たちにはほんとうの名前までも隠していた場所。反対に、最後には、ああ、苦く驚くべき戯れ！　胸引き裂かれる思いなくして、そこを離れることはできない。

だがしかし、離れてから数日が過ぎると、貧しく遠い丘はフランチェスコの記憶のなかで、ふたたび暗く、人を欺く場所となる。人がその幻影を追いはらう小さな死人のように、赤ん坊の、そしてそのあとには幼児の、さらにそのあとには苦しみを抱えた少年のフランチェスコが欺瞞のあいだで動きまわり続ける。この極小の住民と同様、自分の村も、学生の身となったいまは空の下に存在して生きているものではなく、過去のある一点のように思われる。けれどもあまりにもつらい過去だから、それを土の塊の下に埋葬したいと思う。それから反対に、突然、フランチェスコのなかでこの不死鳥がふたたび燃えあがり、愛で誘惑する。

ある冬の朝、都会のベッドで、時間より早く目を覚ましたことがあった。世界はまだ夜の黒色を帯び、唯一の物音は鐘楼が打つ時の音。これと似た音で、デ・サルヴィ一家の村では教会の鐘が夜の終わりを告げた。いまフランチェスコは夢うつつのなかで、子どものころ、母といっしょに寝ていたあの大きな夫婦の寝台に横たわっているのだと思った。一瞬ののち、ぱっと目を覚まし、間違いに気づく。だが、真実はみずからを描き出しながら、あまりにも痛烈な失望と嘆きとをもたらしたので、フランチェスコは間違いが消え去らないように、まぶたをぎゅっと閉じた。その子どもっぽい、半ば無意識の喜劇のなかで、腕をちょっとのばし、狭いベッドの外の冷たく空っぽな空気のかわりに、寝息を立てる母の身体に触れるふりをした。

そのとき、過ぎ去った子ども時代のすべての光景のなかで、もっともしつこく残る光景がよみがえってきた。それは、フランチェスコがこの先の歳月においてさえ、子どもの自分を思うとき必ず目に浮かぶほどにその記憶を支配していた。その光景のなかには、これまで過ごしてきた人生の謎と、ほとんど死に到るほどの激しい恐怖に近い希望とがふたたび見いだされた。

それは冬の朝の光景。まだ健康で、美しい顔をし、両親の家にいたころ、フランチェスコが夜明け前に家を出て、町の中学に初めて通うようになった年の冬の朝。母の声が執拗に名前を呼びながら、フランチェスコを眠りから揺り起こす。「フランチェ！　フランチェ！」このころ、フランチェスコにはいちばん大切だった声の朝の呼びかけ、美しい眠りを不意に断ち切り、追いはらうこの呼びかけが心を凍らせる無慈悲で悲しい合図のように、何年もあとにふたたび耳のなかにこだました。村の幼い学生にとって、この厳しいカンティレーナ［単調なリズムの曲］のような声はただの眠りへの侵入者にすぎないのではなかった。子どもに間近の別離の判決をくだすのはまさにその声だった。あと数分後には、まさにその声、母から遠ざかり、見知らぬ人びとのあいだに、フランチェスコには困難なこと、つまり無関心と勇気が必要な場所にいかなければならない。けれども、寒さと嫌悪が子どもを布団のなかに引きとめていると、また、戸口からあの痛烈で重々しい判決が急きたてる。「フランチェスコ！　フランチェ！」今回は、台所から寛大に、でも引きずるようにダミアーノ老人の声がこだまを返す。

台所で、両親はすでに起きだし、かまどの薪には火がともされ、一方、母親はポレンタかなにか温かい食事を用意し、父親は畑仕事用の靴を履いている。フランチェスコはかまどの明かりで最後にもう一度、勉強の復習をする。両親とひとつの皿から食べたあと、人間たちも動物たちもほとんどみんな、まだ、でもあと少しのあいだだけ眠りのなかに横たわっている路地にただひとり。暗闇のなかで石造りの平屋の家並みはぼんやりとしか見分けられない。いくつかの半ば開いた扉だけがすでに、灯火かかまどの明かりで赤く輝き、台所や家畜小屋からはなにかの動く音がちょっと聞こえてくる。間隔をおいて、夜の沈黙を早起きの声、あるいは時をつくる雄鶏の声、あるいは不安に満ちた驢馬《ろば》のいななきが断ち切る。ひとりぼっちの幼い旅人には砂利に響く自分の足音が、あとをつけてくる見知らぬ人の足音に聞こえる。少年はその男を見ないよう、うしろを振り向かずに足を速める。けれども強風が闇を打つ日もあり、地震で倒壊した家々の上を逃げ去っていったかと思うと、すぐに小道を、岩の隙間を引き返してきて、十字路のぶつかるところで叫び、震え、笑う。あるいは激しいにわか雨が道をふさごうとする。フランチェスコは水たまりとぬかるみを渡り、ほとんど息が切れそうなほどに雨と闘わなければならない。少年を脅えさせるのは、この乱闘でも意味を奪われた騒音でもない。少年はこの騒音が突然、自分に理解可能な声となることを恐れた。目に見えぬものを恐れ、この怒り狂う自然がひとつの顔をもつことを恐れ、それを見たくはなかった。

毎朝、家を出ると、フランチェスコは自分を慰めるために、午後の帰宅時間を考えながら足を速めた。けれども夜の精霊たちを追いはらうのにはこれだけでは充分ではなかった。フランチェスコは同じ年ごろの羊飼いや百姓をうらやんだ。この時間、寝床のなかで重なりあうようにして眠り、夜明けに起きて、雨が降れば火を囲んで家にとどまる。晴れていれば愉快な仲間と仕事に出かける。自分も連中のようであれば、一日のこんなに長い時間を母アレッサンドラと離ればなれになっていなくてもよい。まだ学校に通っていないころのように、四六時中そのあとを追っていられる。

フランチェスコはあの日に帰りたいと思う。自分がふたつに引き裂かれたように感じる。最初のひとりはいやいやながら、でも一歩、また一歩と、母から自分をますます遠ざける足の歩みを急がせる。もうひとりは同じ数だけの歩みをだが反対の方向に、慰められて母のもとにもどっていく。アレッリンドラは美しく、物静かに、そこ、貧しい山の上で、この冬の夜明けのなか、真昼の時のように輝いている。アレッサンドラは自由、信頼、休息。永遠に思える確信と驚きとがアレッサンドラをその権威でとりまく。幼年時代の一千もの謎のなかで、この女だけが最初から説明されている。最初から征服されることなく所有されている。

郷愁に胸を締めつけられ、生徒はよく知った近道を降りていく。そうこうしながら朝の不安にもかかわらず、前夜に暗記したことを心のなかで繰り返す。最初の光がフランチェスコを馬車道で迎える。昇る太陽がフランチェスコを癒し、尻込みをする無知な兵隊のための色鮮やかな軍旗、あるいはファンファーレのように高揚させる。

そう、これが、少年時代が終わったとき、そしてそのあと、なによりもまず思春期のあの冬の夜明け、時間より早く目を覚まし、起床の鐘が鳴り、授業にいくのを待っていたとき、フランチェスコをいちばんよく訪れた幼い自分自身の姿だった。まだ夜の闇に包まれたこの時間に、昼のあいだは忘れられ、裏切られていた母への愛情が復讐をすることもあった。フランチェスコは妄想に襲われる。もし自分の不在のあいだに母に災難が起きたら？ 死んでしまっていたら？ ひとりの人間が消え去る瞬間、その亡霊がまるで別れを告げるように、遠くにいてその死を知らない最愛の人の前に姿を現すと言われることがある。この伝説がフランチェスコを悩ませ、フランチェスコは部屋の闇のなかに横たわって、愛する顔が幽霊のように一瞬、姿を現し、自分の死を告げるのを恐れた。そのときには、反抗的な自尊心、人間は地上で神の主人であるという壮大なうぬぼれ（太陽の光が自分を恐怖から引き離すまで、青年はこのうぬぼれを自分の盾とした）を失った。だから、ほら、このとおり、恐怖に圧倒され、自分自身ともっとも愛しい者のはかない運命を思って、未知の、そして死すべき人間たちには意味を失った意志の思うままになっていた。幼いころに、ダミアーノから、それ以上にニコラ・モナコから聞いた話と自分自身の深い思考とが、フランチェスコにこの意志をほとんどひとりの敵のように描き出した。その敵にお願いをしても無駄、意志を通わせようとしても無駄。勝つための唯一の方法は、人間としての自分の意志をそれに対峙させることだ。だがこの弱気の時間、フランチェスコは幼い子どものように、それと交渉した。アレッサンドラを見のがしてくれるのと交換に、昼のあいだ、自分をあれほどうぬぼれさせている自分の武器のすべてを差し出した。純真、良識、健康、視力までも、腕や身体の力までも。意志は皮肉に、不実に、フランチェスコに新たな放棄を提案し、フランチェスコは自分自身と競うことなく、最後には目を閉じ、降伏文書を受け容れる。けれどもそれによって不安と後悔から回復することはない。そして夜明けが自分を解放するのを待ち、最初の光が射したらすぐに出発し、村の母のもとに駆けつけようと固く決意する。けれども夜の恐れと決意は最初の光ですべて消え去り、フランチェスコはふたたび戦闘準備を整えて、自分自身の主人となる。だいいち、月日がたつとともに、このような夜の幻影はしだいにまれになっていった。

こうしてフランチェスコの思春期は過ぎていった。けれどもいま私たちはそれに別れを告げ、私たちの物語のこの第四部冒頭、病気の、おそらくは死の床にあるダミアーノにつきそうために、徒歩で村に向かうフランチェスコをおいてきたところまでもどることにしよう。

（下巻に続く）

Elsa MORANTE:
MENZOGNA E SORTILEGIO (1948)

北代美和子（きただい・みわこ）
1953年、東京生まれ。上智大学外国語学部フランス語科卒業。同大学院外国語学研究科言語学専攻修士課程修了。東京外国語大学講師（非常勤）。日本通訳翻訳学会理事。訳書に、C・コスタンティーニ『バルテュスとの対話』、T・パークス『メディチ・マネー』、J・ルオー『名誉の戦場』、K・テイラー『届かなかった手紙』、E・モランテ『アンダルシアの肩かけ』、M・デュラス／L・パッロッタ・デッラ・トッレ『私はなぜ書くのか』、F＝O・ジズベール『105歳の料理人ローズの愛と笑いと復讐』、C・ペリアン『自伝』、H・ヘレーラ『石を聴く』、I・ノグチ『エッセイ』など。

須賀敦子の本棚 4　池澤夏樹＝監修
嘘と魔法（上）

2018 年 12 月 20 日　初版印刷
2018 年 12 月 30 日　初版発行

著者　エルサ・モランテ
訳者　北代美和子
カバー写真　ルイジ・ギッリ
装幀　水木奏
発行者　小野寺優
発行所　株式会社河出書房新社
〒151-0051　東京都渋谷区千駄ヶ谷 2-32-2
電話　03-3404-1201（営業）　03-3404-8611（編集）
http://www.kawade.co.jp/
印刷　株式会社亨有堂印刷所
製本　加藤製本株式会社

Printed in Japan　ISBN978-4-309-61994-1

須賀敦子の本棚 全9巻

池澤夏樹＝監修

★1　神曲 地獄篇（第1歌～第17歌）〈新訳〉
ダンテ・アリギエーリ　須賀敦子／藤谷道夫 訳
（注釈・解説＝藤谷道夫）

★2　大司教に死来る〈新訳〉
ウィラ・キャザー　須賀敦子 訳

★3　小さな徳〈新訳〉
ナタリア・ギンズブルグ　白崎容子 訳

★4・5　嘘と魔法（上・下）〈初訳〉
エルサ・モランテ　北代美和子 訳

6　クリオ 歴史と異教的魂の対話〈新訳・初完訳〉
シャルル・ペギー　宮林寛 訳

7　あるカトリック少女の追想〈初訳〉
メアリー・マッカーシー　若島正 訳

8　神を待ちのぞむ〈新訳〉
シモーヌ・ヴェイユ　今村純子 訳

9　地球は破壊されはしない〈初訳／新発見原稿〉
ダヴィデ・マリア・トゥロルド　須賀敦子 訳

★印は既刊

（タイトルは変更する場合があります）